O simpatizante

VIET THANH NGUYEN

O simpatizante

TRADUÇÃO
Cássio de Arantes Leite

Copyright © 2015 by Viet Thanh Nguyen
Publicado mediante acordo com Sober Weber Associates Inc.
Foram assegurados os direitos morais do autor.

*Grafia atualizada segundo o Acordo Ortográfico da Língua Portuguesa de 1990,
que entrou em vigor no Brasil em 2009.*

Título original
The Sympathizer

Capa
Daniel Trench

Preparação
Leny Cordeiro

Revisão
Marise Leal
Arlete Sousa

Dados Internacionais de Catalogação na Publicação (CIP)
(Câmara Brasileira do Livro, SP, Brasil)

Nguyen, Viet Thanh
O simpatizante / Viet Thanh Nguyen; tradução
Cássio de Arantes Leite. – 1ª ed. – Rio de Janeiro:
Alfaguara, 2017.

Título original: The Sympathizer
ISBN 978-85-5652-041-8

1. Ficção ásio-americana 2. Ficção norte-americana
I. Título.

17-03099   CDD-813

Índice para catálogo sistemático:
1. Ficção: Literatura norte-americana   813

[2017]
Todos os direitos desta edição reservados à
EDITORA SCHWARCZ S.A.
Praça Floriano, 19 — sala 3001
20031-050 — Rio de Janeiro — RJ
Telefone: (21) 3993-7510
www.companhiadasletras.com.br
www.blogdacompanhia.com.br
facebook.com/alfaguara.br
twitter.com/alfaguara_br

Para Lan e Ellison

*Guardemo-nos de fazer uma expressão sombria, ao ouvir a palavra "tortura": precisamente neste caso há muito a descontar, muito a subtrair — há inclusive do que rir.**

Friedrich Nietzsche, *Genealogia da moral*

---

* Tradução de Paulo César de Souza (São Paulo: Companhia das Letras, 2009). (N. E.)

I.

Sou um espião, um infiltrado, um agente secreto, um homem de duas caras. Talvez não cause surpresa o fato de ser também um homem de duas cabeças. Não um mutante incompreendido saído de um gibi ou filme de terror, embora alguns tenham me tratado como tal. Apenas sou capaz de ver uma questão pelos dois lados. Às vezes, vanglorio-me de que isso é um talento, e, embora sem dúvida seja um talento de natureza menor, é provavelmente também o único que possuo. Em outros momentos, quando reflito sobre como não posso deixar de observar o mundo dessa maneira, me pergunto se o que tenho merece mesmo ser chamado de talento. Afinal, talento é algo que você usa, não algo que usa você. O talento que você *não* usa, o talento que domina você — isso é um risco, devo confessar. Mas, no mês em que esta confissão teve início, meu modo de ver o mundo ainda parecia mais uma virtude do que um perigo, que é como alguns perigos surgem da primeira vez.

O mês em questão era abril, o mais cruel dos meses. Foi o mês em que uma guerra que transcorrera por um tempo muito longo perderia as pernas, como acontece com as guerras. Foi um mês que significou tudo para todas as pessoas em nosso pequeno rincão do mundo e nada para a maioria das pessoas no resto do mundo. Foi o mês que presenciou tanto o fim de uma guerra quanto o início da... bom, "paz" não é a palavra correta, não é, meu caro Comandante? Foi o mês em que esperei pelo fim atrás dos muros de um casarão rural onde vivera nos últimos cinco anos, os muros desse casarão cintilando com cacos de vidro marrom e encimados por arame farpado enferrujado. Tinha meu próprio quarto na casa, assim como tenho um quarto em seu acampamento, Comandante. Claro, o termo apropriado para meu quarto é "cela de isolamento", e, em vez de uma empregada que vem fazer a limpeza todo dia, o senhor providenciou para mim um guarda com rosto de bebê que não limpa nada. Mas não estou me queixando. Privacidade, não limpeza, é meu único pré-requisito para escrever esta confissão.

Embora desfrutasse de suficiente privacidade na mansão do General à noite, tinha pouca durante o dia. Fui o único oficial dele a morar em sua casa, o único de seu Estado-Maior que nunca se casou e seu ajudante mais confiável. De manhã, antes de levá-lo pela curta distância até seu escritório, tomávamos o café da manhã juntos, analisando despachos numa ponta da mesa de jantar de teca enquanto sua esposa cuidava do bem disciplinado quarteto de crianças na outra, de dezoito, dezesseis, catorze e doze anos de idade, havendo uma cadeira vaga para a menina que estudava nos Estados Unidos. Talvez nem todo mundo temesse o fim, mas o General, em sua sensatez, sim. Homem magro de excelente postura, era um veterano das campanhas cujas inúmeras medalhas haviam sido, em seu caso, merecidamente ganhas. Embora tivesse apenas nove dedos nas mãos e oito nos pés, tendo perdido três por causa de balas e estilhaços, apenas seus familiares e confidentes sabiam sobre o estado de seu pé esquerdo. Suas ambições raramente haviam sido frustradas, a não ser pelo desejo de obter uma excelente garrafa de Borgonha e bebê-la na companhia de pessoas que nunca cometeriam a estupidez de pôr cubos de gelo no vinho. Era epicurista e cristão, nessa ordem, um homem de fé que acreditava na gastronomia e em Deus; em sua esposa e seus filhos; e nos franceses e americanos. Na sua opinião, eles nos ofereciam tutela muito melhor do que aqueles Svengalis que haviam hipnotizado nossos irmãos do norte e, em parte, do sul: Karl Marx, V. I. Lênin e o grande timoneiro Mao. Não que tivesse lido algum desses sábios! Era tarefa minha, como seu ajudante de ordens e suboficial de inteligência, municiá-lo de colas sobre, digamos, *O manifesto comunista* ou *O pequeno livro vermelho*, de Mao. Cabia a ele encontrar ocasiões para demonstrar seu conhecimento sobre a forma de pensar do inimigo, sua favorita sendo a pergunta de Lênin, plagiada sempre que a necessidade se apresentava: Senhores, diria, batendo na mesa apropriada com adamantinos nós dos dedos, *O que fazer?* Dizer ao General que foi Nikolai Tchernichévski quem efetivamente fez a pergunta em seu romance de mesmo título parecia irrelevante. Quantos hoje se lembram de Tchernichévski? Quem contava era Lênin, o homem de ação que se apropriou da pergunta e a tornou sua.

Em seu mais melancólico abril, confrontado com essa pergunta sobre o que fazer, o general que sempre descobria a coisa a ser feita não conseguiu fazê-lo. O homem dotado de fé na *mission civilisatrice* e no American Way foi finalmente mordido pelo bicho da descrença. Sofrendo de repentina insônia, deu para perambular por seu casarão com a palidez esverdeada de um paciente de malária. Desde que nosso front norte entrara em colapso algumas semanas antes, em março, aparecia na porta do meu escritório ou em meu quarto na casa para me passar um bocadinho de novidades, sempre sombrio. Dá pra acreditar?, ele queria saber, ao que eu dizia uma de duas coisas: Não, senhor! ou Inacreditável! Não podíamos acreditar que a aprazível e pitoresca cidade cafeeira de Ban Me Thuot, meu vilarejo natal, nas Terras Altas, fora saqueada no início de março. Não podíamos acreditar que nosso presidente, Thieu, cujo nome pedia para ser cuspido da boca, inexplicavelmente ordenara que nossas forças de defesa das Terras Altas batessem em retirada. Não podíamos acreditar que Da Nang e Nha Trang haviam caído, ou que nossos soldados haviam atirado em civis pelas costas e lutavam como loucos para fugir em balsas e barcos, a contagem de mortos chegando aos milhares. Na secreta privacidade de meu escritório, eu obedientemente batia fotos desses relatórios, para satisfação de Man, meu contato. Embora fossem também uma satisfação para mim, como sinais da inevitável erosão do regime, eu não podia deixar de me sentir comovido com a provação daquela gente pobre. Talvez não fosse correto, politicamente falando, solidarizar-me com aquelas pessoas, mas minha mãe teria sido uma delas se estivesse viva. Ela era pobre, eu era seu filho pobre, e ninguém pergunta aos pobres se querem a guerra. Ninguém tampouco perguntara àquela gente pobre se queria morrer de sede e exposição no mar costeiro ou se queria sofrer roubos e estupros nas mãos de seus próprios soldados. Se esses milhares de pessoas ainda estivessem vivos, não teriam acreditado como morreram, assim como não conseguíamos acreditar que os americanos — nossos amigos, nossos benfeitores, nossos protetores — haviam rejeitado nosso pedido de que mais dinheiro fosse enviado. E o que teríamos feito com aquele dinheiro? Comprar munição, gasolina e peças de reposição para armas, aviões e tanques que os mesmos americanos nos deram de graça. Tendo fornecido as agulhas, eles agora, perversamente, deixavam de fornecer a droga. (Nada, murmurava o General, sai mais caro do que aquilo que é oferecido de graça.)

Ao final de nossas conversas e refeições, eu acendia o cigarro do General e ele olhava para o vazio, esquecendo de fumar o Lucky Strike que se consumia lentamente em seus dedos. Em meados de abril, quando a cinza o despertou de seus devaneios e ele pronunciou uma palavra que não deveria, Madame calou a risadinha das crianças e disse: Se esperar muito mais, não vamos conseguir sair. Devia pedir um avião para o Claude, já. O General fingiu não escutar a Madame. A mulher tinha um cérebro que era como um ábaco, espinha de instrutor de treinamento e corpo de virgem, mesmo depois de parir cinco filhos. Tudo isso embrulhado num desses exteriores que inspiravam nossos pintores treinados nas belas-artes a usar sem parcimônia um pastel de aquarelas e as pinceladas mais difusas. Era, em resumo, a mulher vietnamita ideal. Por essa boa sorte, o General manifestava gratidão e terror eternos. Massageando a ponta do dedo chamuscado, olhou para mim e disse: Acho que chegou a hora de pedir um avião para o Claude. Só quando voltou a examinar o dedo machucado eu olhei de relance para a Madame, que se limitou a erguer uma sobrancelha. Boa ideia, senhor, eu disse.

Claude era nosso amigo americano mais confiável, nossa relação tão próxima que certa vez me confidenciou ter um sexto de sangue negro. Ah, disse eu, igualmente bêbado de bourbon do Tennessee, isso explica por que seu cabelo é preto, e por que se bronzeia fácil, e por que consegue dançar o chá-chá-chá como se fosse um de nós. Beethoven, disse ele, era igualmente de ascendência hexadecimal. Então, disse eu, isso explica por que consegue cantar o "Parabéns pra você" de forma tão afinada. A gente se conhecia fazia mais de duas décadas, desde que ele me vira numa balsa de refugiados em 54 e reconhecera meus talentos. Eu era um menino precoce de nove anos de idade que já sabia uma quantidade decente de inglês, que havia aprendido com um missionário americano pioneiro. Claude supostamente trabalhava no auxílio a refugiados. Agora sua mesa estava na embaixada americana, sua incumbência sendo ostensivamente promover o desenvolvimento do turismo em nosso país devastado pela guerra. Isso, como você pode imaginar, exigia cada gota que conseguisse espremer de um lenço encharcado com o suor do espírito *can-do* americano. Na realidade, Claude era um homem da CIA cujo período no país remontava aos tempos em que os franceses ainda dominavam um império. Naquela época, quando a CIA se chamava OSS, Ho Chi Minh os procurou para ajudá-lo no combate contra os franceses. Ele até citou os Pais Fundadores norte-americanos em sua declaração da independência de nosso país. Os inimigos do Tio Ho dizem que falava o que cada um queria ouvir, mas Claude acreditava que conversava com os dois lados ao mesmo tempo. De meu escritório, na outra ponta do corredor onde ficava o gabinete do General, liguei para Claude e informei-o, em inglês, de que o General perdera toda a esperança. O vietnamita de Claude era ruim e seu francês, pior ainda, mas seu inglês era excelente. Faço essa observação só porque a mesma coisa não podia ser dita de todos os seus conterrâneos.

Acabou, falei, e quando disse isso para Claude finalmente pareceu real. Achei que Claude pudesse protestar e argumentar que os bombardeios americanos ainda podiam tomar nossos céus ou que a cavalaria aérea americana podia em breve vir em seus helicópteros para nos resgatar, mas Claude não me decepcionou. Vou ver o que consigo acertar, disse, um murmúrio de vozes audível ao fundo. Imaginei a embaixada no caos, os teletipos superaquecendo, o vaivém de cabogramas urgentes entre Saigon e Washington, a equipe de funcionários trabalhando sem descanso e o mau cheiro da derrota tão pungente que sobrecarregava os aparelhos de ar-condicionado. Em meio a pavios curtos, Claude permanecia frio, tendo vivido aqui por tanto tempo que mal transpirava com a umidade tropical. Ele conseguia se aproximar sorrateiramente de você no escuro, mas nunca seria invisível em nosso país. Embora fosse intelectual, era de uma estirpe peculiarmente americana, do tipo que praticava remo e ostentava bíceps consideráveis. Enquanto nosso gênero de estudioso tendia a ser pálido, míope e raquítico, Claude tinha um metro e oitenta e oito, visão perfeita, e se mantinha em forma praticando duzentas flexões toda manhã, o jovem empregado *nung* agachado em suas costas. Durante o tempo livre, lia, e sempre que visitava o casarão tinha um livro enfiado sob o braço. Quando chegou, alguns dias depois, a brochura que carregava era *Comunismo asiático e o modo oriental de destruição*, de Richard Hedd.

O livro era para mim, enquanto o General ganhou uma garrafa de Jack Daniel's — presente que eu teria preferido, caso tivesse escolha. Não obstante, tomei o cuidado de ler com atenção a quarta-capa, coberta de resenhas tão empolgadas que podiam ter sido extraídas da transcrição de um fã-clube de adolescentes, mas as risadinhas excitadas vinham de uma dupla de secretários da Defesa, um senador que visitara nosso país por duas semanas para uma sindicância e um renomado âncora de televisão que moldava sua enunciação em Moisés, na interpretação de Charlton Heston. O motivo para a excitação deles podia ser encontrado na tipografia expressiva do subtítulo *Para compreender e derrotar a ameaça marxista na Ásia*. Quando Claude disse que todo mundo estava lendo esse manual, falei que eu também ia ler. O General, que abrira a garrafa, não estava com a menor disposição para discutir livros ou jogar conversa fora, não com dezoito divisões inimigas cercando a capital. Ele queria discutir o avião, e Claude, rolando seu copo de uísque entre as palmas das mãos, disse que o melhor que podia conseguir era uma fuga clandestina, por baixo dos panos, em um C-130. O aparelho comportava noventa e dois paraquedistas com seu equipamento, como o General sabia perfeitamente, tendo servido no Airborne antes de ser convocado pelo presidente em pessoa para chefiar a Polícia Nacional. O problema, como explicou para Claude, era que só sua família estendida somava cinquenta e oito pessoas. Embora desgostasse de alguns, e desprezasse mais uns tantos, a Madame nunca o perdoaria se não resgatasse todos os seus parentes.

E quanto a meu Estado-Maior, Claude? O General falou em seu inglês preciso, formal. O que tem ele? Tanto o General como Claude me olharam de relance. Tentei bancar o corajoso. Eu não era o oficial superior do Estado-Maior, mas, como ajudante de ordens e oficial mais fluente na cultura americana, comparecia a todas as reuniões do General com os americanos. Alguns conterrâneos meus falavam inglês tão bem quanto eu, embora a maioria com ligeiro sotaque. Mas quase nenhum deles era capaz de discutir, como eu, posições do beisebol, a sublime Jane Fonda ou os méritos dos Rolling Stones versus Beatles. Se um americano fechasse os olhos para me ver falando, pensaria que eu era um dos seus. De fato, ao telefone, era tomado facilmente por americano. Quando encontrava o interlocutor cara a cara, ele ficava invariavelmente perplexo com minha aparência e quase sempre perguntava como aprendera a falar inglês tão bem. Nessa república das jacas que funcionava como franquia dos Estados Unidos, a expectativa dos americanos era que eu fosse como aqueles milhões que ou não falavam inglês ou falavam pidgin inglês ou inglês com sotaque. Eu me ressentia disso. Foi por esse motivo que sempre quis demonstrar, tanto na palavra falada como escrita, meu domínio da língua. Meu vocabulário era mais amplo, minha gramática muito mais precisa do que a média do americano instruído. Eu conseguia alcançar tanto as notas mais agudas como as mais graves e desse modo não tinha dificuldade em compreender a caracterização feita por Claude do embaixador como um *"putz"*, um *"jerkoff"* com *"his head up his ass"* — resumindo, um rematado idiota —, que estava em negação acerca da iminente queda da cidade. Oficialmente, não há evacuação, disse Claude, porque tão cedo não vamos embora.

O General, que quase não erguia a voz, agora fazia exatamente isso. Extraoficialmente, você está abandonando a gente, berrou. Os aviões decolam dia e noite do aeroporto. Todo mundo que trabalha com os americanos quer um visto para sair. Eles procuram sua embaixada para conseguir esses vistos. Vocês evacuaram as mulheres americanas. Evacuaram bebês e órfãos. Por que razão os únicos que não sabem que os americanos estão se mandando são os americanos? Claude teve a decência de parecer constrangido quando explicou como a cidade explodiria em tumultos se uma evacuação fosse declarada, para talvez então se voltar contra os americanos que haviam permanecido. Isso acontecera em Da Nang e Nha Trang, onde os americanos haviam fugido para salvar a própria pele e deixado os moradores ao deus-dará. Mas, apesar desse precedente, a atmosfera estava estranhamente calma em Saigon, a maioria dos cidadãos se comportando como duas pessoas em um casamento naufragado, dispostas a se agarrar bravamente uma à outra e se afogar, contanto que nenhuma delas declarasse a adúltera verdade. A verdade, no caso, sendo que pelo menos um milhão de pessoas trabalhava ou havia trabalhado para os americanos de algum modo, engraxando seus sapatos, dirigindo o exército projetado pelos americanos a sua própria imagem ou dando uma chupada em seus homens pelo preço de um hambúrguer em Peoria ou Poughkeepsie. Boa parte dessa gente acreditava que se os comunistas vencessem — coisa que se recusavam a crer que aconteceria — o que os aguardava era a prisão ou o garrote e, para as virgens, casamento forçado com os bárbaros. E por que não acreditariam? Esses eram os rumores espalhados pela CIA.

Assim — começou o General, mas foi interrompido por Claude. O senhor tem um avião e deve se considerar com sorte, senhor. O General não era do tipo que implorava. Terminou seu uísque, assim como Claude, depois apertou a mão dele e se despediu, em nenhum momento desviando o olhar. Os americanos gostam de contato olho no olho, me contara certa vez o General, sobretudo quando fodem você por trás. Não era assim que Claude via a situação. Outros generais estavam conseguindo lugar só para suas famílias imediatas, disse-nos Claude ao ir embora. Nem Deus ou Noé tinham conseguido salvar todo mundo. Nem quiseram, aliás.

Não tinham? O que meu pai teria dito? Ele fora um padre católico, mas eu não conseguia me lembrar de ter ouvido o pobre homem de Deus algum dia fazer um sermão sobre Noé, embora eu confesse que ia à missa apenas para devanear. Mas, a despeito do que Deus ou Noé teriam feito, restava pouca dúvida de que todo mundo no Estado-Maior do General, se tivesse chance, teria resgatado uma centena de parentes consanguíneos, bem como parentes no papel em condições de arcar com a propina. As famílias vietnamitas eram um troço complicado, delicado, e, embora de vez em quando eu sonhasse em ter uma, por ser filho único de mãe condenada ao ostracismo, essa não foi uma dessas ocasiões.

Mais tarde, nesse mesmo dia, o presidente renunciou. Eu já esperava que o presidente abandonasse o país semanas antes, à maneira condizente de um ditador, e mal perdera meu tempo pensando nele enquanto trabalhava na lista de pessoas a serem evacuadas. O General era meticuloso e atento aos detalhes, habituado a tomar decisões rápidas e firmes, mas essa foi uma tarefa que transferiu para mim. Estava preocupado com assuntos de seu escritório: ler os relatórios de interrogatório da manhã, comparecer a reuniões no prédio do Estado-Maior Conjunto, ligar para sua gente de confiança e discutir como conseguir manter o controle da cidade e ao mesmo tempo abandoná-la, manobra tão complicada quanto brincar de dança das cadeiras ao som de sua canção favorita. Música era uma coisa que estava na minha cabeça, pois enquanto trabalhava na lista até altas horas escutava o American Radio Service em um Sony, no meu quarto da casa. As canções dos Temptations, de Janis Joplin e Marvin Gaye geralmente tornavam as coisas ruins toleráveis e as coisas boas maravilhosas, mas não em tempos como esses. Cada vez que minha caneta riscava um nome, era como uma sentença de morte. Todos os nossos nomes, do oficial de patente mais baixa ao General, haviam sido encontrados em uma lista enfiada na boca de sua portadora quando arrombamos sua porta, três anos antes. O aviso que eu mandara para Man não chegara a tempo até ela. Quando os policiais a derrubaram no chão, não tive escolha a não ser enfiar os dedos em sua boca de agente comunista e tirar a lista encharcada de saliva. Sua existência de papier mâché era prova de que membros do Special Branch, acostumados a observar, eram observados. Mesmo tendo um momento a sós com ela, eu não podia ter arriscado meu disfarce contando-lhe que estava do seu lado. Sabia o destino que a aguardava. Nas celas de interrogatório do Special Branch, todo mundo falava, e ela teria contado meu segredo, querendo ou não. Era mais nova que eu, mas sensata o bastante para também saber o que a aguardava. Apenas por um momento vi a verdade em seus olhos, e a verdade era que me odiava pelo que acreditava que eu era, o agente de um regime opressivo. Então, como eu, ela se lembrou do papel que tinha a desempenhar. Por favor, senhores!, gritou. Sou inocente! Juro!

Três anos depois, essa agente comunista continuava numa cela. Eu conservava sua pasta em minha mesa, um lembrete de que não consegui salvá-la. Era culpa minha também, dissera Man. Quando chegar o dia de ser libertada, serei eu a destrancar sua cela. Ela tinha vinte e dois quando foi presa e na pasta havia uma foto sua no momento da captura, e outra de alguns meses antes, os olhos embotados e o cabelo escasseando. Nossas celas de prisão eram máquinas do tempo, os detidos envelhecendo muito mais rápido que o normal. Olhar para seus rostos, de vez em quando, me ajudava na tarefa de selecionar alguns poucos homens para serem salvos e condenar outros tantos, incluindo alguns de quem eu gostava. Por vários dias me debrucei sobre a lista, lendo e repassando, enquanto os defensores de Xuan Loc eram aniquilados e, do outro lado da fronteira, Phnom Penh caía para o Khmer Vermelho. Algumas noites depois, nosso ex-presidente fugiu em segredo para Taiwan. Claude, que o levou para o aeroporto, notou como as malas extraordinariamente pesadas do presidente ressoavam com um barulho metálico, pelo visto uma robusta cota do ouro de nossa nação. Ele me contou isso na manhã seguinte, quando ligou para dizer que nosso avião partiria dali a dois dias. Terminei minha lista à noitinha, informando ao General que decidira ser democrático e representativo, escolhendo o oficial de mais alta patente, o oficial que todo mundo achava ser o mais honesto, o de cuja companhia eu mais gostava e assim por diante. Ele acatou meu raciocínio e sua inevitável consequência, de que uma boa quantidade de oficiais superiores com a maior parte do conhecimento e culpabilidade sobre o trabalho do Special Branch seria deixada para trás. Eu terminava com um coronel, um major, outro capitão e dois tenentes. Quanto a mim, reservei um lugar e mais três para Bon, sua esposa e seu filho, meu afilhado.

Quando o General me visitou naquela noite para se comiserar, trazendo a garrafa de uísque agora pela metade, pedi-lhe para levar Bon conosco, como um favor. Embora não fosse meu irmão de verdade, era um de meus dois irmãos de sangue desde os tempos de escola. Man era o outro, tendo os três jurado lealdade eterna com um corte na palma de nossas mãos adolescentes, misturando nosso sangue em um aperto ritual. Em minha carteira havia uma foto em preto e branco de Bon e sua família. Bon tinha a aparência de um homem bonito espancado ao ponto da deformação, mas era simplesmente o rosto que a natureza lhe dera. Nem mesmo sua boina de paraquedista e suas fardas com listras de tigre passadas com todo o esmero eram capazes de desviar a atenção de suas orelhas de para-quedas, seu queixo perpetuamente enterrado nas pregas do pescoço e seu nariz amassado e bem entortado para a direita, assim como de sua visão política. Quanto a sua esposa, Linh, um poeta talvez comparasse seu rosto à lua cheia, aludindo não só a seu caráter inchado e redondo, como também à face mosqueada e coberta de crateras, salpicada de cicatrizes de acne. Como esses dois foram capazes de conceber uma criança tão bonita quanto Duc era um mistério, ou talvez simplesmente tão lógico como o fato de dois negativos, quando multiplicados, produzirem um positivo. O General me deu a foto e disse: É o mínimo que posso fazer. Ele é Airborne. Se nosso exército tivesse apenas homens do Airborne, a gente teria vencido esta guerra.

Se... mas não havia se, apenas o fato incontroverso do General sentado na beirada de minha cadeira enquanto eu estava de pé junto à janela, bebericando meu uísque. No pátio, o ordenança do General atirava maços de segredos na fogueira acesa dentro de um tambor de cinquenta e cinco galões, deixando a noite escaldante ainda mais quente. O General se levantou e andou de um lado para o outro em minha pequena sala, o copo na mão, vestindo apenas sua samba-canção e uma camiseta regata, a sombra noturna da barba por fazer começando a se insinuar em seu queixo. Apenas seus empregados, sua família e eu o víramos desse jeito. A qualquer hora do dia, quando visitas apareciam na mansão, ele emplastrava o cabelo com brilhantina e punha o uniforme cáqui engomado, o peito engalanado com mais fitas do que daria para encontrar no cabelo de uma rainha de concurso de beleza. Mas nessa noite, com o silêncio da casa quebrado apenas pelos ocasionais estampidos da artilharia, ele se permitia ser choroso sobre como os americanos haviam nos prometido a salvação do comunismo se simplesmente fizéssemos como nos fora ordenado. Eles começaram esta guerra, e agora que cansaram dela venderam a gente, disse, servindo-me mais uma dose. Mas de quem é a culpa, senão de nós mesmos? Fomos estúpidos o suficiente para achar que manteriam a palavra. Agora não temos outro lugar para ir a não ser a América. Existem lugares piores, eu disse. Pode ser, ele respondeu. Pelo menos vamos viver para lutar outra vez. Mas por enquanto completamente ferrados. Que tipo de brinde é o indicado para isso?

As palavras me vieram após um momento.

Ao sangue no seu olho, eu disse.

É isso aí.

Esqueci quem eu ouvira brindar desse jeito, ou mesmo o que significava, exceto que ficara na minha cabeça em algum momento durante os anos passados na América. O General também estivera na América, ainda que apenas por alguns meses quando era oficial subalterno, treinando com um pelotão de seus colegas em Fort Benning, em 58, onde os Boinas Verdes o vacinaram para sempre contra o comunismo. No meu caso, a vacina não pegou. Eu já operava na clandestinidade, parte como aluno bolsista, parte como espião em treinamento, o representante solitário de nosso povo em uma pequena faculdade rural chamada Occidental, seu lema sendo *Occidens Proximus Orienti*. Aí passei seis anos idílicos no mundo sonhador, embriagado de sol do sul da Califórnia durante os anos 60. Não era para mim o estudo de rodovias, sistemas de esgoto ou alguma outra ocupação útil. Em lugar disso, a missão que me fora designada por Man, meu colega de conspiração, era aprender o modo americano de pensar. Minha guerra era psicológica. Com essa finalidade, estudei história e literatura americanas, aperfeiçoei minha gramática e absorvi a gíria, fumei maconha e perdi a virgindade. Em resumo, não só me formei como também fiz meu mestrado, tornando-me um especialista em estudos americanos de todo tipo. Mesmo hoje consigo ver muito claramente onde li pela primeira vez as palavras desse que é o maior dos filósofos americanos, Emerson, em um gramado junto a um bosque iridescente de jacarandás. Minha atenção estava dividida entre as exóticas e douradas universitárias de frente-única e bermuda, bronzeando-se nos canteiros de capim-de-junho, e as palavras austeras e sombrias na página branca e sem adornos — "a coerência é o fantasma das mentes pequenas". Nada do que Emerson escreveu podia ser mais verdadeiro sobre a América, mas esse não era o único motivo para eu grifar suas palavras uma, duas, três vezes. O que me deixou impressionado na época, e me deixa perplexo hoje, era que a mesma coisa podia ser dita de nossa pátria, onde não poderíamos ser mais incoerentes.

Em nossa última manhã, levei o General para seu escritório no prédio da Polícia Nacional. Minha sala ficava na outra ponta do corredor e, de lá, chamei os cinco oficiais escolhidos para uma reunião particular, um de cada vez. Vamos partir hoje à noite? perguntou o coronel, muito nervoso, os olhos arregalados e úmidos. Isso. Meus pais? Os pais da minha esposa?, perguntou o major, um glutão assíduo dos restaurantes chineses em Cholon. Não. Irmãos, irmãs, sobrinhas, sobrinhos? Não. Empregados e babás? Não. Bagagem, roupas, coleções de porcelana? Não. O capitão, que mancava um pouco devido a uma doença venérea, ameaçou cometer suicídio a menos que obtivéssemos mais lugares. Ofereci-lhe meu revólver e ele amarelou. Por outro lado, os jovens tenentes ficaram gratos. Tendo obtido suas preciosas posições por intermédio das ligações de seus pais, portavam-se com o nervosismo espasmódico de marionetes.

Fechei a porta quando o último deles saiu. Estrondos distantes chacoalharam as janelas e vi fogo e fumaça subindo a leste. A artilharia inimiga explodira o depósito de munição de Long Binh. Sentindo necessidade tanto de me lamentar como de comemorar, virei para minha gaveta, em que guardava uma garrafinha de Jim Beam ainda com vários tragos restando. Se minha pobre mãe fosse viva, ela diria: Não beba tanto, filho. Pode não ser bom para você. Mas não mesmo, mãe? Quando a pessoa se vê numa situação tão difícil quanto a minha ali, um agente duplo no Estado-Maior do General, procurava consolo onde quer que pudesse encontrar. Acabei com o uísque, depois fui até a casa do General no meio de uma tempestade, o líquido amniótico bombardeando a cidade com um indício da estação vindoura. Alguns torciam para que as monções atrasassem o avanço das divisões do norte, mas eu achava isso improvável. Fiquei sem jantar e preparei minha mochila com artigos de higiene, uma calça de algodão e uma camisa de madras que comprara na J. C. Penney, em Los Angeles, pantufas, três cuecas limpas, uma escova de dentes elétrica do mercado de ladrões, uma fotografia emoldurada de minha mãe, envelopes com fotos daqui e da América, minha câmera Kodak e o *Comunismo asiático e o modo oriental de destruição*.

A mochila fora um presente de Claude, quando me formei na faculdade. Entre os meus pertences, era o mais bonito, eu podia usar nas costas ou, com um ajuste de correia aqui e ali, converter numa mala de mão. Feita de couro marrom flexível por um renomado fabricante da Nova Inglaterra, tinha um aroma rico e misterioso de folhas outonais, lagosta grelhada e suor e esperma de internatos masculinos. Havia um monograma com minhas iniciais gravado na lateral, mas a característica mais especial era o fundo falso. Todo homem deve ter um fundo falso em sua bagagem, dissera Claude. Você nunca sabe quando vai precisar. Sem que ele tivesse conhecimento, eu o usava para esconder minha minicâmera Minox. O preço da Minox, presente de Man, era algumas vezes meu salário anual. Foi o que usei para fotografar certos documentos confidenciais aos quais tivera acesso, e achava que podia voltar a ser útil. Por último, olhei o resto dos meus livros e discos, a maioria comprados nos Estados Unidos e todos exibindo as impressões digitais da memória. Eu não tinha espaço para Elvis ou Dylan, Faulkner ou Twain, e, embora pudesse um dia repô-los, ainda assim senti um peso no coração ao escrever o nome de Man na caixa de livros e discos. Era coisa demais para carregar, assim como meu violão, exibindo todo aquele seu acusativo quadril em minha cama conforme eu partia.

Terminei de fazer a mala e peguei o Citroën para buscar Bon. A polícia militar nos bloqueios acenava para mim ao ver as estrelas do General no carro. Meu destino ficava do outro lado do rio, um curso d'água deplorável margeado por barracos de camponeses refugiados, suas casas e fazendas destruídas por soldados piromaníacos e incendiários de aparência distinta que haviam encontrado sua genuína vocação como artilheiros. Além desse vasto caos de choupanas, nas profundezas do Distrito Quatro, Bon e Man aguardavam em uma cervejaria ao ar livre onde nós três passáramos mais horas bêbados do que eu era capaz de lembrar. Soldados e fuzileiros ocupavam todas as mesas, seus fuzis sob os bancos, seus cabelos cortados muito rente por barbeiros militares sádicos decididos a revelar o contorno de seus crânios com algum fim frenológico nefasto. Bon serviu-me um copo de cerveja assim que sentei, mas não deixou que eu bebesse enquanto não fez seu brinde. À nossa reunião, disse, erguendo seu copo. Voltaremos a nos ver nas Filipinas! Falei que na verdade era Guam, porque o ditador Marcos cansara dos refugiados e fechara as portas. Com um gemido, Bon esfregou o copo na testa. Não imaginava que dava para ficar ainda pior, disse. Agora até os filipinos estão botando banca para cima da gente? Esquece os filipinos, disse Man. Então vamos beber a Guam. Dizem que é onde o dia da América começa. E o nosso dia termina, murmurou Bon.

Ao contrário de mim e Man, Bon era um patriota genuíno, um republicano que se prontificara a lutar, tendo odiado os comunistas desde que o quadro local encorajou seu pai, o chefe da aldeia, a ajoelhar na praça central e fazer sua confissão antes de assertivamente enfiar uma bala atrás de sua orelha. Se deixado por conta própria, Bon sem dúvida bancaria o japonês e lutaria até o fim ou mesmo encostaria uma arma na própria cabeça, de modo que Man e eu o persuadíramos a pensar na esposa e no filho. Partir para a América não era deserção, alegamos. Era uma retirada estratégica. Havíamos contado a Bon que Man também fugiria com a família no dia seguinte, quando a verdade era que Man ficaria para testemunhar o sul sendo libertado pelo norte comunista que Bon tanto desprezava. Agora Man pressionava seu ombro com dedos longos e delicados e dizia: Somos irmãos de sangue, nós três. Vamos ser irmãos de sangue mesmo se perdermos essa guerra, mesmo se perdermos o país. Virou para mim e seus olhos estavam úmidos. Para nós, não existe fim.

Tem razão, disse Bon, sacudindo a cabeça vigorosamente para disfarçar as lágrimas nos olhos. Então chega de tristeza e melancolia. Vamos beber à esperança. A gente volta para pegar nosso país de volta. Certo? Ele também me fitou. Não fiquei com vergonha das lágrimas em meus olhos. Esses homens eram melhores do que quaisquer irmãos de verdade que eu pudesse ter tido, pois havíamos escolhido uns aos outros. Ergui meu copo de cerveja. À volta, falei. E a uma fraternidade que nunca tem fim. Esvaziamos nossos copos, chamamos outra rodada, passamos os braços nos ombros uns dos outros e iniciamos uma hora de amor fraternal e cantoria, a música fornecida por um duo na outra ponta da cervejaria. O violonista era um cabeludo que fugira do alistamento, com uma palidez doentia por ter morado os últimos dez anos atrás dos muros da casa do dono durante o dia, só saindo à noite. Sua parceira de canto era uma mulher de cabelos igualmente compridos e voz melodiosa, a silhueta esguia delineada por um *ao dai* de seda do mesmo matiz de um rubor de virgem. Ela cantava uma canção de Trinh Cong Son, o compositor popular adorado até pelos soldados paraquedistas. *Amanhã vou partir, querida…* A voz dela se erguia acima do burburinho e da chuva. *Lembre-se de me ligar lá em casa…* Meu coração estremeceu. Não éramos um povo que saía correndo pelo campo de batalha incitado por um clarim ou corneta. Não, lutávamos ao som da melodia de canções de amor, porque éramos os italianos da Ásia.

Amanhã vou partir, querida. As noites da cidade já não são mais belas… Se Bon soubesse que era a última vez que teria visto Man por anos, talvez para sempre, jamais teria pisado no avião. Desde nossos tempos de liceu, nós nos imaginávamos os Três Mosqueteiros, um por todos e todos por um. Man nos apresentara Dumas: primeiro, porque era um grande romancista, e segundo, por ser mulato. De modo que era um modelo para nós, colonizados pelos mesmos franceses que o desprezavam por sua ancestralidade. Leitor ávido e bom contador de histórias, Man provavelmente teria virado professor de literatura em nosso liceu caso tivéssemos vivido em um período de paz. Além de traduzir Erle Stanley Gardner — três policiais de Perry Mason — para nossa língua nativa, também escrevera um romance à Zola sob pseudônimo. Havia estudado a América mas nunca fora lá, como era o caso de Bon, que pediu mais uma rodada e perguntou se os americanos tinham cervejarias ao ar livre. Eles têm bares e supermercados onde você sempre pode comprar uma cerveja, eu disse. Mas lá tem mulheres lindas que cantam músicas como essa?, ele perguntou. Voltei a encher seu copo e falei: Eles têm mulheres lindas por lá, mas elas não cantam canções como essa.

Então o rapaz do violão começou a dedilhar os acordes de outra canção. Mas cantam canções como esta, disse Man. Era "Yesterday", dos Beatles. Quando nós três nos juntamos à cantoria, meus olhos foram ficando úmidos. Como seria viver numa época em que seu destino não fosse a guerra, em que você não fosse liderado por gananciosos e corruptos, em que seu país não fosse um mutilado, mantido vivo apenas por meio do gotejar intravenoso da ajuda americana? Eu não conhecia nenhum daqueles jovens soldados ao meu redor, com exceção de meus irmãos de sangue, e contudo confesso que me condoí deles todos, perdidos na sua sensação de que em alguns dias estariam mortos, feridos, presos, humilhados, abandonados ou esquecidos. Eram meus inimigos, e no entanto eram também irmãos de armas. Sua adorada cidade estava prestes a cair, mas a minha em breve seria libertada. Era o fim do mundo deles, mas apenas uma troca de mundos para mim. Então foi por isso que durante dois minutos cantamos de todo o coração, chorando pelo passado apenas e sem olhar para o futuro, nadando de costas rumo à catarata.

Na hora de ir embora, a chuva finalmente cessou. Fumávamos um último cigarro na entrada do beco úmido e gotejante onde ficava a saída da cervejaria quando um trio de fuzileiros hidrocefálicos surgiu cambaleando na escuridão vaginal. *Linda Saigon!*, cantavam. *Oh, Saigon! Oh, Saigon!* Embora fossem apenas seis da tarde, estavam bêbados, as fardas manchadas de cerveja. Levavam suas M16 penduradas pela correia no ombro e exibiam um par de testículos extras cada um. Estes, a um exame mais detido, se revelaram duas granadas presas dos dois lados da fivela do cinto. Embora os uniformes, armas e capacetes fossem todos de fabricação americana, assim como os nossos, era impossível tomá-los por americanos, pois os capacetes os entregavam, uns penicos de aço fabricados para cabeças americanas que eram grandes demais para qualquer um de nós. A primeira cabeça de fuzileiro balançou para cá e para lá antes de trombar comigo e praguejar, a aba do capacete caindo até o nariz. Quando o ergueu, vi dois olhos turvos tentando me focar. Olá!, disse ele, o hálito recendendo, um sotaque do sul tão pronunciado que tive certa dificuldade para compreendê-lo. O que é isso? Um policial? O que está fazendo com soldados de verdade?

Man bateu as cinzas em sua direção. Esse policial é um capitão. Continência para seu superior, tenente.

O segundo fuzileiro, também um tenente, disse: Se é o que diz, major, ao que o terceiro fuzileiro, igualmente tenente, disse: Danem-se majores, coronéis e generais. O presidente se mandou. Os generais — *puf!* Que nem fumaça. Sumiram. Tirando o deles da reta, como sempre fazem. Adivinha só. Sobrou para a gente cobrir a retirada. Como a gente sempre faz. Que retirada?, disse o segundo fuzileiro. Não tem lugar nenhum para ir. O terceiro concordou: A gente já era. Estamos com o pé na cova, disse o primeiro. Nosso trabalho é ficar morto.

Joguei meu cigarro fora. Mortos vocês ainda não estão. Melhor voltar para o seu posto.

O primeiro fuzileiro me encarou mais uma vez, dando um passo até seu nariz quase tocar o meu. Você é *o quê?*

Olha o respeito, tenente!, gritou Bon.

Vou dizer o que você é. O fuzileiro enfiou o dedo em meu peito. Melhor não, falei.

Um bastardo!, ele berrou. Os outros dois riram e repetiram. Um bastardo!

Puxei o revólver e encostei o cano entre os olhos do fuzileiro. Atrás dele, seus amigos levaram os dedos ao fuzil, nervosamente, mas não foram além disso. Estavam sem condições, mas não o suficiente para pensar que poderiam ser mais rápidos no gatilho do que meus amigos, mais sóbrios que eles.

Está bêbado, não é, tenente? Contra minha vontade, minha voz tremia.

É, disse o fuzileiro. Senhor.

Então não vou atirar em você.

Foi nesse momento, para meu grande alívio, que escutamos a primeira bomba. Todas as cabeças giraram na direção da explosão, que foi seguida por outra e depois mais outra, a noroeste. É o aeroporto, disse Bon. Bombas de quinhentas libras. Como depois se veria, ele tinha razão, nos dois casos. De onde estávamos, não conseguíamos ver nada a não ser, após alguns instantes, colunas de fumaça preta se avolumando. Então foi como se toda a artilharia da cidade disparasse do centro para o aeroporto, as armas leves fazendo *claque-claque-claque* e as pesadas fazendo *chug-chug-chug*, o rastro dos traçadores laranja turbilhonando no céu. O barulho atraiu os moradores da ruazinha miserável para suas janelas e portas e devolvi o revólver ao coldre. Recuperando em parte a sobriedade graças também à presença de testemunhas, os tenentes dos fuzileiros subiram em seu jipe sem dizer mais nenhuma palavra e começaram a se afastar, costurando entre o punhado de bicicletas motorizadas na rua até chegarem ao cruzamento. Então o jipe freou de repente e os fuzileiros desceram com suas M16 na mão, mesmo com o prosseguimento das explosões e uma multidão de civis tomando as calçadas. Meu pulso acelerou quando os fuzileiros olharam para nós sob a luz amarelada de um poste, mas a única coisa que fizeram foi mirar o céu, urrando e berrando enquanto disparavam suas armas até descarregá-las. Meu coração batia rápido e o suor escorria por minhas costas, mas sorri porque meus amigos estavam ali e acendi outro cigarro.

Idiotas!, gritou Bon, conforme os civis acocoravam diante das portas. Os fuzileiros nos xingaram de uma variedade de nomes antes de voltar ao jipe, dobrar a esquina e sumir. Bon e eu nos despedimos de Man e, após ele partir em seu próprio jipe, joguei as chaves para Bon. O bombardeio e os tiros haviam cessado e, enquanto dirigia o Citroën até seu apartamento, ele imprecou contra o Corpo de Fuzileiros por todo o caminho. Fiquei em silêncio. Ninguém conta com os fuzileiros para ter bons modos à mesa. A gente conta com eles para terem os instintos certos quando surgem situações de vida ou morte. Quanto ao nome com que me xingaram, fiquei menos aborrecido com isso do que com minha própria reação. A essa altura, eu já deveria ter me acostumado a ser chamado de filho disso ou daquilo, mas por algum motivo não conseguia. Minha mãe era nativa, meu pai era estrangeiro, e tanto estranhos quanto conhecidos sempre gostaram de me lembrar desse fato desde que eu era pequeno, cuspindo em mim e me xingando de bastardo, embora às vezes, para variar, me chamassem de bastardo antes de cuspir em mim.

2.

Mesmo hoje em dia, o guarda com cara de bebê que vem dar uma conferida em mim todo dia me chama de bastardo quando está a fim. Não me surpreende muito, embora esperasse mais de seus homens, meu caro Comandante. Confesso que o nome ainda dói. Quem sabe, para variar, ele pudesse me xingar de mestiço ou vira-lata, como alguns fizeram no passado? E que tal *métis*, que é como os franceses me chamavam, quando não diziam eurasiático? Esta última podia me render um certo verniz romântico entre os americanos, mas me era de muito pouca serventia entre os franceses. Eu continuava a vê-los de tempos em tempos em Saigon, nostálgicos colonos que insistiam obstinadamente em permanecer no país mesmo após o término de seu império. Le Cercle Sportif era onde se reuniam, bebericando seu Pernod enquanto mastigavam o filé ao molho tártaro das lembranças do que ocorrera nas ruas de Saigon, que chamavam pelos antigos nomes franceses: boulevard Norodom, rue Chasseloup-Laubat, quai de l'Argonne. Dirigiam-se aos criados nativos com arrogância de novos-ricos e, quando eu me aproximava, me mediam com o olhar desconfiado de guardas de fronteira verificando passaportes.

Mas não fui eu que inventei o eurasiático. O crédito cabe aos ingleses na Índia, que também acharam impossível não dar uma mordida no chocolate. Como aqueles saxões de capacete de safári, as Forças Expedicionárias Americanas no Pacífico não puderam resistir às tentações locais. Também eles se saíram com uma palavra-valise para descrever minha espécie, o amerasiático. Embora incorreta quando aplicada a mim, dificilmente poderia culpar os americanos por me confundir com um dos seus, já que uma pequena nação poderia ser fundada com a progênie tropical dos GIS americanos. A sigla significa Government Issue, "fornecido pelo governo", que é a mesma situação dos amerasiáticos. Nossos conterrâneos preferiam eufemismos a acrônimos, chamando pessoas como eu de o pó de vida. Mais tecnicamente, o *Oxford English Dictionary* que consultei na Occidental revelou que eu podia ser chamado de "filho natural", embora a lei em todos os países de que tenho conhecimento me receba como seu filho ilegítimo. Minha mãe me chamava de seu filho querido, mas não quero me estender sobre isso. No fim, meu pai é que estava com a razão. Ele não me chamou de coisa alguma.

Não admira, portanto, que eu tenha sido atraído para a órbita do General, que, como meus amigos Man e Bon, nunca escarneceu de minha herança bagunçada. Ao me selecionar para seu Estado-Maior, o General disse: A única coisa que me interessa é que você seja bom no que faz, mesmo que as coisas que lhe peça para fazer talvez não sejam muito boas. Dei prova de minha competência em mais de uma ocasião; a evacuação era apenas a mais recente prova de minha capacidade de lidar habilmente com a linha tênue entre o legal e o ilegal. Os homens haviam sido escolhidos, os ônibus, preparados e, o mais importante, as propinas para uma viagem segura, sido pagas. Eu molhara as mãos certas usando uma sacola com dez mil dólares requisitados junto ao General, que submetera a requisição à Madame. É uma quantia extraordinária, disse-me ela durante uma xícara de *oolong* em seu salão. É um momento extraordinário, disse eu. Mas é uma pechincha para um grupo de noventa e dois evacuados. Ela não pôde discordar, como qualquer um com os ouvidos colados no trilho de trem da fofoca na cidade poderia informar. O rumor era que o preço dos vistos, passaportes e assentos nos aviões que realizavam a evacuação chegavam a muitos milhares de dólares, dependendo do pacote escolhido e do nível de histeria do cliente. Mas, antes de até mesmo poder pagar a propina, a pessoa precisa ter acesso a conspiradores dispostos. Em nosso caso, minha solução foi um major inescrupuloso de quem fiquei amigo no Pink Nightclub, na Nguyen Hue. Gritando para ser ouvido acima do rugido psicodélico da CBC ou da batida pop da Uptight, fiquei sabendo que ele era o oficial encarregado do aeroporto. Por uma comissão relativamente modesta de mil dólares, informou-me quem seriam os guardas no aeroporto ao partirmos e onde eu poderia encontrar o tenente.

Tudo isso combinado, e, depois que fui com Bon buscar sua esposa e seu filho, reunimo-nos para partir às sete. Dois ônibus azuis aguardavam diante do portão da aldeia, suas janelas protegidas por grades de arame contra as quais as granadas dos terroristas iriam teoricamente rebater, a menos que fossem impulsionadas por foguetes e, nesse caso, a pessoa dependia da blindagem das orações. As famílias aflitas aguardavam no pátio da casa, enquanto a Madame ficava na escada com a criadagem. Seus filhos, muito sérios, sentavam no banco traseiro do Citroën, em seus rostos um olhar inexpressivo, diplomático, ao observarem Claude e o General fumando diante dos faróis do carro. O manifesto de passageiros na mão, fiz a chamada dos homens e suas famílias, riscando seus nomes e orientando-os a seus ônibus. Como instruídos, cada adulto e adolescente não portava nada além de uma pequena mala ou valise, com algumas crianças agarradas a cobertores finos ou bonecas de alabastro, seus rostos ocidentais emplastrados com um sorriso fanático. Bon foi por último, guiando Linh pelo cotovelo, e ela por sua vez segurando a mão de Duc. Ele tinha idade suficiente para andar de forma confiante, sua outra mão fechada em torno de um ioiô amarelo que eu lhe dera como suvenir dos Estados Unidos. Bati uma continência para o menino e ele, o rosto franzido de concentração, parou, soltou-se da mãe e bateu uma continência para mim. Todo mundo aqui, falei para o General. Então é hora de ir, ele disse, esmagando o cigarro sob o calcanhar.

O último dever do General era dizer adeus ao mordomo, ao cozinheiro, à governanta e a um trio de babás pubescentes. Alguns deles haviam suplicado para serem levados junto, mas Madame foi firme ao dizer não, já convencida de sua excessiva generosidade em pagar pelos oficiais do General. Estava com a razão, claro. Eu conhecia pelo menos um general que, ao dispor de lugares para sua equipe doméstica, os vendera pelo lance mais alto. Agora a Madame e toda a criadagem choravam, exceto o mordomo geriátrico, um plastrom roxo enrolado em torno do pescoço com bócio. Seus primeiros tempos com o General haviam sido como ordenança, quando o General não passava de um tenente, ambos servindo sob os franceses durante sua temporada no inferno em Dien Bien Phu. Mantendo-se ao pé da escada, o General não podia fitar o homem nos olhos. Sinto muito, disse, a cabeça curvada e descoberta, o quepe na mão. Foi a única vez em que o vi se desculpar para alguém que não fosse a Madame. Você nos serviu bem, e não estamos retribuindo à altura. Mas nenhum mal acontecerá com nenhum de vocês. Pegue o que quiser na casa e depois vá embora. Se alguém perguntar, negue que me conheceu ou que algum dia trabalhou para mim. Mas, quanto a mim, juro a você neste instante, não vou desistir de lutar por nosso país! Quando o General começou a chorar, eu lhe dei meu lenço. No silêncio que se seguiu, o mordomo disse: Só peço uma coisa, senhor. O que, meu amigo? Sua pistola, para que eu possa me matar! O General abanou a cabeça e limpou os olhos com meu lenço. Não vai fazer uma coisa dessas. Vá para casa e espere eu voltar. Daí eu lhe dou uma pistola. Quando o mordomo fez menção de bater continência, o General lhe ofereceu a mão. Digam as pessoas o que disserem do General hoje em dia, só posso afirmar que era um homem sincero que acreditava em tudo o que disse, mesmo sendo mentira, o que o torna não tão diferente assim da maioria.

A Madame distribuiu para cada homem e mulher da criadagem um envelope com notas de dólares, a espessura apropriada à função da pessoa. O General devolveu meu lenço e acompanhou a Madame até o Citroën. Para essa última volta de carro, o General sentaria pessoalmente ao volante forrado de couro e conduziria os dois ônibus para o aeroporto. Meu lugar é no segundo ônibus, disse Claude. Vai no primeiro e não deixa o motorista se perder. Antes de subir, parei no portão para uma olhada na aldeia, cuja existência se devia aos proprietários corsos de uma fazenda de borracha. Um tamarindo de proporções épicas se erguia acima dos telhados, as compridas e nodosas vagens de seu fruto amargo pendendo como dedos de homens mortos. A leal criadagem continuava parada no proscênio do alto da escada. Quando acenei em despedida, retribuíram devidamente o gesto, segurando na outra mão aqueles envelopes brancos que haviam se tornado, ao luar, passagens para lugar nenhum.

O trajeto da casa para o aeroporto foi tão descomplicado quanto qualquer coisa podia ser em Saigon, o que significa dizer absolutamente descomplicado. Você pegava a direita ao passar pelo portão e seguia pela Thi Xuan, à esquerda na Le Van Quyet, direita na Hong Thap Tu, na direção das embaixadas, esquerda na Pasteur, outra esquerda na Nguyen Dinh Chieu, direita na Cong Ly, depois direto até o aeroporto. Mas, em vez de pegar a esquerda na Le Van Quyet, o General virou à direita. Está indo na direção errada, disse meu motorista. Tinha dedos amarelados de nicotina e unhas perigosamente afiadas nos dedos dos pés. Vai atrás, falei. Fiquei no vão da entrada, as portas abertas para permitir a entrada do fresco ar noturno. No primeiro banco atrás de mim estavam Bon e Linh, Duc curvado para a frente no colo da mãe, espiando por cima do meu ombro. As ruas estavam desertas; segundo o rádio, um toque de recolher de vinte e quatro horas fora declarado devido ao ataque no aeroporto. As calçadas estavam quase igualmente vazias, assombradas apenas pelo ocasional uniforme abandonado pelos desertores. Em alguns casos, o equipamento fora deixado numa pequena pilha tão arrumada, o capacete sobre a jaqueta e as botas sob a calça, que era como se uma arma de raios tivesse vaporizado o dono. Numa cidade onde nada era desperdiçado, ninguém punha a mão nesses uniformes.

Meu ônibus levava pelo menos alguns soldados disfarçados de civis, embora o resto dos parentes por afinidade e primos do General fossem na maior parte mulheres e crianças. Esses passageiros murmuravam entre si, queixando-se disso e daquilo, coisa que ignorei. Mesmo se estivessem no Paraíso, nossos conterrâneos encontrariam uma oportunidade para comentar que não era tão quente como no Inferno. Por que ele está fazendo esse caminho?, disse o motorista. O toque de recolher! A gente vai levar um tiro, ou no mínimo ser preso. Bon suspirou e abanou a cabeça. Ele é o General, disse, como se isso explicasse tudo, o que de fato acontecia. Mesmo assim, o motorista continuou a se queixar quando passamos pelo mercado central e viramos na Le Loi, prosseguindo até o General finalmente parar na praça Lam Son. Diante de nós assomava a fachada helenística da Assembleia Nacional, antiga casa de ópera da cidade. Dali nossos políticos regiam a miserável opereta cômica de nosso país, um dissonante espetáculo burlesco estrelado por divas rechonchudas em ternos brancos e prima-donas de bigode em uniformes militares feitos sob medida. Pondo a cabeça para fora e erguendo o rosto, vi as janelas iluminadas do bar na cobertura do Caravelle Hotel, onde muitas vezes acompanhara o General em aperitivos e entrevistas com jornalistas. Os balcões ofereciam uma vista sem igual de Saigon e arredores, e deles uma leve risada era trazida pelo ar. Deviam ser os jornalistas estrangeiros, prestes a tomar a temperatura da cidade em seus últimos estertores, além dos adidos das nações não alinhadas, observando o depósito de munição de Long Binh brilhar no horizonte enquanto os traçadores riscavam a noite.

Fiquei com vontade de dar um tiro na direção das risadas, só para animar a noite deles. Quando o General desceu do carro, achei que tivera o mesmo impulso, mas ele virou na outra direção, afastando-se da Assembleia Nacional e se encaminhando rumo ao pavoroso monumento no canteiro gramado da Le Loi. Lamentei ter deixado minha Kodak na mochila e não no bolso, pois teria gostado de tirar uma foto do General batendo continência para os dois fuzileiros gigantes partindo para o ataque, o herói na retaguarda com um interesse um tanto detido nos fundilhos de seu camarada. Quando Bon bateu continência para o memorial, junto com os demais homens no ônibus, só o que pude considerar foi se esses fuzileiros estavam protegendo o povo que passeava sob seus olhares em um dia ensolarado ou, com igual probabilidade, atacando a Assembleia Nacional para a qual apontavam suas metralhadoras. Mas, quando um dos homens no ônibus soluçou e eu também bati continência, ocorreu-me que o significado não era tão ambíguo. Nossa força aérea havia bombardeado o palácio presidencial, nosso exército assassinara a tiros e facadas nosso primeiro presidente e seu irmão e nossos belicosos generais haviam fomentado tantos *coups d'état* que eu já perdera a conta. Após o décimo golpe, aceitei o estado absurdo de nosso estado com um misto de desespero e raiva, acompanhado de uma pitada de humor, coquetel sob cuja influência renovei meus votos revolucionários.

Dando-se por satisfeito, o General entrou de novo no Citroën e o comboio prosseguiu uma vez mais, atravessando o cruzamento na mão única da Tu Do conforme a rua entrava e saía da praça. Tive um último vislumbre do Givral Café, onde tomara sorvetes de baunilha franceses em meus encontros com jovens saigonesas respeitáveis e suas mumificadas tias acompanhantes. Depois do Givral ficava o Brodard

Café, onde cultivei meu gosto por saborosos crepes enquanto fazia o melhor que podia para ignorar o desfile de indigentes saltitando e manquejando à minha frente. Os que tinham mãos as esticavam pedindo esmola, os que não as tinham seguravam a pala de um boné de beisebol entre os dentes. Soldados amputados batiam mangas flácidas como aves terrestres, mendigos anciãos e mudos fixavam olhos de serpente em você, meninos de rua contavam histórias mais compridas do que eles próprios sobre suas condições deploráveis, jovens viúvas balançavam bebês chorando de cólica que talvez fossem alugados e uma variedade de aleijados exibia todas as impalatáveis doenças imagináveis conhecidas pelo homem. Mais ao norte na Tu Do ficava o clube noturno onde eu passara tantas noites dançando o chá-chá-chá com jovens de minissaia e a última palavra em salto alto, capaz de arruinar a sola do pé. Essa era a rua onde o dominador francês outrora mantivera seu curral de amantes douradas, seguido dos americanos com sua falta de classe, farreando em bares escandalosos como o San Francisco, o New York e o Tennessee, seus letreiros em néon, suas jukeboxes carregadas de música country. Os que se sentissem culpados ao final de uma noitada de excessos podiam cambalear na direção norte para a basílica de tijolos no fim da Tu Do, que era para onde o General nos levava, seguindo pela Hai Ba Trung. Diante da basílica ficava a estátua branca de Nossa Senhora, as mãos abertas num gesto de paz e perdão, os olhos voltados para baixo. Enquanto ela e seu filho Jesus Cristo estavam preparados para acolher todos os pecadores da Tu Do, seus bem-vestidos penitentes e padres — meu pai entre eles — normalmente me rejeitavam. Então era sempre na basílica que eu pedia a Man para me encontrar para nosso negócio clandestino, ambos saboreando a farsa de ser contados entre os fiéis. Fazíamos genuflexão, mas na verdade éramos ateus que haviam preferido o comunismo a Deus.

Os encontros aconteciam toda quarta-feira à tarde, a basílica vazia a não ser por um punhado de viúvas austeras, as cabeças amortalhadas em mantilhas de renda ou lenços pretos enquanto entoavam: *Pai-Nosso, que estais nos Céus, santificado seja vosso nome...* Eu já deixara de rezar, mas minha língua não conseguia parar de se mexer com aquelas velhinhas. Eram rijas como soldados de infantaria, assistindo impassíveis às missas de fim de semana em que os enfermos e idosos às vezes desmaiavam de calor. Éramos pobres demais para ter ar--condicionado, mas insolação era apenas mais uma forma de expressar firmeza religiosa. Seria difícil encontrar mais católicos devotos do que os existentes em Saigon, a maioria dos quais, como minha mãe e eu, já havia fugido outrora dos comunistas, em 54 (aos nove anos de idade, eu não tinha uma opinião sobre o assunto). A reunião na igreja era uma coisa que divertia Man, ex-católico, como eu. Enquanto fingíamos ser oficiais devotos para quem a missa uma vez por semana não era suficiente, eu lhe confessava minhas faltas políticas e pessoais. Ele, por sua vez, bancava meu confessor, sussurrando-me absolvições na forma de incumbências, em lugar de orações.

América?, disse eu.

América, ele confirmou.

Eu lhe contara sobre o plano de evacuação do General assim que fiquei sabendo, e na última quarta-feira na basílica fui informado sobre minha nova tarefa. A missão fora passada por seus superiores, mas quem eram eles, isso eu não sabia. Era mais seguro assim. Esse havia sido nosso sistema desde os tempos de liceu, quando seguíamos em silêncio uma estrada como um grupo de estudos enquanto Bon prosseguia abertamente por um caminho mais convencional. O grupo de estudo fora ideia de Man, uma célula de três homens composta por ele próprio, eu e outro colega da classe. Man era o líder, guiando-nos na leitura de clássicos revolucionários e nos ensinando a doutrina ideológica do Partido. Na época, eu sabia que Man era parte de outra célula da qual era o membro mais novo, embora as identidades dos demais fossem um mistério para mim. Tanto o sigilo como a hierarquia eram cruciais para a revolução, informou--me Man. Era por isso que havia outro comitê acima dele para os mais comprometidos, e acima desse outro comitê para os ainda mais comprometidos, e assim por diante até presumivelmente chegarmos ao Tio Ho em pessoa, pelo menos quando era vivo, o homem mais comprometido que já existira, alguém que havia afirmado que "Nada é mais precioso do que a independência e a liberdade". Essas eram palavras pelas quais valia a pena morrer. Essa linguagem, bem como o discurso de grupos de estudo, comitês e partidos, vinha fácil para

Man. Ele herdara o gene revolucionário de um tio-avô, forçado pelos franceses a servir na Europa durante a Primeira Guerra Mundial. Era coveiro e nada incita mais um colonizado do que ver homens brancos nus e mortos, dizia o tio-avô, ou assim me contou Man. Esse tio-avô enterrara as mãos em suas vísceras rosadas e viscosas, examinara com vagar seus pirulitos engraçados, flácidos, e quase vomitara ao ver os ovos mexidos putrefatos de seus miolos. Enterrou-os aos milhares, bravos jovens enredados na teia de discursos fúnebres desfiada por políticos aracnoides, e a compreensão de que a França guardara os melhores para seu próprio solo lentamente penetrou nos capilares de sua consciência. Os medíocres tinham sido despachados para a Indochina, o que permitiu à França montar suas burocracias coloniais com o valentão do pátio da escola, o desajustado do clube de xadrez, o contador nato e a garota acanhada, tipos que o tio-avô agora via em seu hábitat original como os párias e perdedores que eram. E esses refugos, espumava ele, eram as pessoas que nos ensinavam a pensar a seu respeito como semideuses brancos! Seu anticolonialismo radical ficou exacerbado quando se apaixonou por uma enfermeira francesa, uma trotskista que o convenceu a se juntar aos comunistas franceses, os únicos a oferecer uma resposta apropriada à Questão da Indochina. Por ela, ele bebeu o chá preto do exílio. No fim, ele e a enfermeira tiveram uma filha, e, passando-me um pedaço de papel, Man sussurrou que ela continuava por lá, sua tia. No papel havia seu nome e endereço no décimo terceiro *arrondissement* de Paris, aquela *poputchik* que nunca entrara para o Partido Comunista e assim dificilmente estaria sob vigilância. Duvido que você vá conseguir mandar cartas para cá, então ela vai ser a intermediária. É uma costureira com três gatos siameses, sem filhos e sem credenciais suspeitas. É para lá que você vai mandar as cartas.

Segurando o papelzinho, me lembrei da cena cinematográfica que eu havia preparado, em que me recusava a embarcar no avião de Claude enquanto o General suplicava em vão que partisse com ele. Quero ficar, falei. Está quase terminado. Atrás de mãos entrelaçadas, Man suspirou. Quase terminado? *Venha a nós o vosso reino, seja feita a vossa vontade.* Seu general não é o único com planos de continuar a lutar. Velhos soldados não somem. A guerra está sendo travada por tempo demais para que parem, simplesmente. Precisamos de alguém para ficar de olho neles e ter certeza de que não vão se meter em problemas excessivos. O que acontece se eu não for?, perguntei. Man ergueu os olhos para o Cristo ferido e esverdeado de feições europeias suspenso no crucifixo acima do altar, a mentira de uma tanga enrolada na virilha quando com toda a probabilidade morreu nu. O sorriso no rosto de Man revelou dentes surpreendentemente brancos. Você vai ser mais útil lá do que aqui, disse esse filho de um dentista. E se não quer fazer isso por você mesmo, faça por Bon. Ele não vai, se achar que a gente resolveu ficar. Mas, de qualquer maneira, você quer ir. Admita!

Ouso admitir? Ouso confessar? América, terra de supermercados e super-rodovias, de jatos supersônicos e do Super-Homem, de superporta-aviões e do Super Bowl! América, um país que não se contenta simplesmente em dar um nome a si mesmo em seu sangrento nascimento, mas que insistiu pela primeira vez na história em um misterioso acrônimo, USA, uma trifeta de letras ultrapassada mais tarde apenas pelo quarteto da URSS. Embora todo país se julgue superior, a seu próprio modo, teria algum dia havido um país a cunhar tantos termos "super" do banco federal de seu narcisismo, que fosse não apenas superconfiante como também verdadeiramente superpoderoso, que não se satisfaria até ter segurado o mundo todo numa chave de braço e o obrigado a gritar Tio Sam?

Tudo bem, admito!, falei. Eu confesso.

Ele riu e disse: Considere-se sortudo. Eu nunca saí da nossa maravilhosa terra natal.

Sortudo, eu? Pelo menos aqui você se sente em casa.

Sentir-se em casa é um negócio supervalorizado, ele disse.

É fácil para ele dizer, já que seu pai e sua mãe se dão razoavelmente bem, enquanto seus irmãos fingiam não perceber suas simpatias revolucionárias. Isso era bastante comum quando havia tantas famílias divididas, uns lutando pelo norte e outros pelo sul, uns lutando pelo comunismo e outros por ideais nacionalistas. Mesmo assim, por mais divididos que estivessem, todos se viam como patriotas combatendo por um país ao qual pertenciam. Quando lembrei a ele que meu lugar não era aqui, ele disse: Seu lugar também não é na América. Pode ser, falei. Mas eu não nasci lá. Nasci aqui.

Diante da basílica, demos adeus, nossa despedida de verdade, não a encenada mais tarde diante de Bon. Vou deixar meus discos e meus livros com você, falei. Sei que sempre quis ficar com eles. Obrigado, ele disse, apertando minha mão com força. E boa sorte. Quando vou poder voltar para cá?, perguntei. Lançando-me um olhar de grande compaixão, ele disse: Meu amigo, sou um subversivo, não um vidente. O cronograma da sua volta vai depender do que o seu General estiver planejando. E, quando o General passava em frente à basílica, eu não tinha como saber quais eram seus planos, além de escapar do país. Só presumi que tivesse mais coisa em mente do que as palavras inúteis pintadas nas faixas penduradas ao longo do bulevar que levava ao palácio presidencial, que fora metralhado por um piloto dissidente no começo do mês. NENHUMA TERRA PARA OS COMUNISTAS! NENHUM COMUNISTA NO SUL! NENHUM GOVERNO DE COALIZÃO! NENHUMA NEGOCIAÇÃO! Pude ver um soldado impassível montando guarda, empalado em posição de atenção sob o telhado de seu posto, mas antes que chegássemos ao palácio o General finalmente, misericordiosamente, pegou o caminho do aeroporto, virando à direita na Pasteur. Em algum lugar distante, uma metralhadora pesada disparou rajadas desiguais, espaçadas. Quando um morteiro surdo grunhiu, Duc choramingou nos braços da mãe. Calma, querido, ela disse. A gente só vai dar um passeio. Bon acariciou os tufos de cabelo do filho e disse: Será que vamos ver essas ruas de novo algum dia? Eu disse: A gente precisa acreditar que vai, não é?

Bon passou o braço pelos meus ombros e ficamos ali espremidos no vão da escada, com a cabeça para fora da porta e segurando a mão um do outro conforme passávamos pelos prédios desolados, luzes e olhos espiando por trás de cortinas e persianas. Narizes ao vento, inalamos uma miscelânea de aromas: carvão e jasmim, frutas podres e eucaliptos, gasolina e amônia, um arroto turbilhonante vindo das entranhas pobremente irrigadas da cidade. Quando nos aproximamos do aeroporto, a cruz ensombrecida de um avião rugiu no céu, todas as luzes apagadas. Nos portões, rolos espinhentos de arame farpado cediam à desilusão da meia-idade. Atrás do alambrado postava-se um pelotão de taciturnos policiais militares e seu jovem tenente, fuzis na mão e cassetetes pendurados nos cintos. Meu coração acelerou quando o tenente se aproximou do Citroën do General, abaixou junto ao vidro do motorista para trocar algumas palavras, depois olhou de relance na direção de onde eu estava, inclinado na porta do ônibus. Eu o encontrara, graças à informação do major inescrupuloso, no cortiço à beira do canal onde ele morava com mulher, três filhos, pais e os parentes dela, todos dependentes de um salário que não era suficiente para alimentar nem a metade. Era a situação típica de um jovem oficial, mas minha tarefa na tarde em que o visitei, na semana anterior, foi descobrir que tipo de homem fora moldado a partir desse pobre barro. Em roupas de baixo, sentado na beirada da cama de madeira que compartilhava com a esposa e os filhos, o tenente seminu tinha a expressão acuada de um prisioneiro político recém--jogado em uma jaula de tigre, cauteloso e um pouco assustado, mas ainda não subjugado fisicamente. Quer que eu apunhale meu país pelas costas, disse, numa voz sem tom, o cigarro que eu lhe dera ainda sem acender em sua mão. Quer me pagar para deixar que covardes e traidores escapem. Quer encorajar meus homens a fazer o mesmo.

Não vou insultar sua inteligência fingindo que é de outro modo, afirmei. Eu falava mais para os ouvidos do júri — sua esposa, pais e parentes dela, que sentavam, acocoravam ou permaneciam de pé no apertado confinamento da abafada choupana com teto de zinco. A fome lhes dera malares emaciados, do tipo que presenciei em minha mãe, que sofrera tanto por mim. Admiro você, tenente, eu disse, e era verdade. É um homem honesto, e é difícil encontrar homens honestos quando os homens têm famílias para alimentar. O mínimo que posso fazer para recompensá-lo é lhe oferecer três mil dólares. Isso era um mês de salário para seu pelotão inteiro. A esposa fez o que era devido e exigiu dez. No fim, concordamos em cinco, metade pagos ali, metade no aeroporto. Quando meu ônibus passou, ele agarrou em minha mão o envelope com o dinheiro, e em seus olhos vi a mesma expressão que aquela agente comunista exibira quando tirei a lista de nomes de sua boca. Embora pudesse ter atirado em mim ou nos obrigado a fazer a volta, agiu como eu apostava que qualquer homem honrado forçado a aceitar suborno faria. Deixou que passássemos todos, mantendo sua parte do combinado como a última folha de figueira de sua dignidade. Desviei o rosto para não ver sua humilhação. Se — permita-me ceder ao condicional por um momento — se o exército do sul consistisse apenas em homens como ele, teria vencido. Confesso que o admirei, mesmo sendo meu inimigo. Vale sempre mais admirar o melhor dos nossos adversários do que o pior dos nossos amigos. Concorda, Comandante?

Eram quase nove quando atravessamos o complexo do aeroporto, uma verdadeira metrópole de ruas pavimentadas, passando por barracões Quonset, casernas de telhado triangular, escritórios comuns e armazéns tubulares, mergulhando numa cidade miniatura dentro de Saigon, e contudo fora dela. Esse território semiautônomo foi outrora um dos aeroportos mais agitados do mundo, um centro nervoso para todo tipo de investida militar e missão letal e não letal, incluindo as trazidas pela Air America, a linha aérea da CIA. Nossos generais escondiam suas famílias ali, enquanto os generais americanos burilavam seus estratagemas em escritórios guarnecidos com mobília de aço importada. Nosso destino era a área do Defense Attaché Office. Com insolência típica, os americanos o haviam batizado de Dodge City, a cidade onde os revólveres ditavam a lei e garotas de saloon dançavam o cancã, como era bem o caso ali em Saigon. Mas, enquanto xerifes mantinham a paz na Dodge City real, eram os fuzileiros americanos que guardavam esse centro de evacuação. Eu não vira tantos deles desde 73, quando não passavam de um bando estropiado e derrotado partindo desse mesmo aeroporto. Mas esses jovens fuzileiros nunca tinham visto um combate e só chegaram ao país havia poucas semanas. De olhar brilhante e bem barbeados, sem um vestígio de agulha nos braços nem cheiro de maconha em suas fardas bem passadas, virgens de selva, observavam impassivelmente nossos passageiros desembarcarem em um estacionamento já apinhado com outras centenas de pessoas evacuadas. Juntei-me ao General e Claude perto do Citroën, onde o General entregava suas chaves. Eu as devolvo nos States, senhor, disse Claude. Não, deixe na ignição, respondeu o General. Não gostaria que ninguém estragasse o carro quando fosse roubar, já que é isso que vai acontecer, de qualquer jeito. Desfrute enquanto pode, Claude.

Quando o General se afastou para procurar a Madame e as crianças, eu disse: O que está acontecendo aqui? Que bagunça. Claude suspirou. Situação normal, tudo fodido. Todo mundo tentando tirar os parentes e os cozinheiros e as namoradas daqui. Considere-se com sorte. Sei, eu disse. Vejo você nos States? Deu um tapa afetuoso em meu ombro. É igual a quando os comunistas invadiram, em 54, disse. Quem teria imaginado que a gente ia estar aqui outra vez? Mas eu tirei você do norte naquela época, e agora estou tirando do sul. Vai dar tudo certo.

Depois que Claude foi embora, voltei aos evacuados. Um fuzileiro com o megafone mandou que formassem filas, mas esse era um conceito estranho aos nossos conterrâneos. Nosso modo de ser característico em situações em que a demanda era a alta e a oferta, baixa sempre foi acotovelamento, empurra-empurra e aglomeração e, se nada disso resolvesse, propina, bajulação, exagero e mentira. Eu não sabia muito bem se essas características eram genéticas, profundamente culturais ou apenas um rápido desenvolvimento evolutivo. Fôramos forçados a nos adaptar a dez anos vivendo em uma bolha econômica inflada exclusivamente pelos produtos importados da América; três décadas de reinício/interrupção de guerras, incluindo a divisão do país em dois em 54, executada pelos mágicos estrangeiros, e o breve interregno japonês da Segunda Guerra Mundial; e o século anterior de afável molestamento francês. Os fuzileiros, porém, não davam a mínima para tais desculpas e sua presença intimidadora no fim coagiu os refugiados a formar filas. Quando os fuzileiros nos revistaram, nós, oficiais, entregamos, com obediência e tristeza, nossas armas. A minha era apenas um revólver .38 de cano curto, bom para atividades clandestinas, roleta-russa e suicídio, enquanto Bon carregava sua viril Colt .45 semiautomática. A pistola era destinada a matar os guerreiros Moro nas Filipinas com um único tiro, falei para Duc. Eu ficara sabendo disso por meio de Claude; era o tipo de coisa misteriosa que ele sabia.

Documentos!, disse o burocrata da embaixada na mesa após a checagem das armas, um jovem com suíças do século XIX, usando um traje safári bege e óculos de lentes rosadas. Cada chefe de família tinha os papéis de *laissez-passer* do Ministério do Interior que eu comprara com um ótimo desconto, bem como a senha presidencial entregue por Claude, carimbada pelo funcionário da embaixada pertinente. A senha nos garantia, mesmo parados ali obedientemente na fila, a coisa importante: que poderíamos furar a fila da imigração e passar na frente dos milhões de pessoas do mundo todo amontoadas, esperançosas, ansiosas por respirar os ares da liberdade. Carregamos esse pequeno consolo conosco para a área de concentração de tropas formada nas quadras de tênis, onde evacuados anteriores já ocupavam todas as arquibancadas de madeira. Juntamo-nos aos mais atrasados e tentamos tirar um cochilo entorpecido no concreto verde das quadras. Lanternas de blecaute vermelhas lançavam um brilho espectral sobre a multidão, alguns americanos no meio dela. Todos pareciam ser casados com vietnamitas, tendo em conta que uma família vietnamita cercava cada um deles, ou como uma mulher vietnamita praticamente se algemava a seus braços. Acomodei-me com Bon, Linh e Duc numa área desocupada. De um lado havia um bando de prostitutas, embaladas a vácuo em microminissaias e meias arrastão. Do outro havia um americano, sua esposa e os filhos, um menino e uma menina de talvez cinco e seis anos. O marido se esparramava de costas com o antebraço grosso sobre os olhos, as únicas partes de seu rosto visíveis sendo as metades felpudas de seu bigode de morsa, os lábios rosados e os dentes ligeiramente tortos. Sua esposa sentava com a cabeça das crianças no colo, acariciando os cabelos castanhos. Há quanto tempo estão aqui?, perguntou Linh, embalando um sonolento Duc nos braços. O dia inteiro, disse a mulher. Está sendo horrível, tão quente. Nada para comer nem beber. Estão chamando os números dos voos, mas não o nosso. Linh emitiu ruídos de solidariedade enquanto Bon e eu nos preparamos para a espera interminável, principal ocupação dos militares no mundo todo.

Acendemos cigarros e prestamos atenção no céu escuro, iluminado ocasionalmente por um sinalizador de para-quedas crepitando em existência espermática, sua cabeça brilhante deixando uma cauda de fumaça longa e ondulante à medida que descia. Preparado para uma confissão?, disse Bon. Ele usava as palavras do jeito que usava balas, em suma, com rajadas controladas. Eu sabia que este dia estava para chegar. Só que nunca disse em voz alta. Isso é negação, certo? Fiz que sim e disse: Você é culpado da mesma coisa que todo mundo em Saigon, só isso. Todo mundo sabia e ninguém podia fazer nada, ou pelo menos achava que não. Mas alguma coisa sempre pode acontecer. A esperança existe para isso. Ele deu de ombros, contemplando a ponta de seu cigarro aceso. A esperança é escassa, ele disse. O desespero é espesso. Como sangue. Apontou a cicatriz na palma da mão que segurava o cigarro, feita para seguir o arco da linha da vida. Lembra?

Mostrei a palma da minha mão direita com sua cicatriz equivalente, a mesma exibida por Man. Víamos essa marca sempre que abríamos a mão para segurar uma garrafa, um cigarro, uma arma ou uma mulher. Qual guerreiros de lenda, havíamos jurado morrer uns pelos outros, enredados no romantismo da adolescência, unidos pelas coisas eternas que víamos em cada um: fidelidade, honestidade, convicção, disposição de lutar pelos amigos e conservar as crenças. Mas no que acreditávamos aos catorze anos? Em nossa amizade e fraternidade, nosso país e nossa independência. Acreditávamos que podíamos, se exigidos, nos sacrificar por nossos irmãos de sangue e nossa nação, mas não sabíamos exatamente como seríamos exigidos e em que nos transformaríamos. Eu não podia prever que Bon um dia entraria para o Programa Fênix, com o intuito de vingar seu pai assassinado, sua missão consistindo em liquidar pessoas que Man e eu considerávamos camaradas. E Bon, com sua sinceridade e enorme coração, não sabia que Man e eu viríamos a crer secretamente que o único modo de salvar nosso país era nos tornarmos revolucionários. Nós três seguimos nossas convicções políticas, mas somente pelos motivos que nos levaram a fazer o juramento de sangue, antes de mais nada. Se um dia as circunstâncias nos forçassem a uma situação em que a morte era o preço da fraternidade, não tenho dúvida de que Man e eu o pagaríamos. Nosso compromisso estava escrito em nossas mãos e, sob a luz bruxuleante lançada por um sinalizador de magnésio distante, estiquei a palma da mão com a cicatriz e tracei a linha com o dedo. Seu sangue é meu e o meu é seu, eu disse, que era o juramento adolescente que fizéramos uns para os outros. Quer saber o que mais?, disse Bon. O desespero pode ser espesso, mas a amizade é mais espessa ainda. Depois disso, nada mais precisava ser dito, nossa camaradagem bastava conforme prestávamos atenção nos foguetes Katiucha, chiando ao longe como bibliotecárias exigindo silêncio.

3.

Obrigado, caro Comandante, pelas anotações que o senhor e o comissário fizeram em minha confissão. O senhor me perguntou o que quero dizer quando falo "nós" ou "a gente", como nos momentos em que me identifico com os soldados e evacuados do sul a quem fui mandado espionar. Não devo me referir a essas pessoas, meus inimigos, como "eles"? Confesso que, após ter passado quase a vida toda em sua companhia, não posso deixar de me solidarizar com eles, bem como com muitos outros. Minha tendência a me solidarizar com outros tem muito a ver com meu status de bastardo, o que não significa dizer que ser bastardo naturalmente predispõe a pessoa à solidariedade. Muitos bastardos se comportam como uns bastardos, e o mérito cabe a minha bondosa mãe por ter me instilado a ideia de que é um comportamento digno não fazer distinção muito clara entre nós e eles. Afinal, se ela tivesse feito uma distinção muito clara entre empregada e padre, ou permitido que fosse feita, eu não existiria.

Tendo sido desse modo produzido fora do casamento, confesso me sentir bastante constrangido com a ideia de estar casado. Viver solteiro é um dos benefícios inesperados de ser bastardo, já que nunca fui considerado um partido muito bom pela maioria das famílias. Nem mesmo famílias com uma filha de origem multirracial me quiseram, pois a própria filha em geral era a primeira a se espremer no elevador da mobilidade social casando-se com alguém de linhagem pura. Embora amigos e estranhos se compadeçam da minha condição de solteiro como parte da tragédia de ser um bastardo, para mim a existência de solteiro não apenas significa liberdade, como também vem a calhar para minha vida subterrânea de agente duplo, um *mole*, "toupeira", que se entoca melhor sozinho. Ser solteiro também significava que eu podia conversar despreocupadamente com as prostitutas, que exibiam na maior desfaçatez suas canelas torneadas entre os evacuados enquanto usava o tabloide do dia anterior para abanar as suadas ravinas de seus decotes, artificialmente acentuados por um sutiã da era atômica. As garotas se chamavam Mimi, Phi Phi e Ti Ti, nomes bastante comuns no *demimonde*, mas, enquanto triunvirato, poderoso o suficiente para injetar alegria em meu coração. Pode ser que tenham inventado os nomes ali mesmo, sendo tão fácil trocar de nome quanto de cliente. Nesse caso, a encenação delas nada mais era que um reflexo profissional adquirido com anos de estudo diligente e prática dedicada. Eu tinha um respeito de longa data pelo profissionalismo das prostitutas de carreira, que mostram sua desonestidade mais abertamente que advogados, e os dois cobram por hora. Mas falar apenas do lado financeiro passa por cima de uma questão essencial. O modo apropriado de lidar com uma prostituta é adotar a atitude de quem vai ao teatro, sentando no fundo e suspendendo a descrença durante o espetáculo. O modo impróprio é insistir tolamente que a peça nada mais é que um punhado de gente encenando uma farsa porque você pagou o preço do ingresso, ou, pelo contrário, acreditar plenamente no que está assistindo e desse modo sucumbir a uma miragem. Por exemplo, homens crescidos que zombam da ideia de unicórnios dão testemunhos lacrimosos da existência de uma espécie ainda mais rara, mais mítica. Encontrada apenas em portos remotos e nos recessos mais escuros e profundos das tavernas menos salubres, ela é a prostituta em cujo peito bate o proverbial coração de ouro. Posso lhe garantir, se existe alguma parte de uma prostituta que é feita de ouro, não é seu coração. O fato de alguns pensarem de outra forma é um tributo à atriz dedicada.

Por esse parâmetro, as três moças eram atrizes veteranas, coisa que não podia ser dita de setenta a oitenta por cento das prostitutas na capital e cidades adjacentes, das quais estudos sérios, indícios casuais e amostragem aleatória indicavam existir dezenas e talvez centenas de milhares. A maioria era de garotas pobres e analfabetas da zona rural, sem a menor condição de sobreviver exceto como carrapatos no pelo dos soldados americanos de dezenove anos de idade. A calça protuberante com um rolo inflacionário de dólares e o cérebro adolescente inchado com a febre amarela que acomete tantos ocidentais vindos para um país asiático, esse GI americano descobriu para sua surpresa e deleite que nesse mundo verdejante ele não era mais Clark Kent, mas o Super-Homem, pelo menos em relação às mulheres. Ajudado (ou seria invadido?) pelo Super-Homem, nosso fecundo e pequeno país não mais produziu quantidades significativas de arroz, borracha e estanho, cultivando em vez disso uma abundante safra de prostitutas, garotas que não haviam sequer dançado ao som do rock antes que os cafetões que chamamos caubóis pusessem adesivos em seus trêmulos mamilos interioranos e as cutucassem para subir na passarela de um bar na Tu Do. Agora eu me atrevo a acusar os planejadores estratégicos americanos de propositalmente erradicar as aldeias camponesas de modo a desalojar as garotas que teriam pouca escolha além de servir sexualmente os mesmos rapazes que jogaram bombas, lançaram granadas, metralharam do avião, incendiaram, pilharam ou apenas evacuaram à força as referidas aldeias? Só estou observando que a criação de prostitutas nativas para servir o exército estrangeiro é uma consequência inevitável da guerra de ocupação, um desses sórdidos efeitos colaterais da defesa da liberdade que toda esposa, irmã, namorada, mãe, pastor e político em Pequenópolis, Estados Unidos, finge ignorar atrás de suas muralhas dentárias enceradas e polidas quando dão as boas-vindas aos soldados de regresso, prontos para tratar quaisquer indizíveis aflições com a penicilina da bondade americana.

Esse trio de estrelas talentosas prometia um tipo de bondade completamente diferente, o tipo mau. Flertavam descaradamente comigo e provocavam Bon e o marido americano do bigode de morsa, agora acordado. Ambos se limitavam a fazer um esgar e a tentar permanecer tão imóveis e encolhidos como podiam, perfeitamente cientes do silêncio amuado das esposas. Eu, por outro lado, correspondia ao flerte com animação, sabendo muito bem que cada uma daquelas mulheres da vida tinha um passado capaz de partir meu coração e, provavelmente, quebrar também minha conta bancária. Eu também não tinha um passado semelhante? Mas atrizes atuam ao menos em parte para esquecer sua tristeza, característica com a qual estou bem familiarizado. Nessas situações, a melhor coisa a fazer é flertar e brincar, permitindo a todo mundo a oportunidade de fingir ser feliz pelo tempo que pudessem de fato sentir essa felicidade. E era um prazer simplesmente olhar para elas! Mimi era alta, tinha cabelos longos e lisos e esmalte cor-de-rosa em todos os vinte dedos, as pontas tão reluzentes quanto jujubas. A voz rouca com seu misterioso dialeto de Hue forçou todas as minhas veias a se contrair, me deixando um pouco zonzo. Ti Ti era frágil e mignon, um fabuloso penteado em colmeia contribuindo para sua altura. A pele clara evocava uma casca de ovo, seus cílios estremeciam como que orvalhados. Tive ganas de estreitá-la em meus braços e esfregar meus cílios contra os seus, dando beijos de borboleta. Phi Phi era a líder, as curvas de seu corpo me lembrando as dunas de Phan Thiet, onde minha mãe me levara para as únicas férias de sua vida. Enquanto mamãe se cobria da cabeça aos pés para não escurecer nem mais um pouco a pele, eu me espojava na areia banhada pelo sol, em êxtase. Essa lembrança jubilosa de calor e felicidade de um menino de dez anos foi despertada pela fragrância de Phi Phi, a mesma, ou quase, assim imaginei, de um minúsculo frasco de perfume cor de mel que minha mãe possuía, presente de meu pai com o qual ela se aspergia uma vez por ano. Assim, apaixonei-me por Phi Phi, uma emoção bastante inofensiva. Eu costumava me apaixonar duas ou três vezes por ano e a essa altura já estava mais do que na hora.

Quanto ao modo como haviam conseguido se infiltrar naquela base aérea, quando as evacuações eram destinadas aos ricos, poderosos e/ou bem relacionados, tudo se devia ao sargento. Imaginei uma montanha de músculos sobre duas pernas com um quepe branco dos fuzileiros encimando o conjunto. O Sarge toma conta da embaixada e adora a gente, nós, garotas, disse Phi Phi. Ele é um doce, um amor, não esquece da gente de jeito nenhum, como disse mesmo que não ia esquecer. As outras duas fizeram que sim vigorosamente, Mimi estalando o chiclete e Ti Ti estalando os nós dos dedos. O Sarge pegou um ônibus e circulou pela Tu Do para resgatar qualquer garota que estivesse por perto e quisesse ir embora. Daí ele conseguiu fazer a gente entrar na base aérea falando para os policiais que estava trazendo a gente para uma festa com os pobrezinhos dos rapazes aqui. O pêssego duro do meu coração amadureceu e ficou macio quando pensei em seu Sarge, esse americano incrível que de fato mantinha suas promessas, o primeiro nome Ed e o sobrenome algo que nenhuma das garotas conseguia pronunciar. Perguntei a elas por que queriam ir embora e Mimi disse que era porque os comunistas certamente as prenderiam como colaboracionistas. Eles chamam a gente de putas, disse. E chamam Saigon de cidade das putas, não é? Benzinho, eu sei somar dois mais dois. Além disso, disse Ti Ti, mesmo que não jogassem a gente na cadeia, a gente não ia poder trabalhar. Você não pode comprar nem vender nada num país comunista, certo? Não para ter lucro, de qualquer jeito, e querido, não vou deixar ninguém comer essa manga de graça, com ou sem comunismo. Nisso todas as três assobiaram e bateram palmas. Eram tão indecentes quanto marujos russos de licença em terra firme, mas também compreendiam profundamente a teoria do valor de troca. O que de fato aconteceria com garotas como elas quando a revolução fosse vitoriosa? Confesso que eu não dedicara muito tempo pensando nesse assunto.

O temperamento animado delas fez o tempo voar tão rápido quanto os C-130 que riscavam o céu acima, mas até mesmo elas e eu fomos nos cansando à medida que as horas avançavam e nossos números não eram chamados. O fuzileiro com o megafone murmurava como uma vítima de câncer de garganta com uma laringe mecânica, e um bando exausto de evacuados juntava seus deprimentes pertences e cambaleava para os ônibus que os levariam à pista. Passou das dez, depois das onze. Deitei e não consegui dormir, mesmo estando no que os soldados, com seu humor característico, chamavam de hotel mil estrelas. Tudo que eu tinha a fazer era erguer o rosto para a galáxia e me lembrar de minha boa sorte. Agachei e fumei outro cigarro com Bon. Deitei e não consegui dormir outra vez, incomodado com o calor. À meia-noite, saí caminhando pelas instalações e enfiei a cabeça nos banheiros. Péssima ideia. Eram feitos para lidar apenas com o fluxo normal de algumas dúzias de funcionários e uns poucos militares do setor administrativo, não com toda a excreção quente de milhares de evacuados. A cena na piscina não parecia muito melhor. Durante todos aqueles anos de existência, a piscina era uma área exclusiva para americanos, com passes para brancos de outros países e para os indonésios, iranianos, húngaros e poloneses do International Committee of Control and Supervision. Nosso país era assoberbado de acrônimos, com o ICCS também conhecido por "I Can't Control Shit", seu papel sendo o de supervisionar o cessar-fogo entre o norte e o sul depois que as forças armadas americanas fossem estrategicamente transferidas. O cessar-fogo foi um sucesso esmagador, pois nos últimos dois anos apenas cento e cinquenta mil soldados haviam morrido, além da necessária quantidade de civis. Imagine quantos teriam morrido sem uma trégua! Talvez os evacuados se ressentissem do fato de os moradores locais terem sido excluídos daquela piscina, porém mais provavelmente fora só o desespero que os levara a usá-la como urinol. Juntei-me à fila do xixi na beira da piscina, depois voltei às quadras de tênis. Bon e Linh cochilavam com o queixo apoiado na mão aberta, Duc era o único que conseguia dormir de verdade, no colo de sua mãe. Agachei, deitei, fumei um cigarro e assim por diante, até que perto das quatro da manhã nosso número foi finalmente anunciado e eu disse adeus às garotas, que fizeram beicinhos e prometeram que nos encontraríamos outra vez em Guam.

Caminhamos da quadra de tênis em direção ao estacionamento, onde um par de ônibus aguardava para levar mais do que nosso grupo de noventa e dois removidos. A multidão somava cerca de duzentas pessoas, e, quando o General me perguntou quem eram aqueles todos, repeti a pergunta ao fuzileiro mais próximo. Ele deu de ombros. Sua turma não é tão grande, então a gente está pondo junto dois de vocês para cada um dos nossos. Parte de mim sentiu irritação quando embarquei no ônibus depois do meu ressentido General, enquanto parte de mim raciocinava que estávamos acostumados a tal tratamento. Afinal, tratávamos uns aos outros da mesma maneira, entupindo nossas motos, ônibus, caminhões, elevadores e helicópteros com carregamentos suicidas de cargas humanas, desconsiderando todos os regulamentos e recomendações do fabricante. Que surpresa havia em outros acharem que estávamos felizes com condições às quais apenas nos resignávamos? Não tratariam um general americano desse jeito, queixou-se o General, apertado contra mim no espaço confinado. Não, senhor, não tratariam, disse eu, e muito provavelmente era verdade. Nosso ônibus logo se tornou fétido e quente com os passageiros que haviam ficado cozinhando lá fora dia e noite, mas era apenas um breve percurso até nosso C-130 Hercules. O avião era um caminhão de lixo com asas acopladas e, como em um caminhão de lixo, o carregamento era feito pela parte traseira, onde a enorme rampa chata de carga baixou para nos receber. A bocarra levava a um generoso tubo digestivo, sua membrana iluminada por uma lanterna de blecaute verde fantasmagórica. Uma vez fora do ônibus, o General parou ao lado da rampa e me juntei a ele para observar sua família, seu Estado-Maior, seus dependentes e uma centena de pessoas que não conhecíamos subindo a bordo, sob os acenos de um mestre de carga em cima da rampa. Vamos lá, sem acanhamento, disse para a Madame, sua cabeça encaixotada em um capacete do tamanho e forma de uma bola de basquete. É isso aí. É lata de sardinha mesmo, senhora. Lata de sardinha.

A Madame estava perplexa demais para ficar chocada. Ela franziu a testa ao passar com seus filhos, tentando traduzir o refrão absurdo do mestre de carga. Então vi um homem vindo pela rampa e fazendo o possível para evitar contato visual, uma bolsa de viagem azul da Pan Am agarrada junto ao peito encurvado. Eu o vira alguns dias antes, em sua casa no Distrito Três. Um funcionário de escalão intermediário do Ministério do Interior, não era nem muito alto nem muito baixo, nem muito magro nem muito largo, nem muito claro nem muito escuro, nem muito inteligente nem muito estúpido. Um subsubsecretário de algum tipo, provavelmente não tinha sonhos nem pesadelos, seu próprio interior tão vazio quanto sua sala. Eu pensara no subsubsecretário ocasionalmente em alguns dias desde nosso encontro e não conseguia me lembrar de seu rosto fugaz, mas o reconheci nesse momento em que subia a rampa. Quando pousei a mão em seu ombro, estremeceu e finalmente ergueu os olhos de Chihuahua para mim, fingindo que não me vira. Que coincidência!, falei. Não esperava vê-lo neste voo. General, nossos lugares não teriam sido possíveis sem a ajuda desse bondoso senhor. O General acenou rigidamente, exibindo os dentes apenas o suficiente para indicar que jamais esperasse uma retribuição. O prazer foi meu, sussurrou o subsubsecretário, o corpo franzido tremendo e a esposa dando puxões em seu braço. Se olhar emasculasse, ela teria se afastado com meu saco em sua bolsa. Depois que a multidão os arrastou, o General me olhou de soslaio e disse: Um prazer? Em certo sentido, falei.

Quando todos os passageiros subiram a bordo, o General gesticulou para que eu fosse na frente. Ele foi o último a subir a rampa para o compartimento de carga sem assentos. Os adultos se acocoravam no chão ou sentavam em sacos, as crianças empoleiradas em seus joelhos. Os passageiros de sorte tinham um espaço junto às anteparas onde podiam se agarrar a uma correia de carga. Os contornos de pele e carne separando um indivíduo do outro se fundiram, todo mundo forçado à intimidade obrigatória exigida desses que eram menos humanos do que aqueles que deixavam o país em assentos reservados. Bon, Linh e Duc estavam em algum lugar no meio, assim como a Madame e seus filhos. A rampa se elevou devagar e fechou hermeticamente, lacrando-nos, as minhocas, em nossa lata de iscas. Junto com o mestre de carga, o General e eu recostamos contra a rampa, nossos joelhos nos narizes dos passageiros diante de nós. O quarteto de motores turbopropulsores entrou em funcionamento com um barulho ensurdecedor, as vibrações sacudindo a rampa. Quando o avião roncou pela pista, a multidão toda balançou para a frente e para trás a cada movimento, uma congregação embalada por orações inaudíveis. A aceleração me pressionou para trás enquanto a mulher diante de mim envolveu meus joelhos com seu braço, o queixo dela pressionado contra a mochila em meu colo. Com o calor dentro do avião subindo para mais de quarenta graus, igualmente subiu a intensidade de nosso odor. Exsudávamos o fedor de suor, roupa suja e ansiedade, com o único alívio sendo a brisa que entrava pela porta aberta onde um dos tripulantes ficava numa pose de guitarrista de rock, com as pernas bem abertas. Em vez de uma guitarra pendurada na altura dos quadris, ele portava uma M16 com um pente de vinte tiros. Conforme o avião taxiava pela pista, avistei de relance as barricadas de concreto, latas gigantes cortadas pela metade no sentido do comprimento e uma desoladora fileira de jatos incinerados, caças destruídos pelo fogo de metralhadora rasante pouco antes naquela noite, as asas arrancadas e espalhadas como moscas tratadas com crueldade. Um silêncio desceu sobre os passageiros, hipnotizados com a trepidação e a expectativa. Estavam, sem dúvida, pensando o mesmo que eu. *Good-bye*, Vietnã. *Au revoir*, Saigon...

A explosão foi ensurdecedora, sua força lançando a tripulação sobre os passageiros, a última coisa que vi por um bom tempo quando o clarão que entrou pela porta aberta ofuscou por completo minha vista. O General caiu em cima de mim e eu caí na antepara, depois sobre corpos gritando, civis histéricos espirrando saliva rançosa em meu rosto. Os pneus do avião cantaram na pista quando ele girou para a direita e, quando minha visão voltou, uma labareda brilhou pela porta. Temi mais do que tudo morrer queimado, virar picadinho numa hélice, ser destroçado por um Katiucha, que mais parecia nome de algum cientista siberiano maluco que perdera os dedos dos pés e o nariz com a geladura. Eu vira restos humanos queimados antes, num campo lúgubre nos arredores de Hue, cadáveres carbonizados fundidos ao metal de um Chinook abatido, os tanques de combustível tendo incinerado as três dúzias de ocupantes, seus dentes expostos em um ricto permanente, simiesco; a carne de seus lábios e rostos queimara toda; a pele era uma obsidiana cuidadosamente tostada, lisa e exótica, o cabelo todo convertido em cinzas, não mais reconhecíveis como meus conterrâneos ou como seres humanos. Eu não queria morrer dessa forma; não queria morrer de forma alguma, muito menos em um bombardeio de longo alcance executado pela artilharia de meus camaradas comunistas, lançada dos subúrbios capturados perto de Saigon. Uma mão pressionou meu peito e me fez lembrar que eu continuava vivo. Outra agarrou minha orelha quando as pessoas berrando embaixo de mim tentavam me tirar de cima delas. Empurrando para tentar ficar de pé, senti minha mão na cabeça oleosa de alguém e me vi pressionado contra o General. Outra explosão em algum lugar na pista aumentou o frenesi. Homens, mulheres e crianças gritaram num tom ainda mais agudo. De repente, o avião parou de girar em um ângulo tal em que o olho da porta não fitava o fogo, mas apenas trevas, e um homem gemeu: A gente vai morrer! O mestre de carga, praguejando com criatividade, começou a baixar a rampa, e, quando a massa de refugiados se lançou pela abertura, carregou-me de costas junto com eles. O único modo de não morrer pisoteado foi cobrir a cabeça com a mochila e descer rolando pela rampa, derrubando pessoas no processo. Outro foguete explodiu na pista algumas centenas de metros atrás de nós, iluminando um acre de asfalto e revelando o abrigo mais próximo como sendo uma divisória de concreto arruinada, a cinquenta metros da pista. Mesmo depois que a explosão arrefeceu, a noite perturbada não voltou a ficar escura. Os motores de estibordo do avião pegavam fogo, duas tochas chamejantes cuspindo rajadas de centelhas e fumaça.

Eu estava de quatro quando Bon me segurou pelo cotovelo, puxando-me com uma mão e Linh com a outra. Ela por sua vez carregava Duc, que chorava, o braço em torno do peito dele. Uma chuva de meteoritos de foguetes e artilharia caía sobre a pista, um espetáculo de luzes apocalíptico que revelou os evacuados correndo em direção à divisória de concreto, cambaleando e tropeçando no caminho, as bagagens esquecidas, a trovejante turbulência das hélices dos dois motores remanescentes soprando crianças do chão e tirando o equilíbrio dos adultos. Os que haviam alcançado a divisória mantinham a cabeça lamuriante sob o concreto e, quando alguma coisa passou zunindo no alto — um fragmento ou uma bala —, atirei-me no chão e comecei a rastejar. Bon fez o mesmo com Linh, o rosto dela tenso mas determinado. No momento em que abrimos caminho até um espaço desocupado junto à divisória, a tripulação desligara os motores. O alívio do barulho apenas tornou audível que alguém atirava contra nós. As balas chispavam no alto ou ricocheteavam no concreto, os atiradores mirando o fogo do avião em chamas. Gente nossa, disse Bon, os joelhos encolhidos junto ao peito e um braço envolvendo Duc, aninhado entre ele e Linh. Ficaram putos. Querem uma vaga pra cair fora daqui. De jeito nenhum, falei, é o Exército do Povo, eles dominaram o perímetro, ainda que eu achasse que havia uma chance bastante razoável de que fossem mesmo nossos homens dando vazão a suas frustrações. Então os tanques de gasolina do avião explodiram, a bola de fogo iluminando uma vasta área do campo de pouso, e quando desviei o rosto do clarão descobri que estava ao lado do subsubsecretário, o funcionário público não extraordinário, seu rosto quase pressionado contra minhas costas e o recado em seus olhos de Chihuahua tão claro quanto o título em uma marquise de cinema. Como o agente comunista e o tenente no portão, teria ficado feliz em me ver morto.

Eu merecia esse ódio. Afinal, lhe negara considerável fortuna como resultado de minha visita indesejável a sua casa, o endereço obtido para mim pelo major inescrupuloso. É verdade que tenho alguns vistos, dissera o subsubsecretário quando sentamos em sua sala de estar. Eu e alguns colegas os estamos disponibilizando no interesse da justiça. Não é injusto que só os mais privilegiados ou afortunados tenham a oportunidade de escapar? Fiz alguns ruídos solidários. Se houvesse justiça de verdade, prosseguiu ele, todo mundo que precisasse ir, iria. Esse claramente não é o caso. Mas isso deixa alguém como eu em circunstâncias um tanto difíceis. Por que devo ser o juiz que decide quem fica e quem parte? Afinal, não passo de um secretário glorificado. Se estivesse na minha situação, Capitão, o que o senhor faria?

Posso avaliar a situação em que o senhor se encontra. Minhas covinhas doíam de tanto sorrir e eu estava impaciente para chegar ao inevitável fim do jogo, mas o meio tinha de ser jogado, para me proporcionar a mesma manta moral carcomida de traças que ele já puxara até seu queixo. O senhor é evidentemente um homem respeitável, dotado de bom gosto e valores. Nisso acenei à esquerda e à direita, indicando a casa esmerada que custava dinheiro. Nas paredes rebocadas havia lagartixas e alguns objetos decorativos: um relógio, um calendário, um pergaminho chinês, uma foto colorizada de Ngo Dinh Diem em melhores dias, quando ainda não fora assassinado por acreditar que era um presidente e não um fantoche americano. Agora o homenzinho do terno branco era um santo para seus colegas católicos vietnamitas, tendo sofrido uma morte devidamente martirizada com mãos e pés amarrados às costas, o rosto uma máscara de sangue, uma mancha de Rorschach de seu tecido cerebral decorando o interior de um veículo blindado de transporte de pessoal, sua humilhação capturada numa foto que circulou pelo mundo todo. Suas entrelinhas tão sutis quanto Al Capone: *Não se meta com os Estados Unidos da América.*

A verdadeira injustiça, disse eu, começando a me irritar, é que um homem honesto tenha de passar uma vida de penúria em nosso país. Desse modo, permita que eu estenda ao senhor um pequeno sinal da apreciação de meu cliente pelo favor que ele está pedindo. O senhor dispõe de vistos suficientes à mão para noventa e duas pessoas, não é? Eu não tinha certeza de que teria, e nesse caso meu plano era deixar um depósito e prometer voltar com o restante. Mas, quando o subsubsecretário respondeu afirmativamente, tirei o envelope de dinheiro restante, quatro mil dólares, o suficiente para dois vistos se ele estivesse se sentindo generoso. O subsubsecretário abriu o envelope e passou o polegar, calejado pela experiência, sobre o maço de notas. Percebeu na mesma hora quanto dinheiro havia no envelope — não o bastante! Estapeou o rosto da mesa de centro com a luva branca do envelope e, como se isso fosse uma expressão insuficiente de seu ultraje, desferiu nova bofetada na mesinha. Como ousa tentar me subornar, senhor!

Fiz um gesto indicando que sentasse. Como ele, eu também era um homem enredado em circunstâncias difíceis, forçado a fazer o que tinha de fazer. Parece justo para o senhor vender estes vistos quando não lhe custaram nada e nem são seus, para começo de conversa?, perguntei. E não seria justo que eu ligasse para o comandante de polícia local e mandasse prender nós dois? E não seria justo para ele se apropriar de seus vistos e empreender uma justa distribuição a seu critério? Assim, a solução mais justa é que simplesmente voltemos à situação em que eu lhe ofereço quatro mil dólares por noventa e dois vistos, uma vez que o senhor não deveria dispor de noventa e dois vistos, nem de quatro mil dólares, para começo de conversa. Afinal, o senhor pode voltar a sua mesa amanhã e obter mais noventa e dois vistos com bastante facilidade. É só papel, não é?

Mas, para um burocrata, papel nunca era só papel. Papel era vida! Ele me odiou naquela hora por pegar seu papel e me odiava agora, mas não fiquei minimamente incomodado. O que me incomodava ali encolhido na divisória de concreto era mais uma espera miserável, só que dessa vez sem solução clara à vista. O vislumbre do sol nascente trouxe uma ponta de alívio, mas a reconfortante luz azulada revelou o estado deplorável da pista, lascada e esburacada pelas explosões de foguete e artilharia. No meio disso tudo estava a pilha de escória fumegante do C-130, tresandando ao fedor pungente de combustível em chamas. Entre nós e os restos em brasa do avião havia pequenas pilhas escuras que gradualmente tomaram forma, virando malas e valises abandonadas na correria descontrolada, algumas abertas, derramando seu conteúdo aqui e ali. O sol continuava a subir de dente em dente em sua cremalheira, a luz cada vez mais crua e forte até atingir essa condição de entorpecimento da retina que é produzida pela luminária do interrogador, despojando todo vestígio de sombra. Confinados ao lado leste da divisória, as pessoas iam murchando e definhando, a começar pelos velhos e crianças. Água, mamãe, disse Duc. Tudo que Linh pôde dizer foi: Não, querido, a gente não tem água, mas vamos conseguir daqui a pouco.

Como que aproveitando a deixa, outro Hercules apareceu no céu, baixando tão rápido e abruptamente que parecia pilotado por um camicase. O C-130 aterrissou cantando os pneus em uma pista distante e um murmúrio se ergueu entre os evacuados. Só quando o Hercules virou em nossa direção para se aproximar estouvadamente através de pistas separadas o murmúrio se transformou numa vibração jubilosa. Então escutei outra coisa. Quando pus a cabeça cautelosamente para fora da divisória, eu os vi, saindo em disparada das sombras dos hangares e entre as barricadas onde eles possivelmente estavam escondidos, dezenas, talvez centenas de fuzileiros, soldados, policiais militares, pilotos da força aérea, tripulantes, mecânicos, funcionários da base aérea, homens da retaguarda, recusando ser heróis ou ir para o sacrifício. Ao ver a competição, os evacuados dispararam para o C-130, que girara na pista a cinquenta metros de distância e baixava a rampa num gesto não muito recatado de convite. O General e sua família corriam na minha frente, Bon e a sua, às minhas costas, e juntos ficamos entre os últimos da massa de gente.

O primeiro evacuado subiu a rampa correndo quando escutei o sibilo dos Katiuchas, seguido, um segundo mais tarde, de uma explosão, quando o primeiro dos foguetes caiu numa pista ao longe. As balas zuniam no alto e dessa vez escutamos o ladrido distinto das AK-47 junto com as M16. Estão no perímetro!, gritou Bon. Ficou óbvio para os evacuados que aquele Hercules seria o último avião a deixar o aeroporto, se é que conseguiria decolar com as unidades comunistas fechando o cerco, e mais uma vez começaram a gritar de pavor. Quando subiam pela rampa o mais rápido que podiam, um elegante aviãozinho do lado de lá da divisória passou guinchando no ar, um caça Tiger com seu nariz de agulha, seguido de um helicóptero

Huey ribombando surdamente com as portas escancaradas, revelando mais de uma dúzia de soldados espremidos ali dentro. O que restava das forças armadas no aeroporto realizava a própria evacuação com quaisquer veículos aéreos que pudesse encontrar. Quando o General empurrava as costas dos evacuados a sua frente para impeli-los na direção da rampa, e quando eu empurrava o General, um bombardeiro Shadow de cauda dupla decolou da pista à minha esquerda. Observei-o com o canto do olho. O Shadow era uma aeronave de aspecto engraçado, a gorda fuselagem suspensa entre os dois prolongamentos dos motores, mas não havia nada engraçado no rastro de fumaça do míssil detector de calor riscando um caminho através do céu até sua ponta flamejante beijar o Shadow a menos de trezentos metros de altura. Quando as metades do avião e os fragmentos e pedaços de seus tripulantes caíram na terra como fragmentos estilhaçados de um pombo de cerâmica, os evacuados gemeram e empurraram com mais força ainda para fazer a escalada final da rampa.

Quando o General pisou na rampa, parei e esperei que Linh e Duc passassem. Como não apareceram, virei e vi que não estavam mais atrás de mim. Sobe no avião, gritava o mestre de carga às minhas costas, sua boca tão aberta que juro que vi suas amígdalas vibrando. Seus amigos já eram, cara! Vinte metros dali, Bon estava ajoelhado na pista, segurando Linh junto ao peito. Um coração vermelho lentamente se expandia em sua blusa branca. Uma nuvem de concreto pulverizado surgiu quando uma bala raspou a pista entre nós e a última gota de umidade em minha boca evaporou. Joguei minha mochila para o mestre de carga e corri direto até eles, pulando bagagens abandonadas. Deslizei os últimos dois metros, os pés na frente e esfolando a pele da mão e do cotovelo esquerdo. Bon fazia sons que eu nunca o escutara fazer, gritos de dor profundos e guturais. Entre ele e Linh estava Duc, de quem só via o branco dos olhos e, quando separei marido e mulher, vi a massa úmida e ensanguentada do peito de Duc, onde alguma coisa o atravessara, fazendo o mesmo com sua mãe. O General e o mestre de carga berravam algo que eu não conseguia entender em meio ao gemido cada vez mais alto das hélices. Vamos, gritei. Estão saindo! Puxei sua manga, mas Bon não saiu do lugar, enraizado pela dor. Não tive escolha a não ser dar um soco em seu queixo, com força suficiente apenas para silenciá-lo e afrouxar sua preensão. Então, com um tranco, arranquei Linh de seus braços, e ao fazer isso Duc desabou na pista, a cabeça flácida. Bon gritou algo inarticulado quando corri para o avião, Linh pendurada sobre meu ombro e sem emitir nenhum som conforme seu corpo batia no meu, o sangue quente e úmido em meu ombro e pescoço.

O General e o mestre de carga ficaram na rampa acenando para mim conforme o avião taxiava à procura de algum trecho de pista livre enquanto os Katiuchas continuavam chegando, isolados e em salvas. Eu corria o mais rápido que podia, um nó nos pulmões, e quando alcancei a rampa joguei Linh para o General, que a pegou nos braços. Então Bon estava ao meu lado, correndo comigo, estendendo Duc com as duas mãos para o mestre de carga, que o pegou o mais delicadamente possível, mesmo que não fizesse diferença, não pela maneira como a cabeça de Duc jogava de um lado para outro. Após ter entregado seu filho, Bon diminuiu o passo, a cabeça curvada em agonia e ainda soluçando. Agarrei-o pela dobra do cotovelo e com um último empurrão o joguei de bruços sobre a rampa, onde o mestre de carga o pegou pela gola e o puxou pelo resto do caminho. Pulei sobre a rampa, os braços esticados, aterrissando sobre a lateral do rosto e toda minha caixa torácica, a granulosidade da terra e poeira raspando minha bochecha enquanto minhas pernas se debatiam no ar. Com o avião acelerando na pista, o General me puxou até eu ficar de joelhos e me arrastou para o compartimento de carga, a rampa se erguendo atrás de mim. Fiquei espremido contra o General de um lado e os corpos prostrados de Duc e Linh de outro, uma parede de evacuados nos empurrando pela frente. À medida que a aeronave ascendia abruptamente, um barulho terrível subiu junto, audível não só através do metal tensionado, mas também do clamor vindo da porta lateral aberta, onde o tripulante estava com sua M16 na altura do quadril, disparando rajadas de três tiros. Por essa porta aberta, a paisagem remendada de campos e habitações se inclinou e girou quando o piloto fez um giro, e percebi que o barulho terrível vinha não apenas dos motores, como também de Bon, que batia a cabeça contra a rampa e uivava, não como se o mundo houvesse terminado, mas como se alguém tivesse arrancado seus olhos.

4.

Pouco depois de aterrissarmos em Guam, uma ambulância verde chegou para levar os corpos. Baixei Duc para a maca. Seu pequeno corpo ficara mais pesado em meus braços a cada minuto, mas eu não podia depositá-lo no concreto imundo da pista. Depois que os paramédicos o envolveram num lençol branco, tiraram Linh dos braços de Bon e igualmente a cobriram antes de carregar mãe e filho na ambulância. Chorei, mas nada comparado a Bon, que tinha toda uma vida de lágrimas sem uso para gastar. Continuamos chorando quando fomos levados de caminhão para Camp Asan, onde, graças ao General, ganhamos um dormitório luxuoso comparado às barracas que aguardavam os demais, que chegaram depois. Catatônico em seu beliche, Bon não lembrava nada da evacuação que passou na tevê nessa tarde e ao longo do dia seguinte. Tampouco lembrava como, nos dormitórios e barracas de nossa cidade temporária, milhares de refugiados se lamuriavam como se comparecessem a um funeral, o enterro de sua nação, falecida precocemente, como tantas vezes era o caso, à tenra idade de vinte e um anos.

Junto com a família do General e uma centena de outros no dormitório, assisti a imagens inglórias de helicópteros aterrissando nos telhados de Saigon, evacuando refugiados no convés de porta-aviões. No dia seguinte, após os tanques comunistas terem derrubado os portões do palácio presidencial, as tropas comunistas ergueram a bandeira da Frente Nacional de Libertação no telhado do prédio. À medida que a débâcle se desenrolava, os depósitos de cálcio e cal da memória dos últimos dias da república condenada criaram crostas nos encanamentos do meu cérebro. Só um pouco mais seria acrescentado à noite, após um jantar de frango assado e vagens que muitos refugiados acharam exoticamente intragável, as crianças sendo as únicas no refeitório com algum apetite. Entrar na fila para deixar nossas bandejas com o pessoal da cozinha foi o golpe de misericórdia, decretando que não éramos mais cidadãos adultos de um país soberano, mas refugiados sem Estado, protegidos, no momento, pelos militares americanos. Depois de raspar as vagens intocadas para o lixo, o General olhou para mim e disse: Capitão, nossa gente precisa de mim. Vou andar no meio deles para elevar o moral. Vamos lá. Certo, senhor, falei, nada otimista sobre suas chances, mas também não pensando nas possíveis complicações. Embora fosse bastante fácil espalhar o adubo do encorajamento entre soldados treinados para aceitar todo tipo de maus-tratos, havíamos esquecido que a maior parte dos refugiados eram de civis.

Em retrospecto, tive sorte de não estar usando meu uniforme, manchado com o sangue de Linh. Eu o trocara pela camisa de madras e a calça de chino que carregava nas mochila, mas o General, tendo perdido sua bagagem no aeroporto, continuava com suas estrelas no colarinho. Fora do nosso dormitório e na cidade-acampamento, poucos o conheciam de rosto. O que viam era seu uniforme e patente e, quando ele dizia olá para os civis e perguntava como estavam se saindo, a resposta era um silêncio taciturno. Uma ligeira ruga entre seus olhos e sua pequena risada hesitante me diziam que estava confuso. Minha sensação de desconforto aumentava a cada passo na rua de terra entre as barracas, os olhos civis sobre nós e o silêncio contínuo. Não caminháramos sequer cem metros pela cidade-acampamento e o primeiro ataque ocorreu, um delicado chinelo veio voando pelo nosso flanco e acertou o General na têmpora. Ele ficou imóvel. Eu fiquei imóvel. Uma voz de velha grasnou: Vejam só o herói! Ele girou para a esquerda e viu a única coisa fazendo carga contra nós contra a qual não havia defesa, uma cidadã idosa enfurecida que não podíamos agredir e de quem também não podíamos recuar. Onde está meu marido?, ela gritou, descalça, o outro chinelo na mão. Por que você está aqui e ele não? Não era para você estar defendendo nosso país com a vida, como ele está?

Ela bateu no queixo do General com o chinelo e, às suas costas, do outro lado, atrás de nós, as mulheres, jovens e velhas, firmes e trêmulas, avançavam com seus sapatos e chinelos, guarda-chuvas e bengalas, chapéus de sol e chapéus cônicos. Onde está meu filho? Onde está meu pai? Onde está meu irmão? O General abaixou e escondeu a cabeça sob os braços enquanto as fúrias o surravam, rasgando seu uniforme e sua carne. Permaneci quase incólume, alvejado por vários chinelos e sapatos e interceptando vários golpes de bengalas e guarda-chuvas. As mulheres me empurravam para chegar ao General, que afundara de joelhos sob o ataque violento. Dificilmente alguém poderia culpá-las por sua ira, uma vez que nosso enfatuado primeiro-ministro fora ao rádio no dia anterior para pedir a todos os soldados e cidadãos que combatessem até o último homem. Não fazia sentido observar que o primeiro-ministro, que era também o marechal do ar e não devia ser confundido com o presidente, a não ser por sua venalidade e vaidade, partira de helicóptero pouco depois de transmitir seu recado heroico. Tampouco teria ajudado explicar que esse general não estava encarregado dos soldados, mas da polícia secreta, coisa que dificilmente o teria levado a cair nas graças dos civis. Em todo caso, as mulheres não estavam escutando, preferiam gritar e xingar. Abri caminho à força pelas mulheres que haviam se interposto entre mim e o General, protegendo-o com meu corpo e absorvendo muitas outras pancadas e cusparadas até conseguir liberá-lo. Vamos!, berrei em seu ouvido, empurrando-o na direção correta. Pelo segundo dia seguido tivemos de correr para salvar nossas vidas, mas pelo menos o restante das pessoas na cidade-acampamento nos deixou em paz, não nos dirigindo nada além de olhares de desprezo e vaias. Seus imprestáveis! Bandidos! Covardes! Filhos da puta!

Embora eu estivesse acostumado a esses ossos do ofício, o General não estava. Quando finalmente paramos diante de nosso dormitório, a expressão em seu rosto era de horror. Estava todo desgrenhado, as estrelas arrancadas da gola, as mangas rasgadas, metade dos botões faltando, e sangrando de arranhões no rosto e no pescoço. Não posso entrar aí desse jeito, sussurrou. Me espera nos chuveiros, senhor, disse eu. Vou procurar umas roupas limpas. Requisitei uma camisa e uma calça aos oficiais no dormitório, explicando minha própria situação, machucado e em farrapos, como o resultado de uma briga com nossos mal-humorados competidores no Military Security Service. Quando entrei no vestiário, o General estava diante de uma pia, de seu rosto lavado tudo saíra, exceto a vergonha.

General...

Cale a boca! A única pessoa para quem ele olhava era ele próprio no espelho. Nunca mais vamos falar sobre isso.

E nunca mais falamos.

No dia seguinte enterramos Linh e Duc. Seus corpos frios haviam ficado em um necrotério naval durante a noite, a causa da morte agora oficial: o tiro solitário de uma arma ignorada. A bala continuaria a girar para sempre na mente de Bon em um eixo perpétuo, provocando-o e assombrando-o com a igual probabilidade de ter sido fogo amigo ou inimigo. Ele usava um lenço branco de luto em torno da cabeça, uma tira arrancada de seu lençol. Após descermos o pequeno caixão de Duc por cima do caixão de sua mãe, ambos a compartilhar um único lar pela eternidade, Bon se jogou na cova aberta. Por quê?, gemeu, o rosto colado à madeira. Por que eles? Por que não eu? Por quê, Deus? Chorando também, desci na cova para acalmá-lo. Depois que o ajudei a sair, jogamos a terra sobre os caixões enquanto o General, a Madame e o padre exausto observavam em silêncio. Eram inocentes, aqueles dois, em especial meu afilhado, que era provavelmente o mais próximo que eu conseguiria ter de um filho de verdade. A cada escavada da pá de ferro contra o pequeno monte de terra argilosa, aguardando para ser jogada de volta à cavidade de onde fora tirada, eu tentava acreditar que aqueles dois mortos não eram corpos de fato, mas simples farrapos, deixados para trás por emigrantes viajando para um país além da cartografia humana, habitado por anjos. Isso era o que meu pai sacerdotal acreditava; mas eu não conseguia.

Ao longo dos dias seguintes, choramos e esperamos. Às vezes, para variar, esperávamos e chorávamos. Bem quando a autoflagelação começava a me exaurir, fomos recolhidos e transportados para Camp Pendleton, perto de San Diego, Califórnia, dessa vez em um avião de passageiros onde sentei em uma cadeira de verdade com uma janela de verdade. À nossa espera havia outro campo de refugiados, seu grau mais alto de comodidade uma evidência de que já estávamos desfrutando da mobilidade ascendente do Sonho Americano. Enquanto em Guam a maioria dos refugiados vivera sob barracas erguidas às pressas pelos fuzileiros, em Camp Pendleton todos tínhamos alojamentos, um campo de treinamento para nos preparar para os rigores do aprendizado da cultura americana. Foi ali, durante o verão de 75, que escrevi a primeira de minhas cartas para a tia de Man em Paris. Claro, conforme as redigia, eu escrevia para Man. Se começava uma carta com alguns clichês previamente combinados — o tempo, minha saúde, a saúde da tia, a política francesa —, nesse caso ele saberia que nas entrelinhas haveria outra mensagem escrita com tinta invisível. Se um clichê desses estava ausente, então o que ele via era tudo que havia para ver. Mas, nesse primeiro ano na América, não havia grande necessidade de esteganografia, os soldados exilados quase sem condição de fomentar um contra-ataque. Isso era inteligência útil, mas não de um tipo que exigisse sigilo.

Querida tia, escrevi, fingindo que fosse minha tia, *lamento ter de lhe contar uma coisa horrível em minhas primeiras palavras após tanto tempo.* Bon não estava em boas condições. À noite, quando eu dormia no beliche, ele se agitava e virava na parte de cima, queimando vivo no fogo das lembranças. Dava para ver o que bruxuleava no interior de seu crânio, o rosto de Man, nosso irmão de sangue que, assim ele ficara convencido, havíamos abandonado, e os rostos de Linh e Duc, o sangue deles nas suas mãos e nas minhas, literalmente. Bon teria morrido de inanição se eu não o arrastasse do beliche para o refeitório, onde comíamos o rancho insosso em mesas comunitárias. Junto com milhares de outros nesse verão, também tomávamos banho em duchas sem divisórias e morávamos com estranhos em alojamentos. O General não ficava isento dessas experiências e eu passava grande parte do tempo em sua companhia no alojamento que ele dividia com a Madame e seus quatro filhos, junto com três outras famílias. Suboficiais e suas pestes, murmurou para mim certa vez, numa visita. Fiquei reduzido a isso! Lençóis pendurados em varais dividiam o alojamento em aposentos familiares, mas não ajudavam muito a proteger os ouvidos delicados da Madame e seus filhos. Esses animais estão fazendo sexo dia e noite, ele grunhiu, sentado comigo na escada de cimento.

Ambos fumávamos um cigarro e bebíamos uma caneca de chá, que era o que tínhamos, em vez de alguma bebida, por mais barata que fosse. Eles não têm vergonha! Na frente dos próprios filhos e dos meus. Sabe o que a minha mais velha me perguntou outro dia? Pai, o que é prostituta? Ela viu uma vendendo o corpo perto das latrinas!

Do outro lado da rua, em mais um alojamento, uma rusga entre marido e esposa que começara com os usuais xingamentos de repente explodiu para as vias de fato. Não vimos nada da briga, mas escutamos o som inconfundível de carne estapeada, seguido de gritos de mulher. Uma pequena multidão logo se juntou diante da porta do barracão. O General suspirou. Animais! Mas no meio disso tudo havia boas notícias também. Ele tirou um recorte de jornal do bolso e o passou para mim. Lembra-se dele? Se matou. Isso são boas notícias?, perguntei, segurando o artigo. Ele era um herói, disse o General, ou foi o que escrevi para minha tia. Era um artigo velho, publicado alguns dias após a queda de Saigon e enviado ao General por um amigo em outro abrigo de refugiados em Arkansas. No centro havia a foto do morto, caído de costas junto à base do monumento onde o General batera continência. Poderia ser alguém descansando num dia de calor, olhando para o melancólico céu azul, não fosse a legenda explicando que cometera suicídio. Quando voávamos para Guam, com os tanques entrando na cidade, o tenente-coronel fora até o memorial, sacara sua pistola de serviço e abrira um buraco em sua cabeça calva.

Um verdadeiro herói, disse eu. Tinha esposa e uma penca de filhos, não me lembrava quantos. Eu não gostara nem desgostara dele e, embora houvesse considerado seu nome para a remoção, deixara para lá. Uma pluma de culpa fez cócegas em minha nuca. Não sabia que ele era capaz disso, falei. Se tivesse imaginado...

Se algum de nós tivesse imaginado. Mas como a gente teria? Não se culpe. Já tive muitos homens que morreram sob meu comando. Me senti mal por cada um, mas morte é parte do ofício. Pode muito bem chegar nossa hora um dia desses. Vamos nos lembrar dele como o mártir que é, só isso.

Brindamos com chá à memória do tenente-coronel. A não ser por esse único gesto, não era herói nenhum, até onde eu sabia. Talvez o General também sentisse isso, pois o que disse a seguir foi: Sem dúvida teria sido bem mais útil vivo.

Fazendo o quê?

Ficando de olho no que os comunistas estão fazendo. Assim como provavelmente estão de olho no que nós estamos fazendo. Isso não passou por sua cabeça nem por um minuto?

Que estão de olho em nós?

Exato. Simpatizantes. Espiões entre nós. Agentes infiltrados.

É possível, eu disse, as mãos úmidas. Eles são bastante maquiavélicos e astutos para fazer isso.

Então quem é um candidato provável? O General me fitou intensamente, ou talvez fosse seu olhar desconfiado. Estava com a caneca na mão e eu a mantive em meu campo de visão periférica, conforme encarava seus olhos. Se tentasse quebrar aquilo na minha cabeça, eu teria um segundo para reagir. O Vietcongue tinha agentes por toda parte, continuou. Nada mais normal que tivessem um com a gente agora.

O senhor acha mesmo que um dos nossos homens podia ser um espião? A essa altura, as únicas partes do meu corpo que não estavam suando eram meus globos oculares. E quanto à inteligência militar? Ou o Estado-Maior?

Não consegue pensar em ninguém? Seu olhar em nenhum momento desviou dos meus olhos frios, enquanto sua mão continuava segurando a caneca. Restava um gole no chá frio na minha e eu o tomava agora. Um raio X do meu crânio teria mostrado um hamster correndo furiosamente numa roda de exercício, tentando produzir ideias. Se eu dissesse que não suspeitava de ninguém, quando claramente era o seu caso, ficaria mal para o meu lado. Para a imaginação paranoica, só espiões negavam a existência de espiões. Então eu tinha de dar nome a um suspeito, alguém que o desviasse do caminho mas não fosse um espião de fato. A primeira pessoa que me veio à cabeça foi o major glutão, cujo nome exerceu o efeito desejado.

Ele? O General franziu o rosto e finalmente parou de me encarar. Em vez disso, examinou os nós dos dedos, distraído por minha sugestão improvável. Ele é tão gordo que precisa de um espelho para ver o próprio umbigo. Acho que seus instintos dessa vez estão errados, Capitão.

Talvez sim, falei, fingindo ficar constrangido. Dei-lhe meu maço de cigarros para distraí-lo e voltei ao meu alojamento para informar o teor de nossa conversa a minha tia, com exceção das partes pouco interessantes sobre meu medo, tremores, suor etc. Felizmente, não ficaríamos muito mais no acampamento, onde havia pouca coisa para aliviar a raiva do General. Pouco depois de chegar a San Diego, eu escrevera para meu ex-professor, Avery Wright Hammer, procurando sua ajuda para deixar o acampamento. Ele fora colega de quarto de Claude na universidade e a pessoa com quem Claude conversara sobre um promissor jovem aluno vietnamita que precisava de uma bolsa para estudar na América. Não só o professor Hammer conseguiu a bolsa para mim, como também se tornou meu mestre mais importante, depois de Claude e Man. Havia sido o professor que conduzira meus estudos americanos e concordara em se aventurar fora de sua seara para orientar minha monografia de encerramento do curso, "Mito e símbolo na literatura de Graham Greene". Agora esse bom homem arregaçava as mangas mais uma vez para me ajudar, providenciando um cargo de escritório para mim no Departamento de Estudos Orientais. Ele até mesmo promoveu uma vaquinha entre meus antigos professores para me ajudar, gesto nobre que me comoveu profundamente. O dinheiro, escrevi para minha tia no fim do verão, pagou minha passagem de ônibus para Los Angeles, algumas noites em um motel, o depósito de um apartamento perto de Chinatown e um Ford 64 usado. Uma vez instalado, percorri as igrejas das vizinhanças à procura de alguém que tomasse Bon sob sua proteção, as organizações religiosas e de caridade tendo se mostrado solidárias com o drama dos refugiados. Encontrei a Church of Everlasting Prophets, que, a despeito do nome impressionante, apregoava suas mercadorias espirituais em uma humilde loja térrea flanqueada por uma oficina mecânica decrépita e um terreno baldio asfaltado ocupado por usuários de heroína. Com mínima persuasão e uma modesta doação em dinheiro, o rotundo reverendo Ramon, ou R-r-r-r-amon, como se apresentou, concordou em amparar Bon e ser seu empregador de fachada. Em setembro, e bem a tempo do ano letivo, Bon e eu morávamos juntos em cavalheiresca pobreza em nosso apartamento. Então, com o que restava do dinheiro de meu benfeitor, procurei uma loja de penhores e comprei o que faltava das necessidades da vida, um rádio e uma televisão.

Quanto ao General e à Madame, eles também terminaram em Los Angeles, sob a égide da cunhada de um coronel americano que fora outrora conselheiro do General. Em vez de um casarão no campo, alugaram um bangalô numa parte ligeiramente menos chique de Los Angeles, o abdome flácido da cidade: adjacente a Hollywood. Todas as vezes que passei para uma visita durante os vários meses seguintes, como escrevi para minha tia, encontrei-o prostrado em profundo desânimo. Estava desempregado e não era mais um general, embora todos os seus antigos subalternos o cumprimentassem como tal. Durante nossas visitas, consumiu uma quantidade constrangedora e variada de cerveja e vinho vagabundos, oscilando entre a ira e a melancolia como se poderia esperar que Richard Nixon estivesse fazendo não muito longe dali. Às vezes engasgava tão horrivelmente com as emoções que eu temia precisar realizar a manobra de Heimlich nele. Não que não houvesse nada para fazer com seu tempo. Coube à Madame encontrar escola para as crianças, preencher o cheque do aluguel, fazer as compras de armazém, preparar as refeições, lavar os pratos, limpar os banheiros, encontrar uma igreja — em suma, empreender todas as enfadonhas tarefas domésticas que, durante toda sua existência protegida, alguma outra pessoa fizera. Ela cuidava disso com austera dignidade, em pouco tempo se tornando a ditadora em residência, o General uma mera figura decorativa que vez ou outra berrava com os filhos como um desses leões mofados do zoológico em crise de meia-idade. Viveram desse modo durante a maior parte do ano, até que a linha de crédito da paciência dela finalmente chegou ao limite. Não fiquei a par das conversas que devem ter tido, mas um dia, no início de abril, recebi um convite para a inauguração do novo negócio que ele tocaria no Hollywood Boulevard, uma loja de bebidas cuja existência sob o olho ciclópico da receita significava que o General finalmente aquiescera a um preceito básico do Sonho Americano. Não só tinha de ganhar a vida, como também pagar por ela, como eu mesmo já estava fazendo na condição de rosto sisudo do Departamento de Estudos Orientais.

Minha função era servir de primeira linha defensiva contra alunos que almejavam uma reunião com o secretário ou o chefe do departamento, alguns me tratando pelo nome, embora nunca tivéssemos sido apresentados. Eu era uma celebridade razoável no campus devido a um artigo que o jornal estudantil fizera sobre mim, ex-aluno, dono de um histórico destacado e graduado com honras, o único vietnamita na história de minha *alma mater*, e agora um refugiado resgatado. O artigo também mencionava minha experiência militar, embora não fosse muito preciso. O que você fazia? perguntara o jornalista novato. Era um segundanista inseguro com aparelho nos dentes e marcas de dente no lápis amarelo nº 2. Era intendente, disse. Um serviço chato. Controlar suprimentos e rações, providenciar uniformes e botas para as tropas. Então você nunca matou ninguém? Nunca. E essa, de fato, era a verdade, ainda que o resto da entrevista não fosse. O campus universitário era um péssimo lugar para admitir minha ficha de serviço. Primeiro, fui oficial de infantaria no Exército da República do Vietnã, onde começara servindo o General quando ele era coronel. Depois, quando ele se tornou um general e assumiu a Polícia Nacional, que precisava de um pouco de disciplina militar, fui transferido junto. Dizer que vira algum combate, ou, pior ainda, que tinha envolvimento com o Special Branch, era um assunto delicado na maioria dos campi, continua sendo até hoje. O campus não ficara eximido do fervor antiguerra que se conflagrara como um renascer religioso pela vida universitária quando eu era aluno. Em muitos campi de faculdades, incluindo a minha, *Ho Ho Ho* não era a exclamação típica do Papai Noel, mas o início de um canto popular que dizia *Ho Ho Ho Chi Minh, the NLF is gonna win!* Eu invejava a paixão política aberta dos estudantes, pois tive de sufocar a minha de modo a fazer o papel de bom cidadão da República do Vietnã. Quando regressei ao campus, porém, os alunos eram de uma nova estirpe, sem interesse em política ou no mundo como a geração anterior. Seus meigos olhares não mais eram expostos diariamente a histórias e imagens de atrocidade e terror pelas quais podiam ter se sentido responsáveis, considerando que eram cidadãos de uma democracia destruindo outro país a fim de salvá-lo. Mais importante, suas vidas não estavam mais em jogo devido ao recrutamento. O campus, como resultado, retomara sua natureza pacífica e tranquila, sua disposição otimista estragada apenas pela ocasional chuvarada de primavera batendo na janela de minha sala. Minha miscelânea de tarefas, pelas quais eu recebia salário mínimo, envolvia atender o telefone, datilografar manuscritos dos professores, arquivar documentos e buscar livros, bem como ajudar a secretária, a sra. Sofia Mori, de óculos de tartaruga cravejados de pedras artificiais. Essas coisas, perfeitamente adequadas para um aluno, no meu caso eram como morrer com mil cortes de papel. E, para piorar, a sra. Mori parecia não ir com a minha cara.

Que bom que você nunca matou ninguém, disse ela, não muito depois de sermos apresentados. Suas simpatias eram óbvias, um símbolo da paz pendendo de seu chaveiro. Não pela primeira vez, ansiei contar a alguém que eu era um deles, um simpatizante da esquerda, um revolucionário lutando pela paz, igualdade, democracia, liberdade e independência, todas as coisas nobres pelas quais meu povo morrera e se escondera. Mas se tivesse matado alguém, disse, não contaria para ninguém, não é?

E a senhora, contaria?

Não sei. Ela girou a cadeira com uma torção do quadril feminino, dando-me as costas. Minha pequena mesa ficava espremida em um canto e ali eu remexia documentos e anotações, fingindo que trabalhava, as tarefas não sendo suficientes para preencher minhas oito horas diárias. Como esperado, eu sorrira obedientemente em minha mesa quando o jornalista universitário me fotografou, ciente de que sairia na primeira página, os dentes amarelos parecendo brancos na foto em preto e branco. Estava fazendo minha melhor imitação de criança do Terceiro Mundo em uma dessas embalagens de leite que são passadas entre os alunos de escola primária para que as crianças depositem suas moedinhas e ajudem o pobre Alejandro, Abdullah ou Ah Sing a ter uma refeição quente e vacinas. E eu estava agradecido, de verdade! Mas eu também era um desses casos infelizes que não podia deixar de pensar se minha necessidade de caridade americana se devia ao fato de, antes de mais nada, eu ter recebido a ajuda americana. Receando ser visto como ingrato, eu me concentrava em fazer suficientes ruídos sutis para contentar mas não distrair a sra. Mori em sua calça de poliéster verde-abacate, meu pseudotrabalho interrompido periodicamente pela necessidade de sair em alguma tarefa ou ir à sala adjacente do chefe do departamento.

Como ninguém na faculdade tinha o menor conhecimento de nosso país, o homem adorava me alugar para longas discussões sobre nossa cultura e língua. Com algo entre setenta e oitenta anos de idade, o chefe do departamento se aninhava em uma sala adornada com os livros, artigos, anotações e bricabraques acumulados ao longo de toda uma carreira dedicada ao estudo do Oriente. Em sua parede havia um elaborado tapete oriental, no lugar, imagino, de um oriental de verdade. Em sua mesa, de frente para quem entrava, havia um retrato em moldura dourada de sua família, um querubim de cabelos castanhos e uma esposa asiática com cerca de metade ou dois terços de sua idade. Não era exatamente bonita, mas quase não podia deixar de parecer bonita ao lado do chefe do departamento em sua gravata-borboleta, a gola apertada do *cheongsam* escarlate dela espremendo a bolha de um sorriso em seus lábios congelados.

O nome dela é Ling Ling, ele disse, vendo meu olhar pousar sobre a foto. Décadas debruçado sobre a mesa haviam curvado o grande orientalista no formato de uma ferradura, projetando sua cabeça para a frente à maneira inquisitorial de um dragão. Conheci minha mulher em Taiwan, a família dela estava fugindo do Mao. Nosso filho está bem maior agora do que na foto. Como você pode ver, os genes da mãe são mais resistentes, o que não é surpresa. O cabelo loiro some quando misturado com o preto. Ele disse isso tudo durante nossa quinta ou sexta conversa, quando havíamos atingido certo grau de intimidade. Como de costume, reclinava em uma poltrona de couro estufada que o envolvia como o colo generoso de uma mãe negra. Fiquei igualmente encapsulado na irmã gêmea da poltrona, meus braços em seus braços como Lincoln em seu trono memorial. Uma metáfora para explicar a situação pode ser encontrada em nossa paisagem californiana, continuou, onde a vegetação exótica sufoca grande parte de nossas plantas nativas. Misturar uma flora nativa com espécies estrangeiras muitas vezes tem consequências trágicas, como sua própria experiência deve ter lhe mostrado.

É, isso é verdade, eu disse, lembrando que precisava de meu salário mínimo.

Ah, o amerasiático, para sempre preso entre mundos sem nunca saber ao qual pertence! Imagine se você não sofresse da confusão que deve sentir constantemente, experimentando o constante cabo de guerra dentro de você e acima de você, entre Oriente e Ocidente. "O Oriente é o Oriente, e o Ocidente é o Ocidente, e os dois jamais se encontrarão", como Kipling diagnosticou com tanta precisão. Esse era um de seus temas favoritos e ele até encerrara uma de nossas reuniões passando-me uma lição de casa para testar o argumento de Kipling. Era para eu pegar uma folha de papel e dobrá-la ao meio verticalmente. No alto, era para escrever *Oriente* do lado esquerdo e *Ocidente* no direito. Em seguida deveria anotar minhas qualidades orientais e ocidentais. Imagine esse exercício como um índice sobre você, dissera o chefe do departamento. Meus alunos de ascendência oriental inevitavelmente acham isso benéfico.

No início, achei que fosse uma piada, já que a data em que me passou a tarefa era 1º de abril, ocasião desse engraçado costume ocidental chamado Dia da Mentira. Mas ele me olhou com toda a seriedade e lembrei que ele não possuía senso de humor. Então fui para casa e, depois de pensar um pouco, me saí com o seguinte:

ORIENTE
despretensioso
respeito autoridade
me preocupo com a opinião dos outros
em geral calado
sempre tentando agradar
xícara metade vazia
digo sim quando quero dizer não
sempre olhando para o passado
prefiro seguir
à vontade numa multidão
respeitoso com os mais velhos
tendo a me sacrificar
sigo os ancestrais

cabelo preto e liso
baixo (para um ocidental)
um pouco branco amarelado

OCIDENTE
ocasionalmente dogmático
às vezes independente
despreocupado de vez em quando
falante (após uma ou duas bebidas)
houve situações em que não dei a mínima
copo meio cheio
digo o que penso, faço o que digo
de vez em quando penso no futuro
no entanto ansioso para liderar
mas preparado para ser o centro das atenções
valorizo minha juventude
viver para lutar outro dia
esqueço dos meus ancestrais!
olhos castanhos claros
alto (para um oriental)
um pouco amarelo pálido

Quando lhe mostrei o exercício no dia seguinte, ele disse: Esplêndido! Um ótimo começo. Você é um bom aluno, como todo oriental. Contra minha própria vontade, senti uma pequena onda de orgulho. Como qualquer bom aluno, não desejava outra coisa além de aprovação, mesmo de tolos. Mas tem um porém, continuou ele. Está vendo como a maioria das qualidades orientais é diametralmente oposta às ocidentais? No Ocidente, muitas qualidades orientais infelizmente assumem um aspecto negativo. Isso leva aos graves problemas de identidade sofridos pelos americanos de ascendência oriental, pelo menos os que nasceram ou foram criados aqui. Eles se sentem deslocados. Não são tão diferentes de você, também divididos. Qual o remédio, então? Será que o oriental no Ocidente vai sempre se sentir um eterno desabrigado, um estranho, um estrangeiro, a despeito de quantas gerações tenha vivido no solo da cultura judaico-cristã, sem nunca ser capaz de pôr um fim ao resíduo confucionista de sua herança antiga e nobre? É aqui que você, como amerasiático, oferece esperança.

Eu sabia que suas intenções eram boas, então fiz o melhor que pude para ficar sério. Eu?

É, você mesmo! Você encarna a simbiose do Oriente e do Ocidente, a possibilidade de que de dois se faça um. Separar o oriental físico é tão impossível quanto separar o ocidental físico. A mesma coisa com os componentes psicológicos. Mas, se você está deslocado hoje, no futuro vai ser o tipo médio! Veja meu filho amerasiático. Há cem anos, ele teria sido visto como uma monstruosidade, tanto na China como na América. Hoje, os chineses ainda o veriam como uma anomalia, mas aqui fizemos um firme progresso, não tão rápido quanto você ou eu gostaríamos, embora o suficiente para torcer que, quando ele chegar a sua idade, nenhuma oportunidade lhe será negada. Nascido neste solo ele poderia até ser presidente! Há mais pessoas como você e ele do que provavelmente pode imaginar, mas a maioria tem vergonha e procura desaparecer na paisagem da vida americana. Mas o número de vocês está aumentando e a democracia lhes dá a melhor oportunidade de encontrar sua voz. Aqui você pode aprender a não ser dilacerado pelos seus lados opostos, e sim a encontrar um equilíbrio e se beneficiar de ambos. Concilie suas lealdades divididas e você será o tradutor ideal entre dois lados, um embaixador de boa vontade para levar nações antagônicas à paz!

Eu?

É, você! Você deve cultivar assiduamente esses reflexos que os americanos aprenderam de forma inata, a fim de contrabalançar seus instintos orientais.

Não consegui mais me segurar. Como yin e yang?

Exato!

Limpei a garganta e senti um travo amargo, o refluxo gástrico de minhas confusas entranhas orientais e ocidentais. Professor?

Hmm?

Faria alguma diferença se eu dissesse ao senhor que na verdade sou eurasiático, não amerasiático?

O chefe do departamento me lançou um olhar bondoso e tirou o cachimbo.

Não, meu caro rapaz, de jeito nenhum.

A caminho de casa, parei na mercearia e comprei pão de fôrma, salame, vodca, numa garrafa plástica de um litro, maisena e iodo. Teria preferido farinha de arroz, por razões sentimentais, mas o amido de milho era mais fácil de encontrar. Quando cheguei, guardei as compras e prendi o papel com meu eu dividido na geladeira. Até pessoas pobres têm geladeira na América, para não mencionar água corrente, privadas com descarga e eletricidade vinte e quatro horas, amenidades de que nem mesmo a classe média desfrutava em meu país. Mas então por que eu me sentia pobre? Talvez tivesse alguma coisa a ver com minhas condições de moradia. Estava instalado em um apartamento de um dormitório no primeiro andar cuja característica mais marcante era o cheiro onipresente de fiapo de umbigo, ou pelo menos foi o que escrevi para minha tia. Nesse dia, como em todos os anteriores, encontrei Bon prostrado de dor, na língua comprida de nosso sofá vermelho aveludado. Dali ele só saía para seu trabalho noturno em meio período como faxineiro na igreja do reverendo R-r-r-amon, que procurava economizar dinheiro ao mesmo tempo que salvava almas. Para isso, e provando que é possível servir a Deus e a Mamon ao mesmo tempo, a igreja pagava o salário de Bon por fora. Sem uma renda a declarar, Bon podia receber o seguro-desemprego, coisa que fazia com grau apenas mínimo de vergonha e considerável sensação de merecimento. Tendo servido seu país por uma ninharia, lutando numa guerra determinada pelos americanos, concluiu sensatamente que viver da previdência era recompensa melhor do que uma medalha. Não tinha escolha além de aceitar sua parte, pois ninguém precisava de um homem capaz de saltar de aviões, marchar cinquenta quilômetros com quase quarenta quilos de equipamento, atirar na mosca com pistola ou fuzil e absorver mais porrada do que aqueles lutadores profissionais mascarados, cobertos de óleo, da tevê.

Nos dias em que ia receber a esmola do governo, um dia como hoje, gastava o dinheiro numa caixa de cerveja e os cupons alimentícios numa compra de refeições congeladas para a semana. Abri a geladeira para pegar minha ração de cerveja e me juntei a Bon na sala, onde já descarregara uma saraivada de meia dúzia de latas em si próprio, os cartuchos vazios espalhados pelo tapete. Estava deitado no sofá, segurando uma lata fria contra a testa. Desabei na melhor peça de mobília que tínhamos, uma poltrona reclinável La-Z-Boy remendada mas aproveitável, e liguei a tevê. A cerveja tinha cor e sabor de xixi de neném, mas seguimos nossa rotina de costume e bebemos com desanimada disciplina até ambos apagarmos. Acordei no períneo do tempo, bem entre as últimas horas da madrugada e as primeiras horas da manhã, uma esponja desagradável na boca, assustado com a cabeça decepada de um inseto gigante arreganhando os palpos para mim até me dar conta de que era apenas o televisor revestido de madeira e sua antena caída. O hino nacional tocava com estridência e as estrelas e listras da bandeira americana ondulavam e se fundiam às imagens arrebatadoras de majestosas montanhas roxas e caças riscando o céu. Quando a cortina de estática e neve finalmente desceu sobre a tela, arrastei a carcaça até a boca musgosa e desdentada do banheiro, depois para a parte de baixo do beliche, no quarto apertado. Bon já se acomodara na parte de cima. Deitei e imaginei que dormíamos como soldados, ainda que o único lugar perto de Chinatown onde dava para comprar um beliche fosse a seção infantil das espalhafatosas lojas de móveis, supervisionadas por mexicanos ou pessoas que pareciam mexicanos. Eu não sabia diferenciar ninguém do hemisfério Sul, mas presumia que não levariam a mal, considerando que eles próprios me chamavam de china na minha cara.

Uma hora se passou mas não consegui voltar a dormir. Fui para a cozinha e comi um sanduíche de salame enquanto relia a carta de minha tia que chegara no dia anterior. *Querido sobrinho*, escreveu ela, *muito obrigada por sua última carta. O tempo tem estado horrível ultimamente, faz muito frio e venta muito.* A carta detalhava seus problemas com a roseira, os fregueses de sua loja, o resultado positivo de sua consulta com o médico, mas nada era tão importante quanto a notícia sobre o tempo, informando-me que nas entrelinhas havia uma mensagem de Man em uma tinta invisível feita com farinha de amido de arroz. No dia seguinte, quando Bon saísse por poucas horas para limpar a igreja do reverendo, eu prepararia uma solução de iodo diluído em água e a passaria sobre a carta para revelar uma série de números em tinta roxa. Eles se referiam à página, linha e palavra em *Comunismo asiático e o modo oriental de destruição*, de Richard Hedd, o criptograma tão habilmente escolhido por Man e agora o livro mais importante da minha vida. Pelas mensagens invisíveis de Man, eu ficara sabendo que o moral do povo estava elevado, que a reconstrução do país progredia lenta mas inegavelmente e que seus superiores estavam satisfeitos com meus informes. Por que não estariam? Nada estava acontecendo entre os exilados a não ser cabelos arrancados e dentes rilhando. Eu quase não precisava escrever isso na tinta invisível que prepararia com maisena e água.

Em parte com ressaca e em parte sentimental, esse mês sendo o primeiro aniversário da queda, ou libertação, ou ambas, de Saigon, escrevi uma carta para minha tia, celebrando um ano de tribulação. Embora tivesse partido tanto por escolha como pelas circunstâncias, confesso que não pude deixar de sentir pena por meus pobres conterrâneos, os germes da perda sendo passados de um para outro até que eu também andava por aí com a cabeça meio zonza, perdido na bruma da memória. *Minha querida tia, tanta coisa aconteceu.* A carta era uma história tortuosa dos exilados desde que haviam partido do acampamento, contada do ponto de vista lacrimoso deles, narrativa que levava lágrimas também aos meus olhos. Escrevi sobre como nenhum de nós era liberado sem a ajuda de um benfeitor, cujo trabalho era garantir que não ficássemos dependentes do estado de bem-estar social. Aqueles de nós sem protetores imediatos escreviam cartas suplicantes para empresas que um dia nos empregaram, para soldados que um dia nos aconselharam, para namoradas que um dia dormiram conosco, para igrejas que talvez se compadecessem, até mesmo para os conhecidos mais remotos, na esperança de um custeio. Alguns de nós partimos sozinhos, alguns de nós partimos com familiares, algumas de nossas famílias foram divididas e separadas, alguns de nós conseguimos ficar em climas quentes a oeste que nos lembravam de casa, mas a maioria foi despachada para longe, para estados que davam nó em nossas línguas: Alabama, Arkansas, Georgia, Kentucky, Missouri, Montana, Carolina do Sul e assim por diante. Enunciávamos nossa nova geografia em nossa versão do inglês, enfatizando cada sílaba, Chicago virando *Chick-ah-go*, Nova York pronunciado mais ou menos como *New-ark*, Texas decomposto em *Tex-ass*, a Califórnia agora *Ca-li*. Antes de deixar o acampamento, trocamos números de telefone e endereços de nossos novos destinos, sabendo que precisaríamos do sistema de telégrafo dos refugiados para descobrir qual cidade oferecia os melhores empregos, que estado tinha os impostos mais baixos, onde havia mais benefícios de previdência social, onde o racismo era menor, onde morava a maioria das pessoas que se pareciam conosco e comiam como nós.

Se autorizados a permanecer juntos, contei para minha tia, poderíamos ter nos reunido em uma colônia de tamanho respeitável, autossuficiente, uma espinha no traseiro do corpo político americano, com políticos, policiais e soldados já prontos, com nossos próprios banqueiros, vendedores e engenheiros, com médicos, advogados e contadores, com cozinheiras, faxineiras e empregadas, com donos de fábrica, mecânicos e balconistas, com ladrões, prostitutas e assassinos, com escritores, cantores e atores, com gênios, professores e insanos, com padres, freiras e monges, com budistas, católicos e o Cao Dai, com gente do norte, do centro e do sul, com os talentosos, os medíocres e os estúpidos, com patriotas, traidores e neutros, com os honestos, os corruptos e os indiferentes, coletivos o bastante para eleger nosso próprio representante no Congresso e ter uma voz em nossa América, uma Little Saigon tão deliciosa, delirante e disfuncional quanto a original, o que era o exato motivo para não nos deixarem ficar juntos, mas em vez disso nos dispersar por decreto burocrático para todas as longitudes e latitudes de nosso novo mundo. Onde quer que estejamos, encontramos uns aos outros, pequenos clás se reunindo em porões, igrejas, quintais nos fins de semana, nas praias onde levávamos nossa comida e bebida em sacolas de mercearia, em lugar de comprá-las no comércio mais caro. Fazíamos o melhor possível para obter os gêneros culinários de nossa cultura, mas, como dependíamos dos mercados chineses, nossa comida era um similar inaceitavelmente chinês, mais um soco no corredor polonês de nossa humilhação que nos deixava com o gosto agridoce de lembranças pouco confiáveis, corretas o suficiente apenas para evocar o passado, erradas o suficiente apenas para nos lembrar que o passado se fora para sempre, desaparecido junto com a variedade, sutileza e complexidade apropriadas de nosso solvente universal, o molho de peixe. Ah, molho de peixe! Que saudades, tia querida, como nada parecia ter o sabor certo sem ele, como sentíamos falta do *grand cru* da ilha de Phu Quoc e seus tonéis transbordando com a melhor vindima de anchovas prensadas! Esse pungente condimento líquido do matiz de sépia mais escuro era muito denegrido pelos estrangeiros por seu cheiro forte e supostamente odioso, emprestando novo sentido ao modo como diziam "*fishy*" para se referir a algo suspeito, pois quem fedia a peixe ali éramos nós. Usávamos molho de peixe como os aldeães da Transilvânia usavam dentes de alho para espantar vampiros, em nosso caso, para estabelecer um perímetro de distância desses ocidentais que nunca seriam capazes de compreender que verdadeiramente podre era o nauseante odor de queijo. O que era o peixe fermentado comparado ao leite coalhado?

Mas por deferência a nossos anfitriões guardávamos nossos sentimentos para nós mesmos, sentando espremidos uns contra os outros em sofás incômodos e tapetes grosseiros, os joelhos roçando sob mesas de cozinha apinhadas sobre as quais ficavam cinzeiros de ameias medindo a passagem do tempo com o acúmulo de cinzas, mascando lula seca e a ruminação da lembrança até os maxilares doerem, trocando histórias ouvidas de segunda e terceira mãos sobre nossos conterrâneos dispersos. Era assim que ficávamos sabendo sobre o clã usado como mão de obra escrava por um fazendeiro em Modesto, a garota ingênua que fugiu para Spokane para se casar com o soldado por quem se apaixonara e foi vendida para um bordel, a viúva com nove filhos que saiu no inverno de Minnesota e deitou de costas na neve com a boca aberta até ficar soterrada e congelar, o ex-Ranger que comprou uma arma e despachou a esposa e os dois filhos antes de se matar em Cleveland, os refugiados arrependidos em Guam que pediram para ser mandados de volta ao nosso país e de quem nunca mais se ouviu falar, a garota mimada seduzida pela heroína que desapareceu nas ruas de Baltimore, a esposa do político rebaixada a limpar comadres em uma casa de repouso que um dia enlouqueceu, atacou o marido com uma faca de cozinha e depois foi internada em um hospício, o quarteto de adolescentes que chegou sem família e se conheceu no Queens, roubando duas lojas de bebidas e matando um balconista antes de serem mandados para a cadeia com a sentença de prisão perpétua e vinte anos sem recurso a condicional, o budista devoto que espancou o filho pequeno e foi preso por maus-tratos a menor em Houston, o dono de comércio em San Jose que aceitou cupons alimentícios em troca de pauzinhos e foi multado porque isso era contra a lei, o marido que esbofeteou a esposa e foi preso por violência doméstica em Raleigh, os homens que haviam escapado mas deixado suas esposas para trás no caos e as mulheres que haviam escapado mas deixado os maridos para trás e as crianças que haviam escapado sem os pais, os avós e as famílias que haviam perdido um, dois, três ou mais filhos, a meia dúzia que dormiu num quarto lotado e gelado em Terre Haute com um braseiro aceso para se aquecer e nunca mais acordou, transportados para as trevas permanentes em uma nuvem invisível de monóxido de carbono. Peneirando a terra imunda, procurávamos pepitas de ouro, a história do bebê órfão adotado por um bilionário de Kansas ou o mecânico que comprou um bilhete de loteria em Arlington e virou multimilionário ou a garota eleita presidente de sua classe na escola em Baton Rouge ou o menino de Fond du Lac que entrou em Harvard, o barro de Camp Pendleton ainda na sola de seus tênis, ou a estrela de cinema de quem você gostava tanto, tia querida, que deu a volta ao mundo, indo de aeroporto em aeroporto, nenhum país autorizando sua entrada após a queda de Saigon, nenhum de seus amigos, astros de cinema americanos, respondendo suas ligações desesperadas até que com sua última moeda ela conseguiu achar Tippi Hedren, que a pôs em um avião para Hollywood. Então era desse modo que nos ensaboávamos em tristeza e tomávamos banho de esperança e, por mais que acreditássemos em praticamente todos os rumores que chegavam aos nossos ouvidos, quase todos nos recusávamos a acreditar que nossa nação havia morrido.

5.

Tendo lido muitas confissões, e considerando suas anotações sobre o que confessei até aqui, suspeito, meu caro Comandante, que esta confissão muito provavelmente não é o que o senhor está acostumado a ler. Não posso culpá-lo pelas qualidades incomuns de minha confissão — só a mim mesmo. Sou culpado de honestidade, o que raramente aconteceu em minha vida adulta. Por que começar agora, nessas circunstâncias, um aposento solitário de três metros por cinco? Talvez porque eu não entenda o motivo de estar aqui. Pelo menos quando era agente infiltrado, um *sleeper*, eu compreendia por que tinha de viver minha vida em código. Mas agora não. Se devo ser condenado — se já estou condenado, como desconfio —, então o mínimo que posso fazer é me explicar, no estilo de minha própria escolha, não importa como o senhor considere minhas ações.

Mereço crédito, acho, pelos perigos reais e incômodos triviais que passei. Vivi como escravo, um refugiado cujo único benefício empregatício era a oportunidade de receber o seguro-desemprego. Mal tinha oportunidade de dormir, uma vez que um agente "adormecido" é afligido quase constantemente pela insônia. Talvez James Bond pudesse cochilar de forma pacífica na cama de pregos que era a vida de um espião, mas esse não era o meu caso. Ironicamente, era minha tarefa mais secreta até então que sempre conseguia me fazer pegar no sono, a decodificação das mensagens de Man e a codificação das minhas em tinta invisível. Como cada carta era meticulosamente cifrada, palavra a palavra, interessava a remetente e destinatário manter mensagens o mais breves que pudessem, e a de Man que eu decodifiquei na noite seguinte dizia apenas: *Bom trabalho, Não chame a atenção* e *Todos subversivos já detidos*.

Esperei para codificar minha resposta até depois da inauguração da loja de bebidas do General, à qual, segundo este, Claude compareceria. Tínhamos conversado algumas vezes por telefone mas eu não via Claude desde Saigon. Havia mais um motivo para o General querer me ver pessoalmente, porém, ou assim Bon me informou alguns dias depois, quando voltava da loja. Ele acabara de ser empregado como balconista, trabalho de que conseguia dar conta sem abrir mão do emprego em meio período na igreja do reverendo. Eu insistira com o General que contratasse Bon e fiquei feliz por ele agora passar mais horas de pé que de costas. O que ele quer comigo?, falei. Bon abriu o maxilar artrítico da geladeira e extraiu o objeto decorativo mais bonito em nosso poder, um cilindro prateado reluzente de Schlitz. Tem um informante no nosso meio. Cerveja?

Aceito duas.

A inauguração seria no fim de abril, programada para coincidir com o aniversário da queda, ou libertação, ou ambos, de Saigon. Caía numa sexta-feira, e tive de perguntar à sra. Mori, a dos sapatos práticos, se podia sair mais cedo do trabalho. Em setembro, não lhe teria pedido esse favor, mas em abril nossa relação tomara um rumo inesperado. Meses depois de ter começado a trabalhar com ela, pouco a pouco observávamos um ao outro nas pausas para um cigarro, nesses bate-papos que ocorrem naturalmente entre colegas de escritório, e após o trabalho, na happy hour, longe do campus. A sra. Mori não era tão hostil a mim quanto eu havia suposto. Na verdade, havíamos nos tornado até amigáveis, se essa era a palavra para descrever o sexo suado e desprotegido que fazíamos uma ou duas vezes por semana em seu apartamento no bairro de Crenshaw, a fornicação furtiva realizada uma ou duas vezes por semana na sala do chefe do departamento e as cópulas noturnas ocorridas no banco traseiro rangente de meu Ford.

Como ela explicou após nosso primeiro interlúdio romântico, foi meu jeito sensato, prestativo, bondoso que acabou por convencê-la a me convidar para uma bebida "uma hora dessas". Eu aceitara o convite alguns dias depois em um *tiki bar* em Silver Lake, frequentado por homens corpulentos de camisa havaiana e mulheres cujas saias de denim mal comportavam seus traseiros generosos. Tochas *tiki* ardiam dos dois lados da entrada enquanto, no interior, máscaras sinistras originárias de alguma ilha desconhecida do Pacífico enfeitavam as paredes de tábuas, seus lábios parecendo dizer *Uga-buga*. Abajures de mesa no formato de dançarinas de hula trigueiras com peitos à mostra e saias de ráfia davam o tom da luz ambiente. A garçonete igualmente usava uma saia de ráfia cuja cor de palha desbotada combinava com seu cabelo, a parte superior de seu biquíni feita de coco polido. Em algum momento após nossa terceira rodada, a sra. Mori apoiou o queixo na mão direita e, cotovelo sobre o balcão, permitiu-me acender seu cigarro, o que, na minha opinião, é um dos gestos preliminares mais eróticos que um homem pode fazer para a mulher. Ela bebia e fumava como uma jovem estrela de *screwball comedy*, aquelas mulheres com enchimento no sutiã e nas ombreiras que falavam em uma segunda língua de insinuações e duplos sentidos. Olhando-me nos olhos, disse: Preciso confessar uma coisa. Sorri e torci para minhas covinhas a deixarem impressionada. Gosto de confissões, falei. Tem alguma coisa misteriosa em você, ela disse. Não me leve a mal, não é que você seja alto, moreno e lindo. Você é só moreno, e meio que bonitinho. No começo, quando ouvi falar a seu respeito, e depois a gente se conheceu, pensei: *Que ótimo, olha aí o Pai Tomás-san, um total vendido, o perfeito amarelo de alma branca. Não é um* redneck, *mas está quase lá. É um* yellowneck. O jeito como você se dá com o *gaijin*! Gente branca te adora, não é? De mim eles só *gostam*. Me acham uma bonequinha delicada de porcelana com os pés confinados, uma gueixa feita para agradar. Mas não sou falante o suficiente para ser adorada, ou pelo menos não falo do jeito certo. Não consigo fazer o papel de sukiyaki-e-sayonara que eles adoram, esse negócio idiota de pauzinho no cabelo, toda essa bobagem de Suzie Wong, como se todo branco que aparece fosse o William Holden ou o Marlon Brando, mesmo quando está mais para o Mickey Rooney. Mas você. Você fala bem, e isso conta muito. Mas não é só isso. Você é ótimo de ouvir. Dominou o sorriso oriental impenetrável, fica lá sentado balançando a cabeça e enrugando a sobrancelha com simpatia, e deixando as pessoas falarem, achando que concorda perfeitamente com tudo que elas dizem, isso sem abrir a boca. O que tem a dizer?

Sra. Mori, falei, estou chocado com o que estou ouvindo. Aposto que sim, ela disse. Me chama de Sofia, pelo amor de Deus. Não sou a mãe coroa da sua namorada. Me paga mais uma bebida e acende outro cigarro para mim. Estou com quarenta e seis anos e não me interessa quem sabe disso, mas o que vou dizer pra você é que quando uma mulher tem quarenta e seis anos e viveu a vida do jeito que queria, ela sabe tudo que tem para saber sobre o que fazer na cama. Não tem nada a ver com o *Kama Sutra* nem com *O tapete carnal de orações* nem com nada dessa bobageira oriental do nosso querido chefe de departamento. Você trabalha para ele faz seis anos, falei. E não sei quem ele é, ela disse. Será que é só minha imaginação ou toda vez que ele abre a porta da sala escuto um gongo tocar em algum lugar? E é tabaco que ele fuma naquela sala ou tem incenso queimando na tigela? Não consigo deixar de achar que fica meio decepcionado comigo porque não faço uma reverência toda vez que o vejo. Quando me entrevistou, queria saber se eu falava japonês. Expliquei que eu era de Gardena. Ele falou: Ah, você é nissei, como se por conhecer a palavra ele soubesse alguma coisa sobre mim. A senhora esqueceu sua cultura, sra. Mori, mesmo sendo só a segunda geração. Seus pais issei, eles preservam a cultura deles. Não quer aprender japonês? Não quer visitar Nippon? Por um bom tempo eu me senti mal. Eu ficava pensando por que não queria aprender japonês, por que não sabia falar japonês, por que preferia ir para Paris, Istambul ou Barcelona em vez de Tóquio. Mas daí eu pensei: *Que se dane.* Alguém perguntava para o John F. Kennedy se ele falava gaélico, visitou Dublin, comia batata toda noite ou colecionava quadros de *leprechaun*? Então por que *a gente* não pode esquecer a *nossa* cultura? Minha cultura não é esta mesma, já que eu nasci aqui? Claro que não perguntei essas coisas para ele. Só sorri e falei: Tem razão, senhor. Ela suspirou. É um emprego. Mas vou dizer mais uma coisa. Desde que ficou claro para mim que não esqueci merda nenhuma, que conheço muito bem minha cultura, que é americana, e minha língua, que é inglês, eu me sinto como uma espiã na sala daquele homem. Por fora, sou só a velha sra. Mori de sempre, a pobre coitada que perdeu as raízes, mas por dentro sou Sofia e é melhor não se meter a besta comigo.

Dei um pigarro. Sra. Mori?

Humm?

Acho que estou ficando apaixonado.

É Sofia, ela disse. E vamos deixar uma coisa bem clara, benzinho. Se a gente se envolver, e não estou dizendo que isso vai acontecer, nada de compromisso. Você não se apaixona por mim e eu não me apaixono por você. Ela soprou dois fios de fumaça. Só para sua informação, sou contra o casamento, mas a favor do amor livre.

Que coincidência, falei. Eu também.

Segundo Benjamin Franklin, como o professor Hammer me ensinou há uma década, uma namorada mais velha era uma coisa maravilhosa, ou assim o Pai Fundador aconselhou certo jovem. Não consigo me lembrar do conteúdo todo da carta do Sábio americano, apenas de dois pontos. O primeiro: namoradas mais velhas ficavam "tão agradecidas!!". Talvez muitas vezes fosse o caso, mas não com a sra. Mori. Se alguma gratidão havia, ela esperava que *eu* ficasse grato, e eu ficava. Eu havia me resignado ao consolo do melhor amigo do homem, ou seja, o vício solitário, e certamente não possuía os recursos para frequentar prostitutas. Agora tinha amor livre, sua existência era uma afronta não só a um capitalismo restringido pelo espartilho, ou talvez o cinto de castidade, de suas justificativas protestantes étnicas, como também era estranho a um comunismo de caráter confuciano. Esta é uma das desvantagens do comunismo que, assim espero, deixará de existir um dia, a crença de que todo camarada deve se comportar como um nobre camponês cuja enxada é destinada apenas a lavrar a terra. Sob o comunismo asiático, tudo é gratuito, menos o sexo, uma vez que a revolução sexual ainda não aconteceu no Oriente. O raciocínio é que, se a pessoa faz sexo suficiente para produzir seis, oito ou doze rebentos, como costuma acontecer nas famílias dos países asiáticos (segundo Richard Hedd), dificilmente alguém precisa de uma revolução pregando mais sexo. Nesse ínterim, os americanos, vacinados contra uma revolução e desse modo resistentes a outra, estão interessados apenas na fritura tropical do amor livre, não em seu estopim político. Sob a tutela paciente da sra. Mori, porém, comecei a perceber que a verdadeira revolução também envolvia a liberação sexual.

Essa sacada não estava tão longe da de Franklin. O velho e astuto sibarita tinha plena consciência da importância do elemento erótico na política, cortejando as damas tanto quanto os políticos em sua tentativa de buscar ajuda francesa para a Revolução Americana. Desse modo, a essência da carta do Primeiro Americano para seu jovem amigo estava correta: todos deveríamos ter namoradas mais velhas. Isso não é tão sexista quanto parece, pois a consequência era que mulheres mais velhas também deveriam ter seus jovens garanhões. E se a sutileza nem sempre se faz presente na missiva do Velho Bode, a lasciva verdade, sim. Donde o segundo ponto de nosso bom homem, a saber, que com o passar dos anos a gravidade da idade se insinuava de cima para baixo. Começava pelas feições, depois rastejava para o pescoço, os seios, a barriga etc., de modo que uma namorada mais velha era roliça e saborosa onde contava muito depois que seu rosto estivesse seco e enrugado, situação em que se podia simplesmente pôr um saco em sua cabeça.

Mas não havia necessidade disso no caso da sra. Mori, uma vez que suas feições eram agradavelmente joviais. A única coisa que poderia ter me feito mais feliz era uma companhia para Bon, que, até onde eu sabia, também praticava suas carícias solo. Sempre tímido, ele engolia o comprimido do catolicismo a sério. Era mais constrangido e discreto sobre sexo do que sobre outras coisas que eu achava mais difíceis, como matar pessoas, que praticamente definia a história do catolicismo, em que o sexo da variedade homo, hétero ou pederasta supostamente nunca aconteceu, oculto sob a sotaina do Vaticano. Papas, cardeais, bispos, padres e monges se envolvendo com mulheres, garotas, meninos, uns com outros? Isso quase nunca se discutiu! Não que houvesse alguma coisa errada em ter um relacionamento amoroso — é a hipocrisia que dá nojo, não o sexo. Mas a Igreja torturando, assassinando, empreendendo cruzadas contra ou infectando com doenças milhões de pessoas em nome do nosso Senhor, o Salvador, da Arábia às Américas? Algo admitido com arrependimento inútil, pio, quando muito.

No meu caso, era o contrário. Desde minha febril adolescência eu me entregava à diversão com atlética diligência, usando a mesma mão com que fazia o sinal da cruz ao fingir que rezava. Essa semente de rebeldia sexual um dia amadureceu em minha revolução política, desdenhando todos os sermões de meu pai sobre como o onanismo inevitavelmente levava a cegueira, mãos peludas e impotência (ele se esqueceu de mencionar subversão). Se eu ia para o Inferno, que fosse! Tendo feito as pazes com pecar em contato comigo mesmo, às vezes de hora em hora, foi só questão de tempo até pecar com outros. De modo que cometi meu primeiro ato antinatural aos treze anos com uma lula estripada furtada da cozinha de minha mãe, onde ela aguardava seu devido destino junto com as companheiras. Oh, pobre, inocente, emudecida lula! Você era do tamanho da minha mão e, uma vez separada de cabeça, tentáculos e vísceras, possuía o formato atraente de um preservativo, o que não significa que eu soubesse o que era isso na época. Por dentro tinha a consistência lisa, viscosa, do que eu imaginava ser uma vagina, não que eu houvesse algum dia visto essa coisa maravilhosa, a não ser as que eram exibidas pelas menininhas andando para cá e para lá totalmente nuas, ou nuas da cintura para baixo, nas ruas e quintais de minha cidade. Essa visão escandalizou nossos senhores franceses, que viam essa nudez infantil como evidência da nossa condição bárbara, coisa que então justificou os estupros, pilhagens e saques, tudo sancionado pelo pretexto sagrado de fazer nossas crianças usar roupas, de modo a não provocar tamanha tentação em cristãos decentes cujo espírito e carne estavam ambos em questão. Mas me desvio do assunto! De volta a você, minha lula prestes a ser deflorada: quando enfiei meu indicador e depois o dedo médio dentro de seu apertado orifício, só por curiosidade, a sucção foi tão forte que minha imaginação inquieta não conseguiu se furtar a fazer a conexão com a proibida parte feminina que me obcecara nos últimos meses. Sem perceber, e completamente fora do meu controle, minha maníaca virilidade ficou em posição de sentido, atraindo-me para você, convidativa, cativante, provocante lula! Embora minha mãe fosse voltar em breve de alguma tarefa, e a qualquer momento uma vizinha pudesse passar diante do telheiro aberto que era nossa cozinha e me pegar com minha noiva cefalópode, abaixei a calça mesmo assim. Hipnotizado pelo chamado da lula e minha resultante ereção, inseri uma na outra, o que foi, infelizmente, um ajuste perfeito. Infelizmente, porque dali em diante nenhuma lula estava a salvo de mim, o que não quer dizer que essa branda forma de bestialidade — afinal, pobre lula, você estava morta, embora hoje eu perceba como isso suscita algumas questões morais —, o que não quer dizer que essa transgressão ocorresse com frequência, uma vez que lula era uma iguaria rara em nossa cidade sem acesso ao oceano. Meu pai dera a lula para minha mãe como um presente, já que ele próprio comia muito bem. Padres sempre foram prodigalizados com as atenções de suas fervorosas admiradoras, as donas de casa devotas e fiéis abastadas que os tratavam como se fossem os porteiros junto à corda de veludo bloqueando a entrada desse exclusivíssimo clube noturno, o Céu. Essas admiradoras os convidavam para jantar, limpavam seus aposentos, preparavam sua comida e os subornavam com presentes de tipos variados, incluindo os deliciosos e caros frutos do mar que não eram para o bico de uma mulher pobre como minha mãe. Embora não sentisse a menor vergonha por minha trêmula ejaculação, um enorme fardo de culpa recaiu sobre mim assim que meus sentidos voltaram, não devido a uma eventual transgressão moral, mas porque mal suportei a ideia de privar minha mãe até mesmo de um pequeno bocado de lula. Tínhamos apenas meia dúzia e ela notaria a falta de uma. O que fazer? O que fazer? Um plano instantaneamente veio a minha mente maquiavélica ali de pé com a lula aturdida e violada na mão, minha blasfêmia escorrendo de sua vulva molestada. Primeiro, lavar a evidência criminosa da lula inerte e estuprada. Segundo, fazer ligeiros cortes na pele para identificar a vítima. Depois esperar o jantar. Minha mãe inocente voltou para nossa choupana miserável, recheou a lula com carne de porco picada, macarrão transparente, cogumelo fatiado e gengibre picado, depois as fritou e serviu ao molho de limão com gengibre. Ali no prato se reclinava minha adorada e desolada odalisca, marcada por minha mão, e, quando minha mãe disse que me servisse, peguei-a na mesma hora com meus pauzinhos para prevenir qualquer chance de que ela o fizesse. Parei, os olhos expectantes e amorosos de minha mãe sobre mim, e depois mergulhei a lula no molho de limão com gengibre e dei a primeira mordida. Então? ela perguntou. D-d-deliciosa, gaguejei. Ótimo, mas você devia mastigar em vez de engolir de uma vez, filho. Come devagar. O gosto vai ser melhor assim. Claro, mãe, falei. E, sorrindo bravamente, este filho obediente devagar mastigou e saboreou o resto da lula poluta, o sabor salgado misturado ao doce amor de mãe.

Alguns sem dúvida acharão esse episódio obsceno. Eu não! Um massacre é obsceno. A tortura é obscena. Três milhões de mortos é obsceno. Masturbação com uma lula, ainda que não consentida? Nem tanto. Eu, de minha parte, sou uma pessoa que acredita que o mundo seria um lugar melhor se a palavra "matar" nos levasse a murmurar tanto quanto a palavra "masturbação". Mesmo assim, embora eu fosse mais do amor que da guerra, minhas escolhas políticas e meu serviço policial acabaram efetivamente por me forçar a cultivar um lado meu de que eu me valera apenas uma vez na infância, o lado violento. Mesmo como policial secreto, porém, eu nunca usei de violência tanto quanto consenti que outros a usassem diante de mim. Só quando condições desfavoráveis me compeliam a situações das quais minha astúcia não conseguia me safar eu permitia que essa violência aflorasse. Essas situações eram tão desagradáveis que as lembranças daqueles que eu vira sendo interrogados continuavam a me dominar com persistência fanática: o rijo *montagnard* com um arame enrolado em torno do pescoço e um esgar contorcido no rosto; o resistente terrorista em seu quarto branco e seu rosto roxo, imune a tudo exceto uma coisa; a agente comunista com a evidência de papier mâché de sua espionagem enfiada na boca, nossos nomes amargos literalmente na ponta da sua língua. Esses subversivos capturados tinham um único destino, mas havia inúmeras estradas laterais desagradáveis para chegar lá. Quando apareci na loja de bebidas para a inauguração, eu compartilhava com esses prisioneiros da terrível certeza que ria dissimuladamente sob as mesas de baralho das casas de repouso. Alguém ia morrer. Talvez eu.

A loja de bebidas ficava no lado leste da Hollywood Boulevard, longe do glamour dos flashes espocando diante do Cine Egípcio e do Cine Chinês onde ocorria a première dos filmes mais recentes. Esse bairro particularmente impopular era sombrio a despeito de não ter árvores, e a outra função de Bon, à parte atender no balcão, era intimidar eventuais pretendentes a cometer assaltos e furtos. Ele acenou impassivelmente para mim da caixa registradora, diante de uma parede com prateleiras que exibiam as marcas de primeira, meias garrafas dignas de serem roubadas e, num canto discreto, revistas masculinas com Lolitas aerografadas na capa. Claude está no depósito com o

General, disse Bon. O depósito ficava no fundo, sob o zumbido das luzes fluorescentes, cheirando a desinfetante e papelão velho. Claude se levantou de sua poltrona de vinil e nos abraçamos. Ganhara alguns quilos, mas de resto não mudara em nada, até vestia um paletó esportivo enrugado que usava de vez em quando em Saigon.

Sentem-se, disse o General de trás de sua mesa. As poltronas de vinil guinchavam obscenamente quando nos mexíamos. Caixas de papelão e engradados nos emparedavam de três lados. A mesa do General estava abarrotada, com seu telefone de disco pesado o bastante para a autodefesa, a almofada de carimbo sangrando tinta vermelha, um livro de receitas com uma folha azulada de papel-carbono enfiada entre suas páginas e um abajur de mesa com o pescoço quebrado, sua cabeça se recusando a permanecer erguida. Quando o General abriu a gaveta, meu coração parou. Era agora! O momento em que o rato levaria uma martelada na cabeça, uma facada no pescoço, uma bala na têmpora ou possivelmente todas as opções acima, só pelo prazer da coisa. Pelo menos seria rápido, em tese. Na Idade das Trevas, segundo o curso de interrogatório que Claude dera para membros da polícia secreta em Saigon, eu teria sido arrastado e esquartejado por cavalos, minha cabeça espetada em uma estaca para que todos vissem. Um bobo do rei esfolou seu inimigo vivo e depois empalhou a pele, montou-a em um cavalo e a fez desfilar pela cidade. Não me faça rir! Parei de respirar e esperei que o General tirasse a pistola com que ia remover meus miolos à moda não cirúrgica, mas tudo que pegou foi uma garrafa de uísque escocês e o maço de cigarros.

Bem, disse Claude, quem dera estivéssemos nos reunindo em melhores circunstâncias, senhores. Ouvi dizer que passaram por um verdadeiro inferno para sair de Dodge. Isso, disse o General, é dizer o mínimo. E você?, perguntei. Aposto que foi no último helicóptero.

Não vamos ser tão dramáticos, disse Claude. Aceitou o oferecimento do General de um cigarro e um copo de uísque. Saí algumas horas antes, no helicóptero do embaixador. Suspirou. Nunca vou esquecer esse dia. Foi uma demora insuportável para aprontar tudo. Vocês foram os últimos a ir nos aviões. Os fuzileiros chegaram com helicópteros pra tirar o resto das pessoas do aeroporto e da embaixada. A Air America também estava usando helicópteros de resgate, mas o problema era que todo mundo na cidade sabia sobre nossos heliportos supostamente secretos. Acontece que a gente tinha recrutado umas vietnamitas para pintar os números dos heliportos no teto. Genial, hein? Na hora H, todos esses prédios estavam cercados. Quem era para ter conseguido chegar aos helicópteros não conseguiu passar. A mesma coisa no aeroporto, impossível passar. As docas, idem. Nem os ônibus para a embaixada conseguiram entrar, já que havia gente aos milhares no local. As pessoas acenavam com todo tipo de papel. Certidão de casamento, contrato de trabalho, cartas, até passaportes americanos. Gritavam. Eu conheço fulano, sicrano me conhece. Sou casada com um cidadão americano. Nada disso fazia diferença. Os fuzileiros estavam perto do muro, batendo em todo mundo que tentava pular. Você tinha que chegar perto o suficiente para dar mil dólares para um fuzileiro e ele ajudar você a subir. A gente chegava perto do muro ou do portão de vez em quando, procurava as pessoas que trabalhavam para nós e apontava. Se conseguissem se aproximar, os fuzileiros as puxavam para cima ou abriam o portão só um pouquinho para deixar entrar. Mas às vezes a gente via pessoas que conhecia no meio da multidão ou no fundo, e a gente acenava para elas chegarem perto do muro, mas elas não conseguiam. A multidão de vietnamitas da frente não deixava os vietnamitas que estavam atrás passar. Então a gente olhava e acenava, e eles olhavam e acenavam, e depois de um tempo a gente simplesmente virava e ia embora. Graças a Deus não dava pra escutar os gritos deles, não com toda aquela confusão. Eu entrava outra vez pra tomar uma bebida, mas não ajudava muito. Deviam ter escutado o pessoal falando no rádio. Socorro, sou tradutor, temos setenta tradutores nessa casa, tira a gente daqui. Socorro, temos quinhentas pessoas nesse prédio, tira a gente daqui. Socorro, temos duzentas pessoas na logística, tira a gente daqui. Socorro, temos cem pessoas nesse hotel da CIA, tira a gente daqui. Adivinha? Nenhum foi evacuado. A gente tinha mandado que fossem para esses lugares e esperassem. A gente tinha uns caras nesses lugares e ligamos pra eles e falamos: Não vai aparecer ninguém. Caiam fora daí e vão para a embaixada. Deixem esse pessoal para trás. Daí tinha o pessoal fora da cidade. Os agentes que estavam espalhados por todo o interior ligaram. Socorro, estou em Can Tho, os vietcongues estão chegando. Socorro, vocês me deixaram na floresta de U Minh, o que vou fazer, e minha família? Socorro, me tirem daqui. Sem a menor chance. Mesmo quem estava na embaixada talvez não tivesse chance. A gente removeu milhares, mas quando o último helicóptero decolou ainda tinha quatrocentas pessoas esperando no pátio, todo mundo arrumadinho e esperando os helicópteros que a gente disse que estavam chegando. Nenhum foi embora.

Cristo, preciso de outra dose até para falar sobre isso. Obrigado, General. Ele esfregou os olhos. Só o que posso dizer é: foi coisa pessoal. Depois que deixei vocês no aeroporto, voltei para minha casa para dormir um pouco. Falei para Kim me encontrar de manhã. Ela ia buscar a família dela. Dá seis horas, seis e quinze, seis e meia, sete. O chefe me liga e quer saber onde estou. Eu dou uma enrolada nele. Sete e quinze, sete e meia, oito. O chefe me liga de novo e fala: Vem para a porra da embaixada agora mesmo, quero todo mundo se apresentando já. Foda-se o chefe, aquele húngaro filho da puta. Eu pego minhas armas, ponho no carro e atravesso a cidade para encontrar Kim. Pode esquecer o toque de recolher diurno, todo mundo está correndo para todo lado, tentando encontrar um jeito de se mandar dali. Mas os subúrbios estavam mais tranquilos. A vida continuava como sempre. Vi até uns vizinhos de Kim pendurando a bandeira comunista. Na semana anterior, essas mesmas pessoas punham a sua bandeira. Perguntei para eles onde ela estava. Eles disseram que não sabiam onde estava a puta ianque. Fiquei com vontade de meter bala neles ali mesmo, mas todo mundo na rua tinha virado para me olhar. Com certeza eu não podia ficar esperando o Vietcongue local vir me sequestrar. Voltei para casa. Dez horas. Nada de Kim aparecer. Eu não podia esperar mais. Entrei no carro e chorei. Eu não chorava por causa de uma garota fazia trinta anos, mas droga, era isso aí. Daí fui para a embaixada e vi que não tinha como entrar. Como eu falei, milhares de pessoas. Deixei a chave na ignição como o senhor fez, General, e espero que algum comunista filho da puta esteja se divertindo com meu Bel Air. Então comecei a me acotovelar com a multidão. Aqueles vietnamitas que não deixavam outros vietnamitas passar abriram caminho para mim. Claro, eu empurrei, briguei e gritei e um monte deles empurrou, brigou e gritou de volta, e fui chegando cada vez mais perto, ainda que quanto mais perto eu chegasse mais difícil ficava. Eu tinha feito contato visual com os fuzileiros perto do muro e sabia que, se pudesse chegar perto o bastante, estaria salvo. Estava suando como um porco, minha camisa rasgada, e todos aqueles corpos espremidos contra mim. As pessoas na minha frente não conseguiam ver que eu era americano e ninguém virava para trás só porque eu dava um tapa no seu ombro, então eu agarrava pelo cabelo, ou puxava a orelha, ou segurava a gola da camisa para tirar a pessoa da frente. Nunca tinha feito nada parecido na minha vida. Tive muito orgulho para gritar, no começo, mas não demorou pra eu estar gritando também. Me deixa passar, sou americano, porra. Finalmente consegui chegar àquele muro e, quando os fuzileiros abaixaram para segurar minha mão e me puxar, quase chorei outra vez. Claude virou o resto do seu uísque e bateu o copo na mesa. Nunca senti tanta vergonha na minha vida, mas também nunca fiquei tão feliz de ser americano.

Permanecemos sentados em silêncio enquanto o General nos servia mais uma dose dupla.

A você, Claude, falei, erguendo meu copo em sua direção. Parabéns.

Pelo quê?, ele pergunta, erguendo o seu.

Agora você sabe a sensação de ser um de nós.

Sua risada foi curta e amarga.

Eu estava pensando exatamente a mesma coisa.

A deixa para a fase final da evacuação foi "White Christmas" tocada no American Radio Service, mas nem isso saiu conforme o planejado. Primeiro, como a canção era informação sigilosa, dirigida só para os americanos e seus aliados, todo mundo na cidade também sabia o que escutar. Então o que vocês acham que acontece?, disse Claude. O DJ não consegue encontrar a canção. A do Bing Crosby. Ele revira a cabine de rádio, procurando a fita, e é claro que não está lá. E então?, disse o General. Ele encontra uma versão de Tennessee Ernie Ford e toca essa. Quem é esse?, eu falo. E eu é que vou saber? Pelo menos a melodia e a letra são iguais. Então, eu disse, situação normal. Claude fez que sim. *Situation Normal, All Fucked Up*. Vamos torcer pra história esquecer os *snafus*.

Essa era uma oração que muito general e político rezava antes de dormir, mas alguns *snafus* eram mais justificados que outros. Veja o nome da operação, Vento Frequente, um *snafu* anunciando um snafu. Eu ruminara sobre isso por um ano, me perguntando se podia processar o governo dos Estados Unidos por incompetência profissional, ou pelo menos por omissão criminosa no exercício da imaginação literária. Quem foi o gênio estrategista militar que se saiu com um Vento Frequente do meio das suas nádegas espremidas? Não ocorreu a ninguém que Vento Frequente pudesse trazer à mente o Vento Divino que inspirou os camicases ou, mais provável entre a turma juvenil, a-histórica, o fenômeno de soltar gases, que, como é bem sabido, pode levar a uma reação em cadeia, portanto a frequência? Ou eu não estaria dando ao estrategista militar suficiente crédito por ser um piadista cínico, sendo ele também possivelmente o responsável pela escolha de "White Christmas" como um dedo no olho de todos os meus conterrâneos que não só nunca comemoraram a ocasião como também muito menos tinham visto um Natal com neve? Não podia esse piadista desconhecido prever que todo o ar ruim soprado pelos helicópteros americanos era o equivalente a uma gigantesca flatulência na cara dos que ficaram para trás? Pesando a estupidez e a ironia, fico com esta última, a ironia emprestando aos americanos um derradeiro fio de dignidade. Era a única coisa a ser salva da tragédia que se abatera sobre nós, ou que nós havíamos atraído para nós mesmos, dependendo do ponto de vista. O problema com essa tragédia era que não terminara em final feliz, ao contrário de uma comédia. Isso ainda nos preocupava, o General mais do que todos, que agora ia direto ao assunto.

Estou feliz que esteja aqui, Claude. A hora não podia ser mais perfeita.

Claude encolheu os ombros. A pontualidade sempre foi uma das minhas maiores virtudes, General.

Estamos com um problema, como você me advertiu antes da nossa partida.

Que problema? Tinha mais de um, pelo que me lembro.

Temos um informante. Um espião.

Ambos olharam para mim, como que buscando confirmação. Conservei o rosto impassível mesmo quando minha barriga começou a revolver no sentido anti-horário. Quando o General deu nome aos bois, foi o do major glutão. Minha barriga começou a revolver na direção oposta. Não sei quem é esse cara, disse Claude.

Não é alguém que se deva conhecer. Não é um oficial importante. Foi nosso jovem amigo aqui que escolheu trazer o major com a gente.

Se está bem lembrado, senhor, o major...

Não faz diferença. O que importa é que eu estava cansado e cometi um erro mandando que cuidasse desse trabalho. Não o culpo. A culpa é minha. Agora é hora de corrigir um erro.

Por que o senhor acha que é esse sujeito?

Em primeiro lugar, ele é chinês. Em segundo, meus contatos em Saigon dizem que sua família está passando muito, muito bem. E em terceiro, ele é gordo. Não gosto de gordos.

Só porque ele é chinês não quer dizer que seja um espião, General.

Não sou racista, Claude. Trato todos os homens do mesmo jeito, qualquer que seja a origem deles, como nosso jovem amigo aqui. Mas esse major, o fato de que a família dele está passando bem em Saigon, é suspeito. Por que estão se dando bem? Quem permite que prosperem? Os comunistas conhecem todos os nossos oficiais e suas famílias. Não tem nenhuma família de oficial se dando bem no nosso país. Por que a dele?

Evidência circunstancial, General.

Isso nunca foi um obstáculo para você antes, Claude.

Aqui as coisas são diferentes. Precisa jogar de acordo com novas regras.

Mas eu não preciso seguir as regras, preciso?

O senhor pode até adaptar as regras, se souber como.

Eu ia tabulando as coisas que ficava sabendo. Primeiro, eu dera uma grande bola dentro, para minha consternação e puramente por acidente, jogando a culpa em um homem sem culpa. Segundo, o General tinha contatos em Saigon, o que significava que algum tipo de resistência existia. Terceiro, o General conseguia contatar sua gente, embora nenhuma comunicação direta estivesse disponível. Quarto, o General voltara completamente a seu antigo eu, um maquinador permanente com ao menos um esquema em cada bolso e mais outro na meia. Gesticulando com os braços para indicar o lugar onde estávamos, ele disse: Eu pareço dono de pequena empresa para os senhores? Pareço alguém que gosta de vender álcool para bêbados, pretos, mexicanos, mendigos e viciados? Deixem-me dizer uma coisa. Só estou ganhando tempo. Essa guerra não acabou. Aqueles comunistas filhos da puta... certo, eles acertaram um golpe duro na gente, vamos admitir. Mas conheço minha gente. Conheço meus soldados, meus homens. Eles não entregaram os pontos. Estão dispostos a lutar e morrer, se tiverem chance. É só disso que eu preciso, Claude. Uma chance.

Bravo, General, disse Claude. Eu sabia que o senhor não ficaria no chão por muito tempo.

Estou do seu lado, senhor. Até o fim.

Ótimo. Porque você escolheu o major. Concorda que precisa corrigir seu erro? Achei que concordaria. Não precisa fazer isso sozinho. Já discuti o problema do major com Bon. Vocês dois vão cuidar desse problema juntos. Deixo para sua imaginação e habilidade ilimitadas encontrar uma solução. Você nunca me decepcionou antes, tirando a escolha do major. Agora pode se redimir. Entendeu? Agora pode ir. Claude e eu temos uns assuntos para discutir.

A loja estava vazia a não ser por Bon, assistindo ao sinal hipnótico, fosforescente, de um jogo de beisebol numa minúscula tevê preto e branco ao lado da caixa registradora. Troquei o cheque que levava no bolso, minha restituição do imposto de renda. Não era muito e contudo era significativa, pois nunca em meu país o governo de mentalidade anã devolveria para seus cidadãos frustrados qualquer coisa que tivesse tomado. A ideia em si era absurda. Nossa sociedade fora uma cleptocracia da mais elevada ordem, o governo fazendo o melhor possível para roubar dos americanos, o homem comum fazendo o melhor possível para roubar do governo, os piores de nós fazendo o melhor possível para roubar uns dos outros. Agora, a despeito dos meus sentimentos de solidariedade com meus conterrâneos exilados, eu não podia deixar de sentir também que nosso país estava nascendo outra vez, os acréscimos de corrupção estrangeira purgados pelas chamas da revolução. Em vez de restituição de imposto, a revolução iria redistribuir a riqueza ilícita, seguindo a filosofia de mais para os pobres. O que os pobres faziam com sua ajuda socialista era da conta deles. Quanto a mim, usei meu reembolso capitalista para comprar bebida suficiente para manter Bon e eu inquietamente macerados em amnésia até a semana seguinte, coisa que, se não era a mais previdente a fazer, era não obstante minha escolha, uma escolha sendo meu direito americano sagrado.

O major?, falei enquanto Bon punha as garrafas na sacola. Você acha mesmo que ele é um espião?

Como vou saber? Não passo de um soldado.

Você faz o que mandam.

Você também, sabichão. Já que é tão sabichão, o plano é seu. Você sabe se virar por aqui melhor do que eu. Mas a parte suja pode deixar comigo. Agora vem cá e dá só uma olhada. Atrás do balcão havia uma escopeta de cano duplo serrado presa num suporte sob a caixa registradora. Gostou?

Como conseguiu isso?

É mais fácil conseguir arma aqui do que votar ou dirigir. Não precisa nem saber falar inglês. O gozado é que foi o major que conseguiu o contato. Ele fala chinês. As gangues chinesas estão por toda Chinatown.

Essa escopeta vai fazer um estrago desgraçado.

Ninguém vai usar escopeta, gênio. Ele abriu uma caixa de charutos que estava numa prateleira sob o balcão. Dentro havia um .38 Special, um revólver de cano curto, idêntico ao que eu portava como minha pistola de serviço. É delicado o suficiente para você?

Mais uma vez eu era um prisioneiro das circunstâncias e mais uma vez me encontraria em breve com outro homem que era prisioneiro das circunstâncias. A única compensação para minha tristeza foi a expressão no rosto de Bon. Era a primeira vez que parecia feliz em um ano.

6.

A inauguração começou no fim dessa tarde, o General apertando as mãos dos convidados, jogando conversa fora e sorrindo sem parar. Como um tubarão que precisa continuar nadando para não morrer, um político — que era o que o General se tornara — tinha de manter os lábios em constante movimento. Os eleitores, no caso, eram velhos colegas, admiradores, soldados e amigos, um pelotão de trinta e tantos homens de meia-idade que eu raramente vira sem uniforme a não ser no período passado no campo de refugiados em Guam. Vê-los outra vez à paisana, um ano mais tarde, confirmava o veredicto da derrota e revelava aqueles homens como sendo culpados de inúmeras contravenções da moda. Circulavam pela loja em mocassins comprados em saldões e calças cáqui vagabundas e amarrotadas, ou em ternos sem corte anunciados no varejo ao preço de dois por um. Gravatas, lenços e meias ajudavam a compor o visual, embora o que realmente precisassem fosse de uma colônia, mesmo da variedade gigolô, qualquer coisa capaz de mascarar a evidência olfativa de estarem relegados à lata de lixo da história. Quanto a mim, embora fosse de patente menor do que a maioria daqueles homens, estava mais bem-vestido, graças às roupas usadas presenteadas pelo professor Hammer. Com poucos ajustes de um alfaiate, seu blazer azul com botões dourados e sua calça de flanela cinza me serviram perfeitamente.

Assim vestido com elegância, circulei entre os homens, todos meus conhecidos, na função de ajudante do General. Muitos haviam um dia comandado baterias de artilharia e batalhões de infantaria, mas agora não possuíam nada mais perigoso do que seu orgulho, sua halitose e as chaves de seus carros, se é que tinham um. Eu informara a Paris todo o disse me disse sobre esses soldados vencidos, e sabia o que faziam (ou, em muitos casos, não faziam) para ganhar a vida. O mais bem-sucedido era um general famoso por usar seus soldados de elite para cultivar canela, cujo comércio ele monopolizou; agora esse lorde mercantil era dono de uma pizzaria. Certo coronel, um intendente asmático que ficava exageradamente empolgado em conversar sobre rações desidratadas, era faxineiro. Um major elegante que pilotava helicópteros agora era mecânico. Um capitão grisalho com talento para caçar guerrilheiros: cozinheiro de lanchonete. Um tenente antipático, o único sobrevivente de uma companhia que sofrera uma emboscada: entregador. E assim prosseguia a lista, uma boa porcentagem juntando pó e o dinheiro do seguro-desemprego, embolorando no ar parado de seus apartamentos num conjunto habitacional à medida que seus testículos encolhiam dia a dia, consumidos pela metástase da assimilação e suscetíveis à hipocondria do exílio. Em sua enfermidade psicossomática, males sociais ou familiares normais eram diagnosticados como sintoma de algo fatal, com suas vulneráveis mulheres e filhos escalados como os vetores da contaminação ocidental. Seus filhos afligidos pela doença eram dados a retrucar, não em seu falar nativo, mas numa língua que estavam dominando mais rápido que seus pais. Quanto às esposas, a maioria fora forçada a arranjar emprego, e ao fazê-lo passavam por uma transformação, não mais as cativantes flores de lótus de que seus maridos se lembravam. Como disse o major glutão: Um homem não precisa ter colhão neste país, Capitão. As mulheres têm.

Verdade, concordei, embora desconfiasse que a nostalgia tinha feito uma lavagem cerebral no major e nos outros. As lembranças deles haviam sido varridas tão completamente a ponto de as pintarem com cores diferentes das minhas, pois no Vietnã jamais se referiram com toda essa ternura a suas esposas. Já pensou em se mudar, major? Quem sabe o senhor e sua esposa podiam começar de novo e reacender a paixão. Fugir de todas as lembranças do passado.

Mas onde eu ia comer?, disse ele, com toda a seriedade. A comida chinesa é ótima onde a gente mora. Ergui a mão e ajeitei sua gravata torta, que combinava com seus dentes tortos. Tudo bem, major. Então me deixe levá-lo para sair. O senhor pode me mostrar onde fica a boa comida chinesa.

O prazer é meu! O major glutão sorriu de orelha a orelha. Era um bon vivant que adorava comida e amizade, alguém sem um inimigo nesse novo mundo, a não ser o General. Por que eu mencionara o nome do major glutão para ele? Por que não dera o nome de alguém cujos pecados eram maiores que sua carne, em vez desse homem cuja carne era maior que seus pecados? Deixando a companhia do major, abri caminho até o General. Eu me preparava para um pouco de discurso motivacional político, mesmo do tipo mais calculado. Ele estava ao lado da Madame, perto do chardonnay e do cabernet, sendo entrevistado por um homem que ia com o microfone de um lado para outro como se fosse um contador Geiger. Ela me viu, e, quando ampliou a voltagem de seu sorriso, o homem fez meia-volta, uma câmera pendurada no pescoço e uma caneta retrátil de quatro cores aparecendo no bolso da camisa.

Levou um momento para o reconhecimento se manifestar. A última vez que eu vira Son Do, ou Sonny, como o chamavam, foi em 1969, meu último ano nos Estados Unidos. Ele era como eu aluno bolsista numa faculdade em Orange County, a uma hora de carro. A cidade natal do criminoso de guerra Richard Nixon, assim como de John Wayne, um lugar de patriotismo tão feroz que eu achava que o agente laranja podia ter sido fabricado ali, ou pelo menos batizado em sua homenagem: Agent Orange. O objeto de estudo de Sonny era o jornalismo, que teria sido útil para nosso país caso a variedade particular de Sonny não fosse tão subversiva. Ele portava um bastão de beisebol de integridade no ombro, preparado para rebater as bolas fáceis das incoerências de seu oponente. Na época, exibia uma fachada autoconfiante, ou arrogante, dependendo de seu ponto de vista, legado de sua herança aristocrática. Seu avô era um mandarim, como ele nunca cansava de mencionar. Esse avô invectivava contra os franceses com tal volume e acidez que lhe deram uma passagem só de ida para o Taiti, onde, depois de supostamente ter ficado amigo do sifilítico Gauguin, ele sucumbiu à dengue ou a um vírus incurável de saudade. Sonny herdara o senso de convicção absoluta que motivara seu honorável avô, que, tenho certeza, era insuportável, como é o caso da maioria dos homens de convicção absoluta. Sendo um radical conservador, Sonny tinha razão sobre tudo, ou assim pensava, a principal diferença sendo que era um esquerdista deslavado. Liderava a facção antiguerra dos estudantes estrangeiros vietnamitas, um punhado dos quais se reunia todo mês em uma sala estéril no sindicato dos estudantes ou no apartamento de alguém, as paixões esquentando e as comidas esfriando. Eu frequentava essas reuniões assim como frequentava as do igualmente compacto grupo pró-guerra, diferindo no tom político mas em tudo mais intercambiável, em termos de comida ingerida, canções cantadas, piadas contadas e tópicos discutidos. Fosse qual fosse a inclinação política, esses estudantes bebiam da mesma taça transbordante de solidão, atraídos uns para os outros pela busca de conforto, como esses ex-oficiais na loja de bebidas, ansiando pelo calor humano de companheiros de sofrimento em um exílio tão frio que nem o sol da Califórnia conseguia aquecê-los.

Ouvi dizer que você estava aqui também, disse Sonny, segurando minha mão e abrindo um sorriso sincero. A confiança de que eu me lembrava tão bem irradiou de seu olhar, tornando atraente seu rosto ascético de lábios antissépticos. Que ótimo ver você de novo, meu velho. Meu velho? Não era assim que eu me lembrava das coisas. Son, interrompeu a Madame, estava entrevistando a gente para seu jornal. Sou o editor, disse ele, oferecendo-me seu cartão de visitas. A entrevista vai sair no primeiro número. O General, corado de animação, puxou um chardonnay da prateleira. Aqui está um sinal de nossa estima por todos os seus esforços em reviver a bela arte do quarto poder em nosso novo país, meu jovem amigo. Isso não teve como não me trazer à memória os jornalistas a quem ele presenteara com cama e comida de graça, embora na cadeia, pela falta de papas na língua. Talvez Sonny estivesse pensando a mesma coisa, pois tentou recusar a garrafa, aquiescendo apenas após muita insistência do General. Celebrei a ocasião com a enorme Nikon de Sonny, o General e a Madame a ladeá-lo enquanto ele segurava a garrafa que o General agarrara pelo gargalo. Publique essa na sua primeira página, disse o General, ao se despedir.

Uma vez sozinhos, Sonny e eu trocamos breves sinopses de nossas vidas recentes. Ele decidira ficar após se formar, sabendo que, se voltasse, provavelmente ganharia uma passagem aérea de cortesia para as praias tranquilas e as prisões exclusivas, só para convidados, de Poulo Condore, construídas pelos franceses com o entusiasmo característico. Antes da chegada de nós, refugiados, no ano anterior,

Sonny trabalhara para um jornal de Orange County, indo morar numa cidade que eu nunca visitara, Westminster, ou, como nossos conterrâneos pronunciavam, *Wet-min-ter*. Comovido com o sofrimento dos refugiados, criou o primeiro jornal em nossa língua nativa, num esforço de nos unir com as notícias que nos diziam respeito. Mas a gente conversa mais tarde, meu amigo, disse, segurando-me pelo ombro. Tenho outro compromisso. Vamos combinar um café? Alegra meu coração voltar a ver você. Achando graça, concordei, dando-lhe meu número antes de ele ir embora entre o ajuntamento cada vez mais escasso. Procurei o major glutão, mas também sumira. Com exceção dele, a maioria de nossos colegas de exílio encolhera com a experiência, fosse em termos absolutos, pelas supracitadas enfermidades de migração, fosse em termos relativos, por se verem cercados de americanos tão altos que não precisavam nem fingir não ver você. Simplesmente olhavam por cima. Para Sonny, era o contrário. Ele não podia ser ignorado, mas por diferentes motivos dos que havia no passado, em nossos tempos de faculdade. Eu não conseguia me lembrar de vê-lo sendo bondoso ou generoso na época, quando socava mesas e esbravejava da maneira que alunos vietnamitas em Paris nos anos 1920 e 1930 deviam ter feito, a safra original de comunistas para liderar nossa revolução. Eu também exibia um comportamento diferente agora, embora o modo como isso se dava fosse sujeito aos caprichos de minha memória. O registro histórico fora riscado, pois, embora eu mantivesse uns diários nos meus tempos de estudante, queimara-os todos antes de voltar, receando carregar comigo algum sinal incriminador do que eu de fato pensava.

Tomei café da manhã com o major glutão uma semana mais tarde. Foi uma cena mundana, cotidiana, do tipo que Walt Whitman teria adorado usar como tema, um esboço da nova América compreendendo canja quente e *crullers* fritos em uma *noodle shop* de Monterey Park abarrotada de chineses não assimilados sem o menor peso na consciência e uns poucos asiáticos sortidos. O tampo de fórmica laranja da mesa reluzia de gordura e o chá de crisântemo ficava em um bule de estanho pronto para ser servido em xícaras lascadas da cor e da textura do esmalte de dentes humanos. Eu comia de maneira parcimoniosa enquanto o major se esgoelava com o entusiasmo indisciplinado de um homem apaixonado por comida, a boca aberta e falando ao mesmo tempo, o ocasional perdigoto ou pedacinho de arroz aterrissando em minha bochecha, meu cílio ou minha tigela, devorando tudo com tanto gosto que não pude deixar de sentir apreço e pena do homem, em sua inocência.

Aquilo, um informante? Difícil de acreditar, mas também podia ser uma criatura tão astuciosa a ponto de servir como o observador perfeito. A conclusão mais lógica era que o General incrementara a tendência vietnamita pela conspiração com o traço de paranoia do americano, sem dúvida com a minha ajuda. O major glutão nunca exibira nenhuma habilidade particular para o engodo, a manobra dissimulada ou a politicagem. Em Saigon, sua função no Special Branch fora analisar a comunicação em língua chinesa e manter-se a par dos subterfúgios clandestinos de Cholon, onde a Frente Nacional de Libertação montara uma rede secreta de agitação política, organização terrorista e contrabando no mercado negro. Mais importante, era minha fonte para a melhor comida chinesa em Cholon, desde os majestosos palácios com espetaculares banquetes de casamento aos ruidosos carrinhos percorrendo as ruas sem asfalto e as fugidias mulheres que carregavam seus utensílios balançando em uma canga sobre os ombros e serviam a comida na calçada. Do mesmo modo, na Califórnia, ele me prometera a melhor canja da Grande Los Angeles, e foi diante de um caldo sedoso, liso e branco que me apiedei do major glutão. Ele era agora frentista de um posto de gasolina em Monterey Park, remunerado em espécie de modo a não perder o direito ao seguro-desemprego. Sua esposa, que trabalhava como costureira em um porão, já estava quase míope de tanto se concentrar nos complicados pontos das peças vagabundas. Meu Deus, como ela fala, gemeu ele, curvado sobre sua tigela vazia com o semblante acusatório de um cachorro faminto, de olho no meu *cruller* sobrando. Ela me culpa por tudo. Por que a gente não ficou em casa? O que estamos fazendo aqui, onde somos mais pobres do que antes? Por que tivemos filhos sem ter como alimentá-los? Esqueci de contar, Capitão, minha esposa engravidou no acampamento. Gêmeos! Acredita nisso?

Com coração pesado mas voz jovial, dei-lhe os parabéns. Ele aceitou o oferecimento de meu *cruller* intocado. Pelo menos eram cidadãos americanos, afirmou, mastigando sua fritura macia. Spinach e Broccoli. Esses são os nomes americanos deles. Para falar a verdade, a gente não tinha pensado em dar um nome americano para eles até a enfermeira perguntar. Eu entrei em pânico. Claro que eles precisavam de nomes americanos. A primeira coisa que me vem à cabeça é espinafre. Eu adorava aqueles desenhos do Popeye comendo espinafre e ficando superforte. Ninguém vai mexer com uma criança chamada Spinach. Já Broccoli foi uma coisa lógica. Uma mulher na tevê falou, Comam muito brócolis, e me lembrei disso. Uma comida saudável, não igual à que eu como. Fortes e saudáveis, é isso que os gêmeos vão ser. Vão precisar. Esse país não é para os fracos ou gordos. Preciso fazer um regime. Não, preciso sim! Você está sendo educado. Sei muito bem que estou gordo. A única coisa boa de ser gordo, além de comer, é que todo mundo gosta de um homem gordo. É? É! As pessoas adoram rir dos gordos, e também sentir pena deles. Quando fui ver o emprego no posto de gasolina, eu estava suando, mesmo tendo andado só duas quadras. As pessoas veem um gordo suando e ficam com pena, mesmo sentindo certo desprezo, também. Então eu sorri, sacudi a barriga e dei risada enquanto contava minha história de como precisava de um trabalho, e o dono me arrumou na mesma hora. Só o que ele precisava era de um motivo para me contratar. Fazer as pessoas rirem e sentirem pena sempre funciona. Está vendo? Você está sorrindo nesse minuto e sentindo pena de mim. Não fique com pena demais, tenho um turno bom, entro às dez da manhã e saio às oito, sete dias por semana, e posso ir a pé de onde moro. Não faço nada a não ser apertar botões na caixa registradora. É ótimo. Aparece lá que eu consigo uns litros de graça para você. Eu insisto! É o mínimo que posso fazer por ter ajudado a gente a escapar. Nunca agradeci propriamente. Além do mais, este país é duro. Os vietnamitas precisam se unir.

Ah, pobre major glutão! Nessa noite, em casa, fiquei observando Bon limpar e lubrificar o .38 Special em cima da mesinha de centro, depois carregar a arma com seis balas cor de cobre e deixá-la sobre uma pequena almofada que veio junto com nosso sofá, um troço espalhafatoso, aveludado e vermelho, todo manchado, sobre o qual a arma repousou como o presente a um rei deposto. Vou usar a almofada para atirar nele, disse Bon, abrindo uma lata de cerveja. Diminui o barulho. Ótimo, falei. Richard Hedd estava sendo entrevistado na tevê sobre a situação no Camboja, seu sotaque inglês em acentuado contraste com o do entrevistador bostoniano. Depois de assistir por um minuto, falei: E se ele não for espião? A gente vai estar matando o homem errado. Aí vai ser homicídio. Bon deu um gole em sua cerveja. Primeiro, ele disse, o General sabe de coisas que a gente não sabe. Segundo, não estamos matando. É um assassinato. Seus caras faziam isso o tempo todo. Terceiro, isso é guerra. Gente inocente morre. Só é homicídio se você souber que ele é inocente. Mesmo assim, é uma tragédia, não um crime.

Você ficou feliz quando o General pediu para fazer isso, não foi? Isso é ruim?, ele perguntou. Pousou a cerveja e pegou o .38. Assim como alguns homens nasciam para manusear um pincel ou uma caneta, ele nascera para segurar uma arma. Parecia natural em sua mão, uma ferramenta da qual um homem podia se orgulhar, como uma chave inglesa. Um homem precisa ter um propósito, disse, contemplando o revólver. Antes de conhecer Linh, eu tinha um propósito. Queria vingar meu pai. Então me apaixonei, e Linh era mais importante que meu pai ou a vingança. Quando ele morreu, eu não chorei, mas depois do meu casamento eu chorei no túmulo, porque o tinha traído no mais importante de tudo, no meu coração. Só superei isso quando o Duc nasceu. No começo ele era só aquela coisinha estranha, feiosa. Eu ficava pensando qual era o problema comigo, porque não amava meu próprio filho. Mas depois ele foi crescendo, e uma noite eu notei como os dedinhos, as mãos, os pés dele eram perfeitos, umas versões em miniatura dos meus. Pela primeira vez na vida eu soube o que era se maravilhar com alguma coisa. Nem mesmo ficar apaixonado era parecido com a sensação e eu sabia que era desse jeito que meu pai devia ter olhado para mim. Ele tinha me criado, e eu tinha criado o Duc. Era a natureza, o universo, Deus, fluindo através da gente. Foi então que me apaixonei pelo meu filho, quando entendi como eu era insignificante, e como ele era maravilhoso, e como um dia ele ia sentir exatamente a mesma coisa. E foi assim que eu percebi que não tinha traído meu pai. Chorei outra vez, segurando meu filho, porque eu afinal tinha virado um homem. O que eu estou dizendo, por que estou contando tudo isso pra você, é que minha vida já teve significado. Eu tinha um propósito. Agora ela não tem nenhum. Eu fui filho, marido, pai e soldado, e agora não sou nenhuma dessas coisas. Não sou um homem, e quando um homem não é um homem ele não é ninguém. E o único jeito de não ser ninguém é fazendo alguma coisa. Então eu posso me matar ou matar outra pessoa. Entendeu?

Não só entendi como também fiquei atônito. Era o discurso mais longo que eu já escutara vindo dele, toda a tristeza e a raiva e o desespero abrindo seu coração, além de soltar suas cordas vocais. As palavras até conseguiram torná-lo menos feioso do que era, concretamente, quando não bonito, a emoção suavizando as feições grosseiras de seu rosto. Era o único homem que eu conhecera que parecia se comover profundamente não apenas com o amor, mas também com a perspectiva de matar. Enquanto ele era um especialista por necessidade, eu era um novato por opção, a despeito de ter tido minhas oportunidades. Em nosso país, matar um homem — ou mulher, ou criança — era tão fácil quanto virar a página do jornal matutino. A pessoa só precisava de uma desculpa e um instrumento, e muita gente de todos os lados possuía ambos. O que eu não tinha era o desejo ou os diversos uniformes de justificativa que um homem veste como camuflagem — a necessidade de defender Deus, o país, a honra, a ideologia, os camaradas —, mesmo que, em última instância, tudo que ele está realmente protegendo seja essa parte mais macia de si mesmo, a bolsa oculta e enrugada que todo homem carrega. Essas desculpas prêt-à-porter servem bem em alguns, mas não em mim.

Eu queria convencer o General de que o major glutão não era espião, mas seria difícil desinfetá-lo da ideia com que eu o infectara, antes de mais nada. Mais que isso, eu sabia que tinha de provar para o General que podia corrigir meu suposto erro e que eu podia ser um homem de ação. Não agir estava fora de questão, como a conduta do General deixou claro para mim em nosso encontro seguinte, na outra semana. Ele merece, disse o General, desagradavelmente obcecado com a indelével mancha de culpa que viu estampada na testa do homem, aquela minúscula palma de mão da condenada mortalidade do major ali deixada por mim. Mas faz quando você achar melhor. Não estou com pressa. As operações precisam ser feitas com paciência e cuidado. Ele afirmou isso num depósito de bebidas que imitava a desapaixonada atmosfera de uma sala de guerra, as paredes recém-decoradas com mapas mostrando nossa sinuosa terra natal de cintura fina em todo seu esplendor ou em todas as suas partes, cada uma delas sufocada atrás de plásticos, canetas marcadoras vermelhas penduradas em fios perto deles. Melhor fazer direito e devagar do que rápido e malfeito, disse. Sim, senhor, falei. O que eu tinha em mente era...

Não precisa me aborrecer com os detalhes. Só me avisa quando estiver feito.

Assim ficou escrito o fim do major. Nada me restava a não ser criar uma história verossímil em que sua morte não fosse minha culpa nem do General. Não precisei pensar muito para que a história mais óbvia me ocorresse. O que tínhamos ali era a usual tragédia americana, só que dessa vez estrelada por um pobre refugiado.

O professor Hammer me convidou para jantar no sábado seguinte em sua casa, a ocasião sendo o regresso iminente de Claude a Washington. O único outro convidado era o namorado do professor, Stan, um aluno de doutorado da minha idade na UCLA cuja tese era sobre os expatriados literários americanos de Paris. Ele tinha os dentes brancos e o cabelo loiro de um modelo num anúncio de pasta de dente, em que seu papel seria o de jovem pai de saborosos querubins. A homossexualidade do professor fora mencionada para mim por Claude antes de eu me matricular na faculdade em 63, porque, disse Claude, Eu só não queria que você ficasse surpreso. Não tendo nunca conhecido um homossexual, eu ficara curioso de ver como se comportava um em seu ambiente natural, ou seja, o Ocidente, já que no Oriente homossexuais aparentemente não existem. Para minha grande decepção, o professor Hammer não parecia diferir em nada de outras pessoas, com exceção da inteligência afiada e do gosto impecável para qualquer coisa, incluindo Stan e as artes culinárias.

O jantar de três pratos foi preparado pelo próprio professor, uma salada verde mista, *confit* de pato e batatas com alecrim e uma *tarte* Tatin de massa folhada, precedido de martínis e acompanhado de pinot noir, e finalizado com uísque escocês puro malte. Tudo servido na sala de jantar meticulosamente reformada do bangalô em estilo Craftsman do professor, em Pasadena, com janelas de folha dupla, candelabro art déco, ferragem de latão nos armários embutidos, original do início do século XX ou uma réplica fiel. De vez em quando o professor levantava da mesa para municiar o toca-discos, escolhendo um novo álbum de sua extensa coleção de jazz. Durante o jantar, conversamos sobre bebop, romance do século XIX, os Dodgers e o iminente bicentenário americano. Depois pegamos nossos uísques e fomos para a sala de estar, onde havia uma enorme lareira de seixos e a imponente mobília Mission com sua estrutura angulosa e almofadas de couro. Livros de toda altura, largura e cor cobriam as paredes num desfile democrático de individualismo, dispostos tão ao acaso quanto se estivessem nas paredes da sala do professor no campus. Assim abrigados entre letras, palavras, frases, parágrafos, páginas, capítulos e tomos, passamos uma noite encantadora, memorável pela conversa que teve lugar após sentarmos. A nostalgia estimulada, talvez, pela literatura a sua volta, o professor disse: Ainda me lembro da sua tese sobre *O americano tranquilo*. Foi uma das melhores dissertações de graduação que já li. Sorri com falsa modéstia e disse obrigado, enquanto Claude, sentado ao meu lado no sofá, bufou com desdém. Eu não gostei tanto assim desse livro. A vietnamita, só o que ela faz é preparar ópio, ler livro ilustrado e piar que nem um passarinho. Você conhece alguma garota no Vietná desse jeito? Se conhece, por favor, me apresenta. Todas que eu conheço não conseguem fechar a boca, na cama ou fora dela.

Ah, Claude, disse o professor.

Ah, Claude, nada. Sem ofensa, Avery, mas nosso amigo americano do livro além disso parece um homossexual enrustido.

É preciso ser um para farejar um, disse Stan.

Quem escreveu isso para você? Noël Coward? O cara se chama Pyle, pelo amor de Deus. Quantas piadas dá para fazer com um nome desses? Sem falar que o livro é pró-comunista. Ou pelo menos antiamericano. Dá na mesma, de qualquer jeito. Claude gesticulou para os livros, a mobília, a sala, presumivelmente todo aquele lar bem decorado. Difícil de acreditar que ele já foi comunista, não é?

Stan?, eu falei.

Não, Stan, não. Foi, Stan? Achava mesmo que não.

Restava então o professor, que encolheu os ombros quando o encarei. Eu tinha sua idade, ele disse, passando o braço pelos ombros de Stan. Era impressionável, apaixonado, queria mudar o mundo. O comunismo me seduzia, como aconteceu com um monte de gente.

Agora é ele quem está seduzindo, disse Stan, acariciando a mão do professor, visão que me deixou um pouquinho embaraçado. Para mim, o professor era um cérebro ambulante, e vê-lo como um corpo, ou como tendo um corpo, continuava sendo constrangedor.

O senhor alguma vez se arrependeu de ser comunista, professor?

Não, eu não. Só cometendo esse erro eu pude ser o que sou hoje.

E o que é?

Ele sorriu. Acho que você pode me chamar de americano renascido. É uma ironia, mas a história sangrenta das últimas décadas me ensinou uma coisa, que a defesa da liberdade exige músculos que só os Estados Unidos podem dar. Mesmo o que a gente faz na universidade tem sua razão de ser. A gente ensina pra vocês o melhor do que foi pensado e dito não só para explicar os Estados Unidos para o mundo, como sempre encorajei você a fazer, mas também para defender o país.

Beberiquei meu uísque. Era defumado e suave, com gosto de turfa e carvalho envelhecido, salientado por alcaçuz e a essência intangível da masculinidade escocesa. Eu gostava do meu uísque sem diluir, como gostava da minha verdade. Infelizmente, verdade não diluída era tão acessível quanto uísque escocês puro malte dezoito anos. E quanto aos que nunca aprenderam o melhor do que já se disse e se pensou?, perguntei para o professor. Se a gente não consegue ensinar ou se eles não querem aprender?

O professor contemplou as profundezas acobreadas de sua bebida. Imagino que você e Claude devem ter visto mais do que sua cota razoável de tipos assim, nessa linha de trabalho de vocês. Não tem resposta simples, a não ser dizer que sempre foi desse jeito. Desde que o primeiro homem das cavernas descobriu o fogo e decidiu que os que continuavam vivendo no escuro eram ignorantes, sempre foi civilização contra barbárie... e cada época tem seus bárbaros.

Nada podia ser mais inequívoco do que civilização versus barbárie, mas e o assassinato do major glutão, o que era? Um simples ato de barbárie ou um ato complexo que promovia a civilização revolucionária? Tinha de ser este último, um ato contraditório bem ao caráter de nosso tempo. Nós, marxistas, acreditamos que o capitalismo gera contradições e vai desmoronar por causa delas, mas somente se os homens tomarem uma atitude. Mas não era só o capitalismo que era contraditório. Como disse Hegel, a tragédia não foi o conflito entre o certo e o errado, mas entre o certo e o certo, um dilema de que nenhum de nós que quisesse participar da história poderia escapar. O major tinha o direito de viver, mas eu estava certo em matá-lo. Não estava? Quando Claude e eu fomos embora, por volta da meia-noite, cheguei o mais perto que pude de tocar nessa questão da minha consciência com ele. Fumando cigarros de despedida na calçada, fiz a pergunta que imaginava minha mãe me fazendo: E se ele for inocente?

Ele soprou um anel de fumaça, só para mostrar que conseguia. Ninguém é inocente. Especialmente nesse negócio. Não acha que ele pode ter as mãos sujas de sangue? Ele identificou simpatizantes do Vietcongue. Pode ter apontado algum homem errado. Já aconteceu antes. Ou se ele mesmo for um simpatizante, então definitivamente identificou as pessoas erradas. De propósito.

Não tenho muita certeza sobre nada disso.

Inocência e culpa. Essas são questões cósmicas. Somos todos inocentes num nível e culpados em outro. Não é nisso que consiste o pecado original?

É verdade, falei. Trocamos um aperto de mão e ele se foi. Discutir dúvidas morais era tão enfadonho quanto discutir brigas domésticas, ninguém está interessado de fato, a não ser os diretamente envolvidos. Nessa situação, eu era claramente o único envolvido, tirando o major glutão, e ninguém queria saber de escutar a opinião dele. Claude, entretanto, me oferecera absolvição, ou pelo menos uma justificativa, mas não tive coragem de lhe contar que não poderia usá-la. O pecado original simplesmente não tinha nada de original para alguém como eu, nascido de um pai que falava sobre isso em todas as missas.

Na noite seguinte, comecei a fazer o reconhecimento do major. Nesse domingo e nos cinco seguintes, de maio até o fim de junho, estacionei o carro a meia quadra do posto de gasolina, esperando até as oito horas, quando o major glutão ia embora, caminhando lentamente para casa, a lancheira na mão. Quando o via dobrando a esquina, dava partida no carro e avançava para a outra esquina, onde esperava e o observava percorrendo o primeiro quarteirão. Ele morava a três quadras dali, distância que um homem magro, saudável, podia cobrir rapidamente em cinco minutos. O major glutão levava cerca de onze minutos, e eu ficava sempre pelo menos uma quadra atrás. Durante seis domingos, ele nunca variou sua rotina, fiel como um pato migratório, sua rota o levando por uma região de apartamentos que pareciam todos mortos de tédio. Na frente do diminuto prédio do major, um condomínio de quatro apartamentos, havia um espaço para estacionar com quatro vagas, uma vazia e três ocupadas por carros com a traseira amassada e caída de idosos motoristas de ônibus. Um segundo andar avançado, com os dois conjuntos de janelas dando para a rua, protegia os carros do sol. Às 20h11, ou perto disso, os olhos morosos dessas janelas estavam abertos mas fechados por cortinas, apenas um dos quartos aceso. Nos dois primeiros domingos, estacionei na esquina e fiquei observando enquanto ele entrava no estacionamento e sumia. No terceiro e quarto domingos, não o segui desde o posto de gasolina, mas esperei-o meia quadra depois de sua casa. Dali, observei-o pelo meu retrovisor sumir nas sombras da garagem, uma faixa levando aos apartamentos térreos. Assim que desapareceu nesses primeiros quatro domingos, fui para casa, mas no quinto e no sexto esperei. Foi apenas às dez da noite que o carro da vaga desocupada apareceu, tão velho e sujo quanto os demais, dirigido por um chinês de ar cansado usando um avental manchado de chef de cozinha e carregando um saco de papel engordurado.

No sábado anterior ao nosso encontro com o major glutão, Bon e eu fomos até Chinatown. Numa travessa da Broadway com ambulantes vendendo seus produtos em mesas dobráveis na calçada, compramos moletons e bonés de beisebol da UCLA por preços que asseguravam seu caráter de mercadoria pirata. Após um almoço de porco grelhado e macarrão, demos uma olhada numa das lojas de bugigangas onde vendiam todo tipo de tralha orientalista, principalmente para não orientais. Jogos de xadrez chinês, pauzinhos de madeira, luminárias de papel, Budas de pedra-sabão, fontes de água em miniatura, marfins com entalhes elaborados de cenas pastorais, réplicas de vasos Ming, porta-copos com imagens da Cidade Proibida, nunchakus de borracha enrolados em pôsteres de Bruce Lee, pergaminhos com aquarelas de florestas montanhosas envoltas em nuvens, latas de chá e ginseng e, nem por último nem menos importante, fieiras de traques vermelhos. Comprei dois pacotes e, antes de voltarmos para casa, laranjas em um saco de malha num mercadinho local, os umbigos das frutas indecentemente salientes.

Mais tarde nessa mesma noite, depois de escurecer, Bon e eu voltamos a sair, cada um com uma chave de fenda. Andamos pelo bairro até achar um prédio de apartamentos com uma garagem parecida com a do major glutão, os carros ocultos de qualquer janela próxima. Levou menos de trinta segundos para Bon remover a placa da frente de um deles e eu a de trás. Então fomos para casa e assistimos tevê até a hora de dormir. Bon pegou no sono na mesma hora, mas eu não consegui. Nossa visita a Chinatown me lembrou um incidente que tivera lugar em Cholon anos antes, envolvendo o major glutão e eu. O episódio foi a detenção de um vietcongue suspeito que fora promovido do topo de nossa lista cinza para o fundo de nossa lista negra. Número suficiente de gente apontara o homem como vietcongue para que o neutralizássemos, ou assim afirmava o major, mostrando-me o grosso dossiê compilado por ele. Ocupação oficial: comerciante de vinho de arroz. Ocupação no mercado negro: operador de cassino. Hobby: coletor de impostos vietcongue. Isolamos a ala com bloqueios em todas as ruas e homens patrulhando os becos. Enquanto as unidades secundárias checavam documentos de identificação nos arredores, à procura de fujões do recrutamento, os homens do major entraram na loja do comerciante de vinho de arroz, passaram por sua esposa para chegar ao depósito e encontraram a alavanca que abria uma porta secreta. Os presentes jogavam dados e cartas, o vinho de arroz e a sopa quente servidos de graça por garçonetes em trajes ultrajantes. Ao ver nossos policiais entrando pela porta, todos os jogadores e empregados correram para a saída dos fundos, mas toparam com outro pelotão de brutamontes à espera do lado de fora. A usual algazarra e hilaridade se seguiu, envolvendo muita gritaria, berros, cassetetes e algemas, até que, finalmente, restaram apenas o major glutão, eu e nosso suspeito, que fiquei surpreso de ver ali. Eu avisara Man sobre a batida e tinha certeza de que o coletor de impostos não estaria presente.

vc?, gemeu o homem, abanando as mãos no ar. De jeito nenhum! Sou comerciante!

Dos bons, aliás, disse o major, erguendo um saco de lixo cheio do dinheiro encontrado no cassino.

Certo, vocês me pegaram, disse o homem, com ar de coitado. Tinha a arcada superior proeminente e três longos pelos brotando de uma verruga grande como uma bola de gude em sua bochecha. Tudo bem, peguem o dinheiro, é de vocês. Fico feliz em contribuir para a causa da polícia.

Que insulto, disse o major, cutucando a barriga do sujeito com seu cassetete. Isso aqui vai para o governo, para pagar suas multas e impostos atrasados, não para nós. Certo, Capitão?

Certo, falei, o pateta daquela comédia.

Mas quanto a impostos futuros, aí a história é diferente. Certo, Capitão?

Certo. Não havia nada que eu pudesse fazer pelo coletor de impostos. Ele passou uma semana no centro de interrogatório ganhando hematomas pretos e azuis, bem como vermelhos e amarelos. No fim, nossos homens ficaram convencidos de que não era um agente vc. A prova foi inquestionável, chegando na forma de uma propina considerável que a mulher do sujeito trouxe para o major glutão. Acho que me enganei, disse ele rindo, passando-me um envelope com minha parte. Era o equivalente a um ano de salário, o que, em retrospecto, na verdade não dava para viver por um ano. Recusar o dinheiro teria levantado suspeitas, então aceitei. Fiquei tentado a usá-lo em alguma atividade caridosa, a saber, sustentar lindas jovens estorvadas pela pobreza, mas me lembrei das palavras de meu pai, mais que de seus atos, bem como dos adágios de Ho Chi Minh. Tanto Jesus como o Tio Ho deixaram claro que o dinheiro corrompia, dos agiotas profanando o templo aos capitalistas explorando a colônia, para não mencionar Judas e suas trinta moedas de prata. Então paguei pelo pecado do major doando o dinheiro para a revolução, entregando-o a Man na basílica. Está vendo contra o que a gente está lutando?, ele disse. *Santa Maria, mãe de Deus, orai por nós, pecadores*, murmuravam as viúvas. É por isso que a gente vai vencer, disse Man. Nossos inimigos são corruptos. A gente, não. O motivo de escrever isso é que o major glutão era tão pecador quanto Claude julgou que fosse. Talvez tivesse feito coisas até piores do que simplesmente extorquir dinheiro, embora, se o tivesse feito, isso não o deixaria acima da média em termos de corrupção. Só na média.

Na noite seguinte, estávamos estacionados na rua diante do posto de gasolina às sete e meia, usando os moletons e bonés da UCLA. Se alguém nos notasse, veriam, assim esperávamos, estudantes da UCLA. Meu carro estava com as placas roubadas aparafusadas, as legítimas guardadas no porta-luvas. Qualquer distração ajudava, porém o mais importante eram as distrações que não controlávamos, mas que eu previra. Com meu vidro abaixado, podíamos escutar explosões distantes do espetáculo de fogos de artifício da cidade, além do *pop-pop* das ocasionais armas ligeiras quando algum indivíduo celebrava a independência. Fogos de artifício menores explodiam mais próximos, detonados ilegalmente em algum lugar da vizinhança quando as pessoas acendiam bombinhas cereja", lançavam foguetes no céu baixo ou estouravam as bandoleiras vermelhas dos traques chineses. Bon ficou tenso à espera do major, o maxilar travado com força e os ombros curvados, recusando-se a deixar que eu ligasse o rádio. Lembranças ruins?, perguntei. Sim. Por algum tempo, ele não disse mais nada, nós dois fitando o posto de gasolina. Dois carros estacionaram e abasteceram, depois foram embora. Teve essa vez que a gente estava perto de

Sa Dec, o líder do destacamento pisou numa Bouncing Betty. Ela faz um estalo quando pula. Depois vem a explosão. Eu estava dois caras atrás dele, nem me arranhei. Mas a mina arrancou as bolas dele fora. Pior de tudo, o coitado do filho da puta não morreu.

Dei um grunhido pesaroso e abanei a cabeça, mas de resto nada mais tinha a oferecer, a castração sendo algo indescritível. Observamos mais dois carros abastecerem. Havia um único favor que eu podia realizar pelo major glutão. Não queria que sofresse, falei.

Ele não vai nem ver o que aconteceu.

Às oito, o major glutão encerrou o expediente. Esperei que ele dobrasse a esquina, então dei partida no carro. Fomos para sua casa usando uma rota diferente, de modo que não nos visse passando. A quarta vaga de estacionamento estava desocupada e parei ali. Olhei o relógio. Três minutos, mais oito até a chegada do major. Bon tirou a arma do porta-luvas e abriu o cilindro outra vez para inspecionar as balas. Depois fez o cilindro voltar ao lugar com um clique e deixou a arma sobre a almofada aveludada vermelha em seu colo. Olhei para a arma e a almofada e falei: E se o enchimento explodir na cara dele? E pedaços do forro? A polícia vai ver e tentar descobrir o que é.

Ele deu de ombros. Então nada de travesseiro. Isso quer dizer que vai ter barulho.

Em algum lugar na rua, alguém acendeu outra fieira de bombinhas chinesas, o mesmo tipo de que eu tanto gostava quando era pequeno, no Ano-Novo. Minha mãe acendia a longa fieira vermelha e eu tapava os ouvidos e dava gritinhos junto com ela no terreno ajardinado perto da nossa cabana, enquanto a serpente escoiceava para cá e para lá, consumindo-se da cauda à cabeça, ou talvez fosse da cabeça à cauda, num êxtase brilhante.

É só um tiro, eu disse depois que as bombinhas cessaram. Ninguém vai sair para ver o que aconteceu, não com todo esse barulho.

Ele olhou seu relógio. Então tudo bem.

Ele calçou um par de luvas de látex e tirou o tênis. Abri a porta, saí, fechei com cuidado e fui para minha posição do outro lado do estacionamento, junto ao caminho que ia da calçada às caixas de correio do apartamento. O caminho passava pelas caixas e seguia até os dois apartamentos térreos, a entrada do primeiro a cerca de três metros de distância. Espiando pela quina da parede, pude ver as luzes do apartamento através das cortinas da sala, puxadas diante da janela. Uma cerca de madeira alta do lado de lá do caminho delimitava o terreno e acima dela subia a parede de outro conjunto idêntico. Metade das janelas ali eram banheiros e a outra metade, quartos. Todas as janelas do segundo andar tinham vista para o caminho que levava ao apartamento, mas não para a garagem.

Bon, só de meias, foi para sua posição, entre os dois carros mais próximos do caminho, onde se ajoelhou e manteve a cabeça sob as janelas. Olhei meu relógio: 20h07. Eu segurava uma sacola plástica com uma cara feliz amarela e a palavra OBRIGADO! estampada. Dentro estavam as bombinhas e as laranjas. Tem certeza de que quer fazer isso, filho?, minha mãe falou. Tarde demais, mãe. Não consigo pensar numa saída.

Eu fumara a metade de um cigarro quando o major apareceu no estacionamento pela última vez. Ei. Seu rosto se abriu num sorriso confuso. Estava com a lancheira na mão. O que está fazendo aqui? Me forcei a sorrir em resposta. Erguendo o saco de malha, falei: Estava passando aqui perto e pensei em deixar isso aqui.

O que é? Ele avançara pela metade do caminho.

Um presente de Quatro de Julho. Bon surgiu por trás do carro pelo qual o major passava, mas não tirei os olhos do homem. A distância era de um metro quando ele disse: É costume dar presente no Quatro de Julho?

A expressão em seu rosto continuava confusa. Quando lhe ofereci a sacola com as duas mãos, ele olhou ali dentro e espiou o que continha. Às suas costas, Bon se aproximou, sem um ruído de seus pés com meias, a arma na mão. Não precisava, disse o major. Quando pegou a sacola, era o momento de Bon atirar. Mas, em vez de puxar o gatilho, Bon disse: Ei, major.

O major virou, o presente em uma mão e a lancheira na outra. Dei um passo para o lado e o escutei começar a dizer alguma coisa quando viu Bon, e então Bon atirou. O disparo ecoou no estacionamento, doendo em meus ouvidos. O crânio do major rachou quando sua cabeça bateu no cimento e, se a bala já não o tivesse matado, talvez a queda, sim. Ele ficou deitado de costas, o buraco de bala em sua testa como um terceiro olho, chorando sangue. Rápido, ordenou Bon, enfiando a arma na cintura. Quando se ajoelhou e rolou o major para o lado, curvei-me sobre o corpo e peguei a sacola plástica, a cara amarela salpicada de sangue. A boca aberta do major estava enrolada em volta do formato de sua última palavra. Bon pegou a carteira no bolso da calça do major, ficou de pé e me empurrou na direção do carro. Olhei o relógio: 20h13.

Saí do estacionamento. Um torpor desceu sobre mim, a começar por meu cérebro e meus globos oculares, e se estendendo aos dedos do pé e da mão. Achei que não era para ele perceber o que estava acontecendo, falei. Não dava para atirar nele pelas costas, só isso, ele disse. Não esquenta. Ele não sentiu nada. Eu não estava preocupado com o que o major glutão pudesse ter sentido. Minha preocupação era o que eu podia sentir. Não voltamos a falar e antes de chegar ao apartamento entrei em um beco, onde pusemos as placas do carro. Então fomos para casa e quando tirei meu tênis vi manchas de sangue na ponta. Levei os dois para a cozinha e limpei com papel-toalha antes de ligar para o General, pegando o número que estava preso na geladeira, sua porta decorada com as duas colunas de meu eu dividido. Ele atendeu ao segundo toque. Alô?, disse. Está feito. Houve uma pausa. Ótimo. Desliguei o telefone e, quando voltei para a sala com dois copos e uma garrafa de uísque de centeio, vi que Bon esvaziara o conteúdo da carteira do major sobre a mesinha de centro. O que a gente faz com isso?, perguntou. Lá estava o cartão da Seguridade Social, seu documento de identificação estadual (mas não a carteira de motorista, já que ele não tinha carro), um punhado de recibos, vinte e dois dólares, algum troco e algumas fotos. Uma delas, em preto e branco, o mostrava com a esposa no dia do casamento, muito jovem e vestido com roupas ocidentais. Estava gordo também na ocasião. Havia ainda uma foto colorida de seus gêmeos com algumas semanas, dois bebês de gênero incerto, enrugados. Queima, falei. Da carteira eu iria me desfazer no dia seguinte, junto com as placas roubadas, a sacola plástica e as cinzas.

Quando lhe dei um copo de uísque, vi a cicatriz vermelha em sua mão. Ao major, disse Bon. O gosto medicinal do centeio era tão horrível que tomamos uma segunda dose para empurrar a primeira, depois uma terceira, e assim por diante, o tempo todo assistindo a especiais de tevê que comemoravam o aniversário da nação. Não era apenas um aniversário qualquer, mas o bicentenário de uma grande e poderosa nação, um pouco zonza das recentes pancadas recebidas no estrangeiro, mas agora de novo em pé e pronta para desferir novos golpes, ou assim proclamavam os especialistas. Então chupamos três laranjas e fomos dormir. Deitei em minha parte do beliche, fechei os olhos, bati os joelhos contra a mobília rearrumada dos meus pensamentos e estremeci com o que vi. Abri os olhos mas não fez diferença. Estivessem eles abertos ou fechados, eu continuava vendo aquilo, o terceiro olho do major glutão, chorando com o que podia ver a meu respeito.

7.

Confesso que a morte do major me perturbou demais, Comandante, ainda que não tenha perturbado o senhor. Era um homem relativamente inocente, que é o máximo que se pode esperar neste mundo. Em Saigon, eu poderia ter contado com minhas visitas semanais à basílica com Man para discutir minhas apreensões, mas ali estava sozinho com meus botões, meus atos e minhas convicções. Eu sabia o que Man me diria, mas só precisava que me dissesse outra vez, assim como fizera em outras ocasiões, como daquela vez em que lhe passei um tubo de filme fotográfico contendo os planos de ataque por helicóptero de um batalhão Ranger. Homens inocentes morreriam como resultado de minhas ações, não? Claro que homens vão morrer, disse Man, dissimulando suas palavras atrás das mãos unidas, enquanto ajoelhávamos em um banco. Mas eles não são inocentes. A gente também não, meu amigo. Somos revolucionários, e revolucionários nunca são inocentes. Sabemos demais e fizemos coisas demais.

Estremeci no clima úmido da basílica enquanto as viúvas murmuravam. *Assim como era no princípio, agora e sempre, e pelos séculos dos séculos. Amém.* Contrariamente ao que alguns pensam, a ideologia revolucionária, mesmo em um país tropical, não é quente. É fria, artificial. Pouca surpresa causa, então, que os revolucionários precisassem de um pouco de calor natural às vezes. Assim, quando recebi convite para um casamento não muito tempo após a morte do major glutão, aceitei com entusiasmo. Sofia Mori foi minha curiosa convidada para essa recepção de um casal cujos nomes tive de checar no convite antes de cumprimentá-los. O pai da noiva era um lendário coronel dos fuzileiros cujo batalhão combatera um regimento do Exército do Povo durante a Batalha de Hue sem nenhuma ajuda americana, enquanto o pai do noivo era o vice-presidente da filial do Bank of America em

Saigon, desse modo evitando a indignidade dos campos de refugiados. A coisa mais distinta acerca do vice-presidente, tirando seu ar de distinção espontânea, era o bigode de Clark Gable fingindo-se de morto em seu lábio superior, adorno predileto dos sul-vietnamitas que viam a si mesmos como refinados playboys. Eu recebera um convite por ter encontrado o homem várias vezes em Saigon como ajudante do General. Meu status era indicado pela distância que meu lugar ficava do palco, ou seja, bem longe. Estávamos posicionados perto dos banheiros, protegidos do cheiro de desinfetante apenas pelas mesas das crianças e a banda. Nossas companhias eram alguns ex-oficiais subalternos, dois executivos bancários de escalão intermediário que haviam obtido cargos de escalão ainda menor em filiais do Bank of America, um parente por afinidade que mais parecia fruto de endogamia e as respectivas esposas. Em tempos de vacas magras, eu não teria sido merecedor de um lugar, mas agora fazia mais de um ano de nosso exílio na América, e tempos menos bicudos haviam voltado para alguns. O restaurante chinês ficava em Westminster, onde o homem do bigodinho de Clark Gable acomodara sua família em uma casa suburbana em estilo rancho, um passo atrás em relação a sua mansão no campo em Saigon, mas muitos degraus acima de praticamente todos os presentes nessa noite. Westminster era a cidade de Sonny, e eu o avistei em uma mesa vários círculos mais próxima do centro do poder, uma tentativa de Clark Gable de assegurar cobertura positiva da imprensa.

A despeito do barulho e da atividade no restaurante, onde garçons chineses abotoados em paletós vermelhos se moviam apressados entre o labirinto de mesas de banquete, uma aura de melancolia pairava no imenso salão de jantar. O pai da noiva era uma ausência notável, capturado com o restante de seu batalhão quando defendiam a aproximação de Saigon pelo oeste no último dia. O General o elogiou no início do banquete num discurso que suscitou emoções, lágrimas e bebidas. Todos os veteranos brindaram ao herói com verborrágicos arroubos de bravata que ajudavam a obscurecer a constrangedora falta de heroísmo deles próprios. A pessoa apenas sorri e bebe a menos que queira afundar até o pescoço na areia movediça da contradição, ou assim disse o triste major glutão, sua cabeça decepada servindo de decoração no centro da mesa. De modo que sorri e entornei conhaque pela goela. Então preparei uma libação de Rémy Martin e soda para a sra. Mori enquanto explicava os exóticos costumes, hábitos, penteados e moda de nosso animado povo. Berrei minhas explicações, lutando para me fazer ouvir acima da estridente banda cover cujo vocalista era um baixinho num blazer de lantejoulas. Na cabeça usava uma peruca Luís xiv, sem o talco, modelada numa permanente no estilo rock glam, e saracoteava em saltos plataformas dourados conforme acariciava seu microfone esférico, pressionando-o sugestivamente contra os lábios ao cantar. Os banqueiros e militares heterossexualmente certificados manifestavam absoluta adoração por ele, rugindo aprovação a cada flagrante gesto pélvico de flerte da calça de cetim incrivelmente apertada do cantor. Quando o sujeito convidou homens viris para subir ao palco e dançar, foi o General que se ofereceu de imediato. Ele sorria de orelha a orelha sacudindo o corpo junto com o cantor ao som de "Black Is Black", a canção-tema da barulhenta decadência de Saigon, o público aplaudindo e batendo palma em reconhecimento, o homem piscando por cima do ombro à la Mae West. Esse era o elemento do General, entre homens e mulheres que o estimavam ou não eram loucos de expressar qualquer discordância ou incômodo com ele. A execução — não, a *neutralização* — do pobre major glutão infundira vida de volta a seu ser, o suficiente para levá-lo a proferir um magistral elogio fúnebre no enterro. Na ocasião ele louvou o major como um homem serenamente abnegado e humilde que sempre realizava seus deveres para com o país e a família sem se queixar, quando teve a vida abreviada de forma tão trágica por um roubo estúpido. Eu havia tirado fotos do enterro com minha Kodak, as imagens posteriormente enviadas para minha tia em Paris, enquanto Sonny ficou na primeira fileira de convidados, tomando notas para um obituário. Após o enterro, o General passou para a viúva um envelope de dinheiro dos fundos operacionais fornecidos por Claude, depois se curvou para espiar o cesto onde Spinach e Broccoli dormiam. Quanto a mim, só consegui murmurar algo genericamente apropriado para a viúva, cujo véu ocultava uma torrente de lágrimas. Como foi?, perguntou Bon quando cheguei em casa. Como você acha?, falei, andando na direção da geladeira, suas grades cheias de cerveja, como sempre. Fora minha consciência, meu fígado era a parte mais maltratada de meu corpo. Casamentos geralmente exacerbavam os maus-tratos, agravados pela visão feliz e inocente da noiva e do noivo. A união talvez levasse a alienação, adultério, sofrimento e divórcio, mas também podia levar a afeição, lealdade, filhos e contentamento. Embora não tivesse o menor desejo de me casar, os casamentos me faziam lembrar o que me fora negado sem que eu tivesse a menor escolha. Assim, se eu começava toda ocasião dessas com a pinta de um tipo durão de filme policial, mesclando risadas com o eventual comentário cínico, terminava todas como um coquetel diluído, um terço cantoria, um terço sentimental e um terço miserável. Foi nesse estado que levei a sra. Mori para a pista de dança depois que o bolo foi cortado, e foi aí, perto do palco, que reconheci uma das duas cantoras que se revezavam no microfone com nossa bicha-louca. Era a filha mais velha do General, escondida em segurança na Bay Area como estudante enquanto o país entrava em colapso. Lana estava praticamente irreconhecível em relação à menina com quem eu convivera na mansão do General durante seus anos de liceu e nas férias de verão. Naqueles tempos, seu nome ainda era Lan e usava o mais recatado dos trajes, um *ao dai* branco de colegial que provocara em mais de um escritor ocidental fantasias quase pederastas sobre os corpos núbeis cujas curvas eram reveladas sem que se exibisse um palmo de carne, a não ser acima do pescoço e abaixo dos punhos. Esses autores aparentemente tomavam isso como uma metáfora implícita de nosso país como um todo, assanhado e contudo introvertido, insinuando tudo e não revelando nada, numa exibição atordoante de reserva, uma incitação paradoxal à tentação, uma demonstração arrebatadora de modéstia lasciva. Dificilmente algum escritor de viagens, jornalista ou observador casual da vida em nosso país conseguia se abster de escrever sobre as jovens de bicicleta indo e vindo da escola naqueles esvoaçantes *ao dai* brancos, borboletas que todo ocidental sonhava em espetar na sua coleção.

Na realidade, Lan era uma menina travessa obrigada a entrar na camisa de força do *ao dai* toda manhã pela Madame e uma babá. Sua rebeldia suprema foi se tornar uma aluna soberba que, como eu, ganhou uma bolsa para os States. Em seu caso, a bolsa era da

Universidade da Califórnia em Berkeley, que o General e a Madame viam como uma colônia comunista de professores radicais e alunos revolucionários determinados a seduzir e levar para a cama suas vítimas inocentes. Eles queriam mandá-la para uma faculdade de meninas onde o único perigo era a sedução lésbica, mas Lan não se matriculou em nenhuma delas, insistindo em Berkeley. Quando a proibiram de ir, Lan ameaçou se matar. O General e a Madame não a levaram a sério, até Lan engolir um punhado de comprimidos para dormir. Por sorte tinha punho pequeno. Após os cuidados com seu restabelecimento, o General ficou disposto a ceder, mas a Madame, não. Lan se jogou no rio Saigon certa tarde, embora num momento em que o cais estava bem provido de pedestres, dois dos quais pularam para salvar a figura flutuante em um *ao dai* branco. Finalmente a Madame também cedeu e Lan foi para Berkeley estudar história da arte no outono de 72, curso que seus pais achavam adequado para realçar suas sensibilidades femininas e conservá-la apta ao casamento.

Em suas visitas ao lar nos verões de 73 e 74, ela reapareceu como uma estrangeira em calça boca de sino e chapéu com plumas, blusas esticadas e justas como um trampolim sobre a elevação de seu busto, tamancos que acrescentavam muitos centímetros a sua altura modesta. Madame a fez sentar em seu salão e, segundo as babás, passou-lhe um sermão sobre a importância de manter a virgindade e cultivar as "Três submissões e as quatro virtudes" — expressão que traz à mente o título de um romance erótico para intelectuais. A simples menção a sua virgindade em perigo ou supostamente perdida fornecia ampla lenha para a fogueira da minha imaginação, um fogo que eu atiçava na privacidade do meu quarto, na outra ponta do corredor onde ficava o quarto dela e de sua irmã menor. Lan visitara o General e a Madame algumas vezes desde nossa chegada à Califórnia, mas eu não fora convidado nessas ocasiões. Tampouco fora convidado a acompanhar o General e a Madame a sua cerimônia de formatura alguns meses antes. O máximo que ficava sabendo de Lan era quando o General resmungava qualquer coisa sobre a filha ingrata, que atendia agora pelo nome de Lana e não voltara para casa após terminar a faculdade, mas decidira em vez disso morar sozinha. Embora eu tentasse encorajar o General a falar sobre o que Lana estava fazendo depois de se formar, ele se mostrara atipicamente pouco comunicativo.

Agora eu sabia, e sabia por quê. Essa Lana no palco não guardava nenhuma relação com a Lan de quem eu me lembrava. No arranjo da banda, a outra cantora era o anjo da tradição, vestida em um *ao dai* amarelo-limão, o cabelo longo e liso, maquiagem de bom gosto, as canções que escolhia eram baladas pingando estrogênio sobre mulheres apaixonadas com saudades do soldado distante ou da própria Saigon. Nada dessa tristeza ou perda matizava as canções de Lana, nada de olhar por cima do ombro, para essa sedutora da modernidade. Até eu fiquei chocado com a minissaia de couro preto que ameaçava revelar um lampejo do segredo sobre o qual eu tantas vezes fantasiara. Acima da minissaia, sua frente única de seda dourada rebrilhava a cada giro do tronco conforme ela exercitava os pulmões, sua especialidade sendo essas apresentações sacudidas que as bandas de blues e rock de nosso país natal haviam dominado para entreter as tropas americanas e a juventude americanizada. Eu a escutara cantar "Proud Mary" um pouco antes nessa noite sem me dar conta de que era ela e agora tinha de tomar cuidado para não ficar encarando quando cantava uma versão rouca de "Twist and Shout" que levou quase todo mundo com menos de quarenta para a pista de dança. Além do simples mas elegante chá-chá-chá, o twist era a dança favorita do sul-vietnamita, já que não exigia nenhuma coordenação. Até a Madame normalmente dançava o twist, inocente o bastante para permitir aos filhos entrar na pista e dançar também. Mas olhando de relance a mesa do General, que ocupava um lugar de honra na beira da pista de dança, vi que tanto o General como a Madame continuavam sentados, com cara de quem chupava o amargo fruto do pé de tamarindo que dava sombra na mansão que não tinham mais. E não era de admirar! Pois ninguém se sacudia mais do que a própria Lana, cada giro das cadeiras operando uma engrenagem invisível que puxava a cabeça dos homens na pista de dança para a frente e depois empurrava para trás. Eu talvez houvesse participado se não estivesse tão ciente da sra. Mori dançando comigo, contorcendo-se com alegria tão pueril que tive de sorrir. Seu aspecto era notavelmente feminino comparado ao seu estilo costumeiro. Um lírio se aninhava em seu cabelo curto frisado e usava um vestido de chiffon que até mesmo expunha seus joelhos. Eu a elogiara mais de uma vez por sua aparência e aproveitei a deixa de ver seus joelhos durante o twist para cumprimentá-la também por dançar bem. Eu não dançava assim fazia muito tempo, disse quando a canção acabou. Nem eu, sra. Mori, falei, beijando-a no rosto. Sofia, ela disse.

Antes que eu pudesse responder, Clark Gable subiu ao palco e anunciou um convidado surpresa, um congressista que serviu em nosso país como Boina Verde de 62 a 64 e que era o representante do distrito onde estávamos. O Congressista conquistara um significativo grau de renome no sul da Califórnia como jovem político de futuro, suas credenciais de guerra lhe servindo bem em Orange County. Ali, seus apelidos de Napalm Ned, Knock'-em-Dead Ned ou Nuke'-em-All Ned, utilizados de acordo com o estado de espírito e a crise geopolítica, eram mais afetuosos que depreciativos. Ele era tão antivermelho em sua política que podia muito bem ser verde, um dos motivos para ser um dos poucos políticos no sul da Califórnia a receber os refugiados de braços abertos. A maioria dos americanos nos encarava com ambivalência, quando não com total desprezo, por sermos uma lembrança viva de sua doída derrota. Ameaçávamos a inviolabilidade e a simetria de uma América branca e negra cuja política racial yin-yang não dava lugar para nenhuma outra cor, particularmente a desse patético povinho de pele amarela que andava furtando dinheiro da bolsa americana. Éramos estrangeiros esquisitos com uma aparente propensão ao *Fido americanus*, o cão doméstico prodigalizado com mais per capita que a renda anual de uma família passando fome em Bangladesh. (O verdadeiro horror dessa situação estava além do entendimento do americano médio. Embora alguns de nós de fato fôssemos conhecidos por saborear os irmãos de Rin Tin Tin e Lassie, não fazíamos isso ao modo neandertalesco imaginado pelo americano médio, com uma clava, fogueira para assar e um pouco de sal, mas com refinamento de gourmet, nossos engenhosos e criativos chefs sendo capazes de cozinhar cachorro de sete diferentes modos para aumentar a virilidade, desde extraindo o tutano a grelhando e cozinhando, além de fazer linguiça, guisado e algumas variedades fritas ou no vapor — hummm!) O Congressista, porém, escrevera editoriais em nossa defesa e acolhera os emigrados em seu distrito de Orange County.

Bom Deus, olhem só para vocês, disse, microfone na mão, Clark Gable a seu lado, flanqueado pelo anjo e pela sedutora. Estava na casa dos quarenta, um híbrido entre advogado e político, exibindo a agressividade do primeiro e a eloquência do segundo, tipificada em sua cabeça. Reluzente, elegante e angulosa como a ponta de uma caneta-tinteiro, as palavras fluíam dali tão suavemente como o nanquim indiano mais fino. Essa cabeça era a diferença de altura entre ele e Clark Gable, mais baixo, e em todas as dimensões o Congressista era bem mais expandido do que dois vietnamitas de altura e tamanho medianos hipoteticamente espremidos no interior de seu corpo. Olhem só para vocês, senhoras e senhores, olhem para vocês do modo como eu gostaria que os outros americanos olhassem para vocês, que é assim mesmo, como americanos. Fico verdadeiramente grato pela oportunidade de estar aqui esta noite e partilhar da alegria da ocasião, o casamento de dois adoráveis jovens vietnamitas em um restaurante chinês em solo californiano sob uma lua americana e em um universo cristão. Deixem-me lhes dizer o seguinte, senhoras e senhores, durante dois anos eu morei entre seu povo nas Terras Altas e combati com seus soldados e partilhei de seus medos e enfrentei seu inimigo, e achava na época e acho hoje que não poderia fazer nada melhor com minha vida do que sacrificá-la à causa de suas esperanças, sonhos e aspirações de uma vida melhor. Embora acreditasse, sem dúvida como vocês, que essas esperanças, sonhos e aspirações seriam satisfeitos em seu país natal, quis o destino, e a misteriosa e inquestionável graça divina, lhes reservar outra sina. Estou aqui para lhes dizer, senhoras e senhores, que essa má sorte é temporária, pois seus soldados lutaram bem e bravamente, e teriam prevalecido se ao menos o Congresso tivesse permanecido tão firme em seu apoio quanto o presidente prometeu. Essa foi uma promessa partilhada por muitos americanos. Mas não todos. Sabem o que quero dizer. Os democratas. A mídia. O movimento antiguerra. Os hippies. Os estudantes. Os radicais. A América ficou enfraquecida por suas próprias divisões internas, pelos derrotistas e comunistas e traidores que infestam nossas universidades, nossas redações e nosso Congresso.

Para eles, vocês, é triste dizer, são apenas um lembrete da própria covardia e traição. Estou aqui para lhes dizer que para mim são um lembrete da grande promessa americana! A promessa que as pessoas deste país acalentavam e um dia em breve voltarão a fazê-lo, de que a América é a terra da liberdade e da independência, uma terra de patriotas que sempre lutaram pelo oprimido, esteja ele onde estiver no mundo, uma terra de heróis que jamais descansarão na luta pela causa de ajudar nossos amigos e esmagar nossos inimigos, uma terra que acolhe pessoas como vocês, que sacrificaram tanto por nossa causa comum da democracia e da liberdade! Um dia, meus amigos, a América se erguerá altivamente outra vez, e será graças a pessoas como vocês. E um dia, meus amigos, o país que vocês perderam será seu outra vez! Porque nada pode deter o inevitável movimento da liberdade e da vontade do povo! Agora, repitam comigo em sua bela língua no que todos acreditamos...

O público inteiro apoiara e aplaudira com vivas entusiasmados durante todo o discurso e, se ele tivesse aparecido com um comunista enjaulado, os presentes teriam alegremente gritado que arrancasse seu coração vermelho e palpitante com os imensos punhos. Era impossível que pudesse deixá-los ainda mais excitados, mas deixou. Erguendo os braços para formar um V, presumivelmente de Vitória, ou Vietnã, ou Votem em mim, ou de algo ainda mais subliminarmente sugestivo, ele berrou no microfone, no vietnamita mais perfeito, *Vietnam Muon Nam! Vietnam Muon Nam! Vietnam Muon Nam!* Todo mundo que continuava sentado ficou de pé na mesma hora e todo mundo que já estava de pé se ergueu um pouco mais e todo mundo rugiu em uníssono, após o Congressista, o refrão de *Para sempre Vietnã!*. Então Clark Gable fez um gesto para a banda e ela se lançou nos acordes de nosso hino nacional, com o anjo, a sedutora, Clark Gable e o Congressista cantando com fervor, assim como todo mundo do público, inclusive eu, com exceção dos estoicos garçons chineses, que finalmente puderam fazer uma pausa.

Quando o hino terminou, o Congressista foi cercado por pessoas querendo apertar sua mão no palco, enquanto o resto dos convidados afundava em seus lugares com uma satisfação pós-coito. Virei-me e vi Sonny, caderneta e caneta na mão, ao lado da sra. Mori. Engraçado, ele dizia, rosado de uma ou duas taças de conhaque. É o mesmo slogan usado pelo Partido Comunista. A sra. Mori deu de ombros. Um slogan é só um terno vazio, disse. Qualquer um pode vestir. Gostei disso, disse Sonny. Posso usar? Apresentei-os e perguntei a ele se ia se aproximar para bater uma foto. Ele sorriu. O jornal tem cuidado de mim bem o suficiente para contratar um fotógrafo. E eu, no caso, já entrevistei nosso bom Congressista. Devia ter usado um colete à prova de balas. Ele praticamente atirou em mim.

Típico comportamento de homem branco, disse a sra. Mori. Já perceberam como um branco pode aprender algumas palavras de uma língua asiática e a gente simplesmente abana o rabo? Se o cara pedir um copo d'água, a gente trata ele como Einstein. Sonny sorriu e anotou isso também. A senhora está aqui há mais tempo que a gente, sra. Mori, disse ele com alguma admiração. Já percebeu que quando nós, asiáticos, falamos inglês, é bom que seja quase perfeito ou alguém vai tirar sarro do nosso sotaque? Não faz diferença o tempo que você está aqui, disse a sra. Mori. Os brancos sempre vão achar que nós somos estrangeiros. Mas isso não tem outro lado?, falei, minhas palavras um pouco empastadas por causa do conhaque em minha corrente sanguínea. Se a gente fala inglês perfeito, os americanos confiam na gente. Fica mais fácil acharem que somos um deles.

Você é esse tipo de pessoa, certo? Os olhos de Sonny estavam tão opacos quanto os vidros escurecidos de um carro. Eu me equivocara sobre ele ter mudado tanto. Nas poucas vezes em que nos víramos desde aquele primeiro reencontro, ele mostrara que apenas baixara o volume de sua personalidade. Então, o que acha de nosso Congressista?

Vai me citar?

Como fonte anônima.

Ele é a melhor coisa que podia ter acontecido para a gente, falei. E isso não era mentira. Era, pelo contrário, o melhor tipo de verdade, a que significava pelo menos duas coisas.

O fim de semana seguinte forneceu mais uma oportunidade para aprimorar minha compreensão do potencial do Congressista.

Numa ensolarada manhã de domingo, levei o General e a Madame para Huntington Beach, onde o Congressista morava e os convidara para almoçar. Meu título de motorista era mais impressionante que o veículo, um Chevrolet Nova cuja melhor característica era ser quase novo. Mas nada mudava o fato de que o General e a Madame, acomodados no banco traseiro, tinham um motorista. Minha função era ser um acessório da vida pregressa e possivelmente da vida futura do casal. A conversa dos dois durante o trajeto de uma hora girou na maior parte em torno do Congressista, até que perguntei sobre Lana, que, disse eu, me pareceu ter se tornado adulta. No retrovisor, vi o rosto da Madame se anuviar com uma fúria que mal conseguiu reprimir.

Está completamente louca, declarou a Madame. Temos tentado manter a loucura dela dentro da família, mas agora que anda rebolando em público como *cantora* — a Madame disse isso como se dissesse *comunista* — não tem nada que a gente possa fazer. Alguém a convenceu de que tem talento como *cantora*, e ela levou o elogio a sério. Ela até que tem, falei. Nem comece! Não encoraje! Olhe só para ela. Parece uma *vagabunda*. Foi para isso que a criei? Que homem decente ia querer se casar com *aquilo*? Você se casaria, Capitão? Nossos olhares se cruzaram no espelho retrovisor. Não, Madame, eu não gostaria de me casar com alguém assim, mais uma verdade de duas faces, porque não foi casamento que me veio à cabeça quando a vi no palco. Claro que não, rosnou ela. A pior coisa de viver aqui na América é a *depravação*. Na nossa terra, a gente podia conter isso nos bares, clubes noturnos e bases. Mas aqui, a gente não vai conseguir proteger nossos filhos da *obscenidade* e da *superficialidade* e da *indecência* que os americanos adoram. Eles são permissivos demais. Ninguém pensa duas vezes sobre isso que eles chamam *encontro*. Todo mundo sabe que "encontro" é um eufemismo. Que pai, além de deixar a filha fornicar na adolescência, ainda por cima encoraja? É chocante! É abrir mão da responsabilidade moral. Argh.

De algum modo, na hora do almoço a conversa foi exatamente nessa direção, permitindo à Madame repetir seus argumentos para o Congressista e sua esposa, Rita, uma refugiada da revolução de Castro. Ela guardava ligeira semelhança com Rita Hayworth, com dez ou quinze anos e meia dúzia de quilos a mais do que a estrela de cinema em seu período mais glamouroso, quando fez *Gilda*. *Castro*, disse ela, ao modo como a Madame disse *cantora*, é o demônio. A única coisa boa de viver com o *demônio*, General e Madame, é descobrir o que é maldade e aprender a reconhecer. Por isso estou feliz que estejam aqui hoje, porque nós, cubanos e vietnamitas, somos primos em nossa causa conjunta contra o comunismo. Essas palavras selaram a ligação entre o Congressista, Rita, o General e a Madame, que se sentiu à vontade o bastante para mencionar Lana à mesa enquanto a empregada muda policiava os pratos vazios. Rita se solidarizou na hora. Era o equivalente doméstico de seu marido, uma dona de casa em guerra contra o comunismo para quem nada era apenas um incidente isolado, mas quase sempre um sintoma pelo qual a doença do comunismo podia ser associada a pobreza, depravação, ateísmo e decadência em múltiplas formas. Não vou permitir que rock seja tocado nesta casa, ela disse, segurando a mão da Madame para consolá-la pela perda da virtude filial. Nenhum filho meu vai poder ter um encontro antes dos dezoito anos e, enquanto eu morar nesta casa, o toque de recolher é às dez. É nosso ponto fraco, essa liberdade que permitimos às pessoas de se comportar como bem entendem, ainda mais com suas drogas e seu sexo, como se essas coisas não fossem uma influência.

Todo sistema tem seus excessos, que devem ser verificados internamente, disse o Congressista. Deixamos os hippies roubarem o significado das palavras "amor" e "liberdade" e estamos só começando a reagir. Essa luta começa e termina em casa. Ao contrário de sua persona pública, o Congressista na vida privada falava manso e num tom moderado, com segurança baronial à cabeceira da mesa, com o General e a Madame dos lados. Controlamos o que nossos filhos leem, escutam e veem, mas é duro lutar quando eles podem simplesmente ligar a tevê ou o rádio quando bem entendem. A gente precisa do governo para não deixar Hollywood e as gravadoras irem longe demais.

O senhor não é o governo?, disse o General.

Exato! Por isso uma das minhas prioridades é uma legislação que regule os filmes e a música. Não se trata de censura, só um conselho com mão firme. Mas pode apostar que Hollywood e esse pessoal da música não vão com a minha cara, até eles me conhecerem, quer dizer, e perceberem que não sou nenhum ogro querendo devorar suas criações. Só estou tentando ajudar a aprimorar o produto deles. Bom, uma coisa que aconteceu como consequência do meu trabalho com o subcomitê é que fiquei em bons termos com algumas pessoas em Hollywood. Admito que tinha meus preconceitos contra eles, mas alguns são na verdade uns sujeitos inteligentes, e apaixonados também. Inteligência e paixão — para mim, isso é o que interessa. O resto, a gente negocia. Enfim, um deles está fazendo um filme sobre a guerra e queria meu conselho. Vou lhe passar algumas anotações sobre seu roteiro dizendo onde errou e onde acertou. Mas o motivo de eu mencionar isso para o senhor, General, é porque a história é sobre o Programa Fênix, e sei que o senhor é especialista nisso. Já eu, eu vim embora antes até de começar. Quem sabe o senhor pode dar um pouco de feedback. Se não, vai saber que tipo de história fantasiosa eles vão fazer.

É por isso que tenho meu capitão, disse o General, acenando para mim. Ele é na prática meu adido cultural. Vai ficar mais do que satisfeito em ler o roteiro e oferecer uma opinião. Quando perguntei ao Congressista sobre o título, quase caí de costas. *Hamlet?*

Não, *The Hamlet* — "A aldeia". O diretor que escreveu. Nunca serviu um dia nas forças armadas, só encheu a cabeça com os filmes de John Wayne e Audie Murphy quando era criança. O personagem principal é um Boina Verde que tem que salvar uma aldeia. Eu até servi dois anos numa equipe das forças especiais em várias aldeias, mas nada como esse conto de fadas que ele inventou.

Vou ver o que dá para fazer, falei. Eu havia morado em uma aldeia do norte apenas alguns anos quando menino, antes de nossa fuga para o sul em 54, mas a falta de experiência nunca me impediu de tentar nada. Foi nesse estado de espírito que me aproximei de Lana após sua poderosa performance, minha intenção sendo felicitá-la pela nova carreira. Estávamos no vestíbulo do restaurante, junto a uma imponente foto dos recém-casados exibida em um cavalete, e foi ali que ela me examinou com o olhar objetivo e frio de uma apreciadora de arte. Ela sorriu e disse: Eu queria saber por que você estava me evitando, Capitão. Quando protestei que simplesmente não a reconheci, ela me perguntou se gostei do que via. Não pareço a menina que você conheceu, pareço, Capitão?

Alguns homens tinham preferência por aquelas colegiais inocentes em seus *ao dai* brancos, mas não eu. Elas pertenciam a uma visão pastoral e pura de nossa cultura da qual eu estava excluído, algo tão distante de mim quanto os picos nevados da terra natal de meu pai. Não, eu era impuro, e a impureza era tudo que queria e tudo que merecia. Você não parece com a garota que eu conhecia, falei. Mas parece exatamente com a mulher que imaginei que ia virar um dia. Ninguém nunca dissera algo do tipo para ela e a natureza inesperada do meu comentário a fez hesitar um momento antes de se recompor. Estou vendo que não sou a única pessoa mudada depois de vir para cá, Capitão. Você está bem mais... direto do que quando morava com a gente.

Não moro mais com vocês, falei. Se a Madame não tivesse aparecido nesse momento, quem pode dizer aonde a conversa nos teria levado? Sem me dirigir a palavra, agarrou Lana pelo cotovelo e a puxou para o banheiro feminino com uma força que não admitia contestação. Embora não fosse vê-la tão cedo, ela voltou a minhas fantasias muitas vezes ao longo das semanas subsequentes. A despeito do que eu queria ou merecia, me apareceu no inevitável *ao dai* branco, os longos cabelos negros às vezes emoldurando seu rosto e às vezes o ocultando. Na cidade onírica anônima onde a encontrei, meu eu espectral hesitou. Mesmo em meu estado sonâmbulo, eu sabia que branco não era apenas a cor da pureza e da inocência. Era também um sinal de luto e morte.

8.

O dia é da gente, mas a noite é do CHARLIE. Nunca se esqueçam disso. Essas são as palavras que o loiro sargento de vinte e um anos, JAY BELLAMY, escuta de seu novo comandante, o capitão WILL SHAMUS, em seu primeiro dia nos tórridos trópicos de 'Nam. Shamus foi batizado no sangue de seus próprios camaradas nas praias da Normandia, sobreviveu a outra experiência quase fatal sob o ataque de uma onda humana de chineses na Coreia, depois galgou as fileiras alçando-se por uma polia lubrificada com Jack Daniel's. Ele sabe que não tem mais para onde subir, não com seus modos do Bronx e seus punhos duros e imensos em que nenhuma luva de pelica serve. Esta é uma guerra política, informa ele a seu acólito, as palavras emanando de trás da cortina de fumaça produzida por um charuto cubano. Mas só o que eu conheço é uma guerra assassina. Sua tarefa: salvar os primevos e inocentes *montagnards* de uma aldeia bucólica empoleirada na fronteira do Laos selvagem. A ameaça que paira sobre eles é o Vietcongue, e não um Vietcongue qualquer. Esse é o pior dos piores — King Cong. King Cong vai morrer por seu país, o que é mais do que se pode dizer da maioria dos americanos. Mais importante, King Cong vai matar por seu país, e nada faz King Cong lamber os beiços como o aroma ferroso do sangue de homem branco. King Cong abasteceu a densa selva em torno da aldeia com guerrilheiros veteranos, homens (e mulheres) definhados pela batalha que trucidou franceses das Terras Altas para a Rua Sem Alegria. Além do mais, King Cong infiltrou subversivos e simpatizantes na aldeia, os rostos amigáveis nada além de máscaras para vontades calculistas. Lutando contra eles estão as Forças Populares, um bando maltrapilho de lavradores e adolescentes, os milicianos vietnamitas treinados pela dúzia de Boinas Verdes das Forças Especiais do Exército Americano, o A-Team. *Isso basta*, pensa o sargento Bellamy, sozinho em sua torre de observação à meia-noite. Ele abandonou Harvard e fugiu para longe de sua casa em St. Louis, o pai milionário e a mãe em casacos de pele. *Isso basta, esta selva extraordinariamente bela e este povo simples e humilde. É aqui que eu, Jay Bellamy, faço minha primeira e última batalha — na ALDEIA.*

Essa, em todo caso, foi minha interpretação do roteiro que a assistente pessoal do diretor me mandou pelo correio em um grosso envelope de papel manilha com meu nome escrito errado numa esmerada letra de mão. Esse foi o primeiro cheiro de encrenca, o segundo sendo o modo como a assistente pessoal, Violet, nem se deu ao trabalho de dizer alô ou até logo quando ligou para pedir meu endereço e marcar uma reunião com o diretor em sua casa, em Hollywood Hills. Quando Violet abriu a porta, prosseguiu pessoalmente em seu desconcertante jeito de falar. Feliz de ver que pôde vir, ouvi falar bastante de você, adorei suas anotações sobre *The Hamlet*. E era assim precisamente que falava, desbastando pronomes e períodos, como se não quisesse desperdiçar a pontuação e a gramática comigo. Então, sem se dignar a fazer contato visual, inclinou a cabeça em um gesto de condescendência e desdém, sinalizando que eu entrasse.

Talvez sua aspereza fosse apenas parte de sua personalidade, pois tinha o aspecto do pior tipo de burocrata, o aspirante, do corte de cabelo quadrado, insípido, às unhas sem esmalte, insípidas, aos sapatos eficientes, insípidos. Mas talvez fosse eu, ainda moralmente desorientado com a morte do major glutão, bem como com a aparição de sua cabeça decepada no banquete de casamento. O resíduo emocional daquela noite foi como uma gota de arsênico pingando nas águas plácidas de minha alma, em nada mudando o sabor, mas deixando tudo agora envenenado. Então talvez seja por isso que, quando atravessei o limiar da porta e pisei no vestíbulo marmorizado, suspeitei na mesma hora que a razão de seu comportamento fosse a minha raça. O que ela viu quando olhou para mim devia ter sido minha pele mais para amarela, meus olhos um pouco menores e a sombra lançada pela má fama dos genitais orientais, essas partes pudendas supostamente minúsculas injuriadas tantas vezes nas paredes de banheiros públicos por sujeitos semianalfabetos. Eu podia ser apenas meio asiático, mas na América, quando se tratava de raça, era oito ou oitenta. Ou você era branco ou não era. Por mais estranho que pareça, nunca me sentira inferior devido a minha raça em meus tempos de estudante estrangeiro. Eu era estrangeiro por definição e portanto tratado como hóspede. Mas agora, ainda que eu fosse um americano de papel passado com carteira de motorista, Seguridade Social e residência permanente, Violet continuava me considerando um estrangeiro, e essa identificação equivocada feria a pele macia de minha autoconfiança. Será que eu estava sendo apenas paranoico, essa característica americana por excelência? Talvez Violet sofresse de daltonismo, a incapacidade voluntária de distinguir entre branco e qualquer outra cor, a única enfermidade que os americanos almejavam para si mesmos. Mas, conforme ela atravessava o assoalho de bambu encerado, desviando da empregada escura que passava aspirador no tapete turco, percebi que não podia ser o caso. Meu inglês impecável não fazia diferença. Ainda que pudesse me escutar, ela olhava através de mim, ou talvez visse alguém que não eu, suas retinas cauterizadas com a imagem de todos os castrati sonhados por Hollywood para roubar o lugar de asiáticos reais. Aqui me refiro a esses personagens cartunescos chamados Fu Manchu, Charlie Chan, Filho Número Um, Hop Sing — *Hop Sing!* — e o japa dentuço e quatro-olhos mais macaqueado que interpretado por Mickey Rooney em *Bonequinha de luxo*. A atuação foi tão ofensiva que até mesmo murchou meu fetiche por Audrey Hepburn, percebendo ali seu endosso implícito à odiosa caracterização.

No momento em que me sentei diante do diretor em sua sala, eu espumava com a lembrança de todos esses antigos ferimentos, embora sem demonstrar. Por um lado, estava em uma reunião com o famoso Cineasta Autoral, quando em outro momento fora apenas mais um cinéfilo passando as tardes de sábado extasiado diante da tela grande, para deixar a sala de cinema piscando e levemente em choque ao me ver sob um sol tão brilhante quanto as lâmpadas fluorescentes de uma sala de partos de hospital. Por outro, estava pasmo de ter lido um roteiro cujo maior efeito especial não eram as inúmeras coisas explodidas nem a evisceração de vários corpos, mas o feito de narrar um filme sobre nosso país em que nem um único conterrâneo nosso tinha uma palavra inteligível para dizer. Violet raspara minha já esfolada sensibilidade étnica um pouco mais, mas, como não me ajudaria em nada deixar minha irritação patente, forcei-me a sorrir e fazer o que fazia melhor, permanecer tão inescrutável quanto um embrulho de papel amarrado com barbante.

O Cineasta me examinou, esse extra que se intrometera no meio de seu cenário perfeito. Uma estatueta dourada do Oscar ficava junto ao seu telefone, fazendo as vezes tanto de cetro como de clava para esmagar os miolos de roteiristas impertinentes. Tufos hirsutos de masculinidade despontavam em seus antebraços e na gola de sua camisa, levando-me a pensar em minha própria epiderme relativamente lisa, meu peito (e barriga e bunda) tão aerodinâmicos e glabros quanto os de um boneco Ken. Ele era o diretor-escritor mais prestigiado da cidade após o triunfo de seus dois últimos filmes, a começar por *Hard Knock*, película aclamada pela crítica sobre as agruras da juventude greco-americana nas ruas inflamadas de Detroit. Era vagamente autobiográfico, já que o Cineasta havia nascido com um sobrenome em tons de azeitona que alvejara à típica maneira hollywoodiana. Seu filme mais recente declarava que se fartara de tratar da etnicidade branco-suja, explorando agora a etnicidade branco-cocaína. *Venice Beach* era sobre o fracasso do Sonho Americano, retratando um repórter dipsomaníaco e sua esposa depressiva competindo entre si para escrever o Grande Romance Americano. À medida que as resmas de almaço cresciam incessantemente, o dinheiro e a vida deles pouco a pouco se exauriam, deixando o público com uma derradeira imagem do dilapidado chalé do casal sufocado por uma buganvília e lindamente iluminado pelo pôr do sol no Pacífico. Era Didion cruzada com Chandler tal como profetizado por Faulkner e filmado por Welles. Era muito bom. Ele tinha talento, por mais doloroso que me fosse admitir.

Grande prazer conhecer você, começou o Cineasta. Adorei suas anotações. Que tal alguma coisa para beber. Café, chá, água, refrigerante, uísque. Nunca é cedo demais para um uísque escocês. Violet, traz um pouco de uísque. Gelo. Gelo, eu falei. Sem gelo, então. O meu também. Sempre puro, para mim. Dá uma olhada na minha vista. Não, não o jardineiro. José! José! Precisa bater no vidro para ele perceber. É meio surdo. José! Sai daí! Está tampando a vista. Ótimo. Olha essa vista. Estou falando do letreiro de Hollywood ali. Nunca canso de olhar. Como se a Palavra de Deus acabasse de descer e tivesse caído ali na colina, e a Palavra fosse Hollywood. Deus não disse faça--se a luz primeiro. O que é um filme além de luz. Não dá para ter um filme se não tiver luz. E depois palavras. Ver aquele letreiro me sugere que escreva todo dia. Como. Tudo bem, então não está escrito Hollywood. Me pegou. Bom olho. O troço está caindo aos pedaços. Um *O* está pela metade e o outro caiu de vez. A palavra se ferrou. E daí. Mesmo assim dá para saber o que quer dizer. Obrigado, Violet. Saúde. Como dizem no seu país. Eu falei como dizem isso. Yo, yo, yo, é mesmo. Gostei. Fácil de lembrar. Yo, yo, yo, então. E um brinde ao Congressista, por me apresentar você. Você é o primeiro vietnamita que eu conheço. Não tem muito de vocês em Hollywood. Droga, não tem nenhum de vocês em Hollywood. E autenticidade é importante. Não que a autenticidade seja melhor que a imaginação. A história ainda vem em primeiro lugar. A universalidade da história precisa estar ali. Mas não faz mal nenhum escrever os detalhes direito. Tive esse Boina Verde que lutou de verdade contra os *montagnards* lendo o ro- teiro para mim. Ele me encontrou. Ele tinha um roteiro. Todo mundo tem um roteiro. O cara não sabe escrever, mas é um herói americano de verdade. Serviu dois turnos, matou vcs com as mãos nuas. Uma Estrela de Prata e um Coração Púrpura com os cachos de folhas de carvalho. Você devia ter visto as polaroides que ele me mostrou. Me revirou o estômago. Mas me deu umas ideias também de como fazer o filme. O cara quase não tinha correção para fazer. O que acha disso.

Levou um instante para eu me dar conta de que estava me fazen- do uma pergunta. Fiquei desorientado, como se eu fosse um falante de inglês como segunda língua escutando um falante igualmente estrangeiro de outro país. Isso é ótimo, falei.

‑ Pode apostar que é. Você, por outro lado. Você escreveu outro roteiro nas margens. Já tinha lido um roteiro antes.

Levou outro instante para eu perceber que era outra pergunta. Como Violet, ele tinha um problema com a pontuação convencional. Não...

‑ Achei que não. Então por que você acha...

Mas você não escreveu os detalhes direito.

Eu não escrevi os detalhes direito. Violet, escuta essa. Pesquisei seu país, meu amigo. Li Joseph Buttinger e Frances FitzGerald. Já leu Joseph Buttinger e Frances FitzGerald. Ele é o maior historiador do seu pedacinho do mundo. E ela ganhou o prêmio Pulitzer. Ela dissecou sua psicologia. Acho que sei alguma coisa sobre seu povo.

A agressividade dele me deixou nervoso, e meu nervosismo, a que eu não estava acostumado, só serviu para me deixar ainda mais nervoso, o que era a única explicação para meu comportamento a seguir. Você não escreveu direito nem os gritos, falei.

Como.

Esperei uma interjeição até que me dei conta de que estava simplesmente me interrompendo com uma pergunta. Tudo bem, eu disse, minha meada começando a desemaranhar. Se não me falha a memória, páginas 26, 42, 58, 77, 91, 103 e 118, basicamente todos os lugares no roteiro onde alguém do meu povo tem uma fala, ele ou ela grita. Nenhuma palavra, só gritos. Então você pelo menos devia escrever os gritos direito.

Gritos são universais. Estou certo, Violet?

Está certo, ela disse, sentada do meu lado. Gritos não são universais, falei. Se eu pegasse esse fio de telefone e enrolasse no seu pescoço e esticasse até seus olhos saltarem e sua língua ficar preta, o grito de Violet ia soar bem diferente do grito que você ia estar tentando fazer. São dois tipos bem diferentes de terror vindo de um homem e de uma mulher. O homem sabe que está morrendo. A mulher tem medo de que provavelmente vá morrer logo. A situação deles e o corpo deles produz um timbre de característica diferente nas vozes de cada um. A gente precisa escutar com atenção para entender que a dor pode até ser universal, mas também é completamente particular. A gente não tem como saber se nossa dor é como de alguma outra pessoa até falar a respeito. Assim que a gente faz isso, fala e pensa em termos culturais e individuais. Neste país, por exemplo, uma pessoa fugindo para salvar a vida acha que devia chamar a polícia. Esse é um jeito razoável de lidar com a ameaça de dor. Mas no meu país ninguém chama a polícia, uma vez que normalmente é a polícia que está causando a dor. Estou certo, Violet?

Violet concordou em silêncio com a cabeça.

Então só deixa eu observar que no seu roteiro você faz meu povo gritar do seguinte jeito: *AIIIEEEEE!!!* Por exemplo, quando o CAMPONÊS Nº 3 é empalado por uma armadilha de estacas *punji* vietcongues, é assim que ele grita. Ou quando a GAROTINHA sacrifica a própria vida para alertar os Boinas Verdes que o Vietcongue está chegando escondido à aldeia, é assim que ela grita antes de cortarem a garganta dela. Mas, depois de escutar muitos conterrâneos meus gritarem de dor, posso assegurar que não é assim que eles gritam. Quer escutar como eles gritam?

Seu pomo de adão subiu e desceu quando engoliu. Tudo bem.

Fiquei de pé e me curvei sobre a mesa para olhar direto em seus olhos. Mas não era ele que eu via. O que eu via era o rosto do *montagnard* rijo, um ancião da minoria *bru* que vivia numa aldeia de verdade não muito longe de onde se passava aquela ficção. Corriam rumores de que ele servia como agente de ligação para o Vietcongue. Foi minha primeira incumbência como tenente e não consegui encontrar uma maneira de impedir que meu capitão enrolasse um pedaço de arame farpado enferrujado em volta da garganta do homem, o colar bastante apertado, de modo que cada vez que ele engolia em seco, o arame roçava seu pomo de adão. Mas não foi isso que fez o velho gritar. Isso era só o aperitivo. Na minha cabeça, porém, enquanto observava a cena, eu gritei por ele.

É assim que faz, falei, esticando o braço sobre a mesa e pegando a caneta-tinteiro Montblanc do Cineasta. Escrevi uma onomatopeia na capa do roteiro com letras pretas grandes: *AIEY-AAHHH!!!* Então tampei a caneta, pus de volta no bloco de anotações de couro e falei: É assim que a gente grita no meu país.

Depois que saí da casa do Cineasta e fui para a do General, a trinta quarteirões de distância e descendo as colinas até a parte plana de Hollywood, relatei minha primeira experiência com a indústria do cinema para o General e a Madame, que ficaram ambos furiosos em meu nome. Minha reunião com o Cineasta e Violet prosseguira por mais algum tempo, numa disposição mais para chocha, em que observei que a falta de papéis com falas para vietnamitas em um filme passado no Vietnã podia ser interpretada como insensibilidade cultural. Verdade, interpôs Violet, mas a coisa toda se resume a quem compra os ingressos e vai ao cinema. Francamente, o público vietnamita não vai assistir esse filme, vai? Contive meu ultraje. Mesmo assim, falei, você não acha que seria um pouco mais verossímil, um pouco mais realista, um pouco mais autêntico para um filme passado em determinado país que o povo desse país tenha alguma coisa a dizer, em vez de ter seu roteiro orientando, como faz agora, *Corta para camponeses falando na própria língua*? Não acha que pode ser decente deixar que digam de verdade alguma coisa em vez de simplesmente admitir que tem algum tipo de som saindo da boca deles? Será que não dava pelo menos para fazer os caras falarem um inglês com sotaque pesado — você sabe o que eu quero dizer, inglês ching-chong —, só para fingir que estão falando numa língua asiática que por algum estranho motivo o público americano consegue entender? E você não acha que seria mais comovente que o seu Boina Verde tivesse um interesse romântico? Esses homens só amam e morrem uns pelos outros? Essa é a conclusão, sem uma mulher no meio.

O Cineasta fez uma expressão de desprezo e disse: Muito interessante. Ótimas sacadas. Adorei, mas eu tinha uma pergunta para fazer. Como era. Ah, é. Quantos filmes você já fez. Nenhum. Não é isso mesmo. Nenhum, zero, niente, nada, e sei lá como você diz na sua língua. Então obrigado por me dizer como fazer meu trabalho. Agora some da minha casa e volta depois de ter feito um ou dois filmes. Daí talvez eu escute uma ou duas das suas ideias idiotas.

Por que ele foi tão grosso?, disse a Madame. Não foi ele que pediu para você comentar?

Ele estava procurando alguém para concordar com tudo que ele dizia. Achou que eu ia dar minha carimbada de aprovação.

Ele achou que você ia abanar o rabo para ele.

Como não foi isso que eu fiz, ele ficou magoado. É um artista, tem a sensibilidade à flor da pele.

Sua carreira em Hollywood já era, disse o General.

Eu não quero uma carreira em Hollywood, falei, o que era verdade apenas na medida em que Hollywood não me queria. Confesso que fiquei puto com o Cineasta, mas estava errado em ficar puto? Isso aconteceu particularmente quando ele admitiu que nem mesmo sabia que *montagnard* não passava de um termo francês genérico para as dezenas de minorias das Terras Altas. E se, falei para ele, eu escrevesse um roteiro sobre o Oeste americano e simplesmente chamasse os nativos de índios? Você ia querer saber se a cavalaria estava lutando com os navajos, os apaches ou os comanches, certo? Da mesma maneira, eu ia querer saber, quando você diz que essas pessoas são *montagnards*, se estamos falando dos *bru*, dos *nung* ou dos *tay*.

Deixa eu contar um segredo para você, disse o Cineasta. Preparado. É o seguinte. Ninguém dá a mínima para essa merda.

Ele achou graça no meu silêncio. Me ver sem palavras é como ver um desses felinos egípcios sem pelo, uma ocasião rara e não necessariamente desejável. Só mais tarde, no carro, me afastando da sua casa, consegui rir amargamente pelo modo como me fizera calar a boca usando minha própria arma de predileção. Como pude ser tão tapado? Como pude ser tão iludido? Um eterno aluno aplicado, eu lera o roteiro em algumas horas e depois relera e fizera anotações durante mais algumas horas, tudo na convicção equivocada de que meu trabalho tinha importância. Acreditei ingenuamente que poderia desviar o organismo Hollywood de seu objetivo, a simultânea lobotomia e a mão no bolso do público mundial. O benefício secundário era a mineração a céu aberto da História, deixando a História real nos túneis junto com os mortos, distribuindo minúsculos diamantes cintilantes para o público basbaque. Hollywood não se limitava a fazer monstros de filme de terror, ela era seu próprio monstro de filme de terror, esmagando-me sob seu pé. Eu fracassara e o Cineasta faria *The Hamlet* do jeito que queria, com meus conterrâneos servindo apenas de matéria-prima para um épico sobre homens brancos salvando os amarelos bons dos amarelos maus. Eu tinha pena dos franceses por sua ingenuidade em acreditar que precisavam visitar um país a fim de explorá-lo. Hollywood era bem mais eficiente, imaginando os países que queria explorar. Fiquei enfurecido com minha impotência diante da imaginação e maquinação do Cineasta. A arrogância dele assinalava algo novo no mundo, pois essa era a primeira guerra em que os derrotados escreveriam a história, não os vitoriosos, cortesia da máquina de propaganda mais eficaz jamais criada (com todo o respeito a Joseph Goebbels e os nazistas, que nunca conquistaram a dominação global). Os sumos sacerdotes hollywoodianos compreendiam inatamente a observação do Satã de Milton, de que era melhor ser um soberano no Inferno do que um servo no Paraíso, melhor ser um vilão, perdedor ou anti-herói que um figurante virtuoso, contanto que você estivesse sob os holofotes brilhantes no centro do palco. Nesse vindouro trompe-l'œil hollywoodiano, todos os vietnamitas de lado a lado estariam igualmente mal representados, arrebanhados no papel de pobres, inocentes, malvados ou corruptos. Nosso destino não era ser apenas mudos; era ficarmos emudecidos de choque.

Come um pouco de *pho*, disse a Madame. Vai fazer você se sentir melhor.

Ela havia cozinhado e a casa cheirava a sentimento, um rico aroma de caldo de carne e anis-estrelado que só posso descrever como o buquê do amor e da ternura, algo ainda mais notável porque a Madame nunca cozinhara antes de vir para esse país. Para mulheres da classe exclusiva da Madame, cozinhar era uma dessas funções restritas a outras mulheres, assim como fazer faxina, cuidar de alguém, dar aulas, costurar e por aí vai, tudo com exceção das necessidades biológicas mais fundamentais, coisa que eu não conseguia imaginar a Madame fazendo, a não ser, talvez, respirar. Mas as exigências do exílio haviam criado a necessidade de cozinhar, já que mais ninguém na casa era capaz de outra coisa além de pôr água para ferver. No caso do General, até isso estava acima da sua capacidade. Ele conseguia desmontar, lubrificar e remontar uma M16 de olhos vendados, mas um fogão a gás era algo tão desconcertante quanto uma equação, ou pelo menos assim ele dava a entender. Como a maioria dos homens vietnamitas, não queria nem passar perto da vida doméstica. As únicas tarefas domésticas que fazia era dormir e comer, e era melhor do que eu nas duas. Ele terminou seu *pho* pelo menos cinco minutos antes de mim, embora minha lerdeza em comer não se devesse à falta de apetite, mas ao fato de o *pho* da Madame me dissolver e transportar de volta no tempo, ao lar materno, onde minha mãe preparava o caldo com os acinzentados ossos bovinos, sobras trazidas por meu pai. Em geral comíamos o *pho* sem as finas fatias de carne que forneciam a proteína, sendo pobres demais para usufruir do luxo da carne propriamente dita, a não ser nas raras ocasiões em que minha sofrida mãe juntava trocados suficientes. Mas, por mais pobre que fosse, minha mãe preparava uma sopa maravilhosamente aromática, e eu a ajudava tostando o gengibre e a cebola que seriam jogados na panela de ferro para dar sabor. Também era tarefa minha tirar a escuma que subia na superfície do caldo quando os ossos cozinhavam, para obter uma sopa clara e saborosa. Com os ossos cozinhando por horas, eu me torturava fazendo a lição de casa junto à panela, atiçado e hipnotizado pelo aroma. O *pho* da Madame me remeteu ao calor da cozinha de minha mãe, que provavelmente não era tão quente quanto minhas lembranças me faziam crer, mas tudo bem — tive de parar de vez em quando para saborear não só o caldo, como também o tutano de minhas recordações.

Que delícia, falei. Não como isso faz não sei quantos anos.

Não é incrível? Nunca desconfiei que ela tivesse esse talento.

A senhora devia abrir um restaurante, falei.

Parem com isso, vocês dois! Estava visivelmente contente.

Você viu isso? O General puxou um jornal da pilha sobre o balcão da cozinha, a mais recente edição do jornal quinzenal de Sonny. Eu ainda não o vira. O que incomodou o General foi o artigo de Sonny sobre o enterro do major, agora algumas semanas atrás, e a cobertura do casamento. Sobre o falecimento do major, Sonny escreveu que "a polícia chamou de roubo seguido de morte, mas como podemos ter certeza de que um oficial da polícia secreta não tinha inimigos que pudessem querê-lo morto?". E, com respeito ao casamento, Sonny fez um resumo dos discursos e concluiu com a observação de que "talvez seja hora de parar de falar na guerra. A guerra não terminou?".

Ele está fazendo o que era para ele estar fazendo, falei, mesmo sabendo que fora longe demais. Mas concordo que pode estar sendo um pouco ingênuo.

Isso é ingenuidade? Sua leitura é generosa. Ele deveria ser um repórter. Isso significa reportar fatos, não inventar coisas, interpretá-las ou pôr ideias na cabeça das pessoas.

Ele não está errado sobre o major, está?

De que lado você está?, perguntou a Madame, largando completamente o papel de cozinheira. Repórteres precisam de editores e editores precisam de surras. Essa é a melhor política com jornais. O problema com Son é que ele é seu próprio editor, e fica sem supervisão.

A senhora está certíssima, Madame. A bordoada do Cineasta havia me tirado do sério, eu não estava sendo eu mesmo. Liberdade de imprensa em excesso é prejudicial à democracia, declarei. Embora eu não discordasse disso, meu personagem, o bom capitão, concordava, e como ator desempenhando esse papel eu tinha de apoiar o homem. Mas a maioria dos atores passa mais tempo sem suas máscaras do que com elas, enquanto no meu caso era o contrário. Não surpreende, assim, que às vezes eu sonhasse que tentava tirar a máscara do meu rosto para então me dar conta de que a máscara era meu rosto. Agora, com o rosto do capitão reajustado para servir direito, falei: Os cidadãos não conseguem filtrar o que é útil e bom se houver opiniões demais circulando.

Não mais que duas opiniões ou ideias sobre qualquer assunto deviam ser anunciadas por aí, disse o General. Veja o sistema eleitoral. A mesma ideia. A gente tinha um monte de partidos e candidatos, e olha a bagunça que era. Aqui você escolhe a esquerda ou a direita e é mais que suficiente. Duas opções e olha só o drama que é toda eleição presidencial. Até duas opções podem ser demais. Uma opção é suficiente, e nenhuma opção pode ser melhor ainda. Menos é mais, não é? Você conhece o homem, capitão. Ele vai escutar você. Recorde a ele como a gente fazia as coisas na nossa terra. Mesmo que a gente esteja aqui, ainda precisa lembrar como fazia as coisas.

Nos bons e velhos tempos, Sonny já ia estar suando numa cela. Em voz alta, eu disse: Por falar nos velhos tempos, senhor, algum progresso em conseguir voltar a eles?

O progresso está sendo feito, disse o General, recostando em sua cadeira. Temos amigos e aliados em Claude e no Congressista, e eles me contam que não estão sozinhos. Mas é um período difícil para conseguir apoio publicamente, já que o povo americano não quer lutar outra guerra. Então a gente precisa se reunir devagar.

A gente precisa de uma rede aqui e lá, sugeri.

Tenho uma lista dos oficiais para nossa primeira reunião. Falei pessoalmente com cada um e estão doidos por uma chance de lutar. Não tem nada para eles aqui. A única chance para eles recuperarem sua honra e serem homens outra vez é reclamando nosso país.

A gente vai precisar de mais de uma vanguarda.

Vanguarda?, disse a Madame. Isso é conversa de comunista.

Pode ser. Mas os comunistas ganharam, Madame. Não foi só sorte. Talvez a gente deva aprender algumas estratégias com eles. Uma vanguarda pode liderar o resto do povo para onde nem mesmo eles sabem que querem ir mas devem ir.

Ele tem razão, disse o General.

A vanguarda age clandestinamente, mas às vezes mostra um rosto diferente para o público. Organizações voluntárias e coisas assim se tornam as fachadas da vanguarda.

Exato, disse o General. Veja o caso de Son. Precisamos fazer o jornal dele virar uma dessas organizações de fachada. E precisamos de um grupo jovem, um grupo de mulheres, até mesmo de um grupo de intelectuais.

Também precisamos de células. Partes da organização precisam ficar separadas entre si, de modo que, se uma célula é perdida, as outras conseguem sobreviver. Temos esta célula bem aqui. E tem as células com que Claude e o Congressista estão envolvidos, sobre as quais não sei nada.

Tudo tem seu tempo, Capitão. Um passo de cada vez. O Congressista está trabalhando com determinados contatos a fim de abrir o caminho para a gente mandar homens para a Tailândia.

Aí vai ser a área de concentração das tropas.

Exato. Voltar pelo mar é difícil demais. Precisamos entrar de novo no país por terra. Enquanto isso, Claude está atrás de dinheiro para a gente. O dinheiro pode arrumar o resto do que precisamos. Podemos conseguir os homens, mas eles vão precisar de armas, treinamento, um lugar para treinar. Vão precisar de transporte para a Tailândia. Precisamos pensar como os comunistas, como você diz. Precisamos planejar num horizonte de décadas. Precisamos viver e trabalhar clandestinamente, como eles fizeram.

Pelo menos já estamos acostumados com a escuridão.

Estamos, não é? Não tivemos escolha. Nunca tivemos escolha, não de verdade, não nas coisas importantes. O comunismo nos forçou a fazer tudo que fizemos para se opor a ele. A História nos moveu. Não temos escolha a não ser lutar, resistir contra o mal e resistir contra sermos esquecidos. É por isso — e aqui o General pegou o jornal de Sonny — que até mesmo falar sobre a guerra ter terminado é perigoso. Não podemos permitir que nosso povo fique complacente.

E também não devemos deixar que esqueçam seu ressentimento, acrescentei. É aí que os jornais podem ter um papel, no front cultural.

Mas só se os jornalistas fizerem seu trabalho do jeito que devem. O General jogou o jornal de volta na mesa. "Ressentimento." Essa é uma boa palavra. Ressentir-se, sempre, assentir, jamais. Talvez esse deva ser nosso lema.

Soa bem, falei.

9.

Para minha grande surpresa, Violet me ligou na semana seguinte. Acho que a gente não tem nada para conversar, falei. Ele reconsiderou seu conselho, ela disse. Notei que estava usando frases completas comigo dessa vez. Ele é intempestivo e não recebe bem as críticas, e também é o primeiro a admitir. Mas depois que esfriou a cabeça achou que tinha umas ideias aproveitáveis nas suas anotações. Mais que isso, ele te respeita por não abaixar a cabeça para ele. Pouca gente se dispõe a fazer esse tipo de coisa, o que torna você um candidato ideal para o que estou propondo. A gente precisa de um consultor que saiba as coisas direito quando for assunto do Vietnã. Já pesquisamos os fatos históricos, as roupas, as armas, os costumes, qualquer assunto que dá para encontrar num livro. Mas vamos precisar daquele toque humano que você pode fornecer. Tem os refugiados do Vietnã nas Filipinas que a gente vai usar como figurantes e precisamos de alguém que trabalhe junto com eles.

De longe veio flutuando o sussurro da voz da minha mãe: Nunca esqueça, você não é metade de algo, é o dobro de tudo! A despeito de todas as desvantagens de minha herança pobre, confusa, o eterno encorajamento e a intensa fé que minha mãe depositava em mim fizeram com que eu nunca recuasse diante de um desafio ou oportunidade. A oferta deles eram quatro meses de férias pagas num paraíso tropical, seis meses se estourasse o cronograma e talvez não tanto um paraíso se os rebeldes locais ficassem um pouco confiantes demais, e talvez não tanto férias quanto excursão a trabalho, e talvez não tanto pagas quanto mal pagas, mas no final das contas eu precisava de um respiro do meu refúgio americano. O remorso pela morte do major glutão andava batendo na minha porta algumas vezes por dia, tenaz como um cobrador de dívida. Além disso, sempre havia no povoado fundo da minha mente, no centro da primeira fileira do coral católico da minha culpa, a viúva do major. Eu dera a ela cinquenta dólares no enterro, que era o máximo que podia dar. Mesmo mal pago, daria para economizar dinheiro, considerando cama e comida inclusas, e com isso fornecer alguma assistência para a esposa e os filhos do major.

Eles eram inocentes contra quem um agravo fora cometido, assim como eu fora um dia uma criança inocente contra quem um agravo fora cometido. E não por estranhos, mas por minha própria família, minhas tias que não queriam que eu brincasse com meus primos nas reuniões familiares e que me enxotavam da cozinha quando havia guloseimas. Eu associava minhas tias de sangue com as cicatrizes que elas me infligiam durante o Ano-Novo, época que todas as outras crianças recordam com tanto apreço. Qual era o primeiro Ano-Novo de que eu conseguia me lembrar? Talvez um em que estava com cinco ou seis anos. Fui me juntar às outras crianças, solene e nervoso ante a perspectiva de me aproximar dos adultos e fazer um pequeno discurso desejando a ele ou a ela saúde e felicidade. Mas, embora não esquecesse uma palavra, e não gaguejasse como a maioria dos meus primos, e irradiasse sinceridade e encanto, Tia Dois não me agraciou com um envelope vermelho. A árvore materna inteira estava ali me observando, em seus galhos retorcidos os pais de minha mãe, os nove irmãos dela, minhas três dúzias de primos. Não tenho para todos, disse a bruxa malévola, assomando diante de mim. Falta um. Fiquei ali imobilizado, os braços ainda cruzados respeitosamente sobre o peito, à espera de surgir um envelope mágico ou um pedido de desculpa, mas nada mais viria, até que, após o que pareceram vários minutos, minha mãe apoiou a mão no meu ombro e disse: Agradeça sua tia pela bondade de lhe ensinar uma lição.

Só depois, em casa, na cama de madeira que dividíamos, mamãe chorou. Não importava que minhas outras tias e tios tivessem me dado envelopes vermelhos, embora, quando comparei o meu com o de meus primos, descobri que ganhara metade da quantia que eles receberam. Isso porque você é meio a meio, disse um primo calculista. Você é bastardo. Quando perguntei para mamãe o que bastardo queria dizer, seu rosto ficou vermelho. Se eu pudesse, ela disse, eu o estrangulava com minhas próprias mãos. Nunca em minha vida houve um dia em que aprendi tanto sobre mim mesmo, o mundo e seus habitantes. A pessoa deve se mostrar grata pela educação, chegue ela como chegar. De modo que fiquei agradecido, de certa forma, a minha tia e meu primo, cujas lições guardei muito mais do que tantas coisas mais nobres que me foram passadas na escola. Ah, eles vão ver!, chorava minha mãe, apertando-me com tanta força que quase perdi o fôlego, meu rosto pressionado contra um seio confortador enquanto minha mão apertava o outro, opulento. Irradiando através do fino tecido de algodão vinha o rico cheiro almiscarado e quente do corpo de uma jovem após um dia úmido passado na maior parte de pé ou acocorada, preparando comida e servindo. Eles vão ver! Você vai trabalhar mais duro que todos eles, vai estudar mais que todos eles, vai saber mais coisas que todos eles, vai ser melhor que todos eles. Promete para sua mãe que vai! E eu prometi.

Contei essa história para apenas duas pessoas, Man e Bon, censurando só a parte sobre os seios de minha mãe. Isso foi no liceu, em momentos distintos de intimidade no início da adolescência. Quando Bon escutou o episódio, estávamos pescando no rio, e ele jogou sua vara no chão, furioso. Se um dia eu encontrar esse seu primo, disse, vou quebrar a cara dele até metade do sangue sair pela cabeça. Man foi mais comedido. Mesmo naquela idade, era calmo, analítico e precocemente materialista dialético na atitude. Ele me trouxera caldo de cana depois da escola e estávamos sentados na calçada, os saquinhos plásticos na mão, bebendo de canudinho. O envelope vermelho é um símbolo, disse, de tudo que está errado. É a cor do sangue, e eles isolaram você por causa do seu sangue. É a cor da fortuna e da sorte. Essas são crenças primitivas. A gente não vence ou fracassa por causa da fortuna ou da sorte. A gente vence porque entende como o mundo funciona e o que precisa ser feito. A gente fracassa porque os outros entendem isso melhor do que a gente. Eles se aproveitam das coisas, como seus primos, e não questionam as coisas. Contanto que as coisas funcionem para eles, eles apoiam essas coisas. Mas você vê a mentira sob essas coisas porque você nunca chega a tomar parte. Você vê um tom de vermelho diferente do que eles veem. Vermelho não é boa sorte. Vermelho não é fortuna. Vermelho é revolução. De repente, eu também vi o vermelho e nessa visão pulsante o mundo começou a fazer sentido para mim, quantas gradações de significado existiam numa única cor, a nuance tão poderosa que devia ser aplicada com parcimônia. Se a pessoa vê alguma coisa escrita em vermelho, sabe que tem problemas e mudança pela frente.

Minhas cartas para minha tia, assim, não eram escritas num tom tão alarmante, ainda que o código que eu usasse para criptografar meus relatórios *sub rosa* me incomodasse. Aqui estava um exemplo representativo do estimadíssimo *Comunismo asiático e o modo oriental de destruição*, de Richard Hedd:

> O camponês vietnamita não se oporá ao uso do poderio aéreo, pois ele é apolítico, interessado apenas em se alimentar e alimentar sua família. Claro que bombardear seu vilarejo vai transtorná-lo, mas o custo é excedido no fim das contas pelo modo como o poderio aéreo o convencerá de que está do lado errado caso opte pelo comunismo, que não pode protegê-lo. (p. 126)

A partir de insights desse tipo, informei sobre minha decisão de aceitar a oferta do Cineasta, trabalho que caracterizei como *minar a propaganda do inimigo*. Também codifiquei os nomes dos oficiais na vanguarda do General. Só para o caso de minha carta ser lida por outros olhos que não os da tia de Man, mantive um tom otimista sobre a vida em Los Angeles. Talvez censores desconhecidos estivessem lendo a correspondência dos refugiados, procurando elementos desesperançados e raivosos que não conseguiam ou não queriam sonhar o Sonho Americano. Eu tomava o cuidado, então, de me apresentar como apenas mais um imigrante, realizado por estar na terra onde a busca da felicidade era garantida por escrito, o que, quando a gente pensa a respeito, não é lá grande coisa. Já uma garantia de felicidade — isso é grande coisa. Mas uma garantia de ter permissão para ir atrás do grande prêmio da felicidade? A mera oportunidade de comprar um bilhete de loteria. Alguém certamente ganharia milhões, mas milhões certamente bancariam isso.

Era em nome da felicidade, contei para minha tia, que eu ajudava o General a dar o passo seguinte em seu plano, a criação de uma organização de caridade sem fins lucrativos que poderia receber doações dedutíveis do imposto de renda, a Fraternidade Beneficente dos Antigos Soldados do Exército da República do Vietnã. Em uma realidade, a Fraternidade servia às necessidades de milhares de veteranos que eram agora homens sem exército, país e identidade. Existia, em suma, para aumentar seus parcos meios de obter felicidade. Em outra realidade, essa Fraternidade era uma fachada que permitia ao General receber fundos para o Movimento de quem quisesse doá-los, não essencialmente a comunidade vietnamita. Seus refugiados eram estorvados por sua função estrutural no Sonho Americano, que era serem infelizes a ponto de tornar outros americanos agradecidos por sua felicidade. Em vez desses refugiados, quebrados e alquebrados, os principais doadores deviam ser indivíduos magnânimos e fundações de caridade interessados em encorajar os velhos amigos da América. O Congressista mencionara sua instituição de caridade para o General e para mim numa reunião em seu escritório distrital, onde lhe apresentamos a ideia para a Fraternidade e perguntamos se o Congresso podia ajudar nossa organização de algum modo. Seu escritório era um modesto posto avançado em um mini-shopping center em Huntington Beach, um centro comercial de dois andares num importante cruzamento. Emplastrado em reboco café com leite, o shopping era ladeado por um exemplar da contribuição arquitetônica mais exclusiva que a América entregara ao mundo, um estacionamento. Alguns deploram o brutalismo da arquitetura socialista, mas acaso a insipidez da arquitetura capitalista era alguma coisa melhor? A pessoa podia rodar por quilômetros em um bulevar e não ver outra coisa além de estacionamentos e o matagal de *strip malls*, com lojinhas para qualquer necessidade: pet shops, dispensadores de água, restaurantes étnicos e qualquer outra categoria imaginável de pequeno comércio familiar, cada um deles uma propaganda da busca pela felicidade. Como sinal de sua humildade e proximidade com o povo, o Congressista escolhera um desses mini-shoppings para sediar sua campanha, e nos vidros havia cartazes brancos com a palavra CONGRESSISTA em vermelho e seu nome em azul, assim como seu mais recente slogan: *VERDADE SEMPRE.*

A bandeira americana decorava uma das paredes na sala do Congressista. Em outra se viam fotos dele posando com vários republicanos ilustres de smoking: Ronald Reagan, Gerald Ford, Richard Nixon, John Wayne, Bob Hope e até Richard Hedd, que reconheci na mesma hora por sua foto no livro. O Congressista ofereceu cigarros e ficamos socializando por um tempo, anulando os efeitos colaterais da fumaça ao inalar simultaneamente bons humores, o ar salubre das amenidades relativas a esposas, filhos e times favoritos. Também passamos algum tempo conversando sobre minha iminente aventura nas Filipinas, que tanto a Madame como o General haviam aprovado. Como era aquela frase de Marx?, disse o General, coçando o queixo pensativamente enquanto se preparava para fazer uma citação com base em minhas anotações sobre Marx. Ah, é. "Eles não podem representar a si próprios; precisam ser representados." Não é isso que está acontecendo aqui? Marx se refere aos camponeses, mas pode muito bem estar se referindo à gente. Não podemos nos representar. Hollywood nos representa. Assim, devemos fazer o possível para ter certeza de estar bem representados.

Estou só vendo aonde isso vai dar, disse o Congressista com um sorriso. Apagou o cigarro, apoiou os cotovelos na mesa e disse: Então, o que este representante pode fazer por vocês? Depois de o General explicar a Fraternidade e suas funções, o Congressista disse: Ótima ideia, mas o Congresso não vai pôr a mão nisso. Ninguém quer nem mesmo dizer o nome de seu país no momento.

Entendo, Congressista, disse o General. A gente não precisa do apoio oficial do povo americano e entende por que ele não ia se sentir entusiasmado.

Mas o apoio não oficial é uma história completamente diferente, falei.

Prossiga.

Mesmo que o Congresso não nos dê dinheiro, nada impede pessoas ou organizações com consciência cívica, como instituições de caridade, por exemplo, de ajudar na causa de nossos veteranos traumatizados e carentes. Eles defenderam a liberdade e lutaram lado a lado com os soldados americanos, às vezes dando seu sangue e às vezes dando um braço ou uma perna.

Você andou conversando com Claude.

É verdade que Claude plantou determinadas ideias na minha cabeça. Durante nosso período em Saigon, ele mencionou que a CIA costumava custear várias atividades. Não em nome da agência, já que isso podia ser ilegal ou pelo menos bastante questionável, mas por meio de organizações de fachada controladas por seus agentes e simpatizantes, muitas vezes pessoas respeitáveis de carreiras variadas.

E os felizardos ganhadores desse dinheiro eram normalmente essas mesmas organizações de fachada.

De fato, com todas essas organizações de fachada declarando ajudar os pobres, alimentar os famintos, espalhar a democracia, ajudar mulheres oprimidas, treinar artistas, às vezes pode ser difícil saber quem faz o quê para quem.

Deixa eu bancar o advogado do diabo. Existem muitas boas causas para as quais eu, por exemplo, posso doar. Mas, para ser franco, a quantidade de dinheiro de que disponho, por exemplo, é limitada. Inevitavelmente, o interesse pessoal entra na jogada.

O interesse pessoal é bom. É um instinto que mantém a gente vivo. Também é muito patriótico.

Sem dúvida. Então: Qual é meu interesse pessoal nessa organização de vocês?

Olhei para o General. Estava na ponta de sua língua, uma das duas palavras mágicas. Se possuíssemos as coisas que essas palavras nomeavam, seríamos catapultados para a primeira fileira dos cidadãos americanos, capazes de acessar todos os cintilantes tesouros da sociedade americana. Infelizmente, tínhamos apenas um domínio titubeante de uma delas. A palavra que identificava o que não possuíamos era "dinheiro", coisa que o General podia ter em quantidade suficiente para o próprio uso, mas decerto não para uma contrarrevolução. A outra palavra era "votos", de modo que dizê-las juntas, "votos dinheiro", era o "abre-te sésamo" das profundas cavernas do sistema político americano. Mas, mesmo quando apenas metade dessa mágica combinação deixou meus ambiciosos lábios de Ali Babá, as sobrancelhas do Congressista não se ergueram mais que imperceptivelmente. Pense na nossa comunidade como um investimento, Congressista. Um investimento de longo prazo. Pense em nós como uma criança adormecida que ainda usa fraldas. É verdade que essa criança não pode votar. Essa criança não é um cidadão. Mas um dia vai ser. Um dia essa criança vai crescer para se tornar um cidadão e então vai ter que votar em alguém. Esse alguém pode ser o senhor.

Como pode ver por eu ter comparecido ao casamento, General, eu já valorizo sua comunidade.

Com palavras, falei. Com o devido respeito, Congressista, palavra é de graça. Dinheiro, não. Não é engraçado que numa sociedade que vive falando em *freedom*, as coisas que são *free* não são valorizadas? Por favor, me permita ser direto. Nossa comunidade aprecia suas palavras, mas no processo de se tornar americana ela aprendeu a expressão "*money talks*" — o dinheiro manda. E, se votar é nossa melhor maneira de participar da política americana, devemos votar naqueles que dão o dinheiro. Esperamos que seja o senhor, mas é claro que a vantagem da política americana é termos escolha, não é?

Mas, mesmo que eu, por exemplo, dê dinheiro para sua organização, a ironia é que eu mesmo preciso de dinheiro para concorrer à eleição e pagar meu pessoal. Em outras palavras, o dinheiro manda também no meu caso.

Essa é mesmo uma situação delicada. Mas o senhor se refere ao dinheiro oficial pelo qual deve prestar contas ao governo. Nós estamos falando de dinheiro não oficial que circula até nós, depois volta para o senhor com todo o caráter oficial como votos conseguidos pelo General.

Isso está correto, disse o General. Se meu país me preparou para uma coisa, foi lidar com o que meu jovem amigo aqui descreve de forma tão imaginativa como dinheiro não oficial.

Nossa performance entreteve o Congressista, nós dois os macaquinhos habilidosos e ele o tocador do realejo, observando-nos pular e pedir ao som da música alheia. Éramos bem treinados nessa micagem, graças ao contato prévio com americanos em nosso país natal, no qual toda jogada tinha a ver com dinheiro não oficial, ou seja, corrupção. A corrupção era como o elefante do folclore indiano, sendo eu um dos sábios cegos que podia tatear e descrever apenas parte do animal. Não é o que a pessoa vê ou tateia que é confuso, é o que não vemos e não tateamos, como essa parte do esquema que acabáramos de expor diante do Congressista e que estava fora de nosso controle. Essa era a parte onde encontrávamos maneiras de canalizar dinheiro não oficial para nós via canais oficiais, o que significa dizer, fundações que tinham em suas diretorias o Congressista ou seus amigos, ou os amigos de Claude. Essas fundações eram, em suma, elas próprias fachadas para a CIA, e talvez ainda para outras organizações governamentais ou não governamentais mais enigmáticas das quais eu não tinha conhecimento, assim como a Fraternidade era uma fachada para o Movimento. O Congressista sabia disso perfeitamente bem quando falou: Só espero que essa organização de vocês não se envolva com nada ilegal no que se refere a atividades patrióticas. Claro que ele queria dizer que devíamos nos envolver em atividades ilegais, contanto que não ficasse sabendo a respeito. O não visto está quase sempre sublinhado pelo não dito.

Três meses depois eu estava a caminho das Filipinas, minha mochila no compartimento de bagagem acima de mim, em meu colo um exemplar do *Fodor's Southeast Asia*, volume quase tão grosso quanto *Guerra e paz*. O guia dizia o seguinte sobre viajar para a Ásia:

> Por que ir para o leste? O Oriente sempre exerceu um encantamento para enfeitiçar o Ocidente. A Ásia é vasta, fervilhante, infinitamente complexa, uma fonte inexaurível de riquezas e maravilhas [...]. A Ásia ainda conserva, na mente ocidental, o fascínio, o desafio, o encantamento e as recompensas que atraíram geração após geração de ocidentais para longe de suas vidas confortáveis e familiares em direção a um mundo completamente diferente de tudo que conheciam, pensavam e acreditavam. Pois a Ásia é a metade do mundo, a outra metade [...]. O Oriente pode ser estranho, mas não precisa ser frustrante. Uma vez que você de fato esteve lá, ainda pode achá-lo misterioso, mas isso é o que vai torná-lo *realmente* interessante.

Tudo o que o livro dizia era verdade, e também não queria dizer nada. Sim, o Oriente era vasto, fervilhante e infinitamente complexo, mas acaso o Ocidente também não era? Observar que o Oriente era uma fonte inexaurível de riquezas e maravilhas só sugeria que era um caso peculiar, e que não era assim para o Ocidente. O ocidental, é claro, não se tocava de suas riquezas e maravilhas, assim com eu nunca me apercebera do encanto do Oriente ou de seu mistério. Quando muito, era o Ocidente que muitas vezes era misterioso, frustrante e *muito* interessante, um mundo completamente diferente de tudo que eu conhecera antes de começar minha educação. Assim como no caso do ocidental, o oriental nunca estava mais entediado do que quando restrito às próprias praias.

Virando as páginas até os países que me interessavam, não fiquei surpreso em ver nosso país descrito como "a terra mais devastada". Eu também não recomendaria ao turista casual que fosse para lá, como vedava o guia, mas fiquei um tanto insultado em ler a descrição de nossos vizinhos cambojanos como "tranquilos, sensuais, amistosos e emotivos [...]. O Camboja não só é um dos países mais encantadores da Ásia como também um dos mais fascinantes". Sem dúvida isso também podia ser dito sobre minha terra, ou a maioria dos lugares com condições atmosféricas de spa. Mas o que eu sabia? Eu só vivera ali, e pessoas que viveram em determinado lugar podem ter dificuldade em ver tanto seus encantos quanto suas falhas, ambos os quais estão facilmente acessíveis aos olhos recém-abertos do turista. Podemos escolher entre a inocência e a experiência, mas não podemos ter as duas coisas. Pelo menos nas Filipinas eu seria um turista e, uma vez que as Filipinas ficavam a leste de nosso país, talvez eu achasse o lugar infinitamente complexo. A descrição do arquipélago feita pelo livro apenas deixou minha mente salivando mais, pois era "antigo e novo, Oriente e Ocidente. Ele muda a cada dia, mas as tradições persistem", descrição que podia ter sido feita para me descrever.

De fato, me senti em casa no instante em que deixei o ar-condicionado do avião para pisar na ponte de embarque sufocante e úmida. O espetáculo dos policiais no terminal com armas semiautomáticas penduradas nos ombros também despertou minha nostalgia, confirmando que eu estava mais uma vez em um país com o pescoço desnutrido sob o sapato de seu ditador. Evidência adicional era encontrada no jornal local, com algumas linhas enterradas no meio sobre os recentes e não resolvidos assassinatos de dissidentes políticos, seus corpos crivados de balas jogados no meio da rua. Numa situação misteriosa como essa, todos os enigmas levavam a uma esfinge, o ditador. Assinando embaixo dessa situação de lei marcial mais uma vez estava o Tio Sam, que apoiava o tirano Marcos em seus esforços de esmagar não só uma insurgência comunista como também uma muçulmana. Esse apoio incluía aviões, tanques, helicópteros, artilharia, veículos blindados de transporte de pessoal, canhões, munição e kit genuinamente *made in USA*, assim como no caso de nosso país natal, embora em escala muito menor. Acrescente uma pilha de flora e fauna da selva e algum populacho fervilhante e de um modo geral as Filipinas constituíam um ótimo substituto para o Vietnã, e era por isso que o Cineasta escolhera o lugar.

O acampamento-base era numa cidade provinciana da cordilheira Luzon ao norte, fazendo as vezes das montanhas Anamitas que separavam o Vietnã do Laos. As amenidades de meu quarto de hotel incluíam um curso d'água que menos corria do que andava, uma descarga na privada que dava um suspiro deprimente toda vez que eu puxava a correntinha, um ar-condicionado asmático e uma prostituta delivery, ou assim fui informado pelo camareiro que apresentou minhas acomodações. Declinei da oferta, consciente de meu papel de semiocidental privilegiado em um país pobre. Depois de lhe dar uma gorjeta, deitei nos lençóis ligeiramente úmidos, que também me lembravam o lar, onde a umidade encharcava tudo. Os colegas de trabalho que encontrei depois, à noite no bar do hotel, não ficaram tão empolgados com o clima, nenhum deles tendo sido esbofeteado na cara pela umidade estúpida de um ambiente tropical. É como ser lambido da garganta até o saco pelo meu cachorro toda vez que saio do quarto, gemeu o infeliz diretor de arte. Ele era de Minnesota. Seu nome era Harry. Ou *hairy*, pensei, porque era muito peludo.

Embora o Cineasta e Violet ainda fossem demorar uma semana para chegar, Harry e sua equipe de produção exclusivamente masculina já suavam nas Filipinas havia meses, construindo os cenários, preparando o guarda-roupa, experimentando os salões de massagem e sofrendo a emboscada de diversas enfermidades das vísceras e da virilha. Harry me mostrou o cenário principal na manhã seguinte, uma réplica completa de uma aldeola no centro das Terras Altas, até mesmo com a latrina montada em uma plataforma sobre um tanque de peixes. Uma pilha de folhas de bananeira e alguns jornais velhos serviam de papel higiênico. Espiando pelo buraco redondo do assento, dava para ver as águas enganadoramente tranquilas do tanque de peixes, que, Harry observou com orgulho, estava abastecido com uma variedade de bagres bigodudos de uma espécie muito aparentada à do delta do Mekong. É bem engenhoso, falou. Tinha uma admiração típica do natural de Minnesota pela desenvoltura em face do sofrimento, engendrada por gerações de pessoas que estavam a apenas um inverno particularmente rigoroso de distância da fome e do canibalismo. Ouvi dizer que é um verdadeiro frenesi alimentar quando alguém está fazendo cocô.

Eu usara um assento tosco e áspero exatamente como esse durante toda minha infância e me lembrava muito bem dos bagres se acotovelando para pegar o melhor lugar à mesa de jantar quando assumia minha posição. A visão de uma casinha autêntica não despertou lembranças sentimentais em mim nem qualquer admiração pela consciência ambiental do meu povo. Eu preferia um vaso liso de louça, uma descarga e um jornal no colo, como material de leitura, não entre minhas nádegas. O papel com que o Ocidente se limpava era mais macio que o papel com que o resto do mundo assoava o nariz, embora isso fosse uma comparação apenas metafórica. O resto do mundo teria ficado espantado até mesmo com a ideia luxuosa de usar papel para assoar o nariz. Papel era para escrever coisas como esta confissão, não para limpar excreções. Mas esses estranhos, misteriosos ocidentais tinham costumes e maravilhas exóticos, simbolizados no Kleenex e no papel higiênico duplo. Se ansiar por essas riquezas fazia de mim um ocidentalista, confesso que sou culpado. Eu não tinha o menor desejo da autenticidade da minha vida na aldeia, com meus primos detestáveis e minhas tias desagradáveis, ou da realidade rústica de ser picado no traseiro por um mosquito da malária quando ia ao banheiro, o que podia muito bem acontecer com alguns figurantes vietnamitas. Harry estava planejando fazê-los usar aquele vaso para alimentar os peixes, enquanto a equipe de filmagem desfrutaria de uma fileira de banheiros químicos na terra seca. No que me dizia respeito, eu era membro da equipe, e quando Harry me convidou para inaugurar a latrina declinei com ar pesaroso, atenuando minha rejeição com uma piada.

Sabe como a gente percebe qual bagre vendido nos mercados vem de tanques como esse?

Como?, disse Harry, pronto para registrar mentalmente a informação.

Eles são vesgos de tanto olhar para o cu.

Boa! Harry riu e bateu no meu braço. Vamos lá, deixa eu mostrar o templo pra você. É lindo. Vou odiar quando os caras dos efeitos especiais explodirem.

Harry talvez gostasse mais do templo, mas para mim a peça de resistência era o cemitério. Eu o vi pela primeira vez nessa noite e voltei a ele algumas noites depois, após uma visita ao campo de refugiados em Bataan, onde recrutei uma centena de figurantes vietnamitas. A excursão me deixara deprimido, encontrando milhares de esfarrapados conterrâneos meus que haviam fugido de nossa terra natal. Eu já vira refugiados antes, Comandante, a guerra tendo transformado milhões de sul-vietnamitas em sem-teto dentro de seu próprio país, mas aquele rebotalho de gente era uma espécie de novo tipo. Algo tão único que a mídia ocidental lhe dera um novo nome, *boat people*, epíteto que alguém poderia pensar que se referia a uma tribo ribeirinha recém-descoberta no Amazonas ou uma população pré-histórica misteriosa e extinta cujo único vestígio remanescente fossem seus barcos. Dependendo do ponto de vista, esses *boat people* eram pessoas que fugiram do país ou haviam sido abandonadas por ele. Em todo caso, pareciam em mau estado e cheiravam um pouco pior: o couro cabeludo sarnento, crostas na pele, lábios esfolados, várias glândulas inchadas, fedendo coletivamente como uma traineira tripulada por marinheiros de água doce com aparelho digestivo fraco. Estavam famélicos demais para torcer o nariz diante do cachê que eu tinha ordens de oferecer, um dólar por dia, uma medida de seu desespero sendo o fato de que ninguém — deixe-me repetir, *ninguém* — barganhou um cachê melhor. Eu nunca imaginara ver o dia em que um conterrâneo meu não barganharia, mas aquele *boat people* claramente percebia que a lei da oferta e da procura não estava do seu lado. Mas o que de fato me deixou mal foi quando perguntei a um dos figurantes, uma advogada de aparência aristocrática, se as condições em nosso país estavam tão ruins como diziam os rumores. Vamos pôr nestes termos, ela falou. Antes que os comunistas vencessem, os estrangeiros vitimavam, aterrorizavam e humilhavam a gente. Agora é o nosso próprio povo que vitima, aterroriza e humilha. Acho que é um progresso.

Estremeci ao escutar suas palavras. Por alguns dias minha consciência viera ronronando de leve, a morte do major glutão aparentemente às minhas costas no retrovisor da minha memória, uma mancha no asfalto do meu passado, mas agora ela começava a soluçar outra vez. O que acontecia em meu país e o que eu fazia ali? Tive de me lembrar das palavras da sra. Mori ao nos despedirmos. Quando lhe disse que ia aceitar o trabalho, ela preparou para mim um jantar de despedida em que quase cedi à furtiva suspeita de que talvez a amasse, ainda que de fato sentisse alguma coisa por Lana também. Mas, como que prevendo essa fraqueza de minha parte, a sra. Mori preventivamente avivou minha memória quanto a nossas juras de amor livre. Não se sinta preso a mim, disse ela quando tomávamos o *sorbet* de laranja. Você pode fazer o que quiser. Claro, respondi, um pouco triste. Eu não podia ter as duas coisas, amor livre e amor burguês, quisesse ou não. Ou poderia? A sociedade de todo tipo era bem suprida de bilíngues acetinados que diziam e faziam uma coisa em público enquanto diziam e faziam outra em particular. Mas a sra. Mori não era uma dessas pessoas, e na escuridão de seu quarto, nos braços um do outro após nosso exercício de amor livre, ela disse: Você tem uma oportunidade maravilhosa com esse filme. Estou confiante de que vai conseguir torná-lo melhor do que poderia ser. Você pode ajudar a definir como os asiáticos aparecem nos filmes. Não é uma coisinha de nada.

Obrigado, sra. Mori.

Sofia, droga.

Eu poderia realmente fazer algo de bom? O que Man ou a sra. Mori pensariam, sabendo que eu era pouco mais, talvez, que um colaborador, ajudando a explorar meus conterrâneos e refugiados? A visão de seus rostos tristes e confusos solapara minha confiança, lembrando-me dos tendões de sentimentalismo e empatia que ligavam minhas partes mais duras, mais revolucionárias. Cheguei a ser acometido da febre alta da saudade de casa, e foi desse modo que, ao voltar para o acampamento-base, busquei consolo na aldeia criada por Harry. As ruazinhas de terra, os telhados colmados, os pisos de terra batida das cabanas e a mobília simples de bambu, os chiqueiros com porcos de verdade resfolegando suavemente na noite, os cacarejos das galinhas inocentes, o ar denso como sopa, as picadas dos mosquitos, a chapinhada do meu pé incauto em um bolo polpudo de estrume de búfalo — tudo isso me deixou tonto com a vertigem da tristeza e da saudade. Só uma coisa estava faltando na aldeia e eram as pessoas, e a mais importante delas, minha mãe. Ela morrera quando eu estava no primeiro ano da faculdade, com apenas trinta e quatro anos. Pela primeira e única vez, meu pai me escreveu uma carta, breve e direto ao ponto: *Sua mãe morreu de tuberculose, pobrezinha. Está enterrada no cemitério sob uma lápide de verdade.* Uma lápide de verdade! Ele mencionara a seu próprio modo que pagara por isso, uma vez que minha mãe não tinha economias para se permitir tal coisa. Li sua carta duas vezes numa descrença entorpecida antes que a dor batesse, o chumbo quente da tristeza derretendo para dentro do molde de meu corpo. Ela estivera doente, mas não tão doente assim, a menos que houvesse escondido de mim o verdadeiro estado de sua enfermidade. Havíamos nos visto tão pouco ao longo dos últimos anos, ainda mais com as centenas de quilômetros de distância do liceu de Saigon e depois os milhares de quilômetros do exterior. A última vez que a vi foi um mês antes de partir para os Estados Unidos, quando voltei para me despedir por quatro anos. Eu não teria dinheiro para voltar no Tet, ou no verão, ou voltar, simplesmente, enquanto não me formasse, já que minha bolsa incluía apenas uma passagem de ida e volta. Ela sorriu bravamente e me chamou de seu *petit écolier*, por causa dos biscoitos cobertos de chocolate que eu adorava quando criança e com os quais meu pai me abençoava uma vez por ano, no Natal. Seus presentes de despedida para mim foram uma caixa desses biscoitos importados — uma fortuna para uma mulher que não mais que mordiscara a ponta de um deles certa vez e guardava o resto para mim todo Natal —, além de um caderno de anotações e uma caneta. Ela mal era alfabetizada e lia em voz alta, e tinha uma letra acanhada, ilegível. Quando estava com dez anos, eu escrevia tudo para ela. Para minha mãe, uma caderneta e uma caneta simbolizavam tudo que não podia conquistar e tudo que eu, com a graça de Deus ou a combinação acidental de meus genes, parecia destinado a conseguir. Comi os biscoitos no avião e preenchi a caderneta com um diário da faculdade. Agora tudo virara cinzas. Quanto à caneta, ficara sem tinta e eu a perdera em algum momento.

O que eu não daria para ter aquelas coisas inúteis comigo agora, ajoelhado junto ao túmulo de minha mãe e encostando a testa em sua superfície áspera. Não o túmulo na aldeia onde ela morrera, mas aqui, em Luzon, no cemitério construído por Harry apenas em nome da autenticidade. Depois de ver seu campo-santo, eu lhe pedira que deixasse o túmulo maior para meu uso. Na lápide eu colara uma reprodução da foto em preto e branco de minha mãe que eu carregava na carteira, a única imagem sua existente, com exceção das que se apagavam rapidamente em minha cabeça, as quais haviam adquirido o caráter de um filme mudo mal preservado, seus fotogramas rachados com finíssimos riscos. Na face cinzenta da lápide eu escrevera seu nome e as datas com tinta vermelha, a matemática de sua vida absurdamente curta para qualquer outro que não uma criança pequena para quem trinta e quatro anos parecia uma eternidade. A lápide e o túmulo eram moldados em argila, e não feitos de mármore, mas encontrei consolo em saber que ninguém seria capaz de perceber isso em um filme. Pelo menos nessa vida cinematográfica ela teria um lugar de descanso digno da filha de um mandarim, um túmulo falso mas talvez adequado para uma mulher que não foi mais do que uma figurante para todo mundo, menos para mim.

10.

Quando o Cineasta chegou na semana seguinte, deu para si mesmo uma festa de boas-vindas regada a churrasco, cerveja, hambúrgueres, ketchup Heinz e um bolo retangular tão grande que alguém podia dormir em cima. O departamento de objetos de cena fez um caldeirão de mentira com compensado e papier mâché, encheu-o de gelo seco e enfiou ali dentro uma dupla de strippers com cabelo loiro tingido, de um dos bares perto de Subic Bay, que faziam o papel de mulheres brancas sendo cozinhadas vivas pelos nativos. Um punhado de prestativos jovens locais bancavam os nativos, usando tangas e brandindo lanças de aspecto maligno, também produzidas pelo departamento de objetos de cena. Como os figurantes vietnamitas ainda demorariam um dia para chegar, eu era o único representante do meu povo vagando entre os mais de cem atores e membros da equipe, com cerca de uma centena mais de operários e cozinheiros filipinos. Esses moradores locais acharam o maior barato chegar no caldeirão e fatiar cenouras na sopa de strippers. Dava para perceber que a filmagem ia produzir histórias sobre o pessoal de Hollywood que seriam passadas adiante por décadas, progressivamente aumentadas a cada geração. Quanto aos figurantes, o *boat people*, seriam esquecidos. Ninguém se lembrava de figurantes.

Embora eu não fosse figurante nem *boat people*, a maré da empatia me puxava na direção deles. A correnteza da alienação ao mesmo tempo me empurrava para longe do pessoal de Hollywood, ainda que eu fosse um deles. Em suma, eu estava em uma situação familiar, a situação de me sentir um estranho, à qual reagi do meu modo costumeiro, armando-me de um gim-tônica, meu primeiro da noite. Eu com certeza estaria indefeso após meu quarto ou quinto drinque nessa festa, que tinha lugar sob as estrelas, bem como sob um imenso pavilhão de teto colmado que servia de cantina. Após trocar algumas piadas com Harry, observei os homens da equipe de filmagem cercarem as poucas garotas brancas presentes. Nesse meio-tempo uma banda de Manila, usando perucas loiras, executava um cover perfeito de "Do You Know Where You're Going To", de Diana Ross, e eu me perguntava se essa teria sido uma das mesmas bandas filipinas que haviam tocado nos hotéis de Saigon. Na beira da pista de dança estava o Cineasta, conversando com o Astro, enquanto Violet flertava com o Ídolo na mesma mesa. O Astro fazia o capitão Will Shamus; o Ídolo era o sargento Jay Bellamy. Enquanto o Astro começara sua longa carreira no circuito off Broadway, o Ídolo era um cantor pop que ganhara fama do dia para a noite com um hit tão açucarado que meus dentes doíam só de escutar. *The Hamlet* era seu primeiro papel no cinema e ele mostrara todo seu comprometimento tosando em um corte reco o evanescente penteado tão copiado pelos adolescentes, depois se submetendo ao treinamento militar exigido para seu papel com o entusiasmo de um iniciado de fraternidade sexualmente reprimido. Recostado em sua cadeira de ratã, usando camiseta branca e calça cáqui, os tornozelos perfeitos expostos porque não usava meias com os sapatos *dockside*, parecia frio como um sorvete, mesmo no clima tropical. Era por isso que era um ídolo, a fama era sua aura natural. Diziam as más línguas que ele e o Astro não se davam, o Astro sendo um ator sério que não só permanecia no personagem o tempo todo como também no uniforme. A farda de soldado e as botas de combate que usava eram as mesmas que pusera três dias antes, quando chegou para se tornar possivelmente o primeiro ator na história a exigir uma barraca de campanha em vez de trailer com ar-condicionado. Como soldados na frente de batalha não tomavam banho nem se barbeavam, ele fazia o mesmo, e como resultado começara a ficar com um aroma de ricota vencida. Em seu cinto de lona havia uma .45 no coldre e, embora todas as outras armas no set estivessem sem munição ou com balas de festim, a sua tinha balas de verdade, ou assim diziam os rumores, que tenho quase certeza provinham do Astro. Ele e o Cineasta discutiam Fellini, ao passo que Violet e o Ídolo trocavam reminiscências sobre um clube noturno da Sunset Strip. Ninguém prestou a menor atenção em mim, então passei à mesa do lado, onde estavam os atores vietnamitas.

Ou, para dizer em termos mais precisos, os atores que bancavam os vietnamitas. Minhas anotações para o Cineasta haviam realizado uma mudança efetiva no modo como éramos representados, e mais do que simplesmente no modo como os gritos eram agora interpretados com um *AIEYAAHHH!!!*. A mudança mais crucial foi o acréscimo de três personagens vietnamitas com falas de verdade, um irmão mais velho, uma irmã mais jovem e um irmão pequeno cujos pais haviam sido trucidados por King Cong. O irmão mais velho Binh, apelidado de Benny pelos Boinas Verdes, nutria um ódio visceral por King Cong. Tinha adoração por seus salvadores americanos e trabalhava como intérprete para eles. Junto com um Boina Verde negro, iria sofrer a morte mais horrível nas mãos de King Cong. Quanto à irmã, Mai, ela se apaixonaria pelo jovem, lindo e idealista sargento Jay Bellamy. Depois seria raptada e estuprada por King Cong, fato que serviria como justificativa para os Boinas Verdes aniquilarem King Cong completamente, até o último vestígio. Quanto ao menininho, seria coroado com um boné dos Yankees na cena final e alçado num avião para o céu, seu destino final sendo a família de Jay Bellamy em St. Louis, onde ganharia um golden retriever e o apelido de Danny Boy.

Era melhor que nada, não?

Em minha ingenuidade, eu simplesmente presumira que, uma vez que os papéis para vietnamitas fossem criados, os atores vietnamitas apareceriam. Mas não. A gente procurou, contou-me Violet no dia anterior, após encontrar tempo para beber um chá gelado na varanda do hotel. Para ser franca, simplesmente não tinha atores vietnamitas qualificados. A maioria eram amadores e os poucos profissionais eram uns canastrões. Deve ter a ver com o treinamento deles. Você vai ver. Só espera para formar uma opinião até ver esse pessoal atuando. Por azar, esperar para formar opinião não era um dos meus pontos fortes. O que Violet estava me dizendo era que não sabíamos interpretar a nós mesmos; devemos ser representados, no caso, por outros asiáticos. O menorzinho fazendo Danny Boy era o herdeiro de uma venerável família de atores filipinos, mas se tinha algo de vietnamita, eu passaria pelo papa. Ele era simplesmente rechonchudo e bem alimentado demais para ser um menino vivendo em uma aldeia, o exemplar típico de um desses criados sem a ajuda de outro leite que não o da mãe. Sem dúvida o jovem ator era talentoso. Ganhara o coração de todo mundo no set quando, ao ser apresentado, interpretara uma versão num tom alto de "Feelings", a pedido da mãe, que estava sentada ao seu lado agora, abanando-o enquanto ele bebericava um refrigerante. Durante sua performance, a afeição maternal daquela Vênus foi tão forte que me senti atraído para sua órbita, convencido por ela de que um dia, anote aí, ele estaria na Broadway. Está percebendo como canta *feelings* e não *peelings?*, sussurrou. Aulas de dicção! Ele não fala como um filipino. Emulando o Astro, Danny Boy insistia em permanecer no personagem e exigia que o chamassem de Danny Boy em vez do próprio nome, que eu não conseguia lembrar qual era, de qualquer maneira.

O rapaz que fazia seu irmão mais velho não suportava a criança, sobretudo porque Danny Boy roubava a cena com maldosa facilidade toda vez que os dois apareciam juntos. Isso era particularmente irritante para James Yoon, o ator mais conhecido no set depois do Astro e do Ídolo. Yoon era o Homem Comum Asiático, um ator de tevê cujo rosto a maioria das pessoas reconhecia mas de cujo nome não se lembravam. Elas diziam: Ah, aquele chinês do seriado policial ou Aquele japonês que faz o jardineiro daquela comédia ou Esse é o oriental, como é mesmo o nome. Yoon era, na verdade, um coreano--americano de trinta e poucos anos que podia fazer alguém uma década mais velho ou uma década mais novo e assumir a máscara de qualquer etnicidade asiática, tão maleáveis eram seus traços genericamente bonitos. A despeito dos inúmeros papéis na tevê, porém, mais provavelmente permaneceria na memória por um comercial muito popular anunciando Sheen, uma marca de detergente. Nesses comerciais, uma dona de casa sempre diferente era confrontada por um diferente tipo de desafio na lavagem da louça que só era resolvido com o aparecimento de seu sorridente e sabido empregado, que lhe oferecia não sua masculinidade mas um Sheen sempre à mão. Aliviada e espantada, a dona de casa perguntava como ele obtivera tamanha sabedoria para a limpeza doméstica, no que ele virava para a câmera, piscava, sorria e dizia o slogan que o tornara famoso em todo o país: *Confucius say, Clean with Sheen!* — "Confúcio diz, limpo com Sheen".

Não surpreende que Yoon fosse alcoólatra. Seu rosto era um termômetro preciso de sua condição, o vermelho mercurial, um indicativo de que a bebida exercia seu efeito dos dedos de seus pés a sua visão, língua e cérebro, pois estava flertando com a atriz que fazia sua irmã, ainda que nenhum dos dois fosse heterossexual. Yoon revelara suas intenções para mim diante de uma dúzia de ostras cruas no bar do hotel, suas orelhas calcárias e úmidas esticadas para cima, atentas à tentativa de sedução. Sem ofensa, falei, sua mão em meu joelho, mas não é a minha praia. Yoon deu de ombros e tirou a mão. Sempre parto do pressuposto de que todo homem é um homossexual no mínimo enrustido até prova em contrário. Em todo caso, você não pode culpar um gay por tentar, disse ele, dando um sorriso completamente oposto ao meu. Tendo estudado meu sorriso e seu efeito nas pessoas, eu sabia que tinha o valor de uma moeda mundial de segunda categoria, como o franco ou o marco. Mas o sorriso de Yoon era o padrão-ouro, tão luminoso que era a única coisa que dava para ver ou olhar, tão poderoso pessoalmente que era compreensível como ganhara o papel para o comercial do Sheen. Fiquei feliz em lhe pagar uma bebida para mostrar que não estava incomodado com sua investida, e ele por sua vez me pagou outra, e criamos uma ligação nessa noite que se fortaleceu em todas as noites seguintes.

Assim como Yoon tentara a sorte comigo, eu tentara com Asia Soo, a atriz. Como eu, era de ascendência mista, embora de uma linhagem muito mais refinada, em seu caso uma designer de moda inglesa e um pai dono de hotel. Seu primeiro nome era Asia, seus pais prevendo que qualquer progênie da improvável união dos dois certamente seria abençoada com suficientes atributos para se mostrar à altura de todo um continente mal definido. Tinha três vantagens injustas sobre qualquer homem no set, com exceção de James Yoon: estava com vinte e poucos anos, era modelo de marcas exclusivas e lésbica. Todos os machos do set, inclusive eu, estavam convencidos de possuir a varinha de condão capaz de convertê-la de volta à heterossexualidade. Caso isso não funcionasse, o sujeito tentava convencê-la de que era o tipo de homem liberal tão aberto à homossexualidade feminina que não ficaria nem um pouco ofendido em observá-la fazendo sexo com outra mulher. Alguns de nós declaravam com toda a confiança que só o que modelos de marcas exclusivas faziam era transar entre si. Se fôssemos modelos de marcas exclusivas, por esse raciocínio, com quem iríamos transar, homens como nós ou mulheres como elas? Tal pergunta era um pouco depreciativa para o ego masculino, e foi com um pouco de agitação que me aproximei dela na piscina do hotel. Oi, falei. Talvez fosse minha linguagem corporal, ou alguma coisa em meu olhar, pois antes que pudesse ir mais além ela baixou seu exemplar de *Fernão Capelo Gaivota* e disse: Você é um amor, só que não faz meu tipo. Não é culpa sua. Você é homem. Atônito, mais uma vez, tudo que pude dizer foi: Você não pode culpar um cara por tentar. Ela não culpava, de modo que nós, também, ficamos amigos.

Essas, então, eram as principais dramatis personae de *The Hamlet*, tudo registrado na carta que mandei para minha tia, junto com as lustrosas polaroides de mim mesmo e do elenco, até mesmo uma com o relutante Cineasta. Inclusas também estavam polaroides do acampamento de refugiados e seus ocupantes, bem como recortes de jornal que o General me dera antes de eu partir. Afogamentos! Pilhagem! Estupro! Canibalismo? Assim diziam as manchetes. O General as lera para mim entre tons alternados e crescentes de horror e triunfo, sobre como os refugiados informavam que só um de cada dois barcos sobrevivia à travessia das praias e braços de mar de nossa terra natal até a costa mais ou menos amistosa mais próxima em Hong Kong, Indonésia, Malásia e Filipinas, com as tempestades e os piratas afundando o resto. Aqui está, disse o General, sacudindo o jornal para mim. A prova de que esses comunistas filhos da puta estão expurgando o país! Para a tia de Man, escrevi visivelmente em minha carta sobre como era triste ver essas histórias. Invisivelmente, escrevi: *Isso está mesmo acontecendo? Ou é propaganda?* Quanto ao senhor, Comandante, que sonho o senhor acha que compelia esses refugiados a escapar, aventurando-se pelo oceano em barquinhos avariados que teriam deixado Cristóvão Colombo morto de medo? Se nossa revolução ajudava as pessoas, por que algumas delas estavam fugindo? Na época, eu não tinha respostas para essas perguntas. Só agora estou começando a entender.

As coisas no set correram tranquilamente até o Natal, quando o tempo ficou consideravelmente mais fresco, embora continuasse a parecer que estávamos sob uma constante ducha quente, segundo os americanos. A maioria das cenas filmadas antes de dezembro eram da variedade sem combate: o sargento Bellamy chega ao Vietnã e na mesma hora sua câmera é roubada de sua mão por um caubói de motocicleta, cena filmada na cidade próxima cuja praça fora reformada para ficar parecida com o centro de Saigon, incluindo táxis Renault, outdoors escritos em vietnamita autêntico e ambulantes nas calçadas; o capitão Shamus é convocado ao quartel-general na mesma cidade, onde um general lhe passa uma descompostura por denunciar um coronel corrupto do Exército da República do Vietnã, depois o pune despachando-o para comandar a aldeia; cenas bucólicas da vida rural com camponeses plantando arroz nos campos alagadiços, enquanto os diligentes Boinas Verdes supervisionam a construção de fortificações na aldeia; um Boina Verde descontente escrevendo *Eu acredito em Deus, mas Deus acredita em napalm* em seu capacete; o capitão Shamus fazendo um discurso motivacional para a milícia camponesa com seus fuzis de ação manual enferrujados, arrastando os pés em sandálias; o sargento Bellamy liderando a mesma milícia em treinamentos de batalha envolvendo tiro ao alvo, rastejar sob arame farpado, preparar emboscadas noturnas em forma de L; e as primeiras escaramuças entre o invisível King Cong e os defensores da aldeola, que na maior parte se resumia à milícia disparando seu único morteiro na escuridão.

Meus dias de produção cinematográfica eram preenchidos assegurando que os figurantes soubessem onde ficava o departamento de guarda-roupa e quando se encaminhar às suas cenas, que suas necessidades alimentares fossem atendidas, que recebessem semanalmente seu pagamento de um dólar por dia e que os papéis para os quais eram necessários fossem preenchidos. A maioria dos papéis caía na categoria de civil (isto é, Possivelmente Inocente mas Também

Possivelmente Vietcongue e Portanto Possivelmente Prestes a Ser Morto por Ser Inocente ou Vietcongue). A maioria dos figurantes já estava familiarizada com esse papel e, desse modo, não precisava de nenhuma motivação minha para entrar na psicologia correta para possivelmente ser explodido, desmembrado ou apenas baleado. A mais ampla categoria seguinte era o soldado do Exército da República do Vietnã (isto é, o combatente da liberdade). Todos os figurantes homens queriam fazer esse papel, ainda que do ponto de vista dos soldados americanos essa fosse a categoria do Possivelmente Amigo mas Também Possivelmente Inimigo e Portanto Possivelmente Prestes a Ser Morto Por Ser Amigo ou Inimigo. Com um bom número de veteranos do Exército da República do Vietnã entre os figurantes, eu não tive problema em preencher esse papel. A categoria mais problemática era o guerrilheiro da Frente Nacional de Libertação, pejorativamente conhecido como vietcongue (ou seja, Possivelmente Nacionalista Amante da Liberdade Mas Também Possivelmente Detestável Comuna Vermelho Mas Na Verdade Quem Se Importa Então Mate Ele [ou Ela] de Qualquer Maneira). Ninguém queria ser vietcongue (ou seja, os combatentes da liberdade), ainda que significasse apenas interpretar o papel. Os combatentes da liberdade entre os refugiados desprezavam esses outros combatentes da liberdade com uma veemência perturbadora, quando não surpreendente.

Como sempre, o dinheiro resolvia o problema. Após um pouco de forte convencimento de minha parte, Violet concordou em dobrar os salários para os figurantes em papéis de vietcongues, incentivo que permitia a esses combatentes da liberdade esquecer que fazer esses outros combatentes da liberdade fora em outro momento uma ideia repugnante. Parte do que achavam repugnante era que alguns deles teriam de torturar Binh e estuprar Mai. Minha relação com o Cineasta começou a deteriorar por causa da questão do estupro de Mai, embora ele já estivesse irritado comigo por defender os figurantes com relação ao salário. Sem me deixar intimidar, sentei à sua mesa de almoço no dia anterior à filmagem da cena de estupro e lhe perguntei se o estupro era realmente necessário. É só que parece meio pesado demais, falei. Um pequeno tratamento de choque nunca fez mal ao público, ele disse, apontando para mim com seu garfo. Às vezes eles precisam de um pontapé na bunda para sentir alguma coisa depois de ficar sentados por tanto tempo. Um tapa de cada lado, e não estou me referindo ao rosto. Isso é guerra, e estupros acontecem. Tenho a obrigação de mostrar, embora um vendido como você obviamente discorde.

O ataque gratuito me chocou, "vendido" vibrando em minha mente com as cores elétricas de uma pintura de Warhol. Não sou nenhum vendido, enfim consegui dizer. Ele bufou com desprezo. Não é de vendido que sua gente ia chamar alguém que ajuda um homem branco como eu? Ou "perdedor" é um termo melhor?

Sobre esse último ponto eu não podia discordar. Eu me apresentava como sendo um homem que de fato pertencia ao lado perdedor, e comentar que o lado americano também perdera não teria ajudado em nada na situação. Tudo bem, sou um perdedor, falei. Sou um perdedor por acreditar em todas as promessas que sua América fez para pessoas como eu. Vocês vieram e disseram que éramos amigos, mas o que a gente não sabia era que nunca iam conseguir confiar na gente, muito menos respeitar. Só perdedores como nós não teriam conseguido enxergar o que é tão óbvio agora, como nunca iam querer como amigo alguém que quisesse de verdade ser seu amigo. Lá no fundo vocês desconfiam que só imbecis e traidores acreditariam em suas promessas.

Não que ele me deixasse falar sem me interromper. Não fazia seu estilo. Ah, essa é boa!, disse, assim que comecei. Um bezerro moral sugando nas minhas tetas. Um sabe-tudo que não sabe nada, um *idiot savant* sem *savant*. Sabe quem mais tem uma opinião sobre tudo em que ninguém presta atenção? Minha avó senil. Você acha que só porque frequentou a faculdade as pessoas deviam escutar o que tem a dizer? Pena que seu diploma seja em ciência da masturbação.

Talvez eu tenha ido longe demais quando o convidei a fazer uma felação em mim, mas ele também foi longe demais ameaçando me matar. Ele vive dizendo que vai matar fulano e sicrano, disse Violet depois que lhe contei o que aconteceu. É só figura de linguagem. Jurar arrancar meus olhos com uma colher e me forçar a comê-los não me parecia muito figurativo, assim como mostrar o estupro de Mai nada tinha de figurativo. Não, o estupro era um brutal ato de imaginação, pelo menos como evidenciado pelo roteiro. Quanto à filmagem em si, só o Cineasta, um punhado seleto de membros da equipe, os quatro estupradores e a própria Asia Soo estiveram presentes. Eu mesmo teria de esperar um ano para ver a cena, em um barulhento cinema de Bancoc. Mas presenciei em pessoa a filmagem do plano master de James Yoon duas semanas depois, no qual tiravam sua roupa da cintura para cima e o prendiam a uma tábua. A tábua estava apoiada no corpo de um figurante que interpretava um miliciano morto, deixando James Yoon, a expressão um pouco ansiosa, com a cabeça pendendo em ângulo para o chão, à espera da tortura com água que estava prestes a receber dos mesmos quatro vietcongues que haviam estuprado Mai. Ao lado de James Yoon, o Cineasta se dirigia aos figurantes com minha intermediação, embora em nenhum momento olhasse para mim, já que não estávamos mais nos falando.

Nesse ponto do roteiro, vocês estão tendo o primeiro contato com o inimigo, disse ele para os estupradores. O Cineasta os escolhera devido à particular ferocidade que haviam exibido em várias cenas, bem como por seus atributos físicos característicos: o tom amarronzado de banana podre da pele e a fenda reptiliana de seus olhos. Vocês emboscaram uma patrulha e ele é o único sobrevivente. É um fantoche imperialista, um lacaio, um servo, um traidor. Não tem nada pior para vocês do que alguém que vende seu país por um punhado de arroz e alguns trocados. Quanto a vocês, seu famoso batalhão diminuiu pela metade. Centenas de irmãos seus estão mortos, e mais outras centenas vão morrer na batalha que vai acontecer. Vocês estão determinados a se sacrificar pela pátria, mas estão com medo, naturalmente. Daí vem esse filho da mãe chorão, esse vira-casaca traiçoeiro. Vocês odeiam esse filho da puta. Vão fazer o cara confessar todos os seus pecados reacionários, vão fazer ele pagar por eles. Só que, mais que tudo, se lembrem disto: divirtam-se, sejam vocês mesmos e ajam com naturalidade!

Essas instruções causaram alguma confusão entre os figurantes. O mais alto deles, e suboficial superior, um sargento, disse: Ele quer que a gente torture esse cara e pareça que estamos nos divertindo, certo?

O figurante mais baixo disse: Mas o que isso tem a ver com agir naturalmente?

O sargento alto disse: Ele fala isso para a gente toda vez.

Mas não é natural agir como um vietcongue, disse o Baixinho.

Qual o problema?, disse o Cineasta.

É, qual o problema?, disse James Yoon.

Nenhum problema, disse o sargento alto. Nós o.k. Nós número um. Então voltou a falar vietnamita e disse para os outros: Olha. Tanto faz o que ele fala. Ele quer que a gente aja de forma natural mas a gente vai agir de forma não natural. Somos uns vietcongues filhos da mãe. Sacaram?

Certamente sim. Aquilo era o método em estado bruto, quatro ressentidos refugiados e ex-combatentes da liberdade imaginando a detestável psicologia dos combatentes da liberdade do outro lado. Sem mais palavras de estímulo do Cineasta quando o filme começou a rodar, aquela gangue de quatro passou a uivar, pular e gesticular em torno do objeto de seu ódio. Nesse ponto do roteiro, o personagem de James Yoon, Binh, vulgo Benny, fora pego num interrogatório conduzido pelo único soldado do A-Team, o sargento Pete Attucks. Como determinado num caso anterior, a genealogia de Attucks remontava a dois séculos e a seu antepassado, Crispus Attucks, martirizado pelos Casacas Vermelhas britânicos em Boston e o primeiro negro famoso a sacrificar a vida pela causa dos brancos. Uma vez explicada a árvore genealógica de Attucks, seu destino estava selado com supercola. No devido tempo, ele pisava em uma armadilha de urso, duas mandíbulas feitas de bambus afiados que pegavam seu pé esquerdo. Enquanto o resto do destacamento das Forças Populares era convenientemente exterminado, ele e Binh devolviam os tiros até Attucks perder a consciência e Binh ficar sem munição. Quando o Vietcongue os capturava, os homens cometiam um dos mais infames e odiosos atos de profanação em Attucks, castrando-o e enfiando os genitais em sua boca. Isso, segundo Claude em seu curso de interrogatório, era algo que determinadas tribos nativas norte-americanas também costumavam infligir aos colonos invasores, a despeito de se tratar de uma raça diferente a milhares de quilômetros dali e mais de um século antes. Estão vendo?, disse Claude, mostrando-nos o slide de uma ilustração arcaica em preto e branco retratando um massacre indígena desse tipo. A seguir vinha outro slide, uma fotografia preto e branco mostrando o cadáver similarmente mutilado de um soldado americano capturado pelo Vietcongue. Quem falou que a gente não tem uma natureza humana comum?, disse Claude, passando ao slide seguinte de um soldado americano urinando no cadáver de um vietcongue.

O destino de Binh agora repousava nas mãos desses vietcongues, que reservavam sua escassa água não para o banho, mas para a tortura. Enquanto James Yoon (ou seu dublê, numa outra sequência de cenas) ficava preso à tábua, um pano sujo era enrolado em sua cabeça. Um dos vc então lentamente entornava a água um pouco acima da cabeça de Binh no pano, usando os cantis do próprio Attucks. Felizmente para James Yoon, a tortura da água só ocorria nas cenas envolvendo o dublê. Sob o pano, o dublê ficava com as narinas tampadas e um tubo para respirar pela boca, uma vez que é impossível, claro, respirar debaixo da cascata. A sensação sofrida pela vítima era quase de afogamento, ou assim me foi contado por prisioneiros que sobreviveram após serem submetidos à pergunta, como os inquisidores espanhóis descreviam a tortura da água. Repetidas vezes a pergunta foi feita para James Yoon e, enquanto a água era entornada sobre seu rosto, os vc se juntavam em torno, xingando, chutando e socando — tudo simulado, claro. Que surra! Que sons gorgolejantes! Como arfavam o peito e a barriga! Após um tempo, sob um sol tropical ardente como Sophia Loren, não foi apenas James Yoon, mas até os figurantes que começaram a suar com o esforço. Isso era algo de que poucas pessoas se dão conta — espancar alguém é um trabalho duro. Já conheci mais de um torturador que distendeu as costas, estirou um músculo, rompeu um tendão ou ligamento, até mesmo quebrou dedos e outros ossos da mão ou do pé, sem mencionar a rouquidão. Pois enquanto o prisioneiro está gritando, chorando, sufocando e confessando, ou tentando confessar, ou simplesmente mentindo, o interrogador precisa soltar um fluxo regular de epítetos, insultos, grunhidos, exigências e provocações com toda a concentração e criatividade de uma mulher atendendo uma ligação obscena de disque-sexo. Exige significativa energia mental para não ser repetitivo com o acúmulo de abuso verbal, e nisso, pelo menos, os figurantes vacilaram em sua performance. A culpa não devia ser jogada sobre os ombros deles. Não eram profissionais e o roteiro dizia apenas: *interrogadores VC xingam e gritam com Binh em sua própria língua.* Cabendo-lhes improvisar, os figurantes se puseram a dar uma aula de baixo calão vietnamita que ninguém ali no set jamais esqueceria. De fato, embora a maioria da equipe nunca tivesse aprendido a dizer "obrigado" ou "por favor" em vietnamita, ao final da cena todos sabiam como dizer "foda sua mãe" ou "filho da puta", dependendo de como se traduzisse *du ma.* Eu mesmo nunca dei muita bola para a obscenidade, mas não pude deixar de admirar como os figurantes espremeram cada gota de suco desse fruto azedo, cuspindo-o como um substantivo, verbo, adjetivo, advérbio e exclamação, emprestando-lhe entonações não só de ódio e raiva, como também até, em alguns pontos, de compaixão. *Du ma! Du ma! Du ma!*

Então, depois da surra, xingamentos e aplicação da tortura da água, o pano molhado seria retirado do rosto de Binh para revelar James Yoon, que sabia ser essa sua melhor chance de um Oscar de ator coadjuvante. Ele já fora empacotado inúmeras vezes antes na tela como o evanescente oriental, mas nenhuma dessas mortes anteriores possuía tal agonia, tal nobreza. Vamos ver, contou-me certa noite no bar de nosso hotel, já fui espancando até a morte com um soco-inglês por Robert Mitchum, esfaqueado nas costas por Ernest Borgnine, baleado na cabeça por Frank Sinatra, estrangulado por James Coburn, enforcado por um ator de composição que você não conhece, jogado de um arranha-céu por outro, empurrado pela janela de um dirigível e enfiado num saco de roupa suja e atirado no rio Hudson por uma gangue de chineses. Ah, é, também fui estripado por um bando de japoneses. Mas essas foram todas mortes rápidas. Só o que tive, no máximo, foram alguns segundos na tela, às vezes nem isso. Mas dessa vez — e nisso deu o sorriso extasiado de uma miss recém-coroada — vai demorar uma eternidade para me matar.

Assim, sempre que o pano era tirado, e ele era tirado muitas vezes durante uma sessão de interrogatório, James Yoon se esbaldava no desempenho com o fervor famélico de um homem que sabia que ao menos uma vez não seria ofuscado pelo perenemente fofo e insuperável menininho cuja mãe não permitiria que assistisse à cena. Ele fez caretas, grunhiu, gemeu, se lamuriou, chorou, berrou, tudo junto com lágrimas de verdade trazidas aos baldes de algum poço profundo dentro de seu corpo. Depois disso, se esgoelou, gritou, guinchou, se contorceu, se dobrou, se debateu e arquejou, o clímax sendo quando vomitou, uma sopa pedaçuda regurgitada de seu desjejum salgado e temperado de chouriço com ovos. Na conclusão dessa primeira tomada estendida houve apenas um silêncio de catedral por parte da equipe, atônita enquanto observavam o que sobrara de James Yoon, tão amedrontado e maltratado quanto um escravo arrogante numa fazenda americana. O próprio Cineasta veio com uma toalha úmida, ajoelhou junto ao ator ainda amarrado e cheio de ternura limpou o vômito de seu rosto. Isso foi incrível, Jimmy, absolutamente incrível.

Obrigado, ofegou James Yoon.

Agora vamos tentar mais uma vez, só para garantir.

Na verdade, mais seis tomadas foram necessárias até o Cineasta se dar por satisfeito. Ao meio-dia, após a terceira tomada, o Cineasta perguntara a James Yoon se ele queria fazer uma pausa para o almoço, mas o ator estremecera e sussurrara: Não, me deixa amarrado. Estou sendo torturado, não é? Enquanto o resto do elenco e da equipe se retirava para a sombra sonolenta da cantina, sentei perto de James Yoon e me ofereci para protegê-lo com um guarda-sol, mas ele sacudiu a cabeça com a obstinação de uma tartaruga. Não, droga, quero aguentar até o fim. É só uma hora debaixo do sol. Pessoas como Binh sofreram coisa pior, não foi? Bem pior, concordei. A experiência angustiante de James Yoon ao menos terminaria hoje, ou assim ele esperava, ao passo que a mortificação de um prisioneiro real continuava por dias, semanas, meses, anos. Isso era verdade para os capturados pelos meus camaradas comunistas, segundo nossos relatórios de inteligência, mas também era verdade para os interrogados pelos meus colegas do Special Branch. Os interrogatórios do Special Branch levavam tanto tempo porque os policiais estavam sendo meticulosos, pouco imaginativos ou sádicos? Todas as opções acima, disse Claude. E, no entanto, a falta de imaginação e o sadismo eram contrários à meticulosidade. Ele lecionava para uma classe desses policiais secretos no National Interrogation Center, os olhos arregalados das janelas fitando as docas de Saigon. Os vinte alunos dessa especialidade clandestina, incluindo eu, eram todos veteranos do exército ou da polícia, mas ainda assim nos sentíamos intimidados por sua autoridade, o modo como falava com o pedigree de um professor na Sorbonne ou em Harvard ou Cambridge. Força bruta não é a resposta, senhores, se a pergunta é como extrair informação e cooperação. A força bruta rende respostas ruins, mentiras, alvos equivocados ou, pior ainda, vai lhes dar a resposta que o prisioneiro acha que querem escutar. Ele vai dizer qualquer coisa para acabar com a dor. Todo este negócio — aqui Claude gesticulou com a mão para os instrumentos da profissão dispostos sobre sua mesa, grande parte fabricados na França, incluindo um porrete, um galão plástico de gasolina reaproveitado para conter água com sabão, alicates, um gerador elétrico com manivela manual para um telefone de campanha —, tudo isto é inútil. Interrogatório não é punição. Interrogatório é ciência.

Eu e os outros policiais secretos anotamos isso diligentemente em nossos cadernos. Claude era nosso consultor americano e o que esperávamos era a última palavra em know-how vindo dele e dos demais consultores americanos. Não nos decepcionamos. Interrogatórios têm a ver com a mente primeiro, o corpo em segundo, ele disse. Você nem sequer precisa deixar um hematoma ou marca no corpo. Parece absurdo, não? Mas é verdade. Gastamos milhões para comprovar isso em laboratório. Os princípios são básicos, mas a aplicação pode ser criativa e feita sob medida segundo o indivíduo ou a imaginação do interrogador. Desorientação. Privação dos sentidos. Autopunição. Esses princípios foram cientificamente provados pelos melhores cientistas do mundo, os cientistas americanos. Nós mostramos que a mente humana, submetida às condições certas, cede mais rápido que o corpo humano. Todo esse negócio — mais uma vez gesticulou com a mão, mostrando desprezo, para o que agora víamos como lixo gaulês, os instrumentos de bárbaros do velho mundo, não de cientistas do novo mundo, antes tortura medieval que interrogatório moderno —, vai levar meses para dobrar o interrogado com essas coisas. Mas ponha um saco na cabeça do sujeito, enrole suas mãos em bolas de gaze, tampe seus ouvidos e deixe ele sozinho numa cela completamente escura por uma semana, e você não tem mais um ser humano capaz de resistência. Tem uma poça d'água.

Água. Água, disse James Yoon. Pode me dar um gole d'água, por favor?

Fui buscar um pouco de água para ele. Apesar da tortura com água, ele na verdade não ganhara água nenhuma, a não ser a que era absorvida pelo pano úmido, que ficava molhado o suficiente, disse ele, apenas para sufocar. Como seus braços continuavam amarrados, lentamente pinguei a água em sua garganta. Obrigado, ele murmurou, do modo como um prisioneiro ficaria agradecido a seu torturador pelas gotas d'água, ou por um bocado de comida, ou pelo minuto de sono que o torturador dava de esmola. Ao menos dessa vez fiquei aliviado de escutar a voz do Cineasta, exclamando: Muito bem, vamos terminar logo com isso para o Jimmy poder voltar para a piscina!

Na tomada final, duas horas depois, James Yoon efetivamente choramingava de dor, seu rosto banhado em suor, muco, vômito e lágrimas. Era uma visão que eu já presenciara antes — a agente comunista. Mas essa era real, tão real que eu tinha de parar de pensar no rosto dela. Concentrei-me no estado ficcional de total degradação que o Cineasta queria para a cena seguinte, que em si exigia diversas tomadas. Nessa cena, a última no filme para James Yoon, os vietcongues, frustrados com sua incapacidade de dobrar a vítima e fazê-lo confessar seus crimes, enchem-no de porrada com uma pá. Estando um pouco extenuados de torturar a vítima, porém, o quarteto primeiro decide fazer uma pausa para fumar os Marlboros de Pete Attucks. Infelizmente para eles, subestimaram a vontade do tal de Binh, que, como muitos de seus irmãos do sul, fossem os combatentes da liberdade era tão relax quanto um surfista californiano em relação a qualquer assunto, exceto a questão da independência da tirania. Deixado a sós sem a toalha em torno da cabeça, ficou livre para morder a língua e se afogar sob uma torneira do próprio sangue falso, produto comercial que custa trinta e cinco dólares o galão e do qual aproximadamente dois galões foram usados para pintar James Yoon e decorar a terra. No caso dos miolos de Binh, porém, Harry elaborara um cérebro caseiro por conta própria, uma receita secreta de aveia misturada a gelatina, que resultou em uma maçaroca cinza, grumosa, congelada que ele espalhou com todo o carinho pela terra em volta da cabeça de James Yoon. O diretor de fotografia ficou particularmente próximo para captar a expressão nos olhos de Binh, que eu não podia ver do ponto onde observava, mas que presumi ser uma mistura virtuosa de dor extática e êxtase doloroso. A despeito de todo o castigo infligido, ele não disse uma palavra, ou pelo menos não que fosse inteligível.

II.

Quanto mais eu trabalhava no Filme, mais me convencia de que não era apenas um consultor técnico em um projeto artístico, mas um infiltrado num trabalho de propaganda. Um homem como o Cineasta teria negado, vendo seu filme puramente como Arte, mas quem estava tapeando quem? Filmes eram o modo americano de amaciar o resto do mundo, Hollywood incessantemente atacando as defesas mentais do público com o sucesso, o sucesso estrondoso, o espetáculo, o blockbuster e, sim, até mesmo o fracasso de bilheteria. Não fazia diferença qual história esse público assistisse. A questão era que era a história americana a que assistiam e adoravam, até o dia em que eles próprios talvez fossem bombardeados pelos aviões que tinham visto nos filmes americanos.

Man, como era de esperar, compreendia a função de Hollywood como lançadora dos mísseis balísticos intercontinentais da americanização. Eu lhe escrevera uma carta ansiosa sobre a relevância de meu trabalho no Cinema e ele respondera com suas mensagens mais detalhadas até então. Primeiro, tratou de minha preocupação quanto aos refugiados: *Condições aqui exageradas lá. Lembre os princípios de nosso Partido. Inimigos do Partido devem ser erradicados.* Sua segunda mensagem dizia respeito ao meu medo de ser um colaborador do Cineasta: *Lembre-se de Mao em Yan'an.* Isso era tudo, mas espantou o corvo negro da dúvida aboletado em meu ombro. Quando foi a última vez que um presidente americano achou que valia a pena escrever um discurso sobre a importância da arte e da literatura? Não consigo me lembrar. E no entanto, em Yan'an, Mao disse que a arte e a literatura eram cruciais para a revolução. Inversamente, advertiu, a arte e a literatura também podiam ser instrumentos da dominação. A arte não podia ser separada da política e a política precisava da arte para alcançar as pessoas em suas casas, mediante o entretenimento. Instando-me a recordar Mao, Man me dizia que minha missão com esse Filme era importante. Talvez o filme em si não fosse tão importante assim, mas o que ele representava, o gênero do cinema americano, era. Um espectador podia amar ou odiar aquele Filme, ou dizer que não passava de ficção, mas essas emoções eram irrelevantes. O que importava era que esse espectador, tendo pago pelo ingresso, estava disposto a deixar as ideias e os valores americanos se infiltrarem no vulnerável tecido de seu cérebro e no solo absorvente de seu coração.

Quando Man discutiu essas questões comigo pela primeira vez, em nosso grupo de estudos, fiquei pasmo com sua genialidade, bem como a de Mao. Eu era um aluno de liceu que nunca lera Mao, nunca pensara que arte e literatura tivessem alguma relação com política. Man transmitiu essa lição levando a mim e ao terceiro membro de nossa célula, um jovem de óculos chamado Ngo, a ter uma animada discussão sobre a palestra de Mao. Os argumentos do Grande Timoneiro sobre arte nos deixaram empolgados. A arte podia ser popular, dirigida às massas, e no entanto avançada, elevando seu próprio padrão estético, bem como o gosto das massas. No jardim de Ngo, discutimos como isso podia ser feito com uma estridente autoconfiança adolescente, interrompidos de vez em quando pela mãe de Ngo nos trazendo um lanchinho. O pobre Ngo acabou morrendo em um centro de interrogatório provinciano, preso de posse de folhetos antigovernistas, mas na época era um rapaz ardorosamente apaixonado pela poesia de Baudelaire. Ao contrário de Man e Ngo, nunca fui muito o organizador ou agitador, sendo esse um dos motivos, Man me contaria mais tarde, para os comitês no alto decidirem que eu seria um *mole*, um agente duplo.

Ele usou a palavra inglesa, que também significa toupeira e que aprendera não muito tempo antes em nosso curso de inglês, ensinada por um professor cuja maior alegria era fazer análise sintática. Uma toupeira?, falei. O animal que cava a terra?

O outro tipo de toupeira.

Tem outro tipo?

Claro. Pensar numa toupeira como algo que cava um buraco sob a terra deturpa o significado da toupeira como espião. A tarefa do espião não é se esconder onde ninguém possa vê-lo, uma vez que ele mesmo não será capaz de enxergar coisa alguma. A tarefa de um espião é se esconder onde todo mundo possa vê-lo e onde ele possa ver tudo. Agora pergunte a si mesmo o seguinte: O que todo mundo consegue ver de você mas você mesmo não consegue?

Chega de charadas, falei. Desisto.

Aí — apontou o meio do meu rosto —, bem visível.

Fui até o espelho e vi por mim mesmo, com Man espiando por cima do meu ombro. Ali de fato estava, uma parte tão importante de mim mesmo que eu deixara havia muito de notar. Tenha em mente que você não vai ser apenas uma toupeira qualquer, disse Man, mas a toupeira que é a pinta no nariz do próprio poder.

Man tinha a habilidade natural de fazer o papel de um agente duplo, e outras tarefas potencialmente perigosas, parecerem atraentes. Quem não ia querer ser uma pinta? Foi com isso em mente que consultei meu dicionário de inglês, onde descobri que além de "toupeira" e "nevo", a palavra *mole* também podia se referir a um tipo de píer ou porto, uma unidade de medida em química, uma massa anormal de tecido uterino e, com pronúncia diferente, um molho mexicano muito condimentado feito de pimentas e chocolate que um dia eu viria a experimentar e adoraria. Mas o que chamou minha atenção e ficou comigo desde então foi a ilustração que acompanhava a palavra, retratando não um nevo, mas o animal, um mamífero subterrâneo e insetívoro com enormes garras, focinho bigodudo tubular e olhos de alfinete. Era certamente muito feio para qualquer um exceto sua mãe, e quase cego.

Esmagando as vítimas em seu caminho, o Filme avançava com o ímpeto de uma divisão Panzer rumo ao clímax do confronto no covil de King Cong, que se seguiria da vaporização incendiária do dito covil pela Força Aérea americana. Várias semanas de filmagens foram necessárias para o que se resumia a quinze minutos de projeção pipocando de helicópteros, foguetes, tiros de canhão e a completa e magnífica destruição dos elaborados cenários que haviam sido erguidos com o exclusivo propósito de ser destruídos. Enormes suprimentos de fumaça em lata asseguravam que uma bruma atordoante cobrisse o set de vez em quando, à medida que inúmeros tiros de festim eram disparados, e quantidades significativas de estopins e explosivos eram utilizados, de modo que todos os pássaros e animais das redondezas desapareciam aterrorizados e a equipe de filmagem trabalhava com chumaços de algodão nos ouvidos. Claro que não bastava apenas destruir a aldeia e a caverna onde King Cong se escondia; para satisfazer a necessidade do Cineasta de um derramamento de sangue realista, todos os figurantes também tinham de ser aniquilados. Como o roteiro pedia a morte de centenas de vietcongues e laosianos, embora não houvesse mais que algumas centenas de extras, a maioria morria mais de uma vez, muitos deles, quatro ou cinco vezes. A demanda por figurantes só diminuiu após o prato principal do confronto decisivo, um assombroso ataque de napalm descarregado pelo voo rasante de dois F-5s da força aérea filipina. Com a maior parte do inimigo desse modo exterminada, para os últimos dias de filmagem só se fizeram necessários vinte figurantes, população reduzida que transformou a aldeia numa cidade-fantasma.

Foi ali que os vivos foram dormir mas os mortos-vivos acordaram, quando por três alvoradas o set ressoou com o brado de VIETNAMITAS MORTOS, AOS SEUS LUGARES! Uma obediente tribo de zumbis se erguia da terra, um bando de cadáveres desmembrados emergindo da tenda de maquiagem cobertos de hematomas e sangue, as roupas rasgadas. Alguns se apoiavam nos camaradas e saltitavam numa perna só, a outra perna amarrada à coxa. Na mão livre carregavam um membro falso, o osso branco se projetando, que posicionavam em algum lugar por perto assim que deitavam. Outros, com o braço dentro da camisa e uma manga pendendo vazia, levavam um falso braço mutilado, enquanto mais alguns seguravam nas mãos em concha os miolos que caíam de suas cabeças. Uns agarravam com cautela suas vísceras expostas, que pareciam muito com fieiras reluzentes de linguiça branca, não cozida, porque era exatamente isso que eram. O uso das linguiças foi uma sacada inspirada, pois no momento apropriado, quando a filmagem começava, Harry soltava um vira-lata faminto que saía correndo pela cena e começava a mastigar feito louco as vísceras dos mortos. Esses cadáveres eram tudo que restava do inimigo nas ruínas fumegantes do covil de King Cong, esparramados em poses grotescas onde haviam desabado após serem baleados, esfaqueados, espancados ou estrangulados na cruel refrega mano a mano entre os vietcongues e os Boinas Verdes, junto com as Forças Populares. Os mortos incluíam inúmeros soldados desafortunados e anônimos das Forças Populares, bem como os quatro vietcongues que haviam torturado Binh e estuprado Mai, o fim deles trazido pela devida desforra de Shamus e Bellamy, usando suas facas KA-BAR em um frenesi homérico até que

Estavam ofegantes em um campo de batalha de onde se erguia apenas o chiado das brasas.

SHAMUS
Escutou isso?
BELLAMY
Não estou escutando nada.
SAHMUS
Exato. É o som da paz.

Quem dera! O Filme ainda não estava encerrado. Uma velha saiu correndo da caverna para cair, gemendo, sobre o corpo de seu filho VC morto. Os Boinas Verdes atônitos a reconheceram como sendo a madame amigável, de dentes enegrecidos, do bordel deprimente onde tantas vezes haviam jogado na loteria das doenças venéreas.

BELLAMY
Cristo, o VC da Mama San.
SHAMUS
Todos eles são, garoto. Todos eles são.
BELLAMY
O que a gente faz com ela?
SHAMUS
Nada. Vamos embora.

Shamus esqueceu a regra básica dos faroestes, histórias policiais e filmes de guerra: nunca dê as costas para um inimigo ou uma mulher injustiçada. Quando o fizeram, a furiosa Mama San pegou a AK-47 de seu filho, descarregou em Shamus do quadril às escápulas e então foi vítima, por sua vez, de Bellamy, que, girando rapidamente, esvaziou o que restava de seu pente. Então ela morreu em câmera lenta, banhada em catorze realistas jorros de sangue de *squibs* preparados por Harry, que lhe deu outros dois para morder. O gosto é horrível, ela disse depois, a boca e o queixo cobertos com o sangue falso que eu estava limpando. Fui convincente? Impressionante, falei, para sua grande satisfação. Ninguém morre como você.

A não ser, é claro, o Ator. Para ter certeza de que ninguém pudesse dizer que Asia Soo ou James Yoon haviam atuado melhor que ele, exigiu que sua morte fosse filmada dezoito vezes. A maior dificuldade de atuação foi exigida do Ídolo, porém, que teve de segurar o moribundo Will Shamus em seus braços, tarefa inglória, uma vez que o Ator ainda não tomara banho após sete meses de filmagem. Isso a despeito do fato de que nenhum soldado jamais deixara escapar uma oportunidade para uma ducha ou banho, mesmo se não correspondesse a nada além de um capacete cheio de água fria e sabão entornado em si mesmo. Mencionei isso certa noite para o Ator no começo das filmagens, e ele me respondeu com um daqueles olhares de pena e zombaria que eu estava a essa altura tão acostumado a receber, do tipo que dava a entender não só que minha braguilha estava aberta, como também que não havia nada para ver, se estivesse. É exatamente porque nenhum soldado fez isso que estou fazendo, declarou. Como resultado, ninguém conseguia se forçar a sentar com ele para comer ou ficar a menos de cinco ou seis metros de distância, seu fedor tão horrendo que levava lágrimas aos olhos do Ídolo quando ele se curvava a cada tomada, chorando e engasgando, para escutar Shamus sussurrar suas últimas palavras: *The whore! The whore!**

Com Shamus morto, o palco estava pronto para Bellamy ordenar um ataque de Arc Light sobre o covil de King Cong. No céu acima, um B-52 Stratofortress desovaria quase catorze toneladas de bombas sobre o covil, com o propósito não de matar os vivos, mas purgar a

---

* *Whore*, "prostituta": trocadilho com as famosas palavras de Kurtz no *Coração das trevas/Apocalypse Now*, "The Horror!", ambas as sonoridades parecidas. (N. T.)

superfície terrestre dos mortos, executar uma dança da vitória sobre o cadáver de King Cong, arrancar o sorriso hippie da cara da Mãe Terra e dizer ao mundo: *Não deu para evitar — somos americanos.* A cena foi uma produção industrial gigantesca, que exigiu escavar diversas trincheiras, que foram então enchidas com quase oito mil litros de gasolina, além de mil bombas de fumaça, muitas centenas de palitos de fósforo, algumas dúzias de bananas de dinamite e uma quantidade não divulgada de foguetes, luminosos e projéteis traçadores, tudo preparado para simular as explosões ocorridas após a detonação dos estoques de munição de King Cong, fornecida pelos chineses e soviéticos. Todo mundo na equipe de filmagem vinha esperando por esse momento, a maior explosão já realizada na história do cinema. É o momento, proclamou o Cineasta para a equipe reunida durante a última semana, em que mostramos que fazer esse filme foi uma guerra em si. Quando seus netos perguntarem o que você fez durante a guerra, podem dizer: eu fiz este filme. Fiz uma grande obra de arte. Como sabem que fizeram uma grande obra de arte? Uma grande obra de arte é algo tão real quanto a própria realidade e às vezes até mais real do que o real. Muito tempo depois que essa guerra tiver sido esquecida, quando sua existência for um parágrafo num livro didático que os alunos nem vão se dar ao trabalho de ler, e todo mundo que sobreviveu estiver morto, e seus corpos virado pó, suas lembranças virado átomos, suas emoções não mais em ação, essa obra de arte continuará a brilhar com tanta intensidade que não vai ser apenas sobre a guerra, vai ser a guerra.

E aí está o absurdo. Não que não houvesse alguma verdade no que o Cineasta alegava, pois o absurdo muitas vezes tem uma semente de verdade. Sim, a arte acaba por sobreviver à guerra, seus artefatos ainda assomando imponentes muito depois que os ritmos cotidianos da natureza esmagaram os corpos dos milhões de combatentes para transformá-los em pó, mas não tenho dúvida de que na imaginação egocêntrica do Cineasta ele queria dizer que sua obra de arte, agora, era mais importante do que os três ou quatro ou seis milhões de mortos que compuseram o verdadeiro significado da guerra. *Eles não podem representar a si mesmos; precisam ser representados.* Marx falava da classe oprimida que não tinha suficiente consciência política para se enxergar como classe, mas poderia ser mais verdadeiro do que para os mortos, bem como os figurantes? O destino deles era tão sem sentido que bebiam seu dólar diário toda noite, ato do qual eu de bom grado participava, sentindo uma pequena parte de mim morrer com eles, também. Pois tinha uma compreensão cada vez maior da falta de sentido do que eu realizara, de que me iludira em achar que seria capaz de realizar alguma mudança no modo como éramos representados. Eu alterara o roteiro aqui e ali, e estimulara a criação de alguns papéis com falas, mas com que finalidade? Eu não tirara aquele mastodonte dos trilhos, tampouco mudara sua direção, apenas tornara seu caminho mais suave na condição de consultor técnico encarregado da autenticidade, o espírito assombrando filmes ruins que aspiravam a ser bons. Minha tarefa era assegurar que as pessoas andando para cá e para lá no fundo do filme fossem vietnamitas reais dizendo coisas vietnamitas reais e vestidos com roupas vietnamitas reais, pouco antes de morrer. A entonação de um dialeto e o corte de uma roupa tinham de ser reais, mas as coisas verdadeiramente importantes num filme desses, como emoções ou ideias, podiam ser falsas. Eu não era nada além de um costureiro num porão verificando se os pontos estavam corretos numa peça desenhada, produzida e consumida pela gente branca rica do mundo. Eles eram os donos dos meios de produção e, desse modo, dos meios de representação, e o máximo a que poderíamos aspirar era entrar na conversa antes de nossas mortes anônimas.

O Filme nada mais era que uma sequência para a nossa guerra e uma *prequel* para a próxima guerra que a América fatalmente travaria. Matar os figurantes era uma encenação do que acontecera com nós, nativos, ou um ensaio a caráter para o próximo episódio, com o Filme sendo a anestesia local aplicada à mente americana, preparando-a para qualquer irritação menor antes ou depois de tal feito. No fim das contas, a tecnologia usada para efetivamente remover os nativos veio do complexo militar-industrial do qual Hollywood tomava parte, fazendo seu diligente papel na remoção artificial dos nativos. Percebi isso, finalmente, no dia em que o espetáculo final deveria ser filmado, quando, no último minuto, o Cineasta decidiu improvisar com as abundantes quantidades de gasolina e explosivos que sobraram.

No dia anterior, sem que eu soubesse, os magos dos efeitos especiais haviam recebido as instruções do Cineasta: preparem o cemitério para ser destruído. Esse cemitério fora poupado no roteiro original quando King Cong atacava a aldeia, mas agora o Cineasta queria mais uma cena ilustrando a verdadeira depravação de lado a lado. Nessa cena, um bando de guerrilheiros suicidas buscava proteção entre os túmulos, enquanto Shamus pedia um ataque com fósforo branco no reino sagrado dos ancestrais da aldeia, dando cabo de vivos e mortos com projéteis de 155 milímetros. Fiquei sabendo dessa nova cena na manhã em que foi filmada, quando o ataque de Arc Light estava originalmente programado. Negativo, disse Harry. Os caras dos efeitos especiais terminaram de preparar o cemitério ontem à noite.

Eu adoro aquele cemitério. É a melhor coisa que você construiu.

Você tem meia hora para bater uma foto, e depois, ka-bum!

Era só um cemitério falso com seu falso túmulo para minha mãe, mas a erradicação daquela criação, em toda a sua barbaridade e capricho, me magoou com crueldade inesperada. Eu tinha de prestar meus derradeiros respeitos a minha mãe e ao cemitério, mas estava sozinho nesses sentimentos. O cemitério estava deserto, a equipe ainda tomando o café da manhã. Entre os túmulos agora passava um labirinto de valas rasas brilhando com gasolina, ao passo que amarradas atrás das lápides havia bananas de dinamite e palitos de fósforo. Cachos de bombas de fumaça presos ao chão por estacas se ocultavam da câmara atrás das lápides e em meio ao capim na altura do joelho que fazia cócegas em meus tornozelos e canelas descobertos. Com a câmera pendurada no pescoço, passei pelos nomes dos mortos que Harry escrevera nas lápides, copiados do catálogo telefônico de Los Angeles e pertencentes a pessoas ainda vivas, presumivelmente. Entre esses nomes de vivos nessa pequena praça de defuntos, o nome de minha mãe era o único que estava ali por direito. Foi diante de seu túmulo que me ajoelhei para dizer adeus. A profanação das intempéries ao longo dos últimos sete meses apagara quase todo seu rosto na reprodução fotográfica, enquanto a tinta vermelha com que seu nome foi escrito desbotara para o tom de sangue seco na calçada. A melancolia insinuava sua mão seca e quebradiça na minha como sempre fazia quando eu pensava em minha mãe, cuja vida foi tão curta, cujas oportunidades foram tão poucas, cujos sacrifícios foram tão grandes, e que estava prestes a sofrer uma última indignidade em nome do entretenimento.

Mãe, disse eu, minha testa apoiada na lápide. Mãe, sinto tanto sua falta.

Escutei a voz descorporificada do major glutão, rindo. Seria só minha imaginação ou todo o barulho ambiente da natureza de fato cessou? Na calma sobrenatural de minha sessão espírita com minha mãe, achei que talvez tivesse conseguido conversar com sua alma, mas no exato momento em que minha mãe possivelmente sussurrara algo para mim, um gigantesco estrépito varreu a audição de meus ouvidos. Ao mesmo tempo, uma bofetada no rosto ergueu-me dos joelhos e me arremessou em meio a uma bolha de luz, desfocando-me com sua violência, um eu voando enquanto o outro eu assistia. Mais tarde, alegariam que tudo não passara de acidente, resultado de um detonador defeituoso que disparara a primeira explosão, embora a essa altura eu concluíra que aquilo nada tinha de acidental. Só um homem poderia ter sido responsável pelo que aconteceu no set, o homem que era tão meticuloso com cada detalhe que planejava o cardápio da semana, o Cineasta. Mas, na época da conflagração, meu eu calmo acreditou que Deus em Pessoa atacara minha alma blasfema. Pelos olhos desse eu calmo vi meu eu histérico, gritando, abrir os braços e batê-los como uma ave terrestre. Uma grande língua de fogo se ergueu diante dele, enquanto uma onda de calor o envolveu com tamanha intensidade que tanto ele como eu perdemos toda ideia de sensação. Uma imensa píton de impotência nos envolveu em seu aperto sufocante, espremendo-nos de volta num só eu com tanta força que quase apaguei, até que minhas costas atingiram o chão. A carne de meu corpo agora estava salgada, grelhada e amaciada, o mundo ao meu redor em chamas e fedendo ao suor de gasolina que emanava das feras lanudas de fumaça negra dando o bote em mim e me encurralando com suas faces cambiantes. Outro estrépito gigante rasgou o silêncio que obstruía meus ouvidos quando cambaleei para ficar de pé. Torrões meteóricos de terra e rocha passavam zumbindo e levei um braço sobre a cabeça e puxei a camisa para cobrir o nariz e a boca. Havia um caminho estreito em meio ao fogo e à fumaça e, com os olhos cegados pelas lágrimas e ardendo da fuligem, corri, mais uma vez, para salvar minha vida. A onda de choque de outra explosão estapeou minhas costas, uma lápide inteira voou por cima de mim, uma granada de fumaça caiu na minha frente e uma nuvem cinzenta vendou meus olhos. Encontrei o caminho evitando o calor, tossindo e respirando como um asmático até alcançar o ar livre. Ainda cego, continuei correndo, abanando as mãos, engasgando com o oxigênio, tendo essa sensação que um covarde sempre quer ter e nunca quer ter, de que estava vivo. Era um sentimento possível apenas depois de haver sobrevivido a uma rodada de roleta-russa contra o jogador que nunca perde, a Morte. Quando estava prestes a agradecer a um Deus no qual não acreditava, porque sim, no fim das contas, eu era um covarde, um clangor de trompetes me ensurdeceu. No silêncio, a terra evaporou — a cola da gravidade se dissolveu — e fui propelido na direção do céu, as ruínas do cemitério ardendo diante de mim, retrocedendo à medida que eu era arremessado de costas, o mundo passando numa bruma difusa que se fundiu às trevas emudecidas.

Essa bruma… essa bruma foi minha vida passando diante dos meus olhos, só que se desenrolou tão rápido que não consegui ver grande coisa. O que pude ver foi eu mesmo, mas o estranho foi que minha vida passou ao contrário, como nessas sequências de filme em que alguém que caiu de um prédio e se espatifou na calçada de repente se ergue no ar e volta voando pela janela. Assim foi comigo, correndo freneticamente contra um fundo impressionista de manchas coloridas. Fui encolhendo até virar um adolescente, depois uma criança e depois, enfim, um bebê, engatinhando, até inevitavelmente ser sugado, nu e gritando, por esse portal que possui a mãe de todo homem, para penetrar num buraco negro onde toda luz evaporou. À medida que se apagava esse derradeiro lume, ocorreu-me que a luz no fim do túnel vista por pessoas que morreram e voltaram não era o Paraíso. Não seria bem mais plausível que aquilo que viram não era o que estava na frente, mas o que estava atrás? Isso era a memória universal do primeiro túnel pelo qual todos passamos, a luz em seu fim penetrando em nossa escuridão fetal, perturbando nossas pálpebras fechadas, acenando para descermos pela calha que nos entregará a nosso encontro inevitável com a morte. Abri a boca para gritar e depois abri os olhos...

Eu estava em uma cama protegida por uma cortina branca, apertado sob um lençol branco. Além da cortina vinham vozes etéreas; o tilintar de metal, como cubos de gelo; rodinhas dando cambalhotas sobre linóleo; os guinchos enervantes de solados emborrachados; os bipes chorosos do solitário maquinário eletrônico. Eu vestia uma tênue camisola de crepe, mas, a despeito da leveza do tecido e do lençol, um peso soporífico me pressionava para baixo, áspero como um cobertor de exército, opressivo como um amor indesejado. Um homem de jaleco branco estava ao pé da minha cama, lendo uma tabela em uma prancheta com a intensidade de um disléxico. Tinha o cabelo despenteado, descuidado, de um aluno de astrofísica; sua barriga protuberante transbordava por cima do dique de seu cinto; e estava murmurando em um gravador. Paciente admitido ontem sofrendo de queimaduras em primeiro grau, inalação de fumaça, hematomas, concussão. É — nesse ponto notou que eu olhava para ele. Ah, oi, bom dia, falou. Consegue me escutar, meu jovem? Acena com a cabeça. Muito bom. Consegue dizer alguma coisa? Não? Nada errado com suas cordas vocais ou sua língua. Ainda em choque, eu diria. Lembra seu nome? Fiz que sim. Ótimo! Sabe onde está? Sacudi a cabeça. Um hospital em Manila. O melhor que o dinheiro pode pagar. Nesse hospital os médicos não têm só MD. Também têm ph.D. Isso quer dizer que somos todos Philippine Doctors. MD é pra Manila Doctors. Rá, é só brincadeira, meu caro acamado. Claro que MD é para quem tem *medical doctorate* e ph.D., quer dizer *philosophy doctorate*, o que significa que posso analisar tanto o que vejo como o que não vejo. Toda parte física sua está em relativo bom estado, considerando o susto recente. Algum estrago, é verdade, mas nada grave se você pensar que poderia ter morrido ou perdido um membro. Um braço ou perna quebrados, pelo menos. Em resumo, você tem uma sorte desgraçada. Isso posto, desconfio que está com uma dor de cabeça tão intensa quanto a beleza de Zsa Zsa Gábor. Recomendo tudo menos psicanálise. O que eu recomendaria é uma enfermeira, mas exportamos todas as bonitas para a América. Alguma pergunta?

Tentei falar mas nada saiu, assim apenas abanei a cabeça. Descansa, então. Lembra que o melhor tratamento médico é a sensação de relativismo. Por pior que se sinta, console-se sabendo que tem alguém que se sente muito pior.

Dizendo isso, passou pela cortina e me deixou sozinho. Acima de mim o teto era branco. Os lençóis, brancos. O roupão hospitalar, branco. Eu devia estar bem, se tudo era branco, mas não estava. Odiava ambientes brancos e agora estava sozinho em um sem nada para me distrair. Eu conseguia viver sem tevê, mas não sem livros. Nem mesmo uma revista ou um parceiro de internação para aliviar a solidão e, à medida que os segundos, minutos e horas gotejavam como saliva da boca de um paciente psiquiátrico, um profundo desconforto se abateu sobre mim, a sensação claustrofóbica de que o passado começava a emergir daquelas paredes vazias. Fui salvo dessas aparições pela visita posterior dos quatro figurantes que faziam os torturadores vietcongues. Barbeados e usando jeans e camiseta, não pareciam torturadores ou vilões, mas refugiados inofensivos, um pouco confusos e deslocados. Traziam, adivinhem só, uma cesta de frutas embrulhada em celofane e uma garrafa de Johnnie Walker. Como estão as coisas, chefe?, disse o figurante mais baixo. Parece péssimo.

Tudo bem, grasnei. Nada grave. Não precisava.

Os presentes não são da gente, disse o sargento alto. O diretor mandou.

Bondade dele.

O sargento alto e o Baixinho se entreolharam. Se você diz, falou o Baixinho.

Como assim?

O sargento alto suspirou. Não queria ir logo tocando no assunto, Capitão. Olha, toma uma bebida primeiro. O mínimo que você pode fazer é tomar a bebida do homem.

Aceito uma, disse o Baixinho.

Serve todo mundo, falei. Como assim, o mínimo que eu posso fazer?

O sargento alto insistiu que eu tomasse minha bebida primeiro, e o ardor quente, adocicado, do uísque de fato ajudou, tão reconfortante quanto uma esposa amorosa que compreende todas as necessidades do seu homem. Estão dizendo que o que aconteceu ontem foi um acidente, ele disse. Mas que coincidência dos diabos, não é? Você briga com o diretor — é, todo mundo ficou sabendo — e daí, logo quem sai voando pelos ares? Não tenho prova. É só uma coincidência dos diabos.

Fiquei em silêncio enquanto ele me servia mais uma dose. Olhei para o Baixinho. O que você acha?

Eu não descartaria os americanos. Eles não tiveram medo de tirar nosso presidente, tiveram? O que faz você pensar que não iriam atrás de você?

Dei risada, ainda que dentro de mim o cachorrinho da minha alma estivesse numa pose atenta, o focinho e as orelhas virados para o vento. Vocês estão paranoicos, falei.

Todo paranoico está certo pelo menos uma vez, disse o sargento alto. Quando ele morre.

Acredite se quiser, disse o Baixinho. Mas escuta, a gente veio aqui não só para falar sobre isso. A gente queria agradecer, Capitão, por todo o trabalho que você teve durante essa filmagem. Você fez um trabalho fantástico cuidando da gente, conseguindo pagamento extra, discutindo com o diretor.

Então vamos tomar a bebida daquele filho da puta em sua homenagem, Capitão, disse o sargento alto.

Meus olhos se encheram de lágrimas quando ergueram os copos para mim, um colega vietnamita que era, a despeito de tudo, como eles. Minha necessidade de valorização e inclusão me surpreendeu, mas o trauma da explosão devia ter me deixado fraco. Man já me advertira que para o tipo de trabalho clandestino que fazíamos não haveria medalhas, promoções ou desfiles. Tendo me resignado a essas condições, o elogio daqueles refugiados foi inesperado. Consolei-me com a lembrança de suas palavras depois que se foram, bem como com o Johnnie Walker, esquecendo o copo e tomando direto no gargalo. Mas depois que a garrafa ficou vazia, em algum momento à noite, finalmente fui deixado a sós comigo mesmo e meus pensamentos, taxistas desonestos que me levaram aonde eu não queria ir. Agora que meu quarto estava escuro, tudo que eu podia ver era o único outro ambiente inteiramente branco onde eu estivera, no Centro de

Interrogatório Nacional em Saigon, trabalhando em minha primeira missão sob a supervisão de Claude. Nesse caso, eu não era o paciente. O paciente, que devo mais apropriadamente chamar de prisioneiro, tinha um rosto de que me lembro com muita clareza, tamanha a frequência com que o estudara por meio das câmeras montadas nos cantos desse quarto. Cada centímetro do lugar fora pintado de branco, incluindo a cama do homem, sua mesa, sua cadeira e seu balde, os únicos outros ocupantes. Até mesmo as bandejas e os pratos com sua comida e o copo para sua água e sua barra de sabão eram brancos, e tudo que ele podia usar era camiseta branca e samba-canção branca. Além da porta, a única outra abertura levava ao esgoto, um pequeno buraco escuro no canto.

Eu estava lá quando os trabalhadores construíram e pintaram o quarto. A ideia de um ambiente todo branco foi de Claude, assim como o uso de ar-condicionado para manter o quarto a dezoito graus Celsius, frio até para os padrões ocidentais e gelado para o prisioneiro. É uma experiência, disse Claude, ver se um prisioneiro amolece sob certas condições. Essas condições incluíam lâmpadas fluorescentes no teto que nunca eram desligadas. Eram sua única fonte de luz, a atemporalidade combinando com a ausência de espacialidade induzida pela brancura opressiva. Os alto-falantes pintados de branco eram o toque final, montados na parede e prontos para entrar em ação a qualquer minuto do dia. O que a gente pode pôr para tocar?, perguntou Claude. Tem que ser alguma coisa que ele não aguenta.

Olhou para mim com expectativa, preparado para me avaliar. Havia pouco que eu pudesse fazer pelo prisioneiro, por mais que tentasse. Claude acabaria encontrando a música que era insuportável para o sujeito e, se eu não o ajudasse, minha reputação de bom aluno perderia um pouco do seu lustro. Para o prisioneiro, a única esperança real de escapatória daquela situação não residia em mim, mas na libertação de todo o sul. Então falei: Country. O vietnamita normal não suporta. Aquela cantoria nasalada de sulista, o ritmo peculiar, aquelas letras esquisitas — essa música tira a gente do sério.

Perfeito, disse Claude. Então qual canção vai ser?

Depois de pesquisar um pouco, encontrei um disco de jukebox num dos bares de Saigon populares entre os soldados brancos. "Hey,

Good Lookin'", do famoso Hank Williams, o ícone da música country cujo timbre agudo personificava a perfeita brancura da música, ao menos aos nossos ouvidos. Mesmo alguém tão exposto à cultura americana como eu ficava um pouco arrepiado ao escutar aquele disco, meio riscado por ter sido tocado tantas vezes. O country era o tipo de música mais segregada da América, onde até os brancos tocavam jazz e até os negros cantavam na ópera. Alguma coisa parecida com a música country era o que as turbas de linchamento deviam ter apreciado quando enforcavam suas vítimas negras. Não que a música country fosse necessariamente música de linchamento, mas nenhuma outra podia ser imaginada como acompanhamento para um linchamento. A *Nona* de Beethoven era o opus dos nazistas, dos comandantes dos campos de concentração e possivelmente do presidente Truman quando contemplou o ataque nuclear contra Hiroshima, a música clássica sendo a refinada trilha sonora para o extermínio altivo das hordas brutas. A música country era feita para a batida mais humilde do coração robusto e sanguinário da América. Era por medo de serem surrados por essa batida que os soldados negros evitavam os bares de Saigon onde seus colegas brancos mantinham as jukeboxes cantarolando com Hank Williams e seu gênero, cartazes sonoros que diziam, em essência, PROIBIDO NEGROS.

Foi com segurança, então, que escolhi essa canção para ser executada numa repetição sem fim no quarto do prisioneiro, a não ser nas ocasiões em que eu estava ali dentro. Claude me designara como interrogador-chefe, a tarefa de dobrar o prisioneiro sendo minha prova final para seu curso de interrogatório. Mantivemos o homem na sala por uma semana antes que eu sequer o visse, sem que nada interrompesse a iluminação e a música constantes, a não ser a abertura de uma fenda por três vezes ao dia, quando sua refeição era empurrada pela abertura: uma tigela de arroz, cem gramas de verduras, cinquenta gramas de carne cozida, trezentos e cinquenta mililitros de água. Se ele se comportasse bem, dissemos, nós lhe daríamos a comida de sua preferência. Eu o observava pelo monitor de vídeo comendo, acocorando-se no seu buraco, lavando-se com seu balde, andando de um lado para outro em seu quarto, deitando em sua cama com o antebraço sobre os olhos, fazendo flexões e abdominais, tampando os ouvidos com os dedos. Quando fazia isso, eu aumentava o volume, forçado a fazer alguma coisa, com Claude ali do meu lado. Quando tirava os dedos dos ouvidos e eu abaixava o volume, ele olhava para uma das câmeras e gritava em inglês: Vão se foder, americanos! Claude ria. Pelo menos está falando. É com os que não abrem a boca que a gente tem que se preocupar.

Ele era o líder da célula C-7 da unidade terrorista Z-99. Com base na zona secreta da província de Binh Duong, a Z-99 era coletivamente responsável por centenas de ataques com granadas, minas, bombas e morteiros e por assassinatos que haviam matado alguns milhares e aterrorizado Saigon. A marca registrada da Z-99 era o ataque duplo com bombas, sendo o segundo destinado a matar as pessoas que viessem ajudar as vítimas do primeiro. A especialidade do nosso prisioneiro era a adaptação de relógios de pulso como dispositivos de disparo para essas bombas improvisadas. Os ponteiros dos segundos e das horas eram removidos de um relógio, um fio de bateria era inserido através de um furo no cristal e o ponteiro dos minutos era acertado para o momento desejado da detonação. Quando o ponteiro tocava o fio, a bomba explodia. Bombas eram construídas com minas terrestres, roubadas dos arsenais americanos, ou compradas no mercado negro. Outras bombas eram montadas com TNT contrabandeado para a cidade em pequenas quantidades — escondidas em abacaxis e baguetes ocos e coisas assim, até em sutiãs, o que resultava em infinitas piadas no Special Branch. Sabíamos que a Z-99 tinha um relojoeiro e, antes de descobrirmos exatamente quem era, nós o chamávamos de Watchman, que era como eu pensava a seu respeito.*

O Watchman me encarou com expressão irônica da primeira vez que entrei em seu quarto, uma semana após começarmos seu tratamento. Não era a reação que eu esperava. Ei, bonitão, disse ele em inglês. Sentei em sua cadeira e ele em sua cama, um homem minúsculo, tremendo, com a cabeça coberta de cabelos desgrenhados, chocantemente negro no ambiente branco. Gostei da aula de inglês, disse, sorrindo para mim. Continua tocando aquela música! Adorei! Claro que não era verdade. Vi uma cintilação em seu olhar, um sinal

---

* *Watchman*: "vigia", "sentinela", mas aqui, "homem do relógio [*watch*]". (N. T.)

muito breve de mal-estar, embora isso pudesse derivar do fato de ser aluno de filosofia da Universidade de Saigon e o filho mais velho de uma respeitável família católica que o renegara por suas atividades revolucionárias. A relojoaria do tipo legítimo — pois essa era de fato sua profissão antes de se tornar terrorista — visava simplesmente pagar as contas, como me disse durante nossa primeira conversa. Foi apenas um bate-papo inicial, que a gente tem para começar a conhecer alguém, mas espreitando sob o flerte estava a consciência mútua de nossos papéis como prisioneiro e interrogador. Minha consciência era intensificada por saber que Claude nos assistia no monitor de vídeo. Dei graças pelo ar-condicionado. De outro modo eu teria suado, tentando imaginar como ser ao mesmo tempo inimigo e amigo do Watchman.

Apresentei as acusações que pesavam contra ele como sendo de subversão, conspiração e homicídio, mas enfatizei que era inocente até termos prova de que fosse culpado, o que o fez dar risada. Seus mestres das marionetes americanos gostam de dizer isso, mas é estúpido, falou. A história, a humanidade, a religião, esta guerra dizem para nós exatamente o contrário. Somos todos culpados até provar nossa inocência, como até os americanos já mostraram. Por que então acreditam que todo mundo é na verdade vietcongue? Por que então atiram primeiro e fazem perguntas depois? Porque para eles todo amarelo é culpado até prova de que é inocente. Os americanos são um povo confuso, porque não conseguem admitir essa contradição. Eles acreditam em um universo de justiça divina onde a raça humana é culpada de pecado, mas também acreditam em uma justiça secular em que os seres humanos são presumidamente inocentes. Não dá para ter as duas coisas. Sabe como os americanos lidam com isso? Fingem que são os eternos inocentes, não importa quantas vezes tenham perdido sua inocência. O problema é que aqueles que insistem na própria inocência acreditam que tudo que fazem é justo. Pelo menos nós, que acreditamos em nossa culpa, sabemos das coisas sinistras que podemos fazer.

Fiquei impressionado com sua compreensão da cultura e da psicologia americanas, mas não podia demonstrar. Em vez disso, falei: Então prefere ser presumidamente culpado?

Se não entendeu que seus mestres já acreditam que sou culpado e vão me tratar assim de qualquer maneira, então você não é tão esperto quanto pensa. Mas isso não me surpreende muito. Você é um bastardo e, como qualquer híbrido, saiu com defeito.

Em retrospecto, não acredito que quisesse me insultar. Como a maioria dos filósofos, simplesmente carecia de habilidades sociais. A seu modo deselegante, estava apenas afirmando o que ele e muitos outros acreditavam ser um fato científico. E contudo, naquele quarto branco, admito que vi tudo ficar vermelho. Se quisesse, eu poderia ter arrastado aquele interrogatório por anos, fazendo-lhe perguntas sem trégua que não levariam a lugar algum, ao mesmo tempo que tentava, aparentemente, encontrar seu ponto fraco, zelando em segredo por sua segurança. Mas em vez disso só o que quis naquele momento foi provar que eu era, de fato, tão esperto quanto achava que era, o que equivalia a dizer mais esperto que ele. De nós dois ali, só um poderia ser o senhor. O outro tinha de ser escravo.

Como provei isso para ele? Certa noite, em minhas acomodações, depois de minha raiva esfriar e ganhar têmpera, ocorreu-me que eu, o bastardo, compreendia a ele, o filósofo, com perfeita clareza. A força de uma pessoa sempre era sua fraqueza, e vice-versa. A fraqueza estava ali para quem conseguisse ver. No caso do Watchman, ele era o revolucionário disposto a dar as costas à coisa mais importante para um vietnamita e católico, sua família, para quem o único sacrifício aceitável era sacrificar-se por Deus. Sua força estava em seu sacrifício e isso tinha de ser destruído. Sentei imediatamente em minha mesa e escrevi a confissão do Watchman para ele. Ele leu meu cenário na manhã seguinte com expressão de descrença, depois releu antes de arregalar os olhos para mim. Está dizendo que eu estou dizendo que sou veado? Homossexual, corrigi. Você vai espalhar uma sujeira sobre mim?, ele disse. Mentiras? Nunca fui veado. Nunca sonhei em ser veado. Isso — isso é sujo. Sua voz se elevou e seu rosto ficou rubro. Me fazer dizer que entrei para a revolução porque gostei de um homem? Dizer que foi por isso que fugi da minha família? Que minha veadagem explica minha paixão por filosofia? Que ser veado é o motivo do meu desejo de destruir a sociedade? Que traí a revolução para salvar o homem que eu amava, que foi capturado por vocês? Ninguém vai acreditar nisso!

Então ninguém vai se importar quando publicarmos nos jornais, junto com a confissão do seu amante e fotos íntimas de vocês dois. Vocês nunca vão me colocar numa fotografia assim.

A CIA tem talentos incomparáveis com hipnose e drogas. Ele ficou em silêncio. Continuei: Quando os jornais cobrirem isso, veja que não são só seus camaradas revolucionários que vão te condenar. O caminho de volta para sua família também vai ficar fechado para sempre. Um revolucionário arrependido eles podem aceitar, ou até um vitorioso, mas nunca vão aceitar um homossexual, aconteça o que acontecer com seu país. Você vai ser um homem que sacrificou tudo por nada. Não vai ser sequer uma lembrança para os seus camaradas ou sua família. Se pelo menos conversar comigo, essa confissão não vai ser publicada. Sua reputação vai continuar intacta até o dia em que a guerra acabar. Levantei. Pensa nisso. Ele permaneceu calado e não fez nada a não ser ficar olhando para sua confissão. Parei à porta. Continua achando que sou um bastardo?

Não, disse ele com voz inexpressiva. Só um babaca.

Por que havia feito aquilo? Em meu quarto branco, tinha tempo de sobra para meditar sobre esse episódio. Eu o varrera da minha cabeça, o episódio que estou confessando agora. O Watchman me deixara furioso, forçando-me a tomar uma atitude irracional, com seu juízo pseudocientífico. Mas ele não teria conseguido fazê-lo se eu tivesse simplesmente exercido meu papel de agente duplo. Em vez disso, confesso que senti prazer em fazer o que deveria fazer e o que não deveria fazer, interrogá-lo até dobrá-lo, como Claude exigira. Ele passou o videoteipe para mim mais tarde na sala de vigilância, onde me observei observando o Watchman conforme ele olhava para sua confissão, sabendo que estava defasado, um personagem em um filme, por assim dizer, que Claude produzira e eu dirigira. O Watchman não podia representar a si mesmo; eu o representara.

Trabalho brilhante, disse Claude. Você realmente fodeu com o cara.

Eu era um bom aluno. Sabia o que meu professor queria e, mais que isso, apreciei seu elogio às custas do mau aluno. Pois não era isso o que o Watchman era? Ele aprendera o que os americanos ensinavam, mas rejeitara por completo esses ensinamentos. Eu era mais receptivo ao pensamento dos americanos e confesso que não pude deixar de me ver no lugar deles quando dobrara o Watchman. Ele os ameaçou e assim, até certo ponto, me ameaçou. Mas a satisfação que senti por conta dele não durou muito. No fim, ele mostraria para todo mundo o que um mau aluno era capaz de realizar. Ele suplantaria minha esperteza provando que era possível sabotar os meios de produção que você não possuía, destruir a representação que possuía você. Sua cartada final aconteceu certa manhã, uma semana depois de eu ter lhe mostrado sua confissão, quando o guarda na sala de vigilância ligou para mim, nos alojamentos dos oficiais. Quando cheguei ao National Interrogation Center, Claude também estava lá. O Watchman estava enrodilhado em sua cama branca, de frente para a parede branca, vestindo short branco e camiseta branca. Quando o viramos de frente, seu rosto estava roxo e seus olhos, saltados. No fundo da boca aberta, no alto da garganta, um volume branco. Só fui ao banheiro, gaguejou o guarda. Ele estava tomando o café da manhã. O que dava para fazer em dois minutos? O que o Watchman fizera foi se sufocar até a morte. Ele se comportara bem na última semana e nós o recompensáramos com o que queria para o desjejum. Eu gosto de ovo cozido, ele disse. Assim, ele descascara e comera os dois primeiros antes de engolir o terceiro inteiro, casca e tudo. *Ei, bonitão...*

Desliga a porra da música, disse Claude para o guarda.

O tempo havia parado para o Watchman. O que não me dei conta até ter acordado em meu próprio quarto branco foi que o tempo havia parado para mim também. Eu podia ver aquele outro quarto branco com perfeita clareza de onde estava, meu olho espiando por uma câmera no canto, observando Claude e eu de pé perto do Watchman. Não é sua culpa, disse Claude. Nem pensei nisso. Deu um tapinha em meu ombro, me tranquilizando, mas eu não disse nada, o cheiro de enxofre expulsando tudo de minha mente, exceto o pensamento de que eu não era um bastardo, não era um filho da puta, não era, não era, não era, a menos que, por algum motivo, fosse.

12.

Quando deixei o hospital, meus serviços não eram mais necessários, e não fui convidado a voltar ao set para a operação de limpeza que teve lugar assim que a filmagem foi encerrada. Em vez disso, descobri que uma passagem de avião fora reservada para minha partida imediata das Filipinas, e passei a viagem toda ruminando sobre o problema da representação. Não possuir os meios de produção pode levar à morte prematura, mas não possuir os meios de representação também é um tipo de morte. Pois, se formos representados por outros, será que eles não podem, um dia, pegar a mangueira e lavar nossas mortes do piso laminado? Ainda lambendo minhas feridas neste momento, não posso deixar de me perguntar, ao escrever esta confissão, se sou o dono de minha própria representação ou se é você, meu confessor.

A visão de Bon à minha espera no aeroporto de Los Angeles me fez sentir um pouco melhor. Parecia não ter mudado nada, e quando abri a porta do nosso apartamento fiquei aliviado em ver que, embora estivesse tudo igual, ao menos não estava pior. A Frigidaire continuava sendo a atração principal de nosso diorama decrépito, atenciosamente abastecida por Bon com cerveja suficiente para me curar do jet lag, embora não o suficiente para me curar da inesperada tristeza esfregada em meus poros. Eu continuava acordado quando ele foi dormir, deixando-me com a carta mais recente de minha tia parisiense. Antes de me retirar, redigi, bom sobrinho que era, meu relatório para ela. *The Hamlet* estava encerrado, escrevi. Porém, o mais importante, o Movimento estabelecera uma fonte de receita.

Um restaurante?, eu havia dito quando Bon me deu a notícia durante nossa primeira rodada de cerveja.

Foi o que eu disse. A Madame cozinha bem, de verdade.

A comida dela era a última refeição vietnamita decente que eu fizera, motivo suficiente para eu ligar para o General no dia seguinte parabenizando-o pelo novo empreendimento da Madame. Como esperado, insistiu comigo que eu fosse receber as boas-vindas no restaurante, que encontrei na Broadway de Chinatown, espremido entre uma loja de chá e um herborista. Uma vez a gente cercou os chineses em Cholon, disse o General atrás de sua caixa registradora. Agora estamos cercados por eles. Suspirou, as mãos apoiadas nos botões da máquina, pronto para martelar uma melodia dissonante naquele piano improvisado. Lembra quando cheguei aqui sem nada? Claro que lembro, falei, ainda que o General não tivesse chegado aqui realmente sem nada. A Madame costurara um número considerável de onças de ouro no forro de suas roupas e das crianças, e o General enrolara um cinto de dinheiro cheio de dólares em torno da cintura. Mas a amnésia era tão americana quanto a torta de maçã e muito mais afeita ao paladar americano que o gosto amargo da expiação ou as preocupantes comidas dos intrusos estrangeiros. Como nós, os americanos eram desconfiados quanto a alimentos pouco familiares, que identificavam com os estranhos que os haviam trazido. Por instinto sabíamos que, de modo a acharem refugiados como nós aceitáveis, os americanos primeiro tinham de achar nossa comida palatável (para não mencionar acessível, financeiramente, e pronunciável). Como não era tarefa das mais simples superar esse ceticismo digestivo ou extrair lucro a partir dele, existia uma dimensão de coragem no empreendimento do General e da Madame, como comentei com ele.

Corajoso? Eu acho degradante. Você em algum momento anteviu o dia em que eu seria dono de um restaurante? O General fez um gesto para o espaço confinado do que fora previamente uma casa de chop suey, um sarampo amarronzado de gordura pontilhando as paredes. Não, senhor, falei. Bom, nem eu. Podia pelo menos ser um restaurante agradável, em vez disso. Ele falava com uma resignação tão patética que senti uma compaixão renovada. Nada fora feito para reformar o restaurante, o piso de linóleo surrado, a pintura amarela gasta, a iluminação fria e incômoda do teto. Os garçons eram veteranos, observou ele. Aquele ali é Forças Especiais, e aquele, Airborne.

Usando bonés e camisas grandes demais que deviam ter sido encontrados em brechós, ou repassados para eles por um benfeitor muito alto, os garçons não pareciam assassinos. Pareciam uns zés-ninguém com cabelo mal aparado que entregavam comida chinesa, os sujeitos que aguardavam nervosamente em prontos-socorros sem ter plano de saúde, que fugiam do local de um acidente de trânsito porque não tinham carteira de motorista nem documentos do veículo. Cambaleavam tanto quanto a mesa que o General me indicara, com sua base desnivelada. A própria Madame trouxe-me uma tigela do *pho* especial e juntou-se a nós, ambos me observando comer um dos melhores exemplares que eu já experimentara de nossa sopa nacional. Continua deliciosa, falei após as primeiras colheradas e mastigadas. A Madame continuou impassível, tão taciturna quanto o marido. Devia ficar orgulhosa dessa... dessa sopa.

A gente devia estar orgulhoso de vender sopa?, disse a Madame. Ou de ser dono de um muquifo? Foi assim que um dos nossos fregueses chamou este lugar. Nem dono a gente é, disse o General. É alugado. A morosidade deles combinava com a aparência. O cabelo da Madame estava preso em um coque de bibliotecária, quando antes quase sempre ficara armado em um glamouroso penteado bufante ou colmeia que lembrava os tempos dançantes do início dos anos 1960. Ela, como o General, vestia roupa comum de loja, composta de uma camisa polo masculinizada, calça cáqui sem caimento e o calçado americano predileto, tênis. Vestiam, em resumo, o que quase qualquer outro casal americano de meia-idade que eu vira no supermercado, no correio, no posto de gasolina vestia. A impressão passada pelas roupas fazia com que parecessem, como muitos americanos adultos, crianças supercrescidas, efeito intensificado quando esses adultos eram vistos, como tantas vezes acontecia, sorvendo seus refrigerantes extragrandes. Esses donos de restaurante pequeno-burgueses não eram os patriotas aristocráticos com quem eu vivera por cinco anos e que me causavam não só algum temor como também certa afeição. A tristeza deles era minha também, assim mudei a conversa para um tópico que sabia que melhoraria seu humor.

Então, falei, que negócio é esse de o restaurante bancar a revolução?

Ideia maravilhosa, não é?, disse o General, seu rosto se iluminando. Vendo os olhos da Madame se voltarem para o teto, suspeitei que fosse, na verdade, ideia dela. Muquifo ou não, esse é o primeiro restaurante do tipo na cidade, ele disse. Talvez até do país. Como pode ver, nossos conterrâneos estão famintos por um gostinho do lar. Embora fosse apenas onze e meia da manhã, todas as mesas e reservados estavam ocupados por pessoas tomando sopa com pauzinhos numa mão e colher na outra. O restaurante recendia a fragrância de nosso país e ressoava com seus sons, o bate-papo em nossa língua nativa competindo com o som vigoroso de bocas sorvendo caldo. Isso é um empreendimento não lucrativo, por assim dizer, disse o General. Todo lucro vai para o Movimento.

Quando perguntei quem sabia sobre isso, a Madame disse: Todo mundo e ninguém. É um segredo, mas um segredo que todo mundo sabe. As pessoas vêm aqui e a sopa delas é temperada com a ideia de que estão ajudando a revolução. Quanto à revolução, disse o General, tudo está quase pronto, até os uniformes. A Madame ficou encarregada deles, assim como das forças femininas e da confecção de bandeiras. Que espetáculo ela sabe produzir! Você perdeu a celebração do Tet que ela organizou em Orange County. Precisava ter visto! Tenho as fotos para mostrar. Como as pessoas gritaram e aplaudiram quando viram nossos homens em trajes camuflados e uniforme, levando nossa bandeira. Arregimentamos a primeira companhia de voluntários, todos veteranos. Eles treinam todo fim de semana. A partir desse grupo, vamos separar os melhores para o passo seguinte. Ele se curvou sobre a mesa para sussurrar o resto. Estamos mandando uma equipe de reconhecimento para a Tailândia. Vão estabelecer a ligação com nossa base local e inspecionar um caminho por terra até o Vietnã. Claude diz que está quase na hora.

Servi uma xícara de chá para mim. Bon faz parte da equipe?

Claro. Odeio perder um empregado tão aplicado, mas é o melhor que temos para esse tipo de trabalho. O que acha?

Eu estava pensando que a única rota por terra da Tailândia envolvia uma caminhada pelo Laos ou o Camboja, evitando estradas estabelecidas e escolhendo o traiçoeiro território de selvas, florestas e montanhas dominadas por doenças em que os únicos habitantes seriam macacos contemplativos, tigres comedores de gente e moradores locais hostis e assustados que dificilmente dariam alguma ajuda. Essas terras inóspitas eram o cenário perfeito para um filme e um cenário horrível para uma missão que quase certamente implicaria vida ou morte. Eu não precisava dizer isso a Bon. Meu amigo maluco se apresentara como voluntário não a despeito do fato de que suas chances de voltar fossem exíguas, mas por causa delas. Olhei para minha mão, para a cicatriz vermelha gravada ali. De repente tomei consciência dos contornos de meu corpo, da sensação da cadeira sob minhas coxas, da fragilidade da força que mantinha coesos meu corpo e minha vida. Não precisaria de muita coisa para destruir essa força, que a maioria de nós dava como favas contadas até o momento em que não fosse mais possível. O que acho, falei, não me permitindo deliberar mais um pouco, é que se Bon vai eu devia ir também.

O General bateu uma palma na outra, em júbilo, e voltou-se para a Madame. O que foi que eu falei para você? Eu sabia que ele ia se oferecer como voluntário. Capitão, nunca tive a menor dúvida. Mas sabe tão bem quanto eu que será mais útil ficando aqui e trabalhando comigo no planejamento e na logística, para não mencionar a captação de recursos e a diplomacia. Contei para o Congressista que a comunidade está juntando fundos para mandar uma equipe de ajuda aos refugiados na Tailândia. É isso que estamos fazendo, em certo sentido, mas vamos precisar continuar a convencer nossos benfeitores quanto a essa causa.

Ou pelo menos lhes dar um motivo para fingir que acreditam que é nossa causa, falei.

O General fez que sim, satisfeito. Exato! Sei que está desapontado, mas é o melhor a fazer. Vai ser mais útil aqui do que lá, e Bon sabe cuidar de si mesmo. Agora, olha, é quase meio-dia. Acho uma boa hora para uma cerveja, não?

Visível acima do ombro da Madame estava um relógio, pendurado na parede entre uma bandeira e um cartaz. O cartaz era de uma nova marca de cerveja, que mostrava três jovens de biquíni empinando seios do tamanho e do formato de bexigas de criança; a bandeira era da derrotada República do Vietnã, três ousadas faixas horizontais vermelhas em um vívido fundo amarelo. Essa era a bandeira, como o General comentara comigo mais de uma vez, do povo vietnamita livre. Eu vira a bandeira incontáveis vezes antes, e cartazes como aquele com frequência, mas nunca vira esse tipo de relógio, entalhado em madeira de lei na forma de nossa terra natal. Para aquele relógio que era um país, e aquele país que era um relógio, os ponteiros dos minutos e das horas giravam no sul, os números do mostrador um halo em torno de Saigon. Algum artesão no exílio compreendera que aquilo era exatamente o relógio que seus conterrâneos desterrados desejavam. Éramos refugiados, mas era o tempo, mais que o espaço, que nos definia. Enquanto a distância para voltar ao nosso país perdido era grande mas finita, o número de anos que levaria para cobrir essa distância era potencialmente infinito. Assim, para migrantes forçados, a primeira pergunta era sempre sobre o tempo: Quando podemos voltar?

Falando em pontualidade, disse para a Madame, seu relógio está errado.

Não, ela disse, se levantando para buscar a cerveja. Está no horário de Saigon.

Claro que estava. Como eu podia ter deixado de perceber? A diferença de fuso era de catorze horas, embora, a julgar pela hora marcada naquele relógio, era eu que estava catorze horas defasado. Refugiados, exilados, emigrantes — qualquer espécie de desterrados que fôssemos, não vivíamos simplesmente em duas culturas, como imaginavam os entusiastas do grande cadinho americano. Migrantes forçados também viviam em dois fusos horários, o aqui e o lá, o presente e o passado, sendo como éramos viajantes relutantes do tempo. Mas enquanto a ficção científica imaginava viajantes do tempo se movendo para o futuro ou o passado, aquele relógio mostrava uma cronologia diferente. O segredo do relógio às claras, exposto para quem quisesse ver, era que estávamos apenas andando em círculos.

Depois do almoço, pus o General e a Madame a par de minhas aventuras nas Filipinas, o que simultaneamente aliviou sua melancolia e acentuou sua sensação de ressentimento. O ressentimento era um antídoto para a melancolia, assim como para a tristeza, o abatimento, o desespero etc. Um modo de esquecer certo tipo de dor era sentir outro tipo de dor, como quando o médico que examina você para o serviço militar obrigatório (exame no qual você sempre passa, a menos que sofra de riqueza) dá um tapa numa nádega enquanto enfia a injeção na outra. Uma coisa que não contei para o General e a Madame — além de quase ter conhecido o mesmo destino de um daqueles patos assados pendurados pelo ânus na vitrine do restaurante chinês ali perto — era que eu recebera uma indenização pelo meu flerte com a morte. Na manhã seguinte à visita dos figurantes com os presentes, eu recebera duas outras visitas, Violet e um homem branco, alto e magro usando terno azul-claro, sua gravata estampada tão gorda quanto Elvis Presley e sua camisa de um brilhante tom amarelo de urina após uma refeição de aspargos. Como está se sentindo?, ela perguntou. Todo branco, sussurrei, embora pudesse falar perfeitamente bem. Ela olhou para mim desconfiada e disse: Estamos todos preocupados com você. Queríamos que soubesse que ele teria vindo em pessoa, mas o presidente Marcos está visitando o set hoje.

Ele, que não precisava ser nomeado, era o Cineasta, claro. Limitei-me a fazer um sinal com a cabeça, com prudência e tristeza, e disse: Entendo, embora a simples menção a ele me enfurecesse. Este é o melhor hospital de Manila, disse o homem de terno, sondando meu rosto com o holofote de um sorriso. Nós todos queremos os melhores cuidados para você. Como tem se sentido? Para dizer a verdade, falei, complementando com uma mentira, me sinto horrível. Que pena, ele disse. Deixe que eu me apresente. Tirou do bolso um cartão de visitas alvo como a neve e com bordas tão afiadas que fiquei com medo de me cortar. Eu represento o estúdio. Queremos que saiba que vamos pagar todas as suas contas do hospital.

O que aconteceu?

Não lembra?, perguntou Violet.

Uma explosão. Várias explosões.

Foi um acidente. Estou com o relatório aqui, disse o advogado, erguendo uma pasta cor de fígado alto o bastante para que eu visse seus fechos de ouro cintilando. Quanta eficiência! Passei os olhos pelo relatório. Seus detalhes não eram tão substanciais quanto o que sua existência provava, que um trabalho rápido desse tipo, como em nosso país natal, só era possível molhando mãos.

Tenho sorte de estar vivo?

Extrema sorte, ele disse. Você tem sua vida, sua saúde e um cheque na minha pasta no valor de cinco mil dólares. Segundo o relatório médico que vi, você sofreu inalação de fumaça, alguns arranhões e hematomas, queimaduras leves, uma batida na cabeça e uma concussão. Nada quebrado, nada rompido, nada permanente. Mas o estúdio quer ter certeza de que todas as suas necessidades sejam atendidas. O advogado abriu a maleta e tirou um documento grampeado de folhas brancas e um pedaço oblongo de papel verde, o cheque. Claro, você vai ter que assinar um recibo, bem como esse documento liberando o estúdio de quaisquer obrigações futuras.

Cinco mil dólares era o valor da minha vida miserável? Reconheço que era uma soma considerável, mais do que eu jamais vira numa só tacada. Era com isso que estavam contando, mas, mesmo no meu estado confuso, eu não era bobo de pegar a primeira proposta. Obrigado pela oferta generosa, falei. É decente da parte do estúdio se preocupar com minha saúde, serem tão atenciosos comigo. Mas como devem saber, ou pode ser que não saibam, sou o principal arrimo da minha família estendida. Cinco mil dólares seria maravilhoso, se eu pensasse só em mim, mas um asiático — aqui fiz uma pausa e deixei que uma expressão remota dominasse meu olhar, de modo a lhes dar mais tempo para imaginar a vasta árvore *banyan* genealógica ramificando-se acima de mim, ensombrecendo-me com o peso opressivo de gerações que lançaram raízes no alto de minha cabeça —, um asiático não pode pensar apenas em si mesmo.

Foi o que ouvi dizer, disse o advogado. A família é tudo. Como para nós, italianos.

É, vocês italianos! Os asiáticos precisam pensar na mãe, no pai. Nos irmãos, nos avós. Nos primos, na aldeia. Se a notícia da minha boa sorte se espalhasse... a coisa não teria fim. Os favores. Os pedidos de cinquenta dólares aqui, cem dólares ali. Mãos me puxando de todas as direções. Eu não teria como recusar. Então vocês veem em que situação estou. Seria melhor não ficar com nada do dinheiro. Eu me pouparia desse sofrimento emocional. Ou o contrário. Ter dinheiro suficiente para fazer todos esses favores e também cuidar de mim.

O advogado esperou que eu continuasse, mas fiquei esperando sua resposta. Enfim ele cedeu e disse: Por não ter conhecimento das complicações das famílias asiáticas, também não tenho conhecimento da soma apropriada que pode satisfazer todas as suas obrigações familiares, que compreendo serem importantes para sua cultura, e que respeito imensamente.

Esperei que continuasse, mas ele ficou esperando que eu respondesse. Não posso ter certeza, falei. Mas, embora sem ter certeza, acredito que vinte mil dólares seriam suficientes. Para satisfazer quaisquer necessidades de meus parentes. Previstas e imprevistas.

Vinte mil dólares? As sobrancelhas do advogado realizaram uma graciosa posição de ioga, arqueando suas costas numa preocupação perturbadoramente excessiva. Ah, quem dera você conhecesse as tábuas atuariais tão bem quanto eu! Para vinte mil dólares você precisa perder pelo menos um dedo ou, de preferência, um membro. Se estamos falando de coisas menos visíveis, um órgão vital ou um dos cinco sentidos serve.

Mas, na verdade, desde que eu acordara da explosão, alguma coisa que eu não conseguia nomear vinha me incomodando, uma comichão que não era física. Agora eu sabia o que era — eu esquecera algo, mas do que se tratava esse algo, eu não sabia. Dos três tipos de esquecimento, esse era o pior. Saber o que a pessoa esquecera era comum, como era o caso com datas históricas, fórmulas matemáticas e nomes de pessoas. Esquecer sem saber que esqueceu deve ser até mais comum, ou talvez menos, mas é uma bênção: nesse caso, a pessoa não se dá conta do que perdeu. Mas a pessoa saber que esqueceu algo sem saber do que se tratava me provocou um calafrio. Eu *perdi* algo, falei, a dor levando a melhor sobre mim e se fazendo audível em minha voz. Perdi um pedaço da minha mente.

Violet e o advogado trocaram olhares. Receio não ter compreendido, ele disse.

Uma parte da minha memória, falei, completamente apagada, desde as explosões até agora.

Infelizmente, você vai achar isso difícil de provar.

Como provar para outra pessoa que você esqueceu alguma coisa, ou que sabia algo e não sabe mais? Não obstante, persisti com o advogado. Mesmo em meu estado acamado, os velhos instintos permaneciam. Como enrolar os próprios cigarros, ou enrolar os Rs, mentir era uma habilidade e um hábito difícil de esquecer. Isso era verdade também para o advogado, cuja manhosa afinidade comigo reconheci. Nas negociações, assim como nos interrogatórios, uma mentira era não só aceitável como também esperada. Existe todo tipo de situação em que a pessoa conta mentiras a fim de chegar a uma verdade aceitável, e nossa conversa continuou assim até concordarmos com a soma mutuamente aceitável de dez mil dólares, que, se era apenas metade do que eu pedira, era o dobro da oferta original. Depois que o advogado preencheu um novo cheque, assinei os documentos e nos despedimos com amenidades que valiam tão pouco quanto figurinhas de jogadores de beisebol desconhecidos. Na porta, Violet parou com a mão na maçaneta, olhou-me por cima do ombro — já houve pose mais romântica que essa, até para uma mulher como ela? — e disse: Você sabe que a gente não poderia ter feito esse filme sem você.

Acreditar nela era acreditar em uma femme fatale, em um político eleito, em homenzinhos verdes do espaço sideral, na boa vontade da polícia, em homens de Deus como meu pai, que não só tinha furos nas meias como também um furo em algum lugar de sua alma. Mas eu queria acreditar, e que mal fazia acreditar em sua pequena mentira inofensiva? Nenhum. Fiquei com a batida de uma discoteca vagabunda na cabeça e um cheque verde que provava que eu era alguém, que valia mais morto que vivo. Tudo que me custou, a menos que tivessem mentido para mim, foi um galo em minha cabeça e uma porção da minha memória, coisa que eu já possuía em demasia. Mesmo assim, por que eu desconfiava que uma cirurgia fora realizada em mim enquanto estava sob o efeito do álcool, deixando-me com um torpor mais preocupante que a dor? Por que eu sentia um membro-fantasma da memória, uma ausência na qual eu insistia em tentar apoiar meu peso?

Voltando para a Califórnia com essas questões não respondidas, troquei meu cheque e deixei metade do dinheiro na minha até então estéril conta bancária. No dia em que visitei o General e a Madame, a outra metade estava num envelope em meu bolso. Mais tarde, fui para Monterey Park, onde, nos subúrbios da cidade, suaves e insípidos como tofu, tinha um encontro com a viúva do major glutão. Confesso que meu plano era lhe dar o dinheiro em meu bolso, dinheiro que admito poderia ter sido usado para propósitos mais revolucionários. Mas o que é mais revolucionário do que ajudar o inimigo e seus parentes? O que é mais radical do que o perdão? Claro que quem pedia perdão não era ele; era eu, pelo que lhe fizera. Não havia sinal do que eu lhe fizera no estacionamento, e o microclima do prédio de apartamentos tampouco tremeluzia com a perturbação atmosférica de seu fantasma. Apesar de não acreditar em Deus, eu acreditava em fantasmas. Sabia que isso era verdade porque, embora não temesse a Deus, tinha medo de fantasmas. Deus nunca apareceria para mim, ao passo que o fantasma do major glutão aparecera, e quando sua porta se abriu prendi a respiração, temendo que pudesse ser sua mão na maçaneta. Mas era apenas a viúva, que estava ali para me receber, uma mulher pobre que o luto deixara mais robusta que faminta.

Capitão! É tão bom ver o senhor! Convidou-me para sentar em seu sofá floral, coberto com um plástico transparente que rangia toda vez que eu me mexia. Já à minha espera na mesinha de centro havia um bule de chá chinês e um prato de biscoitos champanhe franceses. Pegue um biscoito, insistiu, empurrando o prato para mim. Eu conhecia a marca, a mesma fábrica que fazia os *petit écolier* de minha infância. Ninguém conseguia produzir um prazer culpado como os franceses. Biscoitos champanhe haviam sido os favoritos de minha mãe, trazidos por meu pai como isca, embora ela usasse a palavra "presente" quando os mencionasse para mim durante minha adolescência. Eu era consciente o bastante para perceber o que um padre trazendo biscoitos champanhe para uma criança significava, pois minha mãe era apenas uma criança aos treze anos, quando meu pai a cortejou. Em algumas culturas de hoje ou do passado, treze era idade suficiente para a cama, o casamento e a maternidade, ou talvez apenas duas das opções acima, em algumas ocasiões, mas não na França contemporânea ou em nosso país natal. Não que eu não compreendesse meu pai, que na época em que me tivera era poucos anos mais velho que eu era agora, com um biscoito champanhe derretendo na boca. Uma garota de treze anos — admito ter pensamentos ocasionais sobre garotas americanas particularmente maduras, algumas das quais aos treze eram mais desenvolvidas que as universitárias em nosso país. Mas esses eram pensamentos, não ações. Estaríamos todos no Inferno se fôssemos condenados por nossos pensamentos.

Coma mais um biscoito champanhe, insistiu a viúva do major glutão, pegando um e se curvando para pôr outro na minha cara. Ela teria enfiado o palito doce à força entre meus lábios com premência maternal, mas interceptei sua mão, pegando eu mesmo o biscoito. Deliciosos, uma delícia, falei. Mas deixa eu tomar um gole de chá primeiro. Nisso, a boa senhora explodiu em lágrimas. Qual o problema?, perguntei. Essas são as palavras exatas que ele dizia, explicou, o que me deixou nervoso, como se o major glutão estivesse nesse instante me manipulando por trás da cortina que separava o teatro da vida dos bastidores do além-túmulo.

Sinto tanta saudade dele!, lamuriou-se. Atravessei ruidosamente a extensão plástica entre nós e dei um tapinha em seu ombro enquanto ela chorava. Não pude deixar de ver o major glutão quando o encontrei pela última vez em pessoa, se não em espírito, caído de costas com o terceiro olho na testa, os outros olhos abertos e vazios. Se Deus não existia, então a punição divina também não, mas isso nada significava para fantasmas que não precisavam de Deus. Eu não precisava me confessar a um Deus no qual não acreditava, mas precisava apaziguar a alma de um fantasma cujo rosto nesse momento me fitava de seu altar na mesinha de centro. Ali, todo uniformizado como cadete, estava o major glutão, fotografado antes que seu primeiro queixo pudesse até mesmo sonhar que seria o avô de um terceiro queixo, os olhos escuros direcionados para mim conforme confortava sua viúva. Tudo que tinha para comer na vida após a morte era uma laranja esbranquiçada com bolor, uma lata empoeirada de carne em conserva e um pacotinho de biscoitos champanhe, arrumados diante de sua fotografia e iluminados pelo incongruente pisca-pisca natalino que ela pendurara na borda do altar. A desigualdade vigorava até na vida após a morte, na qual os descendentes dos ricos se banqueteavam com travessas transbordando de frutas frescas, garrafas de champanhe e latas de patê. Descendentes genuinamente devotados queimavam oferendas de papel que incluíam não só réplicas de carros e casas, como também o pôster central de uma *Playboy*. O corpo quente de uma mulher flexível era o que um homem queria na fria e longa vida após a morte, e jurei para o major glutão que lhe faria uma oferenda da fantástica, pneumática, Miss Junho.

Para sua viúva, falei: Prometi para seu marido que se a necessidade surgisse eu faria tudo para cuidar da senhora e seus filhos. Tudo mais que contei a ela era verdade, meu suposto acidente nas Filipinas e minha indenização, metade da qual estava no envelope que insisti que aceitasse. Ela resistiu com elegância, mas quando eu disse: Pense nas crianças, cedeu. Não havia nada a fazer depois disso senão aquiescer ao pedido de que fosse conhecer as crianças. Estavam no quarto, dormindo, como seria de esperar. Eles são minha alegria, sussurrou enquanto olhávamos para os gêmeos. Estão me mantendo viva nesses dias difíceis, Capitão. Pensando neles não penso tanto em mim mesma ou no meu adorado marido. Falei: São lindos, o que pode ou não ter sido uma mentira. Não eram lindos para mim, mas eram lindos para ela. Admito não ser grande fã de crianças, tendo sido uma e tendo achado meus colegas e eu mesmo de um modo geral desprezíveis. Ao contrário de muita gente, eu não tinha intenção de me reproduzir, deliberada ou acidentalmente, uma vez que um de mim mesmo era mais do que suficiente para eu cuidar. Mas aquelas crianças, com apenas um ano de idade, ainda não tinham consciência de sua culpa. Em seus rostos adormecidos, estrangeiros, eu podia vê-los como os novos imigrantes desprotegidos e facilmente assustados que eram, tão recentemente exilados em nosso mundo.

A única vantagem que tive em relação aos gêmeos foi que eu tivera um pai em minha infância para me ensinar sobre culpa, e eles não teriam. Meu pai dava aula para as crianças da diocese, que minha mãe me forçou a frequentar. Nessa sala de aula aprendi minha Bíblia e a história de meu Pai divino, a história de meus antepassados gauleses e o catecismo da Igreja católica. Na época, quando meus anos de vida podiam ser contados nos dedos das mãos, eu era ingênuo e ignorante do fato de que aquele pai em sua sotaina preta, aquele homem santo que suava em seu traje bizarro para nos salvar de nossos pecados tropicais, também era meu pai. Quando fiquei sabendo, reformulei tudo que aprendera com ele, a começar por sua doutrina mais básica de nossa fé, incutida pelo padre em nosso jovem pelotão de católicos conforme ele caminhava no meio da turma, lendo nossos lábios ao murmurarmos coletivamente a resposta:

P. Como se chama o pecado que herdamos de nossos primeiros pais?
R. O pecado que herdamos de nossos primeiros pais se chama Pecado Original.

Para mim, a Pergunta verdadeiramente importante que sempre me preocupara estava relacionada a esse Pecado Original, pois dizia respeito à identidade do meu pai. Eu tinha onze anos quando aprendi a Resposta, meu conhecimento suscitado por um incidente no terreno poeirento da igreja após a aula dominical, um território onde nós, crianças, reencenávamos uns nos outros diversas atrocidades bíblicas. Enquanto observávamos o buldogue importado do padre cobrindo uma companheira que gemia à sombra de um eucalipto, sua língua pendurada, o balão rosado de seu enorme escroto balançando para a frente e para trás com um ritmo hipnótico, um de meus colegas mais instruídos forneceu um suplemento para essa aula de educação sexual. Um cachorro e uma cadela, isso é natural, ele falou. Mas ele — e nisso virou o olhar desdenhoso e o dedo para mim —, ele é o que acontece quando um gato e um cachorro fazem isso. A atenção de todo mundo se fixou em mim. Fiquei ali como se estivesse em um barco à deriva, afastando-se da margem onde todos aguardavam, vendo-me pelos olhos alheios como uma criatura que não é cão, nem gato, nem humana, nem animal.

Um cão e um gato, disse-me aquele pequeno comediante. Um cão e um gato —

Quando dei um soco em seu nariz, o comediante sangrou mas ficou em silêncio, chocado, os olhos momentaneamente estrábicos ao tentar ver o dano. Quando lhe dei outro soco no nariz, o sangue espirrou, e dessa vez o comediante gemeu alto. Voltei a atacá-lo, desferindo socos nas orelhas, nas bochechas, no plexo solar, e depois em seus ombros curvados, que encolheu em torno da cabeça para se proteger quando caiu no chão e eu fiquei sobre ele. Nossos colegas fizeram uma roda em torno, uivando, gritando e rindo conforme eu o socava até minhas mãos doerem. Nem uma única daquelas testemunhas se ofereceu para intervir a favor do comediante, que finalmente me deteve quando seus soluços começaram a soar como uma risada estrangulada de alguém escutando a melhor piada da história. Quando me levantei, os uivos, gritos e risadas acalmaram e nos adoráveis rostos daqueles monstrinhos pude enxergar medo, quando não respeito. Voltei para casa desorientado, perguntando-me o que, exatamente, eu aprendera, incapaz de expressar em palavras. Não havia espaço em minha mente para nada além da cena obscena de um cão montando um gato, seu rosto animal substituído pelo de ninguém menos que minha mãe, uma imagem tão perturbadora que, quando cheguei e a vi, explodi em lágrimas, confessando tudo o que ocorrera naquela tarde.

Meu filho, meu filho, você não é antinatural, disse minha mãe, me abraçando com força enquanto eu chorava contra a almofada de seu seio, com sua distinta fragrância almiscarada. Você é o presente que Deus me deu. Nada pode ser mais natural. Agora me escute, filho. Quando ergui o rosto e a fitei entre a névoa de minhas lágrimas, vi que ela também estava chorando. Você sempre quis saber quem é seu pai, e eu falei que, quando ficasse sabendo, você seria um homem. Teria que dizer adeus à sua infância. Tem certeza de que quer saber?

Quando uma mãe pergunta a seu filho se ele está pronto para ser um homem, o que mais ele pode dizer além de sim? Então fiz que sim e a abracei com força, meu queixo em seu seio e minha bochecha em sua clavícula.

Não deve contar para ninguém o que vou lhe dizer. Seu pai é...

Ela disse o nome. Percebendo a confusão em meus olhos, continuou: Eu era muito nova quando fui sua criada. Ele sempre foi bondoso comigo, e fiquei agradecida. Me ensinou a ler e a contar na língua dele, quando meus pais não tinham dinheiro para me mandar para a escola. Passávamos muito tempo juntos toda tarde e ele me contava histórias da França e da sua infância. Eu podia perceber que era muito sozinho. Não existia ninguém como ele na nossa aldeia e me parecia que não tinha ninguém, como eu também.

Afastei-me do peito de minha mãe e cobri as orelhas. Não queria mais escutar, mas fiquei mudo, e minha mãe continuou a falar. Eu não queria mais ver, mas as imagens flutuavam diante de mim, ainda que eu estivesse de olhos fechados. Ele me ensinou a Palavra de Deus, disse ela, e aprendi a ler e a contar estudando a Bíblia e memorizando os Dez Mandamentos. A gente lia sentado lado a lado na mesa dele, à luz do lampião. E uma noite... mas está vendo, é por isso que você não é antinatural, filho. O próprio Deus enviou você, porque Deus nunca teria permitido o que aconteceu entre mim e seu pai, a menos que tivesse um papel para você em Seu Grande Plano. É nisso que eu acredito e em que você também deve acreditar. Você tem um Destino. Lembre que Jesus lavou os pés de Maria Madalena, acolheu os leprosos para perto dele, ficou contra os fariseus e os poderosos. Os humildes herdarão a terra, filho, e você é um dos humildes.

Se minha mãe me visse agora, parado diante dos filhos do major glutão, será que ainda me consideraria um dos humildes? E quanto àquelas crianças adormecidas, por quanto tempo permaneceriam inconscientes da culpa que já carregavam, dos pecados e crimes que estavam fadadas a cometer? Não seria possível que cada uma delas em seus coraçõezinhos, quando brigavam pelo seio materno, já houvessem desejado, ainda que brevemente, o desaparecimento recíproco? Mas a viúva não estava à espera de uma resposta para essas questões ali de pé ao meu lado, olhando para os portentos de seu útero. Estava à espera de que eu os aspergisse com a água benta do elogio vazio, um batismo necessário que concedi com relutância e que a deleitou de tal forma que insistiu em me preparar o jantar. Precisei de pouco encorajamento, dada a minha dieta regular de congelados, e logo ficou claro por que o major glutão se tornara cada vez mais gordo sob a égide daquele amor. Seu *bo lu lac* era incomparável, seu *pak bung fai dang* evocava o de minha mãe, sua *canh bi dao* apaziguou minha agitação pela culpa. Até seu arroz branco era mais fofo do que o que eu costumava comer, o equivalente a uma penugem de ganso, após eu ter dormido por anos sobre fibra sintética. Come! Come! Come!, ela exclamava, e nessa voz de comando era impossível não escutar minha mãe insistindo da mesma forma, por mais parca que fosse nossa mesa. Então comi até não aguentar mais, e quando terminei ela insistiu que ainda havia o prato não terminado de biscoitos champanhe.

Depois, fui até uma loja de bebidas próxima, um reduto imigrante administrado por um sikh impassível com impressionante bigode em guidão de bicicleta que eu nunca poderia copiar. Comprei uma *Playboy*, um pacote de Marlboro e uma garrafa de Stolichnaya nostalgicamente transparente. Esse nome, com seus ecos de Lênin, Stálin e Kaláchnikov, me fizeram sentir melhor quanto às minhas fraquezas capitalistas. Vodca era uma das três coisas produzidas na União Soviética que eram apropriadas para exportação, sem mencionar exilados políticos; as outras duas eram armas e romances. As armas eu admirava profissionalmente, mas vodca e romances eu adorava. Um romance russo do século XIX e uma vodca eram o acompanhamento perfeito um para o outro. Ler um romance enquanto bebericava uma vodca legitimava a bebida, enquanto a bebida fazia o romance parecer bem mais curto do que realmente era. Eu teria voltado à loja para comprar um romance desses, mas em vez de *Os irmãos Karamázov* o lugar vendia quadrinhos do *Sgt. Rock*.

Foi então, hesitando no estacionamento, com os braços envolvendo protetoramente meu saco de papel recheado de tesouros, que vi uma cabine telefônica. A vontade de ligar para Sofia Mori me atormentava. Eu viera postergando isso por algum motivo perverso, me fazendo de difícil, embora ela nem fizesse ideia de que eu estava lá para isso. Em vez de desperdiçar uma moeda e ligar para ela, entrei no carro e saí pela vasta extensão de Los Angeles. Senti uma certa paz depois de ter dado o dinheiro sujo de sangue para a viúva do major glutão e, correndo pela via expressa, com pouco movimento no início de noite, escutei o fantasma do major glutão dando risadinhas na minha orelha. Estacionei na rua cheia de carros diante do apartamento da sra. Mori e levei meu saco de tesouros comigo, a não ser a *Playboy*, que deixei no banco traseiro para o fantasma do major glutão, aberta no pôster central com Miss Junho esparramada numa pose sedutora sobre um monte de feno, sem vestir nada além de botas de caubói e um lenço no pescoço.

O bairro da sra. Mori estava como eu me lembrava dele, casas bege com topetes de gramado desbotado e cinzentos prédios de apartamentos com o charme institucional de casernas militares. As luzes brilhavam no apartamento, as cortinas vermelhas fechadas. Quando abriu a porta, a primeira coisa que notei foi seu cabelo, que lhe chegava aos ombros e não mais cacheado, mas liso, o que a deixava mais jovem do que eu me lembrava, efeito realçado pelas roupas simples, uma camiseta preta e jeans. É você!, ela exclamou, abrindo os braços para mim. Quando nos abraçamos, tudo voltou, seu uso de talco de bebê em vez de perfume, a temperatura perfeita de seu corpo, os seios pequenos e macios, geralmente encapsulados em um sutiã estofado o bastante para embalar objetos frágeis, mas nessa noite livres desse embaraço. Por que não me ligou? Entra. Puxou-me para o interior do apartamento familiar, minimamente decorado, mobiliado segundo o espírito da abnegação revolucionária que admirava em tipos como Che Guevara e Ho Chi Minh, homens de hábitos parcimoniosos. A maior peça de mobília que possuía era um futon dobrável na sala onde normalmente ficava sua gata preta. Essa gata sempre mantivera distância de mim. Isso não era motivado por medo ou respeito, pois sempre que a sra. Mori e eu fazíamos amor a gata se empoleirava na cabeceira da cama e avaliava meu desempenho com olhos verdes desdenhosos, às vezes esticando uma pata e lambendo entre as garras expostas. A gata estava presente, mas não deitada diretamente sobre o futon. Em lugar disso, repousava no colo de Sonny, que sentava na peça com as pernas cruzadas sob o corpo, descalço. Deu um sorriso contrito, mas não obstante transmitindo uma aura de senhor do pedaço ao enxotar a gata do colo e se levantar. Que bom rever você, meu velho, disse, estendendo a mão. Sofia e eu, a gente sempre fala de você.

13.

O que eu esperava? Eu sumira por sete meses e não ligara nem mesmo uma vez, minha comunicação se limitando a alguns cartões-postais. Quanto à sra. Mori, sua dedicação não passava nem pela monogamia, nem pelos homens, muito menos por algum homem em particular. Ela afirmava sua lealdade mediante as peças de mobília mais proeminentes na sala, as estantes vergadas como o cangote de cules sob o peso de Simone de Beauvoir, Anaïs Nin, Angela Davis e outras mulheres que haviam se debatido com a Questão Feminina. Homens ocidentais, de Adão a Freud, também tinham feito essa pergunta, embora articulada como "O que a mulher quer?". Pelo menos haviam levado o assunto em consideração. Só então me ocorreu que os vietnamitas nunca haviam sequer se dado ao trabalho de perguntar o que queriam as mulheres. Eu não fazia a mínima ideia do que a sra. Mori queria. Talvez tivesse alguma noção se viesse a ler alguns daqueles livros, mas só o que sabia deles eram as resenhas das orelhas. Minha intuição me dizia que Sonny de fato lera alguns na íntegra, e sentando ao lado dele pude sentir uma reação anafilática a sua presença formigando em minha pele, uma erupção de hostilidade inflamada por seu sorriso cordial.

O que você tem aí?, disse Sonny, acenando para o saco de papel em meu colo. A sra. Mori fora buscar outra taça de vinho. Um par delas já estava sobre a mesinha de centro, junto com uma garrafa aberta de tinto, um saca-rolha com a rolha manchada de vinho cor de sangue ainda presa a ele, e um álbum de fotos. Cigarros, falei, tirando o pacote. E vodca.

Não tive escolha a não ser oferecer a bebida para Sonny, que ele mostrou para a sra. Mori quando ela voltou da cozinha. Não precisava, disse ela, sorridente, pondo a vodca ao lado da garrafa de vinho. A linda e transparente Stolichnaya manteve um comportamento russo estoico enquanto nós três a fitávamos ali em silêncio. Toda garrafa cheia de álcool traz uma mensagem dentro de si, uma surpresa que a pessoa só descobre depois de beber. Eu havia planejado ler a mensagem naquela garrafa com a sra. Mori, como ficou óbvio para ela e Sonny, e podíamos ter os três simplesmente ficado sentados ali embebidos nas águas geladas do constrangimento não fosse a elegância da sra. Mori. É muita gentileza sua, disse. Ainda mais que a gente está quase sem cigarro. Aceito um, se não se incomoda.

Então, disse Sonny, como foi sua viagem para as Filipinas?

Quero saber de tudo, disse a sra. Mori, servindo-me uma taça de vinho e voltando a encher as deles. Sempre quis conhecer, desde que meu tio falou sobre o tempo que passou lá, na guerra. Abri o pacote e lhe ofereci um cigarro, peguei um para mim e iniciei meu relato bem ensaiado. A gata bocejou com régio menosprezo, tornou a subir no colo de Sonny, se alongou, lançou-me um olhar desdenhoso e dormiu de tédio. Fiquei com a nítida impressão de que Sonny e a sra. Mori estavam apenas remotamente interessados conforme me escutavam, fumavam meus cigarros e faziam algumas perguntas educadas. Sem ânimo, não tive coragem de lhes contar sobre minha experiência quase fatal, e minha história foi chegando ao fim sem um clímax. Meu olhar recaiu sobre o álbum de retratos, aberto numa página de fotos preto e branco mostrando cenas de classe média de algumas décadas antes: um pai e uma mãe em casa em suas poltronas forradas com toalha de renda, seus filhos e filhas tocando piano, fazendo crochê, reunidos em torno de uma mesa para comer, exibindo a moda e os cortes de cabelo dos anos 1930. Quem são?, perguntei. Minha família, disse a sra. Mori. Sua família? A resposta me deixou pasmo. Claro que eu sabia que a sra. Mori tinha família, mas ela quase nunca falava a respeito e certamente nunca me mostrara fotografias deles. Só o que eu sabia era que moravam bem ao norte dali, numa das cidades quentes e poeirentas do vale de San Joaquin. Esta é Betsy e esta é Eleanor, disse Sonny, curvando-se para apontar os rostos pertinentes. Este é George e este é Abe. Coitado do Abe.

Olhei para a sra. Mori, bebericando seu vinho. Ele morreu na guerra?

Não, disse ela. Ele se recusou a ir para a guerra. Então foi mandado para a prisão. É amargo por causa disso até hoje. Não que não devesse. Deus sabe que eu provavelmente seria até mais amarga, no lugar dele. Só queria que ele fosse mais feliz do que é. A guerra já passou faz trinta anos e continua viva para ele, mesmo não tendo ido e lutado.

Ele lutou, disse Sonny. Só que lutou em casa. Quem pode culpar o homem? O governo põe a família dele num campo e depois pede para lutar pelo país. Eu também ia ficar puto da vida.

Uma bruma de fumaça agora separava nós três. Os tênues torvelinhos de nossos pensamentos assumiam forma fugidia, evanescente, e por um breve momento uma versão espectral de mim pairou sobre a cabeça de Sonny. Onde está Abe hoje?, falei.

No Japão. Não que seja mais feliz por lá do que foi aqui. Depois que a guerra terminou e ele foi libertado, achou que era melhor voltar para o povo dele, do modo como tinha ouvido gente branca falar a vida inteira, mesmo ele tendo nascido aqui. Daí ele foi e descobriu que as pessoas no Japão também não pensavam nele como sendo um deles. Para elas, ele é um de nós, e para nós é um deles. Nem uma coisa, nem outra.

Quem sabe o diretor do departamento possa dar uma ajuda, falei.

Meu Deus, espero que esteja brincando, disse a sra. Mori. Claro que estava, mas como a parte contrafeita naquele complicado ménage à trois, me faltava ritmo. Recobrei a compostura terminando meu vinho. Quando olhei para a garrafa, vi que estava vazia. Quer tomar uma vodca?, disse a sra. Mori. Seu olhar estava carregado de pena, prato que só se serve quente. Um anseio inundava o porão de meu coração e só o que pude fazer foi assentir em silêncio. Ela foi para a cozinha pegar copos limpos para a vodca, enquanto Sonny e eu permanecemos sentados em um silêncio constrangedor. A vodca, depois de um gole, foi tão pungente e maravilhosa quanto eu imaginara que seria, o solvente de tinta que eu precisava para cuidar das minhas paredes internas, manchadas e descascando.

Quem sabe a gente vai ao Japão um dia, disse Sonny. Eu gostaria de conhecer o Abe.

Eu também gostaria que você o conhecesse, disse a sra. Mori. Ele é um combatente, como você.

A vodca era boa para a honestidade, principalmente com gelo, como estava a minha. Vodca com gelo era tão transparente, cristalina, poderosa que inspirava seus apreciadores a serem iguais. Virei o resto da minha, preparando-me para os ferimentos iminentes. Tem uma coisa que sempre quis saber desde nosso tempo de faculdade, Sonny. Você sempre falou na época sobre como acreditava nas pessoas e na revolução. Devia ter escutado Sonny falando, sra. Mori. Ele fazia uns discursos muito bons.

Bem que eu queria ter escutado, disse a sra. Mori. Queria mesmo.

Mas, se a senhora tivesse escutado, teria se perguntado por que ele não voltou e lutou pela revolução na qual acreditava. Ou por que não volta agora para ser parte do povo e da revolução amanhã? Até seu irmão Abe foi para a prisão e foi para o Japão pelas coisas que acreditava.

E olha só como ele terminou, disse a sra. Mori.

Só queria que me respondesse uma coisa, Sonny. Você continua aqui porque está apaixonado pela sra. Mori? Ou está aqui porque tem medo?

Ele estremeceu. Eu o atingira onde doía, no plexo solar de sua consciência, onde todo idealista era vulnerável. Desarmar um idealista era fácil. Você só precisava perguntar por que o idealista não estava na linha de frente da batalha específica que escolhera. Era uma questão de comprometimento, e eu sabia, mesmo que ele não soubesse, que eu era um dos comprometidos. Ele olhou para os pés descalços, envergonhado, mas por algum motivo isso não exerceu efeito algum na sra. Mori. Ela só o olhou de relance com expressão compreensiva, mas, quando virou o rosto de frente para mim, continuava com um quê de pena e alguma outra coisa — arrependimento. Era hora de parar e fazer uma retirada elegante, mas a vodca que não conseguia escoar com rapidez suficiente pelo ralo tampado no porão do meu coração me obrigou a nadar. Você sempre falou com tanta admiração do povo, disse eu. Se quer tanto assim estar com o povo, volta para casa.

A casa dele é aqui, disse a sra. Mori. Nunca a desejei tanto quanto naquele momento, fumando um cigarro e brigando comigo. Ele ficou aqui porque o povo está aqui também. Tem trabalho a ser feito com eles e para eles. Não percebe isso? Aqui agora não é sua casa também?

Sonny pousou a mão no braço dela e disse: Sofia. Havia um caroço em minha garganta, mas não consegui engolir, observando-a pôr sua mão sobre a dele. Não me defenda. Ele tem razão. Eu tinha razão? Nunca o escutara dizer isso antes. Eu deveria ter comemorado, mas estava cada vez mais evidente que havia pouca coisa que eu poderia dizer para convencer a sra. Mori a entregar seu coração, ou devoção, para mim. Sonny virou o resto da vodca e disse: Estou morando neste país faz catorze anos. Daqui a alguns anos, terei passado tanto tempo aqui quanto passei em nosso país natal. Nunca foi minha intenção. Eu vim para cá, como você, só para estudar. Me lembro tão claramente de me despedir dos meus pais no aeroporto e prometer para eles que ia voltar e ajudar nosso país. Eu ia conseguir um diploma americano, o melhor ensino que o mundo podia oferecer. Ia usar esse conhecimento e ajudar nosso povo a ficar livre dos americanos. Ou pelo menos era o que esperava.

Ele estendeu o copo para a sra. Mori e ela serviu uma dose dupla. Depois de beber um gole, ele continuou, fitando um ponto entre mim e a sra. Mori. O que aprendi, contra a minha vontade, foi que é impossível morar entre estrangeiros e não ser transformado por eles. Mexeu sua vodca e virou tudo de uma vez num único trago punitivo. Como resultado, às vezes me sinto um estranho para mim mesmo, disse. Admito que estou com medo. Admito minha covardia, minha hipocrisia, minha fraqueza e minha vergonha. Admito que você é um homem melhor do que eu. Não concordo com seus políticos — eu os desprezo —, mas você foi para casa quando teve escolha e travou a luta em que acreditava. Você defendeu o povo pelo que ele é. Por isso eu respeito você.

Não dava para acreditar. Eu o levara a confessar suas falhas e a se render. Ganhara uma discussão com Sonny, algo que nunca conseguira em nossos tempos de faculdade. Então por quê a sra. Mori estava segurando sua mão e murmurando palavras de conforto? Tudo bem, disse. Sei exatamente como se sente. Tudo bem? Eu precisava de outra bebida. Olha pra mim, Sonny, prosseguiu a sra. Mori. O que eu sou? A secretária de um homem branco que acha que está me elogiando quando me chama de Madame Butterfly. Por acaso eu respondo e mando ele para o inferno? Não. Eu sorrio, não falo nada e continuo a datilografar. Não sou melhor que você, Sonny. Ficaram se entreolhando como se eu não existisse. Enchi nossos copos, mas fui o único a dar um gole. O papel que eu era falou: Eu te amo, sra. Mori. Ninguém escutou. O que escutaram foi o papel que eu estava representando dizer: Nunca é tarde demais para lutar, não é, sra. Mori?

O encanto quebrou. Sonny virou o rosto para mim. Realizara uma espécie de judô intelectual e voltara meu golpe contra mim mesmo. Mas não mostrou nada do triunfo que teria exibido em nossos tempos de faculdade. Não, nunca é tarde para lutar, disse, sóbrio a despeito do vinho e da vodca. Você tem toda razão sobre isso, meu amigo. Isso mesmo, disse a sra. Mori. No modo como exalou lentamente as sílabas, no modo como se concentrou em Sonny com uma intensidade faminta que nunca demonstrou comigo, no modo como escolheu essas palavras em vez de sim ou é, eu sabia que estava tudo terminado entre nós. Eu ganhara a discussão, mas, de um jeito ou de outro, como nos tempos da faculdade, ele ganhara o público.

O General também achava que nunca era tarde demais para lutar, como relatei em minha carta seguinte à tia parisiense. Ele encontrara um terreno isolado para empreender o treinamento e as manobras de seu incipiente exército nas colinas expostas ao sol do extremo leste da cidade, perto de uma reserva indígena remota. Cerca de duzentos homens haviam se deslocado pelas vias expressas e cruzado os limites da grande Los Angeles para chegar àquele trecho de terra raquítica onde, no passado, a máfia deve ter enterrado algumas de suas vítimas. Nossa reunião não era uma coisa tão estranha quanto talvez parecesse. Um xenófobo veria um bando de estrangeiros em uniformes camuflados, executando treinamentos militares e exercícios calistênicos, e talvez imaginasse que éramos o principal elemento de alguma nefasta invasão asiática à pátria americana, um Perigo Amarelo no Estado Dourado, um sonho diabólico do imperador Ming que ganhara vida. Longe disso. Os homens do General, preparando--se para invadir nossa própria pátria, agora comunista, estavam na verdade se transformando em novos americanos. Afinal, nada mais americano do que brandir uma arma e se comprometer a morrer pela liberdade e independência, a menos que fosse brandir essa arma para tirar a liberdade e a independência de algum outro.

Vinte dezenas dos melhores, dissera o General sobre aqueles homens em seu restaurante, onde esboçara para mim a organização de seu exército compacto em um guardanapo. Depois guardei aquele guardanapo no bolso e o mandei para minha tia parisiense, o desenho mostrando um pelotão de comando, três pelotões de atiradores e um pelotão de armas pesadas, embora ainda não houvesse nenhuma arma pesada. Sem problema, disse o General. O Sudeste Asiático tem armas pesadas de sobra. A gente consegue elas lá. Aqui o objetivo é desenvolver a disciplina, enrijecer os corpos, preparar as mentes, fazer esses voluntários pensarem em si mesmos novamente como um exército, fazer com que imaginem o futuro. Ele anotou os nomes dos comandantes dos pelotões e dos oficiais de seu Estado-Maior, explicando a história de cada um para mim: este aqui o antigo oficial executivo de tal e tal divisão, este aqui um antigo comandante de batalhão de tal e tal regimento, e assim por diante. Transmiti esses detalhes para minha tia parisiense também, dessa vez em um código trabalhoso. Também parafraseei o que o General me contou, que eram todos homens experientes, até o soldado raso mais inferior. Todos participaram da ação lá no nosso país, disse. Todos voluntários. Não usei minha patente para convocar ninguém. Organizei primeiro meus oficiais, fiz eles contatarem homens de confiança para serem seus subalternos, depois fiz os suboficiais encontrarem os soldados. Levou mais de um ano para juntar esse núcleo. Agora a gente está pronto para a fase seguinte. Exercícios físicos, treinamento, manobras, transformar os homens numa unidade de combate. Está comigo nessa, Capitão?

Sempre, senhor. Foi assim que me vi usando uniforme outra vez, embora minha incumbência do momento fosse mais ser documentarista do que soldado. Os duzentos e poucos homens sentavam ao modo índio no chão, pernas cruzadas, enquanto o General ficava de pé diante deles e eu atrás, a câmera na mão. Como esses homens, o General usava um uniforme camuflado de batalha, comprado numa loja de excedentes do exército e ajustado pela Madame para servir. Em seu uniforme, o General não era mais o moroso proprietário de uma loja de bebidas e de um restaurante, um pequeno burguês que contava suas esperanças enquanto pegava o troco na caixa registradora. Seu uniforme, sua boina vermelha, suas lustrosas botas militares, as estrelas em sua gola e o emblema de Airborne costurado em sua manga haviam lhe restaurado a nobreza que outrora tivera em nosso país natal. Quanto a meu uniforme, era uma armadura feita de pano. Embora uma bala ou faca pudessem facilmente penetrar por ele, eu me sentia menos vulnerável do que em minhas roupas civis do dia a dia. Se não era à prova de bala, estava ao menos protegido por um encanto, assim como todos os homens.

Fotografei-os de vários ângulos diferentes, esses homens humilhados pelo que haviam sido transformados aqui no exílio. Em suas roupas de trabalho como ajudantes de cozinha, garçons, jardineiros, lavradores, pescadores, operários, zeladores ou simplesmente desempregados e subempregados, esses exemplos maltrapilhos do lúmpen sumiam contra o pano de fundo onde quer que estivessem, sempre vistos como massa, nunca notados como indivíduos. Mas agora, uniformizados e com os cabelos mal cortados ocultos sob quepes e boinas, não podiam passar em branco. Sua masculinidade renovada se manifestava no modo como suas costas ficavam rígidas e eretas, e não afundadas naquela prostração de refugiados, e no modo como marchavam orgulhosamente pelo terreno, em vez de arrastar os pés, como em geral faziam em seus sapatos vagabundos de sola gasta. Eram homens outra vez, e foi assim que o General se dirigiu a eles. Homens, exclamou. Homens! O povo precisa de nós. Mesmo de onde eu estava podia escutá-lo com clareza, embora não parecesse fazer nenhum esforço para projetar a voz. Eles precisam de esperança e de líderes, disse o General. Vocês são esses líderes. Vocês vão mostrar ao povo o que pode acontecer se tiverem coragem de se levantar, de pegar em armas e se sacrificar. Observei os homens para ver se eles se encolheriam à ideia de sacrificar a própria vida, mas não fizeram isso. Esse era o poder oculto do uniforme, da massa, o de que homens que jamais sonhariam em se sacrificar no curso de suas vidas cotidianas, suando de trabalhar, concordariam em fazê-lo ali, suando sob o sol escaldante. Homens, disse o General. Homens! O povo clama pela liberdade! Os comunistas prometem liberdade e independência, mas nada trazem além de pobreza e escravidão. Eles traíram o povo vietnamita e as revoluções não traem apenas o povo. Mesmo aqui continuamos com o povo, e vamos voltar para libertar as pessoas que não gozam de liberdade como nós. As revoluções são para o povo, do povo, pelo povo. Essa é a nossa revolução!

Nada era tão verdadeiro, e contudo nada era tão misterioso, pois as questões de quem era o povo e o que porventura queria permaneciam sem resposta. A falta de resposta não importava; na verdade, a falta de resposta era parte do poder na ideia do povo que levou os homens a se levantar com lágrimas nos olhos e gritar: *Abaixo o comunismo!* Como salmões que instintivamente sabiam quando subir o rio, todos nós sabíamos quem era o povo e quem não era. Qualquer um que precisasse ser informado sobre quem era o povo provavelmente não fazia parte do povo, ou pelo menos foi o que escrevi pouco depois para minha tia parisiense. Também lhe enviei fotos dos homens uniformizados dando vivas, junto com outras em que se exercitavam e realizavam manobras pelo resto do fim de semana. Talvez esses homens parecessem tolos ou patéticos, fazendo flexões aos brados do capitão grisalho, ou agachados atrás de árvores mirando fuzis antigos sob o comando do tenente impassível, ou conduzindo uma patrulha de mentirinha com Bon em meio aos arbustos onde os índios outrora caçavam. Mas não se deixe enganar, adverti Man em minhas anotações cifradas. As revoluções começam assim, com homens dispostos a lutar a despeito das probabilidades, prontificando-se a abrir mão de tudo, porque não tinham nada. Essa era uma descrição apropriada do capitão grisalho, o antigo caçador de guerrilheiros que era agora chapeiro de lanchonete, e do tenente impassível, único sobrevivente de uma companhia emboscada que ganhava a vida como entregador. Como Bon, eram homens com certificado de insanidade que haviam se apresentado como voluntários para a missão de reconhecimento na Tailândia. Haviam chegado à conclusão de que a morte era tão boa quanto a vida, algo que estava ótimo para eles mas era preocupante para mim, se tinha de acompanhá-los.

E quanto às esposas e filhos?, falei. Estávamos os quatro sentados sob um carvalho, as mangas enroladas acima dos cotovelos, almoçando rações tipo C adquiridas na loja de excedentes militares, cuja aparência ao entrar era exatamente igual ao sair. O capitão grisalho raspou sua colher na lata e disse: A gente se separou durante aquela confusão toda em Da Nang. Eles não conseguiram sair. A última coisa que fiquei sabendo foi que o VC mandou todo mundo para limpar os pântanos pelo crime de ter relação comigo. Acho que posso esperar eles conseguirem sair ou posso ir para tirar eles de lá. Tinha o hábito de falar com os dentes cerrados, roendo as palavras como se fossem ossos. Quanto ao tenente impassível, suas cordas emocionais haviam sido rompidas. Tinha o aspecto de um ser humano, mas, embora seu corpo se movesse, seu rosto e sua voz permaneciam imóveis. Assim, quando disse: Eles morreram, o anúncio sem modulação pareceu mais ameaçador do que se tivesse sido feito gemendo ou praguejando. Tive medo de lhe perguntar o que acontecera. Em vez disso, falei: Vocês não estão planejando voltar, estão? O tenente impassível virou a torre giratória de sua cabeça alguns graus e mirou os olhos em mim. Voltar para o quê? O capitão grisalho riu. Não fica chocado, meu jovem. Já mandei mais do que alguns homens para a morte certa. Agora talvez tenha chegado a minha hora. Não que eu queira soar emotivo sobre isso. Não é para ter pena de mim. Estou ansioso para isso. A guerra pode ser um inferno, mas quer saber de uma coisa? O inferno é melhor do que esse buraco de merda. Dizendo isso, o tenente impassível e o capitão grisalho se afastaram para mijar.

Eu não precisava escrever em minha carta para Paris que esses homens não eram tolos, pelo menos não por enquanto. Os *minutemen* americanos não foram tolos por acreditar que podiam derrotar os Casacas Vermelhas britânicos, tanto quanto o primeiro pelotão de propaganda armada de nossa revolução não era tolo ao realizar treinamentos com um sortimento variado de armas ultrapassadas. Daquela milícia acabou por surgir um milhão de homens. Quem poderia dizer que o mesmo destino não aguardava essa companhia? *Querida tia*, escrevi em tinta invisível, *Esses homens não devem ser subestimados. Napoleão disse que os homens morreriam por pedaços de fita pregados em seus peitos, mas o General compreende que mais homens ainda morreriam por um que se lembrasse de seus nomes, como lembra o deles. Quando os inspeciona, caminha entre eles, come com eles, chama--os pelo nome e pergunta sobre suas esposas, filhos, namoradas, a cidade onde nasceram. Tudo o que alguém quer é ser reconhecido e lembrado. Uma coisa não é possível sem a outra. Esse desejo motiva esses ajudantes de cozinha, garçons, faxineiros, jardineiros, mecânicos, guardas-noturnos e beneficiários do seguro-desemprego a economizar dinheiro suficiente para comprar uniformes, botas e armas, a querer ser homens outra vez. Eles querem seu país de volta, querida tia, mas também anseiam por ser reconhecidos e lembrados por esse país que não existe mais, por suas esposas e filhos, pelos futuros descendentes, pelos homens que costumavam ser. Se fracassarem, chame-os de tolos. Mas, se não fracassarem, são heróis e visionários, estejam vivos ou mortos. Talvez eu deva voltar com eles para nosso país a despeito do que o General tiver a dizer.*

Ainda que estivesse planejando a possibilidade de voltar, fiz todo o possível para dissuadir Bon de fazer o mesmo. Estávamos fumando um último cigarro sob o carvalho, nosso derradeiro gesto antes de iniciar uma marcha de dezesseis quilômetros. Observamos os homens sob o comando do capitão grisalho e do tenente impassível se levantando e alongando, coçando várias partes de seus corpos doloridos. Esses caras têm um desejo mórbido, falei. Não percebe? Não têm a menor intenção de voltar. Sabem que é uma missão suicida.

A vida é uma missão suicida.

Muito filosófico da sua parte, eu disse. Isso não muda o fato de que vocês são loucos.

Ele riu com humor genuíno, cena rara desde que Saigon fora tomada. Pela segunda vez desde que o conhecera, procedeu a um discurso que era, no seu caso, uma coisa épica. Loucura é viver quando não há razão para viver, disse. Eu estou vivendo para quê? Morar naquele nosso apartamento? Aquilo não é casa. É uma cadeia sem grade. Todo mundo aqui — a gente está vivendo em cadeias sem grade. Não somos mais homens. Não depois que os americanos foderam a gente duas vezes e fizeram nossas esposas e filhos assistir. Primeiro os americanos disseram: a gente vai salvar a pele amarela de vocês. É só fazer o que a gente mandar. Luta do nosso jeito, pega nossa grana, dá suas mulheres para a gente que vocês vão ser livres. As coisas não funcionaram assim, não foi? Daí, depois de foder a gente, foram nos salvar. Só não avisaram que iam cortar nossas bolas e também cortar nossa língua enquanto faziam isso. Mas quer saber de uma coisa? Se a gente fosse homem de verdade, não teria deixado que fizessem isso.

Bon em geral usava as palavras como um atirador de elite, mas isso foi uma chuva de metralhadora que me silenciou por vários momentos. Então falei: Você não dá para esses caras o crédito suficiente pelo que fizeram, pelo que enfrentaram. Eles podiam ser meus inimigos, mas eu entendia o coração de soldado deles, que batia acreditando que tinham lutado bravamente. Você está sendo duro demais com eles.

Ele riu outra vez, agora sem humor. Sou duro comigo mesmo. Não me chama de homem ou de soldado. Chama os caras que ficaram para trás de homens e soldados. Os homens da minha companhia. Man. Todos mortos ou na prisão, mas pelo menos sabem que são homens. São tão perigosos que isso exige outros homens com armas para manter eles presos. Aqui, ninguém tem medo da gente. As únicas pessoas que a gente assusta são nossas mulheres e filhos. E a nós mesmos. Conheço esses caras. Vendo bebida para eles. Escuto as histórias que me contam. Eles chegam do trabalho, gritam com a mulher e as crianças, batem neles de vez em quando, só para mostrar que são homens. Só que não são. Um homem protege sua mulher e seus filhos. Um homem não tem medo de morrer por eles, por seu país, pelos amigos. Ele não vive para ver todo mundo morrendo antes dele. Mas foi isso que eu fiz.

Você bateu em retirada, só isso, falei, pondo minha mão em seu ombro. Ele me rechaçou. Nunca o escutara falar sobre sua dor de forma tão direta antes. Eu queria consolá-lo e fiquei magoado porque não me deixava. Você precisava salvar sua família. Isso não faz de você menos homem ou soldado. Você é um soldado, então pensa como um. É melhor ir numa missão suicida e não voltar ou é melhor ir com a próxima leva que realmente tem uma chance?

Cuspiu e esmagou seu cigarro com o calcanhar da bota, depois cobriu a bituca com terra. Isso é o que a maioria desses caras anda dizendo. São uns perdedores e perdedores sempre têm desculpas. Eles metem o uniforme, falam duro, brincam de soldado. Mas quantos de fato vão voltar para combater? O General pediu voluntários. Conseguiu três. O resto se esconde atrás das esposas e dos filhos, as mesmas esposas e filhos em quem eles dão porrada porque não suportam se esconder atrás deles. Dá uma segunda chance pra um covarde que ele foge outra vez, só isso. É a mesma coisa com a maioria desses caras. Estão blefando.

Você é um filho da mãe sem vergonha, exclamei. Então pelo que está morrendo?

Pelo que estou morrendo?, exclamou de volta. Estou morrendo porque esse mundo onde estou vivendo, não vale a pena morrer por ele! Se tem alguma coisa por que vale a pena morrer, você tem motivo para viver.

E, depois disso, eu não tinha nada a dizer. Era verdade, até mesmo para aquele pequeno destacamento de heróis ou talvez tolos. Fossem o que fossem, agora tinham algo pelo qual viver, quando não pelo qual morrer. Haviam ansiosamente se despido das roupas fúnebres de suas medíocres vidas civis, percebendo o fascínio de fardas com listras de tigre feitas sob medida, e vistosos lenços amarelos, brancos ou vermelhos em torno do pescoço, um esplendor militar semelhante a fantasias de super-heróis. Mas, como os super-heróis, não queriam permanecer em segredo por muito tempo. Como você podia ser um super-herói se ninguém sabia que você existia?

Os rumores sobre eles já haviam se espalhado. Mesmo antes da reunião no deserto, durante aquela noite em que Sonny admitira seu fracasso e mesmo assim saíra vitorioso, ele me perguntara sobre esses homens misteriosos. As engrenagens de nossa conversa haviam parado de girar, a gata preta se regozijava com minha derrota e, no silêncio impregnado de vodca, Sonny mencionou os relatos de um exército secreto se preparando para uma invasão secreta. Respondi que não ouvira falar de nada disso, ao que ele respondeu: Não banca o inocente. Você é o homem do General.

Se eu fosse o homem dele, disse, mais um motivo para não contar para um comunista.

Quem disse que eu sou comunista?

Fingi surpresa. Você não é comunista?

Se fosse, ia contar para você?

Esse era o dilema subversivo. Em vez de nos pavonear nos trajes sexualmente ambíguos dos super-heróis, escondíamo-nos sob mantos de invisibilidade, aqui exatamente como em Saigon. Lá, quando eu comparecia a reuniões clandestinas com outros subversivos, conduzidas em bolorentos porões de esconderijos, sentados sobre engradados de granadas de mão do mercado negro fabricadas nos Estados Unidos, eu usava um pegajoso capuz de algodão que só revelava meus olhos. À luz de velas ou lampiões a querosene, conhecíamos uns aos outros apenas pela peculiaridade de nossos codinomes, o formato de nossos corpos, o som de nossas vozes, o branco de nossos olhos. Agora, vendo a sra. Mori recostar no braço de Sonny, eu tinha certeza de que meus olhos de esponja não estavam mais brancos, mas injetados por causa do vinho, da vodca e do tabaco. Nossos pulmões haviam atingido um equilíbrio enfumaçado com o ar parado, enquanto sobre a mesinha de centro o cinzeiro sofria em silêncio sua usual indignidade, a boca abarrotada de bitucas e cinzas amargas. Larguei o que restava de meu cigarro no gargalo da garrafa de vinho, onde ele se afogou no que restava de líquido com um chiado débil, repreensivo. A guerra acabou, disse a sra. Mori. Eles não sabem disso? Queria dizer algo profundo ao me levantar para dar boa noite. Queria impressionar a sra. Mori com o intelecto que ela nunca mais poderia ter. As guerras nunca morrem, falei. Só vão dormir.

Isso também é verdade em relação aos antigos soldados?, ela perguntou, sem parecer impressionada. Claro que é verdade, disse Sonny. Se não fossem dormir, como iam sonhar? Quase respondi antes de me dar conta de que era uma pergunta retórica.

A sra. Mori me ofereceu o rosto para beijar e Sonny me ofereceu a mão para apertar. Ele me acompanhou até a porta, fui para casa através das frias cortinas da noite e caí na cama, Bon adormecido, pairando acima de mim em seu andar do beliche. Fechei os olhos e, após um intervalo de trevas, flutuei em meu colchão por cima de um rio negro para o país estrangeiro que não precisava de passaporte para ser visitado. De seus muitos aspectos genéricos e habitantes obscuros, recordo agora apenas uma coisa, minha mente um completo branco a não ser por esta fatal impressão digital, uma antiga sumaúma que era meu lugar de repouso final e sobre cuja cortiça artrítica recostei o rosto. Estava quase pegando no sono dentro de meu sono quando pouco a pouco compreendi que o retorcido nó de madeira onde minha orelha repousava era na verdade uma orelha, recurvada e rígida, a cera de sua história auditiva encrostada no musgo verde de seu canal retorcido. Metade da sumaúma assomava acima de mim, metade estava invisível sob mim, enraizada na terra, e quando ergui o rosto vi não só uma, mas muitas orelhas brotando da cortiça de seu tronco grosso, centenas de orelhas escutando e tendo escutado coisas que eu não conseguia escutar, a visão dessas orelhas tão medonha que fui arremessado de volta para o rio negro. Acordei encharcado e engasgado, agarrando os lados da cabeça. Só após ter me livrado dos lençóis úmidos e olhado debaixo do travesseiro consegui dormir outra vez, tremendo. Meu coração continuava a bater com a força de um tambor selvagem, mas ao menos minha cama não estava cheia de orelhas decepadas.

14.

Às vezes o trabalho de um subversivo é intencional, mas às vezes, confesso, é acidental. Vendo em retrospecto, o questionamento que fiz da coragem de Sonny talvez o tenha levado a redigir a manchete que vi duas semanas após as manobras, SAI DESSA, A GUERRA ACABOU. Vi o jornal sobre a mesa do General em seu centro de comando na loja de bebidas, alinhado sobre o bloco de rascunho, com um grampeador servindo como peso. Os sentimentos da manchete talvez fossem festejados por alguns, mas certamente não pelo General. Sob a manchete havia a foto de um comício realizado pela Fraternidade no parque de Westminster, com fileiras de veteranos melancólicos em uniformes paramilitares de camisa marrom e boina vermelha. Em outra foto, civis vestindo a alta costura refugada de refugiados portavam cartazes e seguravam faixas com mensagens telegráficas de protestos políticos. HO CHI MINH = HITLER! LIBERDADE PARA NOSSO POVO! OBRIGADO, AMÉRICA! Na medida em que o artigo podia semear a dúvida no coração dos exilados sobre prosseguir com a guerra e criar divisões entre as facções exiladas, eu sabia que minha provocação de Sonny tivera um efeito não intencional, mas desejável.

Fotografei o artigo com minha minicâmera Minox que finalmente estava sendo útil. Nas últimas semanas, eu viera fotografando os arquivos do General, todos os quais eram acessíveis a mim na condição de seu ajudante de ordens. Desde que voltara das Filipinas, eu ficara desempregado, a não ser por esse considerável trabalho voluntário feito para o General, a Fraternidade e o Movimento. Mesmo exércitos secretos e fachadas políticas precisavam de funcionários de escritório. Havia memorandos para redigir; documentos para arquivar; reuniões para marcar; panfletos para diagramar, imprimir e distribuir; fotos para tirar; entrevistas para programar; doadores para encontrar; e, o mais importante para meu propósito, correspondência para ser levada ao correio, e também recebida e lida antes de ser entregue ao General. Eu fotografara a ordem de batalha completa do General, da companhia ali ao batalhão na Tailândia, dos desfiles públicos da Fraternidade às manobras privadas do Movimento, bem como os comunicados entre o General e seus oficiais nos campos de refugiados tailandeses, liderados por um almirante sem acesso ao mar. Mais particularmente, fotografei os extratos bancários da conta em que o General guardava os modestos fundos do Movimento, levantados com pequenas doações da comunidade de refugiados, o lucro do restaurante da Madame e um punhado de respeitáveis organizações beneficentes que haviam doado à Fraternidade para ajudar os tristes refugiados e os mais tristes ainda veteranos.

Toda essa informação fora reunida em um pacote despachado para minha tia parisiense. O conteúdo do pacote era uma carta e um suvenir cafona, uma bola de neve com o letreiro de Hollywood que girava automaticamente. O presente necessitava de baterias de nove volts, que incluí depois de abri-las e esvaziar seu conteúdo. Em cada uma inseri um cartucho do filme Minox, um método mais sofisticado do que aquele pelo qual minha mensageira em Saigon trocava informação comigo. Quando Man mencionou a mensageira pela primeira vez, eu na mesma hora invocara uma daquelas flexíveis misses pelas quais nosso país era merecidamente famoso, branca como açúcar refinado ao ar livre, escarlate como o sol poente dentro de casa, uma Mata Hari cochinchinesa. O que aparecia diante da minha porta toda manhã era uma tia idosa, cujas linhas do rosto prometiam mais segredos do que as linhas na palma de suas mãos, expectorando muco com bétele e apregoando sua especialidade, arroz grudento embrulhado em folhas de bananeira. Eu comprava um pacote para o desjejum toda manhã e ali dentro podia ou não haver uma mensagem embrulhada em plástico. Igualmente, no pequeno rolo de piastras enroladas com que eu lhe pagava podia ou não haver um cartucho de filme ou mensagem minha, em escrita invisível de água de arroz em papel de cimento. A única falha nesse método era a tia ser uma péssima cozinheira, seu arroz grudento era uma bola de grude que eu tinha de engolir para a criada não encontrar em meu lixo e se perguntar por que eu comprava algo que não comia. Queixei-me com a tiazinha uma vez, mas ela me xingou durante tanto tempo e com tamanha inventividade que tive de checar tanto meu relógio como o dicionário. Até os condutores de ciclo-riquixá esperando por corridas nas imediações da mansão do General ficaram impressionados. Casa logo com essa aí, Capitão, um motorista sem o braço esquerdo gritou. Ela não vai ficar solteira por muito tempo!

Estremeci com a lembrança e me servi da garrafa de uísque escocês quinze anos que o General guardava na gaveta. Considerando que eu não estava sendo pago, o General me mantinha feliz, e confessadamente dependente, com presentes generosos de bebida boa e não tão boa de seu amplo suprimento. Eu bem que precisava. Escritos com tinta invisível na carta havia as datas e os detalhes dos itinerários de Bon e do capitão grisalho e do tenente impassível, desde passagens de avião até a localização do acampamento de exercícios. A informação não era diferente em essência do que eu despachara por intermédio da tia, a sigilosa logística de operações que inevitavelmente levaria a devastadoras emboscadas. Artigos de jornal informariam o número de soldados americanos ou republicanos mortos ou feridos, mas eles eram tão abstratos quanto os mortos sem rosto dos livros de história. Eu podia redigir esses despachos facilmente, mas aquele sobre Bon me tomara a noite toda, não devido à quantidade de palavras, mas porque ele era meu amigo. *Também estou voltando*, escrevi, ainda que eu não tivesse imaginado como faria isso. *É o melhor jeito de relatar o movimento do inimigo*, escrevi, embora o que eu quisesse de verdade fosse salvar a vida de Bon. Também não fazia a menor ideia de como conseguir isso, mas a ignorância nunca me impedira de agir no passado.

Sem fazer ideia de como eu conseguiria trair Bon e salvá-lo ao mesmo tempo, busquei inspiração no fundo da garrafa. Eu bebericava meu segundo copo de uísque quando o General entrou. Eram três e pouco, horário em que ele normalmente voltava do restaurante da Madame após o rush do meio-dia. Estava, como sempre, irritado por ter passado horas cuidando da caixa registradora. Ex-soldados o teriam cumprimentado, um sinal de respeito que não obstante o fazia lembrar as estrelas que não portava mais, enquanto o ocasional civil maldoso, sempre uma mulher, diria: O senhor não é aquele general? Se fosse bastante maldosa, ela lhe deixaria uma gorjeta, a soma tipicamente nababesca de um dólar, nossa piscadela para o que considerávamos uma prática americana ridícula. Desse modo o General chegava toda tarde na loja, como fazia nesse dia, largava um punhado de notas amassadas em sua mesa e esperava que eu lhe servisse uma dose dupla. Recostando em sua poltrona, ele daria goles no uísque com os olhos fechados e suspiraria de forma dramática. Mas nesse dia, em vez de recostar, curvou-se para a frente sobre a mesa, bateu no jornal e disse: Você leu isso?

Não desejando privar o General da oportunidade de um desabafo furioso, eu disse que não. Ele fez que sim sombriamente e começou a ler trechos em voz alta. "Correm inúmeros rumores sobre essa Fraternidade e qual é o seu verdadeiro propósito", disse o General, o rosto sem expressão e a voz inalterada. "A derrubada do regime comunista é claramente seu objetivo, mas até onde ela está disposta a ir? Embora a Fraternidade peça doações para ajudar os refugiados, esses fundos talvez estejam indo para um Movimento de refugiados armados na Tailândia. Os rumores são de que a Fraternidade investiu em determinados negócios de cujos lucros ela tira proveito. O aspecto mais decepcionante da Fraternidade é a falsa esperança que dissemina entre nossos conterrâneos de que podemos um dia tomar nosso país de volta à força. Melhor faríamos se buscássemos uma conciliação pacífica, na esperança de que um dia nós no exílio possamos regressar para reconstruir o país." O General dobrou o jornal e o pôs de volta na mesa, na exata posição que ocupara antes. Alguém anda fornecendo informação confiável para esse sujeito, Capitão.

Dei um gole no meu uísque para disfarçar o fato de que estava engolindo a saliva que se juntara em minha boca. Os vazamentos existem, senhor, do mesmo jeito que era por lá. Olha só essa foto. Todos esses homens sabem alguma coisa sobre o que está acontecendo. Sonny não precisou fazer nada além de andar por aí com um balde recolhendo uma gota aqui e outra ali. Em dois tempos ia conseguir juntar um ou dois copos de informação.

Tem razão, claro, disse o General. A gente pode ter amantes mas não pode ter segredos. Isso — bateu o dedo no jornal — parece maravilhoso, não é? Conciliação, regressar, reconstruir. Quem não ia querer isso? E quem se beneficiaria mais? Os comunistas. Mas, para nós, o mais provável, se a gente voltar, vai ser uma bala na cabeça ou uma estada prolongada nos campos de reeducação. É isso que os comunistas querem dizer com conciliação e reconstrução, se livrar de gente como nós. E esse jornalista está apregoando essa propaganda esquerdista para os pobres que estão ávidos por algum tipo de esperança. Ele está ficando mais problemático, você não acha?

Claro, falei, pegando a garrafa de uísque. Como eu, estava meio vazia e meio cheia. Jornalistas sempre são problemáticos se são independentes.

Como a gente vai saber se ele é só um jornalista? Metade dos jornalistas em Saigon eram simpatizantes comunistas e uma boa porcentagem era só comunista e pronto. Como a gente vai saber que os comunistas não mandaram ele para cá faz não sei quantos anos exatamente com esse plano em mente, para espionar qualquer um de nós que viesse e sabotar a gente? Você conheceu ele na faculdade. Na época ele mostrava alguma simpatia? Se eu dissesse não e o General depois escutasse o contrário de alguma outra pessoa, estaria encrencado. A única resposta era sim, ao que o General retrucou: Como meu oficial de inteligência, você não está se revelando muito inteligente, está, Capitão? Por que não me avisou sobre isso quando fui apresentado a ele? O General abanou a cabeça com desgosto. Sabe qual é o seu problema, Capitão? Eu tinha uma longa lista dos meus problemas, mas era melhor simplesmente dizer que não fazia ideia. Você é bonzinho demais, disse o General. Você não viu perigo no major porque ele era gordo e você ficou com pena dele por isso. Agora as evidências mostram que ficou cego de propósito para o fato de que Sonny, além de ser um radical de esquerda, possivelmente também é um agente comunista infiltrado. O olhar do General era tenso. Senti uma comichão no rosto, mas não me atrevi a coçar. Alguma coisa precisa ser feita, Capitão. Não concorda?

É, falei, a garganta seca. Alguma coisa precisa ser feita.

Tive tempo de sobra para contemplar a vaga exigência do General nos dias subsequentes. Como alguém poderia discordar de algo que precisava ser feito? Algo sempre precisava ser feito por alguém. Um anúncio no jornal de Sonny, divulgando que Lana ia participar de um teatro de revista chamado *Fantasia*, me ofereceu uma oportunidade para agir, embora não no sentido que o General provavelmente tinha em mente. O que eu precisava era de férias, nem que fosse por uma noite, do trabalho estressante e solitário de ser um subversivo. Para uma toupeira acostumada à escuridão, um clube noturno era o lugar ideal para vir à superfície. Convencer Bon a ver *Fantasia* para escutar as canções e sons de nosso país perdido mas não esquecido não foi uma tarefa tão dura quanto pensei que seria, pois Bon, tendo decidido morrer, começava finalmente a dar sinais de vida. Ele até deixou que eu cortasse seu cabelo, que depois alisou com brilhantina para combinar com nossos reluzentes sapatos pretos. A brilhantina e nossa colônia empestearam meu carro com uma atmosfera masculina inebriante enquanto escutávamos Rolling Stones, o veículo nos transportando não só no rumo oeste para Hollywood, como também de volta aos gloriosos dias de Saigon por volta de 69, após meu regresso da América. Na época, antes de Bon e Man virarem pais, nós três passáramos os fins de semana de nossa juventude nos bares e clubes noturnos de Saigon, como manda o figurino. Se a juventude não fosse desperdiçada, como poderia ser juventude?

Talvez eu pudesse culpar a juventude por minha amizade com Bon. O que leva alguém de catorze anos a fazer um juramento de sangue a um irmão de sangue? E, o mais importante, o que leva um homem crescido a acreditar nesse juramento? Não deveriam as coisas que contam, como ideologia e convicção política, o fruto maduro de nossa vida adulta, importar mais do que os ideais imaturos e as ilusões da juventude? Permita-me propor que a verdade, ou algum grau dela, pode ser encontrada nessas loucuras juvenis que esquecemos, em nosso detrimento, depois de adultos. Eis o palco de como nossa amizade se firmou: um campo de futebol no liceu, eu um aluno novo cercado por alunos mais velhos, maiores, os corcéis empinados da escola. Estavam prestes a repetir a cena protagonizada pelo homem desde tempos imemoriais, o momento em que o forte agride o fraco ou o diferente por esporte. Eu era diferente mas não era fraco, como provara contra o comediante da aldeia que me chamou de antinatural. Embora houvesse dado uma surra nele, também já levara surras antes, e me preparei para uma luta perdida. Foi então que outro menino novo inesperadamente veio em minha defesa, dando um passo à frente no círculo de observadores e dizendo: Não está certo. Não mexe com ele. Ele é como a gente. Um menino mais velho escarneceu. Quem é você para dizer que ele é como a gente? E por que acha que você é como a gente? Agora sai da frente. Man não saiu da frente, e por isso levou o primeiro golpe, um tabefe na orelha que tirou seu equilíbrio. Dei uma cabeçada nas costelas do menino mais velho e o derrubei, aterrissando a cavalo em seu peito, de onde comecei por desferir dois socos antes que seus truculentos colegas viessem para cima de mim. As chances eram de cinco para um contra mim e meu novo amigo, Man, e, ainda que eu brigasse com todo o meu coração e fúria, sabia que estávamos condenados. Todos os outros meninos cercando a gente também sabiam. Então por que Bon surgiu do meio daquela turma para ficar do nosso lado? Ele era um aluno novo, tão grande quanto os mais velhos, é verdade, mas mesmo assim não podia bater neles todos. Acertou um soco em um, uma cotovelada em outro, uma cabeçada num terceiro, e daí também ele foi derrubado no chão pela horda. Então nos chutaram, socaram e bateram, deixando-nos cheios de hematomas e sangrando, e em júbilo. Sim, júbilo! Pois havíamos passado em um teste misterioso, algo que nos separava tanto dos valentões de um lado como dos covardes do outro. Nessa mesma noite, demos uma escapada do dormitório e fomos para um bosque de tamarindos e, sob seus ramos, cortamos a palma da mão. Misturamos nosso sangue mais uma vez com meninos que víamos como sendo mais irmãos que irmãos de verdade e depois fizemos um juramento mútuo.

Um sujeito pragmático, um materialista genuíno, desdenharia dessa história e de minha ligação como sendo romantismo. Mas a história diz tudo sobre como nos víamos e víamos uns aos outros nessa idade, como meninos que sabiam instintivamente que sua causa era lutar pelos mais fracos. Bon e eu não conversamos sobre esse incidente por longo tempo, mas eu sentia que isso estava em sua corrente sanguínea, assim como na minha, enquanto cantávamos canções de nossa juventude a caminho de nosso destino no Roosevelt

Hotel. Outrora um estabelecimento chique no Hollywood Boulevard para celebridades da era do preto e branco, o Roosevelt era hoje tão fora de moda quanto um astro de filme mudo. Os tapetes puídos disfarçavam ladrilhos gastos e por algum motivo a mobília do saguão compreendia mesas de carteado e cadeiras com pernas espigadas como garças, preparadas para uma partida de pôquer ou paciência. Eu havia esperado por alguns respingos residuais do glamour hollywoodiano, com pançudos produtores pornô em gola borboleta e blazers azul-celeste, conduzindo pela mão coberta de joias mulheres semilaqueadas. Mas as pessoas mais bem-vestidas no hotel pareciam ser meus conterrâneos, enfeitados com lantejoulas, poliéster e atitude ao passarmos pelo saguão onde a *Fantasia* esperava. Os demais fregueses, presumivelmente hóspedes do hotel, usavam camisa xadrez, sapatos pediátricos e barba por fazer, a acompanhá-los apenas um balão de oxigênio. Sempre chegávamos atrasados em tudo, incluindo, pelo jeito, o período estiloso de Hollywood.

Mesmo assim, o ambiente no aconchegante saguão do hotel era animado. Algum empresário alugara o espaço para a apresentação de *Fantasia* e o resultado foi um refúgio sem sinal de refugiados à vista, os homens elegantes em ternos sob medida e as mulheres deliciosas em vestidos de baile. Nossa burguesia aspirante encontrara trabalhos de quarenta horas por semana com hora extra e, tendo forrado as carteiras o suficiente para sentar mais confortavelmente, estavam agora à cata de embriaguez e canção. Quando Bon e eu nos acomodamos em uma mesa do fundo, uma atraente cantora num casaquinho acalentava o saguão com uma versão embebida em sofrimento de "Cidade da Tristeza", de Pham Duy. Havia alguma outra maneira de cantar sobre uma cidade de tristeza, a cidade portátil carregada por nós todos no exílio? Depois de amor, tristeza não era o substantivo mais comum em nosso repertório lírico? Não ficávamos com água na boca pela tristeza, ou só aprendêramos a apreciar o que éramos forçados a comer? Essas perguntas exigiam Camus ou conhaque, e como não havia Camus disponível, pedi um conhaque.

Paguei pelas doses sem nenhuma pontada de dor, usando o que restava do meu acordo, com a firme convicção de que dinheiro não vive até ter sido gasto, particularmente na companhia de amigos.

Quando avistei o capitão grisalho e o tenente impassível de pé no balcão tomando cerveja, cheguei até a mandar servir um conhaque para os dois. Eles vieram até nossa mesa e brindaram à nossa camaradagem, ainda que eu não tivesse tocado na questão de meu regresso com o General outra vez. Mas essa era minha intenção e fiquei feliz em pagar outra rodada para todo mundo. O conhaque tornava tudo melhor, o equivalente de um beijo materno para um homem adulto, e desse modo enchemos a cara enquanto os cantores se sacudiam no palco. Homens e mulheres, murmurando, se lamuriando, suspirando, alçando a voz, gemendo, trovejando e, não importava o que cantassem ou como, o público os adorou. Fomos todos nós, até Bon, carregados no ar, de volta no tempo, pelos pulmões dos cantores, através do tempo e da distância para os clubes noturnos de Saigon, onde o gosto do champanhe, além dos costumeiros sabores e alusões, sempre incluía um toque de lágrimas. Lágrimas demais e o sujeito ficava subjugado; nenhuma, e não ficava escravizado. Mas uma gota desse elixir era tudo que a língua de alguém precisava antes de pronunciar apenas um nome: Saigon.

Essa palavra foi mencionada por quase todo mundo que subiu ao palco, inclusive o mestre de cerimônias. O apresentador da *Fantasia* era um sujeito de constituição modesta e modestamente vestido, com um terno de flanela cinza, a única coisa brilhante em sua pessoa sendo seus óculos. Não consegui enxergar seus olhos, mas reconheci seu nome. O Poeta era um escritor cujas palavras haviam sido publicadas em periódicos literários e jornais, versos delicados e nostálgicos sobre as teias da vida cotidiana. Lembrei-me de um poema em particular sobre a epifania a ser encontrada em lavar arroz, e embora não pudesse recordar a epifania do Poeta, lembrei o anseio, no poema, de encontrar significado até mesmo na tarefa mais humilde. Às vezes, quando lavava arroz e afundava a mão nos grãos molhados, eu pensava no Poeta. Fiquei orgulhoso de ver que em nossa cultura um Poeta podia ser mestre de cerimônias para uma noite de canção e embriaguez para as pessoas comuns. Respeitávamos nossos poetas e presumíamos que tivessem algo importante a ensinar, e esse Poeta tinha. Ele escrevera algumas colunas para o jornal de Sonny, explicando as excentricidades da vida americana ou as falhas de comunicação cultural entre os americanos e nós, e nessa veia entremeava suas apresentações dos cantores com breves lições sobre nossa cultura ou a cultura americana. Quando chegou a hora de Lana, começou dizendo: Alguns de vocês devem ter ouvido falar que os americanos são um povo que gosta de sonhar. É verdade, e embora alguns digam que a América é um estado de bem-estar social, na verdade é um estado de sonho. Aqui podemos sonhar com qualquer coisa, não é, senhoras e senhores? Vou lhes dizer o que é o Sonho Americano, continuou, segurando o microfone com o cuidado reservado a uma banana de dinamite. Meu Sonho Americano é ver uma vez mais, antes de morrer, a terra onde nasci, sentir o gosto mais uma vez dos caquis da árvore no jardim da minha família em Tay Ninh. Meu Sonho Americano é voltar para casa e poder acender um incenso no túmulo dos meus avós, passear por nosso belo país quando enfim estiver em paz e o som dos canhões não puder ser ouvido acima dos gritos de alegria. Meu Sonho Americano é caminhar da cidade até a aldeia para cultivar os campos e ver rapazes e garotas que nunca ouviram falar da guerra rindo e brincando, de Da Nang a Da Lat, de Ca Mau a Chau Doc, de Sa Dec a Song Cau, de Bien Hoa a Ban Me Thuot...

A viagem de trem por nossas cidades e vilarejos, grandes e pequenos, continuou, mas eu desembarcara em Ban Me Thuot, minha cidade natal, cidade na colina, cidade de terra vermelha, a região das Terras Altas com os melhores grãos de café, terra de cascatas trovejantes, de elefantes exasperados, do *gia rai* faminto em sua tanga, descalço e seminu, terra onde minha mãe e meu pai morreram, terra onde meu cordão umbilical foi enterrado no exíguo lote de minha mãe, terra onde o heroico Exército Popular atacou primeiro em sua liberação do sul durante a grande campanha de 75, terra que era meu lar.

Esse é meu Sonho Americano, disse o Poeta, e seja qual for a roupa que eu vista, ou a comida que coma, ou a língua que fale, meu coração não mudará. É por isso que estamos reunidos aqui nesta noite, senhoras e senhores. Embora não possamos estar em casa de verdade, podemos regressar em *Fantasia*.

O público aplaudiu com sinceridade e entusiasmo nosso poeta laureado e exilado, mas ele era um homem inteligente que sabia que estávamos reunidos ali para outro propósito além de escutá-lo. Senhoras e senhores, disse, erguendo as mãos para silenciar o público, permitam-me lhes apresentar mais um Sonho Americano, nossa própria fantasia vietnamita...

Agora conhecida por um único nome, como John, Paul, George, Ringo e Mary, ela subiu ao palco usando um corpete de veludo vermelho, minissaia com estampa de leopardo, luvas de renda preta e botas de couro com saltos agulha na altura da coxa. Meu coração teria parado nas botas, nos saltos ou no pedaço reto e liso de sua barriga, nua entre a minissaia e o corpete, mas a combinação dos três dominou meu coração por completo, e o surrou com o vigor de um esquadrão da polícia de Los Angeles. Entornar conhaque em meu coração o libertava, mas encharcado desse jeito ele era facilmente flambado por sua voz ardente. Ela aumentou o calor com a primeira canção, a inesperada "I'd Love You to Want Me", que eu só vira sendo cantada por homens antes. "I'd Love You to Want Me" era a canção tema dos solteirões e infelizes no casamento de minha geração, fosse no original inglês, fosse nas versões francesa e vietnamita, igualmente soberbas. O que a canção expressava à perfeição, da letra à melodia, era o amor não correspondido, e não havia nada que nós, homens do sul, amássemos mais do que amor não correspondido, corações partidos sendo nossa fraqueza primordial, depois de cigarros, café e conhaque.

Escutando-a cantar, só o que eu queria era me imolar numa noite em sua companhia para recordar para sempre. Todo homem presente ali partilhava da minha emoção enquanto a observávamos fazer nada mais do que oscilar diante do microfone, sua voz suficiente para comover o público, ou antes para nos silenciar. Ninguém falava e ninguém se mexia, a não ser para erguer um cigarro ou a taça, a concentração absoluta permanecendo sem ser quebrada por sua escolha seguinte, um pouco mais animada, "Bang Bang (My Baby Shot Me Down)". Cher foi a primeira a cantá-la, mas ela não passava de uma princesa platinada cujo único contato com violência e armas vinha por tabela, dos amigos gângsteres de seu pai, Frank. Lana, por outro lado, crescera numa cidade onde os gângsteres foram um dia tão poderosos que o exército os combatia nas ruas. Saigon era uma metrópole onde os ataques com granada eram lugar-comum, bombas terroristas não eram inesperadas e a invasão indiscriminada do Vietcongue era uma experiência comunal. O que Nancy Sinatra sabia quando cantava *bang bang*? Para ela, isso era uma letra de música pop. *Bang bang* era a trilha sonora de nossas vidas.

Além do mais, Nancy Sinatra sofria, como a esmagadora maioria dos americanos, de monolinguismo. A versão mais rica, mais texturizada, que Lana cantava de "Bang Bang" exibia camadas de inglês, francês e vietnamita. *Bang bang, je ne l'oublierai pas* era o último verso da versão francesa, que ecoava na versão vietnamita de Pham Duy, *Nunca esqueceremos*. No panteão das canções pop clássicas de Saigon, essa interpretação tricolor era uma das mais memoráveis, entretecendo magistralmente amor e violência na história enigmática de um casal de enamorados que, mesmo se conhecendo desde a infância, ou porque se conheciam desde a infância, atiravam um no outro. *Bang bang* era o som da pistola da memória disparando em nossa cabeça, pois não podíamos esquecer o amor, não podíamos esquecer a guerra, não podíamos esquecer a pessoa amada, não podíamos esquecer os inimigos, não podíamos esquecer o lar e não podíamos esquecer Saigon. Não podíamos esquecer o sabor caramelado do café gelado com açúcar mascavo; as tigelas de caldo com macarrão comidas na calçada, agachados; o dedilhado do violão de um amigo, balançando na rede entre dois coqueiros; as partidas de futebol jogadas descalço e sem camisa em becos, praças, parques e campinas; os colares de pérolas da bruma matinal drapejados ao redor das montanhas; a umidade labial das ostras chupadas em uma praia arenosa; o sussurro de uma pessoa amada coberta de orvalho dizendo as palavras mais sedutoras em nossa língua, *anh oi*; o chocalho do arroz sendo debulhado; os trabalhadores que dormiam em seus ciclo-riquixás nas ruas, aquecidos apenas pelas lembranças de suas famílias; os refugiados que dormiam em qualquer calçada de qualquer cidade; a lenta queima das pacientes espirais de mosquito; a doçura e a firmeza de uma manga recém-colhida no pé; as garotas que se recusavam a conversar conosco e a quem ansiávamos ainda mais; os homens que haviam morrido ou desaparecido; as ruas e casas explodidas por bombas; os regatos onde nadávamos sem roupa, rindo; o bosque secreto onde espiávamos as ninfas que se banhavam e chapinhavam a água com a inocência de aves; as sombras lançadas pela luz de vela nas paredes de taipa das cabanas; o tilintar atonal dos sinos de vaca nas estradinhas de terra e trilhas pelo campo; os latidos de um cão faminto num vilarejo abandonado; o fedor apetitoso do durião fresco que você comia com lágrimas nos olhos; a visão e o som de órfãos uivando junto aos cadáveres de seus pais e mães; a camisa pegajosa à tarde, a pessoa amada pegajosa após o ato sexual, nossa situação pegajosa; os guinchos frenéticos dos porcos fugindo dos aldeães; as colinas em brasa ao crepúsculo; a cabeça coroada da aurora erguendo-se dos lençóis do oceano; o contato quente da mão materna; e embora a lista pudesse prosseguir para sempre, a questão era simplesmente esta: a coisa mais importante que nunca podíamos esquecer era que jamais podíamos esquecer.

Quando Lana terminou, o público aplaudiu, assobiou e bateu com os pés no chão, mas eu fiquei em um silêncio pasmo enquanto ela se curvava e se retirava graciosamente, tão desarmado que não conseguia sequer bater palmas. Quando o Poeta apresentou a atração seguinte, tudo que eu escutava era *bang bang*, e quando Lana voltou à mesa reservada aos artistas, com a cadeira a sua esquerda desocupada pela cantora que tomara seu lugar, avisei a Bon que voltaria em dez minutos. Eu o escutei dizer: Não faça isso, seu filho da puta estúpido, mas sem pensar duas vezes comecei a atravessar o saguão. A coisa mais difícil de fazer ao falar com uma mulher era dar o primeiro passo, mas a coisa mais importante a fazer era não pensar. Não pensar é mais difícil do que parece e no entanto, com as mulheres, o sujeito nunca deve pensar. Nunca. Isso simplesmente não funciona. Nas primeiras vezes em que abordei garotas, durante meus anos no liceu, eu pensara demais, hesitara e, como resultado, dera com os burros n'água. Mas mesmo assim descobri que todo aquele bullying que sofrera na infância me enrijecera, fazendo-me acreditar que ser rejeitado era melhor do que nem ter a chance de ser rejeitado. Assim, eu me aproximava das garotas, e agora das mulheres, com tal negação zen de toda dúvida e medo que o Buda aprovaria. Sentando ao lado de Lana sem pensar em nada, apenas segui meus instintos e meus três primeiros princípios em conversas com mulheres: não peça permissão; não diga oi; não deixe que ela fale primeiro.

Eu não fazia ideia que você sabia cantar desse jeito quando a gente se conheceu, falei. Ela me fitou com olhos que evocavam antigas estátuas gregas, vazios e contudo expressivos. E como podia? Eu só tinha dezesseis anos.

E eu, só vinte e cinco. O que eu sabia? Curvei-me para me fazer ouvir acima da música e lhe oferecer um cigarro. Quarto princípio: dar à mulher a chance de rejeitar algo que não seja eu. Se ela recusasse o cigarro, como qualquer uma de nossas jovens respeitáveis faria, eu tinha uma desculpa para pegar um, o que me dava alguns segundos para dizer algo enquanto ela se concentrava no meu cigarro. Mas Lana inesperadamente aceitou, dando-me a chance de acender seu cigarro com uma chama sugestiva, como um dia eu fizera com a sra. Mori. O que sua mãe e seu pai acham disso tudo?

Acham que é uma perda de tempo cantar e dançar. Imagino que você concorde com eles.

Acendi meu cigarro. Se eu concordasse com eles, estaria aqui?

Você concorda com tudo que meu pai diz.

Concordo só com algumas coisas que seu pai diz. Mas não discordo de nada.

Então você concorda comigo na questão da música?

Música e canto são o que mantém a gente vivo, que dão esperança pra gente. Se a gente consegue sentir, sabe que consegue viver.

E sabe que pode amar. Ela soprou a fumaça para longe de mim, mas eu teria ficado deliciado se tivesse soprado a fumaça em meus olhos ou em qualquer parte do meu corpo. Meus pais têm medo de que cantar possa acabar com minhas chances de casamento, disse. O que eles querem para mim é me casar amanhã com alguém respeitável e muito rico. Você não é nenhuma dessas duas coisas, não é, Capitão?

Você gostaria que eu fosse respeitável e rico?

Você seria bem menos interessante, se fosse.

Você deve ser a primeira mulher na história do mundo a se sentir desse jeito, falei. Esse tempo todo mantive meu olhar fixo em seus olhos, tarefa incrivelmente difícil, dada a atração gravitacional exercida por seu decote. Embora eu fosse crítico de muitas coisas na chamada civilização ocidental, o decote não era uma delas. Os chineses podiam ter inventado a pólvora e o macarrão, mas o Ocidente inventara o decote, com implicações profundas e subapreciadas. Um homem olhando para seios semiexpostos não estava dando vazão à mera lascívia, estava também meditando, ainda que inconscientemente, na qualidade separadora e ao mesmo tempo unificadora da fenda entre eles. O decote feminino ilustrava perfeitamente essa condição ambígua e contraditória, os seios como entidades plurais e unas. O significado amplo também se achava presente no modo como o decote separava uma mulher de um homem e no entanto o atraía para ela com a força irresistível de uma descida numa encosta escorregadia. Os homens não tinham nenhum equivalente, a não ser, talvez, pelo único tipo de decote masculino que a maioria das mulheres realmente apreciava, uma carteira recheada se abrindo. Mas, ao passo que as mulheres podiam olhar para nós quanto quisessem, coisa que adoraríamos, ai de nós se as olhássemos muito, e ai de nós também se ao menos não tentássemos dar uma espiada. Uma mulher com um decote extraordinário teria razão em se sentir insultada por um homem cujos olhos fossem capazes de resistir a um mergulho ali, assim, apenas por educação, lancei-lhe um olhar sutil quando pegava outro cigarro. Entre aquele par de seios maravilhosos repousava um crucifixo de ouro numa corrente de ouro, e ao menos nessa ocasião desejei ser verdadeiramente cristão, de modo a poder ficar pregado naquela cruz.

Aceita mais um cigarro?, falei, nossos olhares se cruzando mais uma vez quando lhe estendi o maço. Nenhum de nós deu mostras de notar minha apreciação abalizada de seu decote. Em vez disso, ela aceitou meu oferecimento em silêncio, esticou a mão delicada, puxou um cigarro, o inseriu entre seus lábios cristalizados, esperou que fosse aceso pela chama em minha mão e depois, pouco a pouco, fumou até ele se reduzir a um punhado de cinzas, facilmente sopradas. Se um homem sobrevivesse ao tempo que levava para fumar o primeiro cigarro, tinha uma boa chance de vencer as defesas de uma mulher. O fato de eu ter sobrevivido a um segundo cigarro incrementou imensamente minha confiança. Assim, quando a cantora de permanente cuja cadeira eu ocupara voltou, foi com essa confiança que me levantei e disse para Lana: Vamos até o balcão. Princípio cinco: afirmações, não perguntas, tinham menor probabilidade de levar a um não. Ela deu de ombros e me ofereceu sua mão.

Durante a hora seguinte, entre um e outro momento em que Lana calcinou a terra e os pelos dos meus antebraços com mais algumas canções, descobri o seguinte. Ela adorava vodca-martíni, dos quais lhe pedi três. Cada um deles preparado com uma bebida de qualidade superior em cuja solução translúcida flutuava um par de azeitonas gorduchas, os mamilos sugestivos de pimentões projetando-se dentro delas. Seu empregador era uma galeria de arte na elegante Brentwood. Tivera alguns namorados, com ênfase no plural, e quando uma mulher conversava sobre antigos namorados estava informando que avaliava você em comparação com parceiros imperfeitos e funcionais do passado. Embora eu fosse diplomático demais para perguntar sobre política ou religião, descobri que era uma progressista, social e economicamente. Era a favor do controle de natalidade, controle de armas e controle dos aluguéis; era a favor da liberação dos homossexuais e dos direitos civis para todos; apoiava Gandhi, Martin Luther King e Thich Nhat Hanh; era a favor da não violência, paz mundial e ioga; acreditava no potencial revolucionário da discoteca e das Nações Unidas dos clubes noturnos; acreditava na autodeterminação nacional para o Terceiro Mundo, bem como na democracia liberal e no capitalismo regulado, o que significava, afirmou, acreditar que a mão invisível do mercado devia vestir a luva de pelica do socialismo. Seus cantores favoritos eram Billie Holiday, Dusty Springfield, Elvis Phuong e Khanh Ly, e achava que vietnamitas também tinham capacidade de cantar blues. Das cidades americanas, achava que Nova York era onde queria morar, se não pudesse morar em Los Angeles. Mas de todas as coisas que aprendi sobre ela, a mais importante foi esta: enquanto a maioria das vietnamitas guardava sua opinião para si até depois de casarem, quando então nunca mais guardavam sua opinião para si, ela não hesitava em dizer o que pensava.

Ao final de uma hora acenei para Bon se aproximar, ansioso por outro par de ouvidos para aliviar o estresse sobre os meus. Ele também estava grogue de conhaque, a bebida deixando-o atipicamente falante. Lana não fazia restrições a socializar com um homem do povo, e durante a hora seguinte se tornaram parceiros a percorrer a estrada da memória, lembrando Saigon e canções enquanto eu bebia meu conhaque em silêncio, admirando discretamente suas pernas. Mais longas que a Bíblia e prometendo muito mais diversão, elas se estendiam ao infinito, como um iogue indiano ou uma estrada americana bruxuleando nas Grandes Planícies ou no deserto sudoeste. Suas pernas exigiam ser olhadas e não aceitariam um não, *non, nein, niet* ou nem mesmo um talvez como resposta. Eu estava cativado pela visão quando escutei Lana dizer: E sua esposa e seu filho? As lágrimas escorrendo pelo rosto de Bon quebraram o encanto que ela lançara sobre mim, a visão arrancando-me de meu estado de surdez. De algum modo a conversa desviara de Saigon e das canções sobre a queda de Saigon, o que não era de surpreender. A maioria das canções que os exilados escutavam eram embebidas na perda melancólica, romântica, que só podia recordar-lhes a perda de sua cidade. Toda conversa entre os exilados sobre Saigon acabava virando uma conversa sobre a queda de Saigon e o destino dos que ficaram para trás. Mortos, dizia Bon agora. Fiquei pasmo, porque Bon nunca falava sobre Linh e Duc com ninguém além de mim, muito em função do fato de que Bon dificilmente falava com alguém. Esse era o problema em percorrer a estrada da memória. Quase sempre havia neblina e a tendência era a pessoa tropeçar e cair. Mas talvez essa queda constrangedora valesse a pena, pois Lana, para meu ainda maior espanto, abraçou-o e pressionou sua cabeça feia e teimosa contra o próprio rosto. Pobrezinho, disse. Coitado, pobrezinho. Fui subjugado por um amor grande e dolorido por meu melhor amigo e essa mulher cuja silhueta divina era o símbolo do infinito na vertical, apoiado em seu traseiro redondo. Eu ansiava em testar a hipótese de meu desejo por ela empiricamente examinando suas curvas nuas com os olhos, seus seios com as mãos, sua pele com a língua. Percebi então, quando ela concentrou toda sua atenção no choroso Bon, tão insensibilizado pelo pesar que parecia não se dar conta do vale encantado exposto a sua frente, que eu a possuiria e que ela me aceitaria.

15.

Grande parte do que confessei até o momento pode lhe parecer estranho, caro Comandante, e para esse seu misterioso comissário sem rosto de quem tanto ouvi falar. O Sonho Americano, a cultura de Hollywood, as práticas da democracia americana e assim por diante podem juntos fazer da América um lugar atordoante para aqueles que, como nós, vieram do Oriente. É bem provável que minha condição semiocidental tenha me ajudado, talvez de forma inata, a compreender o caráter, a cultura e os costumes americanos, incluindo os que dizem respeito ao amor romântico. A coisa mais importante a compreender é que, enquanto nós cortejávamos, os americanos tinham uma coisa chamada *dating*, um costume pragmático pelo qual um homem e uma mulher determinam um horário mutuamente propício para se encontrar, como que para negociar uma empreitada comercial potencialmente lucrativa. Os americanos viam esse negócio do encontro como dizendo respeito a investimentos e ganhos, no curto ou no longo prazo, mas nós víamos o romance e a corte como tendo a ver com perdas. Afinal de contas, a única corte que vale a pena envolvia persuadir uma mulher que não podia ser persuadida, não uma mulher já predisposta a examinar seu calendário para ver sua disponibilidade.

Lana era claramente uma mulher carente de ser cortejada. Escrevi-lhe cartas advogando em minha causa, usando a perfeita caligrafia que me fora ensinada pelas freiras pterodácticas; compus vilanelas, sonetos e dísticos de prosódia duvidosa mas sinceridade resoluta; peguei seu violão quando me deixou sentar em uma almofada marroquina em sua sala de estar e cantei para ela canções de Pham Duy, Trinh Cong Son e do mais recente queridinho lírico da nossa diáspora, Duc Huy. Ela me recompensava com os sorrisos enigmáticos de uma apsara sedutora, um lugar reservado na primeira fila de suas apresentações e o obséquio de continuar a ser recebido, não mais que uma vez por semana. Eu ficava igualmente agradecido e atormentado, como contava para Bon nas tardes lânguidas da loja de bebidas. Sua reação era tão pouco entusiasmada como seria de esperar. Me diz uma coisa, dom-juan, falou um dia, de volta a sua secura normal. Sua atenção estava dividida entre mim e um par de adolescentes que avançavam furtivamente, como gambás, por um corredor, uma dupla cuja idade e QI eram calculáveis no extremo inferior dos dois dígitos. O que acontece quando o General descobrir? Eu estava sentado com ele atrás do balcão, esperando o General chegar, como sempre. E por que isso vai acontecer?, falei. Ninguém vai contar para ele. Lana e eu não somos tão sentimentais a ponto de achar que um dia a gente vai se casar e confessar tudo para ele. Então por que todo esse namorico e desespero atrevido?, ele perguntou, citando minha narrativa de meus galanteios. Falei: Por acaso o namorico e o desespero atrevido precisam acabar em casamento? Não podem acabar em amor? O que casamento tem a ver com amor? Ele bufou com desprezo. Deus fez a gente para casar. O amor tem tudo a ver com o casamento. Fiquei pensando se ele ia se desmanchar todo, como naquela noite na *Fantasia*, mas falar sobre amor, casamento e morte não teve efeito perceptível sobre ele nessa tarde, talvez porque estivesse concentrado no espelho convexo preso no alto em um canto dos fundos. O olho monocular do espelho revelava os adolescentes olhando para a cerveja gelada com reverência, hipnotizados pelo reflexo da luz fluorescente no vidro cor de âmbar. Casamento é escravidão, falei. E quando Deus nos fez humanos — se Deus existe — Ele não planejava que a gente fosse escravo uns dos outros.

Quer saber o que nos torna humanos? No espelho, o mais baixo dos dois rapazes enfiou uma garrafa no bolso. Com um suspiro cansado, Bon pegou o taco de beisebol debaixo da caixa registradora. O que nos torna humanos é que somos a única criatura neste planeta que consegue foder com a gente mesmo.

Talvez o argumento pudesse ter sido demonstrado com mais delicadeza, mas isso não era algo em que algum dia estivera interessado. Seu único interesse era ameaçar os ladrõezinhos de sofrer graves danos físicos até vê-los cair de joelhos, entregar as bebidas escondidas em suas jaquetas e implorar por perdão. Bon estava apenas os ensinando da forma como nós havíamos aprendido. Nossos professores eram firmes defensores da punição corporal que os americanos haviam relegado ao passado, o que provavelmente era um dos motivos para não ganharem mais guerras. Para nós, a violência começava em casa e continuava na escola, pais e professores batendo em crianças e alunos como se fossem tapetes persas, para tirar deles o pó da vaidade e da estupidez, e desse modo torná-los mais belos. Meu pai não era exceção. Ele era simplesmente mais magnânimo que a maioria, tocando xilofone nos nós dos dedos dos alunos com sua régua até nossas pobres juntas ficarem roxas, azuis e pretas. Às vezes fazíamos por merecer a surra, às vezes não, mas meu pai nunca mostrou o menor remorso quando alguma evidência de nossa inocência vinha à tona. Como éramos todos culpados do Pecado Original, mesmo uma punição equivocadamente ministrada era de certo modo justa.

Minha mãe era culpada, também, mas o seu pecado nada tinha de original. Eu era do tipo que se incomodava menos com pecado do que com a falta de originalidade. Mesmo enquanto dava em cima de Lana, desconfiava que qualquer pecado que cometesse com ela nunca seria suficiente, pois não seria original. E contudo acreditava que pecar com ela podia ser suficiente, uma vez que nunca saberia a menos que tentasse. Talvez eu tivesse um vislumbre do infinito quando a acendesse com a centelha espasmódica que vinha de esfregar minha alma contra a dela. Talvez eu finalmente conhecesse a eternidade sem recorrer a isto:

P. Diga o Credo dos Apóstolos.
R. Creio em Deus Pai, Todo-Poderoso, criador do Céu e da Terra...

Até mesmo aqueles dois gatunos tinham ouvido falar dessa oração, as ideias cristãs sendo tão importantes para o povo americano que lhes fora concedido um lugar no mais precioso dos documentos, a nota de um dólar. IN GOD WE TRUST deve até hoje ser impresso no dinheiro em suas carteiras. Bon bateu suavemente com o bastão de beisebol na testa dos ladrões enquanto choramingavam: Por favor, desculpa! Pelo menos esses cretinos sabiam o que era medo, um dos dois grandes motivos para ter fé. A questão que o bastão de beisebol não resolveria era se conheciam o outro motivo, amor, que, por alguma razão, era muito mais difícil de ensinar.

O General chegou no horário de sempre e, assim que o fez, partimos, eu de motorista e ele sentado atrás. Não estava falante como de costume, tampouco passou o tempo debruçado sobre papéis em sua pasta. Em vez disso, ficou olhando pela janela, o que normalmente considerava perda de tempo, e a única ordem que deu foi para desligar a música. No silêncio que se seguiu, escutei o mudo violoncelo do pressentimento, anunciando o tema com que decerto estava preocupado: Sonny. O artigo que Sonny escrevera sobre as supostas operações da Fraternidade e do Movimento haviam circulado com a facilidade de uma gripe pela comunidade de exilados, suas alegações microbianas se tornando fatos confirmados e seus fatos se tornando rumores infecciosos. Quando os rumores chegaram a meus ouvidos, a história era que ou o General estava quebrado em seus esforços de financiar o Movimento ou chafurdando em lucro ilícito. Isso era a compensação do governo norte-americano por fazer boca de siri quanto à sua omissão em nos ajudar ao final da guerra ou aos lucros provenientes não só de uma cadeia de restaurantes, como também do tráfico de drogas, prostituição e extorsão de pequenos comerciantes. O Movimento, insistiam alguns, não passava de um esquema, e seus homens na Tailândia eram uma chusma de degenerados miseráveis que dependiam das doações comunistas. Outros diziam que esses homens eram na verdade um regimento dos melhores Rangers, sanguinários e sedentos de vingança. Segundo essa fofoca cada vez mais disseminada, o General iria mandar aqueles tontos para os braços da morte do conforto de sua poltrona ou iria voltar, como MacArthur nas Filipinas, para liderar pessoalmente a invasão heroica. Se eu estava escutando essa fofoca, a Madame sem dúvida também estava, e assim também o General, todos sintonizados na estação AM chiada e crepitante do ouvi dizer. Isso incluía o major glutão, seu corpo gordo transbordando pelas bordas do banco ao meu lado. Não ousei virar a cabeça para conferir, embora pelo canto do olho desse para perceber que me encarava, os seus três olhos muito abertos, sem dúvida. Eu não abrira aquele buraco em sua cabeça que lhe dera seu terceiro olho, mas arquitetara o esquema que selou seu destino. Agora era esse terceiro olho que lhe permitia continuar a me observar mesmo depois de morto, um espectador, não só um espectro. Não vejo a hora de saber como vai terminar essa história, ele disse. Mas eu já sei como vai terminar. Você não?

Falou alguma coisa?, perguntou o General.

Não, senhor.

Escutei você falar alguma coisa.

Acho que estava falando sozinho.

Para de falar sozinho.

Sim, senhor.

O único problema em não falar com você mesmo é que você é o parceiro de conversa mais fascinante que pode existir. Ninguém tem mais paciência em escutar você do que você mesmo, e embora ninguém o conheça melhor do que você mesmo, ninguém é capaz de entendê-lo mais errado. Mas, se falar sozinho era a conversa ideal na ocasião social de sua imaginação, o major glutão era esse convidado irritante que insistia em se intrometer e ignorar as deixas para cair fora. Esquemas têm vida própria, não é?, disse. Você concebeu esse esquema. Agora é o único que pode acabar com ele. E assim foi pelo restante do trajeto até o country club, o major glutão sussurrando em meu ouvido enquanto eu mordia a língua por tanto tempo que ela ficou doendo, inchada com as palavras que queria lhe dizer. No geral, eu desejava dele o que um dia desejara de meu pai, que desaparecesse da minha vida. Depois de ter recebido sua carta para mim nos Estados Unidos, transmitindo a notícia do falecimento de minha mãe, escrevi para Man dizendo que, se Deus de fato existia, minha mãe estaria viva e meu pai, não. *Como eu queria que estivesse morto!* Na verdade, ele morreu não muito depois da minha volta, mas sua morte não me trouxe a satisfação que achei que traria.

Isso é um country club?, disse o General quando chegamos ao nosso destino. Verifiquei o endereço; era o mesmo que constava do convite do Congressista. O convite de fato fazia menção a um country club e eu também imaginara que passaríamos por estradinhas sinuosas sem um veículo à vista e então tomaríamos um trecho de cascalho para deixar o carro com um guardador de colete preto e gravata-borboleta, o prelúdio pastel de nossa entrada em uma caverna silenciosa atapetada com peles de urso negro. Nas paredes, entre as janelas panorâmicas, haveria cabeças de veado coroadas de galhadas, fitando-nos com sabedoria mordaz por entre a fumaça de charutos. Do lado de fora, esparramava-se um extenso campo de golfe que demandava mais água que uma cidade do Terceiro Mundo, onde quartetos de banqueiros viris praticavam um esporte cujas habilidades no *swing* exigiam tanto a força bruta, belicosa, necessária para estripar os sindicatos como o refinado golpe de misericórdia da evasão fiscal. Mas, em vez de um paraíso reconfortante como esse onde sempre se poderia contar com um suprimento sem fim de bexigosas bolas de golfe e bonomia autocongratulatória, o endereço a que chegamos era uma churrascaria em Anaheim com todo o charme de um vendedor itinerante de aspiradores. Parecia um cenário ignóbil para um jantar privado com ninguém menos que Richard Hedd, em visita para um ciclo de palestras.

Depois de eu mesmo conduzir o carro para um estacionamento cheio apenas de veículos americanos e teutônicos de safra recente, segui o General até a churrascaria. O maître exibia os maneirismos de um embaixador de país minúsculo, uma mistura cuidadosa de soberba e servidão. Ao ouvir o nome do Congressista, amoleceu o suficiente para curvar a cabeça ligeiramente e nos conduzir por um labirinto de pequenas salas de jantar onde americanos viris trajando coletes com padrão de losangos e camisas Oxford se banqueteavam com quantidades absurdas de filé bovino e costelas de cordeiro. Nosso destino era uma sala privativa no segundo andar, onde o Congressista se reunia com vários outros a uma mesa redonda grande o bastante para um homem deitar em cima. Cada um dos presentes já estava com uma bebida na mão e ocorreu-me que nosso atraso era arranjado de antemão. Quando o Congressista se levantou, acalmei o tremor em minhas entranhas. Estava cara a cara com alguns espécimes representativos da criatura mais perigosa na história do mundo, o homem branco de terno.

Senhores, estamos contentes por se unirem a nós, disse o Congressista. Permitam-me apresentá-los. Havia seis outros — empresários proeminentes, governantes e advogados —, assim como o dr. Hedd. Enquanto o Congressista e o dr. Hedd eram Very Important Persons, os outros, incluindo o General, eram Semi-Important Persons (quanto a mim, era Non-Important Person). O dr. Hedd era a principal atração do jantar e o General, a atração secundária. O Congressista providenciara o jantar em prol do General, uma oportunidade de expandir sua rede de potenciais defensores, benfeitores e investidores, com o dr. Hedd como grande prêmio. Uma palavra favorável do dr. Hedd, contara o Congressista ao General, pode abrir portas e bolsos para sua causa. Não por acidente, assim, havia lugares de ambos os lados do dr. Hedd reservados para o General e eu, e não perdi tempo oferecendo meu exemplar de seu livro para um autógrafo.

Estou vendo que leu com bastante atenção, disse o homem, folheando as páginas com orelhas de um manuseio tão exaustivo que o livro inchara como se estivesse encharcado. O jovem aqui é estudioso do caráter americano, disse o Congressista. Pelo que o General me conta, e pelo que já vi, desconfio que nos conheça melhor do que nós mesmos. Os homens à mesa riram da ideia, e eu também. Se você é estudioso do caráter americano, disse o dr. Hedd, assinando a página de rosto, por que está lendo este livro? É mais sobre os asiáticos do que sobre os americanos. Ele me devolveu o livro e, sentindo seu peso na mão, falei: Para mim parece que um jeito de entender o caráter de uma pessoa é entender o que ela acha dos outros, especialmente outros como ele. O dr. Hedd me encarou intensamente por cima dos óculos sem aro, um tipo de expressão que sempre me incomodou, ainda mais vindo de um sujeito que escrevera isto:

> O combatente vietcongue comum não tem rixa com a América real. Ele tem uma rixa com o tigre de papel criado por seus senhores, pois nada mais é que um jovem idealista tapeado pelo comunismo. Se compreendesse a verdadeira natureza da América, perceberia que a América era sua amiga, não sua inimiga. (p. 213)

O dr. Hedd não falava de mim, exatamente, já que eu não era o combatente vietcongue comum, e contudo falava de mim, no sentido de que lidava com tipos. Antes dessa reunião, eu relera seu livro mais uma vez e encontrara dois casos em que suas categorias tratavam de alguém como eu. No verso de mim:

O intelectual radical vietnamita é nosso inimigo mais perigoso. Tendo provavelmente lido Jefferson e Montaigne, Marx e Tolstói, pergunta com todo o direito por que os direitos do homem tão celebrados pela civilização ocidental não foram estendidos a seu povo. Para nós ele se perdeu. Tendo devotado sua vida à causa radical, não há caminho de volta para ele. (p. 301)

Nessa avaliação, o dr. Hedd estava correto. Eu era o pior tipo de causa, a causa perdida. Mas também havia essa passagem, escrita no meu lado da frente:

O jovem vietnamita enamorado da América detém a chave para a liberdade do Vietnã do Sul. Ele provou coca-cola, por assim dizer, e descobriu que era doce. Conhecedor de nossas imperfeições americanas, não obstante alimenta esperanças quanto a nossa sinceridade e boa vontade em trabalhar essas falhas. São jovens como esse que devemos cultivar. Eles acabarão por substituir os generais ditadores que foram, afinal de contas, treinados pelos franceses. (p. 381)

Essas categorias existiam como existem páginas em um livro, mas a maioria de nós éramos compostos por muitas páginas, não apenas uma. Mesmo assim, suspeitei, sob a observação cerrada do dr. Hedd, que ele me visse não como um livro, mas como uma folha, fácil de ler e fácil de dominar. Eu iria provar que estava errado.

Aposto com os senhores, disse o dr. Hedd, voltando sua atenção para o resto da mesa, que esse jovem é o único de vocês que leu meu livro até o fim. Uma onda de risadas desinibidas percorreu a mesa e, por algum motivo, senti que era eu o alvo da piada. Até o fim?, disse o Congressista. O que é isso, Richard. Eu ia ficar admirado se alguém aqui tivesse lido mais do que a quarta-capa e a orelha.

Novas risadas, mas, em vez de ficar insultado, o dr. Hedd pareceu achar graça. Ele era o rei ali, mas usava a coroa de papel com leveza. Sem dúvida estava acostumado a ser festejado, haja vista a popularidade de seus livros, a frequência de seu comparecimento aos *talk shows* das manhãs de domingo e o prestígio de sua posição como estudioso residente de um *think tank* em Washington. Os generais da força aérea, em particular, o adoravam, empregando-o como consultor estratégico e regularmente o despachando para *briefings* com o presidente e seus conselheiros sobre as maravilhas dos bombardeios. Senadores e congressistas também adoravam Richard Hedd, incluindo nosso Congressista e outros como ele cujos distritos fabricavam os aviões usados nesses bombardeios. No que diz respeito a meu livro, ele disse, um pouco menos de honestidade e um pouco mais de cortesia em termos de livrar a cara seriam necessários, pelo jeito.

Só um sujeito de meia-idade ao meu lado não gargalhou nem sorriu. Seu terno era de um azul neutro e usava uma inofensiva gravata listrada em torno do pescoço. Era um advogado especializado em causas de lesões corporais, um mestre das ações coletivas. Beliscando sua salada Waldorf, disse: É gozado o senhor dizer livrar a cara, dr. Hedd. As coisas mudaram, não? Há vinte ou trinta anos, nenhum americano teria dito "livrar a cara" com essa cara impassível.

Tinha muita coisa que os americanos nunca teriam dito com uma cara impassível há vinte ou trinta anos que a gente hoje em dia diz, respondeu o dr. Hedd. "Livrar a cara" é uma expressão útil e digo isso como alguém que combateu os japoneses em Burma.

Eram um osso duro, disse o Congressista, ou pelo menos foi o que meu pai contou. Não tem nada errado em respeitar seu inimigo. Na verdade, é até nobre respeitar. Olha só o que conseguiram com uma pequena ajuda nossa. Você não consegue sair na rua hoje sem ver um carro japonês.

Os japoneses investiram pesado em nosso país também, disse o General. Eles vendiam motocicletas e gravadores. Eu mesmo tinha um aparelho de som Sanyo.

E isso foi só duas décadas depois que ocuparam vocês, disse o Congressista. Sabia que um milhão de vietnamitas morreu de fome sob o domínio japonês? O comentário foi dirigido a outro homem de terno, que não gargalhou nem sorriu. Não brinca, disse o advogado de lesões corporais. "Não brinca" era praticamente a única coisa que alguém podia dizer quando uma estatística como essa chegava depois da salada e antes dos filés com batata assada. Por um momento todo mundo entrecerrou os olhos para o próprio prato ou coquetel, com a seriedade de um paciente examinando uma tabela de Snellen no consultório do oftalmologista. Quanto a mim, calculava como reparar o dano que o Congressista inadvertidamente infligira. Ele complicara nossa tarefa de sermos agradáveis companhias ao jantar mencionando a fome, algo que os americanos nunca conheceram. A palavra podia evocar apenas paisagens fantasmagóricas de mortos esqueléticos, que não era a imagem espectral que desejávamos apresentar, pois o que você nunca devia fazer era pedir para outras pessoas imaginarem que eram exatamente como um de nós. O teletransporte espiritual perturbava a maioria das pessoas, que, ao pensar nos outros, se é que o faziam, preferiam pensar que esses outros eram exatamente como eles ou podiam ser como eles.

Essa tragédia aconteceu há muito tempo, falei. Para dizer a verdade, a maioria dos nossos conterrâneos aqui está menos focada no passado do que em se tornar americanos.

Como estão fazendo isso?, perguntou o dr. Hedd, e quando me encarou por cima das lentes, pareceu-me que eu era examinado por quatro olhos, não dois. Eles — a gente, quer dizer — acredita na vida, na liberdade e na busca da felicidade, falei, resposta que dera para muitos americanos. Isso provocou acenos aprovadores de todos à mesa, exceto do dr. Hedd, que eu esquecera que era um imigrante inglês. Ele manteve sua visão quadriscópica voltada para mim, aqueles perturbadores olhos duplos e lentes duplas. Então, ele disse, você está feliz? Era uma pergunta íntima, quase tão pessoal quanto perguntar meu salário, aceitável em nossa terra natal, mas não aqui. O pior, porém, foi que não consegui pensar numa resposta satisfatória. Se eu estava infeliz, repercutiria mal para mim, pois os americanos viam a infelicidade como fracasso moral e delito de opinião. Mas se eu estivesse feliz seria mau gosto dizê-lo, ou sinal de soberba, como se estivesse me vangloriando ou tripudiando.

Os garçons chegaram nesse momento com a solenidade de servos egípcios prontos para ser enterrados vivos com seu faraó, travessas com os pratos principais apoiadas nos ombros. Se eu achava que os nacos de carne diante de nós me poupariam da atenção do dr. Hedd, estava enganado. Ele repetiu sua pergunta depois que os garçons se foram, e eu disse que não estava infeliz. O balão gordo da minha dupla negativa ficou pairando no ar por um momento, ambíguo e vulnerável. O mais provável, disse o dr. Hedd, é que você não está infeliz porque está perseguindo a felicidade e ainda não a capturou. Como todos nós em tese também estamos, não é mesmo, senhores? Os homens murmuraram seu assentimento com as bocas cheias de carne e vinho tinto. Americanos em geral não confiam em intelectuais, mas ficam intimidados com o poder e perplexos com a celebridade. Não só o dr. Hedd tinha um pouco de cada, como também tinha sotaque inglês, coisa que afetava os americanos do modo como um apito canino estimulava os cachorros. Eu era imune ao sotaque, por não ter sido colonizado pelos ingleses, e estava determinado a me bater de igual para igual nesse seminário improvisado.

E quanto ao senhor, dr. Hedd?, perguntei. O senhor é feliz?

O escritor não se abalou com minha pergunta, examinando suas ervilhas com a faca antes de se decidir por uma fatia de carne. Como você evidentemente percebeu, disse, não existe resposta boa para essa pergunta.

Sim não é a resposta boa?, disse o assistente da promotoria.

Não, porque a felicidade, no estilo americano, é um jogo de soma zero, senhor. O dr. Hedd descreveu um lento arco com a cabeça conforme falou, passeando os olhos por cada homem na sala. Para uma pessoa ser feliz, deve medir sua felicidade em relação à infelicidade de outra, processo que muito certamente funciona ao contrário. Se eu dissesse que era feliz, algum outro devia estar infeliz, mais provavelmente um de vocês. Mas, se eu dissesse que estava infeliz, isso poderia deixar alguns de vocês mais felizes, mas também faria com que se sentissem mal, já que ninguém deve ser infeliz na América. Acredito que nosso inteligente jovem aqui já intuiu que, embora apenas a busca de felicidade seja prometida para todos os americanos, a infelicidade é uma certeza para muitos.

Uma atmosfera melancólica tomou conta da mesa. O indizível fora dito, algo que pessoas como o General e eu jamais poderíamos ter declarado na presença de brancos educados sem passarmos dos limites. Refugiados como nós nunca poderiam se atrever a questionar a ideologia de Disneylândia seguida pela maioria dos americanos, de que seu país era o lugar mais feliz na face da terra. Mas o dr. Hedd estava acima de qualquer reprovação, pois era um imigrante *inglês*. Sua mera existência como tal validava a legitimidade das antigas colônias, enquanto sua herança e sotaque precipitavam a anglofilia e o complexo de inferioridade latentes encontrados em muitos americanos. O dr. Hedd estava claramente ciente de seu privilégio e achando graça no mal-estar provocado em seus anfitriões americanos. Foi nesse clima que o General interveio. Tenho certeza de que o bom doutor tem razão, disse. Mas se a felicidade não é uma garantia, a liberdade é, e isso, senhores, é mais importante.

Um brinde a isso, General, disse o Congressista, erguendo a taça. Não é isso que os imigrantes sempre compreenderam? O resto dos presentes também ergueu suas taças, até o dr. Hedd, sorrindo enigmaticamente diante da mudança de rumo da conversa promovida pelo General. Esse tipo de gesto era típico do General. Ele sabia como interpretar um público, habilidade crucial para arrecadar dinheiro. Como eu informara a Man por meio de minha tia parisiense, ele já conquistara certo grau de sucesso na obtenção de fundos, recorrendo a um punhado de organizações às quais fora apresentado por Claude, bem como a seus próprios contatos entre americanos que haviam visitado nosso país ou servido por lá. Esses eram homens bem relacionados e de boa família, assim como os que integravam as diretorias dessas organizações. A quantidade de dinheiro doada à Fraternidade era moderada para os seus padrões, dificilmente algo que chamaria a atenção de auditores ou jornalistas. Mas, uma vez que a Nota de Dólar foi despachada para a Tailândia, um extraordinário passe de mágica chamado taxa de câmbio ocorreu. A Nota de Dólar podia comprar um sanduíche na América, mas em um campo de refugiados tailandês a modesta Nota de Dólar se transformava na colorida Baht, capaz de alimentar um combatente por dias. Com um pouco mais de Baht, nosso combatente podia se vestir com a última moda em verde-oliva. Assim, em prol de ajudar os refugiados, essas doações iam ao encontro de necessidades básicas de alimento e roupa para o exército clandestino, composto, afinal, de refugiados. Quanto a armas e munição, eram supridas pelas forças de segurança tailandesas, que por sua vez recebiam seu dinheiro miúdo do Tio Sam, manobra executada com completa transparência e plena aprovação do Congresso.

Coube ao Congressista, claro, sinalizar o momento apropriado para falar sobre o verdadeiro motivo de estarmos ali. Ele fez isso diante de um sorvete gratinado e após várias rodadas de coquetéis. Senhores, disse o Congressista, há um motivo sério para nossa reunião aqui hoje e a reafirmação de nossa amizade. O General veio falar conosco sobre a provação de nosso antigo aliado, o soldado sul-vietnamita, sem o qual o mundo estaria muito pior do que está hoje. A Indochina acabou caindo para o comunismo, mas vejam só o que salvamos: Tailândia, Taiwan, Hong Kong, Cingapura, Coreia e Japão. Esses países são nosso bastião contra a maré comunista.

Não vamos esquecer as suas Filipinas, disse o dr. Hedd. Ou a Indonésia.

De jeito nenhum. Marcos e Suharto tiveram tempo de derrotar os comunistas porque o soldado sul-vietnamita fez a parede, disse o Congressista. Então acho que devemos a esse soldado algo além de simples gratidão, sendo por esse motivo que lhes pedi para vir aqui hoje. Agora cedo a palavra a um dos melhores guardiões da liberdade que a Indochina já conheceu. General?

O General empurrou sua taça de brandy vazia e se curvou para a frente com os cotovelos sobre a mesa, as mãos cruzadas. Obrigado, Congressista. É minha humilde honra conhecer todos vocês. Homens como os senhores construíram a maior arma do mundo, o arsenal da democracia. Nunca poderíamos ter lutado como o fizemos contra forças esmagadoras sem os seus rapazes e as suas armas. Devem se lembrar, senhores, como perfilados contra nós estavam não só nossos desencaminhados irmãos, como também todo o mundo comunista. Os russos, os chineses, os norte-coreanos — estavam todos lá, assim como do nosso lado estavam os muitos asiáticos que se tornaram seus amigos. Como poderia esquecer os sul-coreanos, os filipinos e os tailandeses que lutaram ao nosso lado, assim como os australianos e neozelandeses? Senhores, não lutamos a Guerra do Vietnã. Não lutamos sozinhos. Apenas lutamos a batalha do Vietnã na Guerra Fria entre a liberdade e a tirania...

Ninguém discute que continuam a existir problemas no Sudeste Asiático, disse o dr. Hedd. A única pessoa que eu vira se atrever a interromper o General era o presidente, mas se ele ficou ofendido, coisa que certamente ficou, não deu sinal, limitando-se a sorrir apenas o suficiente para expressar sua satisfação com a contribuição do dr. Hedd. Mas, a despeito do problema no passado, prosseguiu o dr. Hedd, a região está mais tranquila agora, com exceção do Camboja. Nesse meio-tempo há outras questões, mais urgentes, a nos preocupar. Os palestinos, as Brigadas Vermelhas, os soviéticos. As ameaças mudaram e se espalharam como metástase. Comandos terroristas atacaram na Alemanha, Itália e Israel. O Afeganistão é o novo Vietnã. Deveríamos estar preocupados com isso, não concorda, General?

O General franziu o cenho só um pouco para demonstrar sua preocupação e compreensão. Por não ser branco, o General, como eu, sabia que devíamos ter paciência com gente branca, que se assustava facilmente com os não brancos. Mesmo com brancos liberais, a gente não podia ir muito longe, e com o branco mediano, não podia ir nem ali na esquina. O General estava profundamente familiarizado com a natureza, os nuances e as diferenças internas dos brancos, bem como de todos os não brancos que haviam morado aqui por alguns anos. Comíamos a comida deles, assistíamos seus filmes, observávamos suas vidas e sua psicologia pela tevê e no contato diário, aprendíamos sua língua, absorvíamos suas indiretas sutis, ríamos de suas piadas, mesmo quando feitas às nossas custas, aceitávamos humildemente sua arrogância, escutávamos o que conversavam nos supermercados e consultórios dentários e os protegíamos abstendo-nos de falar nossa própria língua na presença deles, o que os enervava. Éramos os maiores antropólogos do povo americano, que o povo americano nunca conheceu porque nossas anotações de campo estavam escritas em nossa língua nas cartas e cartões-postais despachados para nossos países de origem, onde nossos parentes liam nossos relatos com alegria, confusão e espanto. Embora o Congressista estivesse brincando, nós provavelmente conhecíamos os brancos melhor até do que conhecíamos a nós mesmos, e sem dúvida conhecíamos os brancos melhor do que jamais nos conheceriam. Isso às vezes nos levava a duvidar de nós mesmos, um estado de constante autoespeculação, de verificação de nossa imagem no espelho para se perguntar se aquilo era o que realmente éramos, se aquilo era como os brancos nos viam. Porém, por mais que acreditássemos saber sobre eles, havia algumas coisas que sabíamos que não sabíamos, mesmo após muitos anos de intimidade compulsória e voluntária, incluindo a arte de fazer geleia de amora, o modo apropriado de lançar uma bola de futebol e os costumes secretos das sociedades secretas, como fraternidades universitárias, que pareciam recrutar apenas aqueles que teriam sido elegíveis para a Juventude Hitlerista. De modo algum desconhecido de nós era um santuário como esse, ou assim relatei para minha tia parisiense, um salão oculto onde pouquíssimos da nossa espécie haviam dado as caras, se é que algum de nós o fizera. Tão ciente disso quanto eu, o General pisava em ovos, mentalmente, tomando o cuidado de não causar constrangimento.

É engraçado o senhor mencionar os soviéticos, disse o General. Como o senhor escreveu, dr. Hedd, Stálin e os povos da União Soviética são mais próximos em personalidade do oriental que do ocidental. Seu argumento de que a Guerra Fria é um choque de civilizações, não só um choque de países ou sequer de ideologias, está corretíssimo. A Guerra Fria é na verdade um conflito entre Oriente e Ocidente, e os soviéticos são na verdade asiáticos que nunca aprenderam os costumes ocidentais, ao contrário de nós. Claro que na verdade fui eu, como preparativo para essa reunião, ou teste, que resumi para o General essas afirmações no livro de Hedd. Agora eu observava o dr. Hedd atentamente para ver sua reação à minha prescrição, mas sua expressão não mudou. Mesmo assim, eu estava confiante de que os comentários do General o haviam afetado. Nenhum escritor era imune a ver suas próprias ideias e palavras citadas de modo favorável por outra pessoa. Escritores eram, no fundo, por mais que esperneassem ou por mais calmamente que se portassem, criaturas inseguras com egos sensíveis, de constituição tão delicada quanto estrelas de cinema, só que bem mais pobres e menos glamourosos. A pessoa precisava apenas cavar o suficiente para encontrar o tubérculo branco e carnoso de seu eu secreto, e as ferramentas mais afiadas para fazê-lo eram sempre suas próprias palavras. Acrescentei minha própria contribuição a esse esforço e disse: Não se discute que devemos encarar os soviéticos, dr. Hedd. Mas o motivo de lutarmos contra eles está relacionado ao motivo que o senhor defendeu para combater os servos deles em nosso país, e a razão de continuarmos a lutar contra eles agora.

Que motivo é esse?, disse o sempre socrático dr. Hedd.

Vou lhe dizer o motivo, afirmou o Congressista. E não com minhas palavras, mas nas palavras de John Quincy Adams quando falava de nosso grande país. "Sempre que o estandarte da liberdade e da independência foi ou vier a ser desfraldado, ali estará seu coração, suas bênçãos e suas orações... Ela" — a América— "é a aliada da liberdade e da independência de todos."

O dr. Hedd sorriu outra vez e disse: Muito bom, senhor. Nem mesmo um inglês pode discordar de John Quincy Adams.

O que não entendo até hoje é como perdemos, disse o assistente do promotor, acenando para o garçom lhe trazer outro coquetel. Na minha opinião, disse o advogado de lesões corporais, e espero que os senhores compreendam, perdemos porque fomos cautelosos demais. Ficamos com medo de ferir nossa reputação, mas, se tivéssemos simplesmente aceitado que qualquer dano a ela não iria durar, poderíamos ter exercido uma força esmagadora e mostrado para seu povo que lado merecia vencer.

Talvez Stálin e Mao tenham dado a resposta correta, disse o General. Depois de alguns milhões terem morrido, o que são alguns milhões mais? O senhor não escreveu algo nesse sentido, dr. Hedd?

Leu meu livro com mais atenção do que eu imaginava, General. O senhor é um homem que sem dúvida presenciou o pior da guerra, assim como eu, então deve me perdoar se disser a verdade intragável sobre o motivo da derrota americana no Vietnã. O dr. Hedd empurrou os óculos no nariz até seus olhos finalmente perscrutarem através das lentes. Seus generais americanos combateram na Segunda Guerra Mundial e sabiam o valor de suas estratégias japonesas, mas não tinham mão livre para conduzir a guerra. Em vez de travar uma guerra de aniquilação, o único tipo de guerra que o oriental compreende e respeita — veja bem, Tóquio, Hiroshima, Nagasaki —, eles foram obrigados a travar, ou escolheram travar, uma guerra de atrito. O oriental interpreta isso, muito acertadamente, como fraqueza. Estou errado, General?

Se o Oriente tem um recurso inexaurível, disse o General, é gente.

Tem razão, e vou lhe dizer mais uma coisa, General. Me entristece chegar a essa conclusão, mas vi a evidência por mim mesmo, não só em livros e arquivos, mas também nos campos de batalha de Burma. Isso precisa ser dito. A vida é abundante, a vida não vale nada no Oriente. E como a filosofia oriental expressa — o dr. Hedd fez uma pausa —, a vida não é importante. Talvez seja insensibilidade dizer isso, mas o oriental não dá o mesmo valor à vida que o ocidental.

Escrevi para minha tia parisiense que um momento de silêncio desceu sobre a mesa enquanto absorvíamos essa ideia e os garçons voltavam com nossos coquetéis. O Congressista mexeu seu drinque e disse: O que acha, General? O General bebericou seu conhaque com soda, sorriu e disse: Claro que o dr. Hedd tem razão, Congressista. A verdade é muito frequentemente incômoda. O que acha, Capitão.

Todos os homens voltaram sua atenção para mim, minha taça cheia de martíni a meio caminho dos meus lábios. Com relutância, pousei-a na mesa. Após três libações dessa e duas taças de vinho tinto, eu me sentia cheio de insight, o ar da verdade tendo expandido minha mente e precisando ser liberado. Bom, comecei, permitam-me discordar do dr. Hedd. A vida na verdade é valiosa para o oriental. O General franziu o rosto e fiz uma pausa. Nenhuma outra expressão se alterou, mas dava para sentir a eletricidade estática da tensão se acumulando. Então está dizendo que o dr. Hedd está errado, falou o Congressista, tão afável quanto o dr. Mengele devia ter sido na companhia certa. Oh, não, apressei-me a dizer. Estava suando, minha camiseta de baixo úmida. Mas como podem perceber, senhores, embora a vida seja apenas *valiosa* para nós — fiz nova pausa, e meu público se inclinou em minha direção, um ou dois milímetros —, seu valor é *inestimável* para o ocidental.

A atenção dos homens se dirigiu ao dr. Hedd, que ergueu seu coquetel para mim e disse: Eu mesmo não teria me expressado me-

lhor, meu jovem. Com isso, a conversa afinal se esgotou, restando-
-nos acariciar nossas bebidas com o afeto que alguém dedicaria a um
cachorrinho. Fiz contato visual com o General e ele acenou aprova-
doramente. Agora, nossos anfitriões satisfeitos com nossa discussão,
era minha vez de fazer uma pergunta. Talvez seja ingenuidade, falei,
mas pensamos que estávamos vindo para um country club.

Nossos anfitriões explodiram numa gargalhada, como se eu tivesse contado a piada mais incrível. Até o dr. Hedd parecia estar
por dentro, rindo baixinho diante de seu Manhattan. O General e
eu sorrimos, à espera de uma explicação. O Congressista olhou de
relance o maître, que fez que sim e disse: Senhores, agora é um bom
momento para apresentá-los ao country club. Não esqueçam seus coquetéis. Liderados pelo maître, deixamos o salão de jantar, as bebidas
na mão. No fim do corredor havia outra porta. Abrindo-a, o maître
disse: Aqui estão os cavalheiros. Lá dentro era a sala que eu viera esperando, com painéis de madeira nas paredes e uma cabeça de veado
pendurada em seu suporte, a galhada com pontas suficientes para
que todos nós pendurássemos os paletós. O ar estava enfumaçado e
a iluminação era fraca, favorecendo ainda mais as formosas jovens em
vestidos provocantes acomodadas nos sofás de couro.

Senhores, disse o Congressista, bem-vindos ao country club.

Não entendi, sussurrou o General.

Mais tarde eu explico, senhor, murmurei. Terminei meu coquetel
e entreguei a taça para o maître enquanto o Congressista acenava para
uma dupla de jovens. General, Capitão, deixem-me apresentá-los.
Nossas companhias se levantaram. Elevadas pelo salto alto, eram mais
altas que o General e eu em pelo menos uns seis ou sete centímetros.
A minha era uma loira inflada cujo esmalte dos dentes só perdia em
luminosidade e brilho para seus olhos azuis nórdicos. Numa mão segurava uma taça de champanhe espumante e na outra uma comprida
piteira com o cigarro pela metade. Era uma profissional que vira tipos
como eu um milhão de vezes antes, algo do qual eu dificilmente podia me queixar, já que vira tipos como ela também um bom número
de vezes. Embora eu curvasse minhas bochechas e lábios no fac-símile
de um sorriso, não consegui reunir por dentro o usual entusiasmo
quando o Congressista nos apresentou. Talvez fosse o modo como

ela casualmente bateu a cinza do cigarro no tapete, mas, em vez de ficar magnetizado por sua beleza férrea, fui distraído pelo estriamento sob seu queixo, a barra entre a pele sem adornos de seu pescoço e a base branca cobrindo seu rosto. Como é mesmo seu nome?, ela disse, rindo sem nenhum motivo. Curvei-me para lhe dizer e por pouco não caí no poço de seu decote, minha súbita vertigem induzida pelo clorofórmio de seu perfume denso.

Gostei do seu sotaque, falei, recuando. Você deve ser de algum lugar no Sul.

Georgia, benzinho, ela disse, rindo outra vez. Você fala inglês muito bem para um oriental.

Ri, ela riu, e quando olhei para o General e sua companhia ruiva, eles também estavam rindo. Todo mundo na sala estava rindo, e quando os garçons chegaram com mais champanhe ficou claro que iríamos desfrutar de momentos excelentes, incluindo o dr. Hedd. Depois de passar uma taça para sua companhia peituda e outra para mim, ele disse: Espero que não se incomode, meu jovem, se eu usar seu memorável torneio de frase no meu próximo livro. Nossas companhias olharam para mim sem interesse, aguardando minha resposta. Nada me faria mais feliz, eu disse, ainda que estivesse, por motivos indizíveis naquela companhia, bastante infeliz.

16.

O General tinha uma surpresa para mim quando parei o carro mais tarde diante de sua residência às escuras, pouco depois da meia-noite. Andei pensando no seu pedido de voltar para o nosso país, disse ele do banco traseiro, os olhos visíveis no retrovisor. Preciso de você aqui, mas respeito sua coragem. Só que, ao contrário de Bon e dos outros, você nunca foi testado no campo de batalha. Ele descreveu o capitão grisalho e o tenente impassível como heróis de guerra, homens a quem confiaria sua vida num combate. Mas você vai ter que provar que consegue fazer o que eles conseguem. Vai precisar fazer o que deve ser feito. Acha que consegue? Claro, senhor. Hesitei, então fiz a pergunta óbvia: Mas o que é para fazer? Você sabe o que precisa ser feito, disse o General. Fiquei com as mãos agarradas no volante, torcendo para estar enganado. Só quero ter certeza de que vou fazer a coisa certa, senhor, falei, olhando para ele no retrovisor. O que exatamente precisa ser feito?

O General se mexeu ali atrás, procurando algo nos bolsos. Puxei meu isqueiro. Obrigado, Capitão. Por um breve momento a chama acendeu o palimpsesto de seu rosto. Então o claro-escuro sumiu e seu rosto deixou de ser legível. Nunca contei para você a história de como acabei passando dois anos em um campo de prisioneiros comunista, não é? Bom, vamos deixar os detalhes realistas de lado. Basta dizer que o inimigo tinha cercado nossos homens em Dien Bien Phu. Não só franceses, marroquinos, argelinos e alemães, mas os nossos também, milhares deles. Eu me apresentei para defender Dien Bien Phu, mesmo sabendo que também ia me estrepar. Mas não podia deixar outros soldados morrerem e não fazer nada. Quando Dien Bien Phu caiu, fui capturado junto com todo mundo. Mesmo tendo perdido dois anos da minha vida na prisão, nunca me arrependi de ter feito isso. Virei o homem que eu sou hoje tomando essa decisão e sobrevivendo ao campo. Mas ninguém me pediu para ser voluntário. Ninguém me falou o que precisava ser feito. Ninguém discutiu as consequências. Todas essas coisas estavam subentendidas. Está compreendendo, Capitão?

Sim, senhor, falei.

Muito bem, então. Se o que precisa ser feito for feito, você pode voltar para o nosso país. Você é um jovem muito inteligente, Capitão. Vou deixar que cuide de todos os detalhes. Não precisa me consultar. Vou providenciar sua passagem. Vai chegar à sua mão quando eu receber a notícia de que está feito. O General parou, a porta entreaberta. Country club, hein? Riu. É bom se lembrar disso. Observei-o avançar pelo caminho até a casa escura, onde a Madame provavelmente estava lendo na cama, esperando acordada até que voltasse, como fizera tantas vezes na mansão. Ela sabia que os deveres de um general se estendiam além da meia-noite, mas faria ideia do que esses deveres incluíam? Que nós também tínhamos country clubs? Às vezes, depois de deixá-lo na mansão, eu ficava, de meias, no vestíbulo, com os ouvidos atentos para algum sinal de confusão vindo do quarto deles. Nunca escutei nada, mas ela era inteligente demais para não saber.

Quanto ao que eu sabia, era isto: minha tia parisiense respondera e as palavras invisíveis que pouco a pouco se tornaram visíveis eram sucintas. *Não volte*, escrevera Man. *Precisamos de você na América, não aqui. Essas são suas ordens.* Queimei a carta num cesto de lixo, assim como queimara todas as outras, o que era até aquele momento apenas um modo de me livrar da evidência. Mas, naquele momento, confesso que queimar a carta também foi mandá-la para o Inferno, ou talvez fazer uma oferenda para alguma deidade, não Deus, que podia manter Bon e eu a salvo. Não contei a Bon sobre a carta, é claro, mas contei-lhe sobre a oferta do General e pedi seu conselho. Ele se mostrou tipicamente curto e grosso. Você é um idiota, disse. Mas não posso impedir você de ir. Sobre o Sonny, não tem por que se sentir mal. O cara é um linguarudo. Esse consolo foi oferecido da única maneira que ele sabia, em um salão de bilhar onde me pagou várias bebidas e várias rodadas de jogo. Alguma coisa na atmosfera fraternal de um bilhar confortava a alma. O isolado facho de luz sobre uma mesa de feltro verde era uma horta hidropônica fechada onde o que crescia era a planta espinhosa da emoção masculina, sensível demais para a luz do sol e o ar fresco. Depois de um café de calçada, mas antes de um clube noturno ou da volta para casa, o salão de bilhar era o lugar mais provável para encontrar o sul-vietnamita. Ali ele descobria que no bilhar, assim como no ato amoroso, o grau de dificuldade da mira precisa e acertada era proporcional à quantidade de álcool consumido. Assim, à medida que a noite progredia, nossas partidas ficavam cada vez mais longas. A favor de Bon, porém, diga-se que a oferta que me apresentou foi feita em nosso primeiro jogo, bem antes que o período nobre da noite não tivesse dado em nada e deixássemos o salão de bilhar, entorpecidos, nos primeiros minutos da aurora, saindo numa rua solitária cujo único sinal de vida era um padeiro coberto de farinha sovando massa na vitrine de seu estabelecimento. Eu cuido disso, declarou Bon, observando-me juntar as bolas com o triângulo. Fala para o General que foi você, mas eu pego ele para você.

Seu oferecimento não me surpreendeu nem um pouco. Mesmo quando agradecia, eu sabia que não podia aceitar. Estava me aventurando por uma terra selvagem que muitos haviam explorado antes de mim, cruzando o limiar que separava os que haviam matado dos que nunca o fizeram. O General estava correto em determinar que só um homem que passara por esse rito podia ter permissão de voltar para casa. O que eu precisava era de um sacramento, mas não existia nenhum para essa questão. Por que não? Quem estávamos tapeando com a crença de que Deus, se existisse, não gostaria que admitíssemos a santidade de matar? Vamos voltar a outra questão importante do catecismo de meu pai:

P. O que é o homem?
R. O homem é uma criatura composta por corpo e alma e feita à imagem e semelhança de Deus.
P. Essa semelhança está no corpo ou na alma?
R. A semelhança está sobretudo na alma.

Não precisava olhar no espelho ou no rosto de outros homens para achar uma semelhança com Deus. Só precisava ver sua natureza interior e a minha própria para perceber que não seríamos assassinos se o próprio Deus também não fosse.

Mas é claro que estou falando não só de matar, mas de seu subconjunto, o homicídio. Bon deu de ombros ante minha hesitação e se curvou sobre a mesa, o taco pousado na mão aberta. Você vive querendo aprender as coisas, disse ele. Bom, nenhum aprendizado pode ser maior do que matar um homem. Ele pôs um pouco de efeito na bola branca e, quando ela acertou seu alvo, rolou para trás suavemente, alinhada para a tacada seguinte. E quanto ao amor e à criação?, falei. Casar, ter filhos? Você, mais do que ninguém, devia acreditar nesse tipo de conhecimento. Ele recostou o quadril na beirada da mesa, as duas mãos segurando o taco apoiado no ombro. Você está me testando, certo? Tudo bem. A gente vive falando sobre vida e criação. Mas, quando caras como eu vão e matam alguém, todo mundo fica feliz porque a gente fez isso e ninguém quer falar a respeito. Seria melhor se todo domingo, antes do padre falar, um militar ficasse de pé e dissesse às pessoas quem ele tinha matado em prol deles. Escutar é o mínimo que podiam fazer. Ele deu de ombros. Isso nem está acontecendo. Então aqui vai um conselho prático. As pessoas gostam de se fingir de mortas. Sabe como dizer se alguém está morto de verdade? Aperta o olho com o dedo. Se o cara estiver vivo, vai se mexer. Se estiver morto, não.

Eu conseguia me ver atirando em Sonny, tendo visto um ato desses tantas vezes nos filmes. Mas não conseguia ver meu dedo mexendo no escorregadio globo de peixe de seu olho. Por que não atirar duas vezes e pronto?, falei. Porque, espertão, faz barulho. Faz bangue. E quem foi que disse alguma coisa sobre atirar uma vez que seja? Às vezes a gente matava VC com outras coisas, não com armas. Se faz você se sentir um pouco melhor, não é homicídio. Não é nem matar. É assassinato. Pergunta para o seu amigo Claude, se é que já não fez isso. Ele aparecia e falava, Olha a lista de compras aqui. Pega aí e vão cuidar disso. Então a gente ia às aldeias à noite com a lista de supermercado. Terrorista VC, simpatizante VC, colaborador VC, possível VC, provável VC, essa aqui tem um VC na barriga. Esse aqui está pensando em virar VC. Esse aqui acha que é VC. O pai ou a mãe desse aqui é VC, então ele é um VC em treinamento. Não deu tempo de pegar todo mundo. A gente devia ter acabado com eles quando teve a chance. Não cometa o mesmo erro. Acaba com o seu VC antes que ele fique grande demais, antes que transforme outros em VC. É só isso. Nada de que se arrepender. Nada de que se lamentar.

Se fosse tão simples. O problema de matar todos os vietcongues era que sempre haveria mais, proliferando nas paredes de nossa mente, respirando pesadamente sob o assoalho de nossa alma, reproduzindo-se feito loucos longe dos nossos olhos. Outro problema era que Sonny não era VC, pois um subversivo, por definição, nunca teria a língua comprida. Mas talvez eu estivesse errado. Um agente provocador era um subversivo e sua tarefa era usar a língua como arma, agitando os outros num ciclo giratório de radicalização. Nesse caso, porém, o agente provocador ali não seria um comunista, incitando os anticomunistas a se organizar contra ele. Ele seria um anticomunista, encorajando as pessoas de inclinação similar a ir longe demais, na vertigem do fervor ideológico, rançoso de ressentimento. Por essa definição, o agente provocador mais provável era o General. Ou a Madame. Por que não? Man me assegurava que tínhamos gente nos mais altos escalões. Você vai ficar surpreso com quem ganhar medalha depois da libertação, disse. Ficaria agora? A piada seria às minhas custas se o General e a Madame fossem simpatizantes também. Uma piada de que todos riríamos quando fôssemos celebrados como Heróis do Povo.

Guardando para mais tarde o conselho de Bon, busquei consolo na única outra pessoa com quem eu podia falar, Lana. Fui ao seu apartamento na semana seguinte com uma garrafa de vinho. Em casa ela parecia uma universitária, com moletom da UC Berkeley, jeans desbotado e quase nenhuma maquiagem. Também cozinhava como se fosse uma, mas isso não foi problema. Jantamos na sala assistindo ao seriado *The Jeffersons*, uma comédia sobre os inconfessos descendentes negros de Thomas Jefferson, terceiro presidente da América e autor da Declaração de Independência. Depois, tomamos outra garrafa de vinho, que ajudou a amolecer os pesados grumos de amido em nossas barrigas. Apontei as obras-primas arquitetônicas iluminadas em uma colina distante, visíveis de sua janela, e lhe disse que uma delas pertencia ao Cineasta, cujo filme seria lançado em breve. Eu já havia lhe contado minhas desventuras nas Filipinas e minha suspeita, ainda que paranoica, de que o Cineasta tentara me matar. Vou admitir, contei para ela, que já fantasiei matá-lo algumas vezes. Ela deu de ombros e esmagou o cigarro. Todo mundo fantasia matar alguém, ela disse. É só um pensamento passageiro, tipo, ah, e se eu atropelasse aquela pessoa com meu carro. Ou pelo menos a gente fantasia como ia ser se tal pessoa estivesse morta. Minha mãe, por exemplo. Não a sério, claro, mas só como seria se... certo? Não faz eu me sentir como a louca aqui. Eu estava com o violão dela no colo e dedilhei um acorde flamenco dramático. Já que a gente está fazendo uma confissão, falei, já pensei em matar meu pai. Não a sério, claro, mas só como seria... Já contei para você que ele era padre? Ela arregalou os olhos. Padre? Meu Deus!

Seu choque sincero a fez crescer em minha estima. Sob a maquiagem de boate e o brilho artificial de diva, continuava inocente, tão imaculada que só o que eu queria era esfregar a polpa emoliente e cremosa de meu extasiado eu em sua pele branca macia. Eu queria reproduzir a mais antiga dialética de todas com ela, a tese de Adão e a antítese de Eva que levava à síntese de nós, o fruto apodrecido da humanidade, caído tão longe da árvore divina. Não que fôssemos tão puros quanto nossos pais primordiais. Se Adão e Eva tinham aviltado o conhecimento de Deus, nós aviltáramos Adão e Eva, de modo que o que eu realmente queria era a dialética quente, excitante, selvagem de "Mim Tarzan, você Jane". Acaso algum desses pares era melhor do que uma garota vietnamita e um padre francês? Minha mãe dizia que não havia nada errado em ser o filho benquisto de um casal assim, contei para Lana. Afinal, mamãe dizia, somos um povo nascido do acasalamento de um dragão com uma fada. O que podia ser mais estranho que isso? Mas as pessoas me olhavam com desprezo mesmo assim e eu pus a culpa no meu pai. Quando cresci um pouco, comecei a fantasiar que um dia ele ia ficar na frente da congregação e dizer: Eis aqui meu filho, para que vocês o conheçam. Que ele venha perante vocês, para que o reconheçam e o amem assim como eu o amo. Ou qualquer coisa nessa linha. Eu teria ficado feliz só de ele visitar a gente, comer com a gente e me chamar de filho em segredo. Mas ele nunca fez isso, então eu fantasiava um raio caindo, um elefante furioso, uma doença fatal, um anjo descendo atrás dele no púlpito e soprando uma trombeta no ouvido dele, chamando ele de volta para o Criador.

Isso não é fantasiar que está matando seu pai.

Ah, mas eu fantasiei, com uma arma.

Mas você perdoou ele?

Às vezes acho que sim. Às vezes acho que não, principalmente quando penso na minha mãe. Isso quer dizer, eu acho, que não perdoei ele de verdade.

Lana então se curvou, apoiando a mão no meu joelho. Talvez o perdão seja superestimado, disse. Seu rosto estava mais próximo do meu do que jamais estivera, e só o que eu precisava fazer era me inclinar para a frente. Foi então que cometi o ato mais perverso da minha vida. Eu declinei, ou melhor, reclinei, pondo uma distância entre mim e aquele lindo rosto, a fenda tentadora daqueles lábios ligeiramente abertos. Preciso ir, falei.

Precisa ir? Pela expressão de seu rosto, estava claro que nunca escutara essas palavras antes sendo ditas por um homem. Não teria parecido tão perplexa nem que eu tivesse lhe pedido para cometer os atos mais abomináveis de Sodoma. Levantei antes que mudasse de ideia, dando-lhe o violão. Tem uma coisa que eu preciso fazer. Antes de fazer o que precisa ser feito aqui. Foi sua vez de se reclinar, achando graça, e dedilhar um acorde dramático. Parece sério, ela disse. Mas quer saber? Gosto de homens sérios.

Se ao menos ela soubesse como podia ser sério. Cobri o percurso de uma hora entre seu apartamento e o de Sonny com as mãos agarradas ao volante, mantendo a respiração funda e metódica para acalmar meu remorso de deixar Lana e meu nervosismo de encontrá-lo. Respirar concentradamente foi uma lição que Claude me ensinara, adquirida com as práticas dos monges budistas. Tudo se resumia a focar na respiração. Expirando e inspirando devagar, a pessoa se liberava do ruído branco do mundo, ficando com a mente livre e pacífica para se unir ao objeto de sua contemplação. Quando o sujeito e o objeto são o mesmo, disse Claude, você não treme ao apertar o gatilho. No momento em que eu estacionava o carro na esquina do apartamento de Sonny, minha mente era uma gaivota planando sobre uma praia, transportada não por sua vontade ou movimento, mas pela brisa. Tirei minha camisa polo azul e vesti uma camiseta branca. Tirei os sapatos de couro marrom e a calça cáqui, depois enfiei um jeans azul e tênis de lona bege. A última coisa a vestir era um blusão de dois lados, o xadrez à mostra, e um chapéu fedora. Saindo do carro, eu carregava comigo uma sacola promocional que ganhara de brinde por assinar a revista *Time*, dentro da qual havia uma pequena mochila, as roupas que acabara de tirar, um boné de beisebol, uma peruca loira, óculos de lentes coloridas e uma Walther P22 preta com silenciador. O General dera um envelope com dinheiro para Bon e ele o usara para comprar a pistola e o silenciador com a mesma gangue chinesa que lhe fornecera o .38. Então me fez ensaiar o plano com ele até eu ter memorizado.

A calçada entre o carro e o apartamento estava deserta. Andar na rua não era um costume americano, como eu confirmara após observar o bairro várias vezes. Eram nove e pouco da noite quando olhei meu relógio na entrada do edifício, uma fábrica cinzenta de dois andares produzindo centenas de réplicas cansadas do Sonho Americano. Todos os seus ocupantes imaginavam que seus sonhos fossem únicos, mas não passavam de reproduções feitas de lata de um original perdido. Toquei o interfone. *Alô?*, ele disse. Quando anunciei minha presença, houve uma pequena pausa antes que dissesse: Pode subir. Usei a escada em vez do elevador para evitar encontrar alguém. No segundo andar, espiei o corredor para me certificar de que não havia ninguém ali. Ele abriu a porta um segundo depois de eu bater.

O apartamento cheirava a lar, com os aromas de peixe frito, arroz branco e fumaça de cigarro. Sei por que está aqui, disse quando sentei em seu sofá. Abracei a sacola. Por que estou aqui?, falei. Sofia, ele disse, tão sério quanto eu, ainda que calçasse felpudas pantufas cor-de-rosa. Estava usando calça de moletom e um cardigã cinza. Na mesa de jantar às suas costas havia uma máquina de escrever com uma língua de papel pendendo do cilindro, pilhas desorganizadas de documentos a cercá-la. Sob o lustre da mesa de jantar, acima de um cinzeiro, flutuava uma nuvem que se dissipava lentamente, a fumaça de escapamento do cérebro diligente de Sonny. E na parede acima da mesa, através desse biombo algodoado, pendia relógio igual ao que vi no restaurante do General e da Madame, também ajustado no fuso de Saigon.

A gente nunca teve a conversa que devia ter tido sobre ela, ele disse. Nossa última conversa foi constrangedora. Peço desculpa por isso. Se a gente tivesse sido decente sobre isso, teria escrito uma carta para você nas Filipinas. Sua preocupação inesperada e aparentemente genuína pelo meu bem-estar me pegou desprevenido. A culpa foi minha, falei. Eu não escrevi para ela, para começo de conversa. Ambos nos entreolhamos por um momento e então ele sorriu e disse: Estou sendo um mau anfitrião. Nem ofereci uma bebida para você. Que tal? A despeito de meus protestos, ele se levantou e foi para a cozinha, exatamente como Bon previra. Pus a mão na Walther P22 na sacola, mas não consegui encontrar forças para me levantar, ir atrás dele na cozinha e enfiar rapidamente uma bala atrás de sua orelha, como Bon aconselhara. É a coisa misericordiosa a fazer, disse. Sim, era, mas a bola de amido em minha barriga me deixou grudado no sofá, com seu forro grosseiro de tecido à prova de manchas próprio para encontros amorosos em um quarto de motel. Pilhas de livros no tapete industrializado se escoravam nas paredes, e em cima da televisão muito antiga um aparelho de som prateado murmurava. Sobre a poltrona, uma pintura manchada, amadorística, no estilo de um Monet demente, ilustrava um princípio interessante, de que a beleza não é necessária para tornar um meio mais atraente. Um objeto muito feio também pode tornar uma sala feia menos feia por comparação. Outro modo disponível de acrescentar uma gota de encanto ao mundo não era mudá-lo, mas mudar como a pessoa o via. Esse era um dos propósitos da garrafa de bourbon trazida por Sonny ao voltar, com um terço de líquido.

Está escutando isso?, ele disse, acenando para o som. Nós dois acalentamos os copos de bourbon em nosso colo. Depois de todos os ataques cambojanos em nossas cidades de fronteira, a gente simplesmente invadiu o Camboja. A pessoa acha que, depois de tanta guerra, a gente não ia querer outra. Pensei em como o choque fronteiriço com o Khmer Vermelho foi um incrível golpe de sorte para o General, uma distração para fazer todo mundo esquecer da nossa fronteira com o Laos. O problema de vencer, falei, é que todo mundo fica tão irritado que se prepara para lutar outra vez. Ele fez que sim e deu um gole no seu bourbon. O lado bom de perder é que impede você de travar outra guerra, pelo menos por um tempo. Embora isso não seja verdade para o seu General. Eu já ia protestar quando ele ergueu a mão e disse: Desculpa. Estou falando de política outra vez. Juro não conversar sobre política esta noite, irmão. Você sabe como é duro para alguém que acredita que tudo é político.

Até o bourbon?, falei. Ele sorriu. Tudo bem, então talvez bourbon não seja político. Não sei o que conversar além da política. É uma fraqueza. A maioria não suporta. Mas Sofia, sim. Eu converso com ela de um jeito que não converso com mais ninguém. Isso é amor.

Então está apaixonado por ela?

Você não estava, não é? Ela disse que não.

Se ela disse, então acho que não estava.

Entendo. Perder a mulher dói mesmo se você não sente amor por ela. É a natureza humana. Você quer ela de volta. Não quer perder a mulher para um cara como eu. Mas, por favor, olha do meu ponto de vista. A gente não planejou nada. Aconteceu que, quando a gente começou a conversar no casamento, não parou mais. Amor é ser capaz de conversar com alguém sem fazer esforço, sem esconder nada, e ao mesmo tempo se sentir totalmente à vontade se não diz nenhuma palavra. Pelo menos foi esse jeito que encontrei para descrever o amor. Nunca estive apaixonado antes. Me deixa com essa necessidade estranha de encontrar a metáfora certa para descrever o que é estar apaixonado. É como um moinho de vento, e ela é o vento. Idiota, né?

Não, de jeito nenhum, murmurei, percebendo que ele tocara em um assunto mais problemático do que a política. Baixei o rosto para o copo quase vazio aninhado em minha mão e através da camada de bourbon no fundo vi a cicatriz vermelha. Não é culpa dela, ele disse. Eu dei meu telefone para ela no casamento e pedi o dela, porque, eu falei, não ia ser ótimo se eu pudesse escrever um artigo sobre como uma japonesa enxerga a gente, vietnamitas? Japonesa americana, ela me corrigiu. Não japonesa. E vietnamitas americanos, não vietnamitas. Você tem que reivindicar a América, disse ela. A América não vai se entregar a você. Se não reivindicar a América, se a América não está no seu coração, a América vai jogar você num campo de concentração, numa reserva ou numa fazenda colonial. E além disso, se você não reivindicou a América, para onde vai? A gente pode ir pra onde quiser, falei. Você acha isso porque não nasceu aqui, ela disse. Eu sim, e não tenho nenhum outro lugar para ir. Se eu tivesse filhos, eles também não iam ter nenhum outro lugar. Iam ser cidadãos. Este é o país deles. E nesse momento, quando ela disse essas palavras, um desejo que eu nunca sentira tomou conta de mim. Eu quis ter um filho com ela. Logo eu, que nunca pensei em casar! Que nunca pude me imaginar sendo pai!

Posso tomar mais um?

Claro! Ele encheu meu copo. Seu filho da mãe, disse a voz de Bon na minha cabeça. Você está piorando as coisas. Acaba logo com isso. Agora, continuou Sonny, eu percebi que na questão de filhos e paternidade, está mais para sonho do que para uma possibilidade. Sofia já passou da idade de engravidar. Mas tem a adoção. Acho que chegou a hora de pensar em mais alguém além de mim. Antes eu só queria mudar o mundo. Ainda quero, mas era irônico como eu nunca quis mudar a mim mesmo. Só que é aí que as revoluções começam! E é o único modo de as revoluções continuarem, se a gente continua olhando para dentro, olhando para o modo como os outros podem enxergar a gente. Foi o que aconteceu quando conheci a Sofia. E me vi do jeito que ela me via.

Com isso, ficamos em silêncio. Minha resolução estava tão enfraquecida que não conseguia erguer o braço direito para pegar a arma dentro da sacola. Escuta, falei. Tenho uma coisa para confessar.

Então está apaixonado pela Sofia. Parecia genuinamente triste. Pena.

Não estou aqui por causa da sra. Mori. Será que dá para a gente falar de política, em vez disso?

Como você preferir.

Perguntei outro dia se você era comunista. Você disse que não ia me contar se fosse. Mas e se eu te contasse que eu era comunista? Ele sorriu, abanando a cabeça. Não acredito no hipotético, disse. Qual o sentido de jogar esse jogo do que ou quem você poderia ser? Não é um jogo, falei. Sou um comunista. Sou seu aliado. Fui um agente da oposição e da revolução por muitos anos. O que você acha disso?

O que eu acho? Ele hesitou, descrente. Então seu rosto ficou vermelho de raiva. Não acredito em nada disso, é o que acho. Acho que você veio aqui para me passar a perna. Quer que eu diga que sou comunista também, assim pode me matar ou me denunciar, não é?

Estou tentando ajudar você, eu disse.

Como exatamente você está tentando me ajudar?

Eu não tinha resposta a essa pergunta. Confesso que não sei o que me levou a lhe fazer minha confissão. Ou melhor, eu não soube na hora, mas talvez saiba agora. Eu usara minha máscara por tanto tempo, e ali estava minha oportunidade de tirá-la em segurança. Eu topara com essa ação por instinto, devido a uma sensação que não era exclusiva minha. Não posso ser o único a acreditar que se os outros simplesmente enxergassem quem eu de fato era, eu seria compreendido e, talvez, amado. Mas o que aconteceria se a pessoa tirasse a máscara e o outro o visse não com amor, mas com horror, nojo e raiva? E se o eu que fica exposto é tão desagradável para os outros quanto a máscara, ou até pior?

Foi o General que mandou você fazer isso?, ele disse. Posso ver vocês dois tramando juntos. Se eu morresse, seria bom para ele e para você, não duvido.

Escuta...

Está com ciúme porque fiquei com a Sofia, apesar de você nem mesmo gostar dela. Eu sabia que você ia ficar com raiva, mas não achei que fosse descer tão baixo e vir aqui para tentar me pegar. Você acha que sou tão estúpido assim? Achou que de repente ia ser atraente para Sofia outra vez se eu dissesse que você era comunista? Não acha que ela ia sentir o cheiro do seu desespero e rir na sua cara? Meu Deus, nem posso imaginar o que ela vai dizer quando eu contar...

Embora pareça impossível errar de um metro e meio de distância, é bem possível, principalmente depois de muito vinho e de um ou dois copos de bourbon infundido com a turfa amarga do passado. A bala perfurou o rádio, abafando o som, mas não silenciando o aparelho. Ele me fitou com absoluta perplexidade, o olhar fixo na arma em minha mão, o silenciador acrescentando-lhe alguns centímetros. Eu havia parado de respirar, meu coração cessara de bater. A arma escoiceou e ele gritou, atingido na mão que erguera. De repente despertado para a morte iminente, ficou de pé e virou para correr. A terceira bala o atingiu entre a escápula e a coluna vertebral, tirando seu equilíbrio mas sem derrubá-lo enquanto eu pulava a mesinha de centro, alcançando-o antes que alcançasse a porta. Agora eu estava na posição ideal, ou foi o que Bon me disse, a trinta centímetros de meu alvo, em seu ponto cego, onde era impossível errar. *Clique, claque*, fez a arma, uma bala atrás da orelha, outra no crânio, e Sonny caiu de frente com um peso desairoso o bastante para quebrar o nariz.

Parei junto a seu corpo caído, o rosto de lado no tapete, uma quantidade copiosa de sangue jorrando dos buracos abertos em sua cabeça. No ângulo em que eu estava, atrás dele, não podia ver seus olhos, mas podia ver a mão virada para cima, com o buraco ensanguentado na palma, o braço dobrado de um jeito esquisito ao seu lado. O bolo de amido se dissolvera, mas agora o líquido resultante se mexia em minhas entranhas e ameaçava vazar. Inspirei fundo e expirei devagar. Pensei na sra. Mori, muito provavelmente em sua casa, a gata no colo, lendo um tratado feminista radical, esperando Sonny ligar, a ligação que nunca viria, a ligação que definia nossa relação com Deus, aquele que nós, amantes enjeitados, vivíamos chamando. Agora Sonny transpusera o grande abismo, deixando para trás apenas sua sombra fria e escura, sua lâmpada para sempre apagada. Nas costas de seu cardigã, uma mancha escarlate se espalhou, enquanto em torno da sua cabeça um halo ensanguentado inchou. Uma onda de náusea e calafrio me sacudiu e minha mãe disse: Você vai ser melhor que todos eles, não vai, meu filho?

Inspirei fundo e expirei devagar, uma vez, duas vezes, e uma vez mais, diminuindo meus tremores para um estremecimento. Não esquece, disse Bon dentro da minha cabeça, você está fazendo o que precisa ser feito. A lista de outras coisas que precisavam ser feitas voltou. Tirei o blusão e a camiseta e tornei a vestir a camisa polo azul. O jeans e os tênis de lona deram lugar à calça cáqui e aos sapatos. Virei o blusão para expor o lado branco, troquei o fedora pela peruca, seu cabelo loiro batendo na base do meu pescoço, e pus o boné de beisebol. Por último vieram os óculos de lente colorida, minha mudança completa depois que a sacola e a arma foram para dentro da mochila. A peruca, o boné e os óculos eram ideia de Bon. Ele me fizera experimentar o visual diante do espelho do banheiro, embaçado com um ano de espuma de pasta de dente salpicada. Viu?, ele disse. Agora você é um homem branco. A meu ver eu continuava parecendo comigo mesmo, oculto por um disfarce normal demais para um baile à fantasia ou uma festa de Halloween. Mas essa era a questão. Se a pessoa não sabia como era minha aparência, eu não parecia estar disfarçado.

Limpei minhas digitais no copo com meu lenço e foi com o lenço envolto em torno da maçaneta que achei ter escutado Sonny gemer. Baixei o rosto para sua cabeça destroçada, mas não escutei nada além da vibração do sangue em meus ouvidos. Você sabe o que precisa fazer, disse Bon. Ajoelhei, me curvando para examinar o olho exposto de Sonny. Quando o conteúdo líquido de meu jantar subiu no fundo da minha garganta, levei a mão à boca. Engoli com força e senti o gosto abjeto. O olho de Sonny estava sem brilho e sem expressão. Devia certamente estar morto, mas, como Bon me dissera, às vezes os mortos ainda não sabiam que estavam mortos. E foi assim que estendi meu indicador, devagar, cada vez mais perto daquele olho absolutamente imóvel. Meu dedo pairou a poucos centímetros do olho, depois, a alguns milímetros. Nenhum movimento. Então meu dedo tocou aquele olho mole, borrachudo, da textura de um ovo de codorna descascado, e ele piscou. Pulei para trás quando seu corpo tremeu, só um pouco, e então disparei outra bala em sua têmpora, de trinta centímetros de distância. Agora, disse Bon, ele está morto.

Inspirei fundo, expirei devagar, e quase vomitei. Pouco mais de três minutos haviam se passado desde o primeiro tiro. Inspirei fundo, expirei devagar, e o conteúdo líquido em mim atingiu um equilíbrio precário. Depois que tudo se acalmou, abri a porta de Sonny e me afastei com confiança presidencial, como Bon recomendara. Respire, disse Claude. Então eu respirei, e desci correndo a escada ecoante, e respirei mais uma vez ao sair no saguão de entrada, onde a porta da frente estava sendo aberta.

Era um homem branco, o cortador de grama de meia-idade tendo aberto um amplo retalho de calvície em seu cabelo. O terno de bom corte e aspecto barato em torno de seu corpo considerável sugeria que trabalhava numa dessas profissões mal remuneradas em que as aparências importavam, em que se ganhava por comissão. Seus sapatos de estilo irlandês luziam com o brilho de um peixe congelado. Eu sabia disso tudo porque olhei para ele, coisa que Bon me disse para não fazer. Não faça contato visual. Não dê motivo para a pessoa dar uma segunda olhada. Mas ele não deu sequer uma olhada. Os olhos diretamente à frente, passou como se eu fosse invisível, um fantasma ou, mais provavelmente, apenas outro homem branco sem nada de mais. Atravessei sua trilha vaporosa de feromônio artificial, a colônia vagabunda do macho, e segurei a porta de entrada antes que fechasse. Então me vi na rua, respirando o ar do sul da Califórnia, denso com partículas de poluição, sentindo a vertigem de pensar que poderia ir aonde bem entendesse. Consegui chegar até meu carro. Ali, ajoelhando junto à roda, vomitei, arfando até não restar mais nada, sujando a sarjeta com as folhas de chá das minhas entranhas.

17.

É normal, disse Bon na manhã seguinte. Ele aliviou o hematoma inchado do meu espírito com a ajuda de uma boa garrafa de uísque escocês, presente do General. Tinha de ser feito, e somos nós que devemos viver com isso. Agora você entende. Beba. Bebemos. Sabe qual é o melhor remédio? Eu havia pensado que o melhor remédio era voltar para Lana, o que eu fizera depois de deixar o apartamento de Sonny, mas nem uma noite inesquecível com ela me ajudara a esquecer o que eu fizera com Sonny. Abanei a cabeça devagar, tomando cuidado para não agitar meu cérebro machucado. Voltar para o campo de batalha. Você vai se sentir melhor na Tailândia. Se isso era verdade, então felizmente eu não tinha que esperar muito. Estávamos de partida no dia seguinte, o cronograma planejado para me ajudar a evitar qualquer possível entrave com a lei e evitar o óbvio ponto fraco do meu esquema, a sra. Mori. Ao saber da morte de Sonny, seus primeiros pensamentos talvez fossem confusos, mas seus pensamentos subsequentes se dirigiriam a mim, seu namorado rejeitado. O General confiara que eu realizaria a incumbência na data prometida e me dera a passagem na semana anterior. Estávamos em sua sala, o jornal sobre sua mesa, e quando abri a boca ele ergueu a mão e disse: Não precisa dizer nada, Capitão. Fechei a boca. Examinei a passagem e à noite escrevi para minha tia parisiense. Em código, contei a Man que aceitava a responsabilidade por desobedecer suas ordens, mas que estava voltando com Bon para salvar sua vida. Não informei a Man sobre meu plano de como fazer isso, porque eu ainda não tinha um. Mas eu metera Bon nessa situação e agora cabia a mim tirá-lo dela, se pudesse.

Assim, dois dias após o cumprimento da incumbência, sem ninguém ainda tendo dado pela ausência de Sonny, exceto, talvez, a sra.

Mori, partimos sem o menor alarde, exceto o proporcionado pelo General e a Madame no portão do aeroporto. Havia quatro de nós embarcando nessa viagem improvável — Bon, eu, o capitão grisalho e o tenente impassível —, uma estilingada através do Pacífico num avião comercial Boeing tubular, subsônico. Tchau, América, disse o capitão grisalho durante a decolagem, olhando pela janela para uma paisagem que eu não conseguia ver de meu lugar no corredor. Cansei de você, disse ele. O tenente impassível, sentado no meio, concordou. Por que é que a gente resolveu chamar esse lugar de o *beautiful country?*, disse. Eu não tinha uma resposta. Estava entorpecido e terrivelmente constrangido, dividindo meu lugar com o major glutão de um lado e Sonny do outro. Era apenas minha sétima vez em um avião a jato. Eu fora para a América e voltara na época da faculdade, depois viajara com Bon de Saigon para Guam e de Guam para a Califórnia, e então houve minha viagem para as Filipinas e agora isso. Minhas chances de voltar para a América eram pequenas e eu pensava com tristeza em todas as coisas americanas de que ia sentir falta: comida congelada; ar condicionado; o sistema de trânsito bem regulado que as pessoas de fato respeitavam; uma taxa de mortalidade por armas de fogo relativamente baixa, pelo menos em comparação com nosso país; o romance moderno; liberdade de expressão, que, se não era tão absoluta quanto os americanos gostavam de acreditar, ainda assim era em maior grau do que em nosso país; a liberação sexual; e, talvez mais do que tudo, esse narcótico americano onipresente, o otimismo, cujo fluir incessante jorrava sem cessar pela mente americana, uma caiação encobrindo a pichação do desespero, da raiva, do ódio e do niilismo rabiscada ali toda noite pelos criminosos negros do inconsciente. Havia ainda muitas coisas acerca da América que me encantavam menos, mas por que ser negativo? Eu deixaria a negatividade e o pessimismo antiamericanos com Bon, que nunca fora assimilado e estava feliz em partir. É como estar escondido na casa de alguma outra pessoa, disse ele em algum lugar acima do Pacífico. Estava na poltrona próxima, do outro lado do corredor. A aeromoça japonesa servia tempura e tonkatsu, que tinham um gosto melhor do que a última palavra que o General forçara em minha boca no portão de embarque. Entre as paredes, disse Bon, escutando as outras pessoas viver, saindo só depois de anoitecer. Agora posso respirar. Estamos indo para um lugar onde todo mundo se parece com a gente. Com você, eu falei. Eu não pareço com todo mundo por lá. Bon suspirou. Para de reclamar e resmungar, disse ele, enchendo minha xícara de chá com o uísque que o General lhe dera no portão. Seu problema não é que você pensa demais; seu problema é deixar todo mundo saber o que você está pensando. Então vou ficar quieto, falei. Isso, fica quieto, ele disse. Tudo bem, então, vou ficar quieto, falei. Jesus Cristo, ele disse.

Após uma jornada insone de vinte horas que envolveu uma conexão em Tóquio, chegamos a Bangcoc. Eu estava exausto, pois não conseguira dormir. Toda vez que fechava os olhos, via o rosto do major glutão ou de Sonny, os quais não suportava encarar por muito tempo. Assim, não foi nenhuma surpresa que ao pegar minha mochila na esteira de bagagem, percebi que estava mais pesada do que me parecera antes, agora carregada de culpa, medo e ansiedade. A mochila abarrotada era minha única bagagem, pois antes de sair do nosso apartamento déramos a chave para o reverendo R-r-r-amon, instruindo-o a vender nossas coisas e ficar com o dinheiro para sua Church of Everlasting Prophets. Todos os meus pertences agora cabiam na mochila, meu exemplar do *Comunismo asiático e o modo oriental de destruição* no fundo falso, o livro tão gasto que quase se abrira em dois na lombada rachada. Tudo mais que precisássemos seria fornecido na Tailândia, disse o General. Os assuntos ficariam aos cuidados do almirante encarregado do acampamento-base e de Claude, que estaria lá em um disfarce familiar para ele, trabalhando para uma organização não governamental que auxiliava os refugiados. Ele nos recebeu no portão internacional vestindo camisa havaiana e calça de linho, parecendo não ter mudado desde a última vez que eu o vira, na casa do professor Hammer, a não ser pelo forte bronzeado. É ótimo ver vocês, disse ele, apertando minha mão e a dos demais. Bem-vindos a Bangcoc. Já estiveram aqui antes? Achei mesmo que não. A gente só tem uma noite e vamos cair na gandaia. Por minha conta. Passou o braço ao redor dos meus ombros e me apertou com genuína afeição, me conduzindo pela multidão pulsante na direção da saída. Talvez fosse apenas o estado do meu cérebro, com uma consistência próxima do mingau, mas todo nativo pelo qual passávamos parecia olhar para nós dois. Imaginei se entre eles haveria um agente de Man. Você parece ótimo, disse Claude. Está pronto para fazer isso?

Claro, eu disse, todo meu medo e ansiedade borbulhando num compartimento em algum lugar atrás das minhas vísceras. Estava com a sensação de vertigem de alguém parado na beira do precipício de um plano não resolvido, pois conduzira Bon e eu mesmo às portas do desastre sem saber como nos salvar. Mas não era assim que todos os planos se desenrolavam, uma incógnita para seu criador até que ele tecesse para si mesmo um paraquedas, ou de outro modo se dissolvesse no ar? Dificilmente eu poderia fazer essa pergunta para Claude, que sempre pareceu senhor do próprio destino, pelo menos até a queda de Saigon. Ele apertou meu ombro outra vez. Estou orgulhoso de você, parceiro. Só queria que soubesse disso. Ambos caminhamos em silêncio por um momento, permitindo a esse sentimento circular, e então ele apertou meu ombro outra vez e disse: Você vai se divertir como nunca. Sorri e ele sorriu, ficando por dizer que podia ser a última diversão que eu teria na vida. Seu entusiasmo e preocupação me comoveram, era seu jeito de dizer que me amava, ou possivelmente seu jeito de providenciar para mim o equivalente da última refeição de um condenado. Ele nos conduziu para fora do terminal e pelo clima de fins de dezembro, a melhor época do ano para visitar a região. Subimos todos a bordo de um furgão e Claude disse: Vocês não vão curar o jet lag indo pra um hotel, dormir. Vou manter vocês acordados até a noite, e depois amanhã a gente vai para o acampamento.

O motorista nos levou por uma rua entupida de furgões, caminhões e motocicletas. Ficamos cercados pelo ronco e as buzinas de uma metrópole urbana empanturrada de metal automotivo, carne humana e emoções tácitas. Isso lembra sua terra?, disse Claude. Aqui é o mais próximo que vocês já estiveram em anos. Igual a Saigon, disse o capitão grisalho. Parece, mas não é, disse Claude. Sem guerra e sem refugiados. Tudo isso está na fronteira, que é para onde vocês estão indo. Claude ofereceu cigarros e todos acendemos um. Primeiro foram os laosianos atravessando a fronteira. Agora tem um monte de *hmong*. Tudo muito triste, mas ajudar os refugiados garante nosso acesso à zona rural. O tenente impassível abanou a cabeça e disse: Laos. Uns comunistas bem ruins por lá. Claude disse: Tem algum outro tipo? Mas o Laos é a coisa mais próxima de um paraíso que você encontra na Indochina. Passei um tempo lá durante a guerra e foi incrível. Adoro aquela gente. São o povo mais gentil e hospitaleiro do mundo, a não ser quando querem te matar. Soprei fumaça e o minúsculo ventilador no painel soprou de volta na nossa direção. Em algum momento, será que Claude e outros estrangeiros consideraram a gente o povo mais gentil e hospitaleiro do mundo? Ou sempre fomos um povo belicoso e agressivo? Acho que a segunda opção.

Enquanto o motorista saía da via expressa, Claude me cutucou e disse: Fiquei sabendo o que você fez. O que eu fiz? O que foi que eu fiz? Claude não falou nada e manteve o olhar fixo em mim, então me lembrei da única coisa que eu fizera que devia ser deixada para lá, em silêncio. Ah, sei, murmurei. Não se sinta mal, disse Claude. Pelo que o General me contou, o cara estava pedindo por isso. Posso te garantir que ele não pediu por isso, falei. Não foi o que eu quis dizer, afirmou Claude. Só digo que já vi muitos da laia dele. Descontentes profissionais. Masoquistas moralistas. Estão tão infelizes com tudo que nunca vão estar felizes enquanto não forem vendados para a execução. E sabe o que esses tipos dizem na frente do pelotão de fuzilamento? Eu avisei! A única coisa diferente no seu caso é que esse pobre coitado não teve tempo de pensar a respeito. Se está dizendo, Claude, falei. Não sou eu que estou dizendo, ele retrucou. Está no livro. Quem está cheio de culpa é o cara.

Pude ver as páginas do livro a que Claude estava se referindo, o manual de interrogatório que havíamos estudado em seu curso, o livro conhecido pelo título de *KUBARK*. Nele havia as definições de vários tipos característicos que o interrogador poderia encontrar, e à minha revelia, o parágrafo sobre o tipo dominado pela culpa apareceu diante dos meus olhos.

Esse tipo de pessoa tem uma consciência forte, cruel, infundada. Sua vida toda parece dedicada a aliviar seus sentimentos de culpa. Às vezes parece determinado à reparação; em outras ocasiões insiste que o que deu errado é culpa de algum outro. Seja como for, busca constantemente uma prova ou indício exterior de que a culpa dos outros é maior do que a sua. Está com frequência cem por cento envolvido no esforço de provar que foi tratado injustamente. Na verdade, pode provocar um tratamento injusto a fim de amenizar sua consciência por meio da punição. Pessoas de sentimentos culpados intensos talvez deixem de resistir e comecem a cooperar se punidas de algum modo, devido à gratificação induzida pela punição.

Talvez esse fosse, de fato, Sonny, mas eu jamais saberia com certeza, já que não teria a oportunidade de interrogá-lo.

Aqui estamos, disse Claude. Nosso destino era um beco sobre o qual pairava um arco-íris artificial de luz néon, as calçadas abarrotadas com primatas pálidos de todas as idades e tamanhos, alguns com o cabelo militar à escovinha e outros com os longos cabelos da tribo hippie, todos embriagados ou prestes a se embriagar, muitos urrando e gritando em considerável agitação. A rua toda era tomada por bares e clubes e diante das portas havia garotas de pernas expostas e feições cuidadosamente pintadas. O furgão parou em um estabelecimento sobre cuja porta se via um letreiro vertical gigante em amarelo brilhante dizendo GOLDEN COCK. A porta era mantida aberta por duas garotas que pareciam ter cerca de vinte anos, o que significa dizer que teriam em torno de quinze e dezoito. Equilibravam-se em saltos de quinze centímetros e usavam o que eufemisticamente se poderia chamar de roupa — frente única e a parte de baixo de um biquíni ainda menos substanciais do que seus sorrisos bondosos, tão adoráveis e meigos quanto de professoras do jardim da infância. Rapaz, exclamou o capitão grisalho, sorrindo tão amplamente que dava para ver seus molares podres. Até o tenente impassível disse: Muito bom, embora não sorrisse. Que bom que gostaram, disse Claude. Tudo isso é para vocês. O tenente impassível e o capitão grisalho já haviam entrado quando Bon disse: Não. Vou andar. O quê? Andar?, disse Claude. Quer companhia privada? Vai ter, confie em mim. Essas garotas são veteranas. Sabem como cuidar de caras tímidos. Bon abanou a cabeça, a expressão em seus olhos quase de medo. Tudo bem, falei. Eu vou dar uma andada com você. Droga, não!, disse Claude, segurando Bon pelo cotovelo. Eu entendo. Nem todo mundo está a fim desse tipo de coisa. Mas, se não for, vai privar o seu bom amigo aqui da melhor noite da sua vida. Então vamos entrar, sentar e tomar umas bebidas. Você não precisa nem encostar a mão. Não precisa nem olhar, se não quiser. Só senta lá de olho fechado. Mas está fazendo isso pelo seu amigo, não por você mesmo. Que tal? Pus a mão no braço de Claude e disse: Tudo bem. Sai do pé dele. Você também não, disse Claude.

É, eu também. Bon pelo jeito me contaminara com seu moralismo, doença que costuma ser fatal. Ofereci-lhe um cigarro depois que Claude desistiu de nos convencer e entrou, e ficamos os dois ali fumando, ignorando os puxões de oferecimento em nossas camisas, mas sem conseguir ignorar as tropas de turistas nos dando encontrões e empurrando. Meu Deus, alguém atrás de mim disse, você viu o que ela fez com aquela bola de pingue-pongue, compadre? Pingue-pongue ching-chong, disse um outro. Puta merda, acho que a vagabunda levou minha carteira. Bon jogou fora o cigarro e disse: Vamos cair fora daqui antes que eu mate alguém. Encolhi os ombros. Para onde? Ele apontou por cima do meu ombro e, quando virei, vi o cartaz de cinema que chamara minha atenção.

Assistimos a *The Hamlet* em uma sala cheia de moradores locais que ainda não haviam aprendido que o cinema era uma forma de arte sagrada, que a pessoa, durante a exibição, não devia assoar o nariz sem um lenço; levar coisas para comer, beber ou fazer piquenique; bater nos filhos ou, ao contrário, cantar uma canção de ninar para seu bebê; chamar carinhosamente os amigos a várias fileiras de distância; discutir pontos da trama passados, presentes e futuros com o colega do lado; ou se esparramar de tal forma na poltrona que sua coxa ficasse encostada no vizinho durante toda a sessão. Mas quem podia dizer que estavam errados? De que outro modo daria para dizer se um filme estava indo bem ou mal caso o público não reagisse a ele? O público parecia se divertir o tempo todo, haja vista os gritos e aplausos, e valha-me Deus se também não me peguei cativado pela história e o puro espetáculo. A cena a que o público reagiu mais fortemente foi a batalha apoteótica, durante a qual meu coração descompensado pelo jet lag também pareceu bater num compasso mais acelerado. Talvez fosse a trilha ameaçadora, ao estilo de Beethoven, com sua infernal repetição de notas saturadas num profundo tom demoníaco, *dum-dum-DA-dum-DA-dum-DA-DA-DAAA*; talvez fossem as sibilantes lâminas de helicóptero, reduzidas ao som da câmera lenta; talvez fosse o *crosscutting* entre os olhares de Bellamy e Shamus, cavalgando seus corcéis aéreos, com os olhares das garotas vietcongues espiando pela mira de seus canhões antiaéreos; talvez fossem as bombas estourando no ar; talvez fosse a visão dos selvagens vc sofrendo um banho de sangue, o único tipo de banho que provavelmente tomavam; talvez fossem todas essas coisas que me fizessem desejar ter uma arma na mão, de modo que eu também pudesse participar da carnificina bíblica dos vietcongues que eram, se não exatamente como eu, bastante parecidos comigo. Sem dúvida eram muito mais parecidos com os demais espectadores, que uivaram e riram quando uma variedade de armamentos de fabricação americana vaporizou, pulverizou, lacerou e destroçou seus não tão distantes assim vizinhos. Eu me contorcia na poltrona, plenamente despertado do meu torpor. Queria fechar os olhos mas não podia, incapaz de fazer mais do que dar ligeiras piscadas desde a cena precedente, a única em que o público fizera completo silêncio.

Era também a única cena que eu não vira sendo filmada. O Cineasta não usou música, a agonia se desenrolando apenas com os gritos e protestos de Mai, salientados pelo quarteto de vietcongues rindo, praguejando e escarnecendo. A ausência de música apenas contribuiu para tornar mais audível o súbito silêncio do público, e mães que não haviam se dado ao trabalho de virar o rosto de seus filhos na hora das eviscerações, tiroteios, facadas e decapitações agora tapavam os olhos dos filhos com a mão. Planos gerais dos recessos escuros da caverna mostravam um octópode humano contorcendo-se no centro da caverna, Mai nua lutando sob as costas, braços e pernas de seus estupradores seminus. Embora víssemos relances de seu corpo, a maior parte ficava obscurecida pelos membros e nádegas estrategicamente colocados dos vietcongues, com os tons de carne, o sangue escarlate e o preto e marrom de suas roupas mostrados em um pictórico sombreado renascentista que para mim evocava tênues lembranças de uma aula de história da arte. Alternando com esses planos gerais havia closes extremos do rosto castigado de Mai com sua boca gritando e o nariz sangrando, um olho tão inchado que se fechara por completo. A tomada mais longa do filme era dedicada a seu rosto preenchendo a tela inteira, seu olho aberto girando na órbita, o sangue sendo cuspido de seus lábios quando berrava

Mamamamamamamamamamamamamamamama!

Me encolhi todo, e, quando finalmente o filme cortou para a cena inversa e vimos aqueles demônios de pele vermelha pelos olhos de Mai, os rostos afogueados do vinho de arroz caseiro, os dentes expostos com sua crosta de líquen, os olhos entrecerrados de êxtase, o único sentimento possível ardendo no peito da pessoa era o desejo de sua completa aniquilação. Foi isso que o Cineasta proporcionou em seguida, no repulsivo final de combate corpo a corpo, que também podia servir como um filme de treinamento em dissecação anatômica para uma faculdade de medicina.

Quando chegou a última cena do filme, do inocente Danny Boy sentado na porta aberta de um helicóptero Huey subindo vagarosamente no céu azul, chorando ao ver sua terra devastada pela guerra, a caminho de um país onde os seios femininos produziam não apenas leite como também leite condensado — ou pelo menos foi o que os soldados americanos lhe disseram —, tive de admitir o talento do Cineasta, ao modo como alguém talvez admire o gênio técnico de um mestre armeiro. Ele forjara a existência de algo belo e terrível, empolgante para uns e fatal para outros, uma criação cujo propósito era a destruição. Quando os créditos começaram a passar, senti vergonha por ter colaborado com esse trabalho sinistro, mas também orgulho pelas contribuições de meus extras. Diante de papéis deselegantes, mostraram tanta elegância quanto possível. Havia os quatro veteranos que interpretaram o ESTUPRADOR VC nº 1, ESTUPRADOR VC nº 2, ESTUPRADOR VC nº 3 e ESTUPRADOR VC nº 4, bem como os outros que haviam debutado na tela como ALDEÃO DESESPERADO, GAROTA MORTA, RAPAZ MANCO, POLICIAL CORRUPTO, ENFERMEIRA BONITA, MENDIGO CEGO, REFUGIADO TRISTE, FUNCIONÁRIO RAIVOSO, VIÚVA CHORANDO, ALUNO IDEALISTA, PROSTITUTA GENTIL e CARA DESCONTROLADO NO PROSTÍBULO. Mas não senti orgulho pelo que se relacionava a mim mesmo. Havia também aqueles colegas que se dedicaram por trás das cenas, como Harry. Esse artista sem dúvida receberia uma indicação ao Oscar por seus cenários fanaticamente detalhados, seu trabalho valioso não sendo maculado nem pelo incidente menor envolvendo o fato de ele ter contratado um traficante de cadáveres local para fornecer mortos reais de um cemitério próximo para o final do filme. Para um dos policiais que vieram prendê-lo ele disse, com genuíno arrependimento: Eu não sabia que era ilegal, seu guarda. Tudo foi resolvido com a expressa devolução dos cadáveres a suas covas e uma doação substancial feita pelo Cineasta à associação beneficente da polícia, mais conhecida como o bordel local. Um esgar se formou em meu rosto quando vi o nome de Violet como produtora assistente, mas admiti que tinha o direito de vir antes de mim na hierarquia dos créditos. Recordei com carinho a alimentação incessante provida pelo pessoal da cozinha, o cuidado dedicado da equipe de primeiros socorros e o eficiente transporte diário fornecido pelos motoristas, embora, para ser franco, minha função fosse mais especializada que a deles. Admito que talvez minhas habilidades biculturais e bilíngues não fossem tão únicas quanto as do treinador que ensinou vários truques e comandos para o adorável vira-lata que fazia o bichinho de estimação nativo adotado pelos Boinas Verdes, O CACHORRINHO SMITTY, ou o adestrador de animais exóticos que chegou em um DC-3 fretado com um carrancudo tigre de bengala numa jaula — LILY — e se incumbiu da docilidade dos elefantes, ABBOTT e COSTELLO. Mas embora eu admirasse os serviços animados e prestativos do pessoal da lavanderia — DELIA, MARYBELLE, CORAZON etc. —, será mesmo que mereciam figurar antes de mim? Os nomes das mulheres continuaram subindo e foi só com a menção ao prefeito, aos vereadores, ao diretor do departamento de turismo, às forças armadas filipinas e à primeira-dama Imelda Marcos e ao presidente Ferdinand Marcos que me dei conta de que meu nome não apareceria.

No momento em que a trilha sonora e os créditos finais haviam terminado, minha relutante admiração pelo Cineasta evaporara, substituída por uma raiva assassina. Não tendo conseguido dar cabo de mim na vida real, ela tomara as providências para me assassinar na ficção, eliminando-me de um modo com o qual eu estava ficando cada vez mais familiarizado. Eu continuava espumando de raiva quando deixamos o cinema, minhas emoções mais quentes do que a noite amena. O que você achou?, perguntei para Bon, silencioso como sempre após um filme. Ele fumou seu cigarro e acenou para um táxi. Humm, o que você achou? Finalmente olhou para mim, sua expressão uma mistura de pena e decepção. Era pra você ter feito a gente causar boa impressão, disse. Mas a gente nem parecia humano. Um táxi barulhento encostou no meio-fio. Agora você é crítico de cinema?, falei. É só minha opinião, sabichão, disse ele, entrando no carro. O que eu entendo disso? Se não fosse por mim, respondi, fechando a porta, não teria nem papéis para nós. A gente só ia servir de alvo. Ele suspirou e abaixou o vidro. A única coisa que você fez foi dar uma desculpa para eles, disse. Agora os brancos podem dizer: Olha, a gente tem amarelos aqui. A gente não odeia eles. A gente ama eles. Cuspiu pela janela. Você tentou jogar o jogo deles, o.k.? Mas são eles que controlam o jogo. Você não controla nada. Isso quer dizer que não pode mudar nada. Não de dentro. Quando a pessoa não tem nada, precisa mudar as coisas de fora.

Não voltamos a conversar pelo resto do trajeto e, quando chegamos ao hotel, ele pegou no sono quase na mesma hora. Fiquei deitado no quarto escuro com um cinzeiro no peito, fumando e contemplando como fracassara na única tarefa com que tanto Man como o General podiam concordar, a subversão do Filme e tudo o que ele representava, a saber, nossa representação fajuta. Tentei dormir mas não consegui, permaneci acordado para o estrondo das buzinas e a visão enervante de Sonny e o major glutão deitados no teto acima de mim, comportando-se como se sempre passassem o tempo desse jeito. O monótono rangido de molas no quarto ao lado não ajudou em nada, o nhec-nhec prosseguindo por um tempo tão absurdamente longo que senti pena da pobre mulher silenciosa que eu imaginava passar por isso tudo. Quando o homem envolvido gemeu seu grito de guerra, fiquei aliviado por ver que terminara, embora não estivesse terminado, pois, quando isso se concluiu, seu parceiro emitiu o próprio chamado de acasalamento, gutural, prolongado, agradecido. As surpresas simplesmente pareciam não querer parar, não desde que o General e a Madame foram se despedir de nós no aeroporto, ele num terno de espinha de peixe e ela em um *ao dai* lilás. Ele nos presenteara, os quatro heróis, com uma garrafa de uísque para cada um, tirara uma foto conosco e apertara a mão de um por um antes de passarmos pelo portão de embarque, sendo eu o último a entrar. No meu caso, porém, ele se deteve e disse: Uma palavrinha, Capitão.

Andei para o lado, dando passagem às outras pessoas. Pois não, senhor? Sabe que a Madame e eu consideramos você como nosso filho adotivo, disse o General. Não sabia disso, senhor. Ele e a Madame tinham uma expressão sombria no rosto, mas era o mesmo olhar que meu pai geralmente me lançava. Mas como teve coragem?, disse a Madame. Eu estava acostumado a dissimular e fiz uma cara de surpresa. Como tive coragem do quê? Tentar seduzir nossa filha, disse o General. Eu devia ter percebido quando você conversou com ela no casamento, mas não. Nunca me ocorreu que pudesse encorajar minha filha na carreira de clube noturno dela. Não só isso, acrescentou a Madame, mas vocês dois deram um show particular no clube noturno. Todo mundo viu. O General suspirou. O fato de você tentar manchar a honra dela, ele disse, foi algo que mal pude acreditar. Não depois que morou na minha casa e conviveu com ela quando criança, como se fosse uma irmã. Uma irmã, enfatizou a Madame. Fiquei muito decepcionado com você, disse o General. Queria você aqui do meu lado. Nunca teria deixado que partisse, não fosse por isso.

Senhor...

Devia ter pensado melhor, Capitão. É um soldado. Tudo e todo mundo têm um lugar apropriado. Como podia acreditar que a gente ia permitir nossa filha com alguém do seu tipo?

Meu tipo?, falei. O que o senhor quer dizer com meu tipo?

Ah, Capitão, disse o General. Você é um ótimo rapaz, mas também é, caso não tenha notado, um bastardo. Esperaram que eu dissesse algo, mas o General enfiara a única palavra em minha boca capaz de me calar. Vendo que eu não tinha nada a dizer, abanaram a cabeça com raiva, tristeza e recriminação, deixando-me no portão com minha garrafa de uísque. Tive um ímpeto de abri-la ali mesmo, pois o uísque talvez me ajudasse a cuspir a palavra. Ela estava presa na minha garganta e tinha gosto de meia de lã suja com a rica lama de nosso país natal, o tipo de refeição que eu esquecera que era reservada aos mais vis entre os vis.

Acordamos antes do sol numa manhã escura. Após o café, em que ninguém emitiu mais que um grunhido, Claude nos levou de Bangcoc para o acampamento, a um dia de viagem, perto da fronteira com o Laos. Quando pegou uma estrada secundária sem asfalto e entrou em uma floresta de cajeputes com seus troncos brancos, desviando de buracos e valas, o sol rolava por sua ladeira às nossas costas. Após um quilômetro na floresta ao crepúsculo, chegamos a um posto de verificação militar composto de um jipe e dois jovens soldados em roupa de combate verde-oliva, ambos com um amuleto protetor do Buda em torno do pescoço e uma M16 no colo. Senti o cheiro inconfundível de maconha. Sem se dar ao trabalho de levantar do jipe ou sequer erguer os olhos entrecerrados, com um aceno os soldados nos deixaram passar. Continuamos pela estrada esburacada, mergulhando cada vez mais fundo numa floresta em que as mãos esqueléticas das árvores elevadas com seus ramos esguios assomavam sobre nós, até emergirmos numa clareira de pequenas choupanas quadradas em palafitas, a cena salva da completa rusticidade pela luz elétrica iluminando as janelas. Cabeleiras de folhas de palmeira cobriam os telhados e pranchas de madeira conduziam das portas elevadas para o chão. O latido de cães atraíra sombras às entradas das portas e, no momento em que descíamos, um bando dessas sombras se aproximava. Aí estão, disse Claude. Os derradeiros soldados das forças armadas da República do Vietnã.

Talvez as fotos deles que eu vira na sala do General tivessem sido tiradas em tempos melhores, mas aqueles austeros combatentes da liberdade guardavam pouca semelhança com essa estropiada tropa irregular. Nas fotos, aqueles homens glabros com lenços vermelhos cingindo o pescoço trajavam uniformes camuflados, botas de combate e boinas, em pose de sentido à luz do sol filtrada pelas folhas da floresta. Mas, em lugar de botas e trajes camuflados, esses homens usavam chinelos de borracha, blusas pretas e calças compridas. Em vez de lenços vermelhos, o lendário emblema dos Rangers, usavam os lenços xadrez dos camponeses. Em vez de boinas, chapéus de selva de aba larga. Em vez de rosto glabro, exibiam a barba por fazer, o cabelo desgrenhado e sem cortar. Os olhos, outrora ardentes e brilhantes, estavam opacos como carvão. Cada um portava uma AK-47 com o característico pente em forma de banana, e a presença desse ícone, combinado a todos os demais detalhes, resultava num efeito visual incomum.

Por que eles se parecem com vietcongues?, perguntou o capitão grisalho.

Não eram apenas os guerrilheiros que pareciam os antigos inimigos deles, como descobrimos quando uma dúzia nos conduziu à cabana do comandante. Na muito estreita varanda dessa cabana estava um homem magro, sua silhueta recortada contra uma lâmpada elétrica pendurada pelo fio. Não é... disse Bon, interrompendo-se antes da pergunta absurda. Todo mundo fala isso, disse Claude. O almirante ergueu a mão numa saudação e deu um sorriso familiar, amigável. Seu rosto era anguloso, descarnado e quase belo, o semblante nobre clássico do estudioso ou mandarim. O cabelo era cinza mas não branco, um pouco escasso no alto, e cortado curto. Um cavanhaque era sua característica mais distintiva, um troço cuidadosamente esculpido para o homem de meia-idade, não a barbicha rala do jovem, nem o tufo longo e fluido do ancião. Sejam bem-vindos, disse o almirante, e mesmo na suave entonação de sua voz escutei os ecos do cinejornal em que a voz culta e calma de Ho Chi Minh ficou registrada. Os senhores viajaram grande distância, devem estar cansados. Por favor, venham se juntar a mim.

Como Ho Chi Minh, o almirante se referia a si mesmo como tio. Como Ho Chi Minh, também se vestia com simplicidade, seu blusão e calça pretos combinando com o traje de seus guerrilheiros. E, como Ho Chi Minh, mobiliava suas acomodações de maneira esparsa e erudita. Sentamos descalços sobre esteiras de junco no cômodo único e simples da cabana, nós recém-chegados um pouco constrangidos na presença daquele misterioso sósia. Nossa aparição devia dormir no piso de tábuas, pois não havia sinal de cama. Prateleiras de bambu cobriam uma parede e uma mesa com cadeira, ambas simples e de bambu, ocupavam outra. Durante o jantar, enquanto bebíamos o uísque do General, o almirante nos perguntou sobre nossos anos na América e nós, em seguida, lhe perguntamos como acontecera de ficar naufragado ali na floresta. Ele sorriu e bateu o cigarro num cinzeiro feito de meio coco. No último dia da guerra, eu estava no comando de um navio de transporte cheio de fuzileiros, soldados, policiais e civis resgatados dos píeres. Poderia ter seguido para a Sétima Frota, como muitos outros capitães. Mas os americanos já tinham nos traído antes e não havia esperança de lutar outra vez se eu fugisse para eles. Os americanos estavam acabados. Agora que sua raça branca fracassara, iam deixar a Ásia para a raça amarela. Então fui para a Tailândia. Tinha amigos tailandeses e sabia que os tailandeses nos dariam asilo. Eles não tinham outro lugar para ir, ao contrário dos americanos. Os tailandeses combateriam o comunismo porque este fazia pressão contra a fronteira deles com o Camboja. O Laos também cairia em breve. Sabem, eu não estava interessado em ser salvo, ao contrário de muitos conterrâneos nossos. Fez uma pausa aqui e sorriu mais uma vez, e nenhum de nós precisava ser lembrado de que éramos parte desses conterrâneos. Deus já tinha me salvado, prosseguiu o almirante. Eu não precisava ser salvo pelos americanos. Jurei por meu navio, na frente dos meus homens, que continuaria combatendo por meses, anos, até décadas se necessário. Se víssemos nossa batalha pelos olhos de Deus, isso não era nada.

Então, disse Bon, o senhor acha mesmo que temos chance, Tio? O almirante cofiou o cavanhaque antes de responder. Minha criança, disse, ainda alisando o cavanhaque, lembre-se de Jesus e de como o cristianismo começou apenas com ele, seus apóstolos, a fé deles e a Palavra de Deus. Somos como aqueles homens de fé verdadeira. Temos duzentos apóstolos neste acampamento, uma estação de rádio transmitindo a palavra da liberdade para nossa terra escravizada e armas. Temos coisas que Jesus e seus apóstolos nunca tiveram, mas temos a fé deles também e, não menos importante — muito longe disso —, Deus do nosso lado.

Bon acendeu outro cigarro. Jesus morreu, disse. Assim como os apóstolos.

Então vamos morrer, disse o tenente impassível. A despeito do significado de suas palavras, ou talvez exatamente por isso, sua conduta e sua afirmação permaneceram imperturbáveis. Não que seja uma coisa ruim, disse.

Não estou dizendo que vocês vão morrer nesta missão, disse o almirante. Um dia, só isso. Mas, se forem morrer nesta missão, saibam que aqueles que salvarem lhes serão gratos, assim como os que foram salvos pelos apóstolos ficaram gratos a eles.

Muita gente que foram salvar não queria ser salva, Tio, disse Bon. Foi por isso que terminaram mortos.

Meu filho, disse o almirante, parando de sorrir, pelo jeito você não tem fé.

Se com isso o senhor quer dizer fé numa religião, no anticomunismo, na liberdade ou qualquer coisa com uma palavra grande como essas, não, não tenho. Eu tinha fé antes, mas não tenho mais. Estou pouco me lixando para salvar quem quer que for, incluindo eu mesmo. Só quero matar comunistas. Por isso sou o homem que o senhor quer.

Posso viver com isso, disse o almirante.

18.

Passamos duas semanas nos aclimatando ao calor e aos nossos novos camaradas, entre os quais havia três indivíduos que eu nunca imaginara ver de novo. Esses tenentes dos fuzileiros tinham barba e cabelo mais comprido do que na noite em que Bon, Man e eu os encontráramos naquele beco de Saigon, cantando *Linda Saigon! Oh, Saigon! Oh, Saigon!*, mas continuavam reconhecidamente estúpidos. Haviam conseguido chegar às docas no dia da queda de Saigon e de lá subiram a bordo do navio do almirante. Estamos na Tailândia desde essa época, disse o fuzileiro que era o líder dos três. Macerara no delta do Mekong a vida inteira, assim como seus camaradas, todos marcados por uma vida sob o sol, embora em diferentes tonalidades. Ele era escuro, mas outro fuzileiro era mais escuro, e o terceiro era o mais escuro dos três, preto como uma xícara de chá preto. Eles, Bon e eu apertamos as mãos, a contragosto. Vamos atravessar a fronteira com vocês, disse o fuzileiro escuro. Então é melhor todo mundo se dar bem com todo mundo. Esse era o fuzileiro para quem eu puxara a pistola, mas, como ele decidiu não fazer menção ao fato, também fiquei quieto.

No total havia uma dúzia de nós na equipe de reconhecimento que partiu cedo certa noite, conduzidos por um lavrador lao e um batedor *hmong*. O lavrador lao não teve escolha na questão. Fora sequestrado pelos homens do almirante em uma missão de reconhecimento anterior, e agora estava sendo usado como guia, dado seu conhecimento do terreno pelo qual viajávamos. Não sabia falar vietnamita, mas o batedor *hmong* sim, que então serviu como seu intérprete. Mesmo de longe dava para perceber que os olhos do batedor eram uma coisa arruinada, escuros e destruídos como as janelas de um palácio abandonado. Vestia preto, como todos nós, mas era o único com uma boina verde desbotada um tamanho acima do seu, o brim caído sobre suas orelhas e sobrancelhas. Seguindo-o iam dois dos fuzileiros, o escuro, armado de uma AK-47, e o mais escuro, com nossa arma de elefante M79, suas granadas atarracadas parecendo pequenos dildos de metal. Depois dos fuzileiros vinham o tenente impassível e o capitão grisalho, que não se conformaram em portar as AK-47 do inimigo e em vez disso carregavam a M16. Atrás deles o magrelo operador de rádio, o fuzil automático na mão e o rádio PRC--25 nas costas. Em seguida ia o médico filosófico, com o kit médico M3 pendurado num ombro e o fuzil M14 no outro, já que nenhum homem naquele reconhecimento podia andar desarmado. Ele e eu havíamos nos dado bem logo de cara durante uma noite recendendo a jasmim e maconha. Fora a tristeza e a infelicidade, ele me perguntara, o que é muito pesado mas não pesa nada? Quando viu que fiquei confuso, disse: Niilismo, o que era, na verdade, sua filosofia. Então veio o grandalhão da metralhadora, a M60 nos braços musculosos, comigo e Bon em seguida, eu com uma AK-47 e Bon com a M16. Na retaguarda ficou o fuzileiro escuríssimo, sua arma sendo o lançador de foguetes B-40.

Para a defesa, em lugar de coletes à prova de bala e capacetes, cada um de nós recebeu um santinho plastificado da Virgem Maria para deixar perto do coração. O almirante nos abençoara com esses presentes quando deixamos o acampamento, o que foi, para a maioria de nós, um alívio. Havíamos passado os dias discutindo táticas, preparando rações e estudando o mapa de nossa rota pelo extremo sul do Laos. Esse foi o terreno sondado pelos fuzileiros num reconhecimento anterior, terra do lavrador lao. Contrabandistas, alegou, atravessavam a fronteira o tempo todo. De tempos em tempos escutávamos a Rádio Free Vietnam, sua equipe operando de uma choupana de bambu perto da cabana do almirante. Dali irradiavam os discursos do almirante, liam artigos traduzidos de jornais e transmitiam canções pop com sentimentos reacionários, James Taylor e Donna Summer sendo particularmente preferidos no momento. Os comunistas odeiam canções de amor, disse o almirante. Não acreditam em amor, romance ou entretenimento. Acreditam que o povo só devia amar a revolução e o país. Mas o povo adora canções de amor, e nós servimos o povo.

As ondas do rádio transportavam essas canções de amor, carregadas de emoção, por todo o Laos e nossa terra natal. Em meu bolso havia um rádio de pilha com fone para que eu pudesse escutar a transmissão, e eu valorizava isso mais do que minha arma e a Virgem Maria. Claude, que não acreditava nela nem em divindade nenhuma, deu-nos sua bênção secular na forma de *high fives* quando partimos. Boa sorte, ele disse. É entrar e sair. Rápido e quieto. *Mais fácil falar do que fazer*, pensei. Guardei o pensamento para mim, mas desconfiava que muitos ali em nosso grupo de uma dúzia achassem a mesma coisa. Claude intuiu minha preocupação quando apertou meu ombro. Se cuida, meu amigo. Se alguém começar a atirar, abaixa a cabeça. Deixa a luta com os profissionais. Sua estimativa das minhas capacidades era comovente e muito provavelmente correta. Ele queria me manter a salvo, esse homem que, junto com Man, me ensinara tudo que eu sabia sobre as práticas da inteligência, do sigilo como um modo de vida. Vamos ficar esperando vocês voltarem, disse Claude. Até mais, falei. Isso foi tudo.

Partimos em nossa marcha sob um fiapo de lua, animados pelo otimismo que às vezes você tinha no início de um exercício vigoroso, uma espécie de hélio que enchia nossos pulmões e nos arrastava. Então, após uma hora, nosso avanço ficou penoso, ou pelo menos o meu ficou, meu hélio esgotado e substituído pelos primeiros sinais da fadiga, encharcando meu corpo como um lento pinga-pinga encharca uma toalha. Horas de marcha nos conduziram a um tanque d'água, onde o capitão grisalho ordenou uma parada. Sentado à beira do tanque iluminado pelo luar e descansando minhas coxas doloridas, mal conseguia enxergar os ponteiros fosforescentes, pairando no ar, do meu relógio, que indicavam uma da manhã. Minhas mãos pareciam tão desconectadas de um corpo quanto os ponteiros do relógio, pois queriam segurar e acariciar um cigarro do maço em meu bolso do peito, a necessidade eletrizando meu sistema nervoso. Parecendo imune a um anseio similar, Bon sentou ao meu lado e comeu uma bola de arroz em silêncio. Um cheiro fétido de lama e decomposição vegetal emanava do tanque e em sua superfície flutuava um passarinho morto do tamanho de um pintassilgo, boiando numa coroa de penas soltas. Cratera de bomba, murmurou Bon. A cratera era uma pegada americana, sinal de que havíamos ingressado no Laos. Encontramos novas crateras como essa em nossa jornada para o leste, às vezes isoladas, às vezes em grande quantidade, e tínhamos de escolher o caminho com cuidado ao passar pelas lascas arrancadas dos cajeputes desenraizados, espalhadas por todo lado. A certa altura passamos perto de uma aldeia e na margem das crateras próximas vimos redes amarradas a estacas, esperando para serem mergulhadas nesses tanques que os lavradores haviam suprido com peixe.

Quando o alvorecer se aproximava o capitão grisalho interrompeu nossa marcha, num ponto que o lavrador lao afirmou ser isolado e raramente visitado pelos moradores desse território fronteiriço. Nosso local de repouso ficava no pico de uma colina e sob os cajeputes indiferentes abrimos nossos ponchos e nos cobrimos com nossos capotes improvisados feitos de rede, forrados por dentro com folhas de palmeira trançadas. Deitei com a cabeça na mochila, que, além de minhas rações, continha o *Comunismo asiático e o modo oriental de destruição*, enfiado no fundo falso, para o caso de eu voltar a precisar dele algum dia. Dois ou três de nós ficamos acordados para turnos de três horas, e tive a má sorte de pegar um dos turnos do meio. Parecia que mal conseguira pregar o olho, a aba do chapéu sobre o rosto, quando o grandalhão da metralhadora sacudiu meu ombro e exalou seu horrendo hálito bacteriano na minha cara, informando-me que era minha vez de ficar de sentinela. O sol estava alto no céu e minha garganta estava ressecada. Pelo binóculo dava para ver o Mekong ao longe, um cinto marrom dividindo o tronco verde da terra. Dava para ver os pontos de interrogação e de exclamação da fumaça de lenha subindo das fazendas e fábricas de tijolos. Dava para ver lavradores, as canelas descobertas, vadeando os arrozais atrás de seus búfalos, os cascos muito afundados na água lamacenta. Dava para ver as estradas e trilhas rurais percorridas por veículos que, de longe, se moviam com a torturante lentidão de tartarugas artríticas. Dava para ver o arenito deteriorado de um antigo templo em ruínas, erigido havia muito tempo por alguma raça desaparecida, governada pela cabeça coroada de algum tirano esquecido, os olhos inexpressivos cegados pela perda de seu império. Dava para ver toda a extensão da terra, um corpo nu exposto ao sol e não parecendo em nada com a misteriosa criatura da noite, e de repente um tremendo anseio tomou conta de mim com tanta força que a própria terra saiu de foco e estremeceu, e me dei conta, com partes iguais de espanto e pavor, que, a despeito de todos os artigos essenciais que leváramos conosco, nenhum de nós carregava uma gota de bebida.

A segunda noite foi bem diferente da primeira. Não ficou claro para mim se eu estava caminhando nessa noite ou se simplesmente me agarrava ao lombo de uma besta que arremetia e escoiceava embaixo de mim. Uma onda de bile subia e descia em minha garganta, minhas orelhas incharam e eu tremia como se fosse inverno. Quando ergui o rosto, captei um vislumbre das estrelas por entre os galhos, flocos revoltos aprisionados sob o vidro de um globo de neve. Sonny e o major glutão riam levemente, observando-me do lado de fora desse globo de neve, e o agitavam com suas mãos gigantes. A única coisa sólida me prendendo ao mundo material era o fuzil em minhas mãos, pois meus pés não conseguiam sentir o chão. Eu segurava a AK-47 como havia segurado os braços de Lana naquela noite em que fora ao apartamento de Sonny. Ela não parecera surpresa ao abrir a porta, pois já sabia que eu voltaria. Eu não contara ao General o que Lana e eu havíamos feito, mas devia. Havia algo que ele nunca poderia fazer e eu fizera, por ter acabado de matar um homem, nada era proibido para mim, nem o que pertencia a ele ou viera dele. Mesmo o cheiro da floresta era o cheiro dela, e quando tirei a mochila e sentei entre Bon e o tenente impassível no meio de um bambuzal, a umidade da terra fez com que me lembrasse dela. Acima de nós uma infinidade de vaga-lumes iluminava os galhos e tive a sensação de que os focinhos e olhos da floresta estavam fixos em nós. Alguns animais podiam enxergar no escuro, mas só nós, humanos, buscávamos conscientemente cada rota possível nas trevas de nosso próprio interior. Como espécie, nunca encontramos uma caverna, porta ou entrada de algum tipo em que não quiséssemos entrar. Nunca estamos satisfeitos com um único modo de entrar. Sempre tentaremos todas as possibilidades, até mesmo as passagens mais sombrias e assustadoras, ou assim fui lembrado em minha noite com Lana. Preciso mijar, disse o tenente impassível, ficando de pé outra vez. Ele desapareceu na escuridão da floresta, enquanto acima dele os vaga-lumes acendiam e apagavam em uníssono. Sabe por que gosto de você?, ela perguntara depois. Você é tudo que minha mãe iria odiar. Não fiquei ofendido. Eu fora alimentado à força com tanto ódio que um pouco mais dificilmente faria diferença para meu fígado inchado. Se meus inimigos um dia me abrissem para comer meu fígado, como se dizia que faziam os cambojanos, lamberiam os dedos de prazer, pois nada era mais delicioso do que o foie gras do ódio, uma vez que você tivesse adquirido o gosto pela coisa. Escutei um galho estalando na direção tomada pelo tenente. Tudo bem?, disse Bon. Fiz que sim, concentrando-me nos vaga-lumes, seu sinal coletivo delineando as formas dos bambus em um Natal na selva. Houve um farfalhar na vegetação rasteira e a silhueta turva do tenente emergiu do bambuzal.

Ei, ele disse. Eu...

Um clarão de luz e som me cegou e ensurdeceu. Uma chuva de terra e cascalho caiu sobre mim e me abaixei. Meus ouvidos zumbiram e alguém gritava quando me encolhi no chão, os braços sobre a cabeça. Alguém gritava e não era eu. Limpei a terra que voara em meu rosto e, no alto, as árvores tinham ficado escuras. Os vaga-lumes haviam parado de piscar e alguém estava gritando. Era o tenente impassível, contorcendo-se entre as samambaias. O médico filosófico trombou comigo ao correr para o tenente. Surgindo do meio da escuridão, o capitão grisalho disse: Vão para suas posições de defesa, droga. Ao meu lado, Bon deu as costas para a confusão, engatilhou — *clique-claque* — e apontou sua arma para as trevas. Escutei o som de *clique-claque* a toda a volta, de armas sendo preparadas para atirar, e fiz o mesmo. Alguém acendeu uma lanterna e até de costas para a cena pude perceber sua luminosidade. A perna já era, disse o médico filosófico. O tenente continuava gritando. Ilumina aqui enquanto eu amarro o sangramento. Todo mundo no vale está escutando isso, disse o fuzileiro escuro. Ele sobrevive?, perguntou o capitão grisalho. Talvez, se a gente conseguir levar para um hospital, disse o médico. Segura ele. A gente precisa fazer ele calar a boca, disse o fuzileiro escuro. Deve ter sido uma mina, disse o capitão grisalho. Não é ataque. Se você não fizer eu faço, disse o fuzileiro escuro. Alguém pôs a mão na boca do tenente, abafando seus gritos. Olhando por cima do ombro, vi a lanterna do fuzileiro escuro iluminando o médico filosófico enquanto ele amarrava um inútil torniquete no toco do tenente, o molar de um osso se projetando no ponto onde a perna explodira, acima do joelho. O capitão grisalho estava com uma mão sobre a boca do tenente, a outra pressionando suas narinas. O tenente se debateu, agarrando as mangas do médico filosófico e do capitão grisalho, e o fuzileiro escuro desligou a lanterna. Pouco a pouco, as contorções e ruídos abafados cessaram, e finalmente ele ficou imóvel, morto. Mas, se tinha morrido mesmo, por que eu continuava escutando seus gritos?

A gente precisa sair daqui, disse o fuzileiro escuro. Ninguém vai aparecer agora, mas quando clarear vai. O capitão grisalho não disse nada. Escutou o que eu disse? O capitão grisalho respondeu que sim. Então faz alguma coisa, disse o fuzileiro escuro. A gente precisa se mandar para o mais longe possível antes de amanhecer. O capitão grisalho disse para enterrá-lo. Quando o fuzileiro escuro respondeu que demoraria muito, o capitão grisalho deu ordens de carregar o corpo com a gente. Dividimos a munição do tenente e demos sua mochila para o lavrador lao, com o fuzileiro escuro levando a M16 do tenente. O grandalhão da metralhadora deu sua M60 para o fuzileiro mais escuro e pegou o corpo do tenente. Já íamos saindo quando o grandalhão disse: Cadê a perna? O fuzileiro escuro virou a lanterna. Lá estava a perna, servida em um leito de samambaias cortadas, a carne esfrangalhada e tiras de tecido preto ainda presas a ela, o osso branco destroçado se projetando por um talho denteado. Cadê o pé?, disse o fuzileiro escuro. Acho que explodiu, disse o médico filosófico. Pedaços de carne rosada, pele e tecido pendiam das samambaias, já cobertos de formigas. O fuzileiro escuro pegou a perna e, quando ergueu o rosto, fui o primeiro que ele viu. É toda sua, disse, jogando a perna para mim. Pensei em recusar, mas algum outro teria de carregá--la. *Nunca esqueça, você não é metade de algo, é o dobro de tudo.* Se algum outro tinha de fazer isso, eu também podia. Era só um pedaço de carne e osso, a pele grudenta de sangue e suja de terra. Quando a peguei e tirei as formigas, descobri que era um pouco mais pesada do que minha AK-47, a perna separada de um homem não muito grande.

O capitão grisalho ordenou que marchássemos e segui o grandalhão da metralhadora, agora com o corpo do tenente pendurado no ombro. A camisa do tenente subira no alto das suas costas e a tábua de carne exposta era azul ao luar.

Carreguei a perna em uma mão, a outra apoiada na correia da AK-47 pendurada no meu ombro, e o fardo de carregar a perna de um homem parecia muito mais pesado que o de carregar o corpo de um homem. Mantinha a perna o mais afastada de mim que conseguia, seu peso cada vez maior, como a Bíblia que meu pai me fez segurar na frente da classe como castigo por alguma transgressão, meu braço esticado com o livro em minha mão, como uma balança. Carrego a lembrança até hoje, junto com a lembrança de meu pai em seu caixão, um cadáver tão branco quanto o osso proeminente do tenente impassível. O canto da congregação na igreja murmurava em meus ouvidos. Eu ficara sabendo sobre a morte do meu pai quando seu diácono me ligou da central de polícia. Como conseguiu esse número?, falei. Estava nos papéis de meu pai, em sua mesa. Olhei para o documento sobre a minha mesa, uma investigação confidencial sobre um evento sem importância no ano anterior, 1968, quando um pelotão americano pacificara uma aldeia quase abandonada perto de Quang Ngai. Depois de executar os búfalos, porcos e cães, e estuprar coletivamente quatro garotas, os soldados as juntaram com mais quinze anciãos, mulheres e crianças na praça, onde fuzilaram todo mundo, segundo o testemunho de um soldado arrependido. O relatório do líder do pelotão assegurava que seus homens haviam matado dezenove vietcongues, embora nenhuma arma tivesse sido encontrada, com exceção de algumas pás, ferraduras, uma besta e um mosquete. Não tenho tempo, falei. Seria importante se fosse, disse o diácono. Importante por quê?, falei. Após uma longa pausa, o diácono disse: Você era importante para ele e ele era importante para você. Foi então que percebi, sem necessidade de palavras, que o diácono tinha consciência de quem era meu pai.

Encerramos nossa marcha forçada após duas horas, a mesma quantidade de tempo dedicada à missa fúnebre do meu pai. Um regato gorgolejava na depressão onde paramos, e onde arranhei o rosto nos espinhos de uma buganvília. Pus a perna no chão e os fuzileiros começaram a cavar uma cova rasa. Minha mão estava pegajosa de sangue e ajoelhei junto ao regato para lavá-la na água fria. Quando os fuzileiros terminaram, minha mão já secara e um tênue brilho de luz rósea surgia no horizonte. O capitão grisalho desenrolou a capa de folhas de palmeira do tenente impassível e o grandalhão da metralhadora depositou o corpo ali. Só então me dei conta de que teria de sujar a mão de sangue outra vez. Peguei a perna e pus no lugar. À luz rosada, vi seus olhos abertos e a boca frouxa, e ainda podia escutá-lo gritando. O capitão grisalho fechou os olhos e a boca e embrulhou o corpo na capa, mas, quando ele e o grandalhão da metralhadora o ergueram, a perna escapou e caiu. Eu já estava limpando a mão grudenta na calça mas não havia nada a fazer a não ser pegar a perna mais uma vez. Depois que seu corpo foi baixado para a cova, curvei-me e empurrei sua perna sob a capa, abaixo do joelho. Vermes reluzentes já brotavam se contorcendo do solo quando ajudei a devolver a terra à cova. Ela era funda apenas o bastante para cobrir nosso rastro por um dia ou dois, até os animais desenterrarem o cadáver e comerem. O que eu quero saber, disse Sonny, ficando de cócoras ao meu lado enquanto eu ajoelhava junto à cova, é se o tenente vai aparecer por aqui com uma perna ou duas, ou se vai ter vermes rastejando para fora do olho dele ou não. Verdade, disse o major glutão, a cabeça espichada na cova conforme falava comigo, é um mistério a forma que um fantasma vai assumir. Por que estou aqui inteiro, fora esse buraco na minha cabeça, e não como uma massa nojenta de ossos e carne? Me explica isso, por favor, Capitão. Você sabe tudo sobre qualquer assunto, não é? Eu teria respondido se pudesse, mas era difícil fazer isso quando sentia que eu também estava com um buraco na cabeça.

O dia se passou sem sermos descobertos e, à noite, após uma curta marcha, chegamos às margens do Mekong, cintilante ao luar. Em algum lugar do outro lado o senhor esperava por mim, Comandante, assim como o homem sem rosto que é o comissário. Embora ainda não estivesse de posse desse conhecimento, era impossível não ter uma sensação agourenta ao arrancar as sanguessugas que se aderiam a nós com a obstinação de memórias ruins. Estivéramos carregando-as sem saber, até o lavrador lao tirar um dedo negro de seu tornozelo. Não pude deixar de desejar, arrancando um pequeno monstro que chupava minha perna, que fosse Lana se enroscando em mim daquele jeito. O operador magrelo mandou uma mensagem de rádio para o acampamento-base e, enquanto o capitão grisalho transmitia seu relatório para o almirante, os fuzileiros mais uma vez mostraram que serviam para algo construindo uma balsa de bambus amarrados com cipós. Quatro homens podiam remar nela para atravessar o rio improvisando remos de bambu, com a primeira turma esticando uma corda levada pelo fuzileiro mais escuro. Essa corda, amarrada a uma árvore de cada lado do rio, guiaria o fuzileiro mais escuro ao regressar com a balsa. Seriam necessárias quatro viagens para transportar todo mundo e o primeiro grupo partiu antes da meia-noite: o fuzileiro mais escuro, o batedor *hmong*, o grandalhão da metralhadora e o fuzileiro escuro. O restante de nós permaneceu espalhado ao longo da margem desguarnecida, encolhidos sob nossas capas de folhas, as costas para o rio e as armas apontando para a vasta floresta, acocorada em suas ancas.

Meia hora depois o fuzileiro mais escuro voltou com a balsa. Mais três foram com ele: o lavrador lao, o fuzileiro escuríssimo e o médico filosófico, que, no túmulo do tenente impassível, entoara uma espécie de oração: Todos nós que estamos vivos estamos morrendo. Os únicos que não estão morrendo são os mortos. Que diabos isso quer dizer?, perguntou o fuzileiro escuro. Eu sabia o que queria dizer. Minha mãe não estava morrendo porque estava morta. Meu pai também não estava morrendo porque estava morto. Mas eu estava ali naquela margem, morrendo, porque ainda não estava morto. E *a gente*, está como, então?, perguntaram Sonny e o major glutão. Morrendo ou morto? Senti um calafrio e, perscrutando a escuridão da floresta, mirando ao longo do cano de minha arma, vi as formas de outros fantasmas entre as árvores assombradas. Fantasmas humanos e fantasmas de feras, fantasmas de plantas e fantasmas de insetos, os espíritos finados de tigres, morcegos, cicadáceas e duendes, o mundo vegetal e o mundo animal arfando também com sua reclamação do pós-vida. A floresta toda tremeluzia com os disparates da morte, o cômico, e da vida, o sério, uma dupla de comediantes que jamais se separaria. Viver era ser assombrado pela inevitabilidade da própria dissolução e estar morto era ser assombrado pela memória dos vivos.

Ei, sussurrou o capitão grisalho, é sua vez. Outra meia hora devia ter se passado. A balsa raspava sobre a margem outra vez, puxada ao longo da corda pelo fuzileiro mais escuro. Bon e eu levantamos com Sonny e o major glutão, prontos para me seguir na travessia. Lembro-me do ruído branco do rio, da dor em meus joelhos e do peso da arma em meus braços. Lembro-me da injustiça de como minha mãe nunca apareceu para me visitar após sua morte, por mais que eu gritasse por ela, ao contrário de Sonny e do major glutão, que eu carregaria comigo para sempre. Lembro-me de como nenhum de nós parecia humano na margem do rio, embrulhados em nossas capas de folhas, os rostos pintados de preto, agarrados a armas extraídas do mundo mineral. Lembro-me do capitão grisalho dizendo: Pega o remo, conforme o enfiava na minha mão, pouco antes de um chicote estalar junto ao meu ouvido e a cabeça do capitão grisalho rachar, espirrando sua gema. Um floco de alguma coisa úmida e macia aterrissou em meu rosto e um estrépito trovejante começou dos dois lados do rio. As bocas das armas relampejaram na margem oposta e o estrondo de granadas rasgou o ar. O fuzileiro mais escuro dera um passo para sair da balsa quando uma granada propelida a foguete deslocou o ar perto de mim e atingiu a balsa, estilhaçando-a numa chuva de fogo e centelhas e lançando-o na água rasa que marulhava contra a margem, onde ele caiu não inteiramente morto, gritando.

Abaixa, imbecil! Bon me jogou no chão. O operador magrelo já estava atirando de volta contra nosso lado da floresta, o som de sua submetralhadora martelando meus ouvidos. Dava para sentir o volume das armas e a velocidade das balas passando acima. O medo inflou o balão do meu coração e pressionei o rosto contra o solo. O fundo do barranco nos salvou da emboscada, mantendo-nos abaixo da linha de tiro dos fantasmas vingativos da floresta. Atira, caralho, disse Bon. Dezenas de vaga-lumes enlouquecidos, mortíferos, piscaram na floresta, mas eram clarões da boca das armas. Para atirar eu teria de erguer a cabeça e fazer mira, mas as armas eram ensurdecedoras e eu podia sentir suas balas penetrando na terra. Atira, caralho! Ergui minha arma e mirei na floresta, e quando apertei o gatilho a arma escoiceou meu ombro. O clarão da boca foi tão brilhante na escuridão que todo mundo que estava tentando nos matar agora sabia exatamente onde a gente estava, mas a única coisa a ser feita era continuar apertando o gatilho. Meu ombro doía dos coices e, quando parei para ejetar um pente e carregar outro, pude sentir a dor também nos meus ouvidos, sujeitos aos efeitos estereofônicos de nosso tiroteio desse lado do rio e do choque dos pelotões ignorantes do outro. A qualquer momento eu temia que Bon fosse levantar e ordenar que fizéssemos carga contra o fogo inimigo, e eu sabia que não seria capaz de fazê-lo. Eu temia a morte e amava a vida. Queria viver o suficiente para fumar mais um cigarro, tomar mais uma bebida, vivenciar mais sete segundos de felicidade obscena e depois, talvez, só que mais provavelmente não, eu podia morrer.

De repente pararam de atirar em nós e passou a ser apenas Bon e eu disparando contra as trevas. Só aí percebi que o operador magrelo não estava mais participando. Parei mais uma vez de atirar e vi, à luz do luar, sua cabeça curvada sobre a arma silenciosa. Bon era o único que continuava abrindo fogo, mas após descarregar seu último pente ele também parou. O tiroteio através do rio já cessara e na outra margem alguns homens gritavam numa língua estrangeira. Então, dos recessos da floresta escura do nosso lado, alguém gritou na nossa língua. Desistam! Não morram por nada! Era um sotaque do norte.

Tudo era silêncio na margem do rio, a não ser pelo sussurro ressonante das águas. Ninguém gritava pela mãe e foi então que percebi que o fuzileiro mais escuro também estava morto. Virei para Bon e à luz da lua vi o branco de seus olhos quando me fitou, úmido com o brilho de lágrimas. Se não fosse por você, seu filho da mãe estúpido, disse Bon, eu ia morrer aqui. Estava chorando, apenas pela terceira vez desde que eu o conhecia, não com aquela fúria apocalíptica de quando sua esposa e seu filho morreram, ou com aquela disposição entristecida que compartilhou com Lana, mas quietamente, derrotado. A missão terminara, ele estava vivo, e meu plano funcionara, por mais desajeitada ou inadvertidamente que fosse. Eu conseguira salvá-lo, mas só, como vim a saber, da morte.

19.

Só da morte? O comandante parecia genuinamente magoado, o dedo repousando nas últimas palavras de minha confissão. Em sua outra mão havia um lápis azul, cor escolhida porque Stálin também usava lápis azul, ou assim me contou. Como Stálin, o comandante era um editor diligente, sempre preparado para anotar meus inúmeros erros e digressões e sempre insistindo comigo para apagar, cortar, reformular e acrescentar. Dar a entender que a vida no meu acampamento é pior do que a morte é um pouco exagerado, não acha? O comandante parecia muito razoável, sentado em sua cadeira de bambu, e por um momento, sentado em minha cadeira de bambu, eu também me senti muito razoável. Mas então me lembrei que apenas uma hora antes estivera sentado na cela de isolamento sem janelas, as paredes de tijolos vermelhos, onde passara o último ano desde a emboscada, reescrevendo as muitas versões de minha confissão, a mais recente das quais o comandante agora tinha em seu poder. Talvez sua perspectiva difira da minha, Camarada Comandante, falei, tentando me acostumar ao som da minha própria voz. Fazia uma semana que não falava com ninguém. Sou um prisioneiro, prossegui, e o senhor manda por aqui. Talvez seja difícil se solidarizar comigo, e vice-versa.

O comandante suspirou e pôs a última folha de minha confissão em cima das outras duzentas e noventa e quatro páginas que a precediam, empilhadas em uma mesa junto a sua cadeira. Quantas vezes preciso repetir? Você não é um prisioneiro! Aqueles homens são prisioneiros, ele disse, apontando pela janela para os alojamentos que abrigavam mil homens, incluindo os demais sobreviventes: o lavrador lao, o batedor *hmong*, o médico filosófico, o fuzileiro escuríssimo, o fuzileiro escuro e Bon. Seu caso é especial. Acendeu um cigarro. É um hóspede, meu e do comissário.

Hóspedes podem ir embora, Camarada Comandante. Parei e observei sua reação. Eu queria um cigarro, coisa que não conseguiria se o deixasse com raiva. Nesse dia, porém, ele estava com raro bom humor e não franziu o rosto. Tinha maçãs do rosto proeminentes e os traços delicados de um cantor de ópera, e nem mesmo dez anos de guerra travada em uma caverna no Laos haviam arruinado sua boa aparência clássica. O que o tornava pouco atraente às vezes era sua morosidade, uma aflição perpétua, úmida, que compartilhava com todos os demais no acampamento, incluindo eu mesmo. Essa era a tristeza sofrida pelos soldados e prisioneiros saudosos de casa, um suor que nunca cessava, absorvido por uma roupa perpetuamente úmida que nunca secava, assim como eu não estava seco, sentado em minha cadeira de bambu. O comandante pelo menos contava com as benesses de um ventilador elétrico para assoprá-lo, um dos dois únicos que havia no acampamento. Segundo meu guarda com rosto de bebê, o outro ventilador estava nas acomodações do comissário.

Talvez um termo melhor que "hóspede" fosse "paciente", disse o comandante, editando mais uma vez. Você viajou por terras estrangeiras e foi exposto a ideias perigosas. Não se pode permitir que traga ideias contaminadas para um país desacostumado com elas. Pense nas pessoas, isoladas por tanto tempo de ideias de fora. A exposição pode levar a uma verdadeira catástrofe para as mentes despreparadas. Se enxergasse a situação do nosso ponto de vista, perceberia que era necessário deixá-lo em quarentena até que pudéssemos curá-lo, ainda que seja doloroso para nós ver um revolucionário como você mantido em tais condições.

Eu conseguia entender esse ponto de vista, embora com certa dificuldade. Havia motivos para desconfiar de alguém como eu, que suportara a desconfiança a vida toda. Mas, mesmo assim, era difícil para mim não sentir que um ano numa cela de isolamento, de onde tinha permissão de sair só uma hora por dia para me exercitar, piscando para a claridade, branco, era injustificado, como o informara em cada uma dessas sessões semanais em que ele criticava minha confissão e eu, por minha vez, fazia minha autocrítica. Esses lembretes que eu lhe dera deviam também ter ficado em sua cabeça, porque, quando abri a boca para falar outra vez, ele disse: Sei o que vai dizer.

Como sempre disse a você, quando sua confissão atingir um estado satisfatório, baseado em nossa leitura dela e nos meus relatórios sobre essas sessões de autocrítica para o comissário, você vai passar ao estágio seguinte e, assim esperamos, final de sua reeducação. Em resumo, o comissário acha que está pronto para ser curado.

Acha? Eu ainda não conhecera o homem sem rosto, também conhecido como comissário. Nenhum prisioneiro conhecera. Só o viam durante suas palestras semanais, sentado atrás de uma mesa no tablado da sala de reuniões, onde todos os prisioneiros eram trazidos para as palestras políticas. Eu ainda não o vira nem ali, pois essas palestras, segundo o comandante, nada mais eram que uma educação de escola primária destinada aos reacionários puros, os fantoches cuja cabeça passara por uma lavagem cerebral de décadas de saturação ideológica. O homem sem rosto decretara que eu estava dispensado dessas aulas rudimentares. Em vez disso, tinha o privilégio de não carregar fardo algum além de escrever e refletir. Meus únicos vislumbres do comissário haviam ocorrido naqueles raros momentos em que eu erguia o rosto em meu cercado de exercício e o via no balcão de seu alojamento de bambu, no topo da maior das duas colinas com vista para o acampamento. Na base das colinas se agrupavam a cozinha, o refeitório, o arsenal, as latrinas e os depósitos dos guardas, junto com as salas solitárias para casos especiais como eu. Uma cerca de arame farpado separava o acampamento interno dos guardas do acampamento externo onde os internos apodreciam lentamente, ex-soldados, oficiais de segurança ou burocratas do regime derrotado. Próximo a um dos portões nessa área fechada, do lado de dentro, ficava um pavilhão para visitas familiares. Os prisioneiros haviam se tornado cactos emocionais, a fim de sobreviver, mas suas esposas e filhos inevitavelmente choravam à visão dos maridos e pais, que viam, no máximo, duas vezes por ano, a jornada da cidade mais próxima uma árdua viagem envolvendo trem, ônibus e motocicleta. Além do pavilhão, o acampamento externo era separado da vastidão de planícies estéreis que nos cercavam além de um alambrado com torres de vigia onde guardas de capacete colonial com binóculos podiam observar as visitas femininas e, segundo os prisioneiros, se entreter. Da altura elevada do pátio do comandante, dava para ver não só esses voyeurs como também as planícies com crateras e as árvores sem folhas que cercavam o acampamento, uma floresta de palitos de dente sobre a qual bandos de corvos e revoadas de morcegos se elevavam em agourentas formações escuras. Eu sempre parava no pátio antes de entrar em seu alojamento, saboreando por um instante a vista que me era negada de minha cela, onde, se ainda não fora curado, fora certamente cozido pelo sol tropical.

Você tem se queixado com frequência sobre a duração de sua visita, disse o comandante. Mas sua confissão é o prelúdio necessário para a cura. Não é culpa minha que tenha levado um ano para escrever essa confissão, que na minha opinião nem é grande coisa. Todo mundo, exceto você, já confessou ser um soldado fantoche, um lacaio do imperialismo, um palerma que sofreu lavagem cerebral, um intermediário dos colonizadores ou um comparsa traiçoeiro. A despeito do que você pense de minhas faculdades intelectuais, sei que estão me dizendo só o que quero escutar. Você, por outro lado, não me diz o que quero escutar. Isso o torna muito inteligente ou muito estúpido?

Eu continuava um pouco confuso, o piso de bambu dançando sob meu assento de bambu. Sempre levava pelo menos uma hora para me reajustar à luz e ao espaço após deixar a escuridão apertada da minha cela. Bom, disse eu, juntando o casaco puído da minha sagacidade em torno de mim, acredito que uma vida não examinada não vale a pena ser vivida. Então obrigado, Camarada Comandante, por me dar a oportunidade de examinar minha vida. Ele fez que sim com a cabeça. Ninguém mais dispõe do luxo que disponho de simplesmente escrever e levar a vida do espírito, falei. Minha voz órfã, que se perdera de mim em minha cela e falava comigo de um canto cheio de teias de aranha, voltara. Sou inteligente em algumas situações, estúpido em outras. Por exemplo, sou inteligente o bastante para levar sua crítica e sugestões editoriais a sério, mas sou estúpido demais para entender como minha confissão não ficou à altura de seu elevado padrão, a despeito de meus inúmeros rascunhos.

O comandante me olhava através de óculos que aumentavam seus olhos para o dobro do tamanho, sua vista fraca uma decorrência de ter vivido em uma escuridão cavernosa por dez anos. Se sua confissão tivesse sido satisfatória, quando muito, o comissário teria permitido que passasse ao que ele chama de sua prova oral, disse. Mas minha opinião sobre o que ele chama de sua prova escrita é que dificilmente parece uma confissão genuína, a meu ver.

Não confessei um monte de coisas, Comandante?

No conteúdo, talvez, mas não no estilo. Confissões dizem respeito tanto ao estilo como ao conteúdo, como os Guardas Vermelhos nos mostraram. Só o que pedimos é uma certa habilidade com as palavras. Cigarro?

Disfarcei meu alívio e me limitei a assentir distraidamente. O comandante inseriu o dardo de um cigarro entre meus lábios rachados, depois o acendeu para mim com meu próprio isqueiro, de que se apropriara. Inalei o oxigênio da fumaça, sua infusão nas pregas dos meus pulmões acalmando a tremedeira em minhas mãos. Mesmo nessa sua revisão mais recente, você cita o Tio Ho só uma vez. Isso é apenas um sintoma, entre muitos em sua confissão, de que você prefere os intelectuais e a cultura do estrangeiro a suas próprias tradições nativas. Não é verdade?

Estou contaminado pelo Ocidente?

Exato. Não foi tão difícil de admitir, foi? Engraçado, então, como não consegue dizer isso por escrito. Claro, posso compreender por que não citou *Como o aço foi temperado* ou *Rastros na floresta nevada*. Você não deve ter tido acesso a eles, ainda que todo mundo em minha geração no norte tenha lido. Mas deixar de mencionar To Huu, nosso maior poeta revolucionário? E citar, em vez disso, a música amarela de Pham Duy e dos Beatles? O comissário na verdade tem uma coleção de música amarela que ele mantém para o que chama de fins de pesquisa. Ele me ofereceu para escutar, mas não, obrigado. Para que eu ia querer ser contaminado por essa decadência? Compare as canções que você comenta com "Desde então", de To Huu, que eu li na escola. Ele fala sobre como "O sol da verdade brilhou no meu coração", que era exatamente como eu me sentia sobre o efeito da revolução em mim. Levei um livro dele comigo para a China para o treinamento na infantaria, e isso me ajudou a sobreviver. Minha esperança é que o sol da verdade também brilhe sobre você. Mas penso ainda em outro poema dele sobre uma criança rica e uma criança serviçal. Fechando os olhos, o comandante recitou a estrofe:

Uma criança vive uma vida de fartura
Com brinquedos abundantes feitos no Ocidente
Enquanto a outra criança é uma espectadora
Observando em silêncio de muito longe

Ele abriu os olhos. Vale a pena citar, não acha?

Se o senhor me desse esse livro, eu iria ler, falei, já que não li nada em um ano a não ser minhas próprias palavras. O comandante abanou a cabeça. Não vai ter tempo de ler nada na fase seguinte. Mas sugerir que só precisava de um livro para suprir suas deficiências de leitura dificilmente é uma boa defesa. Não citar o Tio Ho ou a poesia revolucionária é uma coisa, mas nem mesmo um ditado ou provérbio popular? Ora, você pode ser do sul...

Eu nasci no norte e morei nove anos por lá, senhor.

Você escolheu o sul. Seja como for, você e eu, um nortista, temos uma cultura comum. Você porém não cita nada dessa cultura, nem mesmo isto:

As boas ações do Pai são tão grandes quanto o monte Thai Son
A virtude da Mãe é tão pródiga quanto água de nascente brotando de
sua fonte
Calorosamente a Mãe deve ser reverenciada e o Pai respeitado
De modo que o caminho da criança possa ser realizado

Não aprendeu algo tão básico quanto isso na escola?

Minha mãe de fato me ensinou isso, falei. Mas minha confissão não deixa de mostrar minha reverência por minha mãe e por que meu pai não merece ser respeitado.

A ligação entre sua mãe e seu pai é realmente desafortunada. Deve me achar desalmado, mas não sou. Olho para sua situação e sinto grande compaixão por você, dada sua maldição. Como uma criança pode se aperfeiçoar se sua origem está maculada? E contudo não posso deixar de sentir que nossa cultura, e não a cultura ocidental, nos diz algo sobre sua difícil situação. "Talento e destino tendem a brigar." Não acha que as palavras de Nguyen Du se aplicam a você? Seu destino é ser um bastardo, enquanto seu talento, como diz, é enxergar dos dois lados. Você estaria melhor se ao menos enxergasse as coisas por um lado só. A única cura por ser um bastardo é escolher um lado.

Tem razão, Camarada Comandante, falei, e talvez ele tivesse. Mas a única coisa mais difícil do que saber a coisa certa a fazer, prossegui, é de fato fazer a coisa certa.

Concordo. O que me surpreende é que você é perfeitamente razoável em pessoa, mas no papel é recalcitrante. O comandante serviu-se de uma dose de vinho de arroz não filtrado, de uma garrafa de refrigerante reaproveitada. Quer alguma coisa? Abanei a cabeça, ainda que meu desejo priápico por uma bebida se chocasse contra o fundo da minha garganta. Chá, por favor, falei, a voz falhando. O comandante serviu para mim uma xícara de água tingida e tépida. Foi bastante triste observar você naquelas primeiras semanas. Um lunático furioso. O isolamento não lhe fez bem. Agora está purificado, pelo menos no corpo.

Se a bebida é tão ruim para mim, por que o senhor bebe, Comandante?

Eu não bebo em excesso, ao contrário de você. Eu me disciplinei durante a guerra. A pessoa repensa sua vida toda, morando numa caverna. Até mesmo coisas como o que fazer com as próprias excreções. Já pensou nisso?

De vez em quando.

Percebo sarcasmo. Ainda não está satisfeito com as amenidades do acampamento e seu quarto? Isso não é nada, comparado ao que passei no Laos. É por isso que também fico surpreso com a infelicidade de alguns hóspedes nossos. Você acha que minha perplexidade é fingida, mas não, estou genuinamente confuso. Nós não os prendemos numa caixa debaixo da terra. Nós não os acorrentamos até suas pernas ficarem imprestáveis. Nós não entornamos limão em suas cabeças e os espancamos até sangrar. Em vez disso, deixamos que cultivem a própria comida, construam a própria casa, respirem ar fresco, vejam a luz do sol e trabalhem para transformar este campo. Compare isso com o modo como os aliados americanos deles envenenaram este lugar. Nada de árvores. Nada cresce. Minas e bombas adormecidas matando e mutilando inocentes. Aqui já foi uma linda região. Agora não passa de um deserto. Tento mencionar essas comparações para nossos hóspedes e posso ver a descrença em seus olhos mesmo quando concordam. Você, pelo menos, é honesto comigo, ainda que, para ser honesto com você, essa talvez não seja a estratégia mais saudável.

Vivi minha vida no subterrâneo pela revolução, Comandante. O mínimo que a revolução pode me conceder é o direito de viver na superfície e ser absolutamente honesto acerca do que fiz, ao menos antes de me mandar para baixo da terra outra vez.

Aí está você de novo, hostil por nenhum motivo. Não percebe que vivemos em tempos delicados? Vai levar décadas para a revolução reconstruir nosso país. Honestidade absoluta nem sempre é apreciada em momentos como este. Mas é por isso que fico com isto aqui. Apontou o pote de vidro no armário de bambu, coberto com um pano de juta. Ele já me mostrara o pote em mais de uma ocasião, embora uma vez fosse mais que suficiente. De qualquer modo, curvou-se e puxou o pano de cima do pote, e não havia nada a fazer senão dirigir meu olhar ao objeto que devia, se houvesse alguma justiça no mundo, ser exibido no Louvre e outros grandes museus dedicados às realizações do Ocidente. Flutuando em formaldeído estava uma monstruosidade esverdeada que parecia originária do espaço sideral ou das profundezas mais bizarras e abissais do oceano. O desfolhante químico inventado por um Frankenstein americano resultara naquele bebê nu em conserva, com um corpo e duas cabeças, os quatro olhos fechados, mas as duas bocas escancaradas em bocejos permanentes, mongoloides. Dois rostos apontados em direções diferentes, duas mãos enroladas contra o peito, e duas pernas abertas para revelar o amendoim cozido do sexo masculino.

Imagine o que a mãe sentiu. O comandante bateu com o dedo no vidro. Ou o pai. Imagine os gritos. *O que é essa coisa?* Ele abanou a cabeça e bebeu o vinho de arroz, da cor de leite desnatado. Lambi os lábios e, embora o raspar de minha língua ressecada em meus lábios quebradiços soasse bem alto em meus ouvidos, o comandante não notou. A gente podia ter simplesmente fuzilado todos esses prisioneiros, disse. Seu amigo Bon, por exemplo. Um assassino do Programa Fênix merece o pelotão de fuzilamento. O fato de você oferecer sua proteção e justificativa para ele, como fez, prejudica seu caráter e julgamento. Mas o comissário é misericordioso e acredita que qualquer um pode ser reabilitado, mesmo quando a pessoa e seus senhores americanos mataram quem bem entendessem. Ao contrário dos americanos e seus fantoches, nossa revolução mostrou generosidade ao lhes dar essa chance de redenção por meio do trabalho. Muitos desses pretensos líderes nunca trabalharam sequer um dia numa fazenda. Como você lidera uma sociedade baseada na agricultura, rumo ao futuro, sem fazer ideia de como é a vida de um camponês? Sem se dar ao trabalho de cobrir o pote outra vez, serviu-se de mais um copo. Falta de compreensão é o único modo de caracterizar como alguns prisioneiros acham que não estão recebendo alimento suficiente. Claro que sei que eles sofrem. Mas todos sofremos. Todos nós devemos continuar a sofrer. O campo cura, e isso demora até mais do que a guerra. Mas esses prisioneiros estão concentrados só no próprio sofrimento. Eles ignoram pelo que nosso lado passou. Não posso fazê-los entender que estão recebendo mais calorias por dia do que o soldado revolucionário durante a guerra, mais do que os camponeses forçados aos campos de refugiados. Acreditam que estão sendo vitimados, aqui, e não reeducados. Essa obstinação revela de quanta reeducação ainda precisam. Por mais recalcitrante que você seja, ainda assim está bem à frente deles. Nisso concordo com o comissário, quanto ao estado da sua reeducação. Eu tinha acabado de falar sobre você com *ele* ainda outro dia. Ele é incrivelmente tolerante em relação a você. Nem sequer se opôs a ser chamado de o homem sem rosto. Não, entendo, você não está fazendo pouco, só descrevendo o óbvio, mas ele é bastante sensível acerca da... condição dele. Você não seria? Quer se encontrar com você hoje à noite. É uma honra e tanto. Nenhum prisioneiro o conheceu pessoalmente, não que você seja prisioneiro. Ele quer esclarecer algumas questões com você.

Que questões?, falei. Olhamos ambos para meu manuscrito, suas folhas cuidadosamente empilhadas na mesa de bambu e mantidas no lugar por uma pedra pequena, todas as duzentas e noventa e cinco páginas escritas à luz de uma mecha flutuando em uma taça de óleo. O comandante bateu nas páginas com o dedo médio, que tinha a ponta decepada. Que questões?, ele disse. Por onde começo? Ah, o jantar. Um guarda estava na porta com uma bandeja de bambu, um menino, sua pele, um tom enfermiço de amarelo. Fossem guardas ou prisioneiros, a maioria dos homens no acampamento era desse tom de amarelo, ou então de um tom enfermiço, podre, de verde, ou de um tom enfermiço, cadavérico, de cinza, uma paleta de cores resultante de doenças tropicais e uma dieta calamitosa. O que temos?, disse o comandante. Pombo, sopa de mandioca, repolho salteado e arroz, senhor. As coxas e o peito do pombo assado me fizeram salivar, uma vez que minha ração de costume era mandioca cozida. Mesmo passando fome, eu tinha de me forçar a deglutir a mandioca, que ficava cimentada contra as paredes do meu estômago, rindo de minhas tentativas de digeri-la. Alimentar-se com uma dieta de mandioca não só era desagradável em termos culinários como também nada divertido de uma perspectiva gastroenterológica, resultando num tijolo dolorosamente sólido ou em seu oposto líquido extremamente explosivo. Como consequência, a piranha inflamada do ânus mastigava com frequência o traseiro. Eu tentava desesperadamente sincronizar minha evacuação, sabendo que um guarda viria buscar a caixa de munição reservada para esse fim às oito da manhã, mas a enroscada mangueira dos meus intestinos explodia ao bel-prazer, muitas vezes logo após o guarda voltar com a lata esvaziada. Líquidos e sólidos então fermentavam durante a maior parte da noite e do dia, uma mistura abjeta enferrujando a caixa de munição. Mas eu não tinha direito de me queixar, como meu guarda de rosto de bebê me dizia. Ninguém vem buscar minha merda todo dia, disse ele, espiando-me pela abertura em minha porta de ferro. Mas você está sendo todo paparicado, só falta alguém limpar sua bunda. O que tem a dizer?

Obrigado, senhor. Eu não podia chamar os guardas de "camarada", o comandante exigindo que mantivesse minha história em segredo, para não vazar. O comissário ordena isso para sua própria proteção, o comandante me dissera. Os prisioneiros matam você, se souberem do seu segredo. Os únicos que sabiam meu segredo eram o comissário e o comandante, por quem eu desenvolvera sentimentos felinos de dependência e ressentimento. Ele me obrigava a reescrever minha confissão, com suas repetidas rasuras de lápis azul. Mas o que eu confessava? Eu não fizera nada errado, exceto ser ocidentalizado. No entanto, o comandante tinha razão. Eu era recalcitrante, pois poderia ter abreviado minha indesejada estada escrevendo o que ele desejava que eu escrevesse. *Vida longa ao Partido e ao Estado. Sigam o glorioso exemplo de Ho Chi Minh. Vamos construir uma sociedade bela e perfeita!* Eu acreditava nesses slogans, mas não conseguia escrevê-los. Podia dizer que estava contaminado pelo Ocidente, mas era impossível pôr isso no papel. Escrever um clichê no papel parecia um crime tão grande quanto matar um homem, um ato que eu antes admitira do que confessara, pois matar Sonny e o major glutão não eram crimes aos olhos do comandante. Mas, tendo não obstante admitido o que alguns talvez vissem como crimes, eu não podia então agravar esses atos por meio de minha descrição deles.

Minha resistência ao estilo confessional apropriado irritou o comandante, como ele voltou a me dizer durante o jantar. Vocês, do sul, viveram no maior conforto por tempo demais, afirmou. Contavam com o filé na mesa, enquanto a gente, no norte, sobrevivia de rações. Fomos purgados da gordura e das inclinações burguesas, mas você, por mais que reescreva sua confissão, não consegue erradicar essas inclinações. Sua confissão está cheia de fraquezas morais, egoísmo individual e superstição cristã. Você não exibe o menor senso de coletividade, nenhuma fé na ciência da história. Não revela a menor necessidade de se sacrificar pela causa de salvar a nação e servir o povo. Outros versos de To Huu são apropriados aqui:

Sou filho de dezenas de milhares de famílias
Um irmão mais novo de dezenas de milhares de vidas definhadas
Um irmão mais velho de dezenas de milhares de crianças pequenas
Que estão sem teto e vivem na fome constante

Comparado a To Huu, você é um comunista só na teoria. Na prática, é um intelectual burguês. Não estou pondo a culpa em você. É difícil escapar da classe e do berço, e você é corrupto nos dois aspectos. Deve se recriar, como o Tio Ho e o Chefe Mao diziam que os intelectuais burgueses deviam fazer. A boa notícia é que mostra vislumbres de consciência revolucionária coletiva. A má é que sua linguagem trai você. Não é clara, não é sucinta, não é direta, não é simples. É a linguagem da elite. Precisa escrever para o povo!

O que diz é verdade, senhor, falei. O pombo e a sopa de mandioca começaram a se dissolver no meu estômago, seus nutrientes energizando meu cérebro. Só me pergunto o que teria a dizer sobre Karl Marx, Camarada Comandante. *O capital* não foi exatamente escrito para o povo.

Marx não escreveu para o povo? De repente pude ver a escuridão da caverna do comandante por suas íris ampliadas. Não me venha com essa! Está vendo como você é burguês? Um revolucionário se prostra perante Marx. Só um burguês se compara a Marx. Mas pode ter certeza, *ele* vai tratar seu elitismo e suas inclinações ocidentais. Ele construiu uma sala de exame moderna onde vai supervisionar pessoalmente a fase final de sua reeducação, quando você for transformado de americano em vietnamita mais uma vez.

Não sou americano, senhor, falei. Se minha confissão revela alguma coisa, não é o fato de eu ser antiamericano? Acho que disse algo afrontosamente engraçado, pois ele riu para valer. O antiamericano já inclui o americano, disse. Não entende que os americanos precisam do antiamericano? Embora seja melhor ser amado do que odiado, também é muito melhor ser odiado do que ignorado. Ser antiamericano só faz de você um reacionário. No nosso caso, tendo derrotado os americanos, não nos definimos mais como antiamericanos. Somos simplesmente cem por cento vietnamitas. Precisa tentar ser também.

Falando com todo o respeito, senhor, a maioria dos meus conterrâneos não acha que sou um deles.

Mais um motivo para você dar ainda mais duro e provar que é um de nós. Obviamente, pensa em si mesmo como um de nós, pelo menos às vezes, então está fazendo progresso. Percebo que terminou de comer. O que achou do pombo? Admiti que estava delicioso. E se eu lhe dissesse que "pombo" é apenas um eufemismo? Ele me observou cuidadosamente quando olhei de novo para a pilha de ossinhos em meu prato, chupados e limpos até o fim de cada pedacinho de carne ou tendão. Fosse o que fosse, ainda ansiava por outra porção. Alguns chamam de rato, mas prefiro "camundongo do campo", disse. Só que dificilmente faz alguma diferença, não é? Carne é carne, e a gente come o que precisa. Sabe, uma vez eu vi um cachorro comendo o cérebro de nosso médico do batalhão. Argh. Não culpo o bicho. Só estava comendo o cérebro porque os intestinos do homem já tinham sido comidos por outro cachorro. Esse é o tipo de coisa que você vê num campo de batalha. Mas perder todos aqueles homens valeu a pena. Todas as bombas jogadas em cima da gente por aqueles piratas aéreos deixaram de ser jogadas em nossa terra. Para não mencionar que libertamos os laosianos. Isso é o que fazem os revolucionários. A gente se sacrifica pelos outros.

Certo, Camarada Comandante.

Chega dessa conversa séria. Ele jogou o pano de juta de volta sobre o bebê em conserva. Só queria parabenizá-lo pessoalmente por ter encerrado a fase escrita de sua reeducação, por mais insuficiente que tenha sido, na minha opinião. Devia estar feliz por ter ido tão longe, mesmo que você mesmo deva ser crítico das limitações tão evidentes em sua confissão. Pelo bom aluno que é, ainda pode se tornar o materialista dialético que a revolução precisa que seja. Agora vamos encontrar o comissário. O comandante olhou seu relógio, que por acaso também havia sido meu relógio. *Ele* está nos esperando.

Descemos do alojamento do comandante, passamos pela caserna dos guardas e chegamos à extensão de planície que separava as duas colinas. Minha cela de isolamento ficava ali, um entre uma dúzia de fornos de tijolo onde éramos regados no próprio suco e onde os prisioneiros telegrafavam mensagens nas paredes com canecas de lata. Haviam desenvolvido um código simples para a comunicação e não demorou a ensinarem para mim. Parte do que transmitiam era como me tinham em alta conta. Grande parte de minha reputação heroica vinha de Bon, que muitas vezes me cumprimentava por meio de meus vizinhos. Ele e eles acreditavam que eu estava separado em um isolamento prolongado devido ao meu intenso republicanismo e minhas credenciais do Special Branch. Culpavam o comissário por minha sina, pois ele era na verdade o encarregado do acampamento, como todo mundo, incluindo o comandante, sabia. Meus vizinhos tinham visto o comissário de perto durante suas palestras políticas semanais e a visão foi verdadeiramente chocante. Alguns o xingavam, deliciando-se com seu sofrimento. Mas a falta de rosto inspirava respeito entre outros, a marca de sua dedicação e sacrifício, ainda que a uma causa que os prisioneiros desprezavam. Os guardas, também, falavam do comissário sem rosto em tons mistos de horror, medo e respeito, mas nunca de zombaria. Um comissário jamais devia ser zombado, nem mesmo entre seus pares, pois nunca se sabia quando um desses pares poderia denunciar esse tipo de pensamento antirrevolucionário.

Eu compreendia a necessidade de minha detenção temporária e condições secundárias, pois a revolução devia ser vigilante, mas o que não conseguia entender, e esperava que o comissário explicasse, era por que os guardas tinham medo *dele* e, de modo mais geral, por que os revolucionários tinham medo uns dos outros. Não somos todos camaradas?, perguntei ao comandante em uma sessão anterior. Sim, disse ele, mas nem todos os comandantes têm o mesmo nível de consciência ideológica. Embora não me empolgue ter de buscar a aprovação do comissário em certas questões, admito também que *ele* conhece a teoria marxista-leninista e o Pensamento de Ho Chi Minh muito melhor do que virei a conhecer algum dia. Não sou erudito, mas ele é. Homens como ele estão nos guiando a uma sociedade verdadeiramente sem classes. Mas não erradicamos todos os elementos do pensamento antirrevolucionário e não devemos perdoar as faltas antirrevolucionárias. Devemos ficar vigilantes, mesmo em relação uns aos outros, mas sobretudo em relação a nós mesmos. O que meu tempo na caverna me ensinou é que a suprema luta de vida ou morte se dá com nós mesmos. Invasores estrangeiros podem matar meu corpo, mas só eu poderia matar meu espírito. Essa é a lição que você deve absorver por inteiro, e é por isso que lhe damos tanto tempo para aprendê-la.

Subindo a colina em direção ao alojamento do comissário, parecia-me que eu já passara tempo demais aprendendo essa lição. Paramos nos degraus que levavam ao seu balcão, onde o guarda de rosto de bebê e três outros guardas esperavam. O comissário fica encarregado de você agora, disse o comandante, inspecionando-me da cabeça aos pés com uma carranca. Vou ser franco. *Ele* vê muito mais potencial em você do que eu. Você é viciado nos males sociais do álcool, prostituição e música amarela. Escreve de uma maneira inaceitável, contrarrevolucionária. Foi responsável pelas mortes do camarada Bru e do Watchman. Não conseguiu nem mesmo sabotar aquele filme que nos deturpa e insulta. Se dependesse só de mim, seria mandado aos campos, para uma cura final. E, se as coisas não derem certo com o comissário, ainda posso fazer isso. Não esqueça.

Não esqueço, falei. E, sabendo que ainda não estava livre de suas garras, disse também: Obrigado, Camarada Comandante, por tudo que fez por mim. Sei que pareci reacionário para o senhor por causa de minha confissão, mas por favor acredite em mim quando digo que aprendi muita coisa sob sua tutela e crítica. (Isso, afinal, era verdade.)

Minha demonstração de gratidão amoleceu o comandante. Deixe-me lhe dar um conselho, disse. Os prisioneiros me dizem o que acham que quero escutar, mas não compreendem que o que quero escutar é a sinceridade. Não é disso que se trata a educação? Fazer o aluno dizer com sinceridade o que o professor quer escutar? Tenha isso em mente. Com isso, o comandante virou e começou a descer a colina, um homem de postura admiravelmente ereta.

O comissário está esperando, disse o guarda de rosto de bebê. Vamos.

Juntei o que restava de mim. Eu era três quartos do homem que fui dia, de acordo com a escala do comandante, fabricado nos Estados Unidos e confiscado de um hospital no sul. O comandante estava obcecado com seu peso e enamorado da precisão estatística da escala. Por meio de um rigoroso estudo longitudinal dos movimentos intestinais, ele calculara que os intestinos coletivos do acampamento produziam seiscentos quilos de excreções por dia. Os prisioneiros recolhiam esse excremento e o carregavam com as mãos para os campos, onde servia como fertilizante. Precisão fecal era assim necessária para o gerenciamento científico da produção agrícola. Mesmo agora, subindo os degraus adiante dos guardas e batendo na porta do comissário, senti a fábrica das minhas entranhas moldando o pombo em um tijolo sólido que seria usado no dia seguinte para ajudar a construir a revolução.

Entre, disse o comissário. Essa voz...

Suas acomodações consistiam apenas em um grande quarto retangular tão austero quanto o do comandante, com paredes de bambu, piso de bambu, mobília de bambu e vigas de bambu sustentando um telhado colmado. Eu ingressara na área de estar, mobiliada com algumas cadeiras baixas de bambu, uma mesinha de centro de bambu e um altar sobre o qual repousava um busto dourado de Ho Chi Minh. Acima de sua cabeça estava pendurada uma faixa vermelha gravada com palavras em dourado, NADA É MAIS PRECIOSO QUE A INDEPENDÊNCIA E A LIBERDADE. No meio do ambiente havia uma mesa comprida coberta de livros e papéis, cercada por cadeiras. Encostado numa das cadeiras estava um violão com seus familiares quadris curvilíneos, e numa das pontas da mesa comprida havia um gravador parecido com o que eu deixara na mansão do General... Na outra ponta da sala havia uma cama-plataforma, envolta em um mosquiteiro atrás do qual uma sombra se mexeu. O piso de bambu era frio sob meus pés descalços e a brisa sussurrando pelas janelas abertas fez o mosquiteiro estremecer. Uma mão abriu a tela, sua pele queimada e vermelha, e *ele* emergiu dos recessos da cama, um rosto de assustadora assimetria. Desviei o olhar. Vamos lá, disse o comissário. Estou mesmo tão horrível que não me reconhece, meu amigo? Olhei de novo e vi lábios incinerados para revelar dentes perfeitos, olhos protuberantes nas órbitas encolhidas, as narinas reduzidas a buracos sem nariz, o crânio calvo e sem orelhas uma imensa cicatriz queloide, fazendo com que a cabeça parecesse um desses troféus secos, decapitados, pendurados em um fio por um entusiasmado caçador de cabeças. Ele tossiu e uma bola de gude chacoalhou em sua garganta.

Não avisei, disse Man, para não voltar?

20.

O comissário era *ele*? Antes que eu pudesse dizer uma palavra, ou fazer algum som, os guardas me agarraram, amordaçaram e vendaram. *Você?* Eu queria gritar, dar um berro no escuro, mas tudo que consegui fazer foi grunhir e gemer quando me arrastaram para fora e pela colina abaixo, a venda pinicando, os braços imobilizados, para um destino a menos de cem passos dali. Abre a porta, disse o guarda de rosto de bebê. Dobradiças rangeram e fui empurrado do ar para dentro de um espaço confinado, ecoante. Braços para cima, disse o guarda de rosto de bebê. Ergui os braços. Alguém desabotoou minha camisa e me despiu. Mãos desfizeram o laço que segurava minha calça e ela caiu até meus tornozelos. Olha isso, disse outro guarda, assobiando de admiração. O bastardo é *grande*. Não tão grande quanto eu, disse um terceiro guarda. Deixa a gente ver, então, disse o quarto guarda. Você vai ver quando eu foder sua mãe com ele.

Talvez algo mais tenha sido dito, mas depois que alguém com dedos grossos inseriu espuma em meus ouvidos, e algum outro pôs um tipo de pele felpuda em cima deles, não escutei mais nada. Surdo, mudo e cego, fui empurrado sobre um colchão. Um colchão! Eu dormira sobre tábuas no ano anterior. Os guardas me amarraram com cordas em torno do peito, coxas, pulsos e tornozelos até eu não conseguir fazer nada além de contorcer meu corpo aberto em X. Um material espumoso foi envolvido em torno das minhas mãos e pés e enfiaram um capuz sedoso em minha cabeça, o tecido mais macio que eu sentira desde a lingerie de Lana. Parei de me contorcer e me acalmei, tentando me concentrar na respiração através do capuz. Então vieram vibrações de pés no piso de cimento rústico, seguidas do clique muito débil da porta sendo fechada, e mais nada.

Eu estava sozinho ou havia alguém me observando? Comecei a suar com o calor, raiva e medo acumulados, o suor se juntando sob minhas costas mais rápido do que o colchão podia absorvê-lo. Minhas mãos e pés estavam quentes e pegajosos também. Uma súbita sensação de pânico, de afogamento, subiu dentro de mim. Me debati contra as amarras e tentei gritar, mas meu corpo quase não se movia e nenhum ruído emergiu, exceto um som abafado. Por que isso estava sendo feito comigo? O que Man queria de mim? Certamente não me deixaria morrer ali! Não! Esse era meu exame final. Devo me acalmar. Não passava de uma prova. Eu me saía bem em provas. O oriental é o aluno perfeito, observara o chefe do departamento mais de uma vez. E, segundo o professor Hammer, eu estudara o melhor do que fora pensado e dito na civilização ocidental, sua tocha passada para mim. Era o melhor representante de meu país, me assegurara Claude, nascera para o jogo da inteligência. Nunca esqueça, você não é metade de algo, disse minha mãe, é o dobro de tudo! Sim, eu podia passar nesse teste, fosse qual fosse, concebido por um comissário que viera me estudando, e estudando Bon, durante o último ano. Ele lera minha confissão, ainda que, ao contrário do comandante, já soubesse o que havia nela. Podia deixar que partíssemos, nos libertar. Podia ter me contado que era o comissário. Por que me sujeitar a um ano de isolamento? Minha calma evaporou e quase sufoquei com a mordaça. Calma! Respira devagar! Consegui me controlar mais uma vez. E agora? Como ia passar o tempo? Pelo menos uma hora transcorrera desde que puseram a venda em mim, ou não? Queria lamber meus lábios, mas com a mordaça na boca quase vomitei. Isso teria significado minha morte. Quando ele viria me buscar? Por quanto tempo iria me deixar ali? O que acontecera com seu rosto? Os guardas me alimentariam, certamente. Os pensamentos não paravam de vir, as mil baratas do tempo rastejando sobre mim até eu estremecer de agonia e repulsa.

Chorei por mim mesmo, então, e as lágrimas sob minha venda tiveram o benefício inesperado de limpar a poeira do meu olho da mente, o suficiente para eu perceber que não estava cego. Meu olho da mente podia ver, e o que eu via era o major glutão e Sonny, andando em torno de mim, ali deitado em meu colchão. Como você veio parar aqui, com seu melhor amigo e irmão de sangue supervisionando seu fim?, disse o major glutão. Não acha que sua vida teria tomado um rumo diferente se não tivesse me matado? Para não falar da minha, disse Sonny. Sabia que Sofia ainda chora por minha causa? Tentei fazer uma visita e acalmá-la um pouco, mas ela não consegue me ver. Já você, que eu preferia não ver nunca mais, pode me ver o tempo todo. Mas tenho que confessar que ver você desse jeito me dá um certo prazer. A justiça existe, afinal! Eu queria responder a essas acusações e lhes dizer para esperar que meu amigo, o comissário, explicasse tudo, mas até na minha cabeça eu estava mudo. Só o que eu podia fazer era gemer em protesto, o que só serviu para darem risada. O major glutão cutucou minha coxa com o pé e disse: Está vendo onde seus esquemas fizeram você ir parar? Cutucou-me com força maior ainda, e estremeci, em protesto. Ele continuou a me cutucar com o pé, e continuei a estremecer, até perceber que não era o major glutão, mas alguém que eu não conseguia enxergar, apoiando o calcanhar contra minha perna. Senti a porta se fechar outra vez. Alguém entrara sem que eu me desse conta, ou alguém estivera lá o tempo todo e apenas saíra. Quanto tempo se passara? Não dava para ter certeza. Eu pegara no sono? Se sim, então várias horas deviam ter se passado, talvez um dia inteiro. Devia ser por isso que estava com fome. Finalmente uma parte de mim, minha barriga, pôde se fazer ouvir, roncando. A voz mais alta do mundo é a voz da própria barriga torturada. Mesmo assim, essa voz era calma, comparada à besta furiosa que podia ser. Eu não estava morrendo de fome, ainda não. Apenas esfomeado, meu corpo tendo digerido completamente o pombo que era na verdade um rato. Não vão me alimentar? Por que aquilo estava sendo feito comigo? O que eu fizera para ele?

Eu me lembrava desse tipo de fome. Passara por isso muitas vezes em minha juventude, mesmo quando minha mãe me dava três quartos de uma refeição e ficava apenas com um quarto para si. Não estou com fome, ela dizia. Quando tive idade suficiente para perceber que estava se privando, falei: Também não estou com fome, mãe. Nossa disputa de olhares diante das porções escassas nos levavam a empurrar a comida para cá e para lá até que seu amor por mim sobrepujava o meu por ela, como sempre. Comendo sua parte, eu engolia não só a comida, mas também o sal e a pimenta do amor e da raiva, temperos mais fortes e desagradáveis do que o açúcar da empatia. Por que passávamos fome?, exclamava minha barriga. Mesmo então eu compreendia que, se os ricos destinassem ao menos uma tigela de arroz para os que passavam fome, eles seriam menos ricos, mas não morreriam de fome. Se a solução era tão simples, por que havia gente faminta? Seria apenas falta de empatia? Não, disse Man. Como ele me explicou em nosso grupo de estudo, tanto a Bíblia como *O capital* forneciam respostas. A empatia apenas jamais convenceria os ricos a compartilhar de livre e espontânea vontade sua riqueza, e os poderosos, a abrir mão do poder voluntariamente. A revolução fazia essas coisas impossíveis acontecer. A revolução libertaria todo mundo, ricos e pobres... mas com isso Man queria dizer liberdade de classes e coletividades. Não necessariamente queria dizer que os indivíduos seriam libertados. Não, muitos revolucionários haviam morrido na prisão, e o meu destino cada vez mais parecia ser esse. Mas, a despeito de minha sensação fatalista, bem como de meu suor, minha fome, meu amor e minha raiva, o sono quase me dominou. Estava apagando quando aquele pé me cutucou outra vez, agora nas costelas. Sacudi a cabeça e tentei virar para o lado, mas as amarras não deixavam. O pé me cutucou outra vez. Aquele pé! O demônio não me deixaria descansar. Como vim a odiar seus dedos chifrudos raspando minha pele nua e cutucando minha coxa, meu quadril, meu ombro, minha testa. O pé sempre sabia quando eu estava prestes a pegar no sono, voltando no exato momento de negar o gosto mais leve do que eu tanto precisava. A monotonia da escuridão era desafiadora, e a fome era dolorosa, mas esse estado de constante vigília era ainda pior. Há quanto tempo eu estava acordado? Quanto tempo ficara no que devia ser a sala de exame? Quando ele viria para me explicar tudo? Eu não sabia dizer. A única interrupção a marcar a passagem do tempo era aquele pé e o ocasional contato de mãos erguendo meu capuz, afrouxando minha mordaça, esguichando água em minha garganta. Eu nunca dizia mais do que uma ou duas palavras antes que a mordaça fosse apertada outra vez e o capuz puxado até meu pescoço. Ah, me deixa dormir! Eu podia tocar as águas negras do sono... e então o maldito pé me cutucava outra vez.

O pé iria me manter acordado até eu morrer. O pé era vagaroso, sempre vagaroso, me matando. O pé era juiz, guarda e carrasco. Oh, pé, tenha compaixão de mim. Pé, cuja vida inteira se resume a pisar, a ser obrigado a andar na terra suja, negligenciado por todos acima, logo você, entre todas as criaturas vivas, devia entender como me sinto. Pé, onde estaríamos nós, a humanidade, se não fosse por você? Você nos levou da África para o resto do mundo e contudo tão pouco é dito a seu respeito. Evidentemente você recebe um tratamento injusto quando comparado, digamos, à mão. Se me deixar viver, vou lhe dedicar algumas palavras e fazer os leitores perceberem sua importância. Ah, pé! Eu imploro, não me cutuque mais. Pare de esfregar seus calos na minha pele. Não me arranhe com suas unhas afiadas, compridas. Não que seus calos e unhas sejam culpa sua. São culpa de seu mestre negligente. Confesso que sou igualmente descuidado nos cuidados com meus pés, seus iguais. Mas prometo que, se me deixar dormir, serei um novo homem em relação aos meus próprios pés, a todos os pés! Vou venerá-lo, pé, assim como Jesus Cristo fez quando lavou os pés dos pecadores e os beijou.

Pé, você devia ser o símbolo da revolução, não a mão segurando o martelo e a foice. E no entanto o mantemos oculto sob a mesa, ou calçado em um sapato. Abusamos de você, como os chineses fazem, confinando-o. Será que infligiríamos um agravo como esse à mão? Pare de me açular, por favor, eu imploro. Admito que a humanidade o representa mal, excetuando que gastamos copiosas quantidades de dinheiro vestindo-o, porque você, é claro, não pode se revelar. Pé, pergunto-me por que nunca pensei em você antes, ou quase nunca. A mão é livre para fazer o que quiser. Ela até escreve! Não admira que mais palavras tenham sido escritas sobre a mão do que sobre o pé. Temos uma coisa em comum, pé. Somos os pisoteados do mundo. Se ao menos você parasse de me manter acordado, se ao menos...

Dessa vez a mão me cutucou. Alguém deu um puxão em meu capuz, afrouxou-o e o ergueu acima de minhas orelhas, mas não o tirou da minha cabeça. Então a mão tirou os abafadores felpudos, arrancou os plugues protetores e escutei chinelos raspando no chão, o ruído de uma cadeira ou banquinho sobre o cimento. Seu idiota!, disse a voz. Eu continuava no escuro, as mãos e os pés ainda atados e embalados, o corpo nu e úmido. Água foi entornada em minha garganta ressequida até eu engasgar. Não falei que não era para vir? A voz vinha de muito acima de mim, em algum ponto do teto, a voz *dele*, eu tinha certeza disso até em meu estado agonizante. Mas como poderia não ter voltado?, choraminguei. Mamãe dizia que o pássaro sempre volta para seu ninho. Não sou esse pássaro? Esse não é meu ninho? Minha origem, o lugar onde nasci, meu país? Meu lar? Esse não é o meu povo? Você não é meu amigo, meu irmão de juramento, meu verdadeiro camarada? Diga por que está fazendo isso comigo. Eu não faria isso com meu pior inimigo.

A voz suspirou. Nunca subestime o que você é capaz de fazer para seu pior inimigo. Mas, a esse respeito, como é mesmo que padres como seu pai sempre diziam? Faça aos outros o que deseja que façam a você. Parece ótimo, mas as coisas nunca são tão simples. O problema, sabe, é como saber o que queremos que façam conosco.

Não tenho ideia do que está falando, eu disse. Por que está me torturando?

Acha que quero fazer isso com você? Estou me empenhando ao máximo para assegurar que não lhe aconteçam coisas ainda piores. O comandante já acha que estou sendo bondoso demais, com meus métodos pedagógicos, com meu desejo de ouvir sua confissão. Ele é o tipo de dentista que acredita que dor de dente pode ser tratada removendo todos os dentes com um alicate. Essa é a situação em que você se meteu fazendo exatamente o que falei para não fazer. Agora, se tem algum desejo de sair deste acampamento com os dentes intactos, precisamos desempenhar nossos papéis até o comandante se dar por satisfeito.

Por favor, não fique bravo comigo, solucei. Eu não suportaria se você também ficasse bravo comigo! Ele suspirou mais uma vez. Lembra-se de ter escrito que você esqueceu alguma coisa, mas que não conseguia se lembrar o que era? Falei que não lembrava. Claro, ele disse. A memória humana é curta, e o tempo é longo. O motivo de você estar aqui nesta sala de exame é lembrar do que esqueceu, ou pelo menos esqueceu de escrever. Meu amigo, estou aqui para ajudar você a ver o que não consegue enxergar sozinho. Seu pé cutucou a base do meu crânio. Aqui, no fundo da sua cabeça.

Mas o que isso tem a ver com não me deixar dormir?, falei. Ele riu, não a risada do menino que gostava do gibi do Tintim, mas a risada de alguém talvez apenas um pouco enlouquecido. Sabe tão bem quanto eu por que não posso deixar você dormir, falou. A gente precisa acessar esse cofre que esconde o último dos seus segredos. Quanto mais mantivermos você acordado, maior a chance de arrombar esse cofre.

Mas eu confessei tudo.

Não, não confessou, disse a voz. Não estou acusando você de esconder de propósito, embora eu tenha lhe dado muitas oportunidades de escrever sua confissão de maneira que satisfizesse o comandante. Foi você que fez isso para si mesmo, mais ninguém.

Mas o que esperam que eu confesse?

Se eu lhe dissesse o que confessar, não seria uma confissão de verdade, disse a voz. Mas se console em saber que sua situação não é tão impossível quanto pensa. Lembra-se das nossas provas, quando você sempre tirava nota máxima e eu ficava um pouco atrás? Mesmo que eu estudasse e memorizasse com tanto afinco quanto você, você sempre me superava. Eu simplesmente não conseguia fazer as respostas saírem da minha cabeça. Mas elas estavam lá. A mente nunca esquece. Quando eu voltava a olhar nossos livros, eu pensava, *Claro!* Eu sabia o tempo todo. Na verdade, sei que você sabe a resposta para a pergunta que precisa dar a fim de terminar sua reeducação. Vou até fazer essa pergunta agora. Acerte a resposta e eu solto você dessas amarras. Preparado?

Vai em frente, falei, me enchendo de confiança. Tudo que sempre precisava era de uma prova para mostrar do que eu era capaz. Escutei o farfalhar de papel, como se ele estivesse folheando um livro, ou talvez minha confissão. O que é mais precioso do que a independência e a liberdade?

Uma pergunta capciosa? A resposta era óbvia. O que ele estava esperando? Minha mente estava enfaixada em algo macio e úmido. Através dela dava para sentir a resposta dura, sólida, mas qual era ela eu não sabia dizer. Talvez o óbvio fosse na verdade a resposta. Finalmente lhe disse o que achei que queria escutar: Nada, falei, é mais precioso do que a independência e a liberdade.

A voz suspirou. Quase, mas não é bem isso. Quase, mas está errado. Não é frustrante quando a resposta está bem ali, mas você não sabe o que é?

Droga, exclamei, você vai fazer isso comigo? Você é meu amigo, meu irmão, meu camarada!

Um longo silêncio se seguiu. Escutei apenas o folhear de papel e o ruído de sua respiração torturada. Ele inspirava com esforço para assegurar a passagem de uma quantidade mínima de ar. Então ele disse: Sim, sou seu amigo, irmão, camarada, todas essas coisas até o dia da minha morte. Como seu amigo, irmão, camarada, eu o avisei, não foi? Eu não poderia ter sido mais claro. Eu não era o único lendo suas mensagens, e também não podia enviar uma mensagem para você sem ter alguém olhando por cima do meu ombro. Todo mundo tem alguém olhando por cima do ombro aqui. E mesmo assim você insistiu em voltar, seu idiota.

Bon ia dar um jeito de se matar, eu tinha que voltar para proteger ele.

E você ia dar um jeito de se matar também, disse a voz. Que tipo de plano é esse? O que seria de vocês dois se não fosse por mim? Somos os Três Mosqueteiros, não somos? Ou talvez agora a gente seja os Três Patetas. Ninguém se oferece como voluntário para este acampamento, mas quando percebi que você ia voltar pedi para ser o comissário, e que os dois fossem enviados para cá. Sabe quem eles põem neste acampamento? Os que escolheram resistir até o fim, os que continuaram a travar a guerra de guerrilha, os que se recusam a se retratar ou confessar com arrependimento adequado. Bon já pediu duas vezes pelo pelotão de fuzilamento. O comandante teria atendido com o maior prazer, não fosse por mim. Quanto a você, suas chances de sobrevivência seriam incertas, sem minha proteção.

Chama isso de proteção?

Se não fosse por mim, a essa hora provavelmente você já estaria morto. Sou um comissário, mas acima de mim existem mais comissários, lendo suas mensagens, seguindo seu progresso. Eles ditam sua reeducação. Só o que posso fazer é me encarregar dela e convencer o comandante de que meu método vai funcionar. O comandante teria mandado você para um destacamento de desativação de minas, e seria o seu fim. Mas eu consegui para você o luxo de um ano escrevendo numa cela de isolamento. Os outros prisioneiros matariam por seu privilégio. Não estou dizendo metaforicamente. Fiz um grande favor a você, fazendo o comandante mantê-lo trancado. Aos olhos dele, não existe subversivo mais perigoso, mas eu o convenci de que é mais interessante para a revolução curar você do que matá-lo.

Eu? Já não me revelei um verdadeiro revolucionário? Já não sacrifiquei décadas da minha vida pela causa da libertação do nosso país? Você, mais do que ninguém, devia saber disso!

Não sou eu que precisa ser convencido. É o comandante. Você não escreve de um jeito que um homem como ele possa entender. Você alega ser um revolucionário, mas é traído por sua narrativa, ou melhor, você trai você mesmo. Droga, seu burro teimoso, você insiste em escrever desse jeito, quando devia saber muito bem que tipos como o seu ameaçam os comandantes do mundo... O pé cutucando me mantinha acordado. Eu pegara no sono por um delicioso instante, como se estivesse rastejando por um deserto e sentisse o gosto de uma lágrima. Fique acordado, disse a voz. Sua vida depende disso.

Vai me matar se não me deixar dormir, falei.

Vou manter você acordado até compreender, disse a voz.

Eu não compreendo nada!

Então compreendeu quase tudo, disse a voz. Riu e quase pareceu o meu velho colega. Não é engraçado como viemos nós dois parar aqui, meu amigo? Você veio salvar a vida de Bon e eu vim salvar a vida dos dois. Vamos torcer para que meu plano funcione melhor do que o seu. Mas, verdade seja dita, não foi só por amizade que pedi para ser o comissário daqui. Você viu meu rosto, ou melhor, a falta de um. Consegue imaginar minha esposa e meus filhos vendo isso? A voz falhou. Consegue imaginar o horror deles? Consegue imaginar o meu, toda vez que me olho no espelho? Embora, para ser franco, não me olho no espelho faz alguns anos.

Chorei, ao pensar em como se exilara deles. Sua esposa era uma revolucionária também, uma garota de nossa escola irmã, de tal integridade e beleza natural que eu teria me apaixonado por ela, não fosse ele ter se apaixonado primeiro. Seu menino e sua menina deviam ter agora pelo menos sete e oito anos, dois anjinhos cuja única imperfeição era brigarem um com o outro de vez em quando. Eles nunca olhariam com medo para sua... sua condição, falei. Você só imagina o que eles veem por meio da maneira como vê a si mesmo.

Você não sabe de nada!, gritou. O silêncio sobreveio outra vez, interrompido apenas pelo ruído de sua respiração. Eu podia imaginar as cicatrizes em seus lábios, as cicatrizes em sua garganta, mas só queria dormir, e mais nada... Seu pé me cutucou. Peço desculpa por perder a calma, disse a voz, suavemente. Meu amigo, você não pode saber o que sinto. Só acha que pode. Mas será que consegue saber como é ser tão horrível que seus próprios filhos choram quando olham para você, que sua esposa se encolhe quando você encosta nela, que seu velho amigo não reconhece você? Bon me viu no ano passado e não sabia quem eu era. É verdade que ficou sentado no fundo da sala de reuniões e só me viu de longe. Não mandei que o chamassem nem lhe dissessem quem eu era porque saber disso com certeza não ia fazer bem nenhum para ele e provavelmente seria até bem prejudicial. De qualquer jeito — de qualquer jeito eu sonho que ele vai me reconhecer sem que eu faça nada, mesmo se ao me reconhecer a única coisa que ele queira fazer seja me matar. Consegue imaginar a dor de perder minha amizade com ele? Talvez consiga. Mas será que consegue de verdade saber como é a dor da napalm queimando, arrancando a pele da sua cara e do seu corpo? Como conseguiria?

Então me conta, exclamei. Quero saber o que aconteceu com você!

O silêncio se seguiu, por quanto tempo, não sei dizer, até que o pé me cutucou outra vez e percebi que perdera a primeira parte de sua história. Eu continuava de uniforme, disse a voz. A sensação na minha unidade era de que estava tudo perdido, você via o pânico nos olhos dos oficiais e dos homens. Faltando só algumas horas pra libertação, eu disfarçava minha alegria e empolgação, mas não como estava preocupado com minha família, mesmo sabendo que deviam estar a salvo. Minha mulher tinha ficado em casa com as crianças, um dos nossos mensageiros por perto, cuidando da segurança. Quando os tanques do exército de libertação se aproximaram da nossa ponte e o oficial de comando ordenou que a gente mantivesse a posição, fiquei preocupado comigo também. Eu não queria que nossos libertadores atirassem em mim no último dia da guerra, e minha cabeça estava calculando como evitar uma sina dessas quando alguém falou: Olha a força aérea, finalmente. Um dos nossos aviões estava passando, voando bem alto para evitar o fogo antiaéreo, mas também voando alto demais para conseguir bombardear alguma coisa. Chega mais perto, alguém gritou. Como ele vai acertar alguma coisa dessa altura? A voz riu. De fato, como? Quando o piloto lançou suas bombas, a sensação de pavor que tomava conta dos meus colegas oficiais passou para mim, porque eu percebi que as bombas, em vez de cair na direção dos tanques, estavam caindo em cima da gente, em câmera lenta. As bombas caíam mais rápido do que nossa visão dizia que estavam caindo, e a gente correu, mas não chegou muito longe. Uma nuvem de napalm engoliu a gente, e acho que dei sorte. Eu corri mais rápido que os outros e a napalm só roçou em mim. Doeu. Ah, como doeu! Mas o que posso dizer sobre essa dor, a não ser que foi a dor mais horrenda que já senti? O único jeito de mostrar para você como doeu, meu amigo, seria pondo fogo em você, e isso é uma coisa que nunca vou fazer.

Eu também chegara perto da morte na pista do aeroporto de Saigon, e mais uma vez no set do Filme, mas nenhuma das duas experiências foi a mesma coisa que ser queimado. Na pior das hipóteses, saí queimado de leve. Tentei imaginar isso multiplicado por dez mil, por uma napalm que era a própria luz da civilização ocidental, tendo sido inventada em Harvard, ou assim aprendi na aula de Claude. Mas não consegui. Só o que consegui sentir foi meu desejo de dormir conforme meu eu se dissolvia, deixando no lugar apenas minha mente derretendo. Mas, mesmo nessa condição amanteigada, minha mente compreendia que não era o momento de falar sobre mim. Não posso imaginar, falei. De jeito nenhum.

Foi um milagre eu ter sobrevivido. Sou um milagre vivo! Um ser humano virado do avesso. Era para estar morto, não fosse minha querida esposa, que saiu à minha procura quando não fui para casa. Ela me encontrou moribundo num hospital do Exército, um caso de baixa prioridade. Quando notificou o comando, ordenaram que os melhores cirurgiões restantes em Saigon me operassem. Fui salvo! Mas para quê? A dor de ser queimado não era muito menor do que a dor de não ter pele nem rosto. Eu me senti pegando fogo todos os dias durante meses. Quando passa o efeito do medicamento, continuo a queimar. Excruciante é a palavra certa, mas não posso transmitir a sensação que ela descreve.

Acho que sei como é uma dor excruciante.

Você está apenas começando a descobrir.

Você não precisa fazer isso!

Então você ainda não compreende. Certas coisas só podem ser aprendidas pela sensação de dor excruciante. Quero que saiba o que é isso que eu sabia e continuo a saber. Eu teria te poupado esse conhecimento, se você não tivesse voltado. Mas você tinha que voltar, e o comandante está observando. Se eu deixasse por sua conta, você não sobreviveria aos cuidados dele. Você o assusta. Você é só uma sombra parada na entrada da caverna dele, uma criatura estranha que vê as coisas de dois lados. Pessoas como você devem ser purgadas, porque você carrega a contaminação que pode destruir a pureza da revolução. Minha tarefa é provar que você não precisa ser purgado, que pode ser solto. Construí esta sala de exame com esse exato propósito.

Você não precisa fazer isso, murmurei.

Mas preciso! O que está sendo feito com você é para o seu próprio bem. O comandante iria dobrar você do único jeito que ele conhece, por meio do seu corpo. O único modo de salvar você era prometer para o comandante que eu testaria novos métodos de interrogatório que não deixariam marca. É por isso que não apanhou.

É para eu ficar agradecido?

É, devia. Mas agora é hora da revisão final. O comandante não vai deixar por menos que isso. Você deve dar para ele mais do que deu até agora.

Não sobrou nada para confessar!

Sempre tem alguma coisa. Essa é a natureza da confissão. Nunca podemos parar de confessar, porque somos imperfeitos. Até mesmo o comandante e eu temos de fazer uma autocrítica diante do outro, como o Partido planejou. O comandante militar e o comissário político são a encarnação viva do materialismo dialético. Somos a tese e a antítese de onde vem a síntese mais poderosa, a verdadeira consciência revolucionária.

Se você já sabe o que eu esqueci de confessar, então me diz!

A voz riu outra vez. Escutei papéis sendo folheados. Me deixa citar seu manuscrito, disse a voz. "A agente comunista com a evidência de papier mâché de sua espionagem enfiada na boca, nossos nomes amargos literalmente na ponta da sua língua." Você a menciona mais quatro vezes em sua confissão. Ficamos sabendo que tirou essa lista da boca da agente e que ela olhou para você com ódio mortal, mas não ficamos sabendo qual foi seu destino. Deve nos contar o que fez com ela. Exigimos saber!

Vi o rosto dela outra vez, sua pele camponesa escura e o nariz largo, achatado, tão similar àqueles narizes largos dos médicos que a cercavam no cinema. Mas, falei, eu não fiz nada com ela.

Nada! Acha que o destino dela é o que você esqueceu que esqueceu? Mas como é possível esquecer a tragédia dela? O destino dela está muito claro. Em algum momento houve um destino para ela que pudesse diferir do que um leitor imaginaria, vendo-a na sua confissão?

Mas não fiz nada com ela!

Exato! Não está vendo como tudo que precisa de confissão já é sabido? Você realmente não fez nada. Esse é o crime que precisa admitir e deve confessar. Concorda?

Talvez. Minha voz estava fraca. Seu pé me cutucou outra vez. Vai me deixar dormir se eu disser que sim?

Hora de eu descansar, meu amigo. Estou sentindo a dor outra vez. A dor nunca vai embora. Sabe como aguento? Morfina. A voz riu. Mas essa droga maravilhosa só serve para amortecer o corpo e o cérebro. E quanto a minha mente? Descobri que o único modo de lidar com a dor é imaginar a dor maior de alguma outra pessoa, um sofrimento que diminua o seu. Então, lembra o que aprendemos no liceu, as palavras de Phan Boy Chau? "Para um ser humano, o maior sofrimento vem de perder seu país." Quando este ser humano perdeu seu rosto, sua pele e sua família, este ser humano imaginou você, meu amigo. Você tinha perdido seu país e fui eu que exilei você. Fiquei com muita pena sua, essa perda terrível vinha só sugerida nas suas mensagens cifradas. Mas agora você voltou, e não consigo mais imaginar que seu sofrimento seja maior do que o meu.

Estou sofrendo agora, falei. Por favor, me deixa dormir.

Somos revolucionários, meu amigo. O sofrimento fez a gente. Sofrer *pelo* povo é o que a gente escolheu porque nos compadecemos muito *com* o sofrimento deles.

Sei disso tudo, disse.

Então me escute. A cadeira raspou e sua voz, já bem acima de mim, ficou ainda mais alta. Por favor, compreenda. Estou fazendo isso com você porque sou seu amigo e seu irmão. Só sem o conforto do sono você vai compreender inteiramente os horrores da história. Estou lhe dizendo isso na condição de alguém que dormiu muito pouco depois do que aconteceu comigo. Acredite em mim quando digo que sei como se sente, e que isso precisa ser feito.

Eu já estava receoso, mas sua prescrição do meu tratamento acentuou meu medo ainda mais. Alguém devia ter feito algo por ele! Esse alguém era eu? Não! Isso não pode ser verdade, ou isso era o que eu queria lhe dizer, mas minha língua se recusava a me obedecer. Eu apenas fui confundido com esse alguém, porque eu era, como lhe disse, ou pensei tê-lo feito, um ninguém. Sou uma farsa, um capataz, um pau-mandado. Não! Sou uma traça, um ordinário, um china. Não! Sou... sou... sou...

A cadeira raspou outra vez e senti o cheiro distinto, rançoso, do guarda de rosto de bebê. Um pé me cutucou e estremeci. Por favor, camarada, falei. Só me deixa dormir. O guarda de rosto de bebê deu uma bufada de desprezo, me cutucou mais uma vez com o chifre de seu pé e disse: Não sou seu camarada.

21.

O prisioneiro nunca ficara sabendo que precisava de um descanso da história, ele que dedicara sua vida adulta a buscá-la com tamanha intensidade. Seu amigo Man o apresentara à ciência da história em seu grupo de estudos, seus livros seletos escritos em letras escarlate. Se a pessoa compreendesse as leis da história, então podia controlar a cronologia da história, tirando-a das garras do capitalismo, já dedicado a monopolizar o tempo. Acordamos, trabalhamos, comemos e dormimos segundo os ditames do senhorio, do proprietário, do banqueiro, do político e do mestre-escola, dissera Man. Permitimos que nosso tempo lhes pertença, quando na verdade nosso tempo nos pertence. Acordem, camponeses, operários, colonizados! Acordem, invisíveis! Saiam de suas zonas de instabilidade oculta e roubem o relógio dourado do tempo dos tigres de papel, cães servis e gatos gordos do imperialismo, colonialismo e capitalismo! Se souberem como roubá-lo, o tempo estará do seu lado, e as multidões também. Há milhões de *vocês* e apenas milhares *deles*, os colonizadores, intermediários comerciais e capitalistas que persuadiram os amaldiçoados da terra de que a história capitalista é inevitável. Nós, a vanguarda, devemos convencer os povos escuros e as classes subterrâneas de que a história comunista é inevitável! A exaustão dos explorados os levará inevitavelmente à revolta, mas é nossa vanguarda que acelera o tempo em direção a esse levante, reinicia o relógio da história e soa o alarme da revolução. *Tique-taque... tique-taque... tique-taque...*

Preso a seu colchão, o prisioneiro — não, o aluno — compreendeu que essa era a última sessão do grupo de estudos. Para ser um sujeito revolucionário ele devia ser um sujeito histórico que se lembrava de tudo, coisa que podia fazer apenas ficando completamente acordado, mesmo que ficar completamente acordado acabasse, no fim, por matá-lo. E, no entanto, se pudesse apenas dormir, ele compreenderia melhor! Ele se contraiu, se contorceu, se debateu em sua tentativa fracassada de dormir, e isso pode ter prosseguido por horas, minutos ou segundos, quando, de repente, seu capuz foi removido, seguido de sua mordaça, permitindo-lhe ofegar e puxar o ar. As mãos rudes de seu captor arrancaram seus abafadores e seus plugues e, por fim, desamarraram a venda que raspava contra sua pele. Luz! Ele podia ver, mas, tão rapidamente quanto enxergou, teve de fechar os olhos. Suspensas acima dele havia dezenas — não, centenas de lâmpadas, presas no teto e cegando-o com sua potência coletiva, o clarão penetrando pelo filtro vermelho de suas pálpebras. Um pé empurrou sua têmpora e o guarda de rosto de bebê disse: Nada de dormir, você aí. Ele abriu os olhos para a massa incandescente de lâmpadas arrumadas em perfeita ordem, a luz intensa revelando uma sala de exame cujas paredes e teto tinham reboco branco. O chão era de cimento pintado de branco e até a porta de ferro era pintada de branco, tudo num recinto com cerca de três por cinco metros. O guarda de rosto de bebê em seu uniforme amarelo mantinha posição de sentido no canto, mas os outros três na sala estavam nas beiradas de seu colchão, um de cada lado e o outro junto a seus pés. Vestiam jalecos brancos de laboratório e uniforme hospitalar verde, as mãos às costas. Máscaras cirúrgicas e óculos protetores de aço inoxidável ocultavam seus rostos, todas as seis lentes orbitais focadas nele, que era agora claramente não só prisioneiro e aluno como também paciente.

P. Quem é você?

O homem a sua esquerda fez a pergunta. Não sabiam quem ele era, a essa altura? Era o homem com um plano, o espião com um olho, a toupeira na toca, mas sua língua inchara até preencher toda sua boca. Por favor, quis dizer, me deixem fechar os olhos. Então eu digo a vocês quem sou. A resposta está na ponta da minha língua — sou o china da Cochinchina. E se você disser que sou só *meio* china? Bom, nas palavras daquele major loiro encarregado de contar os comunistas mortos depois da batalha por Ben Tre, diante do problema matemático de um cadáver cujos restos incluíam só sua cabeça, peito e braços: meio china ainda é um china. E como o único china bom é o china morto, como os soldados americanos gostavam de dizer, devia acontecer de esse paciente ser um china ruim.

P. O que você é?

Isso veio do homem à direita da voz do comandante. Ao escutar essa voz, o paciente se debateu contra as cordas até sua pele ficar em carne viva, a pergunta suscitando um sinalizador vermelho de raiva silenciosa. Sei o que está pensando! Você acha que sou um traidor! Um contrarrevolucionário! Um bastardo que não pertence a lugar nenhum, que não merece a confiança de ninguém! A raiva diminuiu subitamente para dar lugar ao desespero, e ele chorou. Seus sacrifícios nunca seriam louvados? Nunca seria compreendido por ninguém? Sempre estaria sozinho? Por que tinha de ser o homem contra quem as coisas são feitas?

P. Qual é o seu nome?

Era o homem na ponta do colchão, falando na voz do comissário. Uma pergunta fácil, ou foi o que ele pensou. Abriu a boca, mas, como sua língua não se mexeu, ele encolheu de medo. Havia esquecido seu nome? Não, impossível! Dera a si mesmo um nome americano. Quanto a seu nome nativo, fora sua mãe, a única que o compreendia, que lhe fornecera, seu pai um inútil, seu pai que nunca o chamou de filho nem pelo nome, nem sequer na classe, chamando-o simplesmente de *você*. Não, jamais poderia esquecer seu nome, e quando enfim lhe veio libertou a língua de seu leito pegajoso e disse-o em voz alta.

O comissário disse: Ele não consegue nem falar o próprio nome direito. Doutor, acho que precisa do soro, ao que o homem à esquerda do paciente disse: Muito bem, então. O médico tirou as mãos das costas, usava luvas de látex brancas cobrindo todo o antebraço, em uma segurava uma ampola do tamanho de um cartucho de fuzil, na outra uma agulha. Com um golpe suave, o médico extraiu um líquido claro da ampola com a agulha, depois se ajoelhou ao lado do paciente. Quando ele estremeceu e se agitou, o médico disse: De um jeito ou de outro eu vou injetar isso aqui, e se você se mexer vai ser pior. O paciente parou de se debater e a picada na dobra do braço foi quase um alívio, outro tipo de sensação que não a urgência alucinatória do sono. Quase, mas não inteiramente. Por favor, ele disse, apaguem a luz.

O comissário disse: Isso não podemos fazer. Não vê que você precisa ver? O comandante deu uma bufada de desprezo. Ele nunca vai ver, nem com toda a luz do mundo. Ficou no subterrâneo tempo demais. Ficou essencialmente cego! Ora, ora, disse o médico, dando batidinhas no braço do paciente. Homens de ciência nunca devem abrir mão da esperança, muito menos quando estão operando a mente. Como não podemos ver nem tocar sua mente, só o que podemos fazer é ajudar o paciente a ver sua própria mente mantendo-o acordado, até que ele possa observar a si próprio como sendo um outro. Isso é crucial, pois somos os mais capacitados a conhecer a nós mesmos e, no entanto, os mais incapazes de conhecer a nós mesmos. É como se nossos narizes estivessem pressionados contra as páginas de um livro, as palavras bem na nossa frente, mas sem que possamos ler. Assim como a distância é necessária para a legibilidade, também ocorre que, se pudéssemos ao menos nos dividir em dois e tomar alguma distância de nós mesmos, poderíamos nos ver melhor do que qualquer outro. Essa é a natureza de nosso experimento, para o qual precisamos de mais um aparelho. O médico apontou uma mochila de couro marrom no chão que o paciente não notara, mas reconheceu na mesma hora um telefone de campanha militar, cuja visão o fez estremecer outra vez. Os soviéticos forneceram o soro que vai obrigar nosso paciente a dizer a verdade, continuou o médico. Esse outro componente é americano. Estão vendo a expressão nos olhos do paciente? Ele se lembra do que viu nessas salas de interrogatório. Mas não vamos prender fios nos mamilos e no escroto aos terminais de bateria no gerador do telefone. Em vez disso — o médico enfiou a mão na mochila e puxou um fio preto —, prendemos isso em um dedo do pé. Quanto à manivela, gera eletricidade demais. Não queremos causar dor. Não torturamos. Só o que queremos é estímulo suficiente para mantê-lo acordado. Desse modo, modifiquei a potência elétrica e liguei o telefone nisso aqui. O médico mostrou um relógio de pulso. Toda vez que o ponteiro dos segundos passa pelo doze, uma breve descarga percorre o dedo do paciente.

O médico liberou o pé do paciente, envolto em um saco de aniagem de chumaços, e, embora o paciente esticasse o pescoço para ver o aparelho do médico, não conseguiu se elevar o suficiente para observar os detalhes. Tudo o que conseguia ver era o fio preto indo do dedo à mochila, dentro da qual o médico pusera o relógio. Sessenta segundos, senhores, disse o médico. *Tique-taque...* o paciente tremia, esperando a ligação. O paciente vira como um indivíduo recebendo essa ligação atendia, gritando e se debatendo. Lá pela décima ou décima segunda ligação, os olhos do indivíduo assumiam o brilho vítreo de um espécime preparado com taxidermia em um diorama, vivo e contudo morto, ou vice-versa, enquanto o indivíduo antevia a girada seguinte da manivela. Claude, que levara a classe para assistir a um desses interrogatórios, disse: Se algum de vocês, palhaços, rirem ou ficarem com o pau duro, dou um tranco em vocês. Isso é assunto sério. O paciente se lembrou de ficar aliviado quando não lhe pediram para girar a manivela. Observando o espasmo do indivíduo, ele estremecera e se perguntara como seria a sensação da ligação. Agora ali estava ele, suando e tremendo conforme os segundos se esvaíam até que uma descarga de eletricidade estática o fazia pular, não de dor, mas de susto. Viu? Perfeitamente inofensivo, disse o médico. Só não esquece de revezar o fio em dedos diferentes, para ele não ficar com uma queimadura do grampo do fio.

Obrigado, doutor, disse o comissário. Agora, se o senhor não se incomoda, gostaria de ter um pouco de privacidade com nosso paciente. Disponha de todo tempo que precisar, disse o comandante, encaminhando-se para a porta. A mente desse paciente está contaminada. Precisa de uma lavagem completa. Depois que o comandante, o médico e o guarda de rosto de bebê saíram — mas não Sonny e o major glutão, que observavam o paciente com grande paciência, de pé em um canto —, o comissário sentou em uma cadeira de madeira, a única peça de mobília no recinto além do colchão. Por favor, disse o paciente, me deixa descansar. O comissário permaneceu em silêncio até a descarga seguinte de eletricidade sacudir o paciente. Então se curvou para a frente e lhe mostrou um livro fino, até então ocultado dele. Encontramos isso no seu quarto, na mansão do General.

P. Qual o título?
R. *KUBARK Counterintelligence Interrogation*, 1963.
P. O que é *KUBARK*?
R. É um codinome da CIA.
P. O que é CIA?
R. É a Central Intelligence Agency, dos EUA.
P. O que é EUA?
R. Estados Unidos da América.

Está vendo que não escondo nada de você, disse o comissário, recostando na cadeira. Li suas anotações na margem, prestei atenção nas suas passagens grifadas. Tudo que está sendo feito com você vem deste livro. Em outras palavras, seu exame aqui é uma prova com consulta. Nada de surpresas.

Dormir...

Não. Estou observando você para saber se o soro funciona. Presente do KGB, embora a gente saiba muito bem o que as grandes potências esperam em troca de seus presentes. Eles testaram suas técnicas, armas e ideias em nosso pequeno país. Fomos as cobaias desse experimento que chamam, com a maior cara de pau, de Guerra Fria. Que piada, considerando como a guerra foi quente para nós! Engraçado, mas não muito, porque você e eu somos o alvo da piada. (Achei que *a gente* fosse o alvo da piada, disse Sonny. Psiu, disse o major glutão. Quero ouvir isso. Vai ser muito divertido!) Como sempre, continuou o comissário, a gente se apropriou das técnicas e da tecnologia deles. Essas lâmpadas? Fabricadas nos Estados Unidos, e o gerador que as alimenta também, só que a gasolina é importada dos soviéticos.

Por favor, apaga a luz, disse o paciente, suando com o calor gerado pela montagem de lâmpadas. Sem receber resposta, repetiu o que disse, e, como continuou sem resposta, percebeu que o comissário saíra. Fechou os olhos, e por um momento achou que adormecera, até que a eletricidade passou por seu dedo. Eu mesmo fui submetido a essas técnicas na Fazenda, Claude contou à classe. Elas funcionam até se você sabe o que está sendo feito com você. Referia-se às técnicas no manual *KUBARK* mimeografado nas mãos do comissário, a leitura exigida para o curso de interrogatório. O paciente, antes de ser paciente, e quando era apenas um aluno, lera o livro várias vezes. Memorizara seu enredo, personagens e expedientes narrativos e compreendia a importância do isolamento, privação de sentidos, interrogadores em conjunto e agentes de penetração. Dominara a técnica Ivan É um Trouxa, a técnica Lobo em Pele de Cordeiro, a técnica Alice no País das Maravilhas, a técnica Olho Onisciente, a técnica Ninguém Ama Você. Em resumo, conhecia seu livro até do avesso, incluindo sua ênfase em um procedimento imprevisível. De modo que não foi surpresa quando o guarda de rosto de bebê entrou e ligou o fio em outro dedo. Quando o guarda de rosto de bebê estava embrulhando novamente seu pé, o paciente murmurou algo que nem ele mesmo entendeu, diante do que o guarda de rosto de bebê não fez nenhum comentário. Esse guarda de rosto de bebê era o que mostrara sua tatuagem para o paciente, NASCIDO NO NORTE PARA MORRER NO SUL, escrito com nanquim azul em seu bíceps. Como pertencia à última divisão a marchar sobre Saigon, porém, a guerra terminara quando chegou para libertar a cidade. Mas sua tatuagem podia ser profética, mesmo assim. Ele quase morrera de sífilis, contraída da esposa que visitava um prisioneiro, e que pagara o suborno com o único recurso de que dispunha. Por favor, apaga a luz, disse o paciente. Mas o guarda de rosto de bebê não estava mais cuidando dele. Era um guarda adolescente, entregando sua comida. Ele não acabara de comer? Não estava com fome, mas o guarda adolescente forçara a gororoba de arroz por sua garganta com uma colher de metal. O horário de suas necessidades básicas devia ser perturbado, seu horário de alimentação irregular e imprevisível, exatamente de acordo com o livro. Como um médico estudando uma doença fatal que subitamente o aflige, ele sabia tudo o que acontecera e aconteceria consigo, e no entanto não fazia diferença. Tentou dizer isso para o guarda adolescente, que lhe disse para calar a boca antes de chutá-lo nas costelas e sair. O fio elétrico deu um novo choque, só que dessa vez não estava preso a seu dedo, mas a sua orelha. Ele sacudiu a cabeça, mas o grampo não abriu suas mandíbulas, importunando-o para que continuasse acordado. Sua mente estava em carne viva, inflamada, como os mamilos de sua mãe deviam ter ficado depois de ter se alimentado neles. Meu bebê faminto, ela o chamava. Com apenas algumas horas de idade, você não conseguia nem abrir os olhos e mesmo assim sabia exatamente onde encontrar o leite. E, quando agarrava o seio, não soltava mais! Você o pedia de hora em hora. O primeiro tantinho do leite materno deve ter sido a perfeição, mas não conseguia se lembrar do gosto. Tudo que sabia era como *não* era o gosto: de medo, o sabor metálico, áspero, de uma bateria de nove volts esfregada em sua língua.

P. Como se sente?

O comissário voltara, assomando junto ao paciente em seu jaleco branco de laboratório, máscara cirúrgica e óculos protetores de aço inoxidável, as mãos calçadas em luvas de látex brancas segurando um bloco de anotações e uma caneta.

P. Eu disse, como está se sentindo?
R. Não consigo sentir meu corpo.
P. Mas consegue sentir sua mente?
R. Minha mente sente tudo.
P. Agora você lembra?
R. O quê?
P. Lembra o que esqueceu?

E ocorreu ao paciente que de fato se lembrava do que esquecera, e que se ao menos pudesse articular isso o fio seria removido da ponta de seu nariz, o gosto de bateria em sua boca iria embora, as luzes seriam apagadas e poderia, enfim, dormir. Chorou, suas lágrimas caindo nas vastas águas de seu esquecimento, e essa ligeira mudança salina na constituição líquida de sua amnésia fez o passado de obsidiana subir. Um obelisco emergiu lentamente do oceano da deslembrança, a ressurreição do que nem sequer sabia que estava morto, uma vez que ficara sepultado no oceano. Gravado no obelisco havia hieroglifos — imagens crípticas de três camundongos, uma série de retângulos, curvas onduladas, vários kanji... e um projetor de cinema, pois o que fora esquecido ele agora lembrava, lhe ocorrera na sala que chamavam de cinema.

P. Quem chamava de cinema?
R. Os policiais.
P. Por que é chamada de cinema?
R. Quando estrangeiros visitam, a sala é um cinema.
P. E quando estrangeiros não visitam?
R. ...
P. E quando estrangeiros não visitam?
R. Interrogatórios são feitos ali.
P. Como os interrogatórios são feitos?
R. De muitas maneiras.
P. Cite uma, por exemplo.

Um exemplo! Havia tantos para escolher. O telefonema, é claro, e o passeio de avião, e o tambor d'água, e o método engenhoso, sem marcas, envolvendo alfinetes, papel e um ventilador elétrico, e a massagem, e os lagartos, e queimaduras com refletor, e a enguia. Nenhum desses estava escrito no livro. Nem mesmo Claude sabia suas origens, só que haviam sido praticados muito antes de sua entrada na organização. (Isso está se prolongando demais, disse o major glutão. Ele já teve o bastante. Não, disse Sonny. Está suando para valer agora. Começamos a chegar a algum lugar!)

P. Quem estava no cinema?
R. Os três policiais. O major. Claude.
P. Quem mais estava no cinema?
R. Eu.
P. Quem mais estava no cinema?
R. ...
P. Quem mais...
R. A agente comunista.
P. O que aconteceu com ela?

Como ele podia ter esquecido a agente com a evidência de papier mâché em sua boca? Seu próprio nome estava escrito na lista de policiais que ela tentara engolir quando foi pega. Ao vê-la no cinema, ele tinha certeza de que ela não tinha consciência de sua verdadeira identidade, embora tivesse sido ele que passara a lista para Man. Mas a agente, por ser mensageira de Man, sabia quem Man era. Ela ficou no centro da sala espaçosa, nua sobre uma mesa coberta com uma manta preta de borracha, mãos e pés amarrados às quatro pernas da mesa. O cinema estava iluminado apenas pela luz fluorescente no teto, as cortinas de blecaute puxadas até o fim. Empurradas ao acaso contra as paredes havia cadeiras dobráveis de metal cinza, enquanto no fundo da sala havia um projetor Sony. Na parede oposta, a tela de cinema servia como pano de fundo, de onde Claude observava junto ao projetor, para o interrogatório da agente. O major glutão estava no comando, mas, tendo abdicado de seu papel para os três policiais no cinema, sentou e assistia de uma cadeira dobrável, o rosto infeliz e suando.

P. Onde você estava?
R. Com Claude.
P. O que você fez?
R. Assisti.
P. O que você viu?

Mais tarde, em algum momento no futuro brilhante, o comissário passaria para o paciente uma fita gravada com sua resposta, embora ele não tivesse lembrança da presença de um gravador. Muitas pessoas que escutavam a própria voz gravada achavam que o jeito de falar não era igual ao delas, o que parecia incomodá-las, e ele não foi exceção. Escutou a voz desse estranho dizer: Eu vi tudo. Claude me disse que era um negócio horrível, mas que eu tinha que ver. Falei, É mesmo necessário? Claude disse: Fala com o major. Ele é o encarregado. Sou só o consultor. Então fui até o major, que disse: Não tem nada que eu possa fazer a respeito. Nada! O General quer saber como ela conseguiu os nomes e quer saber já. O major ficou ali sentado sem abrir a boca, e Claude, de pé ao lado do projetor, também ficou em silêncio. Só me dá um tempo sozinho com ela, falei para os três policiais. Embora os americanos chamassem nossos policiais de camundongos brancos, por causa dos uniformes e chapéus brancos, nenhum desses três tinha nada de camundongo. Eram espécimes medianos da masculinidade nacional, magros e descarnados, com pele muito bronzeada de andar em jipes e motocicletas. Em vez de se trajar de branco dos pés à cabeça, usavam uniformes de campanha, camisa branca e calça azul-clara, o quepe azul-claro fora da cabeça. Só me deem algumas horas com ela, falei. O policial mais novo bufou com desprezo. Ele quer ser o primeiro a molhar o biscoito. Virei, vermelho de raiva e vergonha, e o policial mais velho disse: O americano não está preocupado com isso. Você também não devia estar. Aqui, bebe uma coca. No canto havia uma geladeira cheia de refrigerante, e o policial mais velho, que já segurava uma garrafa aberta na mão, enfiou-a na minha antes de me conduzir à cadeira ao lado do major. Sentei e os dedos da minha mão, segurando a garrafa muito gelada, começaram a ficar adormecidos.

Por favor, senhores!, chorou a agente. Sou inocente! Juro! Isso explica por que você tem uma lista com os nomes de todos esses policiais?, disse o mais novo. Você só encontrou a lista jogada em algum lugar e depois ficou com tanta fome que tentou comer? Não, não, soluçou a agente. Ela precisava de uma boa história para se proteger, mas por algum motivo não conseguia se sair com uma, não que houvesse alguma história capaz de dissuadir o policial. Tudo bem, disse o de meia-idade, desafivelando o cinto e abrindo o zíper da calça. Já estava excitado, seu décimo primeiro dedo ereto dentro da cueca. A agente gemeu e desviou os olhos para o outro lado da mesa, onde topou com o policial mais jovem de pé. Tendo já baixado a calça, ele se masturbava furiosamente. Sentado atrás dele, tudo que eu via eram suas nádegas murchas, além do horror no olhar da agente. Ela percebeu que aquilo não era um interrogatório, mas uma sentença, escrita pelos policiais com os instrumentos nas mãos. O mais velho, que devia ser pai, acariciava o coto grosso da parte mais feia na maioria dos corpos masculinos adultos. Isso ficava plenamente evidente para mim agora que o policial mais novo virara de perfil, aproximando-se do rosto da agente. Vamos, dá uma olhada, disse. Ele gosta de você! Os três membros intumescidos diferiam em comprimento, um apontando para cima, outro para baixo, o terceiro para o lado. Por favor, não façam isso!, gritou a agente, os olhos fechados e a cabeça sacudindo. Eu imploro! O policial mais velho riu. Olha para esse nariz achatado e essa pele escura. Tem um pouco de cambojana nela, ou quem sabe *cham*. Elas são fogosas.

Vamos começar pelo fácil, disse o policial de meia-idade, subindo desajeitadamente na mesa, entre as pernas dela. Qual é o seu nome? Ela não disse nada, mas quando ele repetiu a pergunta, alguma coisa primitiva despertou nela, e quando abriu os olhos para olhar para o policial, disse: Meu sobrenome é Viet e meu nome é Nam. Por um momento, os três policiais ficaram emudecidos. Então explodiram numa gargalhada. Essa puta está pedindo por isso, disse o mais novo. O de meia-idade, ainda rindo, deitou com todo o peso do corpo em cima da agente, que gritou sem parar. Vendo o policial grunhir e estocar, e os outros dois se movendo ao redor da mesa com a calça nos tornozelos, os medonhos joelhos expostos, pareceu-me que eram mesmo, no final das contas, camundongos, reunidos em volta de um pedaço de queijo. Meus conterrâneos nunca compreenderam o conceito de fila, ninguém querendo ficar na extremidade de uma linha, e, conforme aqueles três ratos se acotovelavam e obstruíam minha visão, tudo que podia ver eram suas partes baixas e as pernas da agente se debatendo. Ela não estava mais gritando, porque não tinha como, o policial mais novo a silenciara. Rápido, ele disse. Por que está demorando tanto? Eu demoro quanto tempo eu quiser, disse o de meia-idade. Está se divertindo com ela afinal, não está? (Para de falar sobre isso!, exclamou o major glutão, tapando os olhos com as mãos. Não posso olhar!) Mas não pudemos fazer nada a não ser olhar quando o policial de meia-idade finalmente se agitou com um tremendo espasmo. Prazer nesse grau devia sempre ser mantido privado, a menos que todo mundo estivesse participando, como em um carnaval ou uma orgia. Ali, o prazer era horrendo para quem apenas assistia. Minha vez, disse o mais novo, se desvencilhando da agente, que pôde voltar a gritar até o mais velho assumir o lugar do mais novo, silenciando-a. Que sujeira, disse o mais novo, erguendo a camisa. Ele tomou sua posição na mesa, sem se intimidar com a sujeira, e nem bem o policial de meia-idade puxava o zíper da calça sobre a peruca encaracolada que coroava seu murcho eu, o mais novo já repetia os movimentos do predecessor, atingindo, em poucos minutos, o mesmo desfecho obsceno. Então foi a vez do policial mais velho, e quando ele subiu na mesa deixou-me com uma visão desimpedida do rosto da agente. Embora ela agora estivesse livre para gritar, não o fez mais, ou não conseguiu mais. Olhava direto para mim, mas, com os parafusos da dor apertados em seus maxilares e olhos, parafusos que giravam cada vez mais, fiquei com a sensação de que não me via.

Depois que o mais velho terminou, a sala ficou em silêncio a não ser pela agente soluçando e o chiado de cigarros sendo fumados pelos outros policiais. O mais velho, que me pegou olhando para ele quando enfiava a camisa na calça, deu de ombros. Alguém ia fazer isso. Então por que não a gente? O mais novo disse: Não perca seu tempo falando com ele. Ele não ia conseguir ficar de pau duro para dar um tratamento nela, de qualquer jeito. Olha, nem encostou no refrigerante. Era verdade, eu me esquecera da garrafa em minha mão. Nem gelada estava mais. Se você não vai beber, disse o de meia-idade, dá para mim. Não me mexi e o policial exasperado deu três passos em minha direção e pegou a garrafa. Tomou um gole e fez uma careta. Odeio refrigerante quente. Disse isso com má vontade e me ofereceu a garrafa de volta, mas só o que consegui fazer foi olhar sem expressão para ele, minha mente tão dormente quanto meus dedos haviam ficado pouco antes. Espera aí um minuto, disse o mais velho. Não precisa fazer o homem beber esse refrigerante quente quando essa aqui está precisando de uma boa lavada. Ele bateu no joelho da agente e, com o toque, e essas palavras, ela voltou à vida, erguendo a cabeça e fuzilando-nos a todos com um ódio tão intenso que cada homem na sala devia ter se transformado em cinzas e fumaça. Mas nada aconteceu. Continuamos sendo de carne e osso e sangue, assim como ela, quando o policial de meia-idade ria, pondo o polegar no bocal da garrafa e sacudindo-a vigorosamente. Boa ideia, ele disse. Mas vai ficar grudento!

Sim, a lembrança era grudenta. Devo ter pisado um pouco naquele refrigerante, ainda que depois o policial tenha jogado baldes d'água na agente e na mesa, depois passado o esfregão nos ladrilhos.

(Mandei que fizessem isso, disse o major glutão. Não ficaram felizes de limpar a própria sujeira, posso lhe dizer.) Quanto à agente, deixada sobre a mesa, ainda nua, não estava gritando mais, nem sequer soluçava, mas fazia um silêncio absoluto, os olhos fechados mais uma vez, a cabeça jogada para trás, as costas arqueadas. Depois de os policiais darem descarga em si próprios de dentro dela, deixaram a garrafa vazia ali mesmo, enterrada até o gargalo. Dá para ver tudo, disse o policial de meia-idade, curvando-se para espiar pelo fundo da garrafa com interesse ginecológico. Deixa eu ver, falou o mais novo, afastando-o com o ombro. Não estou vendo nada, queixou-se. É brincadeira, seu idiota!, gritou o mais velho. Uma piada! É, uma piada muito ruim, uma caricatura de pastelão que a pessoa entende em qualquer língua, como Claude entendeu. Enquanto o policial bancava o médico com seu espéculo improvisado, ele chegou para mim e disse: Só pra você ficar sabendo, o.k.? Eu não ensinei a eles a fazer isso. A garrafa, quer dizer. Foi tudo ideia deles.

Eram bons alunos, exatamente como eu. Aprenderam bem a lição, assim como eu, então se você puder fazer o favor de apagar a luz, se fizer o favor de desligar o telefone, se puder parar de me ligar, se conseguir lembrar que nós dois já fomos e talvez continuemos sendo os melhores amigos, se perceber que não me resta mais nada a confessar, se o navio da história tivesse assumido um curso diferente, se eu tivesse me tornado contador, se eu tivesse me apaixonado pela mulher certa, se tivesse sido um parceiro amoroso mais virtuoso, se minha mãe não tivesse sido tão maternal, se meu pai tivesse ido salvar almas na Argélia e não aqui, se o comandante não precisasse me refazer, se meu próprio povo não suspeitasse de mim, se me vissem como um deles, se esquecêssemos nosso ressentimento, se esquecêssemos a vingança, se admitíssemos que não passamos de fantoches na peça de algum outro, se não tivéssemos travado uma guerra entre nós mesmos, se alguns de nós não houvessem chamado a si mesmos de nacionalistas ou comunistas ou capitalistas ou realistas, se nossos bonzos não tivessem ateado fogo a si mesmos, se os americanos não tivessem vindo para nos salvar de nós mesmos, se não tivéssemos comprado o que tinham para vender, se os soviéticos nunca tivessem chamado a gente de camaradas, se Mao não tivesse tentado fazer a mesma coisa, se os japoneses não tivessem nos ensinado a superioridade da raça amarela, se os franceses nunca tivessem tentado nos civilizar, se Ho Chi Minh não tivesse sido dialético e Karl Marx não tivesse sido analítico, se a mão invisível do mercado não tivesse nos segurado pelo cangote, se os ingleses tivessem derrotado os rebeldes do novo mundo, se os nativos tivessem dito simplesmente: Nem a pau, quando viram o homem branco pela primeira vez, se nossos imperadores e mandarins não tivessem entrado em conflito entre si, se os chineses nunca tivessem nos governado por mil anos, se eles tivessem usado a pólvora para algo mais do que fogos de artifício, se Buda nunca tivesse existido, se a Bíblia nunca tivesse sido escrita e se Jesus Cristo nunca tivesse sido sacrificado, se Adão e Eva ainda se divertissem no Jardim do Éden, se o senhor dragão e a rainha das fadas não tivessem nos originado, se os dois não tivessem se separado, se cinquenta de seus filhos não tivessem seguido a rainha das fadas até as montanhas, se outros cinquenta não tivessem seguido seu pai dragão até o mar, se a fênix da lenda tivesse realmente se erguido das próprias cinzas, em vez de simplesmente cair e pegar fogo em nossos campos, se não houvesse a Luz nem o Verbo, se o Céu e a Terra nunca tivessem se separado, se a história nunca tivesse acontecido, nem como farsa, nem como tragédia, se a serpente da língua não tivesse me picado, se eu nunca tivesse nascido, se minha mãe nunca tivesse sido penetrada, se você não precisasse de mais revisões e se eu não tivesse mais essas visões, por favor, será que daria apenas para me deixar dormir?

22.

Claro que você não pode dormir. Revolucionários sofrem de insônia, têm demasiado medo do pesadelo da história para dormir, são atormentados demais pelos males do mundo para não ficar despertos, ou pelo menos foi o que disse o comandante. Ele falava e eu permanecia no colchão, um espécime numa lâmina sob o microscópio, e com o suave clique de um obturador, percebi que o experimento do médico funcionara. Eu era um corpo dividido, atormentado, sob uma elevada consciência flutuando no alto, além do teto iluminado, sacudido de minha agonia por um mecanismo giroscópico invisível. Vista dessa altitude, a vivissecção sendo realizada em mim era na verdade bem interessante, deixando minha bamboleante gosma corporal tremeluzindo sob minha viscosa mente branca. Isso subjugava e elevava ao mesmo tempo, eu estava além da compreensão até de Sonny e do major glutão, que permaneciam no plano da insônia crônica, espiando por cima dos ombros do médico, do comandante e do comissário à minha volta, não mais usando jalecos de laboratório, roupa hospitalar verde e óculos protetores de aço, mas em uniformes amarelos com etiquetas vermelhas de patente, pistolas no coldre em suas cinturas. Enquanto esses, abaixo, eram humanos e fantasmas, eu era o Espírito Santo sobrenatural, clarividente e clariaudiente. Desse modo distanciado, vi o comandante se ajoelhar e esticar a mão para meu eu sub-humano, o dedo indicador lentamente se esticando até pressionar de leve meu globo ocular, um toque que fez meu pobre corpo se encolher.

EU

Por favor, me deixa dormir.

O COMANDANTE

Você pode dormir quando eu estiver satisfeito com sua confissão.

EU

Mas eu não fiz nada!

O COMANDANTE

Exato.

EU

A luz é forte demais. Se puder...

O COMANDANTE

O mundo presenciou o que aconteceu com nosso país e a maioria não fez nada. Mais do que isso — também extraíram grande satisfação do fato. Você não é exceção.

EU

Eu avisei, não foi? É culpa minha se ninguém escutou?

O COMANDANTE

Nada de desculpas! Nós não choramingamos. Estamos todos dispostos a ser mártires. É pura sorte que o médico, o comissário e eu estejamos vivos. Você simplesmente não estava disposto a se sacrificar para salvar a agente, enquanto ela estava disposta a sacrificar a vida para salvar o comissário.

EU

Não, eu...

O COMANDANTE e

O COMISSÁRIO e

O MÉDICO (em uníssono)

Admita!

Vi eu mesmo admitindo. Vi eu mesmo concordar que não estava sendo punido ou reeducado por coisas que fizera, mas pelo que não fizera. Chorei e gritei desbragadamente pela vergonha que sentia. Eu era culpado do crime de não fazer nada. Era o homem em quem as coisas eram feitas porque não fizera nada! E não só chorei e gritei; eu uivei, um tornado de sentimentos fazendo as janelas de minha alma tremerem e baterem. A visão e o som da minha abjeção foram tão perturbadores que todos desviaram o rosto da pobre coisa arruinada que eu fizera de mim mesmo, a não ser o comandante, o comissário e eu.

O COMISSÁRIO

Satisfeito?

O COMANDANTE

Então ele admitiu não fazer nada. Mas e quanto ao camarada Bru e o Watchman?

O COMISSÁRIO

Ele não podia ter feito nada para salvar o camarada Bru e o Watchman. Quanto à agente, ela sobreviveu.

O COMANDANTE

Ela não conseguia nem andar quando a libertamos.

O COMISSÁRIO

Seu corpo pode ter se quebrado, mas não seu espírito.

O MÉDICO

O que aconteceu com aqueles policiais?

O COMISSÁRIO

Eu os encontrei.

O COMANDANTE

Eles pagaram o preço. Não foi?

O COMISSÁRIO

É, mas ele também devia receber o crédito pelas vidas que tirou.

O COMANDANTE

Sonny e o major? As vidas miseráveis deles nem se comparam com os ferimentos da agente.

O COMISSÁRIO

Mas e a vida do pai dele, se compara?

Meu pai? Que história era essa? Até Sonny e o major glutão, horrorizados com a dura avaliação de suas vidas e mortes, deram uma pausa em sua agitação para escutar.

O COMANDANTE

O que ele fez com o pai dele?

O COMISSÁRIO

Pode perguntar você.

O COMANDANTE

Ei! Olha pra mim! O que você fez com seu pai?

EU

Eu não fiz nada com meu pai!

O COMANDANTE e

O COMISSÁRIO e

O MÉDICO (em uníssono)

Admita!

E olhando para meu eu gosmento, lamuriento, eu não sabia se devia rir ou chorar em solidariedade. Acaso não lembrava o que escrevera para Man sobre meu pai? *Queria que ele estivesse morto.*

EU

Mas não falei a sério!

O COMISSÁRIO

Seja honesto com você mesmo.

EU

Eu não queria que fizessem isso!

O COMISSÁRIO

Claro que queria! Para quem você pensava que estava escrevendo?

Eu estava escrevendo para o revolucionário em um poderoso comitê que sabia, mesmo na época, que podia um dia se tornar comissário; estava escrevendo para um quadro político que já então aprendia a arte plástica de moldar as almas e mentes dos homens; estava escrevendo para um amigo que faria qualquer coisa que eu pedisse; estava escrevendo para um escritor que valorizava a força de uma frase e o peso da palavra; estava escrevendo para um irmão que sabia o que eu queria mais do que eu mesmo.

O COMANDANTE e

O COMISSÁRIO e

O MÉDICO (em uníssono)

O que você fez!

EU

Eu queria que ele morresse!

O comandante esfregou o queixo e lançou um olhar desconfiado para o médico, que deu de ombros. O médico apenas abria corpos e mentes; não era responsável pelo que encontrava.

O MÉDICO
Como o pai dele morreu?

O COMISSÁRIO
Um tiro na cabeça, escutando a confissão do seu assassino.

O COMANDANTE
Acho que você seria bem capaz de inventar essa história só para salvá-lo.

O COMISSÁRIO
Pergunta para a minha agente. Ela providenciou a morte do pai.

O comandante olhou para mim. Se eu podia ser culpado de não fazer nada, não seria também merecedor de querer algo? Nesse caso, a morte de meu pai. Esse pai, na cabeça ateísta do comandante, era um colonizador, um traficante do ópio das massas, porta-voz de um Deus a quem milhões de pessoas de pele escura haviam sido sacrificados, supostamente para sua própria salvação, uma cruz em chamas iluminando a dura estrada deles para o Paraíso. Sua morte não era um homicídio, mas uma sentença justa, tudo que eu sempre quisera escrever.

O COMANDANTE
Vou pensar a respeito.

O comandante virou e saiu, seguido do médico obediente, deixando Sonny e o major glutão a observar enquanto o comissário lentamente se acomodava na cadeira, fazendo um esgar.

O COMISSÁRIO
Que dupla, nós dois.

EU
Apaga a luz. Não consigo enxergar.

O COMISSÁRIO
O que é mais precioso que a independência e a liberdade?

EU

Felicidade?

O COMISSÁRIO

O que é mais precioso que a independência e a liberdade?

EU

Amor?

O COMISSÁRIO

O que é mais precioso que a independência e a liberdade?

EU

Não sei!

O COMISSÁRIO

O que é mais precioso que a independência e a liberdade?

EU

Eu queria estar morto!

Pronto, eu havia dito, soluçando e gritando. Agora, enfim, sabia o que queria para mim mesmo, o que tanta gente queria para mim. Sonny e o major glutão aplaudiram, aprovando, enquanto o comissário puxou sua pistola. Enfim! A morte só doeria por um momento, o que não era tão ruim se você considerasse o quanto, e por quanto tempo, a vida machucava. O som da bala entrando na câmara foi tão nítido quanto o sino da igreja de meu pai, que minha mãe e eu escutávamos de nossa choupana todo domingo de manhã. Olhando para mim mesmo ali embaixo, eu ainda podia ver a criança no homem e o homem na criança. Estava como sempre dividido, embora fosse minha culpa apenas em parte. Embora tivesse escolhido viver duas vidas e ser um homem de duas mentes, era difícil não fazê-lo, considerando como as pessoas sempre me chamaram de bastardo. O próprio país era amaldiçoado, abastardado, cindido entre norte e sul, e se podia ser dito a nosso respeito que optamos pela divisão e morte em nossa guerra nada civil, isso era verdadeiro só em parte. Não havíamos escolhido ser aviltados pelos franceses, divididos por eles numa trindade profana de norte, centro e sul, ser entregues de bandeja para as grandes potências do capitalismo e do comunismo para uma posterior bissecção, depois ganhar papéis como os exércitos em choque de uma partida de xadrez da Guerra Fria disputada em salas com ar-condicionado por homens brancos usando ternos e contando mentiras. Não, assim como minha geração maltratada era dividida antes do nascimento, eu também fui dividido no nascimento, parido em um mundo pós-parto onde dificilmente alguém me aceitava pelo que eu era, mas apenas me forçava com truculência a optar entre meus dois lados. Isso não era simplesmente difícil de fazer — não, na verdade era impossível, pois como eu poderia me escolher em detrimento de mim mesmo? Agora meu amigo me libertaria desse mundo pequeno de gente que pensava pequeno, essas turbas que tratavam um homem de duas mentes e dois rostos como uma aberração de circo, que queriam uma única resposta para qualquer pergunta.

Mas espere aí — o que ele estava fazendo? Ele pusera a arma no chão e ajoelhara ao meu lado, desamarrando o saco em minha mão direita, depois desamarrando a corda que o prendia. Eu me vi segurando minha mão diante dos meus olhos, marcada com a cicatriz vermelha de nossa irmandade. Através desses olhos sub-humanos e através do meu olhar sobrenatural acima, vi meu amigo pôr a pistola em minha mão, uma Tókareva. Os soviéticos haviam baseado seu projeto no Colt americano e, embora o peso não fosse estranho, eu não conseguia segurar a pistola direito por minha própria conta, forçando meu amigo a passar meus dedos em torno da coronha.

O COMISSÁRIO

Você é o único que pode fazer isso por mim. Vai fazer?

E então se curvou para a frente, pressionando a boca da arma entre seus olhos, as mãos firmando as minhas.

EU

Por que está fazendo isso?

Enquanto falava, chorei. Ele também chorou, as lágrimas rolando pela hedionda ausência de um rosto que eu não vira tão de perto assim em anos. Onde estava o irmão da minha juventude, desaparecido de qualquer lugar a não ser minha memória? Ali, e ali somente, seu rosto franco permanecia, sério e idealista, com maçãs do rosto proeminentes, marcantes; lábios finos, estreitos; o nariz aristocrático, esguio; e uma fronte expansiva sugerindo uma inteligência poderosa cuja força oceânica erodira a linha dos cabelos. Só o que restava para ser reconhecido eram os olhos, mantidos vivos por lágrimas, e o timbre de sua voz.

O COMISSÁRIO
Estou chorando porque é muito difícil para mim ver você sofrendo. Mas não posso salvar você a menos que te faça sofrer. O comandante não teria deixado que fosse de outro modo.

Nisso eu ri, embora o corpo no colchão apenas estremecesse.

EU
Como isso pode ser minha salvação?

Ele sorriu entre as lágrimas. Reconheci o sorriso, também, o mais alvo que eu jamais vira entre tantos de meu povo, condizente com o filho de um dentista. O que mudara não era o sorriso, mas o rosto, ou a falta de um, de modo que esse sorriso branco flutuava em um vazio, o esgar horrível de um gato de Cheshire.

O COMISSÁRIO
Estamos numa situação impossível. O comandante só vai deixar você partir quando estiver redimido. Mas e quanto a Bon? E mesmo que ele possa partir, o que vocês dois vão fazer?
EU
Se Bon não pode partir... eu também não posso.
O COMISSÁRIO
Então você vai morrer aqui.

Ele pressionou o cano da arma contra sua cabeça com mais força ainda.

O COMISSÁRIO

Atira em mim primeiro. Não por causa do meu rosto. Eu não quero morrer por isso. Eu só iria me exilar aqui para que minha família nunca mais precisasse ver essa *coisa* outra vez. Mas continuaria vivo.

Eu não era mais meu corpo ou eu mesmo, era apenas a arma, e por seu aço vinham as vibrações de suas palavras, sinalizando a chegada iminente de uma locomotiva que nos esmagaria a ambos.

O COMISSÁRIO

Sou o comissário, mas que tipo de escola supervisiono? Uma em que você, logo quem, é reeducado. Não foi por não ter feito nada que você veio para cá. É por ter recebido uma ótima educação que está sendo reeducado. Mas o que aprendeu?

EU

Eu assisti e não fiz nada!

O COMISSÁRIO

Vou lhe dizer o que você não vai descobrir em livro nenhum. Em toda cidade, aldeia e prisão os quadros fazem as mesmas palestras. Eles tranquilizam esses cidadãos não na reeducação de nossas boas intenções. Mas os comitês e os comissários não se importam em recriar esses prisioneiros. Todo mundo sabe disso e ninguém diz em voz alta. Todo o jargão vomitado pelos quadros serve apenas para esconder uma terrível verdade...

EU

Eu queria que meu pai morresse!

O COMISSÁRIO

Agora que estamos no poder, não precisamos dos franceses ou dos americanos para foder com a gente. Podemos foder com nós mesmos sem ajuda.

O clarão acima do meu corpo era ofuscante. Eu já não tinha mais certeza se conseguia enxergar tudo ou coisa alguma, e sob o calor das luzes a palma da minha mão escorregava de suor. Eu não conseguia segurar a pistola direito, mas as mãos do comissário mantinham o cano no lugar.

O COMISSÁRIO

Se alguém além de você soubesse que eu havia dito o indizível, eu seria reeducado. Mas não é a reeducação que temo. É a educação que recebi que me aterroriza. Como um professor pode viver ensinando algo em que não acredita? Como posso viver vendo você desse jeito? Não posso. Agora, puxe o gatilho.

Acho que eu disse que preferiria me matar primeiro, mas não pude escutar minha voz, e quando tentei tirar a arma de sua cabeça e virar para a minha, não tive forças. Aqueles olhos implacáveis me fitavam, agora secos como ossos, e de algum lugar no fundo de mim veio um som retumbante. Então o estrondo explodiu, e ele estava rindo. O que era tão engraçado? Essa comédia de humor negro? Não, isso era pesado demais. Essa sala iluminada só permitia uma comédia alegre, uma comédia de humor branco em que a pessoa podia morrer de rir, não que ele risse tanto assim. Ele parou de rir quando largou minha mão, meu braço caindo ao lado do corpo e a pistola fazendo estardalhaço no piso de cimento. Atrás do comissário, Sonny e o major glutão ficaram olhando desejosos para a Tókareva. Ambos teriam adorado pegá-la e atirar em mim se pudessem, mas não possuíam mais seus corpos. Quanto ao comissário e eu, tínhamos corpos mas não podíamos atirar, e talvez isso tenha feito o comissário rir. O vazio que fora seu rosto continuava assomando sobe mim, sua hilaridade tendo passado com tanta rapidez que eu não tinha certeza de ter escutado direito. Achei ter visto tristeza naquele vazio, mas não podia ter certeza. Apenas os olhos e os dentes expressavam alguma emoção e ele não estava mais chorando ou sorrindo.

O COMISSÁRIO

Peço desculpas. Isso foi egoísmo e fraqueza da minha parte. Se eu morresse, você também morreria, e depois Bon. O comandante não vê a hora de arrastá-lo diante do pelotão de fuzilamento. Pelo menos agora você pode salvar a si mesmo e seu amigo, já que eu, não. Posso viver com isso.

EU

Por favor, podemos conversar sobre isso depois que eu dormir?

O COMISSÁRIO

Primeiro responda minha pergunta.

EU

Mas por quê?

O comissário guardou a pistola no coldre. Então amarrou minha mão livre mais uma vez e ficou de pé. Ele me olhou de grande altura e talvez fosse devido ao ângulo encurtado, mas vi em sua ausência de rosto algo além do horror... uma débil sombra lançada pela loucura, embora talvez fosse apenas um efeito óptico criado pelo clarão atrás da sua cabeça.

O COMISSÁRIO

Meu amigo, o comandante talvez deixe você ir porque quis que seu pai morresse, mas vou deixar você ir apenas quando puder responder minha pergunta. Só não esqueça, meu irmão, que faço isso para seu próprio bem.

Ergueu a mão para mim num gesto de despedida, e na palma brilhou a marca vermelha de nosso juramento. Dizendo isso, se foi. Essas são as palavras mais perigosas que você pode escutar, disse Sonny, sentando na cadeira vaga. O major glutão se juntou a ele, empurrando-o de lado para que desse espaço. "Para seu próprio bem" só pode significar algo ruim, ele disse. Como que pegando a deixa, os alto-falantes instalados nos cantos do teto estalaram e zumbiram, os alto-falantes que eu só notara quando o comissário tocou para mim minha própria voz de um estranho. A questão do que seria feito comigo foi respondida quando alguém começou a gritar, e embora Sonny e o major glutão pudessem tampar os ouvidos com as mãos, eu não podia. Mas, mesmo com os ouvidos protegidos, Sonny e o major glutão não puderam suportar os gritos por mais de um minuto, aqueles guinchos de um bebê em tormento, e num piscar de olhos eles também evaporaram.

Em algum lugar um bebê gritava, seu sofrimento partilhado comigo, que não precisava de nem mais um pouco. Vi eu mesmo fechando meus olhos com força, como se com isso pudesse fechar os ouvidos também. Era impossível pensar com os gritos naquela sala de exame, e pela primeira vez em muito tempo quis algo com mais intensidade do que dormir. Eu queria silêncio. Oh, por favor — escutei a mim mesmo exclamando em voz alta —, chega! Então outro clique, e os gritos cessaram. Uma fita! Eu estava escutando uma fita. Nenhum bebê estava sendo torturado em uma sala próxima, e seus uivos transmitidos para a minha. Era apenas uma gravação, e por alguns momentos tudo com que tive de me preocupar foi com a luz e o calor incessantes e o estalo do elástico do fio elétrico contra meu dedinho do pé. Mas então escutei o clique outra vez, e meu corpo se contraiu de expectativa. Alguém começou a gritar de novo. Alguém berrava tão alto que não só perdi a noção de mim mesmo como também perdi a noção do tempo. O tempo não mais seguia reto como uma ferrovia; o tempo não mais girava em um seletor; o tempo não mais rastejava sob minhas costas; o tempo entrara em um loop infinito, uma fita cassete repetida sem cessar; o tempo urrava em meu ouvido, rindo histericamente da ideia de que podíamos controlá-lo com relógios de pulso, alarmes, revoluções, história. Estávamos, todos nós, com os minutos contados, a não ser pelo bebê malévolo. O bebê que gritava tinha todo o tempo do mundo, e a ironia era que o bebê nem sequer sabia disso.

Por favor — escutei-me dizer outra vez —, chega! Faço qualquer coisa que quiserem! Como era possível que a criatura mais vulnerável do mundo pudesse ser também a mais poderosa? Eu berrava assim para minha mãe? Se berrava, perdoe-me, mamãe! Se berrava, não era por sua causa. Eu sou um mas também sou dois, feito de um óvulo e um espermatozoide, e se eu gritava devia ser por causa daqueles genes tristes catados de meu pai. Eu via agora, esse momento de minha origem, o acrobata chinês do tempo curvado incrivelmente para trás sobre si mesmo de modo que eu podia ver o útero materno sendo invadido pela horda estúpida, masculina, de meu pai, um bando ululante de capacete, nômades impetuosos decididos a penetrar a grande muralha do óvulo de minha mãe. A partir dessa invasão, o nada que eu era se tornou o alguém que eu sou. *Alguém estava gritando e não era o bebê.* Minha célula se dividiu, e dividiu, e dividiu outra vez, até que eu fui um milhão de células e mais, até que fui multidões e multidões, meu próprio país, minha própria nação, o imperador e ditador das massas de mim mesmo, demandando a total atenção de minha mãe. *Alguém estava berrando e era a agente.* Eu estava bem embalado no aquário de minha mãe, sem saber nada sobre a independência e a liberdade, testemunhando com todos os meus sentidos, exceto o sentido da visão, a experiência mais misteriosa de todas, estar dentro de outro ser humano. Eu era uma boneca dentro de uma boneca, hipnotizado por um metrônomo tiquetaqueando com perfeita regularidade, o batimento forte e firme de minha mãe. *Alguém estava gritando e era minha mãe.* Sua voz foi o primeiro som que escutei quando emergi de cabeça, impelido para um ambiente úmido tão quente quanto o útero, seguro pelas mãos nodosas de uma doula indiferente que me contaria, anos mais tarde, como usara a afiada unha do polegar para cortar o tenso frênulo segurando minha língua, de modo que eu pudesse mamar e falar melhor. Essa foi também a mulher que me contou, com bom humor, como minha mãe empurrou com tanta força que expeliu não só eu como também o conteúdo de seus intestinos, lançando-me na praia de um estranho novo mundo num desaguar maternal de sangue e excremento. *Alguém estava gritando e eu não sabia quem era.* Minha correia foi cortada e minha pessoa nua, lambuzada de roxo, foi virada na direção de uma luz pulsante, revelando-me um mundo de sombras e formas obscuras falando a língua da minha mãe, uma língua estrangeira. *Alguém estava gritando e eu sabia quem era.* Era eu, gritando a única palavra que ficara pendurada diante de mim desde que a pergunta fora feita pela primeira vez — nada —, a resposta que eu não podia ver nem escutar até agora — nada! —, a resposta que gritei e gritei e gritei — *nada!* — porque estava, enfim, iluminado.

23.

Com essa palavra, completei minha reeducação. Tudo que resta a contar é como voltei a juntar meus cacos e como terminei onde estou agora, preparando-me para uma chuvosa partida de meu país. Como tudo mais de importante em minha vida, nenhuma das duas coisas foi fácil. Ir embora, em particular, não é algo que eu queira fazer, mas é algo que devo fazer. O que a vida ainda me reserva, ou a qualquer um dos outros formandos da reeducação? Não existe lugar para nós nessa sociedade revolucionária, mesmo para aqueles que pensam em si mesmos como revolucionários. Não podemos estar representados aqui, e saber disso dói mais do que qualquer coisa feita em mim no meu exame. A dor cessa mas o conhecimento não, pelo menos até a mente apodrecer — e quando isso vai acontecer comigo, o homem de duas mentes?

O fim da dor, pelo menos, começou quando falei essa única palavra. Em retrospecto, a pergunta era óbvia. Então por que levei tanto tempo para compreender? Por que tive de ser educado e reeducado por tantos anos, e a um custo tão elevado, tanto para o contribuinte americano como para a sociedade vietnamita, para não mencionar o considerável prejuízo para mim mesmo, de modo a enxergar, enfim, a palavra que estava ali desde o começo? A resposta era tão absurda que agora, meses mais tarde e na segurança temporária da casa do navegador, eu ri no momento mesmo em que relia essa cena de minha iluminação, que degenerava — ou seria evoluía? — dos gritos para a risada. Claro que continuava gritando quando o comissário veio apagar a luz e desligar o som. Eu continuava gritando quando ele me desamarrou e me abraçou, aninhando minha cabeça em seu peito até meus gritos arrefecerem. Calma, calma, disse ele na sala de exame escura, silenciosa enfim, a não ser por meus soluços. Agora você sabe o que eu sei, não sabe? Sim, falei, ainda soluçando. Eu entendo. Eu entendo!

O que era isso que eu tinha entendido? *A piada*. Não era de matar ninguém de rir, e se em parte eu me sentia meio morto — por coisa nenhuma, acredite se quiser! —, outra parte de mim achava aquilo hilário. Foi por isso que, trêmulo e abalado naquela sala de exame escura, minhas lamúrias e soluços se transformaram em urros de risada. Ri com tanta força que o guarda de rosto de bebê e o comandante acabaram por verificar a causa da comoção. Qual a graça?, quis saber o comandante. Nada!, exclamei. Eu fora dobrado, enfim. Eu falara, enfim. Não entendem?, gritei. A resposta é nada! Nada, nada, *nada*!

Só o comissário compreendeu o que eu quis dizer. O comandante, confuso com meu comportamento esquisito, disse. Olha o que você fez com ele. Enlouqueceu. Estava menos preocupado comigo do que com o bem-estar do acampamento, pois um louco que ficasse repetindo nada seria péssimo para o moral. Fiquei furioso que tivesse levado tanto tempo para compreender nada, ainda que meu fracasso, em retrospecto, fosse inevitável. Um bom aluno não pode compreender nada; só o palhaço da turma, o idiota incompreendido, o tolo desonesto e o piadista perpétuo podem fazer isso. Mesmo assim, essa percepção não me pouparia a dor de negligenciar o óbvio, a dor que me levou a empurrar o comissário, a bater em minha própria testa com os punhos.

Pare com isso!, disse o comandante. Ele virou para o guarda de rosto de bebê. Segura ele!

O guarda de rosto de bebê lutava comigo enquanto eu não apenas socava minha testa como também batia a cabeça na parede. Finalmente, o comissário e o comandante tiveram de ajudá-lo a me amarrar outra vez. Só o comissário compreendeu que eu tinha de bater em mim mesmo. Eu era tão estúpido! Como podia esquecer que toda verdade significava pelo menos duas coisas, que slogans eram ternos vazios vestidos no cadáver de uma ideia? Os ternos dependiam de como a pessoa os usava, e esse terno agora estava gasto. Eu estava louco mas não insano, embora não fosse dissuadir o comandante. Ele via apenas um significado em nada — o negativo, a ausência, como em *não tem nada ali*. O significado *positivo* lhe escapava, o fato paradoxal de que nada é, na verdade, algo. Nosso comandante era um homem que não entendia a piada, e pessoas que não entendem a piada são pessoas perigosas, de fato. São as que dizem nada com grande devoção, que pedem a todos os outros para morrer por nada, que não reverenciam nada. Satisfeito?, ele perguntou ao comissário, ambos me olhando ali a soluçar, chorar e rir ao mesmo tempo. Agora vamos precisar chamar o médico outra vez.

Manda chamar, então, falou o comissário. A parte difícil já foi.

O médico me devolveu à minha velha cela de isolamento, embora agora o lugar permanecesse destrancado e eu ficasse sem correntes. Era livre para ir e vir como bem entendesse, mas relutava em fazê-lo, às vezes precisando que o guarda de rosto de bebê me convencesse delicadamente a sair do canto. Mesmo nas raras ocasiões em que eu saía voluntariamente, nunca era durante o dia, só após escurecer, uma conjuntivite tendo tornado meus olhos sensíveis à luz solar. O médico prescreveu uma dieta melhorada, sol e exercício, mas só o que eu queria era dormir, e quando não estava dormindo ficava sonâmbulo e calado, a não ser quando o comandante aparecia. Continua sem dizer coisa alguma?, perguntava o comandante, sempre que passava, ao que eu dizia: Nada, nada, nada, um simplório sorridente acocorado no canto. Pobre-diabo, disse o médico. Está um pouco, como diríamos, desnorteado depois das experiências.

Bom, faça alguma coisa a respeito!, bradou o comandante.

Vou fazer o melhor que puder, mas está tudo na mente dele, disse o médico, apontando minha testa esfolada. O médico tinha razão apenas em parte. Certamente estava tudo em minha mente, mas qual das duas? No fim, porém, o médico acertou o tratamento que me pôs na lenta estrada para a recuperação, seu final sendo a reunificação de mim comigo mesmo. Talvez, disse ele certo dia, sentado em uma cadeira próxima, eu encolhido a um canto, os braços cruzados e a cabeça apoiada nos braços, uma atividade familiar possa ajudar você. Espiei-o com um olho. Antes de o seu exame começar, seus dias eram ocupados escrevendo sua confissão. Considerando o atual estado mental em que se encontra, não acredito que esteja em condições de escrever qualquer coisa, mas talvez só fazer de conta já ajude. Fitei-o com um olho. De sua pasta ele extraiu uma grossa pilha de papel. Isso te parece familiar? Com cautela, descruzei os braços e peguei os papéis. Olhei para a primeira folha, depois para a segunda, e a terceira, folheando devagar a pilha numerada de duzentas e noventa e cinco páginas. O que acha que é isso?, disse o médico. Minha confissão, murmurei. Exato, meu caro! Muito bom! Agora o que quero que faça é copiar essa confissão. De sua pasta ele tirou outra pilha de papéis, além de um punhado de canetas. Palavra por palavra. Consegue fazer isso para mim?

Assenti com a cabeça, devagar. Ele me deixou sozinho com minhas duas pilhas de papel e por um bom tempo — devem ter sido horas — fiquei encarando a primeira folha em branco, a caneta trêmula em minha mão. E então comecei, minha língua entre os lábios. No início só pude copiar algumas palavras por hora, depois uma página por hora, e então algumas páginas por hora. Minha saliva respingava nas páginas conforme eu via toda minha vida se desenrolar ao longo dos meses que levou para copiar a confissão. Pouco a pouco, à medida que minha testa esfolada sarava, e eu absorvia minhas próprias palavras, desenvolvi uma crescente afinidade com o homem naquelas páginas, o agente de inteligência duvidosa. Seria ele um tolo ou sabido demais para o próprio bem? Ele escolhera o lado certo ou o lado errado da história? E não eram essas perguntas que deveríamos todos nos fazer? Ou eram apenas eu e eu mesmo que deviam estar tão preocupados assim?

Quando terminei de copiar minha confissão, meu juízo voltara o suficiente para eu entender que as respostas não seriam encontradas naquelas páginas. Quando o médico apareceu outra vez para me examinar, pedi um favor. O que é, meu caro? Mais papel, doutor. Mais papel! Expliquei que queria escrever a história desses eventos que haviam acontecido depois da minha confissão, no tempo interminável do meu exame. Assim, ele me trouxe mais papel, e escrevi novas páginas sobre o que fora feito comigo na sala de exame. Senti pena do homem com duas mentes, como seria de esperar. Ele não se dera conta de que um homem desses pertencia mais a um filme de baixo orçamento, um filme de Hollywood ou talvez um filme japonês sobre um experimento científico dos militares que dera terrivelmente errado. Como um homem de duas mentes ousava achar que podia se representar, muito menos algum outro, incluindo seu próprio povo recalcitrante? Eles nunca seriam representáveis, no fim das contas, a despeito do que seus representantes alegassem. Mas à medida que as páginas se acumulavam, percebi que alguma outra coisa me surpreendia: afinidade com o homem que fez aquelas coisas comigo. Também ele, meu amigo, não teria sido torturado pelas coisas que fizera comigo? Eu tinha certeza de que sim, no momento em que terminei de escrever, no momento em que eu concluí gritando aquela palavra horrível sob a luz brilhante, cegante. Tudo que permanecia após a certeza era pedir ao médico para me deixar ver o comissário mais uma vez.

Essa é uma ótima ideia, disse o médico, batendo nas páginas do manuscrito e assentindo com satisfação. Você está quase terminando, meu rapaz. Está quase terminando.

Eu não vira o comissário desde a conclusão do exame. Ele me deixara a sós para iniciar minha recuperação, e só posso achar que foi porque também sentia um conflito pelo que fizera comigo, ainda que o que fora feito tivesse de ser feito, pois eu precisava chegar à resposta por conta própria. Ninguém podia me contar a solução para seu enigma, nem mesmo ele. Tudo o que ele podia fazer era acelerar minha reeducação com o lamentável método da dor. Tendo usado tal método, ficou relutante em me ver outra vez, preparado, com toda a razão, para merecer o meu ódio. Encontrando-me com ele em seu alojamento para nossa reunião seguinte, a derradeira, pude perceber que estava pouco à vontade, oferecendo-me chá, tamborilando os dedos nos joelhos, examinando as novas páginas que eu escrevera. O que um torturador e o torturado dizem um para o outro depois que o clímax deles se passou? Eu não sabia, mas ali sentado, observando-o de minha cadeira de bambu, ainda dividido em mim mesmo e outro, detectei uma divisão similar nele, no horrível vazio onde antes houvera um rosto. Ele era o comissário, mas também era Man; era meu interrogador, mas também meu único confidente; era o demônio que me torturara, mas também meu amigo. Talvez alguém dissesse que eu estava vendo coisas, mas a verdadeira ilusão de óptica estava em ver os outros e você mesmo como indivisos e íntegros, como se estar em foco fosse mais real do que estar fora de foco. Achávamos que nosso reflexo no espelho fosse quem éramos de verdade, quando o modo como víamos a nós mesmos e como os outros nos viam muitas vezes não era o mesmo. Da mesma forma, muitas vezes tapeávamos a nós mesmos quando acreditávamos estar nos vendo com mais clareza. E como eu sabia que não estava me iludindo ao escutar meu amigo falar? Não sabia. Só podia tentar entender se ele estava me enganando ao pular as amenidades de perguntar sobre minha saúde duvidosa, física e mental, e anunciar que Bon e eu estávamos de partida, do acampamento e do país. Havia imaginado que morreria ali, e o caráter terminante do que ele estava dizendo me deu um susto. Partir?, falei. Como?

Tem um caminhão aguardando você e Bon no portão. Quando fiquei sabendo que estava pronto para me ver, não quis mais perder tempo. Vocês vão para Saigon. Bon tem um primo lá, que tenho certeza de que ele vai contatar. Esse homem já tentou fugir do país duas vezes e foi pego nas duas. Dessa terceira vez, com você e Bon, ele vai conseguir.

Seu plano me deixou confuso. Como sabe disso?, falei finalmente.

Como eu sei? Seu vazio não tinha expressão, mas sua voz denotava bom humor e, talvez, amargura. Porque eu comprei sua fuga. Mandei dinheiro para os funcionários certos, que vão tomar as providências para que os policiais certos façam vista grossa quando chegar a hora. Sabe de onde vem o dinheiro? Eu não fazia ideia. Mulheres desesperadas pagam qualquer preço para visitar seus maridos neste acampamento. Os guardas ficam com a parte deles e entregam o resto para o comandante e para mim. Eu mando um pouco para minha esposa em casa, pago o dízimo para os meus superiores, e usei o resto para sua fuga. Não é extraordinário como em um país comunista o dinheiro ainda pode comprar qualquer coisa que você queira?

Extraordinário não, murmurei. É engraçado.

É mesmo? Não posso dizer que ri quando peguei dinheiro e ouro dessas pobres coitadas. Mas veja bem, embora uma confissão possa ser suficiente para libertar você deste acampamento, considerando seu passado revolucionário, nada senão dinheiro vai libertar Bon. O comandante precisa receber o dele, afinal — uma quantia razoável, também, considerando os crimes de Bon. E nada menos que uma bolada de dinheiro vai assegurar que vocês dois possam deixar nosso país, como devem fazer. Isso, meu amigo, é o que fiz com essas mulheres por minha amizade com você. Continuo sendo o amigo que você reconhece e ama?

Ele era o homem sem rosto que havia me torturado, para meu próprio bem, em nome de nada. Mas eu ainda podia reconhecê-lo, pois quem senão um homem de duas mentes podia compreender um homem sem rosto? Então o abracei e chorei, sabendo que, embora estivesse me libertando, ele próprio nunca poderia ser livre, não sendo capaz ou não tendo vontade de deixar esse acampamento, a não ser morto, o que no mínimo seria um alívio de sua morte em vida. O único benefício advindo de sua condição era que conseguia enxergar coisas que os outros não conseguiam, ou que pudessem ter visto e negado, pois quando ele olhava no espelho e via o vazio compreendia o significado de nada.

Mas qual era esse significado? O que intuíra eu, enfim? A saber, isto: embora nada seja mais precioso do que a independência e a liberdade, *nada é também mais precioso do que a independência e a liberdade!* Esses dois slogans são quase iguais, mas não totalmente. O primeiro slogan inspirador era o terno vazio de Ho Chi Minh, que ele não usava mais. Como poderia? Estava morto. O segundo slogan era o enganoso, a piada. Era o terno vazio do Tio Ho virado do avesso, uma sensação de vestuário que só um homem de duas mentes, ou um homem sem rosto, ousava vestir. Esse terno esquisito caía bem em mim, pois seu corte era moderníssimo. Vestindo esse terno do avesso, minhas costuras indecorosamente expostas, compreendi, enfim, como nossa revolução fora da vanguarda da mudança política à retaguarda do acúmulo de poder. Nessa transformação, não éramos únicos. Os franceses e americanos não haviam feito exatamente o mesmo? Outrora, também eles revolucionários, haviam se tornado imperialistas, colonizando e ocupando nosso pequeno país desafiador, tirando nossa liberdade sob o pretexto de nos salvar. Nossa revolução demorou um tempo bem mais longo que as deles, e foi consideravelmente mais sangrenta, mas compensamos o tempo perdido. Quando se tratou de aprender os piores hábitos de nossos senhores franceses e seus substitutos americanos, depressa provamos ser os melhores. Nós também éramos capazes de corromper grandes ideais! Tendo nos libertado em nome da independência e da liberdade — estou tão cansado de dizer essas palavras! —, em seguida privamos nossos irmãos derrotados da mesma coisa.

Além de um homem sem rosto, apenas um homem de duas mentes conseguia entender essa piada, sobre como uma revolução travada pela independência e liberdade podia fazer as coisas *valerem menos que nada*. Eu era esse homem de duas mentes, eu e eu mesmo. Havíamos passado por tanta coisa, eu e eu. Todo mundo que conhecemos quisera nos separar um do outro, queria que escolhêssemos uma coisa ou outra, a não ser o comissário. Ele nos mostrou sua mão e nós lhe mostramos a nossa, as cicatrizes vermelhas tão indeléveis quanto em nossa juventude. Mesmo depois de tudo por que passáramos, essa era a única marca em nosso corpo. Apertamos as mãos e ele disse: Antes de você ir, tenho uma coisa para te dar. Sob a mesa pegou nossa mochila surrada e nosso exemplar do *Comunismo asiático e o modo oriental de destruição*. Da última vez que eu o vira, o livro estava quase desmanchando, com uma profunda fenda na lombada. A amarração afinal abrira e um elástico segurava as metades. Tentamos recusar, mas ele enfiou o livro na mochila e a empurrou para nós. Para o caso de você precisar me mandar uma mensagem algum dia, disse. Ou vice-versa. Ainda tenho o meu exemplar.

Relutante, pegamos a mochila. Querido amigo…

Mais uma coisa. Ele pegou nosso manuscrito, o exemplar de nossa confissão e tudo que veio depois, e fez um gesto para que abríssemos a mochila. O que aconteceu naquela sala de exame fica entre nós. Então leva isso com você também.

Só queremos que saiba…

Vai! Bon está esperando.

E assim fomos, a mochila em nossos ombros, dispensados pela última vez. Nada mais de lápis, nada mais de livros, nada mais de expressões desaprovadoras do professor. Rimas tolas e trocadilhos infantis, mas, se tivéssemos pensado em alguma coisa mais séria, teríamos desabado sob o peso da descrença, de nosso puro alívio.

O guarda de rosto de bebê nos escoltou até os portões do acampamento, onde o comandante e Bon esperavam junto a um caminhão Mólotova com o motor ligado. Não víamos Bon fazia um ano e tantos meses, e as primeiras palavras que ele disse foram: Você está péssimo. Nós? E quanto a ele? Nossas mentes descorporificadas riram, mas nossos corpos corporificados, não. E como poderíamos? Nosso pobre amigo cambaleava diante de nós em retalhos e trapos, um fantoche manuseado por um alcoólatra, o cabelo escasseando e a pele com um doentio tom de vegetação apodrecida da selva. Usava um tapa-olho preto e não fomos tolos de perguntar o que acontecera com ele. A alguns metros, atrás do arame farpado, três outros homens encovados em roupas confusas nos observavam. Levou um momento para eu reconhecer nossos camaradas, o batedor *hmong*, o médico filosófico e o fuzileiro escuro. Você não está péssimo, disse o batedor *hmong*. Está pior que isso. O médico filosófico conseguiu dar um sorriso com metade dos dentes faltando. Não liga para ele, disse. Só está com inveja. Quanto ao fuzileiro escuro, disse: Eu sabia que vocês, filhos da puta, iam cair fora daqui primeiro. Boa sorte para vocês.

Não havia nada que pudéssemos dizer, apenas sorrimos e erguemos a mão em despedida, subindo no caminhão com Bon. O guarda de rosto de bebê ergueu a tampa da carroceria e a trancou. O quê?, disse o comandante, olhando para nós. Você ainda não tem nada a dizer? Na verdade, tínhamos muitas coisas a dizer, mas, não querendo provocar o comandante de forma que revogasse nossa liberação, apenas abanamos a cabeça. Faça como achar melhor. Você confessou seus erros e não tem mais nada para dizer depois disso, não é?

De fato, nada! O nada era realmente indizível. Com o caminhão partindo numa nuvem de pó vermelho que fez o guarda de rosto de bebê tossir, observamos o comandante se afastar e o batedor *hmong*, o médico filosófico e o fuzileiro escuro cobrirem os olhos. Então viramos numa curva e o acampamento desapareceu de vista. Quando perguntamos a Bon sobre nossos outros camaradas, ele nos contou que o fazendeiro lao desaparecera no rio, tentando escapar, enquanto o fuzileiro escuríssimo morrera de hemorragia depois que uma mina decepou suas pernas. No início ficamos em silêncio ao escutar essas notícias. Em nome do que haviam morrido? Por que motivo milhões mais haviam morrido em nossa grande guerra para unificar o país e nos libertar sem que tivessem a menor escolha? Como eles, havíamos sacrificado tudo, mas ao menos ainda tínhamos algum senso de humor. Se a pessoa realmente pensasse a respeito, com um pouquinho apenas de distanciamento, com o mais leve senso de ironia, podia rir dessa piada feita às nossas custas, os que com tanta vontade haviam se sacrificado e sacrificado os outros. Então começamos a rir, e demos muita risada, e quando Bon olhou para nós como se tivéssemos perdido o juízo e perguntou qual era o problema, limpamos as lágrimas de nossos olhos e dissemos: Nada.

Após uma entorpecedora viagem de dois dias por desfiladeiros montanhosos e estradas arruinadas, o Mólotova nos deixou nos arredores de Saigon. De lá seguimos por ruas inóspitas povoadas por pessoas hostis com destino à casa do navegador, nosso ritmo estorvado pela manqueira de Bon. Na cidade amortecida fazia um silêncio sobrenatural, talvez porque o país estivesse novamente em guerra, ou assim nos foi contado pelo motorista da Mólotova. Cansados dos ataques do Khmer Vermelho em nossa fronteira ocidental, invadíramos e ocupáramos o Camboja. A China, para nos punir, invadira nossa fronteira norte no começo do ano, em algum momento durante meu exame. Adeus, paz. O que mais nos incomodou foi que não havíamos escutado sequer uma canção romântica ou alguma amostra de música pop no momento em que chegamos à casa do navegador, o primo de Bon. Cafés na calçada e rádios de pilha haviam sempre tocado essas coisas, mas durante um jantar apenas ligeiramente melhor que a refeição do comandante, o navegador confirmou o que o comandante insinuara. A música amarela agora estava banida e só música vermelha, revolucionária, era permitida.

Nada de música amarela numa terra de gente denominada amarela? Não tendo lutado por isso, não conseguimos deixar de rir. O navegador nos fitou com curiosidade. Já vi casos piores, disse. Depois de duas passagens na reeducação, já vi coisa bem pior. Ele fora reeducado pelo crime de tentar escapar do país num barco. Nessas tentativas anteriores, não levara a família consigo, esperando enfrentar os perigos sozinho e chegar a um país estrangeiro de onde pudesse enviar dinheiro para ajudar a família a sobreviver ou fugir, assim que a rota se revelasse segura. Mas ele tinha certeza de que uma terceira captura levaria à reeducação em um acampamento do norte, de onde ninguém jamais regressara. Nessa tentativa, então, ia levar a esposa, os três filhos e suas respectivas famílias, duas filhas e suas famílias, e as famílias de três parentes afins, o clã disposto a viver ou morrer junto no mar aberto.

Quais as chances?, perguntou Bon ao navegador, um marujo experiente do antigo regime em cuja habilidade Bon confiava. Meio a meio, disse o navegador. Só fiquei sabendo de metade dos que fugiram. É seguro presumir que a outra metade nunca chegou. Bon deu de ombros. Parece suficiente, disse. O que você acha? Isso foi endereçado a nós. Olhamos para o teto, onde Sonny e o major glutão estavam deitados de costas, assustando as lagartixas. Em uníssono, como agora costumavam fazer, disseram: São chances excelentes, já que a probabilidade de alguém acabar morrendo é de cem por cento. Desse modo tranquilizados, voltamos a virar para Bon e o navegador e, sem mais risadas, assentimos com a cabeça. Eles interpretaram isso como sinal de progresso.

Ao longo dos dois meses seguintes, enquanto aguardávamos nossa partida, continuamos trabalhando em nosso manuscrito. A despeito da escassez crônica de praticamente qualquer bem e produto, não havia escassez de papel, uma vez que todo mundo na região era obrigado a escrever confissões periodicamente. Até mesmo nós, que havíamos confessado de modo tão extenso, tivemos de escrevê-las e submetê-las aos quadros locais. Eram exercícios de ficção, pois tínhamos de encontrar coisas para confessar, ainda que não tivéssemos feito nada desde nosso regresso a Saigon. Pequenas coisas, como deixar de exibir suficiente entusiasmo em uma sessão de autocrítica, eram aceitáveis. Mas algo grande, certamente, não, e nunca encerrávamos uma confissão sem escrever que nada era mais precioso do que a independência e a liberdade.

Agora é a noite anterior a nossa partida. Pagamos a passagem de Bon e a nossa com o ouro do comissário, escondido no fundo falso da minha mochila. O código que partilhamos com o comissário tomou o lugar do ouro, a coisa mais pesada que vamos carregar, fora esse manuscrito, nosso legado, quando não nosso testamento. Não temos coisa alguma para deixar a quem quer que seja a não ser estas palavras, nossa melhor tentativa de nos representar contra todos aqueles que procuraram nos representar. Amanhã nos juntaremos às dezenas de milhares que se fizeram ao mar, refugiados de uma revolução. De acordo com o plano do navegador, na tarde de nossa partida amanhã, de casas por toda Saigon, as famílias partirão como se saíssem para uma breve excursão inferior a um dia. Vamos viajar de ônibus para uma aldeia três horas ao sul, onde um balseiro aguarda na margem de um rio, um chapéu cônico ocultando suas feições. Pode nos levar para o enterro de nosso tio? A essa pergunta em código, a resposta em código: Seu tio foi um grande homem. Nós, junto com o navegador, sua esposa e Bon, subiremos a bordo do esquife, nós carregando nossa mochila, nosso código preso com o elástico e este manuscrito não encadernado, embrulhado em plástico para não molhar. Cruzaremos o rio até uma pequena aldeia onde o restante do clã do navegador se juntará a nós. A embarcação estará aguardando um pouco abaixo no rio, uma traineira para cento e cinquenta pessoas, quase todas se escondendo no porão. Vai estar quente, advertiu o navegador. E fedendo. Assim que a tripulação trancar as escotilhas do porão, vamos lutar para respirar, não há ventilação para aliviar a pressão de cento e cinquenta corpos trancados em um espaço para um terço dessa quantidade. Mais pesado que o ar escasso, porém, é saber que até mesmo astronautas têm mais chance de sobreviver do que nós.

Em torno de nossos ombros e nosso peito prenderemos a mochila, o código e o manuscrito dentro dela. Vivamos ou morramos, o peso destas palavras ficará pendurado em nós. Apenas mais algumas precisam ser escritas à luz dessa lâmpada a óleo. Tendo respondido a pergunta do comissário, encontramo-nos diante de novas perguntas, questões universais e atemporais que nunca se cansam. O que aqueles que lutam contra o poder fazem quando tomam o poder? O que fazem os revolucionários quando a revolução triunfa? Por que os que clamam por independência e liberdade tiram a independência e a liberdade de outros? E é são ou insano acreditar, como tantos em volta de nós parecem acreditar, em nada? Só podemos responder essas perguntas por nós mesmos. Nossa vida e nossa morte nos ensinaram a sempre nos solidarizar com os indesejáveis entre os indesejáveis. Assim magnetizada pela experiência, nossa bússola continuamente aponta para os que sofrem. Mesmo agora, pensamos em nosso amigo que está sofrendo, nosso irmão de sangue, o comissário, o homem sem rosto, o que diz o indizível, sonhando seu sono de morfina, sonhando com um sono eterno, ou talvez sonhando com nada. Quanto a nós, quanto tempo não levamos encarando o nada até vermos alguma coisa! Podia ser isso que nossa mãe sentia? Será que olhava dentro de si e ficava assombrada ao ver que onde antes nada existia agora havia algo, isto é, nós? Qual foi o momento decisivo em que começou a nos querer, em vez de não nos querer, semente de um pai que não devia ter sido pai? Quando parou de pensar em si mesma e começou a pensar em nós?

Amanhã nos encontraremos entre estranhos, marujos relutantes de quem um relutante manifesto pode ser escrito. Entre nós haverá bebês e crianças, bem como adultos e pais, mas nada de velhos, pois nenhum deles ousa fazer a viagem. Entre nós haverá homens e mulheres, bem como os magros e esbeltos, mas nenhum entre nós será gordo, a nação inteira tendo feito uma dieta forçada. Entre nós haverá os de pele clara, pele escura e todos os tons entre uma coisa e outra, alguns falando com refinados sotaques e outros com sotaque rude. Muitos serão chineses, perseguidos por serem chineses, com muitos outros tendo se diplomado na reeducação. Coletivamente, seremos chamados de *boat people*, nome que escutamos uma vez mais um pouco mais cedo esta noite, quando ouvimos em segredo a Voz da América no rádio do navegador. Agora que passaremos a ser incluídos entre esse *boat people*, o nome deles nos incomoda. Cheira a complacência antropológica, evocando algum ramo esquecido da família humana, alguma tribo perdida de anfíbios emergindo da bruma oceânica, cobertos de algas marinhas. Mas não somos primitivos, e não precisamos de compaixão. Se e quando chegarmos a um porto seguro, dificilmente constituirá surpresa se nós, por nossa vez, dermos as costas para os indesejados, a natureza humana sendo o que já sabemos. Porém, não somos céticos. A despeito disso tudo — sim, a despeito de tudo, em face de *nada* —, continuamos a nos considerar revolucionários. Permanecemos sendo essa mais esperançosa das criaturas, um revolucionário em busca de uma revolução, se bem que não vamos discordar se nos chamarem de sonhador dopado por uma ilusão. Não tardará a vermos o alvorecer escarlate naquele horizonte onde o oriente é sempre vermelho, mas por hora a visão que temos de nossa janela é de um beco escuro, o pavimento estéril, as cortinas fechadas. Certamente não podemos ser os únicos que estão acordados, mesmo que sejamos os únicos com uma solitária lamparina acesa. Não, não é possível que estejamos sós! Milhares mais devem estar perscrutando as trevas como nós, presas de pensamentos escandalosos, esperanças extravagantes e planos proibidos. Ficamos de tocaia pelo momento certo e a causa justa, a qual, neste momento, é simplesmente querer viver. E mesmo enquanto escrevemos esta frase final, a frase que não será revisada, confessamos estar certos de uma única coisa — juramos cumprir, sob pena de morte, esta única promessa:

Vamos viver!

Agradecimentos

Muitos eventos neste livro de fato aconteceram, embora eu confesse ter tomado certas liberdades com os detalhes e a cronologia. Para a queda de Saigon e os últimos dias da República do Vietnã, consultei *The Fall of Saigon*, de David Butler, *Tears Before the Rain*, de Larry Engelmann, "The Fall of Saigon", de James Fenton, "White Christmas", de Dirck Halstead, *Goodnight Saigon*, de Charles Henderson, e *Giai Phong! The Fall and Liberation of Saigon*, de Tiziano Terzani. Sou muito grato especialmente ao importante livro de Frank Snepp, *Decent Interval*, que me forneceu a inspiração para o voo de Claude de Saigon e o episódio com o Watchman. Para relatos das prisões e polícia sul-vietnamitas, bem como das atividades do Vietcongue, recorri a *The Phoenix Program*, de Douglas Valentine, o libelo *Nous Accusons*, de Jean-Pierre Debris e André Menras, *A Vietcong Memoir*, e a um artigo no número de janeiro de 1968 da *Life*. *A Question of Torture*, de Alfred W. McCoy, foi crucial para a compreensão do desenvolvimento das técnicas de interrogatório americanas da década de 1950 até a guerra do Vietnã, e seu prosseguimento nas guerras americanas no Iraque e Afeganistão. Para os campos de reeducação, fiz uso de *To Be Made Over*, de Huynh Sanh Thong, *South Wind Changing*, de Jade Ngoc Quang Huynh, e *Lost Years*, de Tran Tri Vu. Quanto aos combatentes da resistência vietnamitas que tentaram invadir o Vietnã, uma pequena exposição no Museu de História do Exército do Povo Lao, em Vientiane, mostra seus artefatos e armas capturados.

Embora alguns desses combatentes tenham sido amplamente esquecidos, ou simplesmente permanecido anônimos, a inspiração para o Filme não é segredo para ninguém. O documentário de Eleanor Coppola, *Hearts of Darkness*, e suas *Notes: The Making of Apocalypse Now* forneceram muitos insights, bem como os comentários de Francis Ford Coppola para o DVD de *Apocalypse Now*. As seguintes obras também foram úteis: *Francis Ford Coppola: Close Up*, de Ronald Bergan; *Francis Ford Coppola*, de Jean-Paul Chaillet e Elizabeth Vincent; *Hollywood Auteur: Francis Coppola*, de Jeffrey Chown; *The Apocalypse Now Book* e *Coppola: A Biography*, de Peter Cowie; *On the Edge: The Life and Times of Francis Coppola*, de Michael Goodwin e Naomi Wise; *Francis Ford Coppola: Interviews*, de Gene D. Phillips e Rodney Hill; e *Francis Ford Coppola: A Filmmaker's Life*, de Michael Schumacher. Também recorri a artigos de Dirck Halstead, "Apocalypse Finally"; Christa Larwood, "Return to *Apocalypse Now*"; Deirdre McKay e Padmapani L. Perez, "Apocalypse Yesterday Already! Ifugao Extras and the Making of *Apocalypse Now*"; Tony Rennell, "The Maddest Movie Ever"; e Robert Sellers, "The Strained Making of *Apocalypse Now*".

As palavras exatas de outros foram igualmente importantes em algumas ocasiões, em particular as de To Huu, cujos poemas foram publicados no artigo do *Viet Nam News* "To Huu: The People's Poet"; Nguyên Van Ky, que traduziu o provérbio "As boas ações do Pai são tão grandes quanto o monte Thai Son", presente no livro *Viêt Nam Exposé*; a edição de 1975 de *Fodor's Southeast Asia*; e do general William Westmoreland, cujas ideias relativas à visão de vida oriental e seus valores foram apresentadas no documentário *Corações e mentes*, do diretor Peter Davis. Essas ideias foram atribuídas aqui a Richard Hedd.

Finalmente, sou grato a inúmeras organizações e pessoas sem as quais este romance não seria o livro que é. O Asian Cultural Council, a Bread Loaf Writers Conference, o Center for Cultural Innovation, o Djerassi Resident Artists Program, o Fine Arts Work Center e a University of Southern California me concederam bolsas, estágios e períodos sabáticos que facilitaram minha pesquisa ou escrita. Meus agentes, Nat Sobel e Julie Stevenson, forneceram paciente encorajamento e edição perspicaz, assim como meu editor, Peter Blackstock. Morgan Entrekin e Judy Hottensen deram apoio entusiasmado, enquanto Deb Seager, Jonh Mark Boling e toda a equipe da Grove Atlantic trabalharam duro neste livro. Minha amiga Chiori Miyagawa acreditou no livro desde o início e leu incansavelmente os primeiros manuscritos. Mas as pessoas a quem sou mais agradecido são, como sempre, meu pai, Joseph Thanh Nguyen, e minha mãe, Linda Kim Nguyen. A indomável vontade e o sacrifício deles durante os anos da guerra e depois tornaram possível minha vida e a de meu irmão, Tung Thanh Nguyen. Ele me deu enorme apoio, assim como sua maravilhosa parceira, Huyen Le Cao, e seus filhos, Minh, Luc e Linh.

Quanto às últimas palavras deste livro, guardo-as para os dois que sempre virão primeiro: Lan Duong, que leu cada palavra, e nosso filho Ellison, que chegou bem a tempo.

ESTA OBRA FOI COMPOSTA PELA ABREU'S SYSTEM EM ADOBE GARAMOND
E IMPRESSA EM OFSETE PELA LIS GRÁFICA SOBRE PAPEL PÓLEN SOFT DA SUZANO
PAPEL E CELULOSE PARA A EDITORA SCHWARCZ EM MAIO DE 2017

A marca FSC® é a garantia de que a madeira utilizada na fabricação do papel deste livro provém de florestas que foram gerenciadas de maneira ambientalmente correta, socialmente justa e economicamente viável, além de outras fontes de origem controlada.